スーザン・サザード

ナガサキ

核戦争後の人生

宇治川康江訳

みすず書房

NAGASAKI

Life After Nuclear War

by

Susan Southard

First published by Viking Penguin, 2015

長崎、広島、そして世界中の被爆者へ
私の両親、ゲイリーとスーへ
エヴァへ、続く未来の世代へ

ナガサキ　目次

長崎原爆被災地図

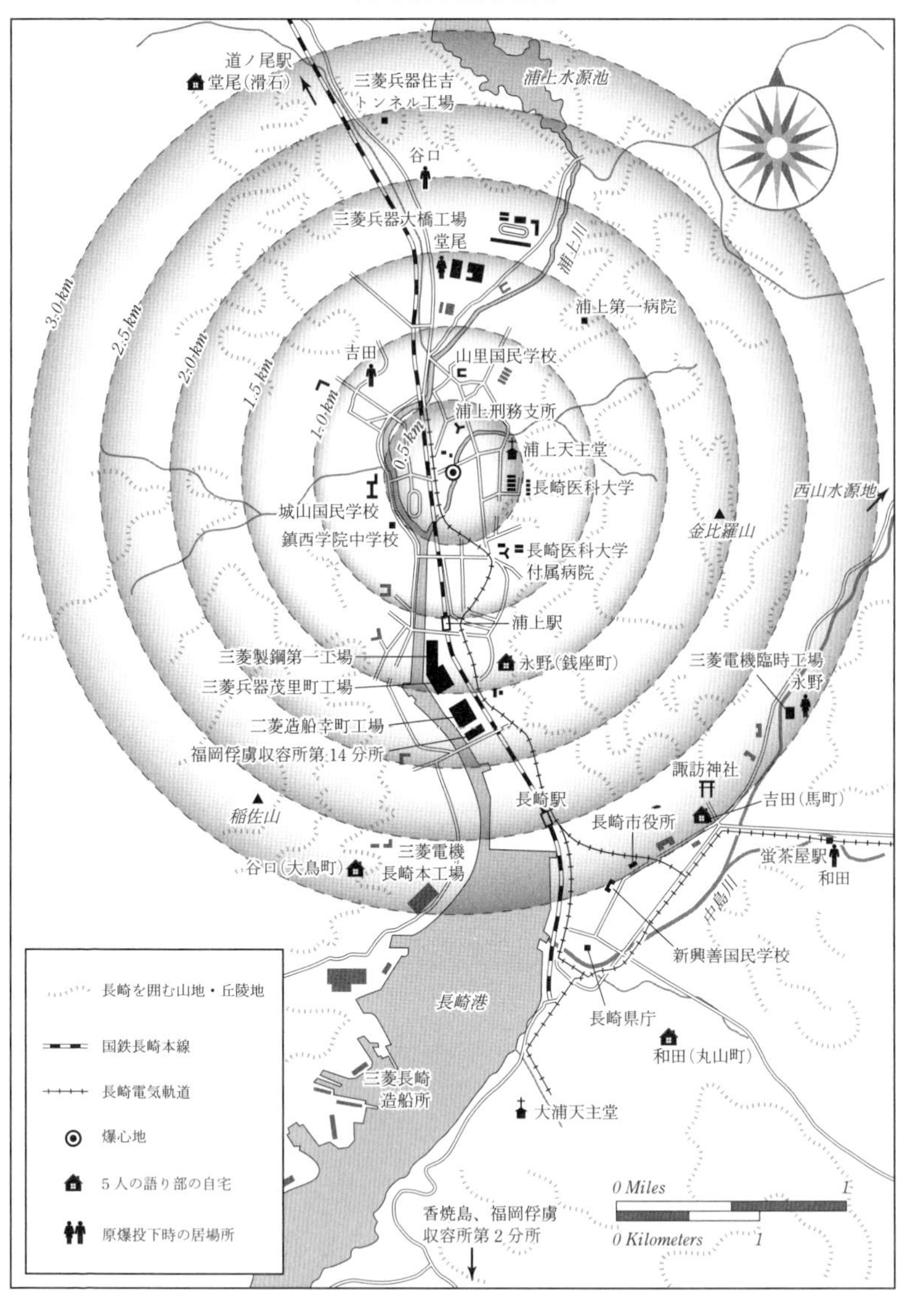

道ノ尾駅
堂尾（滑石）
三菱兵器住吉
トンネル工場
浦上水源池
谷口
三菱兵器大橋工場
堂尾
浦上川
3.0km
2.5km
2.0km
1.5km
1.0km
0.5km
浦上第一病院
吉田
山里国民学校
浦上刑務支所
浦上天主堂
長崎医科大学
城山国民学校
鎮西学院中学校
西山水源地
金比羅山
長崎医科大学
付属病院
浦上駅
三菱製鋼第一工場
永野（銭座町）
三菱兵器茂里町工場
三菱電機臨時工場
永野
二菱造船幸町工場
福岡俘虜収容所第 14 分所
諏訪神社
長崎駅
吉田（馬町）
稲佐山
長崎市役所
三菱電機
長崎本工場
谷口（大鳥町）
蛍茶屋駅
和田
中島川
新興善国民学校
長崎を囲む山地・丘陵地
長崎港
国鉄長崎本線
長崎県庁
和田（丸山町）
三菱長崎
造船所
長崎電気軌道
大浦天主堂
爆心地
5 人の語り部の自宅
0 Miles
1
香焼島、福岡俘虜
収容所第 2 分所
0 Kilometers
1
原爆投下時の居場所

まえがき

一九八六年の夏、私は一九四五年の長崎原爆を生きのび、当時五十七歳だった谷口稜曄（すみてる）の通訳代理を務めてほしいとの急な電話を受けとった。彼はアメリカでの講演ツアーの一環でワシントンＤＣに滞在していた。谷口とは、前夜に私が参加した彼の講演ではじめて顔をあわせたばかりだった。それから二日間、私は講演や人々とのプライベートな語らいのなかで彼が話す被爆体験を聞き通訳しながら、二十時間以上を彼とともに過ごした。

そのときからさかのぼること十数年、私は国際スカラシップ留学生として東京のすぐ南、横浜に住んでいたことがあった。当時十六歳の私は、伝統的な日本の家庭に滞在させてもらい、隣接する古都鎌倉の女子高校に通学した。言葉を含め何もかもはじめてのことばかりだった。そして当時から三十年前の出来事であった太平洋戦争や広島・長崎への原子爆弾投下についてほとんど何も知らなかった。その年も後半になり、日本語が上達し生活にも溶けこんできたころ、私は修学旅行ではじめて長崎を訪れた。

長崎原爆資料館のなかで、私は自分のことを日本人と同じように受け入れてくれた友人たちと腕を組んで、展示してある焼け焦げた大人や子供の写真、変形したり溶けたりしてしまった日用品をじっと見つめ立っていた。ある展示ケースに置かれたヘルメットの内側には、黒焦げになった人間の頭皮がいまだにこびりついていた。

大人になるまで長崎のことを忘れたことはなかった。それにもかかわらず、ワシントンDCのダウンタウン近く、薄明かり灯る教会ホールで谷口の話にじっと耳を傾けたとき、私は自分が太平洋戦争の歴史、原爆の開発、そして原爆の使用が人間にもたらした結末について、いまだに何も知らないでいることを思い知った。

谷口は白のドレスシャツにグレーのスーツできりっと身を包み、首には深紫とネービーブルーのストライプが入ったネクタイを締めていた。スーツの左襟には、赤を背景に白い折鶴が描かれたピンバッジがつけてあり、豊かな黒髪はサイドに向かってきちっと櫛があてられていた。一六五センチぐらいだったろうか、小柄で見るからに痩せていた谷口は、静かに被爆体験を語りはじめた。日本語の音節がひとつまたひとつと次々に重なりあっていく。一九四五年八月九日、十一時二分、プルトニウム原爆が投下され、長崎市内、約三万人が住むある町の上空で炸裂したとき、当時十六歳だった谷口は市の北西部を自転車に乗って郵便を配達していた。「石や鉄をも溶かす熱線と目には見えない放射能によって後ろから焼かれ、次の瞬間（…）秒速二五〇メートルの爆風によって道路に叩きつけられました。道路にふせていても地震のように揺れ、ややもすると吹き飛ばされそうになって、道路にしがみついていたのです」と話す谷口の声は震えていた。爆心地から一・八キロ離れていたにもかかわらず、原爆によるとてつもない熱線が谷口の背中を焼き尽くした。しばらくして、顔をもたげた谷口の目に入ってきたのは、彼のかたわらで遊んでいた子供たちの無残な姿だった。

講演をしながら谷口は、長引いた入院中に長崎北部の病院〔国立大村病院、現・国立病院機構長崎医療センター〕で撮られた被爆五ヵ月後の自分の写真を掲げて見せた。そこに写っていたのは、痩せ衰えうつぶせに横たわる自分の姿だった。片方の腕、首から臀部まで背中一面、皮膚や肉は焼かれてなくなり、真っ赤に焼けただれた筋肉組織だけが剝き出しになっていた。講演を終えると谷口ははじめて聴衆と目をあわせ、「核兵器の製造、使用をさせないように、地球からただちに核兵器を廃絶させるために、ともにがんばりましょう」と訴えた。

講演の後、私は谷口が泊まっていた小さな家があるワシントンDCの郊外まで彼を車で送っていった。私たちは玄関先のベランダに腰かけた。暗がりのなか、玄関先からこぼれる明かりでようやくおたがいの顔を見ることができた。私はやつぎばやに原爆投下のこと、そしてそれに続く何週間、何ヵ月、何年もの歳月について尋ねた。谷口はマグショット〔警察のファイルにある顔写真〕に似た数枚の写真の束を私に手渡した。医療用に撮られたものなのだろうと思った。谷口の全身を後ろから、前から、そして横から撮ったものだった。日本の伝統的な下着だけを身に着けた、おそらくは四十代であっただろう谷口の姿。硬いケロイドの傷跡が塊となって谷口の背中一面を覆っていた。胸の中心あたりには、約四年間うつ伏せに寝ていたため皮膚や肉が腐り崩れ落ちてできた、深いいくつものくぼみがいまだに残っていた。この四年間は、あまりにも耐えがたい痛みと苦しみに、お願いだから死なせてくれ、と毎日のように看護婦に訴えていたと語った。私は谷口に、これまでの人生でいちばん大切な思い出は何かと尋ねた。「やはり私が生きてきたということです。これだけ長く生きてきたということ。生きていても悲しみと苦しみがあるけれど、私の場合、命が尽きる最後の最後のところまで行ったからこそ、いまここにこうして生きているといえる喜びを知りました」

私は、彼やほかの被爆者にとって激しい肉体的苦痛、心に抱えた傷、そして原爆によって途中で切り裂かれてしまった人生に直面しながら日々を生きていくことがどれだけ大変であったかを、谷口がワシントンDCを離れるときまでにもっとよく理解したいと心の底から思った。放射線によってどんな傷害を負ったのか。原爆投下に続く数日間、数ヵ月間、そして数年間を生き延びるということ、それはいったいどういうことだったのか。そして日本に住んでいたことがあり、実績あるアメリカの高校や大学で教育を受けてきた私が、どうして被爆者のことを具体的に何も知らなかったのか。原爆投下直後のキノコ雲の下で、そしてその後何十年ものあいだ被爆者が味わった痛ましい経験を、実際大部分のアメリカ人がほとんど知らないか、まったく知らないままでいるのはなぜなのか。

＊

日本に対して使われた原子爆弾は、単独兵器としてはその爆発力、猛烈な熱、瞬時に大量死をもたらす威力という点で他に類をみなかった。これまで誰ひとりとして浴びたことがない多量の放射線は、人間や動物の体に浸透し、死や病気、そして人生を一変させる疾患につながる細胞レベルの変化をもたらした。広島と長崎では原爆による致命傷や急性放射線症で合計二十万人以上の男性、女性、そして子供が原爆投下直後とその後五ヵ月間に亡くなっている。続く数年間、さらに何万人もの人々が怪我や放射線による病気を患った。現在、推定十九万二千人の被爆者が存命しているが、母親の子宮のなかで放射線を浴びた最年少の被爆者は二〇一五年で七十歳になる。

高い評価を受けている多くの書物がアメリカによる原爆使用の決断についてとりあげてはいるが、被爆者の目撃証言を扱ったものはほとんどない。なかにはジョン・ハーシーの『ヒロシマ』〔一九四六年刊〕やその他数冊の被爆者証言集のように実際の被爆体験をとりあげたものもあるが、それらにしてもおもに原爆直後のことだけに焦点をあてている。つまり、核爆弾の攻撃を生きのびた後に表面化した長く過酷な肉体的、精神的、社会的な実情が詳しく語られることはほとんどなかった。二番目の被爆地である長崎は、日本への原爆投下をあらわす世界的シンボルとなった広島ほどよく知られていない。長崎がすっぽり広島の後ろに隠れてしまっているため、ふたつの場所に投下された原爆がたびたび一緒くたにされてしまうこともある。そのような場合、ふたつの原爆は投下の日時や目標地点が異なるだけでなく、軍事的必要性に対し異なる分析が必要な点からも切り離された別個の爆弾だったという事実が考慮されない。

原爆による攻撃について多くのアメリカ人が抱く認識は、誤った思いこみに満ちている。そのおもな原因は、アメリカ政府高官たちが全身被爆の深刻な影響をはっきりと否定したことにある。原爆攻撃後の数年間、報道記事、写真、科学的調査、被爆者の個人証言は、日本ではアメリカ駐留軍による検閲を受け、アメリカでは政府の要請により制限された。アメリカ当局は広島、長崎への原爆投下の決定について、その正当性を主張する効果的ではあっても内容に偏りのある話をつくりあげてさかんに喧伝した。戦争が終わり、ほっとしたアメリカ人の大半は、原爆投下が戦争を終わらせ、二十五万、五十万、いや百万人ものアメリカ人の命を救ったのだという単純化された政府のメッセージを疑うことなく受け入れた。敵は人間以下だと誹謗する両国によるプロパガンダ、真珠湾攻撃に対するアメリカ人の激しい怒り、日本軍による連合軍捕虜への虐待と殺害、そしてアジア各地での住民虐殺などを理由に、原爆投下に対しアメリカ人が示した共通の反応は、「日本人は当然の報いを受けたのだ」というものだった。こうしたすべての要因があいまって、戦時において世界ではじめて使用された原爆が民間人におよぼした真の影響を、アメリカ人自身が社会全体で追究し理解する機会が狭められてしまった。

このような歴史的な影響と、わからないままになっていた被爆者の個人的な体験をもっとよく理解したいという思いに駆られ、私は八年間にわたり何度も長崎を訪れた。谷口のほか原爆投下時に十代だった四人の被爆者、堂尾みね子、永野悦子、和田耕一、そして吉田勝二とも長期にわたり何度も面談を重ねた。彼らとその家族は、個人エッセイ、書簡、医療記録、写真などみずからの体験を裏づける多数の資料を提供してくれた。五名の被爆者の長きにわたる体験とその内面を深く掘り下げたストーリーが本書の根幹をなし、原爆が彼らと家族、そして彼らが暮らした地域におよぼした七十年間にわたる影響を実証している。

私はさらに十二名の被爆者からも話を聞いたが、そのうちの数名は、近親者以外にこれまで一度も被爆体験を語ったことがなかった。また長崎原爆に関する専門知識をもつ歴史家、医師、心理学者、ソーシャルワーカー、教師、さらには長崎原爆資料館、病院、調査センター、図書館、被爆者団体などに所属する調査スタッフとも面談した。加えて被爆者三百名以上の証言記録や私家版資料、収蔵品、政府資料、原爆投下以前と以後の長崎を写した何千枚もの記録保存写真を調査した。

被爆者の過去とは複雑に入り組んだ体験の積み重ねであり、彼らの人生にはどこをみても単純明快な道筋はほとんど見当たらない。被爆後の混沌とした彼らの歳月や、ときにはまったく異なる様相を呈する個々のストーリーに形だけでも道筋をつけるため、本書は一九四五年から現在までを網羅する年代順、テーマ別の九つの章に分かれている。五人の被爆者の人生が徐々に明らかにされると同時に医学的、社会的な観点からみた原爆による重大な影響についての詳細も示されている。そのなかにはほとんど知られていない身体障害や外観を損なう傷、急性および後期の放射線関連疾患、長年にわたる入院や自宅療養による極度の孤立状態などが含まれる。また、核戦争により通常の生活や身体を奪われた被爆者が新たな通常という概念を見いださなくてはならないときに直面した無数の試練についてもふれている。社会的差別や子供に遺伝的影響がおよぶかもしれないという恐怖にもかかわらず、各自が被爆者であることを隠すべきか明かすべきか、結婚すべきか、いつすべきか、子供は持つべきか、いつ持つべきか、さらには沈黙を破り自分の体験を家族、友人、雇用者、一般の人々に話すべきかを決断した。彼らの体験は戦前、戦中、戦後の日米関係がその背景にある。また日本における戦後の政治的、社会的、経済的な変革、放射能の影響に関する科学的情報、そして世論に影響を与えつづけ、理解への障壁でありつづけたアメリカ検閲政策とその非認の姿勢とも密接に絡みあっている。谷口とは彼が五十代のころに出会ったが、他の四人の被爆者との親交は彼らが七十代半ばのころから始まり、八十代の現在まで続いている。彼らのストーリーを通じ、核爆弾によって年若きころに人生を突然寸断させられ、いまは高齢者となった人たちの記憶や物の見方について、その貴重な全体像が見えてくる。

*

執筆にあたり盛りこみたい事柄は多々あったが、核兵器による想像を絶する規模の破壊や恐怖は、とりわけふれなくてはならないテーマだった。私のアプローチは、ストーリーをリアルに感じ想像できるよう、できるかぎり被爆者の個人的な経験や立場に焦点をあてつづけると同時に、より大きな社会的、政治的、医学的な問題への理解と解明に向けた背景を示すことだった。どんな歴史的記述でも、そこに個人的な体験が盛りこまれている場合、とくにトラウマとなっている記憶につきまとう限界と不確かさというやっかいな問題が存在する。この問題への対処として、私は生存者の体験談とその裏づけとなる文書類とを照らしあわせ、被爆者の記憶にある出来事、場所、人物の正確性を確認し、詳しく記述した。また私は、本書でとりあげた被爆者たちとは異なる文化や時代に生きてきたアメリカ人であることから、被爆者の体験を誤った方向に操作、私物化するようなことは避けたかった。理由はなんであれ、彼らは私の国によってすでに傷つけられてしまっている人たちであることを考えればなおさらである。この課題に対する私の答えは、被爆者自身の言葉・表現をそのまま引用することで、彼らの体験をできるかぎり正確に伝えるというものだった。また得られた科学的、医学的、政治的、歴史的な分析結果や情報のなかでもっとも明確なものを採用し、彼らもその一部をなす歴史の大きな枠組みのなかに被爆者の体験を位置づけた。

私がアメリカ人と本書について話をするとき、最初に受ける質問のなかには、日本への原爆使用の決定に対する必要性と倫理性に関するものがある。こうした論点に対して、多くの人が相反する明確な意見をもっている。問うべき重大な（そしてむずかしい）問題のひとつとして、正当な行動や勝利に伴う犠牲について、さらには私たちが敵とみなす国の一般市民の大量殺傷を実行、容認するときの規準について、アメリカ人として私たちは当時どのように定義したのか、そして現在はどのように定義しているのか、というものがある。アメリカを原爆使用に駆り立てた動機と、日本の無条件降伏に結びついた多面的な出来事（原爆投下を含め）の相対的な影響については、これまで数多くの学者が分析をし、そしていまなお議論を続けている。彼らの研究は、本書のストーリーが展開される際の貴重な政治的、軍事的背景を提供してくれたと同時に原爆の軍事的必要性、とりわけ二番目の原爆投下の必要性について正当化された説明に対する疑問を呼び起こしてくれた。研究者たちは安易に結論づけようとはしない。

原爆投下の必要性についての質問に答える際、私は被爆者の体験に再度目を向けるよう人々を促す。それなしには広島と長崎への原爆攻撃の軍事的、道徳的な問題、そしてそれが人間の生死にどう関わるかを徹底的に議論することはできない。少なくとも戦時において民間人に多大な損害をおよぼす軍事行動をとることや、それを擁護することを選択するのであれば、そうした行動がもたらす影響を自発的に調べなくてはならないと思う。人類の歴史において核兵器の攻撃とその後の惨状を生き抜いてきた唯一の人々である被爆者。人生の終わりの時期に差しかかっている彼らの記憶のなかには私たちの心を奮い立たせるような、核戦争による長期の破滅的影響についての明白な事実が刻まれている。

*

大多数の被爆者は、自分の被爆体験を家族にさえ話さない。彼らの記憶はあまりにも耐えがたい苦痛に満ちている。また伝統的な日本の文化には、とくに一九〇〇年代前半に生まれた人たちにとって、自身や家族が抱える苦悩や社会での困難を積極的に公にすることを応援するような雰囲気はない。さらに被爆者が差別を受けるおそれはいまなお存在する。多くの被爆者が、自分が人とは「違う」と気づかれないように、さらにひどいケースでは父母や祖父母の誰かが被爆者であることで子供や孫が就職や結婚を断られるのを見たくないため、いまでも被爆者であることを隠している。

谷口、堂尾、永野、和田、そして吉田を含め選ばれた少数の被爆者は、幼少期や青年期に体験した恐怖が必ずよみがえってくるとわかっていても、自分たちの体験を隠さず話さなくてはならないとの思いに駆られた。伝えたい思いを伝えられずに亡くなった被爆者に代わって、この五人の被爆者は核戦争の実体に対する無知の払拭と核保有国に対する核兵器の削減と廃絶の訴えに人生の大半を捧げてきた。彼らはより恐ろしい核による惨事が将来起こることを、どんなことがあっても食いとめようと努めている。

歴史上二番目の、そして最後の原爆攻撃から七十回目の原爆忌が近づくなか、本書によってこれまで見過ごされてきた彼らの実体験のストーリーが多くの読者のもとに届くとともに、歴史上でもっとも賛否の分かれる戦時行動のひとつについて一般の人々が対話や議論をする際、本書がその方向づけに役立つことを期待したい。あのキノコ雲の真下にいた人々の体験談は、核戦争に対する私たちの漠然とした認識を直感的な人間の体験へと一変させてくれる。長崎の歌人、小山誉美（おやまたかみ）はこう書き記している。「被爆まさしく抽象ならず」

二〇一五年七月

スーザン・サザード

ナガサキ　核戦争後の人生

プロローグ

アジア大陸の東沖、上海から約八〇〇キロ、朝鮮半島の南方三二〇キロに位置する九州（日本列島主要四島の最南端の島）の西海岸には、深く切りこんだ細長い湾がある。その湾の上方に位置するのが、美しい海岸線と日本でもっとも早く西欧化した場所として知られる長崎市である。第二次世界大戦が始まるまでの約四百年間、その港を通じてさかんにおこなわれていた貿易の影響から、日本のなかで長崎ほど西欧文化にふれた場所は他になかった。

十六世紀後半になるまで、長崎は農民や漁師が住む静かな村だった。緩やかな封建制が敷かれ、日本の産業や商業の中心地だった京都からはまったくといっていいほど孤立した状態だった。しかし一五七一年、近くの海域を探検していたポルトガル船がはじめて長崎港に入港した。長崎が多くのアジア諸国に近接していることから、日本の西部沿岸地域のなかでも最適な位置にあるとの評判が広まると、さらに多くの商船が日本人の見たこともない鉄砲、タバコ、時計、織物、香料などを積みこんで中国やヨーロッパからやってきた。そして数十年のうちに長崎は一万五千人の住む町に成長し、日本における対外貿易の中心地、そして初期近代化の先駆けの地となった。また、ヨーロッパの人々によってキリスト教も伝えられ、長崎は一時、カトリック宣教師たちによる布教活動の中心地であっただけでなく、この地方のなかでもっとも多様性に富む街だった。そこではポルトガル人、スペイン人、イギリス人、オランダ人、中国人、そして日本人の住民が各自の信仰する宗教の寺院、神社、教会へ通い礼拝を捧げた。

しかし十六世紀後半になると、当時の日本南部や西部を支配下に置き、後に全国統一を推し進めることになる有力大名、豊臣秀吉は、キリスト教思想が日本社会に深く浸透することで政治が混乱し、ひいては権力の喪失につながるのではないかとの恐れを次第に強めていった。それを阻止しようと、秀吉は残酷な反キリスト教運動を開始した。教会は破壊され、何千人もの信者が追放、投獄、あるいは処刑された。長崎では一五九七年、外国人や日本人の宣教師と彼らの信徒二十六人が西坂の丘〔現・西坂公園〕で公開処刑された。日本の伝統的宗教への信仰をふたたび勢いづけさせ、その信仰を拒否する者を見つけだし迫害するための手段として、有名な諏訪神社をはじめ多くの寺や神社が建てられた。日本人キリスト教徒たちがこれに反旗を翻したため、この地域一帯ではキリスト教徒と非キリスト教徒の激しい対立が起きた。一六三五年までに、徳川幕府はポルトガルや他のキリスト教国との貿易関係を絶ち切り、長期にわたる強制的な鎖国政策を敷いた。これにより日本人の渡航は禁止され、外国人も入国を許されなかった。

しかし長崎だけは別だった。外国との通商がもたらす経済的恩恵の一部だけでも維持しようと、日本の統治者たちは、唯一長崎を通じておこなわれる中国とオランダとの交易を認めた。オランダが許された理由のひとつには、キリスト教の布教活動をおこなわないと約束したことがある。こうして二百年以上にわたり、長崎は海外との唯一の窓口としての役割を果たした。入港する中国船やオランダ船によって、長崎の人々にはアジアや西欧の芸術、建築、科学、文学がたえず紹介されていたのである。

十九世紀初頭から半ばになると、ロシア、フランス、イギリス、そしてアメリカが鎖国政策を解除するよう日本に迫ってきた。一八五三年、アメリカ海軍マシュー・ペリー提督が艦隊を引き連れ、江戸湾（現東京湾）浦賀に来航したことから、この小さな島国は西欧諸国の要求を受け入れ、外国との貿易や外交関係を再開することを余儀なくさせられた。鎖国が解かれると、日本は政治、経済、軍事の分野で西欧と肩を並べることに懸命となり、その後の六十年間は急速な工業化、政治的変革、大日本帝国の勢力拡大が顕著にみられた。はじめて中央集権国家となった日本は、以前は名ばかりの天皇を戦略的な思惑から元首の地位に置き、新たに統一されたこの国における政府権力の強化を図った。勢いづいた政府指導者たちは、日本ではじめての徴兵制による陸軍を発足させ、国による教育制度を確立し、さらには宗教の自由、女性の権利、普通選挙権などの民主主義的改革を推し進めた。しかし政府は徐々に神道を国の宗教として公認し、日本人がきわめて優秀な民族であるという概念や天皇への強制的な服従を奨励する手段として、神道の神話や慣習を巧みに操りながら、神道を政治的に利用しようとした。

軍事的安全保障と経済的安定を確保するため、日本はロシアと中国に短期の戦争を仕掛け、西欧諸国が東アジア諸国に対しておこなっていた植民地化政策に負けまいと後を追った。そして必要に迫られていた石炭、鉄、ゴムなど山の多い日本では手に入らない資源を確保した。二十世紀初頭までに、日本は台湾を植民地化し、満州とロシアの北方の島々を領地として獲得し、さらには朝鮮半島全土を併合し、朝鮮の言語や文化を抑圧した。また第一次世界大戦中は船舶や軍用品を連合国へ提供した。戦争が終わ

1920年ごろの長崎港とその周辺。手前の建物は西中町天主堂（現カトリック中町教会）

ると、戦後処理をおこなうパリ講和会議において日本は五大国の一角として認められ、アジアにおいてはじめての世界的リーダーとして国際舞台に躍り出た。

長崎は繁栄を続け、長崎港は増加する海外貿易に対応するため埋め立てや開発によって拡張が進められていた。一八五五年には、江戸幕府により海軍士官を養成する長崎海軍伝習所が設立され、その二年後には、日本ではじめて西洋医学の指導をおこない、後に長崎医科大学〔現・長崎大学医学部〕となる医学伝習所が開設された。オランダ人や中国人の居住を長崎港近くの狭い地区に制限していた法律は廃止され、イギリス人、フランス人、ロシア人、アメリカ人同様、彼らも長崎のどこにでも住めるようになった。一九〇〇年代初頭には、十分な水の供給を確保するためダムや貯水池が建設され、鉄道網の拡張や道路の整備も進み、長崎への行き来がより便利になった。また、とくにロシアからの侵略に備え、非常防衛装備も強化された。一八八九年から一九〇三年にかけての十四年間で、長崎の人口は五万五千人から十五万人へと約三倍にふくれあがり、日本で七番目に人口の多い都市となった。十世代以上にもわたって家族代々ひそかに信仰を続けてきた長崎のカトリック教徒たちは、潜伏状態からやっと抜け出すことができた。多くのカトリック、聖公会、長老派の教会、さらには日本最初のユダヤ教礼拝堂やフリーメイソンの支部が長崎中に次々と建てられ、極東で最大のカトリック教会である浦上天主堂〔現・カトリック浦上教会〕は、職人や教区信者たちの手によって一九二〇年代初頭までに完成した。巨大な三菱造船所の創設により、造船業は貿易産業をはるかに凌ぐ長崎の主力産業となり、長崎は世界第三位の造船都市となった。

＊

ふたつの世界大戦の狭間にあたる一九二六年、二十五歳の皇太子裕仁親王が天皇に即位し、新天皇の在位期間に新元号を与える伝統に従い、元号が昭和（光明に満ちた平和）に改元された。しかし、即位後の二十年間は平穏とはほど遠いものだった。日本軍による他国侵略と天皇との関係性は、いまなお歴史家のあいだで議論が分かれているが、昭和天皇在位中に日本軍が国家政策を掌握する権力を用いて、ほぼ独裁的といえる独自の支配的地位を築いていったことは明白である。日本が近隣諸国の資源や労働力を強引に獲得することに対する国民の反発を最小限に抑えこもうと、超国家主義的な指導者たちは「神聖な天皇が保持する最高指揮権のもとに敷かれた日本の根本的体制」と定義される「国体」という概念を提唱しはじめた。そして愛国心とは、天皇と国家に対する避けることのできない絶対的な忠誠であると再定義された。

こうして日本人は、言論の自由や個人の権利を制限する抑圧的政策のもとで生活するようになっていった。大人も子供も、民主主義や個人主義など欧米の概念から脱却することが義務づけられ、皇道（天皇がおこなう政治の道）を守らなければならなかった。それによって国が定めた「道徳的な卓越性」を実行することが強制された。神のような天皇の慈悲深い指導によって、日本は優れた道徳性と国力を用いてアジア全土ひいては全世界を統一し指揮する比類なき立場にあるのだ、と国民は教えこまされた。さらに日本の内務省や他の政府部門は特別高等警察（特高）を設置した。当時、国家政策へ疑問を呈する、あるいは反論する行為は最大十年の禁錮刑が下される犯罪とみなされていたが、特高にはそうした行為におよぶ民間人や軍人を監視する役割が任されていた。

日本軍は、アジア全土に大日本帝国の領土を拡大しようと新たな作戦を開始した。陸軍は、一九〇五年における日露戦争の勝利以来軍事的存在感を維持してきた満州に侵攻した後、この地域を植民地化した。これに対し国際連盟は日本を非難したが、そうした非難や、軍事的、政治的、社会的に同等の地位を追い求める日本に対するアメリカや西欧諸国が示したあからさまな軽蔑的態度に反発した日本は、一九三三年、国際連盟から脱退する。四年後、日本は、国内の鉱工業生産とアジアでの継続的軍事行動に必要な天然資源をより確実に入手しようと中国に攻めこんだ。大日本帝国陸軍航空隊が大規模な戦略爆撃作戦を展開するなか、陸軍の指揮官や兵士たちは上海、南京、その他中国の都市へ猛烈な勢いで攻めこみ、何百万人もの中国兵士のみならず民間人を殺害し、さらには手足の切断、拷問などの蛮行におよんだ。一九四〇年、日本はフランス領インドシナに侵攻し、ドイツ、イタリアとの三国軍事同盟に調印し、軍事的、政治的、経済的な支配領域の拡大をめざし、これら枢軸国の協力をとりつけた。

国内では軍事政権が統制を強めた。すべての政党は解散させられ、国民ひとりも逃さず統制する伝達体制を敷く大政翼賛会が設立された。日本国中どこでも町内会の結成がうながされ、それぞれの町内会は五軒から十軒の世帯を一班とする隣組（十戸組）と呼ばれる複数の班で成り立っていた。隣組は毎月会合を開き、中央政府からの情報を伝達し、団結を奨励し、国体と皇道の厳格な理想をよりどころに結束していた。学校や隣組の集まりがあると、大人も子供も「一億一心」や「欲しがりません、勝つまでは」などのスローガンを繰り返し唱えなくてはならなかった。

数年にわたり広大な中国やインドシナ半島の地域で進軍と領地保有を続けた後、日本の財源や軍事用資源は、一九四一年ごろまでに乏しい状況となっていた。アメリカ主導でおこなわれた国際社会による抗議の禁輸措置によって、日本にとって必要不可欠な石油、航空用ガソリン、屑鉄の供給が絶たれ、日本の状況はさらに悪化した。日本の立場からすればふたつの選択肢があったが、いずれにしても大日本帝国が最終的に消滅へ向かう可能性しか残されていなかった。ひとつは日本軍が中国とインドシナから撤退すべきとするアメリカの要求に応じることで、日本への禁輸措置を終わらせることだった。しかしこれは、アジアにおける権勢を強めたいという政治的、経済的、軍事的な野心を日本がもちつづけていたことや、日本がアメリカからの経済的自立をめざしていた点をふまえれば考えられない選択だった。ふたつめは東南アジアにあるイギリス、オランダ、フランス、アメリカの植民地を奪いとり、膨大な石油、ゴム、鉱物資源を手中に収めることだったが、それによってこうした国々、とりわけアメリカとの報復戦争勃発が避けられない可能性があった。

日本は後者を選択し、さらにアメリカへの奇襲攻撃でアメリカ軍の機先を制しようとするもうひとつの決断を下した。一九四一年十二月八日（日本時間）、経済や軍事面の不安と混乱がいっそう深まり、政府上層部の政治論争が活発化し、国家への奉仕以外に個々の人生に大切なものはないとする政府の好戦的な意気込みがますます強まるなか、日本はハワイのアメリカ海軍真珠湾基地を攻撃した。これにより、アメリカを含む連合国と日本との戦争が勃発した。この戦争はすぐさま西太平洋全域へと広がり、ついには日本のほぼ全都市に破壊をもたらすことになった。

一九四五年の夏になっても、まだ長崎は大方のところで、そこまでの事態にはいたらずに済んでいた。

第一章　集束

一九四五年八月九日の夜明け前、十八歳の和田耕一は黒い木綿の制服にさっと身を包み、庇のついた帽子をかぶると玄関を出て木の引き戸を閉め、長崎港から内陸に八〇〇メートルほどの丸山町〔現・本石灰町〕の祖父母の家を出た。路面電車〔長崎電気軌道、通称「長崎電鉄」〕の運転士として午前六時からの交代勤務に就くため、狭く暗い道を抜け、熟知しているこの歴史ある町の道路を北と東に三・二キロほど歩き、蛍茶屋駅の営業所へと向かった。

夜明けの淡い光のなかでも、長崎は緑がかった色彩を帯びて見えた。多くの樹木に囲まれ、木造の家々が町と呼ばれる小規模な地域のなかにまとまって立ち並んでいた。草木に覆われた低い山々が街の縁に沿って長崎湾をほぼ囲むように連なっていた。駅に向かっていた和田は、いつまでも閉まったままの道路脇に並んだ市場を通り過ぎたが、そのときもまたつねに続く空腹感が頭をもたげた。日本中で果物や野菜が不足し、肉はもはや手に入らず、魚もめったに口にすることはできなかった。何年も厳しい

1944年10月、路面電車運行会社に勤労動員された学生たちと写る17歳の和田耕一（前列左端）。胸につけたリボンは間もなく出征することを示す（ふたりともフィリピンで戦死）

配給制が敷かれていた米の割り当ては、一ヵ月につきひとりあたり二合にまで減らされていた。空腹を凌ぐため、ほとんどの家庭では小さな裏庭でサツマイモが栽培されていた。その日の朝、霧に包まれほとんど暗闇に近いなか、長崎中の学校では校長や教師たちが朝早くから、畑として使えるどんな狭い場所にも植えられたサツマイモや数種類の野菜に肥料をやり、雑草を取り除き収穫したりと精を出していた。「いつになったら腹いっぱい食べられるのか、という思いがありました。腹いっぱい食べられないのはつらかったです」と私立長崎第二商業学校〔県立鳴滝高等学校の前身校のひとつ〕の学生だった和田は当時のことを思い出して語った。

営業所に到着すると、和田は勤務日誌に出勤証明の印を押し、レバーハンドルを受けとり、その日運転する出庫車両番号を教わるため、友人や同僚たちと列に並んで立っていた。一年前に彼は学徒動員によりこの仕事に就き、いまでは動員された勤労学生たちの班長を務めていた。和田は車庫まで行き、指定された路面電車に乗りこみ、レバーハンドルをとりつけた。料金をもらい切符を配るベテラン車掌も乗りこんだ。小柄でもがっちりとした体格の和田は運転席に立ち、電車を車庫から発車させ、毎日走っている路線の始発駅、思案橋に向かった。そこは、ついさっきまでいた自分の家のすぐそばにあった。

長崎はL字の形をしていて、北と東から長崎湾に流れこむふたつの川のまわりに築かれている。より規模が小さく、L字の横線にあたる中島川は、L字の角に位置する長崎港を起点に長崎湾より東方に広がる盆地を通り、曲線を描きながら流れている。その盆地には、長崎でもっとも古い歴史をもつ地区や、市や県の行政官庁が長いあいだ存続してきた。浦上川は、一九二〇年に長崎市に統合されるまでは水田や農地が広がる肥沃な土地だった狭い浦上盆地を通り、南へ向かって流れている。長崎港に近く、もっとも広々とした山頂をもつ稲佐山からは、眼下にこれらふたつの盆地と長崎湾に沿って並ぶ造船所が見渡せる。遠く南や西の方向を見渡すと、海と空の織りなす青が地平線の果てまで続いている。

一九四五年当時、長崎には舗装されていた通りはまだなく、建物も三階以上はめずらしかった。長崎市民二十四万人の足となっていた路面電車は市街の線路上を蛇行しながら走り、その集電線は道路に沿って並ぶ電柱のあいだに張られていたケーブルにつながれていた。教会は長崎中に建てられていたが、浦上天主堂の鐘楼は、そのどれよりも高くそびえていた。数多くの製鉄所や軍備工場が長崎港の北と南に位置し、またふたつの捕虜収容所〔福岡俘虜収容所第二分所・第十四分所〕も市の内外にあった。ひとつは長崎湾の出入り口近くの香焼島(こうやぎしま)にあり、もうひとつは港のすぐ北、三菱造船所 幸町(さいわいまち)工場の敷地内にあった旧紡績工場を利用していた。

太陽が地平線から顔を出したころ、和田は二百年間の鎖国時代にオランダとの交易所だった出島を後にして、路面電車を北に向かって走らせていた。すっかり成長し十八歳となっていた和田は、戦争が始まる前、イギリス、中国、ロシア、アメリカの外交官の子供たちと遊んだ子供時代のことをよく覚えていた。「他の国の子供たちも自分とおなじだと思いました」と彼は振り返る。「ときどき彼らの家に遊びに行くでしょ。アメリカ人やイギリス人のお母さんたちがおいしいケーキをつくってくれるんですよ。それが楽しみだった。中国人のところに行くとね、おいしいお饅頭なんかをつくってくれて。でもロシア人の家に行くとね、黒パンが出てきて。あれはあんまりおいしくなかった」と苦笑いした。

子供のころ、和田は両親、祖父母、妹と暮らしていた。彼は銀行員だった父親と地元の球場によく野球の試合を見に行っていた。まだ幼かった彼は、東京のチームがやってくると、ロシア生まれのスター選手、ヴィクトル・スタルヒンがすごいスピードで投球する姿を見ることができるので、いつも嬉しくてわくわくしていた。和田が五歳のとき、父親が一九三〇年代の長崎ではまだめずらしかったラジオを購入した。長崎にはラジオ放送局がなかったので、熊本からの電波を受信するため、高い竹の棒の先にアンテナを据えつけた。天気予報や音楽番組は一日を通し散発的に放送されていたが、スポーツ番組は放送時間が新聞に掲載されていたので、野球や相撲の中継を聞きに近所の人たちが和田の家に押しかけてきた。両親は大挙してやってくる人たちを快く思っていなかったが、彼は近所の人たちで自分の家が満杯になるのが嬉しかった。「いちばん記憶に残っているのは、一九三六年のベルリンオリンピックの放送です。前畑秀子が出場した二〇〇メートル平泳ぎの中継をみなで聞いて応援しました。勝ったときは手を叩いて喜びました」

和田が十歳のとき、母親と生まれたばかりの弟が出産時に死亡した。その二年後には父親が結核で命を落とした。抗生物質の不足と栄養不良などの貧しい生活が原因で、この病気で亡くなる日本人は毎年推定十四万人にものぼった。「父は寝とるだけでした。薬があったら助かったかもしれない」。祖父母が

1930年ごろの長崎駅（アメリカ陸軍病理学研究所返還資料）

彼と妹の面倒をみてくれていたが、十二歳の和田は打ちひしがれ、途方に暮れていた。両親は亡くなり、祖父母にはほとんど収入がなく、彼自身も仕事を得る年齢には達していなかった。「でも男だから、泣くわけにいかなかった」

和田が両親の死に直面していたころ、日本は中国へ侵攻し、他国への長期にわたる軍事攻撃が始まった。そして日本国民すべての日常が大きく様変わりした。国の軍国主義的指導者たちによって推し進められた法律により、戦争体制の強化に向け、政府が産業、メディア、労働力を統制し利用することが可能となった。長崎を含め国中で軍需工場での生産が加速され、ガソリンや皮革製品は配給制となり、その後、一般の人々による木炭、卵、米、イモ類の購入が厳しく制限された。熱狂を駆り立てるような軍隊行進曲が流れるラジオ放送は、日本の戦勝を祝い、自国の優位性と、天皇のもとで日本はアジア全土の解放者、そして守護者となるべく固有の運命をもちあわせている、というプロパガンダを国民に吹きこんだ。それまで認めてきた民主主義的な原則を無効にするため、政府は極端な軍事的思想の教化、社会的制約、そして個人の行動に対する厳格な指令を導入し、どの家庭でも、天皇と皇后の写真を飾ることが義務づけられた。一九四一年春、小学校は改組されて国民学校となり、子供たちは日本が中国で軍事的成功を収めたことを賛美するよう教えこまれ、兵士へ激励の手紙を書くよう指示された。長崎では何百年と続いて催されていた中国文化の祭りが中止され、長崎駅には戦線へ出兵する若い兵士を激励し旗を振る大勢の人々が入れ替わり立ち替わり集まった。一般の人々の目にはふれさせないよう厳重な警備が敷かれるなか、三菱造船所では何千人もの作業員が、当時としては最大級、総重量七万トンの戦艦「武蔵」を建造した。

一九四一年七月、日本の文部省は、近代史における欧米諸国による世界支配を非難し、日本の慈悲深き天皇によって決定される新たな世界秩序をめざした理想を受け入れるよう国民に命令する宣言書、『臣民の道』を刊行した。この宣言では、日本による満州や中国の侵略は日本の国家的な道徳原則にもとづき、世界を平和な状態へと回復させる手段である、と説明されていた。日本国民は「欧米文化の流入」を一掃し、組織化された軍事国家に黙って従い、個人的な欲求や願いはあきらめ、天皇に絶対的忠誠を示すよう強要された。国民はアメリカが主導した石油やその他天然資源の禁輸が日本におよぼした影響を感じてはいた。しかし、首相が中国からの撤退命令を下せば首相が暗殺されるという結果も招きかねなかったため、多くの国民は政府による中国からの撤退拒否を支持した。

それでも国民は、自分たちの国が次にどんな手段に打って出ようとしていたかを想像することはできなかった。一九四一年十二月八日（アメリカでは十二月七日）午前七時、ラジオの臨時ニュースが日本に よる真珠湾への攻撃とアメリカと連合国に対する開戦を報じると日本国中が驚きに包まれた。同日夜のラジオ放送では「およそ勝利の要訣は、「必勝の信念」を堅持することであります。建国二千六百年、われらはいまだかつて戦いに敗れたるを知りません。(…)われらは光輝ある祖国の歴史を、断じて、汚さざると(…)誓うものであります」と東条英機首相は演説した。

十四歳だった和田はこの発表を父親のラジオで聞いた。日本が中国に侵攻していたころ、まだ幼かった彼は、入隊できる年齢になったらすぐに志願しようと夢見ていた。しかし生前、彼の母親は、天皇の名において突撃の際に上げる叫び声である「万歳」はよくないことだ、と彼に教えた。自分の国が真珠湾を攻撃したというニュースを聞くと、彼はもうそのとき、「日本はほんとうに世界の人を救うための正しい戦争をしているのか」と少し疑問をもつようになっていた。しかしその時代、反対意見を口にすることは厳しく罰せられていたため、疑いの気持ちは自分の胸にとどめておいた。一方、日本兵たちは、さらに遠く中国内陸部に入りこんで戦闘をおこなうと同時に、東南アジアにあるアメリカ、イギリス、フランス、オーストラリア、オランダの所有地を奪おうと突進していった。より強大な力をもつ敵の手による、避けられるはずのない敗北に抗いながらの戦いだった。

それは、歴史家ジョン・W・ダワーの言葉を借りれば「容赦なき戦争」だった。そこでは日本とアメリカがたがいに相手国に対する人種差別的で人間性を失わせるような言葉や認識をさかんに言い広めた。アメリカでは「タイム」誌が「平凡で理性のないジャップは無知だ。たぶん人間だろうが、それを示すものは皆無だ」と書いた。このような人種差別と恐怖の扇動に支配された状況のなか、アメリカ政府は、推定十二万人の日系アメリカ人と、スパイ行為や妨害行為を犯す危険性が高いとみなされた「居住外国人」を強制収容した。一方日本では、敵国のアメリカ人やイギリス人は恐ろしい「鬼」にたとえられ、

「欧米」のものは文学、英語の授業、音楽、政治哲学はじめすべてが日本の教育や社会から追放された。長崎だけでも推定で二十人から三十人の外国人修道士、修道女、司祭が敵国スパイの嫌疑をかけられ、郊外の修道院に強制収容させられた。また、日本兵への国家主義思想の植えつけがさらに強まった。一九四三年春には「撃ちてし止まむ」がスローガンとなり、大日本帝国の運命はあらゆる戦闘にかかっていることを信じこまされた。軍人には降伏や捕虜となることが許されず、家族や国家のための名誉ある行為として、そしていっさいの恥辱を残さぬよう自決が命令されていた。

日本人の生活はますます貧しさに耐える日々となっていき、国家統制も強まり、人々は統制に逆らわずに、どうにかして生きのびることしか頭になかった。政府は三菱や三井などの巨大な民間複合企業体である財閥との間の巨額にのぼる兵器・軍需品製造契約に応じた。他の大半の商工業や家族経営会社は自社の労働力と生産力を、日本軍の必要とする膨大な物資を供給するための生産に切り換えなくてはならなかった。政府が重点産業以外の会社や店を強制閉鎖したことにより、長崎でも職を失った男たちが三菱の四大産業である造船、電気機器、軍需品、鉄鋼の工場生産グループに加わったため、市全体の労働人口に占める三菱従業員の割合がさらに増えた。消費財は姿を消し、ラジオ放送、新聞、教師、そしてたえずその存在を顕示する軍関係者たちは国民に「ぜいたくは敵だ！」「一機でも多く航空機を前線へ」などのスローガンをこれでもかと浴びせた。

次第にほぼすべての国民が、戦争貢献への労働を義務づけられた。日本は石炭、鉄鋼の生産高、そして航空機、戦車、弾薬の製造能力においてアメリカよりも極端に劣っていたため、その差を埋めなくてはならなかった。当初、政府は兵役についていないすべての男たちになんらかの形で国の使命に貢献させようと肉体労働、製造、通信、運輸の仕事に就かせた。そしてついには未婚女性、服役囚、さらには栄養不良になったり、衰弱したり、シラミに感染した捕虜たちまでも同様の仕事に就かせた。既婚女性は、日本の人口をふやすためにできるだけ多くの子供を産むようせきたてられた。日本へ強制的に労働動員させられた朝鮮や中国の男性たちは、日本の鉱山や工場で重労働に従事させられた。一九四四年には、およそ六万人の朝鮮人と千人の中国人が仕事場近くの粗末な小屋に住まわされ、日に三回のわずかなお粥を与えられ、市内やその周辺で働かされていた。日本の開戦を祝う「大詔奉戴日（たいしょうほうたいび）」に指定されていた毎月八日は、労働者の決意をかきたてるため、おにぎりひとつが余分に配られたりもした。日本の労働力をさらに強化するため「教育」の定義が変更され、勤労奉仕が教育に組みこまれた。十四歳以上の学生には食品や石炭の生産を中心に短時間の勤労奉仕活動への参加が義務づけられたが、一九四四年までには勉強と短時間労働をやめ、常勤で戦争貢献のため働くよう命令された。また、十歳〔国民学校初等科四年〕以上の子供たちは勤労奉仕隊に動員された。

国民は国の戦費捻出を助けるため、衣類や宝石のほか家庭にあるありとあらゆる金属類、ときには金歯さえも国に差し出した。そして何よりも大事な自分たちの父親、息子、祖父、叔父、兄弟を、小さな木箱に入った遺骨を受けとるだけのために、なんの異も唱えず前線に送り国に捧げた。人前では深い悲しみや後悔を見せることはできず、国に尽くした息子や父親の名誉ある死を褒めたたえる隣人たちの言葉を淡々と受けとめるしかなかった。大日本婦人会の地方支部は慰問袋を戦地の兵士へ、そして兵士の無事を願う意思表示として千人針（女性が布に糸で千個の結び目を縫いつけた腹巻）を戦地に赴く新兵のために用意した。各家庭は五─十世帯で構成される隣組に属さなくてはならなかった。憲兵隊はこの隣組を通じて、国民が国家へ忠誠を尽くしているか、抵抗している者はいないかを監視していただけでなく、より細かくひとりひとりがどれほど強く戦争への熱意をもっているかや、その反逆的傾向にも目を光らせていた。少数派ではあったが、天皇の神性、政府の政治的野望、あるいは日本軍の侵略行為に不信をあらわす人たちには、投獄や拷問という苦難が待ち受け、殺されることもめずらしくなかった。仕事場でさえも、上司に逆らえば、ひどい体罰を受けることがあった。

結局、欧米から来ていた和田の友人たちは長崎の地を追われたが、このときもまた、彼は政府の意図に疑問をもった。「アメリカもイギリスも、オランダも悪い悪いということをずっと教えられてきました。でも、何が悪いのかという疑問はありましたよ。だって家に遊びに行くと、どの国のお母さんもお父さんもとっても優しかったんですから」。戦争でいくら日本が優勢だと政府が発表しても、和田には自分の生活がますます悪い方向に進んでいっていることもよくわかっていた。最初は戦争に貢献するため、学校の代わりに働くよう命令された。その後は路面電車に動員されたが、大人の給料の半分しかもらえなかった。一日の仕事が終わると、給料代わりにひとかたまりの硬くなったパンが支給された。その後は路面電車に動員されたが、大人の給料の半分しかもらえなかった。和田の祖父母は、生活のために自分たちの着物や貴重品を売り渡していたが、わずかな金額にしかならなかった。彼はいつも空腹を抱えていた。年上の友人が出兵すると、彼らがたぶん戻ってはこないだろうことは和田を含め誰もが知っていた。多くの新兵が特攻隊に「勧誘」されるようになる一九四五年ごろにはとくにそうだった。「何かおかしいな、という気持ちはありましたよね」と和田は振り返る。彼は後に、公然と戦争反対の声をあげられたらどんなにいいだろうと思った。「でも正直言うと怖かったんです。殺されるかもしれないという不安があったから」

彼は、自分の徴兵年齢〔一九四四年以降十七歳〕が近づくと、むずかしい判断に向きあうことになった。戦争に反対だったこともあるが、もし彼が出兵してしまえば祖父母を支える者は誰もいなくなってしまうこともわかっていた。反体制的な思いを実行し、和田は入隊前身体検査にわざと受からないようにした。「私は当時メガネをかけていましたけれど、だからといって、すぐに不合格になるわけではありません。でも検査のとき、わざと見えないふりをしたんです」。和田は兵役を免除となった。しかし、身体検査で判断されたとはいえ、反戦学生というレッテルを貼られ、厳しい非難やそしりを受け、警官にはたびたび殴られた。和田は超過勤務をしながら耐え抜き、結果として給料を倍に増やし、前より楽に妹と祖父母を支えられるようになり、友人と過ごす時間もできた。「私は小さいころから、どんなことがあっても負けてなるものか、という気持ちがありました。とにかく自分でなんとか生きていかなくちゃならなかった。どんなにつらく苦しいときでも、どんなにむずかしいことがあっても、明日という日は必ず来る。明日がダメでも、また次の日が必ずやってきます」

八月九日の朝、和田は長崎駅を後にして、路面電車を浦上盆地に向けて北へと走らせていた。川の両側に並ぶ三菱工場の煙突からは厚い白煙が立ちのぼっていた。どちら側を見ても、和田の目には所狭しと並んでいる何千もの瓦屋根の家々が見えた。いまでは百五十以上の店、薬局、仕立屋、家具屋などが閉鎖されたり、配給所に様変わりしていた。階段が傾斜に沿って丘陵地帯へと続いていたが、そこではより多くの店が閉鎖されていて、狭いバルコニーつきの家々も見えた。長崎医科大学とその付属病院〔現・長崎大学病院〕は、東側の丘陵地帯の麓〔坂本町〕に立っていた。その先、北の方向〔本尾町〕に立つふたつの鐘楼をもつ赤レンガの浦上天主堂からは、丘全体が見渡せた。

朝八時ともなると、長崎の路面電車は所属する仕事場へ向かう大人や子供で満員だった。ぎゅうぎゅう詰めの電車に乗りこむことができなかった者は、交替勤務時間に間に合うように歩くしかなかったが、そんなときは一時間以上もかかることがよくあった。なかには仕事に行かず、丘陵の斜面で食べられる野草を探す者もいた。しかしその行為は敵の協力者とみなされ、職場の掲示板に名前が貼りだされるという罰則を受ける危険があった。和田が浦上盆地を通り抜けたとき、他の路面電車が市内で脱線したとの連絡を受けたため、彼は路線を変更しなくてはならなかった。和田は、この事故が彼の命を救うことになるとは夢にも思わなかった。

＊

その日の早朝、長崎に住むもうひとりの十代の少女、永野（旧姓・金澤）悦子は目を覚ますと、家族がやっていた朝の体操に加わった。「ラジオで流れる掛け声にあわせた体操。これは嫌でしたね。寒いときでも父は、ぱあーっと雨戸や障子を開けて私たちに体操させました」と永野は説明した。このような厳しさはあったが、十六歳の永野は父が大好きで尊敬していた。小柄で、戦争が始まったころは四十歳を少し過ぎていた父は、徴兵対象年齢〔第二国民兵役は四十歳、一九四三年以降四十五歳まで〕から外れていたため、三菱電機製作所で働いていた。永野は母に対しては父ほど愛着を感じていなかった。「母はですね、少しわがままなところがあって。兄と私、それに私の下にふたり、子供が四人もいたから、いつもいらいらしていましたね」。それでも永野は、母が我流で身につけた洋裁の技術をありがたく思っていた。衣類は配給で、生地も手に入らなかった戦時中、母は自分の着物を出してきて縫い目をほどき、彼女と妹の邦子のために洋服をつくってくれた。「友だちから「いいねえ」って言われてたんです」

彼女のなかに残る戦争前の記憶は、そのほとんどが自分の家族のことだった。永野は両親と兄、妹、弟と一緒に長崎駅からすぐ北、銭座町（ぜんざまち）の一戸建ての家に住んでいた。「兄は優しかった。自分で言うのも変ですが、兄はハンサムなほうでね。友だちや同級生が、「お願いだからお兄さんに紹介して、紹介して」って用事もないのに家に遊びに来ていたんですよ」。また永野は三歳下の妹の邦子とはよくケン

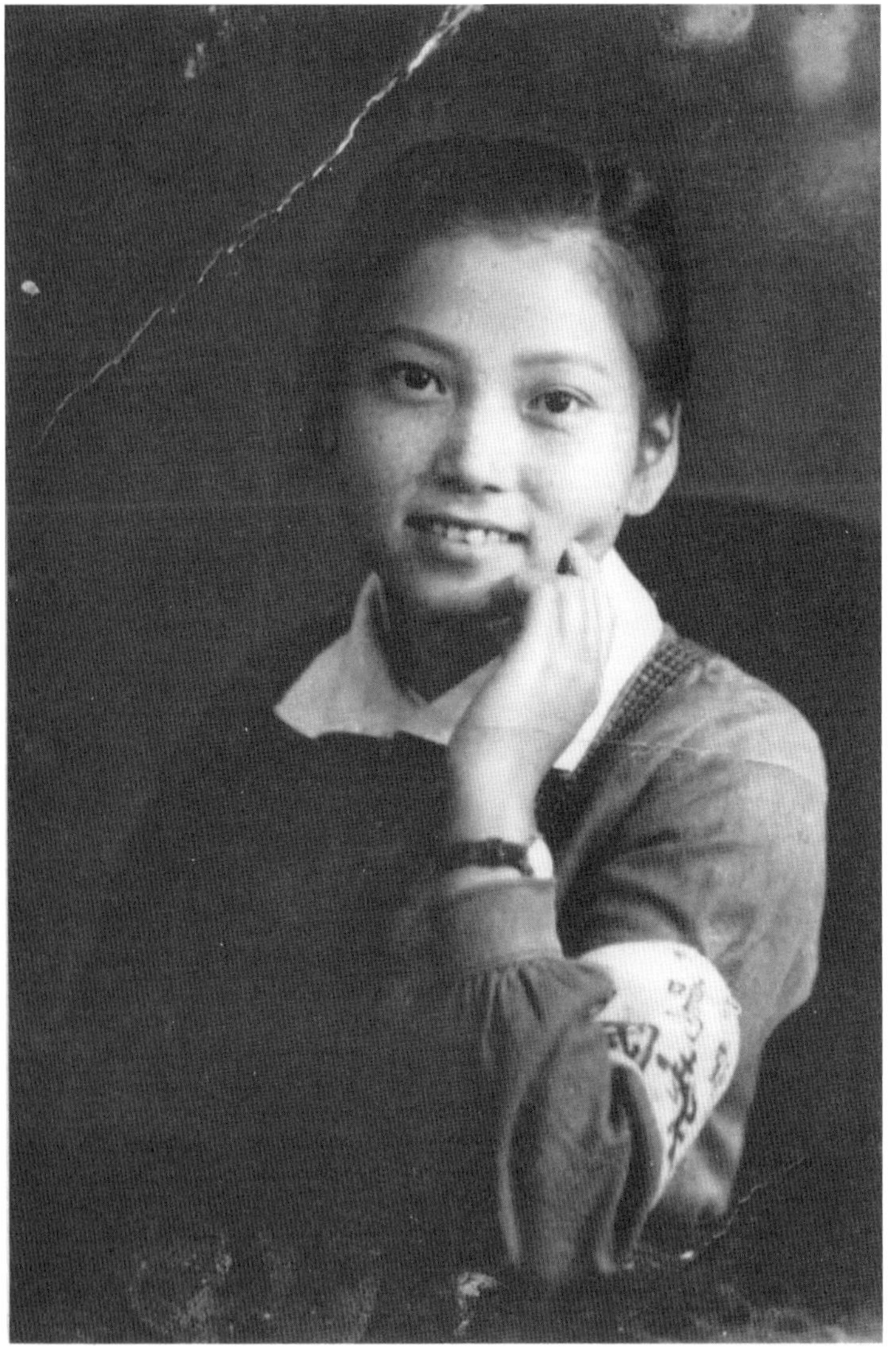

1944年ごろ、15歳の永野（金澤）悦子

カもしたが、色白でとっても大きな目をした邦子のことをほんとうにかわいがっていた。戦争が始まる前、永野はときどき末の弟、七歳下の清二（家族は清ちゃんと呼んでいた）を背中におんぶして貸本屋まで歩いていった。「弟をよくおんぶしてね、貸本屋さんに行って立ち読みしたりして。子守していることになるから、母も何も言わないんです」。家の庭にはたくさんのザクロ、イチジク、ミカン、ビワなどの木が植えられ、清ちゃんがだんだん大きくなってくると、三人はみなで木に登り、実をつけたいろいろな果物をもいでは食べた。「とってもおいしかった。当時はほんとうにしあわせでした」と、ため息をつきながら永野は語った。

永野が十三歳のとき、太平洋戦争が始まった。その後の二年間で永野たちがより困難な状況に直面するなか、彼女はすっかり様変わりする長崎の姿を目のあたりにした。一九四三年ごろになり、連合軍が太平洋上で日本の前進を食いとめ後退させ、中国の基地を使い日本本土への空爆を開始すると、長崎の役人たちは、起こりうる連合軍の攻撃に対する初の防衛策を実施した。そしておもに学校と公共の建物十ヵ所を救護所として選定した。参加が義務づけられていた隣組による防空訓練が始まると、誰もがすぐに作業の手をとめ、たとえ就寝中でも起きて指定された参加確認場所に行き、報告しなくてはならなかった。年齢を問わず誰もがバケツリレーや消火訓練をおこなった。市役所の近くや旧市街地では、防火帯をつくり避難道路を確保するため、該当区画にあった建物がすべて強制的に撤去させられた。そのため学校は移転を余儀なくされ、多くの家族が浦上盆地や郊外にあった親戚や友人の家に引っ越さなくてはならなかった。どの家庭でも、火事の延焼を遅らすために自宅の天井板を剝がすよう強制された。男たちは空襲のとき、火が燃え広がるのを防ぐため、つねに誰かが必ず家にいなくてはならなかった。男たちは兵隊にとられるか働きに出ていたため、この役目はほとんど女性が担っていた。

戦時消火訓練に集まった住民。1943年以降、強制参加のこうした訓練は、空襲に備え長崎市全体で毎月実施された

官公庁や事業所ごとに編成された職場自衛防衛隊と町内会、隣組単位の防衛団員が大きな工場、会社、県の建物、学校の地下に防空壕を掘った。その他の人々も、簡単なトンネルの形をした何百という待避壕を、市を取り囲む丘陵地の斜面に掘った。待避壕のなかには百人もの人が入れるところもあったが、雨が降るたびに多くの壕は水漏れし水溜まりができた。家庭でも自宅の床下に防空壕を掘るよう義務づけられた。「私たちは畳を外して、家族が入れるくらいの穴を床下に掘りました。ドラム缶に貴重品とか食料を入れて蓋をして、その上に防火の水を入れたバケツを置いておきました」

勤労動員された学生たちのほとんどは、鉄道の駅や、長崎湾あるいは浦上川に沿って位置していた軍需工場や造船所で働いた。鶴鳴(かくめい)高等女学校〔現・長崎女子高等学校〕五年生だった永野は三菱電機製作所の作業場に配属されていた。作業場は、自宅があった銭座町から東方に丘をこえた片淵町に建っていた長崎経済専門学校〔現・長崎大学経済学部〕の体育館のなかだった。毎朝、永野は路面電車で諏訪神社の前の停留所で降り、作業所まで一キロ強の距離を歩いた。黙々と作業することを強要されるなか、永野は大人の従業員に混じり旋盤作業をしていた。仕事が休みでも、ほとんど何もすることがなかった。「映画は禁止、食堂も閉まってて食事もできない。何も楽しむことがないから、友だちと写真を写して交換したりして遊んでました。十六歳と言っても、まだ子供といっしょで、戦争のことはそんな深く掘り下げては考えてはいなかったと思います」

一九四四年八月十一日、長崎ははじめて空襲を受けた。それは日本の都市部に向けたアメリカ軍による夜間焼夷弾攻撃の試験空襲だった。長崎が被った物的損害は少なかったが、二十六人が負傷、十三人が死亡し、長崎ではじめての民間人犠牲者となった。その年の末までにアメリカ軍はグアムとマリアナ諸島で勝利を収めたため、日本本土へより侵攻しやすい状況が整い、日本の軍事、産業、交通にとって重要な拠点に的を絞った爆撃を強化させることが可能となった。アメリカの爆撃機は、日本中の攻撃目標の場所へ向かう途中、長崎の上空を休みなく通過していた。

長崎はさらなる攻撃に向けて準備をした。市全体の防衛手段を強化するため、軍は高射砲、照空、電探陣地を増設し、市側でも防衛本部を発足させ、降雨でもろくなった山腹の避難所を修復、さらに貯水槽をつねに満たし、緊急電話通信網を確保した。さまざまな対応を考慮した消火活動戦略では、職場の特設防護団や地区単位の防空群団を指揮するため、合計約三千四百人の民間人で編成された警防団が市全体に配置された。各班には自動車ポンプがあり、手引きガソリンポンプを持つ班もあった。また一般市民によるバケツリレーもつねに訓練を続け備えていた。攻撃を受けた際には、補助警官隊や警防団が歩行者や車両の通行を指示し、応急手当てや伝染病の予防を手助けし、死体の処理を監督するため、準備を整えていた。

市や県の指揮官たちは、追加の緊急救護所を設置するための場所を選定し、市の救護体制の実施に向け、二百八十名の医師や看護婦を選任した。しかし、医師のなかには年若く、十分に訓練を積んでいない医学生が含まれていた。彼らは軍に召集された医師たちの抜けた穴を埋めるため、通常より早期に医師の資格を与えられていた。長崎や周囲の村にあったコンクリートの建物は、緊急避難場所となった。衣類、医薬品、大量の米、麵類、大豆、加糖練乳、乾燥イワシ、塩、とうもろこしが、空襲時でも安全だと考えられていた浦上天主堂や他の建物のなかに備蓄された。攻撃目標となる可能性がある場所を敵から見えにくくするため、市当局は厳重な灯火管制を敷いた。家庭では日が落ちても照明をつけることが禁止され、夜通し操業していた工場は、明かりが少しも漏れないよう窓を覆うよう命令された。子供たちは家のなかでは飛行する連合軍の航空機に目をやり、防空壕のなかではその音を聞いていた。なかには飛行機のエンジン音を聞いただけで種類がわかるようになった子供もいた。

政府が子供たちを農村部へ避難させるようにとの要請を出したこともあり、一九四四年も終わりに近づくころ、永野の両親は邦子と清二を九州南端、鹿児島の上東郷村〔現・薩摩川内市〕にいる祖父母のところへ疎開させた。永野の兄は召集され、市外で訓練を受けていた。そのため、勤労動員学生として働かなくてはならなかった永野だけが両親とともに長崎にとどまっていた。「それまではふつうの家庭でした」

彼女の孤独感は耐えがたいものだった。そして一九四五年の春、彼女は両親に邦子と清ちゃんを家に帰らせてほしいと熱心に頼みこんだ。さんざん話をしたあげく母はついに折れ、永野が鹿児島に行き、ふたりを連れて帰ってくることを承諾した。ただし母は、ふたりがほんとうに帰りたいと思っているのならそうしてもいいと強く念を押した。

永野はすぐさまそれに従った。永野は電車に乗り、ひとりで鹿児島に向かった。到着すると、弟と妹は鹿児島で仲良しの友だちができたから家には戻りたくないと言い張った。永野が、帰らなくてはいけない理由をあれこれ言って無理やり納得させようとすると、邦子と清二は泣きだした。「こんなに帰らない言う子供を、無理やり連れて帰らんでもいいやかんね」と祖父母は彼女をたしなめた。それでも彼女は聞かなかった。ふたりが通う学校の休憩時間の合間に、永野はふたりを電車に乗せ長崎へと連れ帰った。

それから四ヵ月経った八月九日の朝、永野は家族と一緒にいつものラジオ体操を終えた。この時間にはもう長崎中で人々は目を覚ましていたが、永野を含め誰もがお腹を空かしていた。食事の支度を担っていた母親や祖母そして娘らは、どんぐり、おがくず、大豆の粉、ジャガイモの茎、落花生の殻、カボチャの粥などなんでもあるものを掻き集めて食事をつくり、蛋白源は、昆虫、幼虫、ネズミなど齧歯動物の肉、ヘビなどだった。永野と同年齢の少女はあまりに痩せていたため、友だちから線香と呼ばれていた。また、栄養失調と睡眠不足からくる無気力感や倦怠感に悩まされる者もいた。

七時ごろより拡声器やラジオを通じて警戒警報、続いて空襲警報が発令され、型どおりの対応が指示された。工場では製造が停止され、病院職員は患者を指定された避難所へ運んだ。人々は防空頭巾を急いでかぶり、親たちは子供に自宅下や近くの防空壕に急いで避難するよう叫んだ。永野とその家族を含め、何千人もの人たちが暗くじめじめした壕のなかで身を寄せあい、うずくまった。母親、叔母、年長の姉は、もしもの火事を消火するため家にとどまっていた。

長い待機時間の後、警報解除のサイレンが鳴った。永野は家に戻り、仕事場へ行く準備をした。彼女には白の新しい運動靴が配給されていたが、一九四五年の夏、こんな貴重品を手にすることはめったに妹、弟を残して仕事場に向かって家を出たとき、長崎の街は朝日を浴びて輝いていた。彼女が母親とないことだった。その靴を汚したくなかったため、永野は下駄を履いていくことにした。

＊

十五歳の堂尾みね子は、彼女自身の言葉を借りれば、少しばかり「腕白な子供」だった。おてんばで溢れんばかりのエネルギーに満ち、気の強い性格だった堂尾は母を心配させた。「おまえはね、ちゃんと女らしくしないと、神様がちゃんと見とんないよ」と母は注意していた。「だけど、自分に見えない神様なんているわけない、ちゅうな感じでしたね。日本語には腕白という言葉があります。まさしく私のことでした」

堂尾の家庭では日本の伝統的な男女の役割分担が守られ、大人でも子供でも、男子にはより大きな尊敬の念と優先権が与えられていた。堂尾の父は満州で兵役を務めた後、三菱造船所で上級職員として働いていた。家庭での父は、毎晩二時間の勉強を強制するなど絶対的な服従を子供に求める厳しい権威主義者だった。夕食では部屋の上座に用意された別の食卓に座り、戦時の食料不足という状況にあっても、父にはお代わりがあった。男の人は運がいい、と堂尾は思った。

対照的に、母は優しくがまん強く、不満を言うこともない従順な人だった。戦時中ということもあり、化粧はせず、髪も後ろで束ねていただけの母だったが、その気品ある美しさは際立っていた。厳しい配給制が敷かれる前、母は家計を助けようと魚の行商をしていた。魚市場まで大八車を引いていき、それに購入した魚を積んで家に戻ると、魚をふたつの籠に詰めなおした。その籠を両肩に渡した長い棒の両端に吊るし、家から家へと売り歩いた。七人兄弟の四番目だった堂尾は母の美しさを受け継いでいた。

彼女はアーモンド型の目と滑らかな肌、そして輪郭のはっきりしたまるい唇の持ち主だった。妹や弟たちの面倒を見ること以外に、堂尾にはやるべきふたつの日課があった。ひとつは食事、風呂、洗濯のため近所の共同井戸から家まで水を運ぶことで、もうひとつは次の日の食事のため米や穀物をとぐことだった。冬の夜には米をとぐと指先がかじかんだが、父の厳しい方針「働かざるもの食うべからず」に従って堂尾はがまんした。

堂尾とその家族は長崎港のすぐ西にある稲佐町（いなさまち）に住んでいた。少女のころは友だちとかくれんぼや縄跳び、そして蠟石で道に絵を描いたりして遊んでいた。通っていた稲佐尋常小学校では一日も休まず、成績もよかった。しかし彼女はおてんばで、両親や先生が望んでいたかもしれないような上品でしとやかな女の子ではなかった。彼女はドッジボールチームの主将を務め、運動会の徒競走ではいつも一番か二番になり、長崎市の陸上競技会の学校代表にもなった。休み時間ともなると、他の女の子には目もくれず校庭中を走りまわっていた。

一九四一年十二月、日本の真珠湾攻撃によって、堂尾の生活もさまざまに変化しはじめていった。「講堂に全校生徒が集められ、（…）天皇陛下、皇后陛下の御真影に一礼し、川崎校長先生が「日本はドイツ、イタリアと同盟を結び、アメリカ、イギリスと対戦する。みんなはしっかり勉強し体力をつけ、贅沢を言わずがんばりましょう」と訓示した。先生たちの顔は、不安げな、ひきしまった顔だった」。翌年、堂尾は、稲佐から徒歩で二時間のところにある伊良林の瓊浦（けいほ）高等女学校〔現・瓊浦高等学校〕の入学試験に合格した。

入学一年目はふつうに授業がおこなわれ、堂尾は放課後になると茶道、琴、作法、弓道を習っていた。しかし、次第に学生たちは体育の時間や放課後にジャガイモの芽の植えつけを強制されるようになり、

1944年ごろ、14歳の堂尾みね子

堂尾が通う女学校での教育は軍事的思想の教化に重点が置かれるようになっていった。彼女や同級生たちは天皇とその支配下にある日本への完全な崇敬と忠誠を命じる教育勅語を暗唱した。教育勅語には、「一旦緩急あれば義勇公に奉じ、以て天壌無窮の皇運を扶翼すべし」と書かれてあった。堂尾は、自分の国が負けるとは思っていなかった。「戦争を始めたころはね、日本は神の国だ、だから必ず勝つからと教わってましたよ」。日本の兵士たちは選ばれた精鋭たちの集団となり、堂尾や彼女の友だちは兵士の妻になることを夢見た。

一九四二年、堂尾のいちばん上の兄は軍の召集令状「赤紙」を受けとった。兄は二十三歳だった。多くの新兵同様、兄は遺言状を書き、形見の爪と髪の毛と一緒に家族へ手渡した。出兵当日、堂尾の母は朝早くから起きて、このときのためにと内緒でしまっておいた食材を使って、もち米を甘い小豆で絡めたおはぎをつくった。「お腹いっぱい食べとかんね」と母は兄にしきりにすすめていた。隣組の人たちが彼に別れを告げにやってきて軍歌を歌いはじめると、堂尾の兄は敬礼し、「お国のために、そしてみんなのためにしっかりつとめてきます」と挨拶した。それから間もなく、堂尾の二番目の兄も徴集された。二年後、いちばん上の兄はグアム沖の海戦で死亡した。父は電車で長崎から北に約五〇キロ離れた佐世保まで兄の遺骨を受けとりに行った。父が受けとった白い箱には何も入っていなかった。両親は息子を偲んで、彼の指の爪と髪の毛を箱に収めた。母は何ヵ月も悲嘆に暮れた。

一九四四年、一家は稲佐から長崎市の北西端に位置する西浦上滑石（なめし）郷の知人宅の離れに疎開した。学校に行かず常勤での勤労奉仕を強制されるようになったちょうどそのころ、十四歳の堂尾は自分の将来を夢に描きはじめていた。他の多くの学生とともに、彼女も三菱兵器製作所大橋工場〔現・文教町、跡地は長崎大学キャンパス〕に配属された。そこでは、真珠湾攻撃にも使われた空中投下できる航空魚雷を製造していた。堂尾の仕事は、新しく製造された魚雷のボルトを点検することだった。一ヵ月に一度、学生たちは「登校日」のために学校に戻った。登校日には軍事教練への参加が義務づけられていた。残っている数少ない当時の写真の一枚には、ある「登校日」に撮られた堂尾が写っている。すてきに写りたいと思った彼女は学校の規則を破り、制服の代わりに黒っぽいスカートと白い木綿のブラウスという私服姿で登校した。「私はおしゃれが大好きで、自分なりのイメージをもってました」と堂尾は肩をすくめた。

一九四五年三月初旬、アメリカは「日本人の規範や判断を足元から揺るがそうと」日本の都市に対する容赦ない焼夷弾による攻撃作戦を開始した。その後の四ヵ月間、東京、名古屋、大阪、さらにはほぼすべての主要都市にあった広範な工業地域や居住地域が焼け落ち、焦土と化し、おびただしい数の国民が殺され、負傷し、住む場所を失った。

長崎も警戒を強め、急いで空襲防衛システム、緊急備蓄、避難場所の強化を図った。三菱の各工場でも、職員や動員学生らが機械、精密計器、管理部門を学校や地下避難場所へ移動させた。また三菱は市北西部の山腹を爆破して掘り進め、六本の並列した相互連結型のトンネルをつくった。トンネル内部には二十四時間体制で魚雷製造を続けるための工場〔三菱兵器住吉トンネル工場〕がつくられた。防火目的の強制立ち退きや子供、高齢者、妊婦らの任意避難が実施され、推定五万人が軍需工場周辺や中島川沿いの旧市街からより安全と思われていた浦上盆地北部、市外、または近くの島々に移動した。学校の授業は神社、一般の家など臨時の場所でおこなわれた。

長崎医科大学では、学生たちがつねにヘルメットや医療品を机のそばに準備しておくようになっていた。高校生や地域の有志たちが緊急救護隊を結成し、消毒液、殺菌用ヨードチンキ、絆創膏、はさみ、鎮痛剤、鼻紙、爪切り、ハンカチが入った救急箱を備え持っていた。どの隣組にも貯水タンク、小型手動ポンプ、担架、そして各組の人数をもとに配布された梯子が備えてあった。義務づけられていた自宅地下の防空壕のほか、どの家庭も最低ふたつの防火用バケツ、シャベル、つるはし、消火用具を準備しておくよう命令された。空襲に備えて「私たちは、ひざまずいて伏せ、親指で耳をふさいで、他の指で目を覆うようにしなさいと教えられ、何度も訓練させられました。鼓膜がだめにならないように、目が飛び出さないようにとね」と堂尾は説明する。

一九四五年四月二十六日、二度目の空襲を受けた長崎では百二十九人が死亡した。ときおりアメリカ軍機は、長崎に近づくと発見されないようエンジンを切り、造船所の上空を低空飛行しながら機銃掃射を浴びせた。他の連合軍機からは、火災による長崎の破壊を警告し待避するよう促すビラがまかれた。しかし日本の法律は、国民がビラを読み、その内容について話をすることを禁じ、拾ったビラをすぐに警察に手渡さなければ逮捕された。しかしその後、五月から七月中旬にかけて、他の都市が炎に包まれ悲惨な状況にあったにもかかわらず、長崎への通常爆弾や焼夷弾の投下はなかった。長崎の海外貿易の歴史、有名な美しい風景、キリスト教を信仰する住民、抑留されていた連合国軍の捕虜などを考慮し、アメリカ軍は長崎を特別扱いしているという噂が広まった。しかしながら、それは噂というより希望的観測だったのかもしれない。

その年の春、日本の同盟国であるドイツが降伏したとの情報が飛びこんできた。そのころには、広く多くの国民が戦争に対して深い疲労感や嫌気を感じるようになり、引きつづき国民がなんの疑いもなく国家主義的行動に猛進していく可能性はしぼみつつあった。慢性的な空腹感から、人々は罰則を恐れず都市部から待避した。肺結核により多くの乳児や若者が命を落とし、下痢による七歳以下の子供の死亡率が急上昇した。さらに多くの人々が栄養失調によって起こる深刻な症状である脚気になった。母も娘も作業服のまま眠り、父と息子は夜間の空襲警報に備え、つねにゲートル（足を保護するために巻く布）を着用していた。「風呂にも入れないからノミ、シラミが大変でてきて、追い払うのに苦労させられたのです」と当時少年だった男性は振り返る。日本が所有する原材料が乏しくなり、輸送システムが機能しなくなると、工場の生産レベルは急激に落ちていった。それでも、大人の作業員や勤労動員の学生たちは、建物を解体し防空壕を掘るだけのために、あるいはじっと座り何もすることがないときでも、引きつづき長い拘束時間の交替勤務に就いていた。学童たちは戦闘機の燃料製造に貢献するため、森林で松脂を集めた。すでに日本の人口の三パーセント以上にあたる二百十万もの兵士や民間人が戦闘や連合軍の本土爆撃で殺されていたため、新たな兵士の死を覚悟しなくてはならないとき、家庭や職場の雰囲気は重苦しかった。

新聞やラジオなどによる正確な情報はなかったものの、ほとんどの国民は日本が太平洋上で被った甚大な軍事的損失や、連合軍の焼夷弾攻撃による破壊的影響を推測することができた。焼夷弾攻撃では八月までに六十四の各都市が、その全域または一部を焼失した。戦後の調査では、一九四五年七月までに国の指導部に対する国民の信頼は史上最低となり、国民の三分の二が自国の敗戦は避けられないと確信していた。「子供ながらにも、この戦争に負けることはわかっていました」とある長崎の男性は当時を思い出し語った。「どんなばかでも、それはわかったよ。なんでも必要なときに、靴すらなかったからね。それで戦争に勝てるわけがない」

何人かの日本の閣僚は、一九四四年の春には日本の損害が危機的状況であり、敗北は確実であることを認識していた。しかし、右翼の軍支持派の閣僚たちは、彼らが思い描いていた国家の最終決戦で自国民を犠牲にする心積もりができているようだった。連合軍が日本本土に向かって前進するなか、このように異なる認識をもつふたつの派閥は、戦争終結の手段をめぐって激しく議論をぶつけあった。憲法により定められていた意見の合意にいたることはなく、日本国民は連合軍の侵攻に気を引き締めて身構えることしかできなかった。

政府はすでに弱体化した軍隊を中国と満州から撤退させ、九州と本州へ配置転換させた。長崎では近くの島々にあった掩体壕（えんたいごう）のなかに重砲が備えつけられ、湾につながる海域には機雷が敷設された。三菱造船所の作業員たちは、推定六百艇つくられたという「震洋」を含め、数種類の特別攻撃艇（特攻艇）を建造した。震洋は乗組員ひとりが乗りこむベニヤ板製のモーターボートで、船内艇首部に爆薬を搭載していた。長崎沿岸や周辺の島々にある入り江の洞窟から出撃し、攻撃直前に学徒兵の乗組員が脱出し海に飛びこみ、特攻艇はそのまま敵の艦艇に体当たりした。潜水艦や艦艇から発射されるひとり乗り人間特攻魚雷である「回天」は約百基が使用された。

天皇の肖像写真は学校や官庁から外され、市外のどこかの場所に隠された。一方、十五歳から六十歳までのすべての男子と十七歳から四十歳までの女子は、国民義勇隊に召集された。政府は天皇のために「玉砕」するよう彼らを鼓舞したが、それはすなわち戦いで自分の命を捧げるか、投降して天皇の名を辱めることなく自決するかのどちらかを意味した。各家庭には出入り口近くに竹槍が置いてあり、堂尾やその同級生、そして多くの学生が敵国兵士に対する竹槍の使い方を教えてもらう実戦訓練に参加した。しかし、敵に近づくよりも先に撃たれてしまうことがわかっていた者には、この訓練がこのうえなくばかばかしいことに思えた。

堂尾家は海岸から内陸に八キロ入ったところに疎開していたので、彼女とその家族は、連合軍によるさらなる三回の爆撃にも無事だった。この攻撃は七月後半から八月初旬〔七月二十九・三十一日および八月一日〕におこなわれ、二〇〇トンもの通常爆弾が使われた。おもに三菱の長崎・川南(かわなみ)両造船所と三菱製鋼所の施設がねらわれたが長崎医科大学も小規模の被害を受け、二百戸以上の家が破壊され、二百人以上が死亡した。そのなかには小さな子供のいる家族、崩壊した地下待避壕のなかにいた十二人、待避壕の側壁が裂け、溢れ出た水に溺れた三十二人が含まれていた。

八月九日の朝、堂尾は大嫌いな戦時の服（ぶかぶかのモンペ、長袖の作業着、指先の割れた重い布製の靴）を身に着けた。彼女の作業着には名札が縫いつけてあり、名前のほか住所、血液型が書いてあった。また、学校の名前が書かれた腕章もつけていた。肩から胸にかけて交差した紐がかけられ、救急袋と防空頭巾が下げられていた。頭巾は空襲時の大きな爆発音から耳を保護したり、水に浸して火事から身を守るため使った。堂尾は戦争が終わった後の未来に向け、自分が思い描いていた夢をあきらめてはいなかった。「私はファッションが大好きだった。それは私の夢だった」と堂尾は語った。

*

八月九日の朝までにいたる数ヵ月間、アメリカ、ソビエト、そして日本の指導者たちは、ほぼ秘密裡におこなわれた一連の政治的駆け引きや軍事作戦を、日本とアメリカの国民に知られずに展開した。それは戦争を終結させ、自国にとって最良の目的を達成するためだった。一九四〇年代のはじめ、アメリカは世界初の原子爆弾を製造するためマンハッタン計画を立ちあげ、世界的に著名な科学者を採用した。数年間の極秘開発の後、科学者たちは目的達成まであと少しのところまできていた。その目的とは、原子核を分裂させ、それを結合しているエネルギーを操作、利用し、これまで人間が発生させたことがない強烈な爆発力を解放させることだった。

副大統領のハリー・S・トルーマンは、フランクリン・ルーズベルト大統領が一九四五年四月に死去するまでこの爆弾の開発については何も知らなかった。死去から二週間経ち、最高軍事顧問がトルーマンにマンハッタン計画についての説明をおこない、日本に対して使用する最初の原子爆弾は八月までには準備ができるだろうと伝えた。この爆弾を使用すべきか否か、また日本の一般市民への使用は禁止すべきか否か、という当然なされるべき議論がおこなわれることはなかった。アメリカの高官たちは手短に話しあいの場は設けたが、日本に対し公式の警告を発するという提案や、住民のいない地域で実証用の原爆を爆破させ、脅威を見せつけ、それによって日本を降伏させようという計画は、結局のところ否決された。そして準備ができ次第すぐに原爆を投下するという最終計画が立てられた。

その春、アメリカ軍関係者と科学者たちは原爆投下に向け、目標地点選定のための基準を定める会合を開いた。出席者たちの優先事項は、投下目標の候補都市におよぼす軍事的な効果ではなかった。代わりにふたつの主要な目的を確認した。ひとつは「日本に対する最大の心理的効果を得ること」であり、ふたつめは「この兵器が一般に知れ渡ったときに国際的評価が得られるよう、目を見張らせるようなものにすること」だった。目標都市の条件は、その面積（直径約四・八キロ以上）、場所（南太平洋のアメリカ軍基地からの距離がB29爆撃機の航続距離を考慮して約二四〇〇キロ以内）、その都市が「爆風によって完全に損壊する規模であること」、そして周囲に従業員の家が建ち並ぶ戦争関連物資の工場が存在することだった。正確に爆弾を投下するには、とくに二〇億ドルというこの爆弾の費用を考えればなおさらだが、天候が快晴であることが事前にわかっている必要があった。というのも、投下前には、事前に決められた照準点をレーダーでなく実際に目視により調整する手筈になっていたからだった。爆弾の効果を測る必要があったため、すでに焼夷弾の攻撃で破壊された都市は検討の対象にすることはできなかった。当初検討されていた十七の候補地のなかから、目標検討委員会は、広島、小倉、長崎、新潟の四都市に候補地を絞った。太平洋戦略航空部隊司令官カール・A・スパーツ大将は陸軍省に対し、市の中心地近くにあった長崎捕虜収容所のひとつについて報告をおこなったが、結局、この情報によって長崎が優先目標地から除外されることはなかった。

日本側では、この年の六月と七月に天皇裕仁と東郷茂徳（しげのり）外務大臣が日本の降伏に向けた和平斡旋をソビエトに依頼する暫定的な要請をおこなった。アメリカはこの情報を認知していたが、降伏をちらつかせながらもアメリカの九州侵攻に対し日本が進めていた準備態勢や、ソビエトの斡旋には帝国議会の同意が必要なことを考えあわせ、アメリカの専門家たちのあいだでは日本の指導部が実際どれほど降伏を受け入れる用意があるのかについて議論が交わされた。日本は、ソビエトが引きつづき中立的立場を約束することを求めた。しかし日本は、すでにソビエトが日本を敵にまわし連合国への参加に合意していたことや、八月初旬にソビエトが日本に対し宣戦布告を予定していたことを知らずにいた。

連合国の首脳陣は戦後のドイツ分割占領について協議し、日本に対する統一降伏要求案を作成するため、ドイツのポツダムで会合を開く準備を進めていた。まさに時を同じくして七月十六日の夜明け前、アメリカはトリニティというコード名がつけられた最初の核実験をニューメキシコ州アラモゴードの砂漠でおこなった。爆発によって砂漠の砂を溶かし、ガラスに変えてしまうほどの恐るべき巨大な火球が発生し、一六キロ離れた場所にいた公認目撃者たちの顔がほてり、放射能細塵が放出された。そして圧縮型プルトニウム爆弾が日本への攻撃手段として使用可能であることが確認された。厳重に機密を守り、地元住民の心配を和らげるため、地元の報道機関は「爆発は弾薬集積所で起きた事故であり、危害をおよぼすようなものではない」というニュースを流し、アメリカ検閲局に協力した。

十日後、アメリカ、イギリス、中華民国は日本に無条件降伏を求めるとともに即時武装解除、戦後の日本占領、戦争犯罪人の訴追、そして帝国主義の廃止を要求する最後通告であるポツダム宣言を発表した。宣言には「これ以外の選択肢は迅速かつ完全なる破壊があるのみ」と書かれていた。トルーマンの顧問数人はポツダム宣言によって日本の降伏が早まると確信し、天皇制維持を保証する条項を含めるよう主張していたが、最終草案では認められなかった。また原子爆弾について言及した条項はなかった。

ポツダム宣言に示された条件受諾に同意できなかった日本の内閣は「黙殺」という立場を表明した。この言葉は「発言を保留すること」や「巧妙に行動を怠ったままでいること」と訳すこともできるが、アメリカでは「無言の軽蔑」と報じられた。日本のポツダム宣言受諾への遅れは、日本に対し原爆を使用するというアメリカの決断にはなんら影響をおよぼさなかった。トルーマンは宣言が発表された日の前日、すでに広島への原爆投下の命令を下していたのだった。それは八月はじめ、「天候が許すかぎりできるだけ早く」というものだった。それから二週間と経たない一九四五年八月六日八時十五分、通称リトルボーイと呼ばれたウラン型原子爆弾が広島の島病院の上空約六〇〇メートルで炸裂し、TNT(トリニトロトルエン)爆薬一万六〇〇〇トンと同規模の爆発力により広島は致命的打撃を受け、多くの住民を死にいたらしめた。その日のうち、もしくは負傷によりその年の末までに死亡した人たちの数は十四万人にのぼった。

アメリカ海軍重巡洋艦オーガスタに乗り、ドイツからの帰途についていたトルーマンは、原爆投下の報告に「歴史上もっとも偉大な成果だ」と感嘆の声をあげた。その日しばらくしてヘンリー・L・スティムソン陸軍長官は、ポツダム宣言に先立ってすでに用意されていた声明を大統領に代わり発表し、広島への攻撃についてふれると同時に、はじめて原子爆弾というものをアメリカ国民に知らせた。「いまやわれわれは、日本人が企てる地上のいかなる都市での大規模かつ精力的な軍事計画をより迅速に、そして完全に消滅させる準備ができている。われわれは彼らの造船所、工場、通信施設を破壊しなければならない。間違いなくわれわれは日本の戦争継続能力を完全に消滅させるつもりである」とその声明では語られた。

このときもまた日本政府からの速やかな反応はなかった。原爆投下当日、日本の高官たちは広島がなんらかの新型爆弾で攻撃されたことを耳にした。その夜、同盟通信社は広島への原爆使用に関するトルーマンの発表を報じた。しかし原爆調査のため、三十人の日本人科学者と軍関係専門家チームが広島に到着したのは二日後のことだった。また、八月六日に投下された兵器が実際に原子爆弾であったかを彼らが科学的に確認するにはさらに数日を要した。このチームからの正式報告は八月十一日に届けられる予定だった。

しかしながら、その報告にどう日本政府が反応しようと、その後トルーマン大統領がいかなる指示を出そうと、二発目の原爆投下の実行に変化をもたらすものではなかった。彼の当初の命令は「準備ができ次第すぐに」原爆を使用するというものだった。そして広島への原爆攻撃から二日後の八月八日、二発目の原爆の組み立てが完了した。

＊

広島への原爆投下のニュースは、八月八日長崎へ届き、新聞の見出しは「広島へ敵新型爆弾　相当の被害」と伝えた。多くの長崎市民の目にはふれることのなかったその記事だが、目にした者たちは大きな不安に駆られた。彼らは「相当の被害」という言葉が本来の意味ではなく、はるかに深刻な事態の発生にほかならないことを知っていた。そのころになると日本の報道機関が連合軍の攻撃により日本の都市が受けた打撃を極端に控えめに報道していたことは大方の国民の知るところだった。

広島の原爆については、長崎医科大学学長の角尾晋（つのおすすむ）から長崎の医学界に属する数人には伝えられていた。角尾は東京から長崎へ帰る途中、電車で広島を通っていた。八月八日、長崎に到着すると彼は急いで大学の教員や職員を集め、「すさまじい閃光、猛烈な爆風と炎」について説明した。極度に動揺しながら、角尾は自分が目にした被害や焼け焦げた死体について話し、長崎の防空壕は人々を防護するには十分でないと警告した。大学役員は大学の授業を八月十日からいったん中止させる決定をした。その夜、長崎新聞会長の西岡竹次郎は長崎県知事、永野若松の部屋を訪ね、角尾と同じように自分自身が目撃した広島の被害状況を伝えたが、これまで誰も目にしたことのないような全面的な破壊、死、そして怪我の状況について説明を受けた永野知事は驚愕した。長崎をどうにかして守るための時間が残されていることを願いながら、永野知事は、全市に向けた避難命令を準備するため、地元の警察署長や行政官たちと翌朝に会合を開くことを決めた。

八月八日の夜が終わろうとしていたころ、世界初のプルトニウム原子爆弾は、テニアン島（広大な西太平洋にある北マリアナ諸島のひとつで、グアムの北、サイパンの南西に位置する長さ約一六キロ、幅約五キロの小島）の滑走路の隣に特別につくられたコンクリートの穴（原爆ピット）に収納されていた。ファットマン〔太っちょ〕と呼ばれていたこの原爆は長さが約三メートル、直径が約一・五メートル、そして重さが約四・五トンあり、この名前のとおりだった。この爆弾の中心には少量の臨界未満の濃縮ウラン239が六十四個の高性能爆薬で囲まれていて、これが爆発するとプルトニウムを臨界量まで圧縮し、核爆発を引き起こす。爆弾の先端部、胴体、尾翼の表面は、地上整備員と爆撃機乗組員が書いた署名と生まれ故郷の名前で覆われ、そこには短いメッセージも添えられていた。「君に乾杯!」、シカゴ出身のある兵士はこう書いた。

午後十一時までに爆弾は油圧リフトで持ちあげられ、ボックスカーと呼ばれた改造済みB29爆撃機の内部に搭載された。目標地点へ核爆弾を首尾よく投下させるため、一年以上も訓練を積み重ねてきたアメリカ陸軍航空隊第五〇九混成部隊の乗組員は、二発目の原爆投下任務に向け最終準備の最中だった。ボックスカーの乗組員と、原爆投下の記録を画像に残し、爆破時の科学的データを収集する任務を課せられた随伴機二機の乗組員は、最終的な打ち合わせをするため集まった。真夜中、乗組員がこの任務の第一と第二の投下目標地点である小倉と長崎の地図や航空写真を眺めながら検討していたとき、ソ連は日本に対し宣戦を布告した。百五十万人のソビエト兵が三つの前線で日本の占領地満州へ侵攻した。

午前四時（日本時間午前三時）近くになると、チャールズ・スウィーニー少佐はボックスカーの操縦席に乗りこみ、エンジンをかけ、機体を前方に走らせると、そのまま加速させていった。十三人の乗組員、約二万六〇〇〇リットルの燃料、そしてプルトニウム爆弾を搭載していたため、七七トン以上の重量となっていたボックスカーは、かろうじてテニアン飛行場を離陸し、重々しく海の上空へと飛び立った。二機の随伴機がその後に続いた。交信の傍受を避けるため、三機のあいだでは無線連絡はなく、乗組員たちは暗闇のなかを通り、約二四〇〇キロを日本の南方に向け落ち着いて飛行していた。

長崎の人々は、その夜ほとんど眠ることができなかった。午後十一時過ぎに空襲警報が発令されると、

1944 年ごろ、郵便配達員の制服を着た 15 歳の谷口稜曄

誰もが起きだし自宅地下の防空壕へと逃げた。工場、市の公共機関の夜間勤務員たちはもっとも近い山腹の防空壕へと避難し、長崎の病院や診療所では、医師、看護婦、医療関係職員たちが起きだしたり持ち場をいったん離れたりして安全のため患者を地下へと運んだ。

十六歳の谷口稜曄（すみてる）は本博多（もとはかた）郵便局で火災予防の見守りと、緊急に備え記録文書を移動させる夜勤の仕事をしていた。彼が淵国民学校高等科〔現・市立淵中学校〕を卒業し郵便局で働きはじめたのは一九四三年、十四歳のときだった。谷口が得る収入は、たとえ少額でも家族が生き抜くためになくてはならなかった。彼の母は一九三〇年、彼がまだ一歳のときに亡くなり、その年に父は日本占領下の満州で鉄道の運転士として働くため、谷口と彼の兄と姉の面倒を祖父母に任せて家を離れた。「父は一九四六年に戻ってきました」と谷口は言った。「だから十六年間、父とは会ってなかったですね。写真は一枚だけもってました。手紙はずっと来てましたし、祖父母を助けるため、そして私たち兄弟の養育費として送金もしてくれてました」

少年のころ、谷口は稲佐山の中腹にある大鳥町（おおとりまち）の祖父母の小さな土地で大豆、ジャガイモ、キュウリ、スイカ、菊の植えつけや収穫を手伝っていた。これらの野菜は戦時中わずかばかりに配給される食料を補っていた。彼は祖父母の言いつけ、そして学校や政府の規則を守った。「そのころは子供だったからね。大人たちが言ってることは正しい、ぐらいに思ってたよね。戦争を何か正しいことみたいにね。ただ日本だけが正しいと。朝鮮の人たち、中国の人たち、そしてアメリカ人も悪いんだとね。自分がそう思ったんじゃなくて。大人からそんなふうに教えられた。年をとるにつれ、ありゃ嘘だったんだとわかった」と谷口ははっきりと言った。

夜勤を終えた八月九日の早朝、谷口は郵便局の畳の上に寝転び眠りに落ちた。正午に始まる次の勤務まで数時間休めると思いながらいったん目を覚ましたとき、先輩から担当する午前の配達区域を代わりにまわってほしいと頼まれた。午前九時、谷口は郵便鞄に郵便物を詰め、鞄を赤い自転車にとりつけると配達に出た。十六歳になっていたが、彼は小柄で痩せ型だったうえ、柔和な丸顔をしていたため十二歳くらいにしか見えなかった。やっとのことで届くペダルをこぎながら、谷口は県道〔現・国道二〇六号線〕を北上して配達エリアの西浦上方面へと自転車を走らせていった。

九時四十五分までにボックスカーはすでに太平洋を横断していたが、九州北西部の海岸沿いに位置する小倉に近づくと、随伴していたのは計測器搭載機〔グレート・アーティスト〕の一機だけだった。原爆投下を画像に記録するための装備を構えていた観測撮影機〔ビッグ・スティンク〕は、事前に決められていた合流地点を誤って見過ごしてしまった。さらには、北九州上空の風向きの変化がこの作戦計画の妨げとなった。小倉上空は厚い雲に覆われ、さらには前日の焼夷弾爆撃によってまだ燃え盛っていた近くの八幡市から小倉に向かって大量の煙が流れていた。ふたりの操縦士は地上からの対空砲火や近づいてくる日本軍機の迎撃を巧みにかわした後、三度も小倉上空を飛行したが、ボックスカーの乗組員は目視により小倉を確認することができなかった。そこでスウィーニーは、乗っていた爆撃機をそこから南西方向に約一五〇キロ離れた長崎へと方向転換させた。時計は午前十時三十分を指していた。

時を同じくして北へ一〇〇〇キロ以上隔てた東京では、日本の「六首脳」〔鈴木貫太郎首相、東郷茂徳外務大臣、阿南惟幾陸軍大臣、米内光政海軍大臣、梅津美治郎〔陸軍〕参謀総長、豊田副武〔海軍〕軍令部総長〕で構成された最高戦争指導会議の緊急会合が召集された。目的はソビエト軍の突然の満州侵攻について協議し、日本の降伏条件に関しふたたび合意を探ることだったが、雰囲気は重苦しいものだった。ソビエトの攻撃規模がわからない状況にあっても、日本の指導者たちは自国の兵士が敵に打撃を与えるような反撃をすることはできないとわかっていた。そしてソビエトの宣戦布告によって、日本がソビエトの中立状態を維持し、ソビエトの助けを借りてより有利な降伏条件を獲得するという最後の望みは潰えた。会合に先立ち、鈴木首相は木戸幸一内大臣と会い、ポツダム宣言を受諾して戦争を終結に導くという天皇の意向を知らされていた。悲惨な日本国内の状況や広島への原爆投下に対する重大な懸念から、即時の降伏を求める会合メンバーはその主張に力を込めた。

長崎では午前中、さまざまな警戒レベルの空襲警報が次々と発令され、人々は近くの防空壕へ逃げたり戻ったりを繰り返していた。すっかり疲れきり、同じことの繰り返しに不満を隠せない者たちは警報を無視し、避難せずにいた。十三歳の吉田勝二は、馬町（うままち）の自宅から浦上盆地へ通じる山を横切り、上野町の県立長崎工業学校〔岩屋町に移転した現・県立長崎工業高等学校、跡地は長崎南山中学校・高等学校キャンパス〕まで歩いて通学していた。吉田はこの学校の造船科に所属していた。空襲警報のサイレンが鳴り響いたので、吉田と六人の学友は学校の防空壕のひとつに入ろうとしたが、すでに先生や校舎を間借りした工場の職員でいっぱいだった。そこで彼らは浦上川を渡り、油木谷〔現・油木町〕の市立長崎商業学校〔泉町に移転した現・市立長崎商業高等学校、跡地は長崎県立総合体育館所在地〕近くの林のなかへ避難し、堤の水に浸かって暑さをしのいでいた。

1942年ごろ、10歳の吉田勝二

原爆が炸裂する直前に吉田勝二が立っていた場所より少し南側の丘から見た浦上盆地北東部。手前には水田、そのすぐ後ろには北（左）から南（右）へ旧国鉄の列車が走る。後方中央に浦上天主堂（アメリカ陸軍病理学研究所返還資料）

「われわれですか」と吉田は話しはじめた。「絶対日本が勝つと思ってましたよ。とにかく勝つまでは辛抱せいって。もうそれだけです。みんな戦争行って戦いたい思ってました。当時は憧れですもの。小学校からずうっとそういう教育受けとるでしょ、もう要するにいま言う洗脳ですよ。だから、負けるということは全然思いませんでしたね。天皇は神様の子孫だと思われてました。学校には肖像写真が掲げてあって、みんな教室入るときは頭を下げて挨拶しましたからね。日本人だれもがそうしてましたよ」。吉田の学校では一年以上も授業が中止されたままだった。授業の代わりに防空壕を掘り、バケツリレーに参加し、竹槍をつくり、それを使った敵への攻撃訓練に参加しなくてはならなかった。

その日の朝、空襲警報が解除されると、吉田と友人たちの七人全員はゆっくりとながら学校に戻ることになった。彼らには割り当てられている学校の防空当番という仕事があったからである。道すがら浦上川に近い西郷〔現・江里町付近〕の農家の井戸で水を飲もうと立ち止まった。

時間は午前十一時になっていた。この時間になると多くの市民は洗濯物を干し、新聞を読み、草むしりをし、病気の家族を見舞ったりしていた。また食料を求め丘陵地帯を探しまわり、配給所の列に並び、近所の人とおしゃべりをするなどもとどおりの日課がまた始まっていた。教区の信者二十四人と聖職者ふたりが信者の告白を聞く信仰儀礼を執りおこなうため、浦上天主堂に集まった。ある母親は、カトリック教会で八月十五日におこなわれる聖母マリアの被昇天のお祝いで出される特別料理をつくるため、材料の豆を外に並べ乾かしていた。子供が家の玄関先で遊んでいた。当時、出張や転勤で広島に駐在して原爆に遭遇し、生き延びた九人の長崎市民のうち数人はすでに長崎に戻り、残る人たちもその日、電車で長崎に到着した。崩壊した広島の家の瓦礫を掘り起こし、妻を見つけだした男性は、彼女の両親に届けるため、遺骨が入った洗面器を手に長崎の通りを歩いていた。

朝鮮人や中国人の労働者、捕虜、勤労動員されていた大人や学生はすでに作業場へ戻っていた。防空壕の掘り起こしや補修をする者、機銃掃射に備え市庁舎の窓に砂袋を積みあげる者など、さまざまな作業をおこなっていた。駒場町〔現・松山町〕の三菱陸上競技場〔現・長崎市営陸上競技場〕では、連合軍の侵略に備えて竹槍の訓練がちょうど終わったところだった。長崎医科大学の授業は再開されていた。路面電車は蛇行しながら市内を走っていた。ほんの一週間ほど前の空襲で負傷した何百人もの市民への治療が市内の病院で続いていた。また浦上盆地北部、本原町〔現・小峰町〕の結核専門病院〔浦上第一病院、現・聖フランシスコ病院〕では、職員が患者に遅い朝食を出し終えたところだった。ドイツで訓練を受けたことのあるひとりの医師は「西部戦線〔長崎〕異状なし（イム・ヴェステン・ニヒツ・ノイエス）」と口ずさんでいた。長崎県防空本部として機能していた諏訪神社近くのコンクリート避難壕〔立山防空壕〕のなかでは、永野県知事が避難計画について長崎警察の幹部たちとの会合を開始したところだった。太陽は暑く照りつけ、規則的に繰り返すセミの甲高い鳴き声が長崎中に鳴り響いていた。約九・五キロ上空では、二機のB29爆撃機が長崎に近づいていた。スウィーニー少佐と乗組員にとって、自分たちが目にした光景はほとんど信じられないものだった。小倉だけでなく長崎も高層雲の下に隠れて見えなかった。これによって深刻な問題が発生した。スウィーニーの指示は、長崎港の東に位置する旧市街中心部に設定されていた投下照準点が目視で確認できる場合にかぎり原爆を投下するように、というものだった。目視で確認するには上空通過を何度も繰り返す必要があったが、思わぬ燃料不足の発生で、それはできなかった。燃料移送ポンプがテニアン島を離陸する前に故障し、二〇〇〇リットル以上の燃料が使用できなくなったうえ、合流地点で随伴機を待っていたときと小倉上空で旋回を繰り返していたときに予想以上の燃料を使ってしまっていた。ボックスカーには長崎上空を一度だけ通過し、緊急着陸のため沖縄アメリカ空軍基地へ帰還するためにどうにか足りる燃料しか残っていなかった。さらに、スウィーニーと爆撃責任者のフレッド・アッシュワース海軍中佐には、原爆を使用しなかった場合、着陸時の核爆発を避けるため爆弾を海に投棄する必要が生じるかもしれないことはわかっていた。指示に反し、彼らはレーダーによる爆弾投下を瞬時に決断した。

長崎では空襲警報のサイレンは鳴らなかった。おそらくは警報を発令するには市の防衛担当者による二機の観測が遅すぎたか、かなりの高度で飛行していた二機は差し迫った脅威ではないと判断されたためだろう。金比羅山に配置されていた高射砲部隊の兵士たちは、ようやく二機に気づくと、高射砲の照準を定めるため塹壕に飛びこんだが、発射させる時間はなかった。あったとしても二機に届くことはなかっただろう。長崎市民のなかには、二機の爆撃機が島原半島上空を西に飛行するのが目撃されたとのラジオ放送を聞いた人たちもいた。彼らは近づく敵機の音を聞いたとき、あるいは空高くキラキラ光る機体を見たとき、まわりの人たちに注意するよう大声で叫びながら防空壕へ急いで逃げこんだり、地面にひれ伏したりした。自宅、学校、職場にいた者は急いで寝床や机の下に隠れた。ある医師は、気胸手術を執刀しようとしていた矢先、遠くから近づく飛行機音を聞き、患者から注射針を抜き、身を守るためかがみこんだ。しかしほとんどの住民の耳に警告は届いていなかった。

そのとき、二機の乗組員たちは自分の手のひらさえよく見えないほど色の濃い遮光メガネを着用していた。ボックスカーの爆撃手カーミット・ビーハン大尉がトーンシグナルを作動させると、弾倉の扉が開き、表示は爆弾投下まであと三十秒を示していた。あと二十五秒となったとき、爆撃手ビーハンの目に雲の切れ間が見え、長崎を目視で確認できた。

「見えた！　見えたぞ！」と彼は叫び、爆弾を投下した。計測器搭載機からは投下と同時に三つのパラシュートが投下された。各パラシュートには爆発力を測定し、データを搭載機へ送り返す円筒形の機器ラジオゾンデの入った金属容器が吊るされていた。原爆を投下し、四・五トンも軽くなったボックスカーはよろめきながら上昇し、弾倉の扉は閉まった。スウィーニーは差し迫った爆破の衝撃を避けるため、左に一五五度の急旋回をおこなった。

地上では、十八歳の和田が旧市街の東端にある蛍茶屋営業所にちょうど到着したところだった。運行会社の上司たちは、朝方の脱線につながる事故を招いた運転士を厳しく注意していた。「私は軽い食事をとりに行きました」と和田は思い返す。「そして同僚たちと長椅子に腰かけ、事故の内容を話し合ってました」

永野は片淵町の三菱電機臨時工場で勤務していた。工場は自宅から丘をこえた反対側にあった。

谷口は自転車に乗り、市北西部、西浦上東北郷（ひがしきた）〔現・住吉町〕で郵便配達中だった。

堂尾は三菱兵器大橋工場の作業場に戻り魚雷の点検作業をしていたが、昼休みが待ち遠しくて仕方なかった。

浦上川の西側、西郷の農家の庭で、吉田は井戸に桶を降ろしながら見上げると、一部の長崎市民と同じように、はるか上空、雲の割れ目を通って落ちてくるラジオゾンデのパラシュートに気がついた。

「当時は落下傘と言ってました。ふつうのパラシュートで、たぶん兵隊さんが降りてきよんだろうと思いました」と吉田は振り返る。

「おーい！　落下傘が落ちてきよんよ！」吉田は友だちに向かって叫んだ。日の光をさえぎってよく見ようと額に手を当てながら、友人たちはみな空を見上げた。

「そのパラシュートは、さあっと落ちてきよった」。それは静かに、音もたてずに舞い降りてきた。

第二章　爆発点

四・五トンのプルトニウム爆弾が、時速一〇〇〇キロ近い速度で長崎市に向かって投下された。四十七秒後、強力な内部破裂によってプルトニウムの核がグレープフルーツの大きさからテニスボールの大きさに圧縮され、ほぼ瞬時に核分裂連鎖反応を引き起こした。とてつもない破壊力とエネルギーを放出しながら、この原子爆弾は、本来の照準点より二・四キロ北の浦上盆地とそこで暮らし働く三万人の人々の上空約五〇〇メートルのところで炸裂した。午前十一時二分、山をこえ二〇キロも離れた大村海軍病院からも見えたとてつもなくまぶしい閃光によって空が明るくなったかと思った次の瞬間、TNT爆薬二万一〇〇〇トンの破壊力に匹敵する途方もない爆発が起こった。長崎全体が激しく震動した。

爆発の中心温度は、太陽の中心温度をこえる高さに達し、その衝撃波の速さは音速をこえた。一万分の一秒後、この爆弾を構成していたすべての物質は電離気体に変化し、電磁波が空中に放出された。原爆の熱により摂氏三十万度以上にもなる火球が発生した。一秒以内に、白熱に輝く火球は直径一五メートルから最大二三〇メートルの大きさに膨れあがった。そして三秒以内に、地表温度は推定摂氏三千度から四千度に達した。爆発地点の真下では熱線により瞬時に人間や動物の肉が炭化し、内部組織が気化した。

空高く原爆雲が三キロ以上にも膨らみ、太陽を覆い隠すと、爆破による垂直方向の衝撃波は浦上盆地の大部分を壊滅させた。水平方向の爆風は風速二〇〇メートル以上というとてつもない速さでこの地域を駆け抜け、建物、木々、植物、動物、何千人もの男女、子供をこっぱみじんにした。人々は防空壕、自宅、工場、学校、病院のベッドから四方八方に吹き飛ばされ、壁に打ちつけられ、崩壊した建物の下敷きになった。田畑で働いていたり路面電車に乗っていたり、配給所の列に並んでいた人たちは足をすくわれ飛ばされた。また、すさまじい勢いで飛んでくる瓦礫に打ち飛ばされた人々、焼けるように熱い地面に押しつけられた人たちもいた。ある鉄橋は七〇センチも下流方向にずれてしまった。長崎医科大学付属病院では建物が内側に破裂しはじめると、患者や職員は窓から外に飛び出した。また勤労動員されていた長崎女子商業学校〔現・長崎女子商業高等学校〕の生徒は、爆発地点から五〇〇メートルのところに立っていた城山国民学校の三階から飛び降りた。

爆弾のすさまじい熱線は鉄やその他の金属を溶かし、レンガやコンクリートの建物を焼き焦がし、衣服を燃え立たせ、植物を粉々にし、熱線にさらされた顔や体に容赦のない致命的な閃光火傷をもたらした。爆心地から一・六キロのところでは爆発の衝撃波は二三センチのレンガ壁を砕き、ガラスのかけらは人々の腕、足、背中、そして顔めがけてすさまじい勢いで飛んできて突き刺さり、筋肉や器官にまで達することも稀ではなかった。三キロほど離れたところでは、強烈な熱線によって皮膚に火傷を負った何千人もの人たちが、一部崩壊した建物の下敷きになって身動きがとれずにいた。爆心地より八キロ以内のところでは、木やガラスの細片が人々の衣服を突き抜け肉を切り裂いた。一八キロ離れていても窓ガラスが粉々になった。これまで誰も浴びたことのない大量の放射線が人間と動物の体深くまで入りこんだ。上昇していく火球は、大量の粉塵や瓦礫をその激しく揺れ動きながら回転する軸へと吸いあげた。長崎市全体の建物が激しく震動し地面に崩れ落ちると、耳をつんざくような轟音が鳴り響いた。

「すべてがもう一瞬のうちに起きました」と吉田は思い返す。すさまじい爆風が体の右側を襲い、空中に投げだされる前、爆心地から八五〇メートルほど離れた場所にいた吉田は、強烈な閃光をほとんど見ていなかった。「あまりの爆風と熱で体が、スルメば焼いたごとまるくなって飛ばされとったですよ」。まるでスローモーションの夢を見ているように感じながら、吉田は野原、道路、用水路をこえて後方に四〇メートル近く吹き飛ばされ地面に突っこみ、最後には上向きで浅く水の張った田圃に着地した。

三菱兵器大橋工場のなかでは、堂尾が顔の汗をぬぐいながら作業に集中していた。そのときだった、ぱあーっと巨大で青白くまぶしい光が突然建物のなかに飛びこみ、その後に耳をつんざくような爆発音が続いた。工場のなかで魚雷が破裂したのだと思いながら、堂尾が床に身を伏せ、頭を手で覆った瞬間、工場が彼女の上に崩れ落ちた。

谷口は暑いので上着は西浦上の郵便局に預け、半袖シャツ姿で自転車を西浦上東北郷の住吉神社近くの路上を走らせていた。すると、燃えるように熱い風がものすごい勢いで背後から彼を襲った。谷口は空中に舞いあげられ、顔を下にして道路に叩きつけられた。地面は「地震のように揺れ、ややもすると吹き飛ばされそうになって、道路にしがみついていたのです」。

永野は三菱電機製作所の臨時工場になっていた学校の体育館で、立って作業をしていた。爆心地から離れていたこと、そして樹木の生い茂った山林があったことが彼女に少しだけさいわいした。「ぴかーっと目がつぶれそうな閃光が走りました」。通常の爆弾が作業場の建物に落ちたのだろうと思った。床に倒れた永野は、自分のまわり一面に窓が崩れ落ちてくるなか、訓練で習ったように親指で耳をふさぎ、残りの指で目を覆った。彼女の耳には、外でブリキや壊れた屋根瓦の破片が空中で渦を巻きぶつかりあっている音が聞こえた。

和田は爆心地から南東に三・五キロほどの蛍茶屋の営業所休憩室に座り、同僚の運転士たちと朝起きた脱線の話をしていた。そのとき束ねた百個以上のフラッシュをすぐ目の前でたかれたような強烈な閃光を浴びた。「長崎の街全体が……言葉では言えないような……とにかく信じられないくらいすごい光が市内全体を一瞬のうちに覆ったのです」。猛烈な爆風により営業所は強く揺さぶられた。和田は身を守るため座っていた長椅子の下にもぐりこんだ。次の瞬間、彼は空中に浮かんでいるように感じたが、すぐに床に叩きつけられた。何か重いものが背中に落ちてきて彼は気を失った。

上昇しつづけるキノコ雲の下、長崎のほぼ全域が消滅した。長崎中で何万人もの人々が死亡し、怪我を負った。蛍茶屋営業所の床では、和田がうつぶせの状態で落ちてきた梁の下敷きになっていた。永野は三菱電機臨時工場の床の上で体をまるめ、うずくまっていた。口にはガラスの破片や息を詰まらせるような塵が詰まっていた。堂尾は怪我を負い煙に覆われながら、倒壊した三菱兵器大橋工場の瓦礫に埋もれていた。吉田はぬかるんだ田圃に横たわっていたが、ほとんど意識はなく、体と顔は容赦なく熱線に焼かれていた。谷口はめちゃめちゃになった自分の自転車のそばで、焼けつくように熱い道路にしがみついていた。彼は自分の背中が焼き尽くされてしまったことにまだ気づいていなかった。目線を少し先に向けたときに見えたのは「埃のように吹き飛ばされ」てしまった幼い子供たちの姿だった。

爆発後、六十秒が過ぎていた。

長崎上空 12 キロ以上にも達した原子雲

うねるように動く巨大なキノコ雲は、市の上空約一二キロまで上昇した。上空にいたボックスカーの副操縦士フレッド・オリヴィ中尉は、これを「巨大な沸騰する釜」にたとえた。マンハッタン計画の公認ジャーナリストで計測器搭載機から原爆を見たウィリアム・L・ローレンスは、急上昇して膨れあがるキノコ雲を「まるで生き物だ、われわれの目の前で生まれ出た新種の生き物だ」と表現した。ボックスカー爆撃手のビーハン大尉はその光景を思い出しながら、「もくもくと沸きあがり、オレンジ、赤、グリーンに光っていた……まるで地獄絵のように」と語った。

長崎の外では、この光を目撃し、すさまじい爆発音を聞いた人々は家から飛び出し、びっくりして長崎上空で膨れあがっていくこの原爆雲をじっと見ていた。爆心地から北に三〇キロほど離れた大村湾の島にいた兵士は「紅蓮の炎がうずまく不気味な色の原子雲」と表現した。東に二〇キロの諫早では、あるおばあさんが「お天道さまが落ちてくる」とおびえ、ある少年が空から落ちてきた燃え殻と紙をつかむと、それは浦上に住む人の配給手帳の切れ端だった。長崎の南東約六キロのところにある唐八景山上から薪をトラックへ積みこんでいた男性は、白から黄色にそして赤へと変色しながら何度も破裂を繰り返し天空に高く高くのぼっていく巨大な雲が織りなす「その美しさにただただあきれておったのです」。市のはずれに住んでいた人たちは窓の外を凝視したり、外に出て上昇する原爆雲を眺めたりしていたが、結局、二度目の攻撃があるかもしれないと思い、急いで家に入るか近くの防空壕へ避難した。

市内では、恐ろしい爆風は治まり、長崎は粉塵が厚く立ちこめるなか、暗い煙霧に包まれた。爆心地（原爆が破裂した上空の真下に位置していた地点）のもっとも近くにいた人々はほぼ全員が熱線で焼かれ、かろうじて生存していた人たちはあまりの火傷のひどさに動くことができなかった。爆心地以外の場所では、生きのびた男女、そして子供たちが残骸から這い出してきて、消滅した街の姿をはじめて目のあたりにし、底知れない恐怖におののきながら、こわごわ立ちあがった。爆発から二十分後、炭素灰と残留放射線の粒子が大気中から落ちてきて凝結し、油のような黒い雨が山をこえ東に三キロほどの西山町(にしやままち)に降り注いだ。

永野は三菱電機臨時工場の床から震える体をなんとか起こして立ちあがり、目についた埃や瓦礫の破片をぬぐい、喉や口に詰まった塵やガラスの破片を吐き出した。彼女のまわりでは、大人や学生の労働者が床に縮こまり横たわっていたり、うろたえ呆然とした様子で立ちあがったりしていた。少しだけ目を開きながら、永野はそこにとどまっていては危ないと感じた。彼女は外に走り出て、人で溢れていた山沿いの防空壕へ無理やり入りこみ、身をかがめ次の攻撃に備えた。

「浦上全滅らしい! わいんがた(おまえの家)は燃えてなくなったかもしれんぞ。はよう帰れ」と男性工員が永野に向かって叫んだ。永野は防空壕を抜け出し、浦上盆地へ向かって走った。工場のまわりはほぼまっくらで、恐ろしいほど静まり返っていた。大木がまっぷたつに折れ、近くの墓地では墓石が倒れ、通りは壊れた屋根瓦やガラスで埋まっていた。地面の上では小鳥がぴくぴくと体をひきつらせていた。しかし、永野の周辺の被害は想像していたよりも小さく感じた。そして浦上盆地をまだ見ることができないでいた永野は、自分の家族はなんとか無事でいるのではないかと半分信じていた。

西山町の南のはずれに続く道を通り、永野は一部が崩れ落ちた木造の家々を避け、爆発で被害を受けた地域から逃げてくる人々を押し分けながら、西に一・五キロちょっとの長崎駅方向へと急いだ。道が西へ向かう曲がり角に差しかかると、無傷で立っていた十七世紀に建てられた諏訪神社へと続く二百七十七段ある石の階段と、市庁舎に隣接する勝山国民学校〔統廃合により閉校、跡地は桜町小学校キャンパス〕の脇を急いで駆け抜けていった。四十五分後、永野はようやく、原爆によるとてつもない破壊と彼女のあいだに立ちはだかってくれた山々を通り過ぎた。そして彼女がより動揺させたのは、すでに崩れ落ちてしまっていた長崎駅の駅舎だった。しかし、彼女をより動揺させたのは右手に広がる光景だった。あまりの衝撃に、永野は自分が聞いた浦上盆地の噂はほんとうだったと認めざるをえなかった。ほんの一時間前には存在していた長崎の北半分では、重く垂れこむ、もうもうとした煙と塵が広大な瓦礫の山と化した平地の上空に漂っていた。人々が住んでいた数十を数える地区には、絡まった電線とたまたま崩れ落ちずにぽつんと立っていた煙突を除いては何ひとつ残された物はなかった。長崎駅近くの川の両側に並んでいた大規模工場は完全に破壊され、鉄骨と木造梁の大きな塊となってしまった。また路面電車の線路は、ある生存者の言葉を借りれば「くるくると巻きあがっ」ていた。道路は煙が立ちのぼる何キロも続く残骸の下に埋もれ、どこが道路だか見分けもつかなくなっていた。真っ黒に焼け焦げた死体が地面を覆っていた。生存者は痛みにうめき声をあげ、廃墟のなかをよろめきながら、なんとか歩いていた。彼らの皮膚はぼろきれのように裂けて垂れ下がっていた。「走って！　逃げて！」と甲高い声で叫びながら急いでその場を離れていく人たちもいた。ずたずたに破れた服が体に張りついた裸足の母親は、子供の名前を叫びながら瓦礫のなかを走り抜けた。しかし、ほとんどの人は無言だった。実際、多くの人たちは、原爆が落ちたときにいた場所でばったりと倒れて死んでいた。

永野の家はほんの八〇〇メートルほど北西へ行ったところにあり、いつもは十分の道のりだった。永野はその方向に顔を向け、よく見てみると、その地域からは何もかもが消えてなくなっていた。永野が最後に母と妹と弟を見た場所には建物、木々、そして生命の兆し、そのすべてがなかった。彼女は目を凝らし、一心不乱に家までの道を探したが、廃墟のなかを燃え広がる炎によって、どの方向にも行くことができなかった。無気力感に苛まれ混乱した永野は、どうしてよいかわからず、ひとりぼっちで長崎駅前に立ちつくしていた。

*

原爆によって消滅した約五キロ平方メートルの地域は、浦上盆地の北の端から永野が立っていた場所にほど近い長崎湾まで東西に一・六キロ、南北に四・八キロにわたり広がっていた。広島と同様に、爆発、熱線、放射線が浦上盆地を北、東、西に取り囲む山々によって食いとめられていなかったら、被害地域はもっと広範囲にわたっていただろう。長崎港が爆心地から約二・五キロ南に位置していたことも、原爆による破壊の規模を抑える要因となった。

広島と長崎では、原爆の衝撃波、熱線、放射線による死亡者数、怪我人の数、物的破壊は爆発地点からの距離との関係であらわされる。それにより爆心地を中心に、外側に放射状に広がる想定上の同心円を、地図上に重ねて表示することができる。爆心地からすべての方向に五〇〇メートルに設定された第一の同心円の地域では、ほぼすべての建物が破壊され、人間の体は粉々にされたか、判別ができないほど焼け焦げてしまった。死亡率は推定九〇パーセント以上だった。

長崎市では、そのインフラや中心となる施設が破壊されたうえ政府の調査が戦争終結後にやっと始まったことから、死亡者を明確に示す記録を収集することはできなかった。しかし、爆心地周辺地域全体で数万人にのぼった即死者の一部は後に記録に残された。原爆が炸裂した地点のほぼ真下では、地下防空壕にいた四十三人と、長崎刑務所浦上刑務支所の職員と受刑者の百三十四人が致命的な火傷や怪我を十人が含まれていた。爆心地から東側の地域では、三百十四人の医師と医学生が長崎医科大学の講堂で死亡し、付属病院では推定二百人の患者が命を落とした。さらに北側では、ふたりのカトリック司祭と告解の儀礼を待っていた二十四人の教区信者が内部破壊した浦上天主堂の下敷きになり死亡した。爆心地から西に五〇〇メートル、城山国民学校では、五十二人の勤労動員学徒と教師が致命的な怪我を負い、学校に所属していた推定千四百名の児童がこの地区にあった自宅や防空壕で命を落とした。爆心地から南西に約五〇〇メートルのところにあった竹の久保町の鎮西学院中学校〔現・宝栄町、跡地は活水中学校・高等学校キャンパス〕では六十八人の学生と教師が、鉄道の浦上駅では若者も含め職員のほぼ全員にあたる八十五人が死亡した。南側では、爆心からいちばん近い第一の同心円地域をこえたところでオランダ人三人、英国人ひとりの少なくとも四人の連合軍捕虜が幸町の福岡俘虜収容所第十四分所で即死した。さらに四人のオランダ人捕虜が二週間以内に、長崎全土で従事していた九千人の日本軍関係者のうち百五十人が死亡した。

吉田、堂尾、そして谷口は爆心地の北側にいた。吉田が水を汲もうとしていた井戸は、いちばん外側の境界線が爆心地より半径一キロをあらわす第二の同心円の区域にあった。そこでは爆発の衝撃波で頭や手足は引きちぎられ、眼球や内部組織は破裂した。原爆の熱線は近くの池の水を沸騰させ、岸辺で遊んでいた子供たちの体にひどい火傷を負わせた。爆発時のまぶしい光を避けようとかざした手を下げると、手のなかにあったのはドロドロに溶けた顔の皮膚だった。ほとんどの木々は倒れるか粉々に砕け散った。何千人もの人たちが倒壊した家、工場、学校の下敷きになり、重度の熱損傷を負った人の数は何千人にものぼった。屋根瓦は表面が溶けてぶつぶつの泡状になった。

その日長崎にいた誰もがそうだったように、吉田がこの場を生き残れるか、そして火傷や放射線による傷害はどの程度なのか、そのすべては、彼が実際どこにいたか、爆心地との関係ではどの方向を向いていたのか、何を着ていたか、さらにはどんな建物、壁、木、岩などが彼とすさまじい速さで襲ってくる衝撃波とのあいだにあったのか、にかかっていた。吉田は爆心地からたった八五〇メートルしか離れていない浦上盆地の田園地帯にいて、爆心地の方向を向いていた。彼を原爆の衝撃波と熱線からさえぎるものはほとんど何もなかった。「後ろ向きに飛ばされて、落ちたところが田圃ですからね。田圃の水の冷たさで気がついて立ちあがったわけです。体中、泥がついとったですよ」。彼の腕の皮膚は溶けて剝がれ、指の先から垂れ下がっていた。吉田は胸と足に負った火傷の痛みを感じることはできたが、自分の顔の火傷がどの程度なのかはまだわからずにいた。「もう皮膚がないんですから、肉からどくどくと血が染み出るのですよ」。多くの人たち同様、彼もショック状態に陥った。「そのときは、痛くもなーんも感じません。泣くのも忘れてました」

爆風によって吉田と友人たちは異なる方向へ飛ばされ、ひどい火傷や傷を負ったものの、友人たち六人も全員が生きのびた。しばらくしておたがいを確認しあった後、彼らは浦上川から分かれた小川まで行き、体の泥を洗い流し、誰かが見つけてくれることを願いながら、草地で横になっていた。友だちのひとりが吉田に割れた鏡の破片を手渡した。そこに映った自分の顔を見た吉田は、自分が何を見ているのか理解できなかった。「自分の顔かどうかもわかりませんでした」

屋外で働いていた何百人もの人たち含め多くの人々がうめき声をあげ、涙を流しながら、よろよろとさまよっていた。なかには体の一部がなくなっている人たちもいた。あまりにもひどい火傷を負っていたため、裸ではあっても吉田にはその人たちが男なのか女なのか見分けがつかなかった。彼は目玉が顔に垂れ下がり、目の穴が空っぽになった男の人を見た。誰もが水を求めていたが、小川で水を飲みながら亡くなった人たちもいた。戦時中、吉田や級友たちは教師から、怪我をしたとき水を飲むと出血多量で死んでしまうという間違った注意を受けていた。そのため彼は、極端な脱水状態から抜け出すための水を一日中飲むことなくがまんした。

山から集団で下りてきた母親たちの泣き叫ぶ声によって、放心状態でぼおっとしていた吉田と友人たちは現実に引き戻され、自分たちの体の痛みと恐怖心に向きあわなくてはならなかった。「上のほうから焼けただれたお母さんたちが、わんわん泣きながら下ってきたんです。私たちはまだ十三歳でしょ。もらい泣きして、それ以上にわんわん泣きました」と吉田は振り返った。彼らは立ちあがり、母親たちの後をついて山道を下り街へと向かった。しかし浦上川にたどりついたとき、吉田は動揺した。街中を覆う極端な熱さと息を詰まらせるような塵に不安と緊張を隠せなかった吉田は、手足をもぎとられたり、頭が割れて脳みそが流れ出ている人たちを目のあたりにした。熱線に焼かれ完全に炭化してしまった死体もあったことを吉田は記憶している。人々が熱さと極端な喉の渇きを癒そうと急いで入っていったその川は、多くの人たちの墓場となった。水を飲んだからだ、と吉田は思った。川には死体が浮き、水面は血で赤く染まっていた。

吉田は顔と体が腫れてくるのを感じた。彼が顔を下に向けると、田圃で吸いついたヒルが自分の裸足にくっついているのが見えた。吉田と友人たちは、よろけながらもさっきまでいた小川に戻り、ヒルを体から取り去り、焼け焦げていない葉っぱを自分たちの体に貼りつけた。太陽の熱を避けようと、七人は川岸に沿って生えている背の高い草のなかに入りこみ進んでいった。痛みが吉田の体を走り、もうそのころには顔中が膨らみ、目が見えなかった。「がんばろうや、がんばろうや！」おたがいそう言って励ましあった。「歩きつづけよう、あきらめずに生き抜こうや！」

堂尾は爆心地から一・三キロ、第三の同心円区域にあてはまるところで怪我を負っていた。そこでは溶けてぶつぶつの泡状になった粘土質の屋根瓦が千六百度以上の熱にさらされ、死亡率は推定五〇パーセントだったことが後に報告された。三菱兵器大橋工場は、堂尾を含め何千人もの作業員の上に崩れ落ちた。何人かはあまりにも遠くに飛ばされたため、意識が戻ったときにはまったく別の場所にいた。堂尾のいた場所では、ほとんどの人たちが一気に崩れ落ちてきた重い機材、鋼鉄の桁、コンクリートの壁、金属製の柱の下敷きになり死亡した。

押し潰された部屋は静寂そのものだった。しばらくして堂尾が目を開けると、彼女はいくつもの大きな瓦礫に埋もれて工場の床に横たわっていた。堂尾は自分がどこにいるのかを確かめようと、そこから抜け出し立ちあがったが、煙と塵が充満していたため、どの方向もよく見えなかった。「静寂さが恐怖となった。人影もない」。強烈な熱さのなか、迫ってくる周囲の炎を見て堂尾は出口を探したが、どこにも見つからなかった。「どうしたらいいかまったくわかりませんでした！　そこにいたら死んでしまうと思って慌てふためいて、もう一度出口を探しました。とにかく逃げなくちゃ！　と思いました。逃げなくちゃ焼け死んでしまう！と」

ようやく堂尾は暗がりでよろよろと歩いている年配の男の人に気づいた。彼のシャツとズボンは焦げて、まだ煙がくすぶっていた。堂尾は途中、アスベストの屋根葺き材、折れた鉄の枠組み、交差した木の梁、そして見分けのつかなくなった黒焦げの物体につまずきながらも、できるかぎり急いで彼に近づいた。彼女は後日、焦げた物体が同僚たちの死体だったことを知った。その男性のところまでたどりつくと、堂尾は煙の出ている工場の残骸のなかを彼の後についていき、建物の下敷きになり出られなくな

三菱兵器大橋工場の一部（1945年10月、撮影・林重男）

ったり、うめき声をあげている数えきれないほどの人たちのそばを通って外に出た。これで危険から逃れられると思った。

しかし、そこにはもう彼女が知っていた風景はなかった。あたり一面を、積み重なった粉々のガラス、金属屑、ねじ曲がった針金や電線が覆っていた。そばには上向きで目を見開いたままの、あるいは顔を下にしてまるで眠っているかのような焼けこげた死体があった。工場の瓦礫をよじ登り外に出てきた何百人もの男女、そして十代の学生がふらつきながら地面を横切っていた。彼らは半裸の状態で、水膨れになった皮膚は体からずるりと剝け、垂れ下がっていた。多くの人たちが体の前に腕を伸ばしたままにしていた。ある生存者は腕や手から剝がれ落ちた皮膚が地面を引きずらないようにしていたのではないかと想像した。また、ある女性は思い返しこう綴る。「驚愕と、悲痛に形相は変わり、外部の傷害のために激変した顔は皆一様に、くすんだ灰色で、いや色とは言えない、漠とした個体とでもいうべきであろうか。うつろの眼の穴、ニュッとした鼻、丸い口の穴があるだけだったから」。ひとりの母親は頭のなくなった赤ん坊を両腕で抱きかかえ泣き叫んでいた。

堂尾は、つまずきながらも幹線道路に向かって歩いた。そのとき、他の工場から出てきたふたりの級友に出会った。ふたりは堂尾の傷を見て驚いたが、堂尾はあまりにも動揺していたため、彼女らの表情が何を意味しているかとくに気にとめなかった。三人は協力して一緒に丘まで逃げることにした。しかしすぐに堂尾は体に力がまったく入らず歩けなくなり、工場門外の県道に出たところでうずくまった。「あんたたち先に逃げて！　後で行くから」。堂尾は友人たちを安心させ、歩きつづけるよう促した。安全な場所をめざしふたりがその場を離れようとしたとき、彼女たちは堂尾に、あきらめないように、そして堂尾のことを待っているからと言って元気づけた。

堂尾は瓦礫のなかで休んではみたが、あまりに恐ろしくなり、その場にいることができなくなった。そして無理やり立ちあがると土手になった国鉄〔長崎本線〕の線路をこえようと草の根に爪を立てながらありったけの力で体を上へもちあげ、照円寺〔現・清水町〕崖下までたどりついた。そのとき艦載機のグラマンが低い高度で飛んできた。パイロットの顔が見えるほど近かったことを堂尾が覚えていたほどの近さだった。機銃掃射があるかもしれないと思い慌てた堂尾は、土手に腹ばいになって伏せた。そして艦載機が再度旋回してきた際には、倒れた大木まで這ってゆき、その葉蔭に身を潜ませた。

爆音が遠のき胸をなでおろしたものの、彼女はこのときはじめて自分の怪我の深刻さを認識した。体の左半分に大火傷を負い、右腕の肘から骨が突き出し、無数の細いガラス破片が堂尾の体の大部分に突き刺さり、首からは血が流れていた。あまりに気が動転し泣くこともできないでいたが、堂尾が首の付け根に手をあてると、片方の耳の下からもう一方の耳の下まで、ぱっくりと横に割れた幅の広い深い切り傷があり、ガラスや木の破片が詰まっていた。「頭をやられた！　ああ！　私は馬鹿になる。早く助けに来て！」喉は極端に渇き、まわりを見知らぬ人たちばかりに囲まれていた。彼らはもとの姿がわからないほどひどい怪我を負っていたが、ある者は無言のまま静かに横たわり、ある者は愛する人の名を叫びつづけた。堂尾は誰ひとり頼る人のいないこのうえない孤独を感じた。

原爆投下時、爆心地から一・八キロほどのところで谷口は自転車に乗り、住吉神社のほうに向かっていた。そこは原爆の容赦ない威力が通過する道筋のまっただなかにあった。谷口は道路に腹ばいで横たわり、地面の震動がやむのを待った。しばらくして彼が顔を上げると、まわりにはさっきまで道端で遊んでいた子供たちの焼け焦げた姿があった。自分も死んでしまうのではないかと恐ろしさで自分を失いかけたが、それでも谷口は必ず生き残ると固く自分自身に誓った。いま死ぬわけにはいかない、死んでなるものか、と自分で自分を励ましていた。

谷口はどうにか立ちあがった。まわりの家々はすべて破壊され、残骸からは炎が勢いよくあがっていた。彼のそばには女の人が横たわり、もがき苦しんでいた。その髪の毛は焼けてなくなり、顔はひどく腫れていた。押しつぶされた自分の自転車の後ろのほうを見ると、口の開いた彼の郵便鞄があり、郵便物がそこらじゅうに散らばっていた。とまどいながら、道沿いに手紙を拾い歩きポケットに詰めこんだ。そのときはじめて自分の怪我に気がついた。彼の右手は焼け焦げて黒くなっていた。左腕の指先から肩にかけての皮膚は溶け、ずたずたに切り裂かれた細長い断片となって垂れ下がっていた。左足にも大火傷を負っていた。谷口は自分の背中に何か訳のわからないつるつるしたものを感じた。そこで、着ていたシャツはどうなってしまったのかと背中に手をまわしてみた。手を戻すと、焼け焦げて溶けた皮膚が黒くぬるぬるした油のようになって彼の指先を覆っていた。「私の傷からは一滴の血も出ず、痛みもまったく感じ」なかった。

自転車と郵便鞄をそこに残し、助けを求めて身を引きずるようにゆっくり、まるで夢遊病者のように歩きだした。少し行くと、配達先のひとつだった三菱の女子寮〔三菱兵器住吉寮〕があった。そこでは人々が苦痛でもがき苦しんでいた。髪の毛は焼け焦げ、体や顔は焼けただれ腫れていた。さらに少し先を行くと、三菱兵器住吉トンネル工場があり、彼はそのなかのひとつのトンネルに入っていき、負傷した工場作業員でいっぱいの暗く細い通路を手探りで進んだ。谷口は作業台の上に倒れこんだ。ひとりの女性が彼に少しの水をくれ、もっとあげたいのだけれど、市の送水管がやられてしまって、これしかないと言って謝った。彼女は谷口の腕から垂れ下がっていた皮膚を切りとってくれた。トンネルに常備していた薬はすべて使い果たしてしまったため、彼女は痛みを和らげようと、埃や塵に覆われ、剝き出しになっていた彼の背中の肉に機械油を塗った。

トンネル内では、二回目の攻撃があるかもしれないという不安が広がった。誰もが丘へ逃げようと必死で這い出そうとしているとき、谷口は作業台から身を起こし立ち上がろうとしたが、足に力が入らなかった。何人かの男が彼を丘の上まで運んでくれ、腹ばいに寝かせた。まわりには怪我を負った人たちが水を求め、助けてくれ、と泣き叫んでいた。なかには、自分がどこでどんなふうに死んだのかを家族に伝えてもらおうと自分の名前や住所を小声でつぶやく人もいた。もう正午を過ぎていた。意識がもうろうとなり動けなくなった谷口は、その日はずっとうつ伏せの状態でそこに横たわっていた。谷口の背中と腕の肉は、依然として立ちこめる核爆発の放射熱と原爆によって発生した煙霧を突き抜け、これでもかと降り注ぐ強烈な太陽にさらされていた。

＊

長崎県知事の永野若松が広島への原爆投下の報告をはじめて受けた前夜まで、彼は核兵器の実体というものを理解していなかったため、長崎の戦時救護体制には十分に自信をもってもいいだろうと考えていた。それまで長崎医科大学は、重要な緊急医療救護所としての役割を果たしてきた。長崎にある十八の病院や診療所の支援のもと千二百四十名の外来患者に対応することができた。必要な場合には大学の教職員と付属の大学病院がさらなる診療支援をおこなうこともでき、医学生たちも基本的な応急手当てをして、市民を救護することになっていた。医薬品や医療関連物資は大量に備蓄され、コンクリートで補強された倉庫に保管されていた。しかし現実的には、もし知事が原爆に関するより詳しい情報やより十分な準備時間を与えられていたとしても、長崎には核攻撃に対して、十分な救援救援計画を構築するだけの対応能力はなかった。これは長崎に限ったことではなく、世界中のどんな都市にもいえることだった。

原爆が爆発したとき、知事は、浦上盆地の南東部にある山の反対側に位置し、長崎県防空本部となっていたコンクリートの立山防空壕で緊急避難計画の会合を招集したところだった。パラシュートの降下後、まばゆい閃光が走り、とてつもない爆発が起きたという投下直後の状況を地区担当者から聞き、知事は広島に落ちたと伝えられていた爆弾と似たような「新型」爆弾が長崎にも使われたと思った。知事は状況を調べようと外に走り出てみたが、諏訪神社近くの周辺地域に立っていた家々は、粉々になった窓ガラス以外、被害は見当たらなかった。南に目を向け、中島川沿いの低地と市の中心部をくまなく見てみたが、自分が聞いていた広島の壊滅的な状況に相当するような光景は見られなかった。異なる場所にあった警察署からの詳細によると被害は少なく、重傷を負った者はいないとのことだった。このような初期の被害状況に関する報告や説明にもとづき、知事は、広島とは異なり長崎に投下された新型爆弾の被害は火災だけにとどまり、彼の目に入っている金比羅山上空を上昇しながら広がっていく原子雲は濃い煙にすぎないと結論づけた。数分後、知事は九州や西日本の主要な地方政府関係者に電報を打ち、爆弾は広島に使用されたものの小型版であり、建造物など物的被害と死傷者の数は軽微であったと伝えた。

しかし間もなくして知事は、彼が受けた初期の警察報告は長崎の中心部から遠く離れた地域からのものだったことに気づいた。市の北部地域からの報告はまだ届いていなかった。「この方面の警察官もみな死んだり大けがをしたりしていたのだが、警察電話は切れて情報が入らず、はじめのうちはそんなことがわからないものだから、ただ消火や消防に重点をおいていた」と知事は後に説明した。苦悶を抱えた知事のもとに市の緊急医療機能が核兵器爆弾によってほぼ壊滅状態であると最初に報告されたのは、爆発後ほぼ一時間が経過したころだったと推測される。長崎医科大学とその付属病院は破壊され、多くの職員と学生が死亡した。爆心地から八〇〇メートル以内にあったその他の病院、診療所、指定救護所、そしてそこで働いていた人々も、ほとんどが消滅してしまった。避難命令などはもうとっくに間に合わず、知事は被災者を救護するため、旧市街地にいた医師や看護婦への動員命令を出した。しかし、ほぼすべての医薬品は爆風で全滅してしまったため、彼らにさえもうどうすることもできなかった。負傷した人たちへは、手当ての施しようがなかった。残っている選択肢といえば、水、カボチャの汁、機械油、マーキュロクロム（消毒液）、酸化亜鉛クリーム、そしてときおり手に入るワセリンぐらいだった。母親たちは子供の火傷に料理油を塗り、さらし木綿の褌（ふんどし）を外し包帯に使った少年もいた。

和田は、市がおこなった捜索救助活動を最初に手伝った市民のひとりだった。彼は蛍茶屋営業所が損壊したとき、落下物があたり、気を失った。意識を取り戻すと、彼は腹ばいの状態で大きな梁と瓦礫の下敷きになっていた。和田は助けを求めて叫んだ。すると何人かの学生が彼を見つけ、残骸から引き出してくれた。和田には切り傷程度の軽い外傷があったが、それ以外は大丈夫だった。和田が外に出て呆然としていると五歳ぐらいの女の子がふらりと入ってきて、泣きながら彼の前に座った。彼女の額は火傷で皮膚が剝がれ、肉が見えていて、顔や体は血まみれだった。「目のとっても大きいですね、女の子だったんです。(…)一言も私に口をきいてくれんやったですねえ」と和田は思い返す。

まだ体は万全ではなく、外に出るのは怖くもあったが、和田は女の子をおんぶし、新大工町の病院へ向かった。「時間はまだお昼前後だったけれど、原子雲が太陽の光をさえぎって夜のように暗いんですよ」。まわりを見まわすと、原形をとどめているものは何ひとつなかった。どの家も被害を受けていた。爆心地付近から逃げてきた人々が無言で和田のそばを通り過ぎたが、あまりにひどい怪我を負っていたため、「その人たちは人間のようには見えませんでした」。和田が病院に着くと、そこはもう人で身動きできないほどになっていたので、ぬれた布きれをつかんで血まみれだった彼女の顔と体をできるかぎりきれいに拭いた。やがて医者は彼女の額に赤チン(マーキュロクロム)を塗り包帯をすると、和田に臨時救護所が設立された伊良林国民学校にその子を連れていくよう頼んだ。和田は彼女をふたたびおんぶして学校の運動場に女の子を連れていったが、そこもすでに怪我や火傷を負った人たちで溢れかえっていた。「しょうがないから、運動場の片隅にそーっとおろしたんです」。数日後、和田は運動場に行ってみたが、少女の姿はもうそこになかった。あの子は亡くなってしまったのだろうと和田は思った。

彼は昼過ぎに蛍茶屋駅へ戻ったが、そこには怪我をした路面電車運行会社の運転士やその他の職員たちが集まってきていた。浦上地区が全滅したというニュースが届くと、和田は学生たちの班長としてすぐに点呼をとったほうがいいと思った。六十人の動員学生のうち十二人が行方不明だった。和田は女子学生たちをすぐに家に帰し、家族とできるかぎり遠くへ逃げるようにと言った。それから彼と男子学生の一団は友人たちを探しに出かけた。彼はその日の十一時少し前に、浦上盆地方面へ電車を走らせていた三人の運転士のことをずうっと考えていた。そのなかには彼の親友、田中久男も含まれていた。和田は三人の運転士が爆発時にどのへんを走っていたかを推定しようとした。無事にいてくれることを祈りながら、和田と同僚たちは長崎駅まで路面電車の線路をたどっていった。しかし炎によって、それ以上先に進むことができなかったため、彼らは来た道を戻り、まわりでおこなわれていた早期救援活動に参加した。警察官が被災者の救援にあたっているとき、警防団は負傷者に呼びかけ、小学校に設置されている臨時救護所に行くようにと伝えながら、各地区を急いで巡回した。医療救護隊員は民間有志たちと協力して、果てしなく続くかのような無数の生存者たちをどうにかして助けようとしていた。しかし自分たちがいま目の前で手当てしようとしている火傷の種類や、その火傷を引き起こした兵器に関してはなんの知識ももっていなかった。和田と友人たちは木の扉を使って負傷者を臨時救護所に運んだが、彼らが助けようとしていた人たちのなかで助かった人はほとんどいなかった。

午後十二時半、長崎医科大学のように爆心地の近くで被害を受けた建物はその大半が燃えていた。原爆炸裂後に発生した無数の小規模な火災は大きな炎の海と化していた。浦上盆地でなんとか爆風に耐えたすべてのものが、結局は焼き尽くされてしまった。火の手はすぐに南方に離れて立っていた江戸町の県庁舎、万才町の地方裁判所、そして隣接する湾の東側地域にまで達し、外壁のみをかろうじて残すべて焼き尽くされた。それより先の地域では、原爆のとてつもない熱を吸収した木々や木造家屋のような可燃性のものが自然発生的に燃えあがった。市当局の役人たちはその大火災の規模や延焼の速さを把握できずにいた。暗く深紅に染まった空の下では、すでに長崎駅前で消火活動を始めていた長崎消防署本署の分隊が線路沿いに爆心地方向の八代町にまで進出したものの、さらにその先の「浦上方面」をめざした松ヶ枝出張所の分隊は目的を果たせずにいた。ヘルメットとガスマスクを着け、肩には水筒を、腰には短剣を携えた消防隊員たちの姿と火傷を負い裸で逃げまどう人々の姿はまったくの対照的な光景だった。火災のすさまじい勢いに加え、消防車や消防設備が破壊され、さらには給水本管が破損し、水道管も溶け使用できなくなったため、この大火を思うように阻止することはできなかった。体に支障のなかった市民は、炎が途切れているところまで急いで逃げ、バケツリレーで消火しようとしたが、夏の風に煽られ、炎はより激しく燃え盛った。昼過ぎ、はじけるような、そしてどんどん迫り来る炎の不気味な音がどの区域にいた生存者たちをも恐怖に陥れた。

長崎駅にいた永野は、浦上川と並走していたがいまはもう原爆で溶けてしまった線路に沿って北に向かい、炎を避けて自宅へ帰る道を探していた。「もう右を見ても左を見ても、死体がごろごろ転がっているわけです」と彼女は振り返る。「頭がこっち、体がそっち、そして火傷をした人たちや怪我した人たちが息絶え絶えでした」。どの曲がり角に来ても炎によって、永野は自宅のある区域に近づくことができなかった。回り道をしようと稲佐橋を渡ったところで永野はまったく偶然に、彼女のほうに歩いてくる叔父と出会った。叔父と永野の父は、造船所近くの同じ平戸小屋町〔現・丸尾町〕の三菱電機長崎製作所本工場で働いていた。自分の家族を探しにいこうとしていた叔父はお父さんがすぐ来てくれるからそこにいるようにと永野に言った。彼女は待った。三菱電機工場のある南の方向を目を凝らして見つめながら、両方向に行き交う大勢の人たちのなかに父はいないかと、必死の思いでその姿を探し求めた。

すると突然、目の前に父があらわれた。言葉に尽くせないほどほっとした彼女は、泣きじゃくりながら父に抱きついた。しかし急を要するなか、彼らは折れた電柱や切り裂かれた電線をうまく避けながら、浦上川の西側を北上し、次の橋に向かって歩いていった。川の向こうには破壊された三菱製鋼所が見えたが、そびえたっていた煙突は爆風の衝撃でまんなかから折れ曲がっていた。南に向かって逃げる多くの負傷した人々が彼らのそばを通り過ぎた。「その人たちの体は火傷で火ぶくれになってました。洋服がぼろぼろに破れ体に貼りつき、裸同然の人々が右往左往してました」。何人かが永野と父のほうにふらふらになりながら近寄り、彼らをぎゅっとつかみ、助けてほしい、水がほしいと訴えた。「もうほんとうにかわいそうでね。でも……」永野はそのときのことを思い出し、声を詰まらせた。「どうすることもできなかったんですよ。せめて水筒でも持ってたらね、一口ずつでもあげることができたけど。ふたりとも、ごめんなさいって言うしかなくてね。そして目の前でぱたぱたと亡くなっていくんですよ」

長崎には煙と死体の臭いが立ちこめていた。吉田が北の方角に目を向けると、そこもまた、死体が川岸に山のように積まれていた。「川にはイモでも干しているように、死体がプカプカと浮いていたのです」とある生存者は当時を振り返った。うつ伏せに浮いていたり、頭がすっぽり水に潜り、足だけが見えていることもあった。永野と父が梁川（やながわ）橋に近づいたとき、真っ黒になり頭を上のほうにぴんと伸ばし、四本の足で立ったまま死んでいる馬が目に入り、思わず立ち止まった。永野は父の腕にしがみつき、その脇をすり抜け橋を渡り、自宅へと近づいていった。しかし燃えつづける炎は、自宅のあった区域に続くすべての入口を依然ふさいでいた。何度も炎に阻まれた後、仕方なく向きを変え、ふたりは橋を渡り川の西側へと戻った。そこには防空壕があり、ふたりはそこに入り、地面の上で一緒にまるくなっていた。彼らは待つことしかできなかった。

＊

午後二時、原子雲は四〇キロほど東に流され、島原半島にある絹笠山の上空に浮かんでいた。市内では激しく燃え盛る炎が広がったため、崩壊した建物の下敷きになった人々が焼死した。三菱兵器大橋工場では火薬が発火してさらなる爆発を引き起こし、浦上盆地全体に爆発音が鳴り響いた。市への出入りに使われる四つの主要道路は、呆然と瓦礫のなかをさまよう生存者、避難しようとする人たち、電気や水を急いで復旧させようとする（徒労に終わったが）市の作業員で溢れていた。絶望的になりながらも人々は、必死で愛する家族を探しまわった。死者や負傷者のそばを通るときや飛びこえなくてはならないときには、敬意を払いお辞儀をしながら、自分の家族ではないかと確かめながら走りまわった。どの方向から来たとしても、爆心地近くの地表はあまりの熱さからこの区域に立ち入ることはできず、人々は必死になって迂回する道を探して走りまわっていた。多くの人たちが、死体が四方に横たわるなかをやっとの思いで進み、浦上川を渡ったが、そこには炎の壁が立ちはだかり前には進めなかった。

母親や父親は自分の子供を探してこの地域の学校、工場、防空壕をくまなく見てまわったが、顔の火傷や火ぶくれによって顔を見分けることができず、学校の制服につけられていた名札を頼りに自分の息子や娘のことを確かめるしかなかった。幸運な家族は、愛する者が無事戻ってくると、あまりのありがたさに感極まった。娘がやっとのことで家に戻ってきたとき、喜びのあまり泣き叫んだ母親に向かって憲兵は大きな声で怒鳴った。「そんな女々しいことをするから、日本は敗けるんだ！」

被害を受けていない車両を使った最初の救援列車はすでに道ノ尾駅を南に進み、照円寺近くで停車して負傷者を収容のうえ市外にある医療施設へ運んでいた。しかし多くの被災者が途中で、または到着するとすぐに死亡した。一方、長崎周辺の町からは多くの医療救護隊や消防隊が派遣されてきた。午後遅くになると、地域の海軍高官が市外の病院から医療部隊を急行するよう指令を出していたが、多くの部隊の到着は大幅に遅れた。それらの地域では空襲が再開され、長崎へつながる道路が損壊していたためだった。北部から列車で長崎入りした海軍救助作業員は、彼らの目の前に広がる不気味な光景に衝撃を受けた。そこにあったのは鉄道線路のほうへ腹ばいになって向かってくる人々の姿、遠くで炎が燃え盛っている壊滅状態の街、そして死体、食料、建物の焼けるものすごい臭いだった。隊員は人々を空の車両に乗せて諫早（北東に約二〇キロ）、大村（北に約二〇キロ）、佐世保（北西に約五〇キロ）にある海軍病院へ送る作業を始めた。しかし、そのような病院には一度に何百人と到着する重い火傷や怪我を負った患者を治療できるような設備は整っていなかった。また、家族に患者の居場所を知らせることはとうていできず、多くの患者は誰にも居場所を知られることなく、ひとりぼっちで死んでいった。

吉田と友人たちが土手を背にうずくまっているあいだに、開いた傷口に貼っておいた葉っぱが乾燥しぼろぼろになり、体から剝がれ落ちた。日差しをさえぎる建物も木もなかったため、剝き出しになった体の肉は直射日光の熱にさらされていた。「肉の上に太陽があたる熱さ。これはもう言葉で表現できないように苦しかったですね。もう死ぬと思いました。これは瞬時に原子爆弾でやられたときよかつらかったですよ。この熱さは」。太陽がやっと西に見える山々の向こうへと沈んだとき、彼らは心の底から沸きあがる安堵感から、これでやっと救われたと思いこんでしまった。

しかし、火傷による吉田の顔の腫れはますますひどくなっていった。はじめ彼は指を使って目が見えるようにしていたが、数時間すると、どうやっても目を開けられないほどの腫れとなった。誰かがそばを通る音が聞こえると、自分が住んでいた諏訪神社近辺の様子を教えてほしいと頼んだ。「ひどくやられていますかあ?」と彼は叫ぶように言った。「みんな無事ですかあ?」傷を負った被災者たちは長崎中が破壊されてしまったと大声で答えた。吉田の意識は次第に薄れていった。

「みね子! みね子!」堂尾の父は娘を探して叫んだ。原爆後、堂尾が家に戻らなかったため、父は彼女を見つけるため家を出て三菱兵器大橋工場の周辺を探し、爆心地に最大限近づけるところへも行ってみた。堂尾は倒れた木の枝の下に隠れ土手にいたが、そこで横たわっていた人たちの顔はあまりに膨れあがっていたため、堂尾の父は娘がここにいたとしても見分けることができないかもしれないと思った。それでも彼は娘の名を呼びつづけた。しかし、そのころになると出血が止まらなかった堂尾は意識が薄れた状態になっていて、父の呼びかける声が聞こえなかった。彼はいったん家に戻り、その日堂尾が何を着ていたかを確かめ、今度は洋服を手がかりに娘を確認できることを期待しながら、もう一度探しに行った。

しばらくして一瞬意識を取り戻した堂尾が枝の下から上のほうをよく見ると、そこに級友の姿が見えた。級友は堂尾の父が探しに来ていたことを堂尾に伝えた。父がまた探しに来てくれても、隠れていたら見つけてもらえないと思うと急に恐ろしくなり、堂尾は立ちあがろうとした。しかし動くことができなかった。やっとのことで彼女が発した声はつぶやきのようではあったが、通りかかった青年の注意を引くには十分だった。堂尾は青年に、もっと道路に近い草地に自分を運んでほしいと頼んだ。彼は死体や苦痛にうめき声をあげる負傷者が横たわっていた列に彼女を置いた。もうひとりの見知らぬ人が彼女に蚊帳をかぶせた。

堂尾の体に痛みが走った。極端な喉の渇きを癒すため、彼女はどうしても水が飲みたかった。「泥水でもいい、誰か飲ませて！」震えながら、彼女はもう一度、自分の傷に手を伸ばした。ぬるぬるとした切り傷はあまりに深く、指の第一関節まですっぽりと入りこんでしまうほどだった。そしてふたたび意識を失っていった。このとき堂尾は幻覚を見た。そのなかで彼女は果てしなく続く細い畦道（あぜみち）を裸足で歩いていて、まわり一面には色鮮やかな菜の花が咲く田園が広がり、黄色や白の蝶が草原を飛び交っていた。「誰も行かないような、ほんとうに寂しい私ひとりだけの世界でした」と堂尾は記憶を呼び起こし語る。夢のなかで、彼女は岩の上にぼんやり座っていた。遠くで白い着物を着た老人が「いらっしゃい！　いらっしゃい！」という仕草で彼女を手招きしていた。彼女が老人に近づこうとすると、小声でささやくもうひとりの声が彼女をめざめさせた。「眠っちゃいかんぞ！　眠っちゃいかんぞ！」それは神の声、創造神の声で、彼女を死の淵から呼び戻してくれた、と後に堂尾は信じるようになった。

堂尾の父は土手に戻り、もう一度娘のものと一致するような服はないかと死体を見てまわった。堂尾の名前を何度も何度も呼んだ。すると、今度はその声が堂尾の耳に入った。残っていた力を振り絞り、堂尾は弱々しい声で「はーい」と答えた。それは父の耳にやっと届くような声だった。父とほか三人が壊れた木の扉に彼女を載せ、約三キロの道のりを歩き、元軍医、宮島武医師の家へと運んだ。宮島医師は市の北西部、滑石にある堂尾の自宅区域に住んでいた。宮島と彼の家族は、原爆投下の十五分後から被害者の治療を始めていた。堂尾が運びこまれたとき、あたりはもう暗くなっていた。宮島の家の庭は地面に横たわる負傷者や瀕死の人たちで溢れていた。みな助けを願い、祈り、そして一心不乱に救いを求めていた。

＊

その日長崎では、午後七時十二分に日が沈んだ。原爆が炸裂してから八時間が経っていた。爆心地近くでは瓦礫から炎がたちまち燃えあがり、その周辺地域ではまだ炎が燃え盛っていた。地面に横たわっていた人々は、炎にまかれ焼け死んだ。臨時救護所や安全区域では、有志によってこの日はじめての配給食料が配られた。おにぎり、クラッカー、缶詰の肉、ゴマの付いた乾パンなどで、市外の女性有志グループが持ち寄ったり、彼女らの自治体を通し寄付されたものだった。食料配給が始まったことは拡声器を使って知らされたが、難を逃れた人たちは、すでに爆心地付近からは避難していた。火の粉をかぶった書類や新聞紙などが燃えながらひらひらと空中を舞っていた。浦上盆地の北部にあったカトリック系孤児院や女子校はすでに焼け落ち、さらに浦上天主堂では、その夜のうちに瓦礫が発火し、火柱となって闇夜の空高く燃え立った。

ほとんどの人たちは、あたりが暗闇に包まれると、愛する家族の捜索を一時中断しなくてはならなかったが、ランタンを持っていた人たちは夜を徹して探しつづけた。ある若い父親は家の裏側で妻を見つけた。焼け焦げて灰に埋もれていた。彼女は子供たちの名を呼びつづけたが、彼らが見つかることはなかった。生存者のなかには火の手のおよばないカボチャ畑のなかに避難し、負傷者や瀕死の人々とともに眠った。またある者たちは、眠るとそのまま死んでしまうのではないかと不安に駆られ、眠気と戦っていた。十一歳の少女は地面に横たわり、彼女の唯一生き残った肉親である母親にぴったりと身を寄せて眠ったが、夜中に目を覚ました彼女が目にしたのは亡くなった母親の姿だった。

夜の十二時までに、救援列車が推定三千五百人の負傷者を長崎以外の市や村に運んできていたが、それをこえる無数の生存者も徒歩やトラックで到着していた。医療関係者や有志グループは夜を徹してその人たちの治療にあたったが、支給された医薬品などはすぐに底を突いた。

長崎では、火傷や怪我を負った何万人もの男女や子供たちが崩れ落ちた建物や重たい瓦礫の下敷きになったままだったり、丘の中腹、線路の脇、浦上川の川岸で怪我をして倒れていた。その日の真夜中、複数のアメリカ軍機B29が長崎上空を飛び、日本の軍事行動の即時停止と降伏を要求する何千枚ものビラをまいた。これは連合軍が日本全土に対し続行中の心理作戦を遂行する際に間違ったタイミングでまいたとしか説明がつかないことだったが、このビラは原爆攻撃の可能性を長崎市民に警告し、即時の避難を勧告するものだった。このビラをその日に見た人はほとんどいなかった。こうした爆撃機や他の敵機が上空を飛行する音を聞くと、まだ動けるだけの体力が残っていた人たちは、急いで山頂の墓地、橋の下、そして人で溢れた防空壕に避難した。防空壕に充満していた死体の焼け焦げた臭い、蚊、そして耳に突き刺さるような負傷者の叫び声は多くの人々にとって耐えがたいものだった。うだるような暑さのなか、市内のいたるところで小規模の爆発音やぱちぱちと燃える炎の音と、愛する家族を探し、励まし、叫び求める声が混じりあい、心を掻き乱すような不協和音がつくりだされていた。

雲をすり抜け落下するパラシュートを見たときに立ち寄っていた井戸の近くで、吉田は空に昇っていく三日月の下に広がる地面に横たわっていた。彼の意識は遠のいたり戻ったりを繰り返していた。彼の顔は風船のように膨れあがり、喉はあまりの熱さに燃えているかのようだった。また失った皮膚の範囲が極端に広かったため、体の震えが止まらなかった。六人の友人たちのひとり、田縁(たぶち)は片目を失ってはいたが、もう一方で見ることができたので、暗闇のなか、山をこえて西山町にある自分の家に向かって歩いていくことにし、仲間とはそこで別れた。

永野と父は稲佐橋近くの人で溢れる防空壕に隠れていた。電気も懐中電灯もロウソクもない真っ暗闇のなか、ふたりはいくどとなく外から聞こえてくく爆発音に怯えながら座っていた。まわりにいた人たちは水がほしいと泣き叫びながら、あるいは自分の名前と住所をつぶやきながら、ひとりまたひとりと死んでいった。

何十人もの患者が待ってはいたが、宮島医師は自宅の縁側で、重度の怪我を負っていた堂尾を他の患者よりも先に治療した。ロウソクの明かりを頼りに、麻酔薬もないなか、宮島は堂尾の頭や体に埋めこまれた何百個ものガラスの破片を取り除いた。「やめて！　やめて！」と堂尾は、苦痛に腕や足をバタバタさせながら悲鳴を上げた。彼女の両親、さらにふたりの大人がすべての体重をかけて彼女の腕と足を押さえつけた。「やめたらお前は死ぬぞ！」と誰かが言った。しかし、堂尾にはもうどうでもよかった。彼女は、もうやめて、死なせてと何度も何度も宮島に向かって叫んだ。宮島は根気強く治療を続け、朝までに堂尾の頭のそばに置かれていた茶碗は血まみれのガラス破片でいっぱいになった。頭に包帯を巻かれた堂尾は死の淵をさまよい、ぐったりとしていた。

その夜、炎で照らされた旧市街の路上では、隣接する地区から急いで避難しようとする人たちの絶え間ない流れができていた。何も持たない人もいれば、持ち出せる物はなんでもと背中や手押し車に載せて運ぶ者もいた。和田は長崎湾の東側の道を丸山町にある自宅へ向かって歩いていた。あたりはすっかり暗くなり、まだ火があちらこちらでくすぶっていた。家は多少の損害を受けてはいたものの、崩れずそこに立っていた。何よりもほっとしたことに、祖父母が書いた置き手紙には「家族は無事、田上（たがみ）に避難する」と書かれていた。和田は家の後ろにある丘の斜面に立ち、市の中心部とその北の浦上盆地で激しく燃え盛っている炎を見ていた。翌日早朝、友人たちの安否が気がかりで仕方なかった和田は蛍茶屋駅の営業所に戻った。

谷口の祖父は爆心地にもできるかぎり近づいて、焦土となった近隣地域をまわりながら、午後から夕方まで休みなく孫を探し歩いた。しかし懸命な捜索は徒労に終わった。疲れきり、そして怯えながら、年老いた祖父はようやく野原に横になり眠りについた。その場所から谷口が死体に囲まれ横たわっていた丘の斜面までは一五〇〇メートルと離れていなかった。近づいてくる救援列車の音が響き渡った。「遠い市内のほうでは山と言わず家と言わず燃えていたのです。そこらは白夜のように明るくなっていました」。上空を艦載機が飛び、あたりは機銃掃射の攻撃を受けた。弾丸は谷口の顔の近くにあった岩にあたり跳ね返り、灌木に着弾した。谷口には身を守るすべはなかった。

その夜遅く、しとしとと雨が降った。うつ伏せに横たわり動くことができなかった谷口は、地面からわずか数センチのところに低く垂れ下がっている竹の葉に気がついた。どうしようもなく喉が渇いていた谷口は頭を上に引きあげ、首をできるかぎり遠くへ伸ばした。そして必死になって竹の葉から落ちる雨の滴を吸いこむと、頭を降ろし、暗闇のなか誰かが来てくれるのを待った。

第三章　残り火

浦上上空で原爆が炸裂してから約三十分後、日本の「六首脳」で構成される最高戦争指導会議は長崎への原爆投下の第一報を受けとったが、それは、長崎への被害の規模と死傷者の数は最小限だったという永野長崎県知事による当初の認識を伝える短い報告だった。すでに会議のメンバーは、前夜のソビエト参戦、広島への原爆投下の影響、そして自国の行く末について激しい議論を戦わせていた。とくに降伏の可否とその条件、そして天皇の戦後の統治権をどのように守っていくかに関してさまざまな意見が飛び交った。長崎が炎に包まれているときに伝えられた日本への二発目の原爆投下は、メンバーたちの討議になんら明白な影響をもたらすことなく、それに関しさらなる言及もないまま会議は進行した。

その先も六首脳の議論は降伏条件をめぐって行き詰まったままの状態が続いた。和平派の鈴木首相、東郷外務大臣、米内海軍大臣は天皇制の維持を唯一の条件とすることを主張したが、阿南陸軍大臣、梅津参謀総長、豊田軍令部総長はそのほかに追加の三条件、すなわち日本側による自主的な武装解除と戦争犯罪人の処罰、そしてアメリカ側による日本の占領なし、を主張し譲らなかった。結局、休会して舞台は臨時閣議に移された。原爆投下のあった日におこなわれたこの閣議は夜遅くまで続いたが、意見の一致にはいたらなかった。

午後十一時過ぎ、六首脳および平沼騏一郎枢密院議長が、戦争末期に天皇皇后が住んでいた皇居内の地下防空施設、御文庫(おぶんこ)付属室へ召集された。首脳陣が暑く薄暗い会議室で待っていると、午前零時十分前、天皇裕仁が部屋に入ってきた。それから二時間御前会議が開かれ、出席者がそれぞれ降伏に対する自分たちの意見を天皇の面前で述べた。それが終わると鈴木首相が立ちあがり、国家のための判断を天皇に仰いだ。天皇は、日本が国体を維持できるよう天皇が統治者としての地位にとどまるという唯一の条件のもとでの降伏を容認すると答えた。その場にいた多くが声をあげて泣いた。午前三時、天皇の判断は臨時閣議において正式決定された。

八月十日の早朝、政府職員は公式の降伏提案文書を急いで起草した。そしてスイスとスウェーデンの高官を通じて日本の外務省からの電報がアメリカ、イギリス、中国、ソビエトの首脳たちへ送られた。これにより、日本の降伏に向けた正規の交渉が日本と連合国とのあいだではじめて開始されることになった。しかし、外交上の伝達処理は迅速さを欠いていたため、アメリカが日本の降伏提案を受けとったのは十五時間以上も後のことだった。

その朝(日本時間)しばらくしてトルーマン大統領はアメリカ国民に向け、ポツダム会議に関するラジオ報告をおこなった。報告のなかでトルーマンは大半の時間を使ってヨーロッパにおける戦後の政治的、経済的な体制に関する概要を述べ、広島への原爆投下については一度だけ言及した。彼は広島を軍事基地と呼び、広島が選ばれた理由を「この最初の攻撃において民間人への殺戮をできるだけ避けたかったためである」と述べた。また核兵器に対するアメリカの責務についても手短に意見を表明した。「われわれはこの新しい力の誤った使用を阻止し、それを人類に役立つ方向へと導き入れるために、みずからがその受託者とならなければなりません」と述べ、さらに続けた。「それはわれわれにもたらされた非常に重い責任であります。核兵器が私たちの敵のもとにではなく私たちにもたらされたことを神に感謝します。そしてわれわれが神の方法で、神の目的のためにこれを使用するよう神が私たちを導いてくださることを祈っています」。二発目の原爆投下からは二十四時間がすでに経過していたが、彼は長崎についていっさい何も語らなかった。

日本からの正式な降伏提案がアメリカに届くと、ジェームズ・フォレスタル海軍長官とヘンリー・L・スティムソン陸軍長官は日本に対するすべての空軍および海軍の軍事行動を停止するよう提言した。日本と連合国が降伏条件で合意することに確信がもてなかったトルーマンは、この提言を拒否した。そのためさらに五日間、連合軍と日本軍は太平洋地域での戦闘を続け、アメリカ空軍はB29による日本の都市への空爆をおこなった。トルーマンは降伏交渉が失敗に終わらないかぎり、日本への三発目の原爆投下計画を中止することに合意した。ヘンリー・ウォレス商務長官は後にトルーマンの発言をこう記している。「(トルーマンは)新たに十万人を殺すことは考えただけでも恐ろしい、と言った。彼は「そんなにたくさんの子供たち」(彼は実際にこう言った)を殺そうなどということには賛成できなかった」。トルーマンの発言は、原爆の投下目標地点は日本の軍事関連施設だったと主張するアメリカ政府の見解とは矛盾していた。

*

岡田寿吉長崎市長は、八月九日の夜を浦上盆地の東端にある丘の上で過ごしていた。彼はこの事態に困惑の色を隠せないまま、火事が収まるのを待っていた。八月十日午前三時、岡田は丘を下っていった。暗闇のなか、唯一地面に光っていた散在する残り火を頼りに、彼は瓦礫や死体につまずきながら、爆心地から半キロほどの前日まで自宅の立っていた浜口町〔現・平野町〕へ向かった。岡田は妻や子供たちを見つけだそうと熱い燃え殻の上を必死で探しつづけたため、履いていた靴の底は焼けてしまった。家族がいた痕跡がなかったことから、岡田は自宅の地下にあった防空壕へと急いだ。そこで彼は少なくとも十人の死体を発見し、そのなかには彼の家族全員がいた。岡田は悲しみに気も狂わんばかりだったが、同時に現実的にならなくてはという思いから隣接する地区へ向かったが、そこでは助役の家族も亡くなっていることを確認した。

岡田は、依然火がくすぶり、前日にはとうてい近寄ることなどできなかった爆心地付近を最初に目撃した者のひとりだった。煤だらけになりながら、彼は浦上盆地の南側を縁取る山をこえて、長崎県防空本部のある金比羅山裾野、諏訪神社近くの立山防空壕へと走った。市長は自分が目撃したこと、そして死亡者の数は五万人と推定していることを永野県知事に伝えた。これは永野の想像をはるかにこえていた。衝撃を受けた永野は、各地区の警察署長に対し定期的に最新の状況を報告するよう要請し、彼がこのときまだ新型爆弾と呼んでいた原爆による被害の最新状況と推定死亡者数を三十分おきに東京にいる内務大臣へ伝達することを決定した。

岡田が真夜中に彼の家族を探していたころ、三人の男たちで構成された撮影チーム（ベテラン戦争写真家の山端庸介、作家の東潤、画家の山田栄二）が爆心地から北へ三・二キロの郊外にある道ノ尾駅に到着した。政府の戦時プロパガンダ組織である陸軍省西部軍管区報道部によって派遣されてきたこの撮影チームは、長崎の被害を記録に残すよう軍からの命令を受けていた。政府はその記録を反米プロパガンダ作戦に利用しようとしていた。原爆により長崎本線の鉄道網は寸断され、長崎駅も浦上駅も焼失し、ホームが機能していたのは道ノ尾駅までだった。

博多から列車で十二時間の長旅の後、男たちはひんやりとした夜の空気のなかに降り立ち、諏訪神社近くの長崎地区憲兵隊本部へ到着を報告するため街のほうへ向かって歩きはじめた。彼らが歩いていた道は、谷口が横たわっていた場所に近い山の中腹にあった。長崎の北の端にある小さな山の頂上からは、原爆で壊滅した広範な平地と、収まってきたとはいえ依然燃えつづけている炎が点々と見えた。煙が幾層にも連なって彼らの頭上に漂っていた。

「まだ、ところどころ劫火(ごうか)が残って、さながら悪魔のべろのように不気味にうごく閻羅の庁に私たちが第一歩を印する感慨は、けだしこの世のものではありえなかった」と東は後に書いている。三日月と散在する残り火の明かりだけを頼りに、彼らは浦上盆地を南北に走る県道を進んだが、道路は幾層にも重なる灰色の瓦礫に埋もれ、ほとんど見えなかった。大気は熱かった。彼らは死体につまずきながら、水を求め地面に横たわる人々のそばを通っていった。途方に暮れ放心状態の母親は死んだ子供を腕に抱え、か細い声で助けを求めていた。男たちは被害者に優しく励ましの言葉をかけていたが、それ以外にできることはほぼ何もなかった。東はたまたま「フワフワしたもの」の上に乗りあげたので、見てみると死んだ馬の腹の上に立っていることに気づき愕然とした。また人が突然、地面の穴からのそりと這い出し、助けてほしいとうめきながら彼の足首をつかんだときには思わずぞっとした。

そしてやっとのことで彼らは被害は受けていたが倒壊は免れた炉粕(ろかす)町の長崎地区憲兵隊本部に到着した。午前三時に道ノ尾駅を出発してから三時間近く経っていた。

午前五時四十二分、長崎市全体を覆っていた煙霧をどうにか突き抜けて、太陽が地平線から昇った。薄明かりのなか、どこまでも続く原爆による破壊の光景が山端の撮影チーム、防空壕から出てきた人々、夜間隠れていた山から下ってきた人々の目の前に徐々に姿をあらわしてきた。動ける人たちは瓦礫のなかをあてもなくさまよったり、よろけながら重い足取りで壊滅した地域から逃げていったりした。「目をやられるんですね」と山端は振り返る。「まぶたの裏側がはれてきて、そっくり返ったような形になって、目のふちは、まるで黄色いアブラ身のようになってしまって、失明しているんですね。そういう人たちが、両手を前に出して手探りで歩いているんです」。撮影チームが倒壊した長崎駅に引き返し、陽射しのなかの荒れ果てた「悲劇の谷・浦上」に足を踏み入れたとき、山端は、ある生存者が「一色無音の地獄」と呼んだ光景を写真に収めるという彼に課せられた任務に心を集中させた。

筋骨たくましい人間の太腿が、積みあげられた残骸の山から突き出ていた。十八歳ぐらいの少女が、白骨死体のすぐ脇に立ち、途方もなく広がる廃墟をじっと見つめていた。着物を着た高齢の女性が瓦礫のなかから這い出してきた。それは押しつぶされ、めちゃめちゃになった工場を背にした小さな姿だった。大人、子供、乳飲み子が地面で死んでいた。みな焼け焦げていた。口を開けたままの死体もあった。まるで助けを求め叫んでいるかのようだった。腕を上に突きあげたまま死んでいる人たちもいた。「死者のすべてが虚空をつかんだ姿で焼けている。火の海の中で、塗炭の苦しみを嘗めたあらわれであろう」と東は後に記している。十歳ぐらいだろうか、少年が弟をおんぶしていた。彼の顔には頬を伝わったであろう汗か涙の跡がくっきりとついていた。弟はしっかり兄の腕を握り、頬を兄の肩にぴったりと押し当てた。カメラをじっと見つめる彼のまんまるとした顔は、血と塵にまみれていた。

近隣の街や村から派遣された警察隊や救援隊は民間の有志とともに作業にあたり、扉、焼け残った木材、担架などを使って負傷者を破壊された地域から運び出した。緊急工作隊員たちは手工具を使って市の南北を走る幹線道路の一部から瓦礫を取り除く作業を始めた。家族を探し求め、多くの人たちがあらゆる方向から長崎に押し寄せ、いま自分がこの原爆でやられた地のどこにいるのかを突きとめようと手がかりを探しまわっていた。ふたりの男性がそれぞれの自宅の中間で発見された女性の焼け焦げた死体をめぐって、自分の妻だと言い張りながら大声で口論をしていた。もうひとりの男はまだ息をしている身重の妻を自宅の残骸から引っぱりだしたが、木の板に乗せようとしている矢先に息絶えた。幼い少女は燃え殻のなかに母の指輪を見つけたが、母の姿を見つけだすことはできなかった。別の少女は母の金歯をもとに両目のない死体が自分の母であることを確認した。十六歳の少年は自宅が立っていた場所へと急いで向かい、瓦礫を掘り起こした。するとそこには姉、祖父、叔父の死体があった。彼は姉の髪に手を伸ばし、鼈甲（べっこう）の髪留めを外した。それは姉の最後の形見となった。焼け焦げ高温となった地面は人々の靴の底や先端を燃やし、彼らの手はまだ熱い家の瓦礫をどかしながら捜索していたため火脹れになった。七歳の少年は地面にしゃがみこんでいた。すっかり白い灰になってしまった兄と姉の上に、少年の涙がぽとりぽとりと落ちていた。「落ちたところだけ、黒い点になりました。黒い点がいくつも、いくつも、灰の上にできました」とその少年は後に綴った。

被害が比較的少なかった旧市街や、浦上盆地から山をこえた地域の住民は小さなグループで集まり、前日、自分たちの身に起きたことを伝えあった。自分の家族が家に戻ってきたときの言葉に尽くせない安堵感や、行方不明の家族の安否に対する不安な気持ちを語った。訳のわからないままになっていることになんとか筋道を立てたい思いからか、原爆の目標地点は爆心地から北へ二〇〇メートルのところにあった長崎刑務所浦上刑務支所だった、という噂が長崎中に広まった。

諏訪神社近くの自宅は若干被害を受けたものの、吉田の両親と四人の兄弟はみな無事だった。しかし吉田が家に戻らなかったため、両親は吉田が死んでしまったのではないかと心配でたまらなかった。そんななか吉田とともに怪我を負い、前日の夜ひとりでグループと別れた友人、田縁の両親が十日の朝、突然吉田の家を訪ねてきた。そして自分の息子が暗闇のなか浦上盆地から山をこえて自宅まで戻ったと伝え、少なくとも前夜までは吉田がまだ生きていた、と報告した。吉田の両親はすぐに息子を探しに家を飛び出していった。

その日の朝、救援隊の隊員は、少し意識のある吉田を木の担架に乗せ、防空壕に設置された臨時救護所へ運んだ。その後、誰かが顔と体中に包帯を巻き、泥や埃まみれの市立長崎商業学校の校庭へ連れていった。そこには何百人もの負傷した大人や子供が列をなして横たわっていた。有志で救護にあたっていた人たちは、飛行機の音がすると防空壕に避難したので、吉田は無防備なまま残され心細かった。太陽の熱が吉田の体を苦しめたことを吉田は忘れもしない。「真夏の太陽に照らされ、火傷は焼鉄板に乗せられたような熱さで、時のたつのがもどかしく、このまま永久に苦しみながら死んでいくのだろうかとさえ思われるほどの苦しさ」だった、と後に彼は記している。やがて吉田は意識を失った。

焼けつくような燃え殻のなかを急ぎ足で進む吉田の両親は多くの死体を目にし、耐えがたい衝撃と絶望感が込みあげてきたが、なんとかこらえて爆心地付近に入っていった。彼らが足をとめるのは、壊れた水道管から流れ落ちる少量の水を熱くなった足に振りかけるときだけだった。耐えがたい痛みを和らげようとしたのだが、ほんの気休めにすぎなかった。両親が吉田のいる崩壊した学校の校庭にたどりつくと、火傷をし、皮膚が腫れ、包帯を巻かれた負傷者が何列にも連なって校庭を埋め尽くしていた。どの負傷者も見分けがつかず、多くがうめき声をあげ家族の名前を叫んでいた。

「両親は、大勢のなかで私を探し切らんで、イライラしとったですよ。「かつじー、かつじー」と私の名前を大声で呼んだら、周囲がみんな返事をしたそうですよ。その声がみな私の声に似ておったそうです。「これじゃ、勝二ば探し切らんと、どうしましょうか」と母が父に言うと、父は「耳もとで小さな声で、ずうっと勝二の名前ば呼んでいけ」と言ったのです」。彼らは、何十人もの負傷者の脇で身をかがめ、小声で勝二の名前を呼びかけた。そしてようやく吉田の火傷を負った体のそばに来たとき、彼らはそれが自分たちの息子であるとわかった。両親は彼を抱えあげ乳母車に乗せ、山の向こうにある家をめざし、瓦礫がまだくすぶる約七キロの道のりを歩いていった。吉田は水をせがみ、たまらない熱さにうめき声をあげ、お母ちゃんに会いたかった、とうわ言を言いながら涙を流した。途中彼は意識を失い、そのまま四ヵ月後の十二月中ごろまで意識が戻らなかった。

撮影チームの山端、山田のふたり〔東は別行動〕は浦上川沿いに立ち並んでいた三菱工場の絡まった鋼鉄の残骸の脇を通り、東岸を北へと向かって歩いていた。晴れ渡った空の下、山端は廃墟となった浦上盆地の全景を写真に収めた。黒く煤けた工場の煙突が高く、そしてわびしく立っていた。くすぶる瓦礫から立ち昇る煙が煙突のまわりに漂っていた。ほとんどの電柱が地面に倒れ粉々になっていたが、さまざまな角度に傾き電線をだらりと地面まで垂らしながらも、なんとか立っていたものもあった。焼失した長崎本線浦上駅のプラットホームには、寄り添って並ぶ焼け焦げた母と赤ん坊の死体があった。見る影もない路面電車の座席には、爆発の瞬間に座っていたまま焼かれた乗客の死体があった。建物の下敷きになり負傷し、瓦礫のなかで横たわったままの男性、女性、そして子供たちがうめき声をあげ、泣

1945年8月10日午前、爆心地から南1キロほどの岩川町付近の県道わきで（撮影・山端庸介）。布団は救援隊員が損壊した旅館から運び出したもの

き叫び、悲しそうな声で助けと水を求めていた。後に山端は、その日の自分の精神状態を振り返っている。それはあのような究極の苦しみを目の前にしても申し訳ないほどの冷静さだった。というのは「もう理解の範囲をこえていたということかもしれません」と告白した。

学校や仕事場の制服を着た人々が、山と積まれた瓦礫のなかを徒歩や自転車で自宅や家族の仕事場へ向かった。彼らは愛する者たちの遺体を運び、焼け落ちた自分たちの土地に一時的に埋葬するか、ひとけのない場所で木片を積み荼毘に付した。煙霧でほとんど視界のないなか、どうにか守ることのできた品々を入れた風呂敷包みを持ち、山のほうをめざす人々もいた。なかには歩いていく途中、思わず立ち止まり、地面に横たわる死体をじっと見つめ動けなくなってしまう人たちもいた。対照的に、無表情で視線を下に向けるか前だけをまっすぐ見て我を忘れたかのよう（日本語では「無我夢中」というが）に歩きつづける人たちの姿もあった。

昼前に山端と山田は、永野の家族が住んでいた爆心地から一・五キロの銭座町にたどりついていた。その日の朝、永野と父は防空壕から這い出し、死体や鼻から何かが滴り落ちている人々をまたいで家へ向かった。やっとの思いでたどりついたとき、ふたりは前日まで自分たちの家が立っていた場所を見て立ちすくんだ。母、邦子、清二の姿はどこにもなかった。永野は燃え殻のなかに横たわっていた黒焦げの死体を見ると駆け寄っていき、「お母さん、お母さん」と叫んだ。その死体を前に永野が泣きじゃくっていると彼女の幼友だちがあらわれた。

「悦ちゃん！」その少女は永野に向かって叫んだ。「昨日、弟の清ちゃんとおうたけど、どうしてやることもできんで、ごめんね。防空壕で寝ているよ」

永野と父は急いでその場を離れ、瓦礫に足をとられながらも防空壕をひとつひとつ探しに行った。「清ちゃーん、清ちゃーん」。ふたりは叫んだ。金比羅山手前の高射砲陣地がある山の麓の防空壕入口近くの地面に、全身に火傷を負ったひとりの子供が横たわっていた。顔は水泡で覆われ風船のように膨れ、目は閉じていた。皮膚が剝がれ落ちたところからは血液と体液がにじみ出ていた。「その子が弟だとは思いたくなかった」と永野は声を詰まらせて言った。「でも、身長は弟と同じくらいだったので、その子のところに行きました」

「『清ちゃん？ 清ちゃんね？』と聞くと、私たちのことは見えなかったけれど、こっくりうなずいたんですね。それでも、こんなことを言うのは悪いけど、人違いならいい、弟はもうちょっと元気かもしれないという気持ちがあったので、もう一度『ほんとうに清ちゃんね？』って聞いたんですよ。そうしたら、またこっくりうなずいたんです」

その少年のぼろぼろになった制服の胸には名札がとれずについていた。「金澤清二　血液型B型　銭座国民学校初等科四年生　九歳」。永野は悲しみのあまり、その場に崩れ落ちた。前日、原爆の熱線に焼かれ、どんな思いでひとり恐ろしさや苦痛と戦っていたかという思いが永野の脳裏を駆けめぐった。こんなひどい火傷をしていた弟が、どうやってこの防空壕にたどりついたのか。誰かが助けに来るまでは生きようとがんばったのか。母親を恋しがったのか。「もうそんな思ったら、わずか九歳の弟がかわいそうでかわいそうでね。涙が止まらなかったんですよ」

永野の父は清二をその地区の臨時救護所に運ぶことにしたが、父が清二を持ちあげようとすると、水膨れになっていた清二の足の皮膚が父の手のなかに剝がれ落ちた。父はさっと手を引き戻し、永野をひとり残し急いでその場を離れていった。「清ちゃん」、彼女は涙を流しながら聞いた。「お母さんと邦子ちゃんは？」清二の頭が少し動いた。「がんばってね！　お父さん帰ってくるけん、がんばってね！」と永野は訴えかけるように言った。

父は扉の大きさの雨戸（日本の家屋で雨を防ぐため窓の外側に使われる戸）を持って戻ってきた。父と永野は、この板の上にそっと清二を乗せて運んだ。救護所には怪我や火傷を負った何百人もの人たちが列をなして助けを待っていた。照りつける太陽の下で三人は順番が来るのを待った。木陰はなく、日差しをさえぎるすべもなく、永野と父はぴったりとくっついて立ち、清二に陽があたらないようにした。ようやく清二の順番が来たが、救護の人はチンク油（濃厚で白い酸化亜鉛の油）を火傷した部分に塗ることしかできなかった。「それでも、私たちは先生に何回もお礼を言いました」。治療してもらったから清二は助かる、と彼女は思った。

永野と父が清二を運びながら銭座国民学校近くの防空壕に向かっていたとき、母と妹の邦子が歩いてくるのが見えたので、ふたりはびっくりした。疲れ果て、取り乱していた母は、清二を見ると「狂ったように泣いたんですよ。「清ちゃん、ごめんね！　ごめんね！　どこ行っとったとね」と言って変わり果てた姿にとりすがり泣き叫びました」。

母は少し落ち着くと、前日の朝のことを話した。清二はトンボを捕まえようと家を出た。強烈な光に襲われた後、彼らの家が母と邦子の上に崩れ落ちてきた。母は助けを求め叫んだが、誰も来てくれなかった。しばらくして母はのしかかっていた木の柱を押し退け、瓦礫から抜け出ることができた。その後、邦子の上に覆いかぶさっていた太い柱やミシンを持ちあげ、邦子を引きずりだした。驚いたことにふたりとも大きな怪我はなかった。家の残骸のなかに立ちつくし、母と邦子はまわりを見まわした。どの方向を見てもあたりの建物はすべて崩れ落ち、恐ろしいほどの静けさだった。人間の生の営みはどこにもなかった。ふたりのまわりでは、いたるところで炎が燃えあがっていた。家の残骸につまずきながら、母と邦子は清二がトンボを探していた場所に向かって走っていったが、彼の姿はどこにもなかった。炎の勢いはふたりに迫ってきた。母は清二を探すべきか逃げるべきかの苦しい葛藤の末、邦子と逃げるしかないと思い、金比羅山の頂上まで走っていき、夜までそこに隠れていた。

今度は家族一緒に清二が横たわる木の雨戸を持ちあげると、防空壕のなかに清二を運んだ。午後の日差しが照りつけ、防空壕のなかはより熱くなった。彼らはみな黙ってしゃがみこんでいたが、母だけは悲しみにうめき声をあげ泣きつづけた。

その日の早朝、永野長崎県知事は浦上盆地全体を覆う南北に連なる廃墟を自分の目で確かめるため、山をこえ市内へと向かった。彼の目の前には想像を絶する超現実的な光景が広がっていた。「それは……それはとにかく悲惨で、痛ましい状況で、まともに目を向けることさえできませんでした」

民間の戦争被害者の救援や救済は、日本の戦時災害保護法に従って国庫から拠出され費用に充てられ、都道府県によって実施されていた。そのため、長崎のすべての緊急復旧対応の計画や準備には永野知事が長崎県の首長として責任を負っていた。しかし、これは果たすことのできない責務だった。というのも、数えきれないほどの人たちが被災しただけでなく、県政府機関、病院、診療所、医療品・食料品の供給、連絡体制がすべて破壊されてしまったうえ、市の熟練医療従事者の大半が死亡あるいは負傷してしまったからだった。救済が必要な何万人もの人たちに対し、実際に活動できる医師や引退した医師のなかで原爆を生きのびることができたのは三十人にも満たなかった。さらに患者を収容できる病床数は、市内すべての病院をあわせても二百四十にまで減少してしまった。

その日の市当局による救援・救助活動は混乱を極めたが、何百人にものぼる地元や県レベルの兵士、警察官、消防署員、警防団員、政府職員、教師、町内会の長、そして有志の大人や子供による支援を受けておこなわれた。彼らは割り当てられた作業やみずからが決めた活動にあたった。倒壊した建物の下敷きになっている人たちをできるかぎり多く救い出すためにチームが編成された。ある警察官は倒壊した学校の下敷きになっていた二百人の女子生徒を発見したが、救援隊員が救出する前にほとんどの生徒が死亡した。有志によるチームは、生存者はいないかと焼け焦げ横たわる人々を見てまわったり、負傷者をトラックに乗せ救護所へ、あるいは死体を火葬場へ運んだりした。また道路や電車の線路にあった瓦礫の片づけや通信設備の復旧にあたる人たち、おにぎりをつくり飯台に入れて届けたり、特大のバケツに入った水を焼け跡に設置された救護所に運ぶ人たちもいた。場所によっては用意した食料はほとんど残っていた。多くの人たちがあまりにもひどい怪我を負っていたため救護所までたどりつけなかったか、たどりついたとしても食べ物を口にする気力もわかなかったのだろう。運ばれたバケツのまわりでは、やっとの思いで避難し水を一口すすろうとする人々や、一口すすったかと思うやいなや地面に倒れこんでしまう人々もいた。

九州のさまざまな都市や軍の基地から、医師や看護婦のチームが到着していた。八月十日、長崎県の保健局は、他の近隣地方自治体に対しより多くの緊急医療援助を要請した。一方、怪我を免れた大人や子供は、自分たちができる方法で医療救護の手助けをした。生きのびた医師や看護婦は臨機応変に医療チームを組織し、壁も屋根もない追加の救護所を、壊滅した地域や被害が最小限にとどまった旧市街の指定校に設置した。十代の若者は戦時に携帯が義務づけられていた救急袋を持って瓦礫のなかを歩いてまわり、見つけることができた生存者には誰にでも簡単な手当てを施した。医療救護にあたった誰もが生存の可能性がありそうな負傷者を優先的に運びこみ、治療するよう指示された。そのため彼らは、生存の見込みのある人たちの救護をするのか、それとも助けを待ちつづけながら死にゆく人たちをそこに置き去りにするべきかという、とうてい判断することのできない選択を強いられることになった。

浦上盆地の北東の端、爆心地からほぼ一・五キロの本原町〔現・小峰町〕の丘の上にあった浦上第一病院は、内部は完全に焼失したものの、浦上盆地にあって、なんとか外形をとどめることができた唯一の医療機関だった。戦争が始まる前、この病院の建物はカトリックの神学校だったが、一九四一年に外国人カトリック教徒が追放された後、日本の聖フランシスコ修道会は結核病患者の専門治療をおこなう病床七十の病院を創設した。この病院の医長は小柄な二十九歳の医師、秋月辰一郎が務めていた。秋月は姉と妹のふたりを結核で亡くし、自身も子供時代には慢性喘息に、また成人してからは結核に罹るなど虚弱体質だった。彼は病院の職員として働く司祭、修道士、看護婦のなかで唯一カトリック教徒ではなかった。

浦上第一病院（1945年秋撮影、アメリカ戦略爆撃調査団資料）

病院全体が爆風で激しく震動したとき、秋月は患者の診察中だった。爆風で本や医療機器、天井の一部が患者や職員の上に降りかかった。彼はベッドのそばに伏せ大怪我を免れた。秋月と職員たちは建物が燃えだし炎に包まれる前に三階建ての病院の廊下を急いで通り抜け、階段を何度も行ったり来たりし、粉々になった窓ガラスをまたぎ、大きな破損物を押し分け、七十人の患者をすべて運び出した。患者は外の地面に寝かされた。夜までには、さらにそこへ周辺地域からの負傷者や火傷を負った人々が加わった。そこには悶え苦しむ悲しい叫び声があるだけだった。遠くでは浦上天主堂の炎が舞いあがっていた。

翌朝、この場を逃げ出したいという感情がとっさに秋月の脳裏をよぎった。そんな気持ちとは裏腹に、彼は患者や病院の敷地に集まってきた何百人もの人たちに明るく挨拶した。看護婦や軽症の患者が間に合わせのコンロでご飯や汁物を用意していた。しばらくしてひとりの神学生が、原爆が投下される前に数日間分の医薬品をこっそり保管しておいた地下の台所に秋月を案内した。秋月は非常に喜び、夢中でふたつの大きな木箱を開けた。そこには少量のガーゼ、包帯、そして鎮痛剤、消毒液、軟膏を含む数種の薬が詰まっていた。

秋月は患者に対する献身的な姿勢で知られていたが、誰もが彼の短気な性格も知っていた。この日の秋月には、このふたつの特徴がはっきりとあらわれていた。秋月と職員が何百人もの患者の治療をしているとき、希望が湧くような慰めの言葉を患者にかけたかと思うと、そこまで深刻ではない負傷者に対しては、不満や泣き言を言うのをやめるようにときつく言った。木下という山里国民学校の先生は顔、肩、胸に火傷を負い、あまりの痛みにほとんど息ができなかった。痛みを和らげる軟膏を塗ってはみたが、秋月には生存の見込みが薄いことはわかっていた。その日の午後、秋月はすでに家族のもとに戻っていた臨終迫る木下を診察しにいった。秋月が木下の家を出て病院へ向かって歩きだすと、もう日が沈もうとしていた。背後からは「イエズス、マリア、ヨゼフ、われらがために祈りたまえ」と家族が泣き叫ぶ声が聞こえてきた。

「人間のつらさと悲しみが胸いっぱいに満ちて、むしろ無感動なまでの重い心だった」と秋月はそのときのことを振り返っている。

八月十日の昼過ぎ、山端と山田は爆心地区域にたどりついた。建物や木々が立ち並んでいた場所は、すべてが倒壊し広大な平地が広がっていた。「何もかも一刷毛に払拭されつくし、それらのすべてが等分に、粉々にくだかれたバラスの道となっていた」。足首から下以外の全身に大火傷を負った男性が、瓦礫のなかを走り過ぎていった。ふたりにやや遅れて東が爆心地のほうへ進んでいくと三十がらみの女性が呆然と立ちすくしていた。手に下げたバケツのなかには切断された幼い娘の首が入っていた。感覚

1945年8月10日午後1–2時、爆心地から西50–100メートル、松山町交差点付近（撮影・山端庸介）。左端にスケッチをする山田栄二、中央に防空壕入口、その遠く向こうに三菱製鋼所の煙突。右側奥の高台に鎮西学院中学校の残骸

が麻痺し疲れ果てていた撮影チームは、まだ谷口が動けないままうつ伏せで横たわっていた丘のそばを通り、北に向かって進んだ。午後五時少し前に道ノ尾駅に着くと、何百人もの人たちが救護所や市外の病院へ被災者を運ぶ列車に乗せてもらうため、地面に座ったり横になったりしていた。列車が出発するたび、通過する線路の上には苦痛に満ちたうめき声がいっせいに響き渡った。

三人は列車に乗り、博多へ戻った。山端は全部で百十九枚の写真を撮った。写真を現像した後、陸軍省報道部の上司へ提出することになっていた。しかし、日本が極端な混乱状態であったため、すぐに写真の提出を求めてはこなかった。そのため、山端は戦争が終わるまで写真を手元に置くことができた。

「しかしこの写真が現像されて、末期的現象を表していた軍部の手によって発表され、日本の民心の最後の志気鼓舞や、続いて行われるであろう原爆攻撃に対するもっとも消極的避難方法に、誤った利用をされなかった事は不幸中の幸であったと思います」

と彼は後に綴った。

原爆投下の後、最初にやってきた一日に夜の帳が落ちた。生存者のなかには家族とともに自宅で過ごせる人たちや、見知らぬ人の家に受け入れてもらった幸運な人たちもいたが、多くの人々の行方は依然わからず、彼らを心配し眠れない夜を過ごしている人たちは数知れなかった。浦上盆地や離れた郊外のいたるところで、いまだに何万人もの被災者が蚊の群がる瓦礫の下敷きになっていた。また、人でいっぱいの防空壕のなか、暗い救護所の床や外の地面の上に、多くの人々が隙間のないほど押しこまれた状態で横たわっていた。そこでは、誰かが体を強張らせ息絶えると遺体は運び出され、さらに多くの苦痛にあえぐ負傷者にとってかわられた。被災者の多くが、前日の朝から何も食べていなかった。

人々は、近づいてくる敵機が彼らの上空を通過するときに聞こえる低い持続音に一晩中怯えていた。瓦礫のなかを歩きまわりながら、生存者の口元を水で潤し、傷口に油を塗り包帯をあてがう人たちの姿もあった。秋月の病院では、ふたりの結核病患者の家族が病院を訪れ、生きのびた息子を見つけ家へ連れて帰った。秋月は毛布にくるまり地面の上にまるくなっていた。山の頂上で少年は朝鮮の人たちが泣き叫ぶ声を聞いたが、それは彼らの文化に根差した悲しみをあらわす儀礼的習慣だった。

永野と家族は、一晩中寝ずに銭座国民学校の隣にある防空壕のなかで、清ちゃんにがんばるようにと優しく励ましながら、家族一緒にうずくまっていた。永野は防空壕の外で破れた水道管を見つけたので、両手で水をすくい弟のところへ持っていった。しかし清二の怪我はあまりにひどく、水をすることさえできなかった。「いくつも偶然が重なりあったおかげで私たちは助かったけれど、もう弟にしてあげられることは何もなかったんですよ」と永野は語る。「一晩、家族で看病したけれど……」

清ちゃんは次の日の朝を迎えることなく息絶えた。家族は、すべてが焼け落ち平地となったある一角の土地に彼を運んだ。そこには、他に十体ほどの死体が並んでいた。「燃え残りの板切れを拾ってきて、体の上に乗せました」と永野は言い、「自分たちの目の前で……」と言葉を詰まらせ、自分たちがしなければならなかったことを、いまだに信じられないかのようだった。「母、父、妹、私、四人の目の前で、自分たちの肉親に火をつけたんですよ」。母は瓦礫のなかから茶碗を見つけてきて、清ちゃんの亡骸をそのなかに入れた。「それを包む布も、上にかぶせるハンカチもないから……」と永野は続けた。「母は、弟の遺骨の入ったその茶碗をずうっと胸に抱いて、片方の手のひらを上にかぶせて、小さな声で弟の名を呼び、ごめんね、ごめんね言うて、何度も何度もなでました。母は防空壕のなかでもけっして遺骨を下に置きませんでした。そういうことがあったんです。そのときの悲しみは言葉ではあらわせません」

＊

その後五日間、多くの人々が、自分の子供、両親、兄弟が原爆投下時にいたと思われる、あるいはいてほしいと願う自宅、学校、そして職場まで歩いていった。多くの人たちが、崩壊した自分たちの家を捜しあてるため、橋や、浦上天主堂と長崎医科大学の残骸を起点として距離を測った。場合によってはコンクリートの流し台、料理用のコンロ、鉄製の浴槽などを手がかりに元の家を捜しだした家族もいた。多くの被災者がすでに長崎の外に輸送されてしまっていたため、家族を見つけだす手がかりのなかった人たちの混乱やとまどいは増すばかりだった。探している家族の名前や見つかった場合の連絡先を紙に書き、木に貼りつける人たちもいた。またある者たちは、暗い防空壕のなかでマッチを擦り、地面に横たわる人々の顔に近づけながら捜しまわった。ある男性は歯形を見て妻の頭蓋骨を確認した。校庭で母親を探していた十歳の少女が地面に放置され、ほぼ全裸の状態でぱんぱんに膨れあがった死体の脇を通ったとき、彼女の耳に入ってきたのはカチカチ鳴りつづける腕時計の音だった。多くの人たちは命を落としたり、行方不明になっている愛する者たちに思いを馳せるとき、彼らとの最後のひとときを思い起こさずにはいられなかった。その日の朝、少年の兄は彼に時計を貸してほしいと頼んだ。妻は夫に帽子を手渡して出勤を見送った。母はお昼のおかずにナスを用意しているところだと子供たちに語りかけていた。ある母親は、戻ってくるかもしれない息子のために毎晩玄関の鍵をかけずにいた。

　そんななかでも、生き残った家族を見つけだした者たち、道で偶然出会い、手を強く握りあい喜びを分かちあった者たちもいた。意識をなくした十八歳の少女は、市外に運ばれ死んだものとみなされ死体の山に放置された。二日後、通りかかった高齢の女性が少女の足が動いていることに気づき、数人の男たちをそこへ呼んだ。少女が生きていることを確かめた後、男たちは彼女を四〇キロほど離れた病院へと運んだ。次の日の朝、めざめた彼女の体中には包帯が巻かれ、口と鼻には呼吸器がつけられていた。後日、彼女は長崎にいた家族のもとに戻ることができた。もうひとつ、奇跡的な再会があった。怪我をした少女が時津《とぎつ》という町の救護所に列車で運ばれた。その場所で少女はある男性から、いまから長崎に行くが自分の居場所を伝えたい人がいるかと聞かれた。彼女は「丸山町二十一番地に、荒木シズエという、父の妹に当たるおばさんがおりますから、久間ヒサ子がここにいることを伝えてください」と頼んだ。翌日、救護所の地面に横になっていた彼女は、部屋のなかで誰かが「ヒサ子はどこにおるか？」と言う声を聞いた。それは彼女の父だった。父は自分の娘だと思いこんだ亡骸をすでに荼毘に付してしまっていた。

二日間、谷口の祖父は孫の姿を求めて瓦礫のなかをくまなく探しまわった。原爆投下の翌朝、谷口はうつ伏せになったまま、三菱兵器住吉トンネル工場近くの丘の上で目を覚ました。そこは前日、作業員たちが彼を運んでくれた場所だった。彼の背中と腕は焼き尽くされていたが、痛みは感じていなかった。顔を上げてあたりを見まわすと、まわりは死体だらけだった。あたり一面は静寂に包まれていた。

何か食べ物や飲み物を探さなくてはと思っていると、下のほうに半壊した農家が見えた。そばにあった竹の枝をつかみ起きあがろうとしたが地面に倒れ、枝で太腿を刺してしまった。彼は決心して、体をくねらせながら茂みのなかから抜けだし、ゆっくり丘を下りていった。水の入った容器を見つけると、二リットル近くを急いで飲み、日差しを避けるため木の下まで這っていった。救援隊が近くを通ったが、谷口に叫ぶ力は残されていなかった。彼らは歩き去ってしまった。彼はもう死んでいると思われたのかもしれない。

谷口はもう一晩を丘で過ごしたが、八月十一日の朝、別の救援隊がそばを通りかかった。ひとりの隊員が長靴を履いた足で谷口の体を突っついた。息も絶え絶えではあったが、彼はまだ生きていた。隊員たちは彼を木の扉に乗せ道ノ尾駅まで運んだ。そこで彼は二日ぶりにご飯を少し食べた。少し力を取り戻した谷口はポケットに手を伸ばし、あの日配達するはずだった数通の手紙をとりだした。そして小さな声で、もしできたら郵便局に届けてほしいと言いながら、手紙を救援隊員に手渡した。

その日の午後、市外へ避難するため、うつ伏せになり電車を待っている谷口の姿をついに祖父が発見した。ふたりは一緒に列車に乗り、長崎から約二〇キロの諫早へ向かった。諫早国民学校の臨時救護所のなかでは、有志たちが木の床に敷かれた茣蓙（ござ）の上に谷口をうつ伏せに寝かせた。谷口のような極端に重い火傷を治療する薬がないなか、彼は一週間近くこのままの姿勢で過ごした。背中の肉が腐敗し剝がれはじめた。彼がはじめて体の痛みに襲われ、傷から出血しはじめたのは、忘れもしないこの場所だった。

救助活動に協力するため、そして友人の田中久男や路面電車の運転士として勤労動員させられていた十二人の学生たちを探しだすため、和田は壊滅状態の長崎にとどまっていた。目の前に広がる異様な光景に感覚が麻痺するなか、和田や友人たちは同僚たちが運転していた路面電車の路線をたどっていった。彼らは同僚ふたりの死体を発見し、それぞれの家族のもとに運んだ。脱線した路面電車のなかでは見分けることのできない運転士の死体が見つかったが、その手にはまだしっかりとレバーハンドルが握られていた。

十七歳の田中を発見することはできなかった。「ぼくよりひとつ年下で、とても明るくてね」と和田は思い出しながら語った。「彼とは仲良しだった。だから田中のことがいちばん心配だったんです」。八月十二日の明け方、和田は営業所で横になって休んでいた。彼がふと顔を上に向けると、そこに田中の母が立っていた。母は和田に息子が戻ってきたことを伝えた。和田はすぐに彼女と一緒に歩いて五分ほどの田中の家へ向かった。途中、母は自分の息子が爆心地から約一キロの場所にいたことを和田に話した。田中はひどい火傷を負い、ふだんなら徒歩で四十分のところを三日かけて家までたどりついたということだった。「田中の心のなかにはお母さんのところに戻ろうという気持ちがあったんでしょうね。お父さんはもう戦争で亡くなってしまって、親ひとり子ひとりでしたから」

一部損壊した田中の家のなかは暗かった。玄関に置かれた一枚の畳の上に横たわる体らしきものが和田の目に入った。田中の母がロウソクを手渡すと、和田は自分の足元を照らした。近づいてよく見ると、その姿は人間のようには見えなかった。しかし彼がすぐそばまで近寄ると、それは間違いなく自分の知る親友の顔だった。

田中の頬に何かがくっついていた。「思わず手を伸ばしてそのごみを払いのけようとした私の手が急に後ろに引っこんだ」。田中の眼球が飛びだして頬にくっついていたのだ。もう一方の眼球は完全に潰れたような状態で、彼の口は耳のほうまで大きく裂けていた。

「あんなふうになっても人間が生きていられるなんて、私には信じられませんでした。そんなときに田中が何か途切れ途切れに言うたのです。それはいまでも忘れません。「ぼくはなんもしとらん、ぼくはなんもしとらん」とつぶやいて、もう体が動かんごとなったのです。「なんにも悪いことしていないのに、なんでこんな目にあわなくてはならないのか」と言いたかったんでしょう」

そうしている間に他の勤労学生たちが数人訪ねてきていた。誰もが何をしていいかわからずに田中のまわりに立ちつくしていた。するとひとりが、木材を積んで彼の遺体を火葬したらどうかと提案した。「そのときの周囲の状況、また異常な精神状態のためですねえ、誰もそれをとめることがなかったですねえ」。彼らは田中の遺体を貯水池のすぐ下にあった空地に運び、近くの壊れた家に残された木材の切れ端を集め、高く積みあげた。それから変わり果ててしまった田中の遺体を持ちあげ、積みあげた木材の上に置いた。

誰もが火をつけるのをためらった。和田はどうしてもそれだけはしたくなかったが、学生たちの班長として自分にはその責任があると感じた。彼はマッチを擦り、炎を田中の遺体に近づけた後、木材のところどころに火をつけた。小さな炎は次第に大きく燃えあがり、田中の体を包みこんだ。十二時間近く和田と友人たちは三メートルほど離れた場所に立ち、誰もが涙も流さず、ただ茫然と遺体が燃え尽きるの心理状態なんてどんなもんでしょうか」のを見守っていた。「かわいそうだなあ、とか、そういう気持ちではなくして（…）あのときの人間

＊

長崎の二ヵ所の捕虜収容所で生き延びた連合軍の捕虜たちに起きた急激な変化は、その後訪れる歴史的な転換を暗示していたかのようだった。爆心地からほんの一・六キロに位置し壊滅状態だった福岡俘虜収容所第十四分所では、結局八人の捕虜が原爆で死亡し、推定四十人が負傷した。くすぶりつづける瓦礫のなかで野宿をしながら、捕虜たちは仲間の負傷者たちを介抱し、トタン屋根の一時待避所をつくり、重症の負傷者を日差しから守った。八月十二日、彼らは破壊された長崎の街を三時間かけて歩かされ、市内から約四キロ、長崎湾の東側に位置する戸町という小さな村にあった三菱造船所の宿舎〔小ヶ倉寮〕へ連れていかれた。そこには、より寝心地のよいベッドやたくさんの真水があり、負傷者のために使える包帯や薬もより充実していた。香焼（こうやぎ）島の川南造船所にあった福岡俘虜収容所第二分所では、捕虜たちが毎日の日課を続けていた。起床の合図とともに起き、シラミを駆除し、配給される少しばかりのご飯を食べ、作業場である造船所との間を行進しながら往復した。八月十三日になると、捕虜たちには贅沢にも缶詰半分の塩漬牛肉が夕飯として配給され、収容所の指揮官は、翌日から三日間は作業がないことを告げた。外界との接触がすべて遮断されていたことから、これら二ヵ所に収容されていた捕虜たちは、いったい何が起こっていたのか見当もつかなかった。それでも待遇が改善され、希望がもてるような気がした。

しかし長崎にいるふつうの人々にとって、原爆が炸裂してからの一週間は、毎日が容赦ない苦しみ、

不安、そして死の恐怖に震える日々だった。通りには、二発目の原爆が投下されるかもしれないという恐れから長崎を離れ、市外の親戚のところに行こうとする人たちや、九州の他県にある病院で診てもらおうとする人たちで溢れかえっていた。堂尾や吉田のようにひどい怪我や火傷を負い、意識不明のまま市の中心地からかなり離れた地域や爆心地から距離のある西山町の自宅で横たわっていた人たちもいた。

それでも、安心できる自宅で家族に囲まれている人たちは幸運だったろう。原爆に粉砕され灰色一色になってしまった浦上盆地では、何千人もの人々が家や満足な食料、水、衛生設備、薬がいっさいないまま、そしていったい自分たちに、そして住んでいる地域や街、さらには長崎全体に何があったのかを理解するすべもないまま、ただ生き延びようと必死だった。裸足のままの小さな子供たちが父や母を求めて泣き叫びながら瓦礫のなかでうずくまっていたり、死体のそばをさまよったりしていた。夫をすでに亡くし、息絶え絶えの四人の娘と四歳の息子の母親は、子供のなかで誰かひとりでも水を飲みたいと言わなくなったら、それはもうその子が死んでしまったことなのだと悟った。ある夫婦はキュウリの皮をむき、息子の火傷した背中に貼って少しでも彼の痛みを和らげようとしたが、それは徒労に終わった。十四歳の少女は母親の火傷の上に泥を塗り広げたが、泥が乾くとひびが入り、より強い痛みをもたらしてしまった。また多くの女性たちが流産や死産に直面した。ウジ虫が人々の目、口、鼻、耳のなか、開いた傷口の上を這いまわった。怪我が重く腕や手が動かせない人たちは、なんとかそれを取り除こうと身をよじった。極度の恐怖や惨事に覆い尽くされた状況に感覚まで麻痺した人々は、スイカに見えなくもなかった膨れあがった死体の顔がほんとうに食べられるスイカだったらどんなにいいだろうなどと言いながら、死さえも冗談の種にした。

かつての自宅の地下や裏手に掘ってあった暗い壕のなかで過ごしていた人たちも多くいた。永野とそ

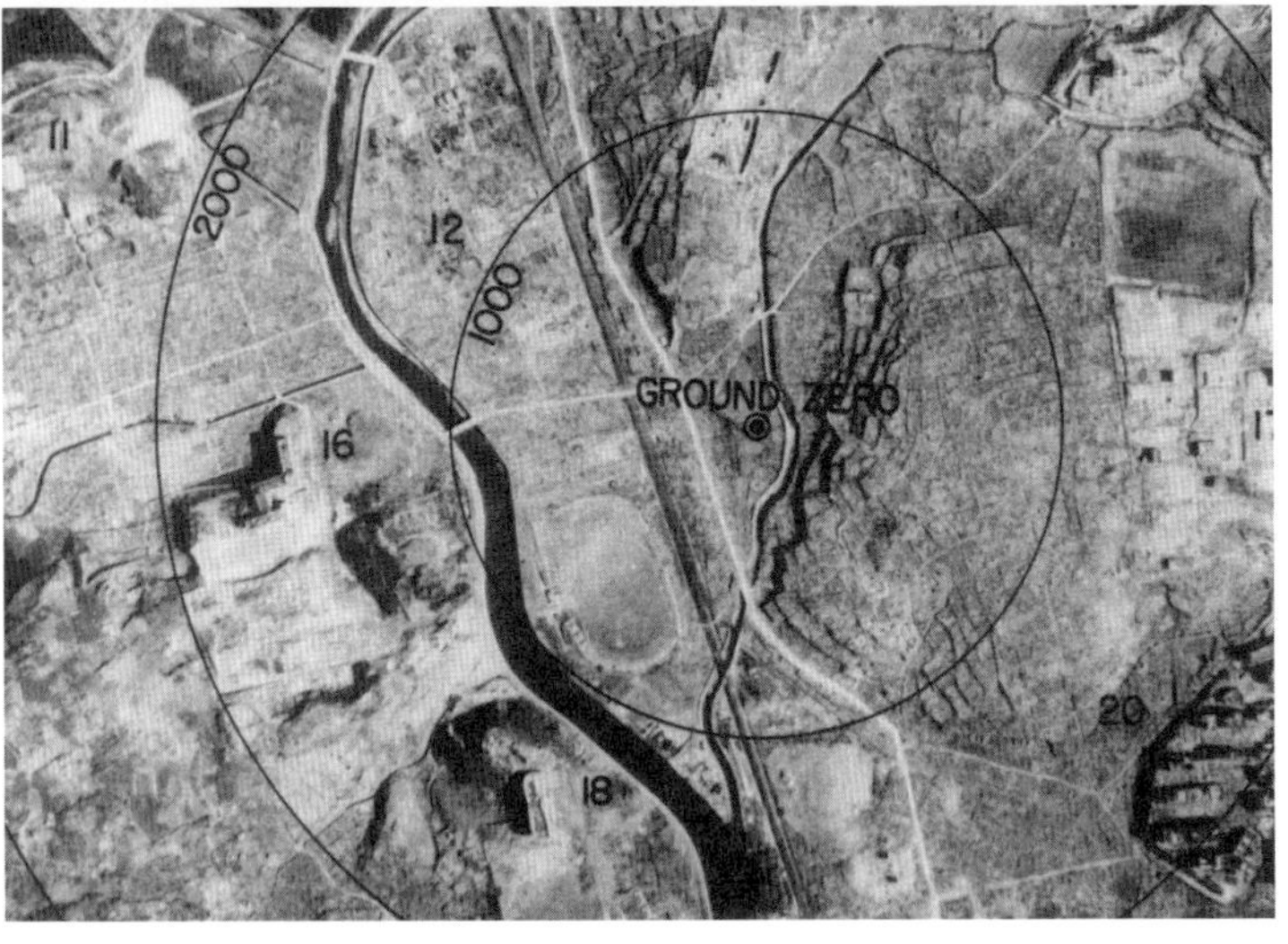

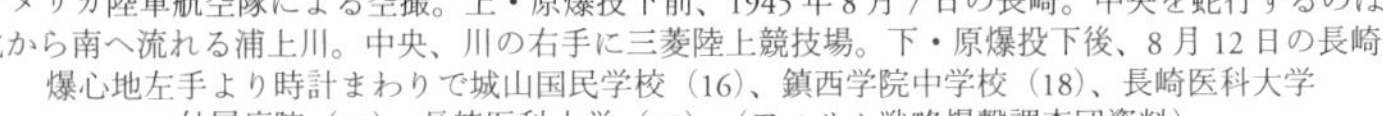
アメリカ陸軍航空隊による空撮。上・原爆投下前、1945年8月7日の長崎。中央を蛇行するのは北から南へ流れる浦上川。中央、川の右手に三菱陸上競技場。下・原爆投下後、8月12日の長崎。爆心地左手より時計まわりで城山国民学校（16）、鎮西学院中学校（18）、長崎医科大学付属病院（20）、長崎医科大学（17）。（アメリカ戦略爆撃調査団資料）

の家族のように、滴り落ちる水によって水浸しになっていた防空壕に待避していた人も少なくなかった。ある八人家族は畳がたった一枚しかなかったので、寝るときは四人ずつ胴体だけ畳の上にのせて眠り、交代で使った。またある者は木の切り株に木材や金属の断片をテントのように斜めに置き、原始的な日除けをつくり、その下で寝た。そうしたすべての人たちにとって、これからどう生き延びていくかを想像することなどとうていできるはずがなかった。歩ける者は崩壊した建物のなかを食べ物を求めて捜しまわり、また衣服、下着、一部が焼けた畳、布団、溶けたガラス破片、調理用品などが残っていないかと自宅をくまなく探しまわった。ときには表面が焼け焦げた本、手紙、家族写真が見つかることもあった。遺体を火葬する炎の音、人々が泣きうめき、助けを求め叫び、意味のわからないことをつぶやく声に囲まれ、ほとんどの人たちが眠れぬ夜を過ごしていた。親たちは亡くなった子供たちの遺体や遺骨を抱えて「許してね！　許してね！」と声を詰まらせ語りかけていた。

市外からは、引きつづき食料が届けられたが、その大半は飯台に入ったおにぎりだったため、夏の暑さによって配られる前に腐ってしまうこともよくあった。その後、牛肉や魚介類などが入った缶詰の食料が配給されるようになった。自宅があった場所にたどりついた生存者たちは、地下に貯蔵してあった緊急用の食料や生活必需品などを掘り起こした。そのなかには缶詰のミルク、おむつ、米、塩、海苔、お茶、乾燥豆腐、スルメ、梅干し、マッチなどが含まれていた。近所に住む人々は初対面の乳児、子供、負傷した大人たちに食料を分け与え、彼らの世話をした。それでも多くの人たちがいたるところで空腹感に苛まれていた。焼け跡になった野菜畑で掘り起こした生のジャガイモをかじって食べた人たちもいた。

キリスト教徒たちは亡くなった家族を埋葬した。ある女性は妹と一緒に母を埋葬したときのことを思い出しながら言った。「葬式は、わたしたち姉妹だけの寂しいものでした。その葬式の間も、たびたび飛行機におびやかされ、地に伏しました」。秋月医師は、隣人のひとりが来る日も来る日も鍬を肩にかついで山の中腹にある墓地へ歩いていく姿を目にしていた。最初は父の、次は五人の子供たちの、そして最後は母の墓穴を掘るためだった。

日本の仏教慣習に従うため、そして死者の数があまりに多かったため、昼夜問わず一日中、火葬の炎は燃えつづけ、空に向かって煙がゆらゆらと立ち昇っていた。大人も子供も、愛する者の肉体が炎のなかに落ちていくのをうつろな目で見つめていた。家族は遺骨を煎餅の缶や焼け焦げた鉢に入れたり、布きれや新聞紙などに包んだ。救援隊員や連合軍捕虜たちは身元のわからない死体を火葬場所まで運び、一度に二十体かそれ以上、一日にすると数百体にものぼる死体を火葬した。それでもまだ何千もの死体が焼け跡のいたるところに散在していた。ある学生作業員のグループは原爆投下時に三菱電機の社員寮のなかにいた友人たちの遺体にガソリンを振りかけ、集団火葬をおこなった。家族のゆくえがわからない人たちは心のよりどころとなる形見にするため、愛する者たちが住んでいた家や働いていた場所に近い火葬場所で遺灰をすくうか、遺骨を一片拾って持ち帰った。

蔓延する不快な臭いが長崎中を覆っていた。緊急救護にあたっていた医師は、肉体が燃えるときのむかつくほどの臭いを「焼き鳥の肉の焼けただれたような異様な悪臭」と表現した。絶え間なく漂ってくるひどい臭気の原因を人々はさまざまに推測した。川に浮かぶ膨れあがった死体、焼け跡に放置されている人や動物の死体、強烈な臭いがする火傷用の軟膏、暑い夏にあっても洗うことのできない生存者の体、ひどい怪我で動かすこともできない何万もの人たちの尿や排泄物などいろいろと想像した。「おにぎりが配給されてきたけど、そんな臭いのするなかではとても食べられなかった」と永野は振り返る。

原爆投下から五日目の八月十四日、市の復旧作業の着実な実施を推進するため、二千五百人の有志と軍救援部隊が長崎の緊急救援隊員約三千人（警察、消防、警防団、医療救護団、三菱救援隊、勤労動員学徒）に加わった。電気の供給は、原爆により壊滅状態の地域を除き、すべての地区で再開された。しかし、さらなる攻撃への防御策として夜間の灯火管制は維持された。作業員たちは水道本管や供給管が被った何千もの破損箇所の修復を急いで始めた。長崎駅では駅舎自体は破壊されたが、線路は市の内外への運行が可能となるほど修復が進んだ。熊手やシャベル、そして自分たちの手だけを使い、瓦礫を道路脇へと押し退け、作業員たちは南北に長く伸びる幹線道路の障害物をすべて撤去した。これによりひとつだけではあったが、浦上盆地に通行可能な道路が復活した。市内で路面電車が再開されるには、より長い時間を要することが必至だった。

継続的な医療支援は依然として差し迫った問題だった。長崎でなんとか機能していたふたつの病院と日本赤十字診療所、そして二十六の緊急救護所で実際に治療に専念していたのは三百人の救護隊員だけだった。長崎にある学校のひとつが赤痢と診断された多くの人たちのための感染病対応「病院」に指定されたが、その強い感染力のため、医療従事者と市当局幹部はこの感染症の発生を非常に危惧した。市外や県外の推定十ヵ所の病院と、治療の優先度を選別するための五十の臨時救護所が推定一万から一万二千人の患者を受け入れたが、患者の多くが到着した後、間もなく死亡した。有志で救護活動に参加していた人たちは、このような病院や他の遠く離れた医療機関に赴き、ガーゼ、包帯、鎮痛剤、消毒液、ごま油、酸化亜鉛粉末、ヨードチンキなどを少量ずつ持ち帰った。

規模の大きい救護所のひとつが長崎駅の南方、長崎港の東側に位置し、爆心地から約三キロ離れていた興善町の新興善国民学校〔統廃合により閉校、跡地に長崎市立図書館〕に設置された。この小学校はコンクリートの三階建てで、原爆によって窓ガラスが粉々になったほか小規模の被害に遭った。新興善国民学校の救護所に行けば医師に診てもらえるとの噂が広まり、何百人もの人たちが助けてもらえることを期待して学校の外に集まった。なかでは各階のどの教室も患者でいっぱいだった。各教室には十五人からなる列が四列も並んでいたため、足が前の列の人の頭にくっついていた。どの部屋も火傷した皮膚、尿、排泄物、嘔吐物の臭いで覆われていた。開いた傷口にはどこにでもウジ虫が湧いた。有志たちは長崎湾から海水を運び、大きなドラム缶で沸騰させ、ジョウロを使って患者に振りかけた。一階にあった三つの教室が手術室として使用され、佐世保海軍病院から来ていた見明健治医師は、そのうちのひとつで手術をおこなった。「ほとんど全身の火傷あり、手足が挫滅されたものあり、腹部内臓すなわち腸等の脱出したものなどで、これらにたいして四肢の切断、断端形成、あるいは開腹手術などをおこないましたが、全部の患者が死亡しました。それも住所も姓名も一切不明のままでした」。亡くなった人たちは運びだされるとすぐに火葬されたため、数を把握することや名前を記録することもできなかった。

浦上第一病院では秋月医師と職員が、火事で甚大な被害を受けた建物のなかで机と椅子をかろうじて見つけだし、病院の庭に持ちだした。そして竹の棒に大きな布をかけて垂らし、急場しのぎの診察室にした。そこでの朝は、毎日同じように始まった。消防士と有志たちが前日より多くの怪我人を病院敷地内に運びこみ、どこでも空いている場所に寝かせた。そして前夜亡くなった人たちの死体を持ちあげて運びだした。結核の症状が軽い入院患者は救護活動に加わったが、この小さな医療救護班には終わりの見えない仕事がのしかかっていた。

地面に横たわり、助けを待つ人たちのなかには、聖フランシスコ修道会が運営する孤児院から来た若い修道女と長崎医科大学の男子学生がいた。午前十一時と午後五時になると、看護婦はご飯、カボチャや海苔の汁物、カボチャの煮物を二百人以上の人たちに配った。外の井戸が破壊されてしまったため、職員は病院内の小さな井戸から汲みあげた水を少量ずつ患者に与えた。家族がやってきて親族を引き取っていくと、代わってより多くの人たちが助けを求めてあらわれた。必需品の供給は散発的におこなわれた。彼らの頭から離れなかった二発目の攻撃に対しては、対応するすべもなく完全に無防備な状態であったため、敵機が上空にあらわれるたびに患者は絶望感に満ちた叫び声をあげた。浦上天主堂からも多くの怪我人が来ていたが、彼らは「イエズス、マリア、ヨゼフ、われらがために祈りたまえ」と静かにささやきながらたえず祈りを捧げていた。ひとりの小さな男の子は亡くなる前に洗礼を受けた。何百人という人たちのほとんどが、「いったい自分たちはこれからどうなってしまうのか」と問いかけるような、途方に暮れた表情を浮かべながら地面に横たわっていた。

原爆投下当日の夜に宮島医師が堂尾にしたように、秋月医師はペンチを使い皮膚の奥深くまで食いこんでいるガラス破片を根気よく抜きとった。供給された薬があるときはいつでも重症の火傷や怪我に油、亜鉛華軟膏、マーキュロクロム（赤チン）、ヨードチンキを塗り、包帯を巻いた。しかし各患者の治療には時間がかかり、その間二百人あまりの人たちが彼の助けを求め叫びつづけていた。朝起きた瞬間から寝床に倒れこみ、ほんの数時間睡眠する瞬間まで、秋月はひとりではとうてい対応できない状況に圧倒され、気持ちが滅入り、無力感を感じた。彼は心のなかでこんな耐えがたい苦しみを生みだしてしまった戦争と日本政府を、そして原爆を落としたアメリカを呪った。

八月十一日の夕方、誰かから朝日新聞を手渡された秋月は原爆投下後はじめて新聞に目を通し、ほんの短い間ではあったが外の世界と自分とをふたたび結びつけた。ロウソクの明かりの下、内務省が発表した記事を読んだが、それは「新型爆弾」や、その攻撃にあったときの身の守り方について、通り一遍に伝えるだけのものだった。記事には、掩蓋（えんがい）〔上部を覆うもの〕のある待避壕を探すこと、それができない場合には毛布や布類をかぶる、火元を注意すること、と書かれていた。

秋月の頭は混乱した。報道機関が原爆の真の影響を公表することは軍によって禁じられていたことを知らぬまま、秋月は自分の激しい怒りをどうしても抑えることができなかった。「灼熱千度の下で黒焦げになるのに、毛布や布がどんな役に立とう。一瞬に幾万戸の家が赤熱し炎上するのに、台所の火元を消して出る時間があるだろうか」と秋月は思った。しかし秋月には何百人もの患者が待っていた。彼は新聞を置き、患者の治療へと庭に戻った。結核患者のひとりが、彼のためにロウソクで手元を照らしてくれた。翌晩午後十一時、長時間におよぶガラス片の摘出や多くの患者への治療を続けていた秋月の手は、曲がらなくなるほど硬直してしまった。彼は仕事をいったんやめ、地面に横になり毛布を頭からかぶり、そして泣いた。

＊

日本政府による遅々として進まない対応や強い抵抗勢力により、戦争は終結しそうになかった。天皇は八月九日深夜から未明にかけての御前会議ですでに降伏の決断を下してはいたものの、その後の数日間、軍と和平派の間の緊張は高まり、満場一致で内閣が要求した日本の降伏がよりむずかしくなった。

八月十二日、閣僚たちは会議を開き日本の降伏提案に対するアメリカ側の反応について話し合った。日本側が抱くいちばんの懸念を払拭するため、アメリカのジェイムズ・バーンズ国務長官は、天皇の将来的な役割については意図的に曖昧な文言を用いるとともに、無条件降伏に対してアメリカは断固とした決意をもって臨む、という見解の原案をすでに起草していた。アメリカ側からの返答に含まれていた重要なふたつの事項が原因となり、日本政府首脳陣の間では大きな混乱が続き、それによって日本の最終的な降伏が遅れることになった。第一の事項には「降伏後日本国を統治すべき天皇および日本政府の権限は（…）連合国最高司令官に隷属すべきものなること」と定められ、第二には「日本国政府の「ポツダム宣言」による最終的形態は日本国民の自由に表示された意志により樹立さるるものなること」と明言されていた。

保守的な閣僚たちと軍の指導者たちは、こうしたアメリカ側の条件は天皇の主権者としての役割を十分に擁護するものではないと主張し、拒否することを断固として求めた。彼らは、アメリカの降伏条件が国体を脅かし、日本が永遠に滅ぼされてしまうことを恐れた。また、天皇制のもとで独立国家として日本が存続するため、たとえ日本の壊滅という危機を冒しても、天皇が自身の決断を翻し戦闘続行を承認することに望みをかけていた。実際、下級将校のなかには、天皇は巧みに操られて降伏を決断してしまい、降伏は天皇の威厳を冒瀆し日本を隷従国家にしてしまうものと結論づけ、政府を倒すため、すでにクーデターを企てる者たちもいた。

他の閣僚たちは、アメリカの対案を容認可能であると判断し、内閣は天皇が下した降伏の決断に疑問を呈することなく従うべきと主張した。彼らは、このまま戦争を続ければ、日本は国として完全に崩壊してしまうかもしれないが、降伏することにより、少なくとも国として存続できる可能性は残っていると考えた。何時間にもわたり協議を重ねても膠着状態は依然続き、激しい議論の応酬は八月十二日の夜までもつれこみ、さらに翌日も一日中議論は続けられた。

八月十四日、天皇は、皇室の地下防空施設に全閣僚、参謀総長、軍令部総長、枢密院議長らを集めた。

天皇はふたたび行き詰まりを打開し、連合軍の降伏条件を受け入れるという自身の決断を表明した。その際天皇は、連合軍による占領下においても日本の国体が失われることはないという自身の考えと、国民がこれ以上苦しむ姿を見るのは耐えがたいという心情を述べた。天皇は閣僚全員が自分の希望に従い、ただちに連合軍の返答を受諾することを要請した。このときも閣僚たちはしっかり手を握りあい泣いた。その夜の午後十一時までに、天皇と閣僚たちは最終降伏文書への署名を終わらせ、翌日、天皇による国民に向けてのラジオ放送の準備として、終戦の詔勅（しょうちょく）が作成された。阿南陸軍大臣は、天皇の決断に対する軍の全面的な支持を求めた。皇居を占拠し、天皇による降伏の告知を阻止しようとする下級将校による企ては、結局失敗に終わった。

この間にも、戦争は激しさを増していった。ソビエト軍は満州と、日本の北方にあるサハリン島で日本軍を押し返した。連合軍の爆撃機は、これまで以上に多くの通常爆弾や焼夷弾を日本の主要四島にある軍事や工業の拠点、そして主要都市へ投下した。またアメリカが日本政府の返事を受けとる前、トルーマン大統領は、さらなる日本への攻撃命令を下した。八月十四日、連合軍の降伏条件を日本が受諾したという知らせがアメリカ政府に届いたちょうどそのころ、トルーマンの命令は遂行された。約七百四十機のB29が、明確に目標を定め爆弾を投下し、さらに推定百六十機が五〇〇〇トン以上もの破壊用爆弾と焼夷弾を複数の都市部へ投下し、さらなる何千人もの犠牲者を生みだした。

ワシントンでは八月十四日午後七時（日本時間八月十五日午前八時）、トルーマン大統領が記者会見を開き、戦争の終結を発表した。政府担当記者、現閣僚、前閣僚らで部屋は埋まっていた。二百万人もの人々がニューヨークのタイムズスクエアを埋め尽くし、その他国中で何百万人もの人々が街の中心部に繰りだし、四年近くにおよび世界中で五千万人から七千万人の命を奪った世界規模の戦争がやっと終結したことを祝った。連合国のすべての軍隊は日本に対する軍事作戦を停止するよう命令が下された。

しかし、日本国民は自分たちの国が降伏したことを知らないでいた。その朝、午前七時二十一分、NHKラジオでは放送員の館野守男が日本国民全員に向けて、その日の正午に天皇が詔勅をラジオで読みあげるとの臨時発表をおこなった。天皇の近親者や政府指導部を除き、天皇の声を聞いたことがある国民はいなかった。天皇が国民に向かって演説をおこなうという噂が日本中の家から家へと広がった。天皇が話す内容についてもいろいろ臆測が飛び交った。天皇は日本の降伏を発表するのだろうと思っていた人たちもいたが、多くの国民は天皇が国民の意欲を奮い立たせ、これまで以上に戦争に貢献し、日本の名誉のために国民みずからが国に命を捧げる覚悟をするよう求めるのではないかと考えていた。

正午、日本中の都市や町村で何百万という人々がラジオのまわりに集まり、録音されてあった天皇の発表を聞いた。軍司令部では礼装した何百人もの将校が直立不動の姿勢で立っていた。また太平洋地域全体にあった日本軍の基地では、兵士がラジオのそばでその発表を待っていた。天皇自身も東京の地下待避施設で放送を聞いた。

日本の国歌「君が代」が電波に乗り流された後、天皇の単調でぎごちない声が聞こえてきた。抑揚がなく切れ切れに発せられる言葉や使われた修辞的な文言は容易に理解できるものではなかった。これを聞いた国民のなかには、天皇のみが自分を称するときに使う「朕」という言葉を聞き、ほんとうに天皇の声に間違いないのだと確信した人もいた。朗読された詔書のなかで天皇は真珠湾攻撃を正当化し〔「米英二国に宣戦せる所以も……」〕、アメリカによる「新たに残虐なる爆弾」の使用について言及した。「敗戦」という言葉を使わず、戦局は必ずしも日本有利の展開に傾いていない〔「戦局必ずしも好転せず世界の大勢また我に利あらず」〕とだけ述べた。また天皇は、日本が下した降伏の決断を日本国の最終的な滅亡〔「わが民族の滅亡〕」だけでなく、人類全体の文明にもたらす破壊〔「延いて人類の文明をも破却すべし〕」を避けるための勇ましく人道的な行為と表現した。そして国民に対し真心と高潔さをもちつづけながら〔「道義を篤くし志操を固くし〕」「耐えがたきを耐え」ることを嘆願した。

これを受け、日本中で複雑かつ大きな反応が一瞬にして沸きあがった。東京にいた陸軍将校たちは涙を流した。しかし同じ東京で、そして国中でもこれを歓迎した人々はいた。また人数はそう多くはなかったが、天皇に敬意を払い皇居前で頭を下げ、ひざまずく人たちもいた。鈴木首相は辞職した。政府の高官たちは必死になって戦争裁判で自分たちを有罪に陥れる可能性のある文書類を燃やした。さらには、自分たちだけのために大半がこっそりと違法に蓄えていたたくさんの食料やその他物資も破棄したり分配したりした。福岡の西部軍司令部では、目隠しされ手錠をかけられた十七人の連合軍捕虜が処刑された。戦争が終わったことを認めようとしなかった将校たちは一緒に敵を全滅させようと部下たちを焚きつけたが、感情に訴えて鼓舞しようとした試みが大きな行動となってあらわれることはなかった。八月十七日までに日本の陸軍と海軍は、降伏の知らせが届いていなかった遠方の地を除き、すべての軍事活動を停止した。

阿南陸軍大臣含め約三百五十人の軍関係者が、日本の敗北に対する個人的な責任を示し、かつては侍によって守られた武士道の作法のひとつである短刀による儀式的な割腹自殺、切腹におよんだ。さらに一九四八年十月までに、二百人近い将校や兵士、そして数名の民間人がみずから命を絶った。

日本国民の多くは天皇が語った言葉を十分理解することができなかったため、ふつうの言葉を使ってまとめられたラジオ放送を聞いたり、新聞の特別版に載った説明を読んだりした。降伏とは兵士にとってそれまでは絶対におこなってはならない行為であり、民間人にとっては考えただけでも背信行為とみなされることだった。天皇が国民に表明したことがまさにこの降伏だったと気づいた国民は、抱きあい倒れるように地面にしゃがみこみ、相容れない感情に打ちのめされ呆然とした。自分たちの国が戦争に負けたことを悲しみ、犠牲となった無数の兵士たちを思い苦悶したと同時に、自分たちの苦しみが終わることを思い、安堵感を覚えた。また、国民にずっと嘘をつきとおしてきた政府に対する怒りととまどいの感情が沸きあがった。これまで教えこまれ、長年自分たちを結束させてきた「神聖」であったはずの目的が消え去り、喪失感に襲われる国民も多かった。戦地から息子や父親が無事戻ってくることを思い、多くの家族は喜びを感じたが、軍隊で叩きこまれた降伏よりも自決をという教えに従うことがないよう願った。

多くの原爆生存者は、降伏が発表されたときに自分がどこにいたかをはっきり記憶している。カトリック教徒の多くは、聖母マリアが人生を終え天国に上げられたことを尊ぶ聖母マリアの被昇天の祭りを祝っていた。城山町で娘を探していた母は、原爆の被害を免れた家の軒下で天皇の放送を聞いた。降伏の演説が終わると、彼女は静かに立ちつくし、うつろな表情で、まわり一面に広がる何もかもが消え去った光景を見つめ、そしてまた子供の姿を求めて歩きだした。ある男性は妻の遺体を茶毘に付そうと木材の破片を集めていた。三人の子供を原爆で亡くした彼は、負傷し運動場のまんなかで畳の上に横たわっていた妻を見つけだした。妻のすぐ脇には乳飲み子の息子の死体があった。その後数日間で衰弱していった妻は、乳で膨れた胸の痛みを和らげようと夫に乳を吸いだしてほしいと頼んだ。八月十五日の午後、積みあげられた木材のそばに立ち、妻が茶毘に付されるのを見守っているとき、彼の耳に入ってきたのは、近くの家のラジオから流れてくるゆっくりとした君が代の旋律だった。長崎市外でも、十五歳の少女が妹の遺骨の詰まったまだ温かい骨壺を抱え、病院の待合室に座っていると、興奮した将校が「負けたんだ。戦に。降伏したんだ、日本が」と叫ぶ声が聞こえてきた。

長崎医科大学の外科教授、調来助（しらべらいすけ）医師が地元の住民から聞かされはじめて戦争が終わったことを知ったのは、瓦礫に覆われた道を歩いているときだった。その日しばらく経ってから、大怪我を負った調の長男精一は、戦争がどれだけ嫌でたまらなかったかという、これまで一度も口にしたことのない自分の胸のうちを父に伝えた。

ラジオは持っていなかったが、終戦の知らせを聞いた秋月医師は涙を流した。自分の国が降伏したからではなく、戦争が終わるのがあまりに遅すぎたからだった。

その日、谷口、吉田、そして堂尾は日本が降伏したことをまだ知らずにいた。和田は被害を受けた自宅にあった父のラジオで天皇の発表を聞いた。天皇の言葉はよく理解することができなかったが、日本はやっと平和になると思い、ほっとした。永野が感じた思いは、多くの生存者が終戦の知らせに示した反応そのものだった。天皇から発表があったとの噂が人から人へと街中に広がっていたとき、永野と両親は防空壕のなかにいた。「生き残った者は大人も子供も肩を抱きあって泣いたんです」と永野は思い返す。「「なんで？　戦争に勝つためにこれだけがんばったのに！　なんのために戦争したんだろう？　なんの意味があったの？　これだけの人が死んで、これだけの家が焼かれて。これからどうしたらいいんだろう？　どうしよう、どうしよう」と思いました」

日本の降伏が発表されると、アメリカ軍がすぐに日本の海岸に上陸してくるという噂が日本中に広まった。多くの人々がアメリカ兵による民間人への虐待行為を恐れて海岸地域から内陸部へと避難した。長崎でも市職員が女性に対し長崎から避難するよう勧告し、看護婦のなかには避難するためにいったん職務から解放された者もいた。多くの家族がもてるかぎりの貴重品や食料を鞄に詰め山へと逃げていった。

堂尾の両親は家族一緒に丘へ待避することに決めた。堂尾は怪我がひどく一緒に行けないため、父が家にとどまり彼女の面倒を見ることになった。母は自分と末の子供たち三人のおにぎり、水筒、着替えを急いでまとめた。彼らが家を出る前、両親は担架の上の布団に横たわる堂尾を、自分たちの頭のずっと上までもちあげ、屋根と天井のあいだの梁に降ろした。夜になり下を見ると、ロウソクの明かりに照らされた父の姿が見えた。しかし父の姿が見えないときはいつも耐えがたい孤独感と、これからどんなことが起こるのかという不安に怯えていた。混乱状態が収束しはじめたため、母と子供たちは三日後に戻ってきたが、堂尾はそれまでずっと梁の上に隠れていた。

その週、アメリカ兵が日本にやってくることはなかったが、数週間後、恐れていた想像を絶する未来が突然現実のものとなった。高熱、下痢、抜け毛、歯茎の炎症、そして全身の不可解な紫斑など、それまでなかったいくつもの説明のつかない症状が堂尾の体にあらわれはじめた。堂尾が被爆してから彼女を治療してきた宮島医師は、彼女の命があと数日しかないことを両親に告げた。宮島は両親に「食べたいものをたくさん食べさせて送ってあげなさい」と言った。

両親は娘にお米のご飯を食べさせてあげたかったが、それはかなわなかった。代わりに、家のそばに植えてあった小さなサツマイモを堂尾に与えた。口のなかがただれていた堂尾が食べられるように、母はサツマイモを蒸してつぶし、少しずつ口の奥まで運び、食べてみるようにと優しく促した。自宅周辺には使える火葬場はひとつも残されていなかったため、娘の遺体を荼毘に付すため父が薪を集め、少しばかりの灯油をとっておいたということを、堂尾は後になってから知った。

原爆投下から一週間と経たないうちに、長崎や周辺地域のいたるところで何千人もの男女や子供に発熱、めまい、食欲不振、吐き気、頭痛、下痢、血便、鼻血、全身の脱力、疲労がさまざまに組みあわさり不可解な症状としてあらわれるようになったことは、家でぽつんと孤立した状態の堂尾には知るよしもなかった。彼らの髪の毛はまとまって抜け、火傷や傷にはおびただしい量の膿が分泌され、歯茎は腫れて感染し出血した。堂尾と同じように体には紫の斑点があらわれた。「はじめは針の頭くらいの大きさだが、数日内に米粒からエンドウ豆ぐらいの大きさになる」とある医師は振り返った。その紫斑は皮下出血の兆候だった。紫斑は注射をした部位にもあらわれ、感染を引き起こし治癒することがなかった。

さらに感染症が大腸、食道、気管支、肺、子宮など全身いたるところで頻繁に発症した。最初の症状があらわれてから数日以内に多くの人々は意識を失い、譫言を言い、極度の痛みのなか死にいたった。また何週間か体の衰弱が続いた後に亡くなる人たちや、少しずつ回復に向かう人たちもいた。外傷は何も負っていない人たちでさえ、病気を発症し死亡した。原爆投下後に爆心地区域へ入った救護隊員や被災者の家族もまた重い病気に罹った。

長崎は恐怖にとりつかれてしまった。症状の出方、病気の種類、亡くなるときの状態が明らかになってくると、自分の番が来たのではないかと毎朝髪の毛を引っ張ってみる人たちもいた。病気が感染すると思いこみ、多くの家族が自宅に受け入れていた親戚や被災者への援助を打ち切り、市外の農民のなかには、市内から来る空腹の被災者に食料を与えることを拒む者もいた。

当初、秋月医師や他の医師たちは赤痢、コレラ、または肝臓の病気の一種ではないかと疑った。原爆から放出された有毒ガスによる病気だと信じる人々もいた。しかし、八月十五日までに長崎に投下された爆弾が原爆であることを日本人科学者たちが確認すると、医師たちは、多くの市民を死に追いやっているこの疫病のような病気は放射能汚染となんらかの関係があると判断した。この発見は感染病や他の病気の可能性を払拭するには役立ったが、原爆の目に見えない力が実際に人々を不思議がらせ、混乱させ、恐れさせているという事実を消し去ることはできなかった。人々はひとりまたひとりところころ、ところころ死んでいった。秋月医師は、このような状況を一三〇〇年代にヨーロッパで猛威をふるったペストの流行に似ていると感じた。病院の庭で人々が荼毘に付されるのを見守りながら、彼は自分もこうして焼かれるかもしれないと思った。「焼かれる死体も、それを焼く医師も、まったく生死一重の差であった」

1945年9月中旬、爆心地から約1.2キロの浦上町で家族を荼毘に付す子供たち（撮影・松本栄一）

八月後半から九月はじめになると、長崎のいたるところで、放射線に関連した病気や死亡がふたたび急増するという顕著な傾向がみられた。秋月医師と彼を支える職員全員にも吐き気、下痢、疲労の症状が出るようになった。「まるで全身を叩かれたような疲労感を感じた」と彼は振り返った。

長崎医科大学の外科教授、調来助（しらべ）医師は、長男精一を原爆で亡くし悲嘆に暮れるなか、原爆投下時に医学生として授業を受けていて自宅へ戻ってきていない次男弘治の遺体を探していたが、自分自身も体に変調を来していた。当初、調はあまりに激しい疲労感に襲われたため動くことさえままならなかったが、そんな状態でも妻と三人の娘たちとともに崩壊した大学まで歩いていき、もう一度弘治の亡骸を探した。調は背が高く皮膚は浅黒く、深くくぼんだ目をしていた。彼のその目には、廃墟となった大学の光景がいまだに理解不能なものとして映っていた。「空には何百羽とも知れぬカラスが、腐肉を求めて乱舞」していた。調と家族が瓦礫を丹念に調べていると、末娘が最終的に息子の死を立証する証拠となった青い木綿ズボンの切れ端を見つけた。ズボンのホックの部分には調の甥の名前が糸で縫いつけてあった。これを見て家族は、甥が出征する際、弘治にズボンを譲り渡したことを思い出した。悲しみに打ちひしがれた調と家族はその周辺にあった遺骨を集め、家に持ち帰った。

調が倒れたのは、それから数日後のことだった。彼の患者が亡くなる前、彼らの体にあらわれたものと同じような小さな紫斑が調の体中にあらわれた。彼の体は数週間であまりに衰弱し、頭の向きを変えることすらできず、自分の家族が今後どうなってしまうかという底知れぬ不安に襲われた。ある日ひとりの医学生が調の家を訪問し、砂糖水と非毒性エチルアルコールを混ぜあわせた飲み物を調に飲むようにと差し出した。調は最初断ったものの、少しだけすすってみた。これが「とても舌触りがよく、とうとう皆飲んでしまった。するとと不思議なことに、なんとなく体が温まり、いくら喋っても疲れないようになった」。調は食事のときワインを少量ずつ飲むようにもしてみた。これが体調の回復にどれほどの効果があったかは彼自身も定かではないが、調は少しずつ元気を取り戻していき、紫斑も次第に消えていった。

体調は万全とは言えず、ふたりの息子を亡くした悲しみに打ちのめされ、大学の将来に対する不安も拭えない状況ではあったが、調は怪我を負い放射線障害に苦しむ人々の治療を再開した。しばらくして秋になると調は日米の研究者による共同チームに招かれ、八千人以上の被爆者の怪我や死亡の実態に関する詳細な調査を指揮した。新興善国民学校の救護所や周辺地域の極端に過酷な状況に直面しながらも、彼と五十人の医学生や長崎医科大学と川棚海軍共済病院〔現・国立病院機構長崎川棚医療センター〕の医師十人からなる医療チームは、何ヵ月にもわたり活動を続けた。爆心地からの距離、遮蔽物、受診機会、

1945年10月、爆心地（右手）から浦上天主堂に向かう山里町の道路（撮影・林重男）

避難、性別、異なる怪我の程度を含め、さまざまな要因に関連する怪我、病気、そして死亡率を分類し整理するため、患者への聞き取りや調査を実施した。

九月初旬、長崎県は、アメリカの新聞で報道されたアメリカ人化学者による（不正確な）評価に関連すると思われる通達を発表した。これには、原子爆弾は浦上一帯に存在した「すべての生物に計り知れない影響」を与えたため、今後七十年間、この地で草木が成長することはないと書かれていた。長崎政府当局者は、浦上盆地に住む者は全員移転するように勧告した。避難するすべのあった人たちは原爆投下後すぐにこの地を離れていたが、残された人々は、いまや漠然と頭に浮かぶ自分たちの街の差し迫った終焉に直面した。時を同じくして三〇〇ミリをこえる雨を伴う激しい嵐が長崎を襲い、浦上盆地は洪水となり、廃墟のなか推定七百世帯が身を寄せていた防空壕や急場しのぎの小屋は押し流されてしまった。

水が引け地面が乾ききると、人々はふたたび小さな形ばかりの小屋を建てたり、駅の床を寝床としたり、内部が焼失している車両に身を寄せたりした。いまや非武装化された日本軍からの救援物資はなくなった。道路は依然寸断され、路面電車も運行不能が続き、さらには多くの被災者が怪我や病気で配給所まで出向くことができなかったため、長崎県からの緊急食料や物資は、実際人々の手に渡ることはなかった。アメリカ軍がパラシュートから投下する物資や医療補給品を受けとっていた長崎の連合軍捕虜たちを除き、満足に食べられる者は誰ひとりとしていなかった。市の水道設備は破損したままの状態だったため、人々は使える井戸まで長い道のりを歩かなくてはならなかった。八歳の男の子は墓にあった花立ての水を飲んだ。ふたりの少女は、火葬場となっていた白骨だらけの運動場を通って毎日水を汲みに行った。腐敗しはじめている身元不明の死体が近くで浮かぶ川で衣類を洗う人々もいた。

放射線症に罹る、あるいはそれにより死亡する人たちがふたたび急増し、その傾向は十月はじめまで続いた。多くの人たちと同じように和田にも被爆による症状があらわれ、尿や便に血が混じり、髪の毛が抜けはじめた。彼は行方不明の同僚を探し、死体を焼却し、路面電車の線路から岩や瓦礫を除去するため、浦上盆地や爆心地近くで長い時間を過ごした。「当時シャンプーはなかったんです。石鹸だけです。だから髪の毛が抜けるのかと思い、石鹸を使わずにお湯とかで洗ってたんですよ。それでも抜けつづけ、結局は全部抜け落ちてしまいました」

生存者への治療をおこなっていたいくつかの病院では、一部の被爆患者に内出血を止め痛みを和らげる効果のある薬が投与されていたが、このような患者はごくわずかだった。薬が手に入らない場所では、医師や介護にあたる家族がみずから治療手段を工夫し考えだした。医師は輸血、白血球の生成を促進させるための新鮮なレバーの食事、多量のブドウ糖やビタミンB、C、Kの投与により患者を治療した。

治療に役立つ食物や栄養素に長年関心を寄せていた秋月医師は、彼の助手や患者に対し、血球の状態を正常に保つため、高塩分で糖分抜きの食事療法を守るよう指示した。彼はこの食事療法によって彼自身と多くの病院職員が体調を回復することができたと考えていた。調医師は日本酒の摂取を奨励した。市外農村部に住む患者たちは、医師たちからミネラルを含んだ温泉に浸かるように勧められた。自宅で家族の治療にあたっていた母親たちや祖母たちは、毎日の朝食に生卵を出し、その他にも桑の葉を煎じた苦いお茶、イカ、中国の薬草も与えた。和田の祖母は柿の葉茶を飲むことを強く和田に勧めた。「それはまずかったですね」と彼は本音を言った。「それを飲まないと体が治らないよ、といつも言われたので、がまんしてずっと飲んでました」。多くの場合、介護する人々がせめてできることといえば死にゆく子供の手を握ること、患者の背中や額に手を添えること、一言二言優しい言葉をかけることぐらいしかなかった。

症状が出なかった人たちも、いつ自分の番が来るのかという心配が頭から離れず、つねに不安な気持ちを抱えながら生きていた。本原の丘の上で治療していた秋月には、死亡した人たちの傾向が地域によってはっきり分かれているように思えた。放射線にさらされ最初に死亡した人たちは、丘の麓の常清高等実践女学校の防空壕内にいた。その後、この病気はさらに丘の上のほうに住んでいた人たちにも発症し、爆心地からの距離が近い順に命が奪われていった。次に近距離だった人たちが発症すると、彼らはさらに上のほうに住んでいた人たちによって病院の敷地へと運ばれた。そして病人の自宅と病院の距離はどんどん短くなっていった。「前川氏の家族、松岡氏の家族、そして山口氏の家族と、八月二十日から二十五日ごろに原爆症が発病している」と秋月医師は振り返った。そしてこの病気の発症地域が次第に広がっていくことを「死の同心円」と名づけた。彼は隣人である山口が原爆症で十三人の家族を次々

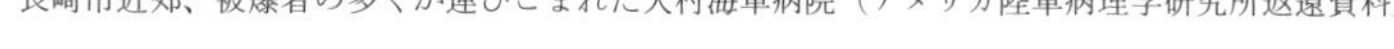
長崎市近郊、被爆者の多くが運びこまれた大村海軍病院（アメリカ陸軍病理学研究所返還資料）

失っていく姿をずっと見守っていた。家族のひとりが亡くなると山口は遺体を墓地へ運び墓を掘り、司祭を呼んだ。埋葬の儀式が終わると彼は家に戻り、残っている家族の面倒をみた。彼らもまた全員が病の床に伏していた。「こんな次つぎにみな死んでしまって――。私が死ぬときには誰が神父さんを呼んで、誰が私のために墓を掘ってくれるでしょう」

医師たちは必死になり、市内で猛威をふるっていたこの不可解な病気を解明し食いとめようとしたが、調査をおこなう手段はないに等しかった。しかし、市の北部に位置し十分に設備の整った大村海軍病院では、二十五歳の塩月正雄見習軍医官がとてつもない取り組みに乗りだした。彼は毎日埋葬地や火葬場へ運ばれるのを待つ死体の山から、できるかぎり多くの死体を検死しようとしていたのだった。

この病院では三週間前の原爆投下当日の夜、七百五十八人の被災者を受け入れていた。そのうち百人が朝を待たずに死亡し、その後数日間に千人以上の負傷者が殺到した。そのほとんどは工場作業員、学生、主婦などで、救護隊員たちによって市外へと運ばれた。二階建てでけっして大きいとはいえないこの病院は、患者数がときには一室四十人になることもあり、負傷者で溢れんばかりだった。塩月医官は、研修で習ったことなどなかった患者の内臓にまで達する複雑性の火傷、怪我、裂傷を三日三晩寝ずに治療した。いったん放射性障害の症状が出ると死亡率は急激に高まり、塩月にできることといえば次から次へと死亡した患者のところに行き、死亡確認をおこなうことぐらいだった。当初、脱毛がその後迫り来るかもしれない死の兆候のひとつだということを患者たちがまだ知らなかったとき、塩月は脱毛の兆候が出てきた患者のところに行き、まだ髪の毛が残っている部分に優しく手を添えながら「火傷した人は髪の毛が抜けだすことはよくあるんだ。たぶん数日もすれば止まるはずだが」ともっともらしいことを言って患者を安心させた。そう言ってあげることが死を目前にした患者にしてあげられるもっとも慈悲深い配慮だと彼は判断した。

塩月は投下された爆弾の特徴について何もわからず、一連の不可解な症状の原因が被爆であるということの手がかりさえつかめていないなか、早くも八月十三日に患者や死者の調査を開始した。彼はまず写真を撮り、X線検査をし、症状の経過、施された治療方法、そして最終的に回復したかあるいは死にいたったのかを詳細に報告書にまとめた。全身被爆により死にいたった患者を観察し、彼は次のように記している。「心臓、循環器系の障害はあまり認められないが、末期には血圧降下が著しい。肺臓は高熱や衰弱によるものか、肺炎のような症状を起こすことが多い。この間、体温は上昇するいっぽうで、末期において最高を示し、これが突然降下するとともに死亡する。なかには、視力障害が強くあらわれたり、脳症にかかる例もある。脳症にならなかった者は、貧血のわりに最後まで意識の混濁がない。むしろ高熱にもかかわらず、きわめて平静明瞭なものが多い」

こうして調査していた塩月だが、外部観察だけでは十分でないように思えた。彼が絶望感や無力感を克服しようとするなかで、患者に起こった内部損傷を観察し記録するためには検死を実施すべきだという考えが彼の頭から離れなくなった。医師として新米の塩月は、目にすることすべてを理解するにはあまりに経験不足であることは自分でもわかっていた。しかし彼の検死標本や記録文書が後に彼よりも経験豊富な医師たちによって再度分析される際、貴重な情報源となることを心から願った。

大村海軍病院には検死のための部屋はなかった。そこで、塩月と海軍衛生兵長として勤務していた弥永泰正は、死体安置所として使用されていた病院敷地内の小さな小屋のなかに作業場を設けた。塩月の回想によれば「防空態勢のなかで暗幕を閉めきった蒸し暑い部屋。遮光されたうす暗い電灯の下で、私たちは黙々と棺桶の台に遺体をかかえあげ、合掌をし、メスをふるった。なんというひどい組織の損傷か。切開を続けながら、私は何度も息をのみ、そしてため息をついた。血管がどこもかしこもボロボロに破れ、血液がとんでもないところに滲みこんでいる」

塩月が解剖した死体には、肺や腎臓の出血、腸、脾臓、腎臓の外膜の血栓などさまざまな共通点があった。さらに脳内出血、大腸の白斑や、肝臓、脾臓、肺の内部破裂もみられた。血液検査によって、患者の白血球の数が通常の半分となり、ヘモグロビンの数値が著しく低下していたこともわかった。

「いつあの不可解な症状が突発して、死の淵に引きずりこまれていくかわからない」。塩月自身が体調を崩したときには、検査によって白血球の数が正常値の半分であることがわかった。その原因は被爆した人々との継続的な接触によるものであると彼は考えた。自分自身へはブドウ糖とビタミンの注射による治療をおこない、仕事はそのまま続け、十日以内に回復することができた。これについて塩月は、彼に体力があったことと、早期の治療が功を奏したのではないかと考えた。より多くの検死をおこなうようになっていった塩月と弥永は、放射線に照射された患者の組織をフォルマリン液（防腐・消毒剤）の入った瓶に入れて床に置き、その後、未使用の小さな保管室を見つけると、さらに多くの検体をそこに保管した。ある病院上層部のひとりは、日本が屈辱的な敗戦を喫したいまとなっては、塩月の調査など必要ではないとみなした。すると彼は検死標本の入った瓶を死体安置小屋の羽目板と外壁との隙間に隠しはじめた。「素人が見たのでは、ただのグロテスクな肉の塊にすぎない臓器。だが、私たちにとっては何よりも強い説得力をもった惨劇の証しだった」

九月半ば、塩月は海軍を解雇され、東京の自宅へ戻るよう命じられた。彼は標本が入った瓶がどうなってしまうのかと思い、とてつもなく不安になった。彼が長崎を離れれば、おそらくすべての標本は破棄されてしまうだろうと思った。日本の運送業者の混乱ぶりを考えれば、無事に届けられる保証はなかったため、東京へ送るという選択肢はありえなかった。残る手段はできるかぎり多くの瓶を東京へ持ち帰ることだった。東京はいたるところが焼け野原になってしまったことから、彼は当初、生存のためできるだけたくさんの食料を荷物に詰めこもうと考えていた。しかし食料のかわりに、彼は検死標本の瓶を紙、袋、衣類などで包み荷物に詰めた。患者への最後の診察を終えると、瓶の入った布製のバッグを背中に背負い、入りきらなかった多くの瓶と身のまわり品が入った数個のバッグを持ち東京へと向かった。

大村駅を出発する塩月の列車は、大半が復員兵で埋め尽くされ混みあっていた。幸運にも席は確保できたが、数時間と経たないうちにそばを通った兵士がよろけて塩月のバッグを踏みつけた。フォルマリン液が列車の床に漏れだし、鼻を刺すような臭気があたりに漂いはじめた。人々が険しい視線を塩月に向けた。何人かの乗客が激高すると、彼はこれまでの経緯を説明して謝り、がまんしてもらえないかと頼んだ。しかし混乱はさらに大きくなった。復員兵たちはバッグを窓から捨てろ、と塩月に迫った。彼は頭を垂れ、必死に彼の研究に欠くことのできない標本を守ろうと黙って座っていた。すると突然、乗車したときに塩月が会話を交わした大尉が立ち上がり、大声で怒鳴った。「このフォルマリンに漬けてあるものをなんだと思っているのか。長崎の特殊爆弾で死んでいった人たちのはらわたなのだ。この軍医殿は犠牲者の冥福を祈るために研究を続けているのだ。臭いはすぐ消える。少しのあいだ、がまんせい！」車内は静まり返り、誰も何も言わなくなった。塩月は旅を続けた。

二日二晩列車に揺られ、塩月はやっと東京に着いた。自宅に戻り、すぐにバッグを開けてみると、割れたのはひとつの瓶だけだった。二日後、瓶をバッグに詰めなおし、彼は医学の学位を取得した東北大学へと向かった。そして長崎から運んできた貴重な標本を、大学の医学部外科教室と病理学研究室に分けて納めた。「この医学的資料が人類の平和に確かに役立つことを祈りながら」と彼は後に書き記している。塩月は原爆が投下されてからはじめて、ようやく戦争が終わったと感じた。

＊

広島と長崎に原爆を投下する前、アメリカの科学者たちは大量の全身被爆による潜在的な影響に関する研究を実施しなかっただけでなく、起こりうる医学的疾患に対する将来的な治療法の調査や開発をおこなうこともなかった。そのような研究が抜け落ちていたのは放射線が人体におよぼす危険性を認識していなかったからではなかった。一九二〇年代、国際X線ラジウム防護委員会は、職業上放射性物質を扱う専門家と、X線検査や体の特定部分への新たな放射線癌治療を受ける患者のために、世界初の安全基準を発表した。一九四〇年代までには世界中の科学者たちによって、少量の放射線が人間の器官、組織、細胞におよぼすリスクについてすでに調査がおこなわれていた。原爆が開発されていた間もアメリカの科学者たちは被曝の危険性を知っていた。それはマンハッタン計画のもと開発現場で採用されていた管理、衛生、換気、放射線モニタリングに関する厳格な手順をみれば明らかだった。またアメリカ人科学者と軍指導部は、原爆が炸裂した際に放出される放射線の危険性をある程度まで把握していた。たとえばマンハッタン計画の科学ディレクターだったJ・ロバート・オッペンハイマー博士は、一九四五年五月の覚書に「爆発時に放出される放射線は（遮蔽されない場合）半径一・六キロ以内では有害となり、半径約一キロ以内では致命的となることが予想される」と書いている。

しかしながら原爆が開発され、その後広島と長崎に使用される際、大量ではあっても依然正確な被曝量は推定不能だった放射線を一瞬のうちに全身に浴びるであろう人々のことが重要視されることはなかった。「ロスアラモス国立研究所（マンハッタン計画がおこなわれた）では、首尾よく確実に爆発する原爆を設計し組み立てることに総力を結集していたのです」と医師であり放射線学者のマンハッタン計画医療部門責任者スタッフォード・ウォレンは後に書いている。「それに力を注いでいた科学者とエンジニアは当然自分たちが抱えている問題を解決しようとそればかりに没頭していたため、せめて爆発がもたらす影響を推測してみてはどうかと説得することはむずかしかった。彼らの関心は、設計した数種の爆弾のうち、どれが実際に爆発するだろうか、もしそうなった場合、どれだけ大規模な爆発になるのか、ということだった」。時間もまたひとつの要因だった。科学者たちがニューメキシコ州の砂漠でプルトニウム爆弾の爆発実験に成功した後、彼らが広島への投下に向けて最終準備を完了するために残された時間は、たった三週間だった。そのため、爆発実験における放射線の影響を調査する時間はほとんどなかった。実験による証拠がなかったため、爆弾が放出する放射線の波長がどれほど遠くまで、あるいは地面のどれくらい近くまで到達するのか、さらには何万人という日本の民間人の内部器官にどれほどの破壊的影響をおよぼすかを誰ひとりとして把握している者はいなかった。

調査にかわり、科学者や軍首脳部がしたことは推定だった。爆弾の爆風と熱が大規模な破壊と死をもたらす際、爆発の瞬間に放出される放射線のほとんどは上昇する原爆雲に取り込まれると推定した。そのため、広島と長崎へ原爆を投下した爆撃機の操縦士は危険な放射能雲との接近を避けるため、爆風の影響を受ける空域から一分以内に離れるように訓練された。さらにアメリカの科学者は、致死的レベル（実験により明確化されてはいなかった）の放射線にさらされる区域にいる者は誰でも、被曝による影響が体にあらわれるより前にすでに爆風によって命はないだろうと考えた。

原爆雲からの放射性降下物（一部科学者は予測していた）である残留放射線による人間への影響と、土壌や瓦礫によって吸収される残留放射線（爆発地点の高度を理由に予期した科学者はほぼいなかった）に関する彼らの理解は、さらに曖昧なものでしかなかった。マンハッタン計画の最高責任者だったレズリー・グローブス将軍による原爆の潜在的残留放射線レベルに関する矛盾する評価は、彼自身の発言や行動で明らかになった。彼は広島と長崎へ原爆が投下される前、アメリカ兵は原爆が投下されてから三十分後には、この両市へ安全に入っていることだろうと宣言していた。しかし実際は、投下からアメリカ占領軍が両市へ到着するまでの間、ほんとうに危険がないかを確認するため自国の調査チームを両市に送り、放射線レベルを測定するよう命じた。

アメリカの科学者と軍指導部は、十分な知識がないまままきわめて曖昧な推定をしただけでなく、自国の面目を必死に守ろうとしたため、日本側が原爆投下後の数週間から数ヵ月の間に長崎と広島の人々にあらわれた放射線の影響を主張すると、アメリカ側は激しくそれを否定した。八月後半、アメリカを含め世界中の報道機関が、日本の新聞が掲載した不可解で致命的な放射線障害を報じると、グローブスは、日本の報道はアメリカの科学的調査に裏づけされていないまったくのプロパガンダにすぎないとして即座にこれを一蹴した。戦時中、両国がメディアを利用し、おたがいを悪者に仕立て喧伝してきたことを考えれば、広島と長崎の被害を日本が誇張して伝えていると彼が思いこむのも無理はなかったのかもしれない。しかしながら、このとき日本で伝えられていた報道は真実だった。またグローブスは、日本側が主張する放射線障害やそれによる死はアメリカ側の科学的裏づけがないと主張していたが、そもそもアメリカがそのような調査を実施していなかったということがグローブスの口から伝えられることはなかった。

非公式な場においても、グローブスは自己の見解を曲げなかった。八月後半、テネシー州にあったマンハッタン計画における極秘施設のひとつ、オークリッジ病院の臨床担当責任者と交わした会話のなかでも彼は、放射線障害に関する日本の報道は同情心に訴える芝居にすぎず、両市で死亡者数が増加しているのは投下後数週間が経ち、救出作業が進み、より多くの死体が発見されているからだという考えを主張していた。一九四五年八月二十一日、物理学者のハリー・ダリアンがロスアラモス国立研究所でプルトニウムを取り扱っている際に起きた事故によって大量の放射線を浴びたときにも、グローブスの公式および非公式の見解は変わることがなかった。ダリアンは広島や長崎の被爆者に似た苦痛を伴う深刻な原爆症に見舞われ、二十五日後に死亡した。

八月後半から九月初旬にかけて、グローブスを含めたアメリカの首脳陣は、放射線の影響に関する公の議論や、それに伴って起こりうる原爆使用におけるアメリカの倫理性への疑念を抑えこもうとした。そのために原爆使用の合法性と戦争終結を決定的なものにした原爆の役割を偏った論理で主張した。またグローブスは、人々の関心を原爆による科学の発展へと向けさせると同時に、日本による戦時の残虐行為を強調した。「原爆は冷酷な武器ではない。これを疑う者へのもっとも適切な答えは、戦争を起こしたのはわれわれではなく、われわれが選んだ戦争終結の手段が気に食わないというのなら、いったい誰が戦争を始めたかをいま一度思い出すことだ」というグローブスのコメントがニューヨーク・タイムズ紙に掲載された。

長崎や広島の地で実際に起こっていることとアメリカで報道されていることとはまったくかけ離れたものだったが、九月二日、東京湾に停泊していた戦艦ミズーリ号上で正式な降伏文書の調印式がおこなわれた後、この傾向はさらに強まった。新たに連合国軍最高司令官およびアメリカ占領軍司令官にダグラス・マッカーサー陸軍元帥が任命された。日本政府による戦時中の抑圧的な検閲からやっと解放された日本の報道機関には、マッカーサーは報道の自由への熱心な支持者であると伝えられていた。しかしマッカーサーが日本に到着するやいなや日本の報道人や報道機関に義務づけられたのは、報道禁止事項を定めた厳格な指針への遵守だった。最終的に長崎と広島が被った放射線による影響の詳細もこの禁止事項に含まれた。大手報道機関二社がこの指示に従わなかったとして短期間の事業停止命令を受けた。一社は原爆の残忍性を批判し、原爆が使用されなければ日本は戦争に勝利した可能性があったことを示唆した。もう一社は、原爆は国際法に違反するもので戦争犯罪にあたるとする有力政治家の発言を掲載した。

九月十八日、マッカーサーが新聞統制基準（プレスコード）を発表したことから、戦後日本における報道の自由への最後の望みが絶たれてしまった。戦争終結前にアメリカ政府高官によって計画されたこの包括的で厳格な規則は、国内のすべての報道が「真実」であることを義務づけた。ここで言う「真実」とは、社説による意見の示唆、「連合軍に対する偽りのあるいは批判的な論評」、そしてアメリカ占領軍への不平をいっさい含まないことと定義された。日本の大手新聞社やその他出版社は事前検閲規則に従う義務があり、すべての記事や出版物の原稿を、印刷する前に占領軍検閲局へ渡さなくてはならなかった。書籍、教科書、映画、海外とのあいだで送受された郵便は念入りに調べられ管理された。さらには、検閲の実施を口にすることすら厳禁だった。その結果、原爆投下とそれによる放射線の影響に関するすべての報道が突然停止した。そして報道関係者はそれに疑問を呈することが許されなかった。

海外から来ていた記者たちの活動も著しく規制され、連合国軍最高司令官の認可を申請し、それが交付されるまでは活動が許されなかった。すべての記事は発行する前、必ず占領軍の検閲を受け、承認される必要があった。原爆関連の記事に対する統制を維持しようとアメリカ陸軍省は、厳しい管理のもとで一度だけ広島と長崎への報道陣向け公式視察旅行を主催した。これ以後、海外報道人の活動は、軍が付き添う形でおこなわれる北部日本の捕虜収容所への視察旅行に限定された。

アメリカとオーストラリアから来日していたふたりの記者はひそかに長崎と広島へ入りこむことに成功し、そこで目にしたことを報道しようとした。九月の初旬、占領軍報道担当局が南日本への報道人向け公認視察旅行を企画した。日本とグアムの間を飛行する航空機が給油に立ち寄る小空港への視察を目的としたものだった。このときシカゴ・トリビューン紙のジョージ・ウェラーは、やるならいましかないと思った。九州の最南端にある小さな町に降り立ったウェラーは、引率者の目を盗みうまく抜けだし、列車の駅へとたどりついた。その後一日、いくつもの鈍行列車を乗り継ぎ長崎の郊外に到着した。アメリカ軍の大佐になりすまし、ウェラーは長崎地区軍司令部へ自分を連れていくよう要請した。司令部では陸軍大将が彼の話を信じ、すぐに滞在場所、食事、車両を提供し、東京へ原稿を持っていくため毎日ふたりの憲兵を確保してくれた。

その後数週間、ウェラーは瓦礫のなかを歩きまわり、放射線によって人々の体にもたらされた破壊的影響を現場で目のあたりにし、それをX病と呼んだ。彼は長崎の医師たちと話をし、体のさまざまな器官におよぼす放射線の影響に関する医師たちの優れた分析を聞いた。また長崎のふたつの捕虜収容所にいた捕虜たちとも面談したが、情報に飢えていた彼らはスポーツや世界のニュース、そしてフランク・シナトラにいたるまでウェラーを質問攻めにした。毎晩彼はランプの明かりの下、自分が見聞きしたことをタイプし、原稿を「在東京アメリカ軍司令部主任検閲官」宛とし、東京へ届けるためふたりの憲兵に手渡した。

彼のもとに返事が来ることはなかった。規則に公然と刃向かった彼を当然不愉快に思ったマッカーサーの部下である検閲官たちが彼の原稿を認めず、すべて発表禁止としていたことを数年後ウェラーは知った。長崎到着から三週間後、彼は捕虜をグアムへ輸送するアメリカの病院船に乗り、日本を離れた。彼はカーボン複写した自分の原稿を全ページ持参したが、置き場所不明となり、六十年間歴史のなかに埋もれることとなった。

オーストラリア人ジャーナリストのウィルフレッド・バーチェットもまたマッカーサーによる報道統制の障壁をかいくぐり、被爆地へと向かった。アメリカ陸軍省による連合軍報道陣向けの視察旅行が実施される少し前、バーチェットはひそかに広島へ入り、壊滅状態となったこの地を最初に目撃したジャーナリストとなった。彼の書き綴ったはじめての報告には、グローブスが断固否定していた放射線による病気や死に関する生々しい実態が含まれていた。日本人とオーストラリア人、ふたりのジャーナリストによる協力もあり、バーチェットの報告原稿は東京でおこなわれていたアメリカの検閲をくぐり抜け、モールス信号で直接ロンドンへ送られ、その後世界中に配信され、イギリスのデイリー・エクスプレス紙の第一面に掲載された。

アメリカ政府首脳陣は激怒した。九月七日、東京に戻ったバーチェットは、グローブスに次ぐマンハッタン計画の副司令官および現場責任者トーマス・ファーレル准将が開いた記者会見に出席した。ファーレルは、広島と長崎へ入ろうとしていたアメリカ占領軍兵士の安全を確認するため日本に滞在していた。バーチェットによれば記者会見中ファーレルは、放射線の毒性に対するバーチェットの非難を否定し、バーチェットが目撃したのは爆風と熱による怪我や火傷だったと断言した。激しい言葉の応酬のなかでバーチェットは魚が広島周辺の小川に入ったとたん死んでいった例などをあげ、放射線の影響を示す証拠をみずから目撃してきたと言い返した。これに対しファーレルは「残念ながら、君は日本側のプロパガンダにひっかかりましたね」と切り返した。

翌週にかけて、ファーレルはマンハッタン計画暫定調査チームを率いて広島と長崎へ向かった。一部の日本側当局者の評価とは異なり、アメリカの科学者たちは、両市の爆心地付近と黒い雨の降った地域の放射線レベルは通常より高いものの、アメリカ兵たちには十分安全なレベルであることを確認した。科学者たちが両市にとどまり調査を続けるなか、アメリカ陸軍、海軍、戦略爆撃調査団からの追加チームが到着した。その目的はアメリカの核兵器開発の後押しとなるよう原爆による爆風、熱、放射線の影響を記録するとともに、潜在的な核爆弾攻撃に対する民間防衛措置を強化するためだった。調査の結果は極秘にされ、公表は禁じられた。

長崎や広島で独自の調査をおこなっていた多くの日本人科学者は、当初アメリカの科学者たちに自分たちの調査結果を提供していたが、しばらくしてからは引き渡すことが強制されるようになった。場合によっては干渉されずに調査できる自律性までをも放棄し、アメリカチームの権限のもとで働くよう命令された。調医師を含め何人かの日本人研究者は原爆症や死亡率に関する研究を黙々と続けることができたが、占領が終わるまでは研究結果を発表することはできなかった。まぎれもない不当な占領政策のもと、アメリカの調査員たちは両市にあった被爆者の診療記録、検死標本、血液標本、組織生検試料を没収し、さらなる分析のため船でアメリカへ送った。

またアメリカの憲兵隊は、長崎の惨状と被爆が生存者たちにおよぼした影響を撮影していた日本映画社の撮影班を逮捕した。撮影班がフィルムに収めた長崎と広島の記録はすべて押収されたが、「戦闘状態のもとで、もう一度原爆が発射されないかぎり」同様の記録を残すことはできないと考え、この白黒フィルムのこのうえない価値に気づいたアメリカ調査チームは、日本の撮影班に最後まで撮影させ、アメリカへ提出するためフィルムを編集するよう命じた。一九四六年、アメリカ国防総省はこのフィルムを調査したが、公表の要求には断固として応じなかった。

ファーレルがグローブスに提出した報告や数多くのアメリカによる調査では、恐ろしい放射線疾患やそれによる死は内部被曝に起因していることが確認された。しかしアメリカに帰国したファーレルは、グローブスや他の関係者とともに原爆投下直後に浴びた放射線や残留放射線が原因の病気や死亡を重要視しない姿勢を貫いた。「放射線によって人々は死亡したと日本人は主張しているが、もしそれがほんとうなら、死亡人数はもっと少なかっただろう」。グローブスのこの発言はニューヨーク・タイムズの記事に掲載された。

長崎や広島の残留放射線量は安全なレベルだったとする白分の主張を証明するため、グローブスは、ニューメキシコ州アラモゴードのトリニティ核実験場で進行していた低放射線レベルに関する分析の状況を実際に見てもらおうと、記者グループを招待した。しかし彼の主張と矛盾するかのように、実験場に入る記者たちは、靴の外側を覆う白く厚い布カバーをつけるよう指示された。「地面に残留する放射性物質の一部が私たちの靴にけっして付着しないようにするためだった」とひとりの記者は書き残している。この矛盾を説明することなくグローブスは「多くの人が殺された一方で、たくさんの命も救われた、とくにアメリカ人の命が」と記者たちに言い、またも原爆投下を正当化しようとした。

アメリカ陸軍省からアメリカの報道機関に宛てた九月十五日付の極秘覚書は、放射線の影響に関する開かれた報道への致命的な一撃となった。原爆に関する軍事上の秘密を守るため、原爆に関するすべての報道、とくに科学的、専門的な内容を含むものは公表される前に陸軍省の許可を受けることが義務づけられた。いかにもこの時代らしいが、アメリカの報道機関は一様にこれに従い、疑問や反対の声を封印したまま、書かれていたとおりの政府発表をそのまま掲載した。

日本の報道機関への検閲どもあいまって、原爆による人体への影響を伝えるほとんどの報道が、事実上、日米両国で停止に追いこまれた。その年しばらくして議会上院で証言に立ったグローブスは、大量の放射線を浴びたことによる死は「極度の苦しみを伴うものではなく、とても心地よい死に方です」と証言した。

*

永野の妹、金澤邦子は放射線による毒性が原因で九月十日に死亡した。十三歳だった。

1943年2月の金澤家。左から母、出征前の兄、弟・清二、父、（永野）悦子、妹・邦子

八月十五日、天皇が日本の降伏を告げると、永野の父は自分の故郷でもある島原半島の小浜町〔現・雲仙市〕へ家族で避難しようと決めた。翌朝、永野と邦子、そして両親の四人は防空壕を出て、破壊された浦上盆地の瓦礫をかきわけて進みながら長崎の街を後にした。永野の母は清ちゃんの遺骨が入った茶碗を胸の近くに抱えていた。彼らは黙って舗装されていない道路を橘湾の端に沿って東に三三キロ、さらに小浜まで二二キロの道のりを南へと歩いた。

「途中寝たかもしれませんが、そのへんのこと私は覚えてないんですね。ただもう早く着きたいと何も考えずに歩いてました」

父方の遠い親戚にあたる大叔母が彼らを受け入れてくれた。新たな滞在先に落ち着いてはみたものの、依然邦子は二度目の原爆攻撃に怯え、航空機が上空を飛行するたびに布団の下に隠れ、震えながら泣いていた。永野や他の家族が、戦争は終わったからもう爆弾は落ちてこないからと言って安心させようとしても、邦子にはなんの慰めにもならなかった。

九月初旬、原爆の放射線障害やそれが原因の死にまつわる恐ろしい噂が長崎から伝わりはじめたころ、邦子がその噂どおりの症状を伴って病に倒れた。永野は悲しみと混乱で何も手につかなくなった。「原爆が落ちた後、妹は元気そうでした」と永野は語る。「小浜まで歩いている間も、一回も愚痴ったことがないんです。疲れたとかね。だから原爆が落ちて一ヵ月くらいで亡くなるなんて夢にも思わなかったんですよ」。それから邦子の髪の毛は完全に抜け落ち、歯茎は出血し、大きな紫斑が体にあらわれた。熱が出て吐血し、血便も出て、苦痛にもだえ苦しんだ。

「そのときはもう、ほんとうに神様助けてくださいって。私が代わりに死んでもいいから、私が病気になってもいいから妹を元気にしてくださいって。でも一週間、のたうちまわるように苦しんで死んだんですよ」

永野は清ちゃんと邦子の死に責任を感じ自分を責めた。「私はひどいことをしました。ふたりは長崎には帰らんて言ってたけど、無理やり連れて帰ってきたのは私だから……。私はほんとうに死にたかった」。永野はそう言ったが、涙を抑えきれなかった。「いまでも思います。私が死ねばよかったと」

邦子が亡くなった後、間もなくして永野の兄が駐在していた大村陸軍基地から帰還し、祖父母も南九州から小浜にやってきた。清ちゃんが亡くなったときにはかなわなかった家族の再会だった。両親は邦子の遺骨を入れる骨壺を買い、清ちゃんには新しいものを用意した。これでやっと彼にもきちんとした安息の場所ができた。母は原爆症の症状が出て入院したが、一ヵ月以内に回復した。永野は長いあいだ、被爆した人たちのあいだでも生き延びる者と死にゆく者とが選別されてしまう現実を理解することも受け入れることもできなかった。邦子は悶え苦しみ死んでいった一方、邦子と同じ場所で同じ時間を共有した母は、その後五十年間生きつづけた。

永野の父は長崎に戻り、長崎港の南にあった三菱電機の長崎本工場で仕事を再開した。父は独身寮に住みながら、月に一度少額の給料が出ると家族の様子を見に戻った。母は毎日涙に暮れ、永野に話しかけることはほとんどなかった。十七歳になっていた永野は弟、妹、家を失い、そして今度は母親までをも失ってしまった。小浜での新しい生活を始めたとき、彼女は終わりがないように思えた精神的な孤独のなかで必死に生き抜こうともがいていた。

＊

長崎に秋が訪れ、朝晩涼しく感じられるようになった。アメリカの先遣隊が戦争末期に自国が仕掛けた機雷の除去作業を終えると、九月十一日、連合軍艦隊が連合軍捕虜を退去させるため長崎に来港した。九州全土の収容所にいた捕虜たちが長崎に集まった。「長崎への移動はぞっとするような体験でした」とあるオーストラリア人兵士は振り返った。「物音ひとつしない。鳥もいない。トカゲ一匹もいない。草木もない、ただココアを敷き詰めたような大地が広がり、ねじ曲がった梁だけが残されていました」

捕虜たちに対しては港での退去手続きが実施されたが、それはまるで工場の流れ作業のようだった。まずコーヒーとドーナツの支給、次にシャワーとシラミの除去、そして簡単な検診。重い怪我や栄養失調の者や結核、感染症、潰瘍、その他の病気に罹っている者は、長崎湾に停泊していた医療設備が整ったサンクチュアリ号とヘイヴン号の病院船二隻に運びこまれた。その他の捕虜は新しい下着、靴下、作業服、洗面用品を受けとった。何ヵ月ぶりか何年かぶりにフライドチキン、スパゲティ、コーンブレッド、ケーキなど満足のいく食事をし、看護婦と一緒にバンドが演奏する「トゥ・オクロック・ジャンプ」の曲にあわせて踊った。映画を見終わると、彼らはデッキに並んだベッドで眠りについた。二週間

1945年秋、浦上盆地南方から北を望む（撮影ジョー・オダネル）

足らずの間に九千人以上の捕虜が、九州に抑留されていた多くの外国人修道士、司祭、尼僧、宣教師とともに長崎港を出港し、アジアで連合軍が占有していた港へと向かった。捕虜たちは、それらの港で自国へと向かう船舶や航空機へ乗り換えた。

九月二十三日、アメリカ占領軍兵士たちが長崎港に到着した。乗船していた戦闘服の海兵隊員たちは、日本人によるもしもの妨害行為に対処するため銃剣や鉄砲などで武装していた。船舶が重々しい音を立てながら陸地に近づくと、隊員たちはすさまじい腐敗臭に唖然とした。港に置かれた廃船のそばを通り抜けると、三菱工場群の絡まった鉄骨が見えてきた。サウスダコタ出身の兵士ルディ・ボールマンは、埠頭への係留作業を手伝っていた孤児の少年たちが隊員たちの投げるリンゴやオレンジにむさぼりついていた姿を思い出した。「彼らはもう餓死寸前で、皮膚は赤くただれていました。目には膿が溜まり溢れ出て、耳からも膿が少し滴り落ちていました。口の両側は化膿してました」

同。上方左から黒く見えるのは三菱兵器茂里町工場の残骸

かつての敵の地に上陸した勝者たちに抵抗する者はいなかった。最初に上陸したアメリカ兵たちは少人数のグループに分かれ、ジープやトラックに乗りこみ、次々と市内への短い視察に向かった。一発の爆弾によってもたらされた目の前に広がるぞっとするような光景に衝撃を受けて、彼らは言葉もなかった。浦上盆地は地上から消えてなくなり、死体は茶毘に付され、頭蓋骨や人骨が地面に幾重にも積まれていた。人々は何かにとりつかれたような空虚な表情で瓦礫のなかをさまよっていた。「どこへ行くわけでもない、ただ歩いているだけ。そんな感じでした」とネブラスカ出身の海兵隊員キース・リンチは振り返った。視察した日の翌日、彼が両親に宛てた手紙には次のように書かれていた。「できれば自分の子供たちがけっして見なくて、聞かなくて、そして想像もしなくて済むようにと願いたくなるような、そんな光景だった。ほんとうにひどかった。想像を絶する、信じられないほどの……。昨日見たことは言葉では言いあらわせません。見なくてはわからな

いですが、あんな光景は誰も二度と見なくて済むことを願います」

原爆がもたらした死や病気に打ちひしがれ、生きていくための糧を得ようと苦心するなか、長崎の人々には、日本政府がかつて「アメリカの悪魔」と呼んでいた兵士に対し抵抗することはもちろん、怒りをあらわす余力さえもう残ってはいなかった。多くの人々はめだたないようにしてアメリカ兵との接触は避けることという当局からの警告に注意を向けてはいたものの、兵士が到着した当日でさえ、道路脇や瓦礫のあいだの通路に立ったまま、兵士が通り過ぎる姿を黙って見つめる人たちもいた。その後数週間、数ヵ月と月日が経過すると、生活の改善を前向きに期待する人々も出てきた。

占領軍兵士たちは、日本人がかつて教えこまれた暴力的で残虐な兵士像とは違っていた。駐留前、多くの兵士は日本人の礼儀正しさをはじめ日本の地理、文化、言葉について簡単な説明を受けた。そんなアメリカ兵に夢中になったのは子供たちだった。彼らは子供たちと一緒に石蹴り遊びやキャッチボールをし、戦後間もない時期に口にすることはできなかったチューインガム、チョコレート、牛乳、外国菓子を子供たちに分け与えた。子供たちが兵士に向かって「ハロー」「サンキュー」「グッド・モーニング」など片言の英語を使って呼びかける姿がよく見かけられた。子供たちの屈託のない嬉しそうなやりとりに大人たちの心配もすぐに和らいだ。お菓子をあげるかわりに、一部の兵士は子供たちから日本語の手ほどきを受け、市内を歩くときには「おはよう」などと言いながら人々に挨拶した。耳の不自由なある青年は何人かの兵士と手話でやりとりした。「原爆の悲惨さは、けっして忘れてはいなかったが、その兵士たちには恨みつらみはありません。とてもいい人たちでした」

日本に駐留予定だった四十五万人以上の占領軍兵士のうち、アメリカ陸軍の第六軍から第二海兵師団約二万人が長崎占領地区〔長崎県中南部および九州中南部〕に派遣された。彼らの最初の任務は「降伏を完全なものとすること」、すなわち「地域の統制を確立し、降伏条件を確実に遵守させ、戦争のための装備を非武装化すること」だった。占領軍はその指令所を、出島の税関庁舎や長崎港の東部、西部の数ヵ所に設置した。近くには病院や宿舎も建てられ、さらに追加的な施設が長崎中に整備された。次に占領軍は長崎の軍事施設、武器在庫、通信機器、建築資材を接収した。それらはすべて破壊されたり、彼らの活動に使用されたり、日本の内務省に引き渡され、政府によって再利用された。日本軍の警備隊はアメリカ軍兵士にとってかわられ、それに伴いこの地域における治安維持の権限も占領軍に委譲された。

長崎市民の誰もがアメリカから進駐軍人がやってきたことを快く思っていたわけではなかった。秋月医師は自国の主権が失われることを嘆き、「日本もアメリカ合衆国本州になったのかな」と感じた。原爆投下に対し怒りや憎しみを募らせている人たちは、原爆を発射させたかつての敵国の兵士を受け入れがたく思った。「原爆を落とされた場所に住んでいた人たちが経験した戦慄は、たとえ和平を誓いあったからといって拭い落とせるものではなかったのです」と当時十五歳だったハットリ・ミチエは振り返った。「戦争というのは恐ろしいものだということ、そしてルールなんてないも等しいことは知っていました。でもなんの罪もない市民に対してこれ以上ないほどの規模で敵がしたことは、文明国による戦争行為の領域を踏み外していると感じました」

一部の兵士は、畳の上に土足で上がるなど習慣上の他愛ないミスをした。その一方で、非常に腹立たしい行為もおこなわれた。たとえば南長崎にあった洋風の家に住む日本人は、アメリカ人将校の家として使うため退去させられ、その他の建物も占領軍が事務所や兵舎として使用するために接収された。その年の冬、もうひとつ非常に無神経な行為があった。栄養十分でがっちりとした体格の兵士で構成される第二海兵師団のふたつの部隊が新年のフットボール大会を開いて戦った。多くの友だちや同僚を亡く

1945年秋、駐留軍による瓦礫の撤去と整地作業（撮影・富重安雄）

した長崎の学生や教師が思い出の詰まった校舎で勉強したり働いたりすることをつらく耐えがたいと感じていたときに、占領軍の指揮官らが大会の場所に選んだのは、かつて長崎商業学校が使用し、いまは「第一原爆運動場」と呼んで占領軍の専用となっていた運動場だった。ここは五ヵ月前、負傷し息絶え絶えに何百人もの大人や子供が列をなして横たわっていた場所だった。吉田もそのひとりだった。原爆投下の翌日、彼の両親はここで息子を見つけたが、顔と体は焼かれ、目は視界をさえぎるほど腫れあがっていた。試合に向けて、アメリカ兵たちは廃材を使ってゴールポストと即席の観覧席をつくった。海兵隊の楽隊に勢いづけられ、何千人もの占領軍兵士が対戦を見にやってきた。粉々になった学校の窓ガラスの破片が依然運動場のいたるところに散在していたため、選手たちはタックルのかわりに両手で相手をタッチした。彼らはこのゲームをアトムボウル（原爆フットボール大会）と呼んだ。

さらに、アメリカ兵によるもっともおぞましい行

1945年秋、浦上盆地を北方から見下ろす。右下に「アトミック・フィールド」（撮影J・オダネル）

為が浦上盆地で起きた。グローブス将軍や他の軍幹部たちは繰り返し残留放射線の存在を否定していたにもかかわらず、爆心地区域は立入禁止となっていて、兵士は近づいてはならないと命令されていた。しかし、そう言われれば言われるほど、ある兵士の言葉を借りれば「誰もかれもが見たくてたまらず、爆心地をめざした」。原爆の記念品にしようと略奪行為をすることは厳しく禁止され、軍法会議にかけられ処罰の対象となっていたが、一部の兵士は戦利品として持ち帰れる何かいいものはないかと瓦礫のなかをくまなく捜しまわった。また、浦上盆地の北西部にアメリカ軍がアトミックフィールド（原子野）と呼ぶ滑走路をつくる際、瓦礫の撤去にブルドーザーを使い、そこに散在していた人骨を粉々に押しつぶした。「瓦礫の下にはまだたくさんの死体があったのです」と当時十五歳だった内田伯（つかさ）は振り返った。「にもかかわらず、アメリカ兵はすごい速さでブルドーザーを動かし、死んだ人たちの骨を土や砂と同じように扱いました。それをさらに低い場所に運び、道路の拡張に使ったのです」。文部省から派遣された優れた写真家、林重男は、アメリカ兵がブルドーザーを使って死体をすくい掘割へ投げ入れていたところをカメラに収めようとしたとき、アメリカの憲兵に銃を突きつけられ脅された。周辺に住んでいた人々や遺骨が瓦礫に埋もれてしまっている家族をもつ人たちにとって、このような出来事は耐えがたく、憤りとやるせなさを禁じえなかった。

しかし、アメリカ政府が国際赤十字社とアメリカの赤十字団体の協力を得て一刻も早い対応が必要だった医療支援物資を長崎の病院や診療所へ届けることに反対する者はいなかった。日本の状況を安定させ、市民の動揺を防ぎ、自国の兵士たちを守るために、占領軍は日本中に蔓延していた感染病による病気や死の拡大を抑えこむことを目標のひとつとして掲げた。そのため、長崎では占領軍のトラックや四十人の日本人作業員を使った糞尿の汲み取りが再開された。医師たちのもとには、こうした体制が敷かれていなければとうてい手に入らなかったペニシリンをはじめとする医薬品が届けられ、下痢、天然痘、腸チフスなどの伝染病の治療だけでなく、免疫力が低下し、放射線障害による感染症に罹っている患者に抗生物質を処方することができるようになった。新興善国民学校に設けられていた特設救護病院は、長崎における占領軍の医療支援の責任者だったハーバート・ホーン大尉の指揮のもと長崎医科大学が主導する被爆者のための公式病院に指定された。調医師はこの病院の院長に任命された。著しく貧弱な長崎の医療体制を支援しようとホーンは、百三床のベッドを備えた病院と外来専門診療所を被害のなかった陸軍病院内に開設しようとその指揮にあたった。そこには長崎医科大学の残骸から探しだし、さらには大村海軍病院から運びこまれたベッド、機器、その他備品が備えつけられた。一九四五年の後半に始まった診療では、最初の二週間で患者数は推定八百人にものぼった。

戦争で負傷した日本の民間人を経済面、物質面から救済してきた戦時災害保護法が十月に終了したため、長崎でも各家庭による医療費の負担が強いられることになった。その結果、堂尾、吉田、谷口のように原爆症や重症の怪我に苦しむ人々は治療薬のないまま、回復の時期もわからずに自宅で面倒をみてもらうしかなかった。死の淵から引き戻された堂尾は毎日担架に載せられ、家族や近所の人たちの手で宮島医師のもとへ運ばれ治療を受けた。宮島は自宅に設けた臨時の救護所を閉めた後も堂尾を治療しつづけた。しかし堂尾の髪の毛はまだ生えず、傷も治ってはいなかった。両親が世話をしに入ってくるとき以外、堂尾は来る日も来る日も社会から切り離された自宅の部屋にひとり横たわっていた。父が毎朝七センチにもなる堂尾の腕の深い切り傷にあてたガーゼを剝がすときは、皮膚が一緒にむけるため、堂尾はとくにつらい思いをした。父はまた、骨折した腕が誤った位置に固定されないよう定期的に正常な位置に直した。

吉田の母は休みなく吉田の面倒をみた。彼は意識を失ったまま、腐敗が進むみずからの肉体と隣の寺で火葬される死体から漂ってくる臭いに覆われながら自宅で横たわっていた。母は畳の部屋に布団を敷き、その上に新聞紙とパラフィン紙のような紙を置いて、彼の顔や体から絶え間なく流れ出てくる膿で布団が汚れないようにした。吉田はその上に寝かされ、ハエを防ぐための蚊帳が掛けられていた。いくら母が注意していても、蚊帳の外にいる母の体にはハエが止まり、それに気づかずうっかり蚊帳のなかに入ってしまうことがあった。ハエは火傷を負った吉田の体中に卵を産んだ。母は箸でそれを取り除こうとしたが、卵のあまりの小ささに母はハサミを温め、卵と傷口を這いまわるウジ虫をこすりとった。吉田の意識はなかったが、息子が苦痛のあまり叫び声をあげていたことを母は覚えていた。「私がこうして生きているのは、おふくろの看病の力、そう思うております」と吉田は言った。「姉の話では、お

新興善国民学校に設けられた臨時救護所にて布団や莫蓙の上に横たわる負傷者。生きのびた地元の医師や看護婦に加え、市外からの医療関係者も治療にあたった（撮影・小川虎彦）

ふくろは夜も寝ないで看病して、そして自分が食べる物も私に食べさせおったそうです。顔の傷がひどくて口が開けられないでしょ。だから箸を使って私の口に食べ物を入れよったそうですよ。「くうー、くうー」言って励ましながら」

新興善国民学校の特設救護病院が正式に長崎医科大学に引き継がれた後にやってきた冬のはじめ、吉田は医療救護車でこの病院まで運ばれた。アメリカから寄付された物品はあったものの、この一部損壊した小学校のなかでは、薬その他必要な品々は不足していた。床に敷かれた畳の上に所狭しと並んで横たわる患者に水を運ぶときにはヘルメットが使われた。医療担当職員や有志は、海水で患者の傷口を洗い流した。海水は、放射能や腐敗する死体によって汚染が懸念されていた長崎湾からではなく、市の西側に位置する山の反対側にある湾から運んできた。日本では戦争が始まる前も終わってからも、家族が病人に寄り添い、食べ物や飲み物を与えたり、寒くなれば厚めの掛け布団を用意したりと面倒をみてい

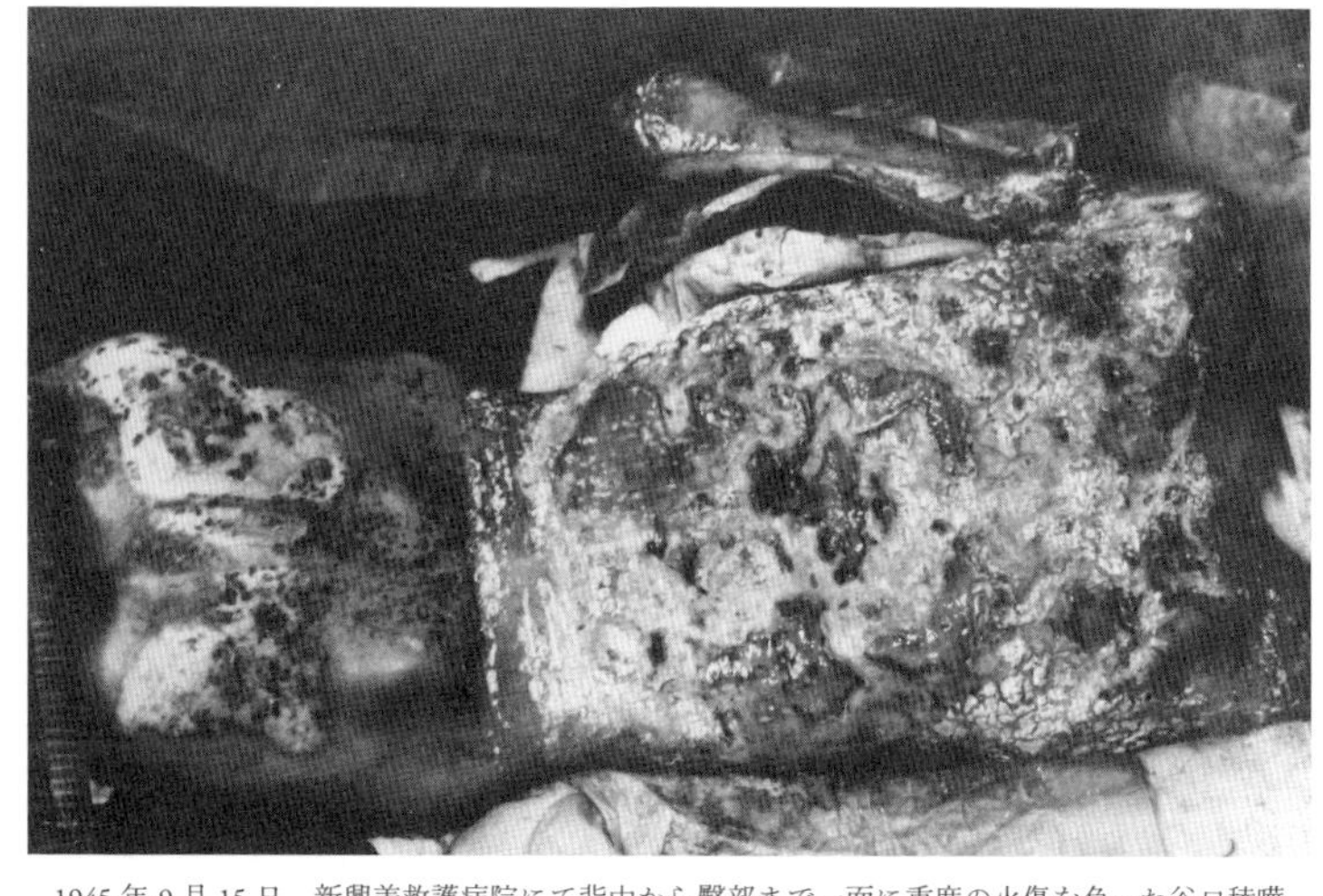

1945年9月15日、新興善救護病院にて背中から臀部まで一面に重度の火傷を負った谷口稜曄（撮影J・オダネル）

た。吉田の両親が毎日交替で吉田のそばに座り世話している間も、病院からは亡くなった人たちの遺体が運び出されていった。彼らは自分たちの息子も死んでしまうのではないかと怯えていた。

谷口はすでに新興善の救護病院にいた。原爆投下後の数週間、彼は市外の村にある救護所を転々と移動させられたが、医師にできたことといえば、彼の背中や腕を覆う火傷に灰を混ぜた油を塗ることぐらいだった。九月はじめ、谷口の祖父ほか数人が谷口を手押し車に乗せ、舗装されていない道を一五キロ以上も歩いて新興善特設救護病院へ連れていった。彼はここではじめて畳に敷かれた布団の上で寝ることができ、いままでより少し高度な治療を受けられるようになった。谷口は輸血やペニシリン注射をしてもらい、生の牛レバーを食べ、柿の葉茶を飲んではみたが、どれも大きな効果はなかった。

若き海兵隊のカメラマン、ジョー・オダネルは九月十五日に新興善に到着し、谷口が全身に負った火傷を写真に撮った。オダネルは、七ヵ月にわたる日本への撮影旅行の一環として長崎に滞在していた。その目的はアメリカの原爆投下による影響をカメラに収めることだった。彼は何週間もかけて長崎の通りを歩きまわった。彼が海兵隊のために撮った白黒フィルムは、すべて真珠湾のアメリカ海軍基地に送られ現像された後、ワシントンへと転送された。オダネルは自分用の写真を撮って保管しておくため、もう一台のカメラを携帯していた。また宿舎に間に合わせの暗室をつくりフィルムを現像していた。

新興善では、谷口が横向きに寝た状態で、オダネルがやせ衰えた谷口の体や、背中、臀部、左腕の一部に負った依然深刻な火傷をフィルムに収めた。「私はハンカチでハエを追い払いました」とオダネルは回想した。「それから、少年の皮膚に私の手が触れないよう十分注意しながらウジ虫をブラシで払いのけました。すさまじい臭いに気分が悪くなりました。そしてまだこんなに若いのにと思うと、彼の苦しみに胸が痛みました。これからは命令されたとき以外、火傷患者の写真はもう撮らないと決めました」。谷口の写真は、オダネルが長崎で現像し、日本から確実に持ちだすためにアメリカの役人から隠し通した三百枚の個人用写真のうちの一枚だった。

六週間後、医師は北へ三〇キロ（陸路）の大村海軍病院へ谷口を転院させた。新興善では看護婦たちがつねに体のまわりに溜まった膿や腐敗した肉を取り去っていたが、彼を畳の上から降ろそうと持ちあげると、畳とその下の床は腐ってしまっていた。そして彼が寝ていた場所には直径五〇センチほどの黒い穴が開いていた。長いあいだのうつ伏せ寝によって胸にできた床ずれは感染症を引き起こしたため、谷口の胸にはそれが原因のいくつもの深いくぼみがあった。こうして彼が大村海軍病院に転院し、この地域のなかでもっとも高度な治療を受けられるようになったのは、原爆投下からほぼ三ヵ月後のことだった。吉田はその年の十二月に大村海軍病院〔同月より国立大村病院〕へ移り、そこで意識を取り戻した。

1946年、浦上地区に建てられた仮設住宅に瓦を敷く作業員。住宅の後ろに骨組みだけが残された三菱工場。右側の高台に淵国民学校高等科の廃墟（撮影・山端庸介）

彼は谷口の隣のベッドに寝ていたが、ふたりが実際に知りあうのは何年も先のことだった。

占領軍の支援を得ても復興への取り組みには時間がかかった。原爆投下後の三ヵ月間、長崎では多くの人たちが命を落とし、生きのびた人たちも市外へ避難していったため、人口が十四万人にまで半減してしまったこともその一因だった。そのため、原爆症に罹る人たちや、それによる死者の数は減少したものの、倒壊した建物や積み重なった瓦礫の下から見つかった死体を荼毘に付す薪の火はたえず燃えつづけていた。市内にとどまっていた人たちはひどい怪我を負ったり、重い病気に罹ったりしていたため、復興の力となることはできず、他の多くの生存者にしても、困難や死と向きあわなくてはならなかった長い戦争が終わり、深い絶望感や疲労感に苛まれていた。二万戸以上の住宅や建物が全壊または一部損壊し、市の行政機能や電気や水道などの社会基盤は機能不全が続き、食料不足により栄養失調になる人たちも増えた。

しかし被災から間もないこの時期であっても、長崎は復興に向け少しずつ歩きはじめていた。その年の秋、原爆に耐えた家々に電力供給が徐々に再開され、小屋に住んでいた人たちのところにもやっと電気が行き渡り、ぽつんと吊るされた電球ひとつに待ち望んでいた明かりが灯った。浦上盆地を通る道路の片づけも進み、瓦礫は掻き集められ、雪のように道路脇に積みあげられた。永野が住んでいた場所から北にほどなく行った浦上川の東側で、応急簡易住宅三百三十二戸の建設が始まった。生存者のグループは、人々に対する継続した援助活動の連携を図るため、草の根の会を立ち上げた。

被害が大きかった学校のほとんどは、骨組みだけとなった建物内では授業をおこなうことができなかったが、十月の初旬、生き延びた当局者や教師たちからなる小さなチームは一班に生徒わずか十五名の班を編成し、階段の吹き抜けや遺灰や遺骨に囲まれた校庭で初等の授業をおこなった。建物自体どうにか使える学校や地元の寺で授業を再開した班もあった。臨時の兵器工場として使われていた国民学校では、授業の場所を確保するため、小学生と教師の手によって魚雷が建物から撤去された。

子供たちが学校に戻ることは気持ちの安定化には役立ったが、必ずしも楽しいこととはいえなかった。数多くの生徒が片親か両親を亡くし、なかには髪の毛がすべて抜け落ちたため、布で頭を覆い授業に来る生徒もいた。「生徒たちはおたがいに励ましあって通っていました」とある教師は振り返った。いくつかの大学も再開されたが、教科書はなく食べ物は乏しく、寒さが厳しくなってくると、学生たちは毛布にくるまって勉強していた。学校では亡くなった生徒や教師を明らかにするため、記録簿の作成が始まった。山里国民学校だけでも三十人いた教師やその他職員のうち二十六人が、そして千人以上の児童が死亡した。堂尾が通っていた学校の記録簿には、死亡者のひとりとして彼女の名が記載されていた。

1947年ごろ、廃墟となった浦上天主堂。中央に正面内壁と崩落した鐘楼ドーム（撮影・石田寿）

原爆投下以後、学校関係者のなかで彼女のことを見た者が誰もいなかったことを考えれば、起きやすいミスだった。

地域の人々、家族、そして家族のなかでひとり生き残った人たちは、死没者の魂に祈りを捧げるため集まった。一九四五年の秋、浦上天主堂では、原爆によって命を落とした約八千五百人のキリスト教信者を追悼する野外ミサがおこなわれた。「八千人の葬式でした。白い十字架が八千本並びました」と原爆で母を亡くし、当時まだ幼かった永井茅乃はそう綴った。放射線専門医師であり敬虔なカトリック信者でもあった彼女の父、永井隆医師は式辞のなかで、長崎への原爆投下は日本最大のキリスト教信者の集団が自分たちの命を戦争終結のために捧げるよう導いた神の摂理だった、という彼自身の確固たる信念を述べた。また原爆投下から二ヵ月目の十月九日には、より小規模ではあったが、あるカトリック系女子高校の教師と生徒たちが亡くなった二百人以上の学校関係者のための追悼礼拝式を校庭でおこなった。

身元不明の遺灰や遺骨を収集するため、浦上盆地の交差点には樽が置かれた。幼い少女とその兄弟は川で人骨を探しだし、木の下に埋めた。ある母親は息子のものに似た制服の金ボタンや学帽の断片、そして学校の廃墟からは少しばかりの骨を集めてきて、息子のために簡単な葬式をあげた。それでも足音が聞こえてくるたび、母は振り返ってそこに戻ってきた息子の姿を確かめてみたいという切ない思いに駆られた。和田は火葬の積み薪や新たに見つかった死体のそばを通るたび、手をあわせ黙禱を捧げた。

十一月二十五日、長崎にとって嬉しい瞬間が訪れた。この日、路面電車の運行が長崎電気軌道会社によって蛍茶屋—西浜町—長崎駅間で再開された。「それは嬉しかったですよ！」と和田は振り返った。「七車両の運転が再開され、私は四番目を運転しました。電車を走らせていると、電車の横を子供たちが一緒に走ってくるんですよ。興奮して叫び声をあげていました」。お金を持っていなかった漁師や農民は魚や野菜を和田に差し出した。「電車に乗る人、眺めている人たちがあんなに喜んでくれて、あのとき私は自分の仕事に対する誇りを感じました。そして平和というものを感じました」

＊

原爆による死亡者数と負傷者数を集計するという不可能に近い作業を長崎市が終わらせるには、五年という歳月がかかった。原爆投下前の人口は、高齢者や小さな子供たちが他県などへ疎開し、男たちは兵隊にとられてしまっていたため、当局によって正確に把握されていなかった。また朝鮮、中国その他アジアの国々から強制的に徴用されてきた多数の労働者の数を記録する文書もなく、原爆後に長崎を離れた人たちや戻ってきた人たちの数は何万人にものぼった。さらには、大量の放射線による被爆の影響について十分な知識をもっている者はひとりもいなかったため、初期に放射線障害で亡くなった多くの人たちの死因が他の疾患とみなされ、原爆関連死と記録されていなかった可能性もある。

それでも、できるかぎり正確な数字を把握しようと根気強い作業が進められ、最終的な数値の集計が完了した。多くの人々が原爆投下直後の数ヵ月間で亡くなっていることから、一九四五年十二月末までの死傷者数が推定された。

- 死者　七万三千八百八十四人
- 重軽傷者　七万四千九百九人
- 罹災人員（死者、負傷者を含まず）――家族の死や怪我、自宅の損壊や地域共同体の消滅、失職により影響を受けた人の数　十二万八百二十人

原爆で被害を受けた長崎や広島の人々をあらわす「被爆者」という新しい言葉がつくりだされた。この言葉は、爆風や火事で原爆投下直後に、またはその後に怪我や原爆症で亡くなった人たち、原爆投下後の数週間に両市へ入った人たちを含め、原爆により直接影響を受けた人たち全員を指す。原爆の投下自体と同様に、この言葉は原爆を生き延びた人々が個人的にも公の場においても自己を認識するうえで一生欠くことのできない意味をもちつづけた。

第五章　動かぬ時

一九四六年一月、アメリカ軍の映像制作者や写真家十一人が長崎を訪れた。その目的は、アメリカ戦略爆撃調査団（USSBS）による「アメリカ軍の将来的な発展」を支える活動の一環として、日本に対する通常爆弾および核爆弾による攻撃の効果を検証することだった。すでに一九四五年の秋には、千人をこえる同調査団の軍および民間の専門家が日本や日本の旧占領地域全体を視察し、日本に残る記録を検証し、アメリカ軍の爆撃による破壊状況を記録し、さらには何千人もの元日本軍幹部、政府関係者、民間人と面談していた。選ばれた都市で今回おこなわれた二度目の調査では、小規模の調査団チームが長崎を訪れ、この地の被害状況をより詳細に記録した。

彼らは北部から列車に乗り、草木が青々と茂る緑豊かな山々をこえ平坦な浦上盆地へと入っていった。原爆投下から半年が過ぎていたが、あまり大きな変化はなかった。調査団員たちが左を見ると、そこには原爆による果てしない破壊の跡が広がっていた。遠く東方の山の端には、浦上天主堂や長崎医科大学の残骸がかすかに見えた。さらに列車は、城山国民学校や川に沿って散在する三菱工場の絡まりあった鉄骨や跡形もなくなった機材などの残骸を右に見ながら走っていった。彼らの列車は駅舎代わりに小屋がぽつんと立っているだけの長崎駅で停車した。

撮影班は数週間、長崎の具体的な被害状況を撮影した。「私はなんの情報も心構えもなしに荒れ果てた破壊の跡に遭遇しました」とアメリカ陸軍航空隊のハーバート・スザン少尉は振り返った。「そのすべてを包みこんでいる静けさ……。まるで巨大な墓場のようでした」。スザンの指揮官ダニエル・マクガバン中尉は、火葬場所の近くに散らばっていた骨の破片や数百個にものぼる子供の頭蓋骨のことを思い出した。撮影班は救護所、病院、廃墟に建てられた粗末な小屋のなかで衰弱し、もがき苦しむ生存者たちの姿をカメラに収めた。何人かの被爆者は撮影中にカメラの前で亡くなった。ぼんやりとカメラを見つめ、ゆっくりと顔や体の向きを変え、全身の火傷や硬くなり盛りあがったケロイドの跡を見せてくれる被爆者もいた。

一月三十一日、調査団チームは長崎北部の郊外にある国立大村病院（旧大村海軍病院）に到着した。そこでは火傷や他の怪我を負っている約四百人の患者が、兵舎に似た建物のなか衰弱した体で闘病生活を送っていた。彼らがある部屋に入っていくと、低いベッドに横たわる谷口の姿が目に入った。谷口は十七歳になったばかりだったが、そのやせ細った体と短く刈りこんだ髪の毛から、実際よりずっと幼く見えた。

うつ伏せの状態がすでに六ヵ月となり、谷口にはいっこうに癒えることのない激しい火傷の痛みだけでなく、慢性的な下痢、極端な食欲不振、弱い脈拍、断続的な発熱にも耐えなくてはならない日々が続いていた。彼の胸部、左の頬、右膝にできた床ずれは化膿し、赤血球の数は正常値の半分だった。病院職員は彼の背中にペニシリンの湿布を当て、ホウ酸軟膏を塗り、輸血をし、ビタミンBやC、そしてブドウ糖を与えた。「私の火傷には確かな治療法がなかったようで、医師たちはいろいろと試していました」と谷口は振り返った。

撮影のため撮影班が照明をセットしていると、谷口の息が浅くなり、脈拍が上昇し、背中や腕の火傷から膿が流れ出てきた。「彼を撮影しようと照明のスイッチを入れたとたん、私は体が震えました」。照明の熱で彼の火傷の痛みがさらにひどくなるのではないかと不安でたまらなかったことをスザンは思い出した。しかし暖房のない薄い木の壁一枚の部屋のなかで厳しい寒さをしのいでいた谷口は、横になりながら照明の熱を心地よく感じていたことを覚えている。

撮影班は、ベッドに横たわり傷口を露出し、白衣を着た三人の医師の治療を受ける谷口の姿を無音声で三分間カラーフィルムに収めた。まずはじめ、彼らはカメラを彼の背中に集中させた。肩から胴へとカメラが向けられると、皮膚がなくなり血のように赤い皮下組織が照明を受けて光る。彼のやせ細った左腕の肉はサケのような色をしていて透き通るようだ。カメラの前にさらけ出された火傷と火ぶくれは、両方の臀部をも覆っている。三〇センチほどのピンセットを使い、医師たちは血液や膿を吸いこんだ薄いガーゼを剝がし、脱脂綿でその部分を慎重に叩く。皮膚もかさぶたもないため、医師たちがどんなにそっとふれても、谷口が感じる激痛はなんら変わることはない。

カメラは体の反対側に向けられる。今度は谷口の顔が映しだされる。顔はベッドに押し当てられた顎で支えている。目を閉じた彼の顔が一瞬穏やかになる。吸って吐いて休む、吸って吐いて休むという早く浅い呼吸を繰り返すとき、彼の胴体はほとんど伸縮しない。医師たちが背中全体に薄いガーゼを当てているとき、谷口は眉間にしわを寄せ、耐えがたい痛みに歯を食いしばり、うなり声を押し殺す。次の瞬間、彼の緊張がほぐれ穏やかな表情が戻る。しかしそれは長くは続かない。彼の顔はまた痛みに歪む。カメラのスイッチが切られるとフィルムは画像をチラつかせながら静止し、撮影班は次の目的地へと去っていった。数ヵ月後、調査団によって撮影された谷口の映像も含め、推定約二万八〇〇〇メートルにおよぶすべての太平洋地域調査フィルムはトランクに詰めこまれ、二十五年以上公開が許されることはなかった。

*

原爆が投下されてから二年間、何十万人もの人々が長崎に移り住んだり、転出したりしていった。日本軍の植民地政策に協力するため満州へ移住させられ、戦後長崎へ戻ってきた民間の家族は、その多くが栄養失調になり、疥癬（かいせん）や結核などに罹っていた。故郷長崎で彼らが目にしたのは、焼け落ちた自宅や、命を落とし怪我を負い全身被爆の後遺症に苦しむ家族の姿だった。また太平洋地域からは多くの軍関係者や捕虜たちも帰国した。なかには米やその他食料を携えて帰ってきた者たちもいたが、そこに彼らの親族の姿はなかった。

多くの外国人が長崎の地を離れていった。朝鮮、中国、台湾、その他アジアの国々から強制徴用された人たちは、ようやく本国へ送還された。日本全土でおこなわれていた占領軍の活動が整理統合されると、アメリカ兵は港湾都市へと集まり、母国へ向かう船に乗りこんだ。長崎県域に駐留していた第二海兵師団第十連隊の兵士たちも一九四六年の六月までに長崎を離れた。後には九州全域で定常監視任務、偵察活動、軍需資材の破棄を監督する第二十四歩兵師団が残った。

ますます多くの被爆者たちが、少しでもよい生活を求めて地方や遠く離れた島に避難していったが、

1946年ごろ、爆心地周辺の廃墟で生活する女性と子供。壁もないあばら家（中央）で眠り、間に合わせの釜土で食事をつくる（アメリカ海兵隊資料）

何日も何週間も徒歩で目的地をめざすことも稀ではなかった。なかには破壊と死に覆われた地を離れ、心の安らぎを見つけた人たちがいる一方で、原爆によってなんの影響も受けていない遠い親戚との生活を耐えきれないほど苦痛に感じ、自分たちの苦しみをともに分かちあえる被爆者のいる長崎に戻ってきた人たちも多かった。住む場所のない被爆者は粗末な掘っ立て小屋で暮らし、地面の上で寝るか、瓦礫のなかから見つけてきた畳を寝床とした。多くの場合、家具も何もない一間の部屋に十数人が住んでいた。水道の供給はまだ再開されず、生存者たちは山から湧水を汲んでくるか、雨水を貯め沸かして飲んだ。トイレがなかったため、小屋の外に穴を掘り木の板で蓋をした。浴槽代わりに、大きなドラム缶に水を入れ、温め、立ったまま浸かった。冬には寄付された衣類や毛布を何枚も重ねて身にまとい、寒風をしのいだ。また急場しのぎの屋根の隙間から漏れ落ちてくる雨、みぞれ、雪を防ぐため、傘をさして木の燃える火鉢のまわりに集まり、身を寄せあった。

夜にはまったくの暗闇となるため、廃墟のなかを歩くとガラスの破片、古釘、木片、壊れた瓦などで足を怪我した。

ひとりきりで暮らす年老いた人たちは頼る親族や生活の糧を得るすべもない「原爆孤老」として認知されるようになった。原爆投下時十五歳だった内田伯（つかさ）は、住む家のない年老いたひとりの女性が、彼と母親の住むバラックに突然姿をあらわしたときのことを思い出した。母はその女性をなかへと招き入れた。「ある時、おばあさんが焼け跡から消し炭を集めてきて、七輪で火をおこそうとしていたので、よく見てみると、消し炭のなかに炭化した人間の骨の断片がいくつも混じっていたのに驚いた。本当に墓場の中に住んでいるようなものであった。母は何かの因縁だろうと言って、おばあさんが死ぬ間際まで面倒をみた」

市の社会福祉事業は依然活動できる状態ではなく、家族を亡くした多くの子供たちは路上生活を強いられていた。また秋月医師が院長を務めていた浦上第一病院を含めいくつかの医療機関も、孤児たちに無償の診療をおこなった。カトリック修道院、聖母の騎士園の修道士たちは百人以上の孤児を受け入れた。ときには救援隊員が身元のわからない赤ん坊を養子に迎えることもあった。行くあてのない多くの少女たちは、生き延びるために自分の身を売るようになった。孤児たちは何年ものあいだ、彼らをやっかい者扱いしていた鉄道当局や地元警察につまみだされてはあちこち転々としながら、単独かふたり一組で物乞いや盗みをしたり、食べ物をあさりまわったりしながら、駅や橋の下で寝泊まりしていた。

妊婦たちは、妊娠中に被爆したことで死産や奇形の子供が生まれるかもしれないという噂に怯えながらも、廃墟のなかで医師や助産婦の助けなしに新たな命を誕生させた。実際、胎児期に放射線被曝した乳児の死亡率は高かった。胎児が爆心地から四〇〇メートル以内で被爆している場合、四三パーセントの妊娠が自然流産か死産、あるいは生後一年未満で死亡した。生存できた赤ん坊の多くも、体重は標準を著しく下まわっていた。母親たちは薄粥やなんとか寄せ集めたわずかな食料で必死に命をつないでいた。妊娠三ヵ月のとき、爆心地から八〇〇メートルほどしか離れていない場所で被爆した十八歳の妊婦は、被爆後に高熱、吐き気、歯茎の出血、紫斑、背中と両手のしびれに見舞われた。体調が回復しはじめた一九四五年末、妊娠八ヵ月になっていた彼女のお腹は少しも大きくなかった。それから数週間経った雪の降る日、破水のないまま産気づいた彼女は男の子を出産したが、皮膚は極端に乾燥し、しわだらけだった。出産後に母乳が出なかった一部の母親たちは、配給のミルクもすぐに底を突いてしまったため、他の母親たちにお願いして母乳を分けてもらった。胎児期に放射線被曝した赤ん坊が生きのびたことで家族は新しい命の始まりを実感したが、成長とともに明らかになる子供の身体障害や知的障害によってもたらされるさらなる苦悩をまだ知るよしもなかった。

堂尾と永野には住む家があり、家族にも戦後間もない危機的状況をなんとか生き抜くだけの金銭的余力は残っていた。しかし原爆は彼らに違った形で影響をもたらし、生きていくうえでの足かせとなりつづけた。一九四五年が終わりに近づいても、堂尾の父は彼女の頭の後ろにある深い切り傷、腕や足の火傷、体に突き刺さったガラスの破片による損傷に食用油を塗り、何度も使いまわししているガーゼの包帯をあてつづけていた。毎週、家族や友人たちは彼女を宮島医師のところへ運んだが、彼がしてあげられる治療は限られたものだった。

しかし彼らの根気強さは報われた。一九四六年の春になると、堂尾の原爆症が少しずつ治まりはじめ、傷の一部も快方に向かい、堂尾は立ちあがり、歩いてトイレまで行くことができるようになった。さらに顔を洗い、箸を使うようにもなった。しかし彼女が特定の動作をするたびに、背中や腕に刺さったままのガラス破片によって激痛が走った。さらに深刻なことに、顔に負ったいくつかの火傷が依然皮の剝けた状態で炎症を起こし、髪の毛はいっこうに生えてこなかった。堂尾はどうしようもない恥ずかしさから、家族以外に傷ついた顔と髪のない頭を見られることを嫌い、家のなかに引きこもった。

近くの島原半島にある小浜町では、永野が、高齢の大叔母の土地に両親が建てた一部屋だけの小さな家に母と一緒に住んでいた。兄は仕事のためにすでに他県に移り住み、父は市内で働き、可能なかぎり小浜の家に帰ってきた。永野は食塩製造工場で働き、夜や週末は家の手伝いをした。

永野と母は、永野と父のわずかな給料や、両親があれこれ考え抜いた工夫によってなんとか暮らしていた。まず父はもとの家の地下防空壕に保管していた食料を持って帰ってきた。その後、戦時中コンクリートで固定し、水を張っていたため火事にも耐えられた五右衛門風呂を運びだした。当時浴槽はめったに手に入れることができず非常に貴重だった。そこで風呂は銭湯で済ますこととし、両親はこの五右衛門風呂を米と大麦四袋ずつと交換した。それにより数ヵ月分の十分な主食を得ることができた。母は米や大麦の一部を売り、魚や野菜を買った。近くに住んでいた親戚たちも食べ物を分けてくれたため、食べ物に困ることはなかった。母は戦火から守るために市外の知人に預けてあった家族の着物を引き取り、それらを売って衣類を買った。

「母は毎日泣いていました」と永野は思い出す。「でも母は私に「あんたがふたりを連れてきたけん死んだやろ」とは一回も言わなかったんです。私としては言ってほしかった。そしたら、ごめんなさい、原爆落ちるなんて夢にも思わなかったから連れてきたとよって素直に言えたけど」。母がその言葉を口にすることはけっしてなかった。自分のほうから母に謝罪の気持ちをあらわしたいという思いでいっぱいだったが、彼女が何を言っても母は受け入れないだろうとも感じた。さらに母が近所の人たちに、永野が親の言うことを聞かずに無理やりふたりを連れ戻したことに不満を漏らしていたと知り、彼女は動揺した。「これを聞いたときはつらくてつらくて。私には一言も言わず、近所のおばさんたちには「悦子が殺した」って言ってたみたいなんですよね。おばさんたちは冷たい目で私をにらんで、「悦子ちゃんもひどかとねえ、母ちゃんを泣かせて」って言うんですよ。とても耐えられませんでした」

永野は家を出たいと思った。他県に住む友だちのところで暮らすこともできるのではないかとも考えた。しかし母はこの考えに猛反対して、もし家を出るなら親子の縁を切ると言った。「あんまり母がそんな言うから、私は行かなかった」と永野は語る。「結局そんなことがあって、もう私がやっぱり両親の面倒をみる運命なんだと思って開き直りました。振り返ると、私が行ってしまっていたら、母は寂しかったでしょう。愚痴はたくさん言いましたが、私がそばにいて安心感はあったと思うんですよ。でも私と母のあいだにはね、ずうっと冷たい空気が流れていたんです」

長崎を含め日本中で、経済状況には長いあいだ安定の兆しがあらわれなかった。戦争中に莫大な利益をあげた裕福な財界人を除き、経済的苦労の絶えない家族がほとんどだった。一九四六年、日本の卸売価格は五〇〇パーセントも上昇し、その後の三年間、この上昇傾向はとどまるところを知らなかった。農作物の不作、機能不全の流通システム、国内にはびこる汚職、天然資源を求め日本が侵略した国々からの食料輸入の終了によって、極端な飢えと栄養失調がさらに深刻化していき、多くの日本人が飢えに苦しみ死んでいった。戦時中も蔓延し国民に甚大な健康被害をもたらしたさまざまな感染症は、占領軍が供給した抗生物質によっても抑えこむことができないでいた。六十五万件以上ものコレラ、天然痘、猩紅熱、流行性髄膜炎、ポリオ、その他伝染病の症例が報告された。このうち十万人近い人たちが命を落とした。さらに一九五一年まで毎年十万人が結核で死亡した。長崎のある結核患者は、ビタミン剤と安静にしているだけの治療法しかなかったことを覚えている。

永野の父のように運のよい被爆者は、三菱造船所や原爆の被害を免れた工場で働きつづけることができた。三菱工場のひとつは鋳鉄鍋を製造する工場へと改造され、元従業員の一部が再雇用された。被爆者のなかには教師や医療支援の仕事に就く者もいた。

しかし長崎の工業設備の大部分は荒廃したままだった。ふたつの大規模公益事業設備と車両製造工場が破壊され、さらには三菱の主要四企業の傘下で軍用品、鋼鉄、電気機器、船舶などを製造していた数多くの工場は、もはや操業できる状態ではなかった。無数の企業や個人が所有していた有形資産や金融資産、さらにはそれを証明する記録も完全に消滅してしまった。原爆の被害がおよばなかった店舗では営業を続けていられるところもあったが、影響が少なかったとはいえ、経済、社会、通信、運輸の基盤が現実に存在しないなか、利益をあげる形で営業することはほぼ不可能だった。

多くの人たちが肉屋やパン屋、やっと動きはじめた数少ない工場、役所、会社などでの日雇いの仕事など薄給の短時間労働しか見つけることができなかった。被爆者のなかには仕事の報酬を給料ではなく食べ物で受けとったり、違う場所で仕事を見つけるため長崎を離れる人たちもいた。さらに数えきれないほどの人々が極端な体の衰弱や重い病気のため、とても働ける状態ではなかった。瀕死の家族を抱える人たちは家で介護に専念した。家族を養うための足しにと堂尾の父は毎日山に入り木を切り、街まで運んでは売りさばき、少しばかりの収入を得ていた。日常品の価格は上がりつづけ、最低限の必需品を家族に買い与えることができるのはほんの一握りの人たちだけだった。多くの人たちは雨や雪が降ってもわらじを履いていた。ある生存者は一足の靴を兄弟や姉妹で代わるがわるに履いていたことを覚えている。両親と三人の兄弟を亡くした六人の子供たちは年長の兄のささやかな収入でなんとか生きのびていたが、彼はまだ十六歳だった。

戦後に和田が得ていた収入では妹と祖父母の生活を支えることはできなかった。そのため、数年前に亡くなった父が地元銀行で勤務していたときに蓄えてあった貯金を切り崩し、補っていた。永野の母のように和田の祖父母も家族の所持品を農家に持っていき、米や野菜と物々交換していた。「それを竹の子生活と言うんですよ。竹の子を食べるには外側の皮をずうっと剝がして、なかの小さな茎を食べるでしょ。私たちも同じです。生きていくために、自分が着ている物を脱いで、持っているものを売る。お腹を空かしていなかったのは、偉い人たちとか、ずる賢くこっそり食べ物をとっておいた人たちだけです。あたりまえの正しい生活をしていた人は、そんなことはできませんでした。お腹いっぱい食べられることはなかったですよ」

「でもじつは私も悪いことをしました」と和田は告白した。「ある日電車に乗って勤務していると、誰かが私におにぎりをくれたんです。お腹が減っていて、すぐに半分食べました。ほんとうは全部食べてしまいたかったんですが、ふとおじいさんとおばあさんのことが頭に浮かんで……。おじいさんは七十一歳でもう働けません。ふたりのことを考えるとね、半分だけ食べて、残りの半分は取っておきました。持って帰ると、とっても喜んで。でも結局、私は半分食べてしまいました。全部持って帰ればよかったのに」。和田は畑からジャガイモを盗み、生のまま食べたこともあった。「もう何か食べなければいけないという気持ちがあったのでしょう。正直でそういうことができなくて、飢えで死んだ人たちもいるんですよね。私には無理でした」

和田はアメリカが長崎に主食を提供してくれたことの功績をいちはやく認めた。それは戦後の日本におけるアメリカの取り組みのひとつで、病気と社会的不安の広がりを未然に防ぐことが目的だった。さらには十三のアメリカ救援団体からなる共同体、アジア救援公認団体（ＬＡＲＡ）が戦後六年間にわたり食料、衣類、その他必要物資〔ララ物資〕を船で日本へ送りつづけた。「ＬＡＲＡはいまのユネスコやユニセフのようなグループでした」。和田はＬＡＲＡが学校や家庭に提供した粉ミルク、パイナップルジュース、パン、缶詰などの重要な主食についてふれながら説明した。ＬＡＲＡはほかにも衣類、櫛やブラシ、石鹼、歯磨きなども日本へ送り届けた。「ずいぶんとたくさんの子供たちが助かったんです。アメリカが私たちにしてくれたことはあまりよく知られていません。もちろん原爆を落としたことは悪いことに変わりはありませんが」と和田は語った。「当時、原爆を落としたということで、アメリカは嫌いだ、アメリカはだめだ、という人たちはたくさんいましたよね。でも、自分たちが食べているものがアメリカから来ていたことを知らずに食べていたんです」

こうした食料援助はあったものの、日本人の飢えが解消されることはなく、日本の経済も安定することがなかった。一九四六年だけでも配給米の価格は三倍に跳ねあがり、魚、醬油、味噌、パンは引きつづき厳しい配給統制の下に置かれていた。日本中に闇市が次々にでき、人々でにぎわった。長崎市内、旧市街への入口にある思案橋近くに、木板の床に段ボールの屋根という簡易な闇市テントがあらわれると、多くのお腹を空かせた市民たちが押し寄せた。そこでは売り子が米、魚、野菜、焼き菓子、手巻きタバコなどを売りさばいていた。ほかにも、ときには死体から剝ぎとられたものを含む古着、屑鉄、破壊された家から集めた木材も売られていた。人々はなんとかしてありったけのお金を寄せ集め、家族が生きのびるため、そして政府の配給では足りるはずのない日々の糧の足しにしようと高価な品々を買い求めた。復員兵たちのなかには戦争で手や足を失った者も多かったが、彼らは敗戦国日本の落伍者として無視され、疲弊した政府による援助もなかった。彼らは小さなグループで闇市の近くに集まり、アコーディオンを弾き軍歌を歌いながら施しを求めた。

よりどころとなる家庭や仕事のない被爆者は、小屋の後ろに野菜や豆類を植え、アメリカ兵の残飯から、缶詰の内側にこびりついているわずかな肉をかきだし、ジュースの空き缶に少しばかり残った液体をすするなどして空腹をしのいだ。多くの人々が危険を顧みず山に入っていき、薪や食べられる雑草を探しまわった。また野草、植物の根、ミカンの皮、バッタやイナゴなどの昆虫を食べて空腹を満たそうとした。ある被爆者は、あまりの空腹に家族で犬の肉を食べたことを覚えている。

長崎の自然界は少しずつ再生していった。当初、草木は七十年間生えてはこないだろうと報告されていたが、一九四六年の春には芽を出した植物もあった。しかし三、四年は成長の異常や奇形が観察された。その夏、約八百世帯にガスの供給が再開され、秋には三菱長崎造船所が原爆投下後はじめて建造にとりくんだ船舶、第一日新丸を完成させた。被爆者や復員兵のために爆心地の周辺で小さな台所とトイレつきの市営庶民住宅や戦災者引揚者緊急住宅が建設されはじめるなか、旧市街の再建も続いた。教区民は、浦上天主堂の瓦礫を正面の一部を除いてすべて片づけ、秋月医師が医長を務める浦上第一病院の破損した部屋でミサをおこなった。しばらくすると、彼らは木造の小さな臨時礼拝堂を天主堂の損壊した南の入口のすぐ脇に建てた。しかし屋根をつくる資金が足りなかったため、礼拝は空の下でおこなわれた。長崎医科大学は新興善国民学校に設けられた救護病院や地域の病院内で授業を再開した。市の中心地近くには映画館が建てられ、ハリウッド映画が上映された。

1948年ごろ、破壊された長崎医科大学付属病院バルコニーから望む浦上地区。
復興に向け住宅の建設が進む（撮影・富重安雄）

長崎市の学校ではもとの場所で授業が徐々に再開されたが、怪我、病気、飢え、家族の介護などで、多くの子供たちは学校へ行くことができなかった。爆心地から西に五〇〇メートルのところにあった城山国民学校でも、限られた授業数ではあったが、一部崩れた三階建てのコンクリート校舎で授業が始まった。ここは五十二人の勤労動員学徒と教師が原爆で命を落とした場所だった。教室の壁は歪んだり崩れたりしたままだった。ある教師は当時を振り返り、壊れた窓の向こうに広がる果てしない原爆の荒れ地が目に入ると、教師も生徒も授業に集中することができなかったと語っている。

爆心地から北へ七〇〇メートル、草木が焼き尽くされた丘の中腹にあった山里国民学校では、焼け焦げた木材、絡まった針金、壊れたコンクリート板のあいだから雑草が生えていた。大きなU字型の建物は内部が焼失したため、教室と廊下を区切る壁はなくなり、建物の奥に位置する教室は暗がりのなかにあった。原爆投下前に疎開していた子供たちは長崎に戻り、授業に参加したが、その多くが依然として脱毛、歯茎の出血、慢性的な脱力感に苦しんでいた。天候が荒れ模様のときは早めに授業が切りあげられたが、さえぎるもののない建物に吹きつける雨や風で、生徒の体は家路に向かう前、すでにずぶ濡れ状態だった。

一九四六年の春、山里国民学校と城山国民学校では、初等科六年生を送る質素な卒業式がおこなわれたが、原爆後を生きのびた七ヵ月間が終わることを象徴するかのような出来事だった。山里国民学校では千六百人の生徒のうち、生存者は三百人に満たなかった。卒業した生徒七十五人のうち六十一人が被爆していた。がらんとした教室に花が一輪飾られ、涙でとぎれながらも生徒が歌う感謝と別れの歌が響き渡り、短い卒業式が終わった。城山国民学校では、毎年三百人以上の卒業生を送りだしていたが、このときの卒業生はたった十四人だった。三十人の生徒、五人の教師、そして三人の親が式に参列した。祝辞のなかで教頭は、原爆後の計り知れない困難を克服しようと一生懸命努力した生徒たちを褒めたたえた。そして原爆で命を落とした級友、教師、親族の魂に祈りを捧げ、母校を去る生徒たちの未来に幸多かれとはなむけの言葉を投げかけると、教師と生徒の目に涙が溢れた。

一九四六年七月〔一日および二十五日〕、広く報道されたアメリカによる戦後初の核実験〔クロスロード作戦〕が、遠く離れた南太平洋地域のある場所でおこなわれた。この場所は、その後数十年間にわたり、アメリカの二ヵ所の主要核実験場のひとつとして使われつづけることになる。その核実験の二週間後、夏の日差しが照りつける八月九日の朝、悲しみを胸に、被爆者たちが廃墟となった爆心地の松山町に集まり、戦災死没者慰霊祭が営まれた。崩壊した長崎医科大学、破壊された川沿いの三菱工場の周辺、吉田の自宅近くの諏訪神社でも簡素な式がおこなわれた。

一年が過ぎたとはいえ、依然何万人もの生存者が被爆による深刻な怪我や病気を背負ったままだった。

なかには和田のように体調が著しく回復した人たちもいた。祖母の言いつけを守り、和田は祖母がつくる柿の葉茶を毎日欠かさず飲んだ。やがて歯茎の出血は止まり、尿に血液が混じることもなくなった。それでも全身の脱力感のため、ときどき欠勤せざるをえなかった。また髪の毛は依然生えてはこなかった。「もう十九歳でしたから、恥ずかしかったですよ」と和田は言う。

しかし和田はすぐにあきらめるような性格ではなかった。この性格は幼くして両親を失ったことと、家族の幸福に対する責任感からきているものだろうと彼は考えていた。祖母が編んだ毛糸の帽子を被り、和田は路面電車のハンドルを握り、蛍茶屋駅から内部焼失した県庁舎のそばを通り崩壊した長崎駅へと向かい、さらに川沿いを北上し荒れ地となった浦上盆地を貫きながら、電車をたくみに走らせていた。他の多くの人たちと比べ自分の苦しみは些細なものだと彼は思うようになった。原爆投下から一年が過ぎようとしていたある日、和田は苦しかったこの時期を忘れるためにできることはなんでもすることと、原爆のことは以後いっさい口にしないことを決心した。

*

マッカーサー元帥の指揮のもと一九四五年末までに占領軍は日本軍を武装解除し、親軍派の国粋主義者たちを政府の職位から外し、国教としての、また国家主義的プロパガンダの手段としての神道を廃止し、日本政府のすべての活動をアメリカの監視下に置く大規模な管理体制を確立した。マッカーサーの占領政策のなかでおそらくもっとも物議をかもした政策のもと、天皇の地位は国家元首として保全された。それは連合国が求めた「無条件降伏」という条件と矛盾し、天皇を戦争犯罪人として訴追すべきとするアメリカや連合国の首脳たちによる要求とも相容れないものだった。マッカーサーは、天皇を日本の文化や歴史の象徴としての地位から退かせることは社会秩序の乱れや反乱につながり、占領軍の目的達成の妨げになると考えた。結果、天皇制を維持するという彼の主張が通った。その後数年間、天皇は国民との関係性を転換させるにあたり、そのすべてを占領軍の首脳陣に委ねるしかなかった。そして戦時中、国民の熱心な忠誠心を駆り立て国民に盲信された神聖な存在から、占領軍幹部の言葉を借りれば「国と国民統合の象徴」をあらわす平和的で温かい、名目上の元首としての存在へと変わっていった。

マッカーサーの次なる政策は、日本をまったく新しい平等主義の国へ生まれ変わらせることだった。これは先進的な試みであるとともに、強力な優位性を示す計画の実行という意味あいもあった。歴史家ジョン・ダワーはそれを「勝者による上からの革命」と呼んだが、占領軍が広範にわたって実行した政治的、経済的、社会的改革は、右翼の軍事過激主義者たちが権力を握る前の一九二〇年代に起きた個人の権利や公民権を求める運動を思い起こさせるものだった。経済の再建計画のなかには戦前戦中に日本の経済を支配していた産業界や金融界の巨大企業複合体、財閥の解体も含まれていた。土地改革では、日本の農地の九〇パーセントを所有していた少数の土地所有者に対し、一部の土地以外すべてを小作人に売却するよう義務づけた。新たに制定された労働組合法によって、労働者には団結権、団体交渉権、争議権が与えられた。そして四年以内に五六パーセントの労働者が組合に加入した。

日本の教育制度も大きく改革された。名門大学の名前から「帝国」という文字がなくなり、天皇の肖像写真も学校、官庁の事務所、公共の建物の壁から外された。ほんの半年前まで天皇のために命を捧げるようにと生徒たちに教えこんでいた教師たちだったが、今度は打って変わり民主的で平和的な考え方を受け入れるよう求められた。また新しい教育課程のもと、生徒たちは日本に敗戦という結果をもたらした国粋的軍国主義への動きを厳しい目で判断し食いとめるため、日本人が陥った間違いについて考えるよう指導された。公立の学校では男女共学が始まり、法律により教育の場での男女平等が確立した。新しく発行された教科書では個性、合理的な思考、社会的平等という欧米の考え方が奨励された。

時を同じくしてマッカーサーと彼のチームは、彼らが公然と推進した民主的価値観とは矛盾する抑圧的政策を極秘に実行した。それが早い段階であらわれたのが日本の新憲法だった。マッカーサーは一九四六年、日本人の意志と要望によってもたらされた文書として新憲法を日本国民に示した。しかし実際のところ、新憲法の草案は占領軍の民政局がたった一週間で極秘に作成したものだった。自国の新たな議会制民主主義を採択するにあたって、日本人の意思やその知識さえもそこに反映されることなく、後に若干の修正が日本側より加えられたにすぎなかった。新憲法では日本国民のために多くの人権と平等が保障されたが、日本の社会的、経済的改革、個人の自由、そして新たな民主主義それ自体も、実際は占領している国によって強制されるという奇妙な矛盾が起きていた。

新憲法が保障する表現の自由と「検閲は、これをしてはならない」という憲法に謳われた明確な文言に矛盾し、占領軍の民間検閲局（ＣＣＤ）は幅広い報道統制を続けた。東京や日本の南北に設けられた拠点に配属された八千七百人以上の米日局員によって、ラジオとテレビの放送、映画、個人の郵便、電話や電報通信が監視された。一九四五年から検閲が停止される一九四九年までの間に新聞一万六千五百紙、一万三千の雑誌や会報、四万五千冊の書籍や小冊子、さらには無数の写真、政治宣伝、その他文書を含む活字メディアから、推定一五〇〇万ページの文書が検閲にかけられた。禁止された内容には、明らかな天皇崇拝や熱烈な軍国主義的思想だけでなく、アメリカ軍の空爆が原因の物的損害、死傷者数を含め、アメリカとその同盟国や占領軍に対するあからさまな、あるいはそう読みとれる批判も含まれた。

日本中の映画館では、ＣＣＤの厳しい検閲を受け承認された映画以外は上映することができなかった。

その他ポツダム宣言の規定や日本の降伏条件に対する異論や、連合国の占領への公の反論も禁止された。歴史的出来事に関するドキュメンタリーは事実でなくてはならなかったが、その「事実」とは、あくまで占領軍当局が定義したものだった。さらに、日本全体にみられた飢餓、闇市、占領軍兵士と日本人との生活水準の格差、米軍兵士と日本人女性の親密な関係、その結果誕生した子供について「大げさに報道すること」も禁止された。南太平洋地域でおこなわれていたアメリカの核実験についての記述はとくに厳しく統制された。日本人は海外渡航も国外の人々との通信も許されず、アメリカや連合国のメディアが伝える報道のなかで占領軍が許可した情報以外、海外の出来事を知るすべはなかった。それまで同様、検閲政策自体を報道することや、ほのめかしたりすることさえも許されなかったため、この政策について知っている日本人はほとんどいなかった。

長崎や広島への原爆投下に直接関連する具体的な検閲規定はなかったが、CCDは新聞など活字メディアやラジオ、テレビの放送、文学作品、映画、教科書のなかで原爆について伝えられている部分をほぼすべて削除させた。逆に、アメリカによる原爆の使用を正当化したり、使用は避けがたいことだったとする一般の人々からの意見は許可されることもあった。しかし原爆の爆風、熱、放射線に関する専門的な詳細、ふたつの被爆地で起きた破壊の規模、死傷者の数、生存者の証言は引きつづき検閲を受けた。さらに原爆による怪我や原爆症で苦しむ生存者の姿を伝える写真、映像、報告も厳しい統制下に置かれた。「広島と長崎では多くの罪のない人々が殺された」という記述さえも禁じられた。長崎市は毎年の原爆忌を「平和復興記念日」と名づけ、「文化祭」と呼んだが、ひとつにはアメリカの高官たちの懸念を和らげたいという意図があった。というのも、高官たちはこのような式典が遠まわしにアメリカに償いを要求する日本のプロパガンダ手段であり、戦争を勃発させた罪は日本にあると喧伝しようとするアメリカ側の試みを妨害するものと考えていたからだった。

被爆者による手記のなかには検閲官の目をすり抜け、地元で人々の目にふれるようになったものもあるが、被爆者によって書かれた本は、その多くが出版を妨害された。そのなかの一冊で十四歳の石田雅子が書いた小著『雅子斃（たお）れず』〔藤木博英社、一九四七年〕は、著者の生々しく鮮明な長崎原爆の記憶が詳しく語られている。CCDはこの本が歴史的には意義深いものであると感じてはいたものの、「戦争の傷口を広げ、アメリカへの敵意を再燃させ」、原爆投下を非人道的犯罪として暗に非難することになるとの懸念から出版禁止にした。

出版禁止処分となったもう一冊に、自身の被爆直後の歳月を綴った永井隆博士の『長崎の鐘』〔日比谷出版社、一九四九年〕がある。この本のなかで永井は、自分自身が原爆症に苦しめられたひとりの医師として、またカトリック教徒として、長崎は「第二次世界大戦で人類が犯した罪を償うために選ばれた」という信念を含め彼の独自の視点を示した。そのメッセージは、占領軍幹部によってさかんに強調されていた日本人の戦争に対する罪の意識や後悔の念をさらに強めることになったが、この本も石田雅子のときと同じ理由で出版を禁じられた。出版を求める運動が起こり、二年後に永井の本はやっと出版が認められたが、それにはアメリカ軍幹部により書かれた巻末の広範な補足資料を含めなければならないという条件がついていた。資料には、一九四五年マニラでおこなわれた拷問、手足の切断、強姦、兵糧攻め、罪のない女、子供を焼き殺すなど日本兵による大々的な虐殺行為の生々しい記述が含まれていた。皮肉にも、この補足資料を含めたことでアメリカの原爆投下が日本の残虐行為の比較対象として浮かびあがり、日本と同等の倫理観が表明されていることを難なくわからせてしまったかもしれない。

さらにCCDの政策は、放射線障害の特徴を早急に理解し、効果的な治療法を開発しようと奮闘していた何百人もの日本人科学者や医師たちの努力をも妨げた。科学者たちが原爆の影響に関する研究調査を実施するためには、すでに許可をとることが義務づけられていた。また、日本社会の「安定と秩序」を維持し、アメリカによる原爆関連知識の独占を守り抜くため、日本におけるすべての研究結果は、英訳して検閲局へ提出しなければならなかった。研究結果は公表を認めるか否かの評価がおこなわれるか、さらなる検証のためアメリカへと送られたが、日本へ返還される望みはほとんどなかった。いずれにしても、それらの公表が許可されることはないに等しかった。

原爆に関連する多くの科学的報告書も出版が禁止されたが、そのなかには旧東京帝国大学による原爆投下後間もない時期におこなわれた広範な原爆後研究や、調来助医師が一九四五年に実施した被爆者八千人の病状に関する綿密な調査があった。あらゆる医療研究機関が検閲の対象となっていたことや、医療機関誌や刊行物の編集者が検閲規則を破った際の出版停止命令を恐れていたことから、原爆関連の科学的報告書の出版件数は一九四八年と一九四九年にはたった三件ずつにとどまり、激減した。日本人科学者や医師たちは被爆者の体調維持と病状の回復を支援したいと強く願っていたが、一九四五年にアメリカが日本の研究資料を没収したことで研究を続ける道が阻まれた。資料には初期の日本人研究者チームが集めた血液標本、被検物標本、写真、アンケート調査、犠牲者の検死記録や生存者の検査臨床記録が含まれていた。後に研究者と被爆者がこうした資料の没収に対するアメリカ側の主張を知ると、この暴挙に対する彼らの不満や怒りはさらに大きくなった。その主張とは、なんの同意を得ずに持ち去ったこれらの検体資料を、核攻撃からアメリカ市民を守るための軍事研究のためだけに使用するというものだった。ＣＣＤが一九四九年に閉鎖された後でさえ、一九五一年まで、原爆関連のテーマについての研究が日本の医療学術研究会議で議題にのぼることはなかった。

大村海軍病院で苦心しながら被爆者の検死をおこない、その標本を大事に保管していた塩月正雄医師は戦後、東京の大学で開かれた集会で原爆の話をしようとした矢先、小さな紙きれを受けとった。見ると「本富士署の刑事が入っているので、気をつけて話してください」と書かれてあった。そのときはすでに違う分野の研究をしていた塩月は、日本の医師や研究者に対して検閲がおこなわれていることをまったく知らなかったため、これを見て啞然とした。アメリカの検閲政策とは原爆に関する公の討論を封じこめ、治療方法を向上させようとする医師たちの取り組みを制限し、被爆者が長引く自分の病について知りたいという思いを阻み、生存者の苦しみを一般の人々の目からほぼ完全に見えなくさせようとするものだった。しかし、その全容を塩月含め人々が完全に把握するまでには何年もの歳月を要した。

アメリカでは日本に激変をもたらした核兵器に関する恐ろしい事実は、依然一般市民には明らかにされていなかったが、軍や政府の高官たちは原爆の使用を正当化し、核兵器開発に対しより多くの国民からの支持を得ようと強力なメディア戦略を新たに実施した。社会活動家のA・J・マスティに「残虐行為の論理を実証してみせたこと」と言わしめたこの戦略は、原爆によって多くのアメリカ人の命が救われ、戦争を終わらせるため原爆は軍事上絶対に必要不可欠だったという明確な主張を繰り返すとともに、大量被爆がもたらす被爆者への影響をあらためて公式に否定するメッセージを発信しつづけることだった。さらにアメリカ首脳陣は、戦時中に日本に対する憎しみと偏見をかきたてた発言を何度も繰り返しながら、原爆の使用に対する批判をかわした。そして原爆投下を残忍な敵に対する正しく価値ある行為だったと主張し、原爆使用を正当化するための根拠を積みあげていった。このような試みがアメリカ国民の感情や考えに影響を与えるため必要だったかについては、いまだ推測の域を出ていない。また戦後間もないころは原爆がもたらした被害のあまりの大きさに動揺した人たちを含め、ほとんどのアメリカ人は日本が戦争中におこなった残虐行為、広く根づいていた日本人への偏見、戦争終結への大きな安堵感を理由に原爆の使用を支持した。

そうであっても、アメリカ政府幹部は自国メディアによる長崎や広島についての情報収集や報道を制限した。それによってアメリカ国民の間に原爆の必要性と倫理性に対する疑問の声が上がることを未然に防ぎ、急速に推し進められようとしていた自国の核兵器計画への反対意見を和らげようとした。ほぼ例外なく、両被爆都市について伝えられるニュースは具体性を欠き、感情を交えない客観的なもので、両市の復興、原爆による廃墟からの立ち直りと再生、アメリカの報道陣の言葉を借りれば「多くの被爆者が望む」アメリカとの和解に焦点を当てたものだった。報道記者たちは、高まる民間防衛政策の必要性やアメリカの科学面での独創性や功績という視点から原爆投下を伝えた。キノコ雲の写真は原爆投下を象徴するイメージとなったが、その写真にはキノコ雲の下で亡くなった人たちや依然苦しみを背負った何十万人もの人々の姿はどこにもない。

アメリカ大手メディアの報道人たちからは、政府の原爆投下に対する見方に疑問を呈する声はほとんど上がらなかった。しかし一九四六年初頭、いくつかの新聞記事のなかでアメリカの核開発計画が批判され、原爆使用の決定に絡む倫理面からの問題点が検証された。これにより全国的な議論が活発化した。目に見える形で大きな反対運動が起きたわけではないが、その夏、新たに書かれた原爆投下を批判する社説や意見は、より多くの記事や本が被爆者の体験を掘り下げたこととあいまって、広島と長崎への原爆投下の倫理性に関する新たな議論を巻き起こすきっかけとなった。

八月になると、被爆者の体験を伝えようとする目に見える形での取り組みも増えた。同月発行されたアメリカの雑誌「ニューヨーカー」には、ジョン・ハーシーが被爆者六人の視点から広島への原爆投下を綴った六八ページにもおよぶ現地報告『ヒロシマ』が発表された。元従軍記者でピューリッツァー賞の受賞者でもある小説家ハーシーは一九四六年の春に三週間広島を取材し、真に迫ったこのノンフィクション作品を書きあげた。それは読者の想像力をかきたて、広島が事実として存在する場所であることをあらためて気づかせ、家族とともに生まれ育った地に住み働く実際に生きている被爆者に対する共感の気持ちをめばえさせた。即死した人々、生存者の苦悩、被爆による不可解な症状などこの作品に描かれた生々しい広島の実相は、アメリカ全土にわたり人々の感情を揺さぶり、大きな反響を呼び起こした。これが掲載された「ニューヨーカー」誌は書店やニューススタンドで売り切れとなり、増刷の依頼が殺到し、アメリカの新聞約五十紙がこの作品を連載記事として掲載した。アルバート・アインシュタインは掲載号千部を注文した。読書愛好家団体「ブック・オブ・ザ・マンス・クラブ」は、何十万という部数を無料で会員に配布した。その理由について、クラブのハリー・シャーマン会長は「ここに書かれていることはそのすべてが想像を絶することだが、この瞬間にも人類にとってより重要な意味をもつかもしれない」と述べている。ＡＢＣラジオは『ヒロシマ』のすべての文章を三十分ずつ四回に分けて放送した。「ニューヨーカー」誌の事務所にはたくさんの手紙、電報、葉書などが寄せられたが、そのほとんどは作品に対する肯定的な意見だった。十月末までに出版業者アルフレッド・Ａ・クノッフは『ヒロシマ』を書籍として出版したが、その販売部数は全世界で百万部以上にのぼった。しかし日本では、ハーシーの描写によって「原爆はあまりに残酷だ」という意見を招きかねないとの懸念から、その後三年間出版が禁止された。

ハーシーの作品が出版された直後、アメリカが主張する原爆使用の正当性に疑問を呈したふたりの有力者による発言が、さらなる論議を巻き起こした。九月半ばに開かれた原爆とは無関係の事柄に関する海軍の記者会見で、第三艦隊司令官ウィリアム・ハルゼー大将が「原爆が投下された当時、日本は降伏する寸前のところだったことを考えれば投下の判断は間違いだった」と述べたと伝えられた。その二日後、著名なジャーナリスト、ノーマン・カズンズがアメリカの雑誌「サタデー・レビュー」に書いた痛烈なエッセイは、これまで封じこめられていた原爆投下の現実と、アメリカの核兵器開発の影響を公に非難する強い訴えを次々と読者に投げかけた。「たとえば日本にいま生きている何千人もの人間が今後数年のうちに、原爆から放出された放射線が原因の癌で死ぬことを私たちは知っているのか？」とカズンズは問いかけた。「原爆とは実際のところ殺人光線だということや、放射性物質によって人体組織が受ける被害に比べれば爆風や火災による被害は二次的なもので、それほど重要ではないのかもしれないことを私たちは知っているのか？」

原爆投下を擁護する人たちは反論した。政府や軍の幹部は、原爆使用の決定に対する否定的意見によってより多くの人たちが原爆による攻撃は不道徳で犯罪でさえあるという認識をもつようになり、そのような考えが戦後の国際関係を損ね、自国の核開発を脅かしかねないことを懸念した。そして原爆の必要性に対する揺るぎない信念を絶対に守り抜こうとした。そのため、彼らの目からすれば「歴史の歪曲」にすぎないと思えた原爆への否定的意見や行為を阻止しようと急いで戦略を練った。彼らの戦略は原爆の必要性を効果的に主張し、原爆使用への反対意見を抑えこむことだった。元陸軍長官ヘンリー・L・スティムソンの長年の友人であったフェリックス・フランクファーター最高裁判事の言葉を借りれば、彼らの意図は原爆に反対する者たちの「いい加減な感情的行為」を封じこめることだった。

彼らの試みは功を奏した。一九四六年後半と一九四七年前半に著名な政府高官によって雑誌に発表されたふたつの論文は、原爆使用の決定に関する内情通による知的で説得力のある見解を示し、人々からの反対を鎮静化させ、被爆者の個人的体験には終始ふれることはなかった。ひとつはマサチューセッツ工科大学学長カール・T・コンプトンによる論文だった。彼は高い評価を受けた物理学者でもあり、原爆の開発に貢献した人物だった。雑誌「アトランティック・マンスリー」一九四六年十二月号への寄稿文のなかで、コンプトンは広島と長崎の死亡者数と被害を東京大空襲と比較した。放射線による影響や原爆による依然続く被災者の苦しみにはふれることなく、仮に戦争が長引き日本へ上陸していた場合の推定死傷者数を示し、原爆が「何十万人、おそらくは数百万人ものアメリカ人、日本人の命」が失われるのを防いだ、と主張した。大半の歴史的記録によれば、これらの数字はアメリカ軍によって原爆投下前に推定された値と比べかなり高いものだった。コンプトンは、原爆の使用はアメリカ首脳部が下すことのできた唯一の理性的な決断であり、ふたつの原爆をあいついで投下した後、わずか一日足らずで天皇が降伏を決断したことは原爆が戦争を終わらせたことの証明であると結論づけた。後に発行された同誌に載った短い手紙のなかで、トルーマン大統領はコンプトンの書いた論説を「状況の公正な分析」と記述し、彼の見解を公認した。

コンプトンが「アトランティック・マンスリー」に自身の論文を載せたことで、元陸軍長官スティムソンによるさらなる原爆正当化へのお膳立てがすべて整った。スティムソンは「ハーパーズ」誌一九四七年二月号により詳細な論文を寄稿した。国務長官ジェイムズ・バーンズは、この寄稿によって原爆使用に異を唱える者たちの「むだ話をいくらかはやめさせること」ができればいいと願っていた。スティムソンの寄稿草案の完成に向け、軍・政府高官チームが協力してはいたが、原爆への一般の人々からの批判をほぼ完全に封じこめるために必要な地位と信望をもちあわせ、理路整然とした表現方法をもたらしたのはスティムソン自身だった。

明確さとまぎれもない権威を示すことで、スティムソンは自国の読者に対し、戦時中にアメリカが採用した原爆政策は単純明快なものだったと伝えた。戦争を早く終わらせ、被害を最小に抑え、アメリカ国民の命を救うためには、原爆を可能なかぎり早く確実に開発するという「努力を惜しんではならなかった」という主張を展開した。しかしコンプトン同様、彼の主張からも重要な事実が多数抜け落ちていた。そうした事実が示されていたならば、アメリカ人読者は日本への核兵器使用の選択に伴う多くの複雑な要素を十分に理解することができたかもしれない。たとえば日本の降伏を早めるための解決となる可能性を彼自身も認めていた「無条件降伏」規定の修正についてアメリカ首脳陣が原爆投下前に議論していたという事実が、論文には含まれていなかった。スティムソンは、ポツダム宣言が日本に対し十分な警告の役割は果たしたと説明したが、ポツダム宣言が核兵器についてなんの言及もしていなかったことを明確に述べることはなかった。彼は、多くの犠牲を伴う日本への侵攻を避けることで救われたと推定される百万人以上のアメリカ人の命を引きあいに出すことで、ふたつの都市で多くの犠牲者が出たことを正当化した。しかしその際にもソビエト参戦の影響にふれることはなかった。ソビエトが参戦すれば、日本はふたつの前線で戦うことになり、連合国の侵攻戦略は変更され、連合国の本土上陸なしで戦争が終結していたかもしれない。スティムソンは、広島と長崎は軍事目標だったと主張していたにもかかわらず、両市を消滅させた原爆が軍、民間の区別なく両方の施設やそこで働いていた軍人、民間人を無差別に標的としたという明らかな事実を覆い隠した。

最後に彼は、原爆使用の決定は「嫌悪すべきものの対極にある」選択であり、軍や政府の幹部たちが計画したとおりの結果、すなわち日本本土へのアメリカと連合軍による侵攻をおこなうことなしに日本の降伏をもたらした、との持論を述べた。スティムソンは読者の道徳的関心がアメリカの担うべき義務へと向かうように論文を締めくくった。その義務とは核関連技術、核兵器開発、核実験に対する国際的な統制をアメリカが維持し、他国による核兵器の製造や使用を阻止することであると述べた。彼は、アメリカの手中にある核兵器によってアメリカと世界の安全は維持されると強調した。

スティムソンや彼のチームがどのようにみずからの主張を注意深く積みあげ、いかに誤った発言や抜け落ちを防ごうとしていたかを示す内部メモや文書を歴史家が入手するまでには何十年もの歳月を要した。彼の論文が載った「ハーパーズ」誌が発売された後の数ヵ月間、アメリカ中で多くの新聞や雑誌がその全文あるいはかなり多くの部分を抜粋して掲載した。彼のもつ権威や慎重な論法にもとづき、スティムソンは、道徳上正しかったという確信に支えられた他に類をみない原爆使用の評価を確立した。その評価によって、他になんの説明や弁明も必要なくなり、それはアメリカ人の認識や記憶のなかに真実として深く植えつけられた。その評価とは「原爆投下が戦争を終わらせ、百万人ものアメリカ人の命を救った」というものだった。

原爆を正当化し反対意見を封じこめるアメリカ政府の取り組みはうまく達成された。生存者の生活を追った報道やそれによって沸きあがる彼らへの共感は、実際、影を潜めた。ハーシーによる本の人気は高かったが、占領軍の検閲とアメリカ政府による原爆の正当化と反対意見への否定があいまって、長崎と広島が被った計り知れない規模の被害や死傷者の実相、そして被爆による予測不能で忌まわしい後遺症について、アメリカ人がしっかりと把握する機会が奪われてしまった。スティムソンの論文作成を舞台裏で支え、スティムソンの自叙伝の共同執筆者でもあるマクジョージ・バンディは、「われわれはこういった口やかましいおしゃべりな人たちを黙らせたのだから、なんらかの勲章を受けるに値すると思うが」と述べた。

＊

沈黙に包まれ、被爆者は原爆の影を引きずりながら生きのびていくという新たな道のりへ足を踏みだした。国立大村病院に入院していた谷口の胸にできた床ずれは治らず、その傷はあまりに深く、肋骨の一部や脈打つ心臓が透けて見えるほどだった。「身動きひとつできず（…）腹ばいのままで一年九ヵ月、痛みと苦しみのなかで過ごしました。胸のほうは骨の部分が床ずれで腐り、いまでもえぐりとったみたいに、見る影もないようになっています」。谷口の左顎、膝、臀部に近い体の両側などベッドと接触する部分にはどこでも新たに床ずれができた。首と右腕以外は自力で動かすことができないため、彼は傷から出てくる膿や膨れあがり化膿した背中、腕、足の火傷に覆われて横たわっていた。火傷した身体の肉が腐敗して流れ落ち、彼のまわりに溜まっていき、そこから発生する腐敗臭が漂っていた。谷口の赤血球の数は依然危険なほど低く、脈拍は緊張度が高く、命が危ぶまれるほどの高熱が出ることも稀ではなかった。食欲が少しでもあるときには、うつ伏せのまま無理をしてでも食べるようにした。食べ物がしばしば喉に詰まり、一度は苦しくなり呼吸ができなくなった。一九四六年のある日、満州に十六年間暮らしていた谷口の父が帰国した。病室で父と息子は、谷口が幼少のころ以来はじめて顔をあわせた。この訪問の後、父は谷口の姉と兄がいる大阪へ引っ越していった。

毎朝、医師や看護婦たちは、谷口がまた一日を生きのびられたことに驚嘆し、そのことをささやきあっていた。やむことのない痛みに気も遠くなり、谷口が考えられることは死ぬことだけだった。医療器具を載せたカートが近づく音がするたび谷口は涙を流し、看護婦が背中からガーゼを剝がすと、彼は痛みに悲鳴を上げ、死なせてほしいと懇願した。「殺してくれ！」彼は何度も何度も叫んだ。お願いだから死なせてくれ。谷口の家族は彼を見舞いに何度も病院を訪れ、その後で稲佐山の中腹にある祖母の家に集まり、いつでも彼の葬式が出せるよう準備していた。「誰ひとりとして、私が生きられると予想する人はいませんでした。私は最後の最後まで行って……。でも奇跡的に生きのびることができた。どうゆうわけか生かされたのです」

祖母には家のまわりでの畑仕事があったため、祖父が谷口に付き添い、医師と看護婦による昼夜休みなしの治療を手伝った。彼の診療記録には毎日短い記載が加えられた。「床ずれの乾燥。体温の上昇と下降。軽度の貧血。一部に島のように盛り上がる上皮の形成が始まる。弱々しい脈拍。床ずれの傷を通して骨が見える。分泌物の増加。食欲良好。血便四回」。医師たちは決まった量のビタミンCとB、タラ肝油（タラなどの肝臓から抽出した油）、ペニシリン軟膏を定期的に使用しながら谷口を治療した。しかし彼の症状に大きな効果はみられなかった。一九四六年、うだる暑さが続くなか谷口は蚊帳の下に横になっていたが、ハエが網の間から入りこみ、彼の傷のなかに卵を産んだ。ウジ虫が彼の肉のあいだを這いまわり、彼はその絶え間ない不快感に苦しんだ。谷口は三度も昏睡状態に陥った。意識があるときはいつでも戦争への憎悪の気持ちが沸きあがり、戦争が起こるのを止めようとしなかったすべての大人たちに憤りを覚えた。来る日も来る日も、彼は子供時代を懐かしく思うと同時に、二度としあわせなときはめぐってこないかもしれないという悲壮感にとらわれながら、窓の外に見える高い柿の木を見つめていた。

吉田は谷口の隣のベッドに仰向けの状態で横たわっていた。すでに父と祖母がその年に亡くなっていたため、母と姉が交替で付き添っていた。目は見えるようになってはいたものの、黒く焼け焦げた顔の火傷のため、横向きやうつ伏せになることはできなかった。しばらくすると、顔の左側と体の左下部分の火傷はよくなってきたものの、顔の右側は、かさぶたができ化膿したままだった。あるとき、彼の右耳が腐り剝がれ落ち、頭の脇に小さな穴だけが残されたが、それでも音を聞くことはできた。

医師たちは吉田の顔の右側に三度の皮膚移植手術をおこなった。医師は左の大腿部の一部から皮膚をとり、右の頰に移植した。一回目は被爆から半年と経たない一九四六年のはじめだった。「もう大丈夫だろうということで手術したんですが、私たちはうまくいくだろうと思ってました」。吉田は思い返す。「でも結局、新しい皮膚の下が化膿して膿が上がってくるんですよ。そうすると移植した皮膚はベラッと剝がれ落ちるんです。二回目も同じでした。化膿が治っても顔の右側はかさぶただらけで、ギブスの

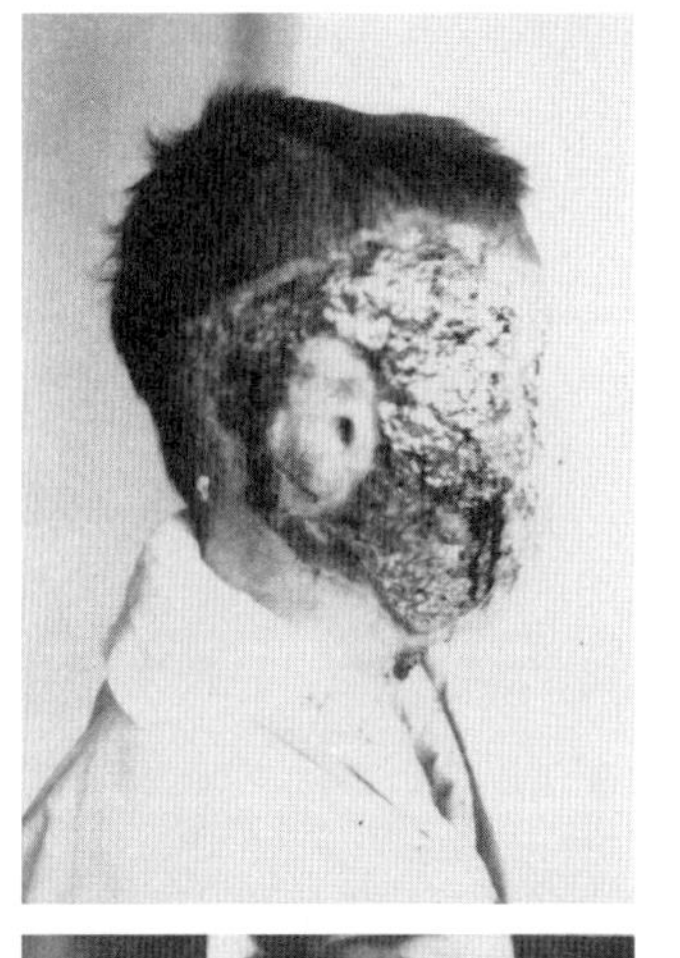

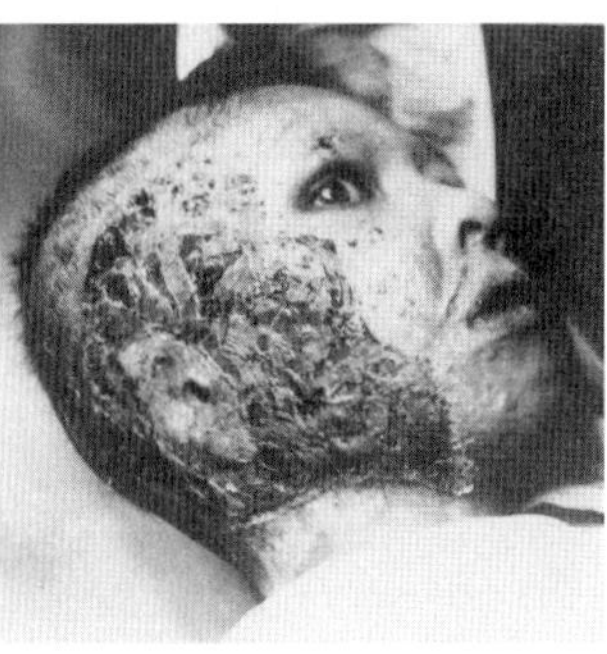

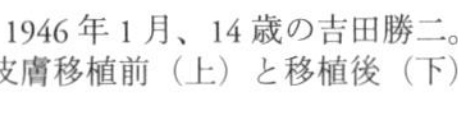

1946年1月、14歳の吉田勝二。皮膚移植前（上）と移植後（下）

石膏のように固まってしまうんですね。苦しかった、痛かったですね」

移植のために使うことができる皮膚は、もうあと一回分しか残されていなかったが、医師たちは三度目の移植を試みた。今度は化膿することがなかった。移植した皮膚は剝がれず定着し、吉田の顔は可能なかぎり徐々に快方に向かっていった。しかし彼は一生涯、顔の右側に汗腺がないことが原因の症状に悩まされた。とくに夏の暑い時期は、汗をかいて冷やすことができないため、顔が異常な熱を帯びてしまい、つらい思いをした。

＊

ノーマン・カズンズは、原爆について強い思いを込めて「原爆とは実際のところ殺人光線だ」、「人体組織に対する放射性物質の攻撃だ」と表現したが、このふたつの言葉は生存者たちが被爆直後に見舞われた苦しみをあらわしているだけでなく、その後何度も絶え間なくやってきた容赦ない原爆症や死の前兆をあらわす言葉でもあった。一部には回復した人々がいるにせよ、何万人もの生存者たちが初期の放射線障害に耐え忍んだ後、さらに多くの人たちが戦後十年間に発症した放射線障害により重い病に陥り、命を落とした。そうした人々には皮膚の紫斑、内出血、発熱、下痢、吐気、低血圧、寒気過敏症、低血球数値、嘔吐による体重減少などの症状がいくどもあらわれたが、すべてが原爆症の兆候だった。また放射線の毒性は重度の肝臓、内分泌、血液、皮膚の病気、さらには中枢神経の損傷、早老、完全または一部生殖不能症につながる生殖障害、流産、死産を引き起こした。その他歯茎の病気、視覚障害、原因のよくわからない鋭い痛みやしつこい咳などの症状もみられた。口のなかの生細胞が傷つけられ、歯が抜け落ち腐った骨だけが残ることもあった。多くの生存者たちのあいだで非常に激しい突然のめまい、失神、突然の意識喪失、極端な脱力感がみられた。被爆者の立場からすれば、原爆によって外も内も徹底的に燃やし尽くされたのは彼らの体だった。

放射線の影響からではなかったが、中度から重度の火傷を負った多くの人たちの顔、手足、その他体の大部分には厚いゴムのようなケロイドの傷跡ができた。ある医師は回想しながら「溶岩のようだった」と表現したが、見た目を極端に損ねるこの傷跡の組織は、絶え間ないかゆみ、刺すような痛み、脈打つような痛みを引き起こした。ケロイドが肘、肩、足関節にある場合には動作が制限され、人によってはまったく動けないこともあった。顔にケロイドがある一部の人たちは口を思うように開けられなかったため、食事がままならず苦労した。医師たちはケロイドを切除し、皮膚移植をしようとしたが、多くの場合、移植をしてもケロイドの組織は再生されるため、この試みは断念せざるをえなかった。

原爆を生きのびた人たちの多くは、慢性的な痛み、喪失感、長引く怪我や病気を抱える家族の介護、治療費を賄うために余儀なくされる借金からくる経済的負担によって心も体も疲弊し、ますます不安定な状況に追いやられていた。無数の被爆者が疎外感を感じるとともに、損なわれてしまった自分の外見や、家族を満足に養えない無力さにとまどいと恥ずかしさを覚えていた。さらに被爆者たちは、放射線によって自分の体が内側から汚染されてしまっているという意識から、この目に見えない恐ろしい放射線は自分の体にいったい何をしようとしているのかという恐怖心にたえずつきまとわれていた。

原爆投下直後の数年間、被爆者たちは、心理学者ロバート・ジェイ・リフトンが「突然、完全な形でやってきた死の蔓延」と呼んだ状況と戦った。長崎では浦上盆地の中心部に住んでいた人たちのほぼ七割、近隣地域では四割以上を占める人たちをあわせて七万四千人が原爆によって無差別に殺された。多くの被爆者は罪の意識にも苛まれていた。彼らは生きのびるために、建物の下敷きになったり炎に巻かれたりした家族を置いて逃げなくてはならなかった。愛する者たちや見知らぬ人たちが発した助けを求める叫び声に応えることも、死の間際に水を一口飲ませてあげることもできなかった。原爆投下から数年間は、身元確認が可能な死体が階段吹き抜けや撤去作業中の家の残骸から発見された。大半の人たちは行方不明の家族との再会をあきらめていたが、生存者のなかにはけっしてあきらめず捜索を続け、行方不明者と家族との再会を目的に毎日放送されていたラジオ番組を一心に聞いていた人々もいた。また一部の人たちは、遺体がなくても家族の葬儀をおこなった。妻と三人の子供を原爆で失ったある男性は、子供連れの家族を見るたびに胸が締めつけられた。そして一周忌を済ますまで彼は長女の遺骨を前に、なぜ自分だけが生き残ったのかと自問の毎日を送った。

ふたりのアメリカ占領軍高官は、それぞれ違った形で長崎の生存者たちが精神的に立ち直れるようにとその支援に奮闘した。実戦で戦い、勲章も授与されていたビクター・デルノア中佐は、駐留していた第二海兵師団第十連隊が去った後、一九四六年九月に長崎軍政部（NMGT）司令官として着任した。

デルノアは公共の安全を強化し、日本の警察官たちにおこなう民主主義や新憲法などに関する教育を監督し、地位を退いたり追われたりした日本政府や軍の関係者の動向を追跡する小規模行政チームを指揮した。デルノアの指揮のもとで占領政府による民間人のための活動が実施されていたあいだ、このチームと長崎の文民政府指導者や職員との関係はおおむね協力的で、たがいを尊重しあえるものだった。アメリカ兵による看過できない犯罪は数件ほどあったものの、日本人との争い事はきわめて少なかった。

しかしデルノアは、自分の職務はこうした行政上のことだけではないと考えた。「私は長崎の人々に人生はまだ終わっていないということを気づかせなくてはならなかった」と彼は振り返っている。長崎に駐留していた四年のあいだ、デルノアはいくどとなく新興善小学校に設けられた臨時病院を訪れ、床に膝をつき、目と目をあわせながら患者と会話した。彼は仏教僧が無数の身元不明被爆者の遺骨を奉納した特別追悼式にも出席した。「私は深い感動を覚えた」と彼は後に書き記している。「それははじめての経験だったからだろうか。嘆き悲しむ婦人たちのせいなのか、それとも祭壇のまわりに積みあげられた一万もの引き取り手のない身元不明犠牲者たちの骨箱のせいだろうか。私には生涯わかることはないだろう」。さらにデルノアは、生存者たちが自分の体験を伝えることができるよう支援した。彼が石田雅子の著作『雅子斃(たお)れず』の出版を支持する内容の手紙を検閲官に送ったという事実からもそのことがわかる。「私たちが原爆の重大性を正しく認識すること。そして実際に体験した多くの人々の身になってその人たちの思いを感じてみることが、こうして好ましい時代を迎えたいま望まれている」とも書き残している。長崎に着任してから二年後、デルノアは三年目の原爆忌が公的な記念式典としておこなわれることを承認した。

軍政部教育局の主任教官ウィンフィールド・ニブロは、荒廃したこの街に健全な娯楽のひとつとしてフォークダンスを紹介して、被爆者が将来への希望を描けるような雰囲気をつくりだしたいと思った。高校の社会科教師、フットボールのコーチ、フォークダンスのコーラー（動作を指示する人）をしていた経験のあるニブロは、県の体育教科主任の家で市の体育教師を集めて開かれた夕食会に参加した。夕食の後、教師たちが日本の伝統的な民謡踊りを披露すると、今度はニブロが彼らに「バージニア・リール」というフォークダンスを教えた。教師たちはすぐに覚えた。これをきっかけに体育教師たちはニブロからアメリカのフォークダンスを習い、教師たちが長崎中の学校でダンスの講習をするという計画が具体化し、フォークダンスが広まっていった。「はい、左手を出して！」「腕を組んでまわって！」どこの学校でもコーラーは大声を張りあげていた。

結局、ニブロが始めたこの取り組みは全国へと広がっていき、体育の一環として占領軍幹部にも支持され、欧米ではふつうだった健全な男女の交流という認識を定着させることにもなった。一九五〇年代初頭には東京で全国フォークダンス講習会が開かれるようになり、日本中で「茶色の小瓶」や「おお、スザンナ」などの曲にあわせ軽快に床に足を滑らせ、背中あわせにくるりとまわりながらフォークダンスを楽しむ人々の姿が見られるようになった。文部省からフォークダンスの教科書に寄稿文を求められたニブロは、「踊っているとき、人はしあわせな気分になります。アメリカ文化のなかのほんのひとつが、日本に少しでもしあわせな気分を届けることができるなら、私たちアメリカ人は嬉しく思います」と書いている。

デルノアやニブロの取り組みは広く受け入れられてはいたが、被爆者は各自が思い思いのやり方で深い心の傷を克服し、前向きに人生を歩んでいこうとしていた。家族全員を亡くした人たちは、自分が生きていかなければ家族の墓を守っていく人は誰もいなくなってしまう、と自分に言い聞かせた。毎日、自分の子供や自分を頼りにしている者たちのことだけを考えるようにして、命を絶つことを思いとどまっていた人たちもいた。疲弊した心身、喪失感、羞恥心から逃れるため、酒に溺れる者もいた。自殺を禁じる宗教の教えに従いながら、長崎のカトリック教徒の多くは、ある生存者の言葉を借りれば「不平を言わずに受け入れて」前に進んでいく方法を見つけださなくてはならなかった。

しかし被爆後の数年間、多くの被爆者はもうこれ以上は耐えられない、自分の命を絶つしかないというところまで追い詰められた。顔に重度の火傷を負った若い女性が国立大村病院の裏手の森で首を吊った。新興善救護病院で弟の世話をしていた男性が窓から飛び降りて命を絶った。夫であり父でもある若い男性は重い病気で働くことができず、何度も首を吊って死のうとした。絶望した妻が警察に通報すると、「生きているのが苦しい、死なせてくれ、死なせてくれ」と懇願した。足にひどい怪我を負い、働けなかった二十歳の若い女性は薬の過剰摂取を三度試みた。学校で足のケロイドのことをなじられた小学生の少年は毒物を飲んだが、命を落とす前に母親に発見された。体の半分に火傷を負った母親は、四人の息子を失った苦しみに耐えきれず、元長崎医科大学付属病院の上層階から身を投げた。原爆後しばらく経った一九五二年になっても、親友の自殺と自身の損なわれた外観で職に就けなかったことに絶望した青年は長崎市を見下ろす丘に登り、手首にかみそりを当てて横たわった。一九五五年、十年前の原爆投下日に母を亡くし、その後ずっと体調不良に悩まされてきた十九歳の女性は、線路に向かって歩いていき、サンダルと傘を線路脇に置くと、走ってきた電車に飛びこんだ。

耐えがたいほどの苦しみと自責の念に苛まれ、永野は何度も命を絶とうと考えた。「ほんとうに母と仲良く過ごせた日は一日としてなかったんです」と彼女は語った。「長崎には帰りたくないって言った弟と妹がなんで死んだんだろうって思ったら、もう胸のなかがえぐりとられるような悲しみになったんです。もうごめんなさいって言っても生き返ってこないしね」。永野は祖父母も彼女のことを責めていると伝え聞いていたため、彼らが亡くなったときにはあまりの罪悪感から葬儀に参列することができなかった。自分は死んだほうがいいのではないかと感じた。自殺は両親へのお詫びの気持ちをあらわすひとつの方法ではないかと考えた。「でも私が自殺したら、年をとっていく父と母の面倒は誰がみるのだろうと思ったとき、死ぬこともできなかったんですよ」

堂尾もまた自殺寸前のところまで追い詰められた。傷で外観を損ね、長引く原爆症で体調を崩している多くの若い女性たちがそうであったように、堂尾も滑石の家にこもったまま、顔にあるいくつもの傷や抜け落ち生えてこない髪の毛に悩み苦しむ日々だった。彼女の顔はニキビのような腫れ物に覆われた。それはまるで毒素が彼女の体から噴き出してくるようだった。「それはとってもかゆくて、分泌液がじゅくじゅくと出てきて、ちょうど魚の腐ったような臭いでした」と堂尾は振り返る。堂尾は少しでも症状がよくなってはいないかとたえず鏡で自分の顔を確認した。しかし変化はほとんどなかった。髪の毛でなく、わずかな不揃いの産毛が生えてはきたが、頭皮が透けて見えるほど少なかったため、禿げ頭も同然だった。その産毛さえも抜け落ちた。その後は生えては抜けるを繰り返した。堂尾は自分の体にいったい何が起こってしまったのか、なぜよくならないのかと途方に暮れるような思いだった。「母は泣き泣きね、私の顔や髪の毛を洗ってくれました。かわいそうに思った母は黒い三角巾をつくってくれました。髪の毛のかわりに。私はそれを頭に巻いて青春時代を過ごしました」。客が訪問してくると、彼女は襖の後ろに隠れ、死にたいと思った。ひとりで部屋にいるときには、ひそかにイライラを募らせていた。なぜ私なの？　なぜこういう醜い顔で生きなくちゃいけないの？　私は何もしていない！「このころ、まだ夢もいっぱいありました。とにかく前のような自分に戻りたいと思ってました」

　ある日ひとりで家にいるとき、堂尾は頭のてっぺんにピンク色をした親指大のこぶを見つけた。「私は長い闘病生活に疲れ、自暴自棄にもなっていたので、もうどうにでもなれ、そんな気持ちでした」。彼女は裁縫バサミをとりあげ、こぶを頭から切り取った。血が彼女の頭から溢れだし流れ落ちた。帰宅した家族は頭に血まみれのタオルを巻いた堂尾の姿を見つけ、両親は彼女を厳しく叱った。「代われるものなら代わってやりたいと言って、母は泣きながら、包丁とハサミをどこかへ隠してしまいました」

　堂尾は原爆投下当日一緒に逃げたふたりの友人が亡くなったと聞き、なぜ自分がこんな「惨めな顔で」生かされているのだろうと疑問に思いはじめた。「神様はいったい何をしろと私を生かしたのかなあ、と思いました。私にはわからなかった。なんのためにこの命を私にくれたの?」

なんとか生きのびた被爆者は、忘れることのできない心の傷をどうやって耐え忍んでいくか、それを模索することしかできなかった。多くの学校では、原爆投下当日やその後に亡くなった教師や生徒のための追悼式が定期的におこなわれた。城山小学校の教師たちは、原爆当日、野菜畑で草むしりをしていたとき瞬時に命を奪われた同僚や、教師たちによって遺骨が学校敷地内に埋葬された身元不明者たちのために慰霊式を開いた。市や県の政府職員は三菱と協力して、同社の工場で亡くなった被爆者のデータを収集した。純心女子高等学校〔家野町、現・文教町〕の職員は、原爆当日に死没したり、その後怪我や放射線障害で亡くなった十代の少女たち二百十四人全員の名簿をまとめあげた。しばらくして学校は時津の共同墓地に埋葬されていた生徒の遺体を掘り起こし茶毘に付し、遺骨の一部を家族に渡し、残りを学校の敷地内に建てた慰霊碑の下に納めた。

占領軍の検閲がおよばないところで、個人的な追悼の思いはさまざまな形であらわされていた。荒れ果てた地に立つこのうえなく粗末な小屋のなかでも、家族は遺骨あるいはそう思われるものの入った骨壺を見える場所に置いて毎日冥福を祈った。原爆当日、城山国民学校で死亡した少女の母、林津恵は娘や、必死で娘を探しているときに見たすべての犠牲者の死を悼み、桜の苗木を校庭に植えた。当時長崎では苗木を手に入れることはできなかったため、庭師によって他県から運ばれてきた。成長し、毎年美しい花を咲かせる桜を静かに眺めるとき、林は美しい花になってよみがえった娘の魂を見るような気がして、ひとときの安らぎをおぼえた。

長崎では教師たちが教室のなかでこっそりと生徒たちに原爆後の生活や体験を作文にまとめる指導をおこなっていた。そして永井隆医師の助言を受けて、彼らの作文集が『原子雲の下に生きて』という本になって出版された。五歳のとき原爆で父母と兄妹を失った辻本一二夫(ふじお)も、山里小学校四年生のときに作文を書いた。彼は自宅があった場所に建てられた掘っ立て小屋に六十歳の祖母と暮らしていたときの体験を綴った。祖母は毎朝ミサに参列すると、浦上川の岸まで行き貝類を採り、それを売って生活の糧にしていた。祖母はいつもロザリオの数珠を身につけ、たえずお祈りをしていた、と辻本は書いている。祖母は彼に「みんな、天主さまのおぼしめしタイ。よカよカ」と言ってきかせた。

しかし辻本は祖母のような気持ちにはなれなかった。原爆が落ちる前は祖母が食料品店を営むかたわら、父は井戸掘り職人をしていて、彼の家族にはお金もたくさんあった。彼はそんな生活に戻りたくて仕方がなかった。「もう一度、むかしにかえして……」と彼は作文のなかでお願いする。「お母さんがほしい　お父さんがほしい　兄さんも、ほしい　妹たちも、ほしい」

母は幼い辻本の通う校庭で火葬された。校庭で元気に友だちと飛びまわって遊んでいるとき、亡き母への思いで突然胸がいっぱいになることがあった。そして薪の上に横たえられた母の遺体が茶毘に付された場所を友だちが踏んで歩くのを見ると、体のなかに怒りが込みあげてくるのを感じた。

彼はこう綴っている。「お母さんを焼いたその所にしゃがんで、そこの土を指でいじる。竹で深くいじると、黒い炭のかけらが出る。そこの所を、じっと見ていると、土の中にボーッとお母さんの顔が見えてくる」

第六章　浮揚

数年が経ち、長崎が培った歴史を取り戻せないほどに切り裂いたあの爆発が人々の日常から少しずつ遠ざかっていくと、原爆直後のぞっとするような数年間を生き抜いた被爆者たちは、自分たちの街、人生、そして自分自身にしかない個性をもう一度築きあげていこうと前に向かって歩きだした。明暗と矛盾がつねに入り混じる毎日の生活だった。一九四〇年代後半になると、以前より多くの食料が配給されるようになったが、それでもまだ十分とはいえなかった。失業率と物価の上昇は続いていたが、被爆者のなかには、家族を養うために安定した最低限の所得を得ようと職を見つける者もいた。新たに建設された住宅によって住む場所を確保できた人たちもいたが、一九五〇年になっても住宅申請をした生存者のうち認可された人は五パーセントにも満たなかった。何千人もの人たちが依然として原爆による燃え殻や残骸に囲まれ、地面が剝き出しのバラック住まいを続けていた。驚いたことに、被爆者たちの怪我、病気、火傷がやっと快方に向かっていた矢先、放射線による新たな病気が発症しはじめ、そのなかには命にかかわる病気も含まれていた。多くの被爆者にとって、今後生きのびることができるのかどうかはまったくわからず、長期の計画を立てることはできるはずもなかった。強い意志と家族や地域の人たちの支え、そして自分の心と体が振り絞ることができる力を最大限出しきって、かつてのような生活をいくらかでも取り戻そうと、長崎の人々は原爆後の人生を少しずつ前へと進めていった。

一九四六年の後半、谷口は膝から下の部分を動かせるようになった。まだうつ伏せ寝のままだったが、膝の関節を伸ばし強化するため、両足を膝から曲げ、さまざまな方向に動かした。医師たちは液体ペニシリンを浸したガーゼを使って谷口の背中と左腕の治療を続けた。背中や腕のごく一部でかさぶたが硬くなりはじめ、火傷の縁に沿って皮膚ができはじめた。焼け焦げた臀部の皮膚はほぼ回復し、血球の数も安定した。

谷口は火傷を負った自分の背中を見たことがなかったが、回復の可能性があることを自分に言い聞かせて背中を一目見てみようと思った。うつ伏せに寝ている谷口のところに医師が大きな鏡を持ってきた。そして鏡を傾けて頭の近くでかざした。谷口はあごを上げて少しの間そのままにして、感染した傷の組織と、かろうじてかさぶたになった肉に覆われた背中、腕、足が映る鏡をちらっと見た。あまりの失望感に谷口はまたベッドに頭を沈めた。誰もが口々に傷はよくなっていると言っていたので、鏡を見る瞬間までずっと回復した自分の背中を心に描いていた。

一九四七年五月、医療チームが見守るなか、谷口は足をひねってベッドの縁まで動かし、胴体をベッドから離し、二十一ヵ月ぶりに起きあがった。誰もが拍手をし、一年前には想像もできなかったこの瞬間が訪れたことに胸を熱くした。

間もなく谷口は被爆してからはじめて立つことができた。最初めまいに襲われ、足には鋭い痛みが走った。少し休んだ後、彼はもう一度立ちあがった。そして覚悟を決め、竹の松葉づえの助けを借り、足を前へ踏みだした。「そのときほど嬉しかったことはない」と谷口は振り返る。「生き返った思いでした」

吉田の顔と体の左側にあった傷は著しく回復し、彼も歩くことができるようになった。一九四七年一月、原爆投下から十七ヵ月経った退院の日、病院職員が彼を大村駅まで送っていった。小さな待合室に入っていくと、吉田はそこにいた人たちが驚きの声をあげ、彼の顔のことをこそこそと話しているのが聞こえた。その後待合室はシーンと静まり返った。吉田は入院しているあいだ、たとえちらっとでも自分の姿を見ることは避けてきた。彼も他の入院患者も、おたがいの火傷跡などを見ることには慣れていたため、病院以外の場所で人々が自分の顔にどんな反応をするかなど考えてもみなかった。吉田はうつむきながら待合室の隅に行き、泣きながらうずくまった。

車内では誰とも顔を合わせたくなかったが、駅で列車が止まり、乗客が乗り降りするたび、人々の視線が彼に向けられた。列車が田園地帯を通り過ぎ、山をこえ長崎市内に入っていくあいだ、吉田はずっとうなだれたまま泣いていた。たぶん市内にいる人たちは自分みたいな顔を見慣れているだろう、と彼は思った。しかし長崎市内でも、人々は彼の顔を見て驚きの声をあげた。「いま思えばね、よーあの顔で長崎まで帰ったと思うんですよ」

その後二年間、吉田は母と四人の兄弟と一緒に暮らした。原爆が投下された日のこと、自宅での意識不明の日々、大村海軍病院での最初の数週間のことなど、母は吉田の記憶から抜け落ちていた部分を埋めてくれた。また、被爆したとき一緒にいた六人の友だちが全員亡くなったことも知った。

一週間に二回、吉田は近所の診療所に通い、移植した顔の皮膚に軟膏を塗ってもらった。しかし次の治療までに軟膏薬が包帯の下で石膏のように硬くなった。「診てもらうたび、先生は私に「窓の外見てごらん」言うんで見ると、包帯を引き剝がすんです。血がばーんと出てくるんです。これは苦しかった、痛かったですね。泣きたいほどでした」。傷があったため、ほんの少ししか口を開けることができず、思うように食事ができなかった。また脇腹の頑固な痛みにも苦しんだ。後にわかったのだが、原爆投下当日、肋骨が二本折れ、それがきちんと継ぎあわさっていなかったことが原因だった。さらに、足に負った傷によって正座することができず、困ることも多かった。右手の皮膚組織はすでに破壊されていた。そのため傷のあったところに再生された皮膚は非常に硬く乾燥していたので、冬になると裂けた。彼の指は握りこぶしのように曲がり、被爆したときの形のまま固まってしまっていた。指をまっすぐにさせるため、医師は砂で満杯になったバケツを用意し、バケツのハンドルを手のひらと指のあいだに無理やり押しこめ、バケツを指で持つ訓練をするよう吉田に指導した。「それはもう痛かったですよ」と思い出しながら吉田は顔を引きつらせた。「骨が折れるかと思いました」

十五歳の吉田は、自分の顔の傷や損なわれた外観をじろじろと人に見られることを何より恐れ、ずっと自宅に引きこもっていた。家族と銭湯に行くことさえしなかった。母は近所の人から見えない場所を探して金盥《かなだらい》を家の外に置き、吉田がこっそり体を洗えるようにした。吉田の家に立ち寄った町内会の婦人は、彼の黒くなった顔と、首を覆っている傷をぽかんと口を開けて見つめていた。傷つき惨めな気持ちになった吉田は母に向かって、人からあんな目で見られるような傷を抱えて生きるくらいなら死んだほうがいい、と言った。

しかし伸びきった髪の毛を切ってもらうため、吉田はとうとう家の外に出なくてはならなくなった。

「もうそのころ、私の髪の毛はぼさぼさに伸びきってましたから」と彼は思い出す。それでも彼は、家から床屋までのたった五〇メートルを歩くことさえ怖がっていた。そこで母は床屋に、休みの日に家に来て息子の髪を切ってくれるよう頼んだ。床屋は家に行くかわりに、店が始まる前の早い時間に店に来るようにと勧めた。

吉田の髪の毛を切りながら、床屋は何があったのかと吉田に聞いた。吉田が自分の経験したことを話しはじめようとしたときだった。「あいたっ！　しもうた！」と床屋があわてふためいて声をあげた。顔を上げた吉田が鏡に目を向けると、店に入ってきたひとりの客の姿が見えた。その男は吉田を見なかった。一瞬吉田は大丈夫だと思った。しかし彼がもう一度鏡をのぞきこむと、今度は吉田のほうをじろじろと眺めていた。「鏡のなかで目と目が合ったんです。その人はぱっと目をそらしました。わけもなんもわからんと悲しくなって、「おじちゃん、もうよか」。辛抱しきれず、泣いて家に帰ったんです」。その夜、床屋は彼の家に行き、髪の毛を仕上げて帰っていった。彼が感じた羞恥心はいつまでたっても消えることはなく、彼はふたたび何ヵ月も家から出ようとはしなかった。

原爆が投下されてから三年七ヵ月経った一九四九年三月二十日、谷口はついに国立大村病院を退院した。依然として繰り返す発熱、吐気、下痢、全身の虚弱、傷の感染に悩まされてはいたものの、補助なしで自由に歩けるようになった。医師たちは左肘の動作を改善させて腕を伸ばせるようにするため、谷口に二回の手術をおこなった。しかしどちらも成功しなかったため、肘は曲がったままになり、肩より上に腕を上げることはできなかった。退院の日が近づくと、谷口は完全に治っていない傷、仕事復帰に必要な体力の不足、傷を見たときの周囲の反応などが頭をよぎり、たまらなく不安になった。「そのつらさを思うとき、心の底から戦争に対する憎しみと悲しみに、幾度となく病室の外に出て泣きました」

谷口は二十歳になり、一九四五年に入院したときより身長が三〇センチも高くなっていた。退院日、彼は借りた青のスーツを着て、風呂敷に身のまわり品を包み、医師や看護婦に感謝を述べ、彼を見送るため集まった病院職員に別れの挨拶をした。吉田同様、谷口も大村駅から列車に乗ったが、彼の傷はほとんど服で隠れていたため、人々の視線を浴びることはなかった。長崎駅に着くとフェリーに乗り換え、長崎港を渡り、稲佐山の麓まで行った。そこから急な斜面を登り、祖父母の家までたどりつくと、そこには彼を心待ちしていた祖父母が刺身、大豆、ご飯、酒を揃えた特別な食事を用意して谷口を出迎えた。

それから二週間も経たない四月一日、郵便局の上司や同僚らは谷口をもとの職場に迎え入れた。彼らもまた原爆を生きのびてきた人たちだった。今度の仕事は真新しい赤い自転車に乗り、長崎中へ電報を届けることだった。八時間の勤務を終え、稲佐山を登り祖父母の自宅に戻ると、谷口は疲れ果て倒れこむように横になった。

自転車に乗って縦横に走りまわる谷口には、生まれ変わる長崎の様子が見てとれた。電話通信が戦前の水準まで復旧し、旧市街や長崎駅前の小売店も再開されていた。路面電車はこの中央駅から北へ向かい破壊された浦上地区を通り、大橋まで運行されていた。政府からの援助が徐々に増えるなか、数百戸の公営住宅が爆心地に近接する地域に建てられた。市の教育関係役員、教師、学生、保護者は地元の学校を再建させ、机、椅子、戸棚、下駄箱、本棚などの設備を整えた。ある教師は「そこから漂ってくる新しい木の香り」を覚えている。山里小学校の外には寄付された木の苗木が育っていた。この学校では生徒の多くが原爆で両親を失っていた。生徒たちは粉々になったコンクリートや瓦礫を取り除き、野菜の種をまき、花壇に花を植えた。朝と夕方には毎日、市内に教会の鐘の音が響き渡った。

市は新たに建てられた公営住宅の抽選会を開き、自宅を焼失した被爆者に優先権を与えた。永野の父は毎回抽選に行き、ようやく四軒続きの長屋住宅の一室に当たった。この住宅は城山町の焼け野原に建てられていて、平和通り沿いにあった。一九四八年、永野と両親はついに長崎に戻り、十五平米ほどの新しい部屋での生活が始まった。小さな土間床の台所には薪コンロが備えてあった。ほとんどの家庭がそうだったように、風呂のない彼らも銭湯に通った。

一九四九年は長崎の復興にとって転換期となった。食料不足は緩和されていた。経済の安定化は依然達成されてはいなかったが、物価の急騰はやっと治まり、食料不足は緩和されていた。日本の立法府である国会では、広島平和記念都市建設法と長崎国際文化都市建設法が可決された。これらの法律の目的は、両都市を平和と文化の象徴として宣言し、その再建計画にさらなる資金を提供することだった。占領軍の厳しい監督のもとで、長崎の埠頭は外国との貿易に向け再開された。同年四月、ビクター・デルノアは軍政部司令官の職を離れ、長崎における占領軍の駐留人員は必要最低限となった。こうした変化は、日本による完全な自治という最終目標をめざすマッカーサーの「統制の進歩的緩和」政策の一環だった。占領軍の検閲政策もその大半が終了し、出版社は徐々に原爆を扱った人気の文学作品や原爆投下に関する医療機関誌を出版できるようになった。石田雅子や永井隆の本もようやく出版された。永井隆が執筆した『長崎の鐘』は出版後の半年間で十一万部を売り上げた。

日本でもっとも多くのキリスト教徒が住む地域である長崎は、スペインの宣教師聖フランシスコ・ザビエルの日本到着後四百年を記念する大規模な祭典開会式を主催し、一時的に世界の注目を浴びた。この準備のために、市は大々的な美化活動に取り組んだ。長崎駅は再建され、主要道路の幅が広がった。また一五九七年、二十六人のカトリック信者が処刑された駅の東側にある丘には、二十六聖人殉教地として西坂公園がつくられた。

一九四九年五月二十九日、国内外のカトリック教徒と報道関係者が長崎に集まると、原爆投下直後に救援・救護隊が市外から入ってきたとき以来、長崎はもっとも多くの人たちを市内に迎え入れた。子供たちの聖歌隊、金管楽器の合奏、ロザリオ数珠を握りしめた何千人もの日本人カトリック教徒による祈禱行列は三人の司祭に率いられ、市の南にある大浦天主堂から始まり街を行進した。何万人もの人々が道路脇に列をなして行列を見守り、ローマカトリック教会（バチカン）の代表者によって二十六聖人殉教者の丘や崩壊した浦上天主堂でおこなわれた礼拝に参加した。祭典が終了し、海外にも発信された報道が一段落すると、人々の関心は長崎とその市民から他へと移っていったが、長崎の人々はまた、苦難に耐え再建に向かって粘り強い努力を続ける日々に戻っていった。

*

被爆した推定一万人にのぼるカトリック教徒の多くにとって、医師であり精神的な支柱でもあった永井隆博士が示した運命や犠牲についてのメッセージは、死活の問題に直面し、とまどう彼らの心を満たし、自分たちの街が破壊されたこと、愛する者たちの死、そして自身の生存に宗教的な意味をもたらした。原爆が投下される前、永井は放射線専門医として働くなかで大量の放射線を浴び、すでに白血病に侵されていた。そして一九四六年の春、長崎駅近くで倒れ、その後は安静治療が必要となった。爆心地を見下ろす丘の中腹では浦上教会区の信徒たちがブリキ板を使って、永井と幼い彼の子供たちのために二畳ほどの小屋を建てた。彼はこの小さな住居を聖書の一節、「己の如く隣人を愛せよ」から「如己堂（にょこどう）」と名づけた。

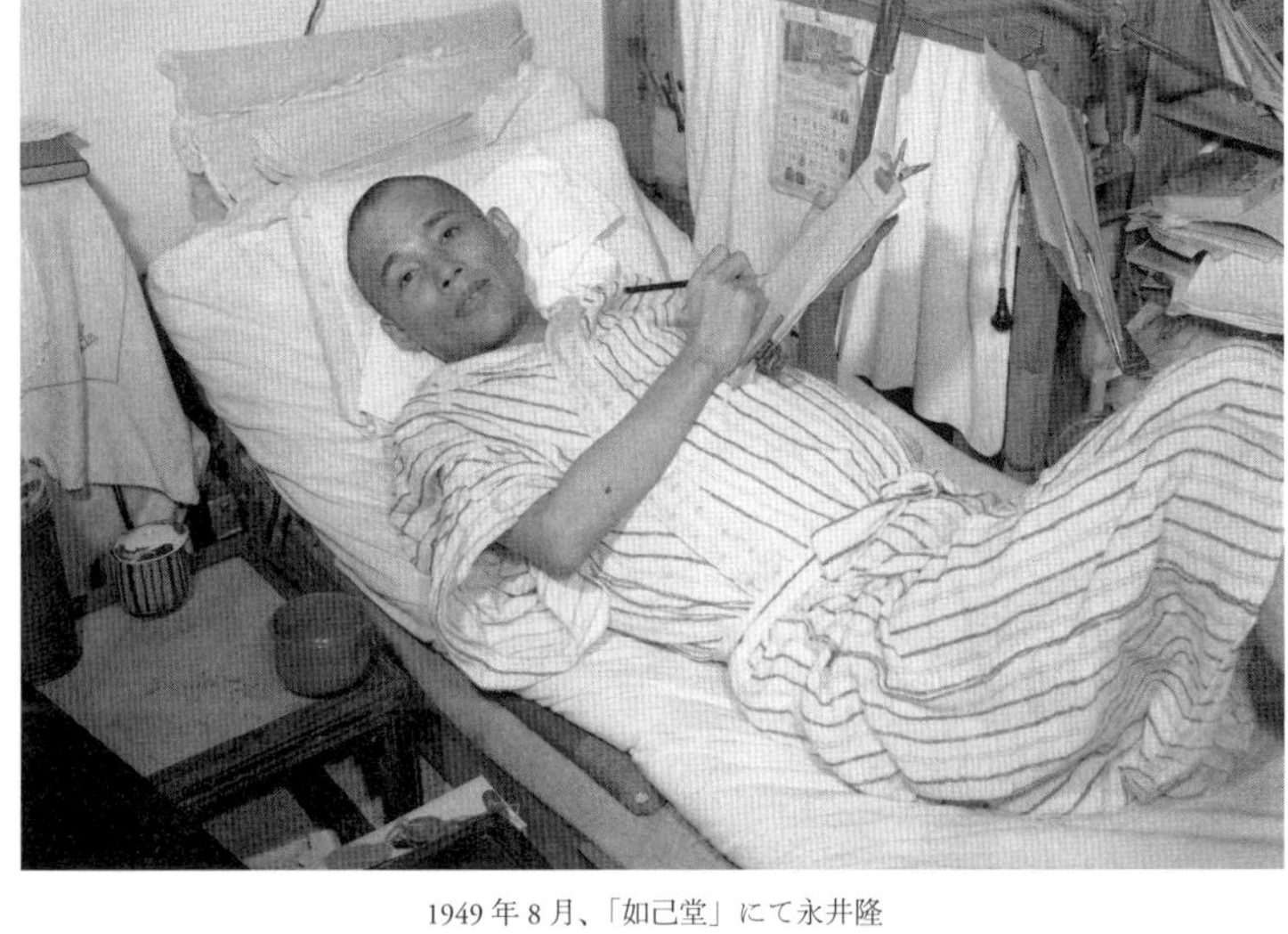

1949年8月、「如己堂」にて永井隆

永井はつねに長崎への原爆投下を、日本と世界がそれぞれの罪を浄化し新たに歩みだす手段としての洗礼、そして神の摂理であると解釈し、そのような崇高な目的のために選ばれたことを人々は感謝しなければならないと考えた。長崎のキリスト教徒が歩んだ四百年近い殉教の歴史を前へと推し進めながら、浦上盆地は日本の降伏後に世界がやっと手にした平和のために捧げられたのだと永井は考えた。彼は被爆したカトリック教徒を神に尽くした殉教者として称えた。『長崎の鐘』のなかで永井は書いている。「嘲けられ、罵られ、鞭打たれ、汗を流し、血にまみれ、飢え渇きつつこの道をゆくとき、カルワリオの丘に十字架を担ぎ登り給いしキリストは私共に勇気をつけて下さいましょう」。また永井は公然と戦争を糾弾し、日本軍による侵略行為を非難した。「この浦上盆地いっぱいの大墓穴は原子が掘ったのではない」と永井は後の著書に書いている。「私たちみずからの手で、軍艦マーチにあわせて掘った……あの美しかった長崎を、こんな灰の丘に変えたのはだれか？……私たちだ。せっせと軍艦をつくり、魚雷をつくっていた私たち市民なのだ」。彼は長崎と広島への原爆投下を「戦争予防の種痘」ととらえ、長崎原爆が人類の歴史で最後の戦争行為となるよう祈った。

病床にあっても、永井は十五冊の本と数多くの読み物を執筆し、日本が占領下にあった時代のもっとも著名な被爆作家となった。彼は収入の多くを植樹、被爆した貧しい子供たちの私設図書館や、市や浦上天主堂の再建のために寄付した。日本中の人々が永井を「長崎の聖人」と呼び、比類なき精神的な師とみなした。一九四九年、天皇はお見舞いのため永井を訪問した。一九五〇年、政府は放射線医学の研究により学界に貢献し、著述活動により社会教育に寄与したとして内閣総理大臣の名で表彰した。一九四八年、ヘレン・ケラーが如己堂を訪れ、バチカンは一九四九年と五〇年、使者を二度永井のもとに送ったが、ひとりはローマ教皇ピウス十二世からの贈り物であるロザリオを持参した。一九五〇年『長崎の鐘』が映画化されたが、民間検閲局は映画制作者に対し、二ヵ所以外、原爆投下に関するすべての映像を削除するよう指示した。ひとつは市の上空に立ち昇る原子雲の遠景で、もうひとつは永井が崩壊した自宅のなかから妻のロザリオを見つける場面だった。映画が全国で公開されると、人々に人気だった映画の主題歌は長崎の未公認テーマソングとなった。長崎のカトリック教徒の数は、日本全体の人口からみればわずかにすぎないが、永井が書いた作品による影響は大きかった。それは長崎の人々の原爆投下に対する反応には祈りが込められ、ときに受け身でさえあるという印象を一般の人々がもつようになったことにもあらわれている。これは広島の被爆者がより活発で公然と怒りをあらわすという人々の認識とは異なるものだった。

永井は一九五一年五月一日、四十三歳で亡くなった。彼の葬儀には二万人が参列し、浦上天主堂のなか、そして廃墟となった教会周囲は彼の死を悼む人々で埋まった。破壊された天主堂にあった有名なふたつの鐘のうちのひとつは当時、外の木の台に一時的に載せられたままだったが、親友のひとりがその鐘を鳴らした。数日後、ふたたび多くの人々が浦上盆地を見晴らす丘にある坂本国際墓地に集まった。永井はここに眠る妻、緑の隣に埋葬された。

永井はその時代をともに生きていた同胞のカトリック信徒たちを後に残してこの世を去った。彼らの多くは、ある信徒が言うように「浦上に原子爆弾が落ちたのは神様の愛の摂理だった」と信じていた。別の信者はこうも言う。「原爆が浦上の地に落ちてよかった。信仰をもたない人たちの上に落ちていたら、苦しみに耐えることはできなかったでしょう」。永井はカトリック教徒以外にも影響をおよぼした。原爆から三十三年を経た一九七八年、ある日本人男性はカトリック宣教師ポール・グリン神父に、図書館でたまたま見つけた永井の作品が人生を変えたと語った。日本は神聖な国で征服されることなどけっしてないと国民を信じこませ洗脳していた日本の指導者や戦時中の教師たちに彼は強い憤りを感じていた。そして「人間の努力やひとりひとりの価値など結局無意味なもの」なのではないかと悩み苦しんでいた。彼は永井の作品に強く影響を受け、キリスト教に改宗し、「すぐにはわからないかもしれないが、神はつねに正しいお方」だということを固く信じるようになった。

しかし、永井に批判的な人がいないわけではなかった。かつて永井に師事した秋月医師は断固として永井の考え方に異を唱え、長崎の人々は平和のために生贄の子羊となり、神に身を捧げ、務めを果たしたという永井のメッセージは被爆者の苦しみを軽視し、抑えこみ、アメリカによる原爆使用を正当化し、核兵器の存在を容認することだと考えた。仏教徒として育った秋月だが、聖書やその他の聖典を読んだこともあった。そして原爆投下後に彼が目のあたりにした人々の苦しみを許してしまうような意図や摂理をもつ神を信じることはできなかった。一五五センチほどと小柄な秋月はたびたび被爆した修道女たちに、彼女たちが信じる信仰への疑問を投げかけていた。「あなた方は本当にお気の毒ですね。よいことばかりしてこられたのに、なぜ、こんな恐ろしい苦しみにあうのですか」。顔色ひとつ変えず、修道女たちは神の摂理と意志を信じていると答えた。秋月は納得できなかった。彼は原爆を落としたアメリカを責め、「この無謀な戦いを猛進的に進めた」日本政府を恨んだ。

しかし原爆投下やそれがもたらした過酷な影響について、秋月がどのような考え方をしようとも、現実とは思えない恐ろしい体験を克服できるような深い意味を見いだすことはできなかった。怪我を負い、放射線を浴びた生存者を二年間治療してきた秋月は、心身ともに疲れきり、底知れぬ不安感と虚しさに襲われていた。原爆に焼かれた廃墟が眼下に広がる病院の窓のそばに立ちつくし、秋月は静かな生活を取り戻し、彼を悩ましていた卑屈な「戦災者根性」を自分から取り除くため、長崎を離れる決心をした。「私はすべてをなげうってここを守ってきた。しかし、去るときがきた」と彼は考えた。

出発を前に、秋月はかつて師と仰いでいた永井を訪ねた。如己堂のなかで、秋月は布団に横たわる友人永井のそばに座った。永井の顔は青白く、白血病により腹部が膨れあがっていた。秋月は自分の「心の中にはぼうぼうと雑草が生えている」ような気がして、これ以上長崎にいることに耐えられないと永井に伝えた。「しばらく浦上を離れたいのです。(…)この心を清めたい」

一九四八年三月、三十二歳の秋月は柳行李に少しばかりの衣類と身のまわり品を詰め、浦上第一病院を後にした。列車に乗りこみ、彼は長崎から北東三五キロほどに位置する湯江という村〔北高来郡、現・諫早市〕に向かった。秋月は高校時代、ここで農業を勉強していたことがあった。彼は多良岳の麓にあったバラックの一室を借り、そこで体を休め、執筆し、さらには従来の薬の代わりに玄米、海藻、胡麻塩を中心にした食事をすることで体調を改善しようとした。

新鮮な空気、太陽の光、山の緑に包まれながら、しばらくは穏やかな生活が続いた。自分で考えだした新しい食事法を始め、自分の体への効果を記録した。また原爆投下後の七日間の恐ろしい体験と、彼の同僚たちの勇気ある活動を実録した原稿用紙三十枚ほどのエッセイ〔「人間愛に彩られた戦いの終わりの一週間」、「主婦の友」一九四八年五月号〕を執筆した。しかし彼の静かな生活は、村に医師が住んでいることを湯江の人たちが知ってしまったとき、思いもよらない、望んでいなかった方向へと向かっていった。休息の日々を送りたいと願っていた秋月だが、病気を抱え毎日やってくる村人たちを追い返すことはできなかった。自分の心臓の調子を診ようと持ってきていた聴診器は、村人たちのために使われることになり、持ってきていたわずかな薬をとりだし、小分けして風邪や腹痛の患者に処方した。

そのお返しにと村人たちは木を伐採したり、小さな家や診療所を建てたりして秋月の世話をした。また彼らは、秋月がどんなに抵抗しても、いい奥さんを見つけたほうがいいと言って聞かなかった。考えをめぐらせる彼の頭に、村井すが子のことが思い浮かんだ。原爆が投下されたとき、秋月がおこなっていた診療を補助していた若い看護婦で、それ以後も助手として働いていた。彼は、すが子なら彼の生き方や考え方、そしてやりがいを追求する彼の姿勢を理解してくれるような気がした。

秋月に招かれたすが子は、湯江に秋月を訪ねていった。有明海を遠くに望む山頂にふたりして立ったとき、すが子は秋月と結婚しようと決意した。長崎で小さな結婚式を挙げると、ふたりは湯江に戻り、村人たちがふたりのために開いてくれた素朴な結婚披露宴に出席した。ほどなくして、すが子が妊娠すると、ふたりの被爆が胎児に影響するのではないかとの大きな不安がたえずつきまとったが、すが子は

聖フランシスコ病院にて
1990年ごろ、74歳の秋月辰一郎

元気な女の子を出産した。

湯江で過ごした五年の間に秋月は自分の体調を向上させ、原爆や代替食事療法を題材にした短編の読み物を執筆し、結婚し子供を授かった。それでも、実現することができなかった静かな生活に対する憧れは残っていた。ふたりは必要最低限の生活費を賄うこともままならなかったため、すが子が家の診療所で患者たちの世話をした。一緒に食事をする時間もほとんどなかった。秋月は病気の村人を往診するため、田圃のあいだを通る泥だらけのガタガタ道を自転車で走り抜けながら、「こんな生活をするため、わざわざ多良岳の麓までやってきたのではなかったのに」とぼやいていた。

その後一九五二年の春、秋月の慢性的な喘息の症状が悪化したうえに、九年前に罹った結核が再発したため、秋月は家族とともに長崎に戻るしかないと思った。そのころ本原の丘にあった浦上第一病院は、聖フランシスコ修道会にかわり、アメリカのイリノイ州に本部を置く聖フランシスコ病院修道女会によって運営されていた。聖フランシスコ病院と改名され、建て直されて設備も新たに整ったこの病院は、当初開設されたときと同じように、ふたたび結核療養所としての役割を果たしていた。秋月は自身の治療を受けながら、この病院で仕事を再開した。

驚くような思わぬ展開を経て、秋月は一九五三年カトリックへ改宗した。彼の動機はいまだはっきりとしていない。彼は後に、毎日ミサや讃美歌、そして彼の改宗を願う修道女たちに囲まれたなかで仏教徒として働くことに孤立感を覚えたと漏らした。またカトリックの友人や同僚たちが、その信仰心を秋月への多大な支援としてあらわしてくれていたことに秋月は感謝していた。さらには自宅は壊れ、家族は病気や死の淵にいたにもかかわらず、病院をほぼ自分たちの力だけで再建するにあたり、彼らが示した献身的な取り組みや自己犠牲の精神にも感銘を受けていた。改宗した後でも、秋月は宗教に対して複雑な気持ちをもっていた。「ふたたび地獄の日が訪れても、原爆の焰が私たちを焼きつくしても、キリストは私の救いとなるであろうか」

自分が生きのびたことのより深い意味を見いだし、人々の心身の回復を効果的に支援できる方法を模索するなか、秋月は個人と社会が大きく変革するための手段として、ひとりひとりの体験に秘められたとてつもない力が果たす役割を信じるようになった。その後四十年間、彼は積極的な行動に裏打ちされた人生を歩みつづけ、執筆活動や講演発表などを通して被爆者のために率先して彼らの体験を広く人々に伝え、訴えつづけた。秋月のこうした取り組みは、被爆者が心に抱える傷を克服するための新たな道筋を示すと同時に、核戦争の脅威に対する国際的な理解を高め、世界中に備蓄される核兵器の削減をめざす運動をさらに推し進めた。秋月は、もし永井が生きていたなら、原爆投下に対する永井の考え方や教えは時を経て変わっていき、断固とした核戦争への非難がそこに盛りこまれるようになっていたのではないかと本気で思っていた。

＊

多くの被爆者にとって、自分自身を被爆者として新たに認識し自覚することは、ある意味で慢性的な体の症状や十分に回復することのない怪我、火傷、放射線障害に正面から取り組むことでもあった。遅々として進まない回復の原因は、往々にして再生細胞を破壊し、その防御機能を傷つける大量の放射線を浴びたことにあった。手術をしても傷が癒えることがなく、感染してしまうことも多かった。とくに爆心地から二キロ以内で被爆した人たちの多くがめまい、気力の喪失、しびれ感、動けないほどの疲労感などはっきりと分類できない症状を訴えた。

これまでみられなかった数多くの症状が起こった。被爆者のあいだで目の水晶体が濁る白内障の発症があまりに多かったため、一時期、原爆白内障と呼ばれたこともあった。この症状は水晶体の裏面の細胞が放射線によって傷ついたために起きた。後の研究によって、被爆者が白内障に罹る割合やその症状の程度は年齢と浴びたと推定される放射線の量に比例していることがわかった。体の大きさに比べ子供の頭部が平均よりも著しく小さくなる小頭症は、爆心地から二キロ以内で胎児が被爆した場合、生まれた子供の約一五パーセントに発症した。これは被爆のなかった胎児のほぼ五倍だった。その他にも子宮内被爆胎児は脳に障害をもって生まれたため、知的障害や発達障害が生じた。一九四六年に吉田の父が、一九四八年には永野の父があまりにも早く亡くなったように、多くの被爆者は原因がわからずに亡くなった。家族は放射線を浴びたことが原因だと確信していたが、それを確かめることはできなかった。医師たちはこの高い死亡率に不安を感じてはいたものの、さらなる研究がおこなわれるまでは、生存者たちの不可解な症状や死を直接被爆と結びつけることには慎重な姿勢を維持した。

しかし一部の病気については、最初は非公式の観察によって、後には証拠をもとに立証された形で放射線毒性に起因しているということが明確に示された。一定の潜伏期間を経た後の一九四七年、医師たちは子供や大人の被爆者のあいだで白血病の発症数が高まっていることに気づきはじめた。その後発症率はますます上昇していき、調査によって深刻な数値が確認された。放射線を遮蔽するものがあったかどうかにもよるが、爆心地から一・二キロ以内で被爆した人たちの白血病発症率は非被爆者の六倍にも達し、二・四キロ以内では二倍だった。もっとも発症リスクが高かったのは一・六キロ以内にいた十歳以下の子供たちで、白血病発症率は一般の子供たちと比べ十八倍も高かった。次に高リスクだったのは十歳から十九歳までの年齢層で、発症率は平均の八倍だった。検死によって、放射線が生存者の身体内部におよぼしたひどい損傷が次々に明らかになった。原爆投下時には元気だった二十八歳の男性は、戦後数年間で体調が見る見るうちに悪化し、ついに白血病と診断され、一九五〇年に亡くなった。検死報告書によると「腹部は真っ黒でドロドロでコールタールのような有様だった」。胃、食道、結腸、肺、乳房、甲状腺、卵巣、膀胱、唾液腺の癌を含めた悪性腫瘍の発生も増えた。後に実施された診療記録の分析では、爆心地から約一・二キロ以内で被爆した人たちは、そうでない人たちよりも四〇パーセントから五〇パーセントも高い確率で癌を発症した。こうした癌の発症事例を詳しく知っていた医師たちは、事実の公表を妨害した占領軍の検閲政策に激しい怒りを覚えた。悲しみに暮れる家族や友人たちは、計り知れない悔しさと憤りを感じた。いつ襲ってくるかもしれない病気と死の恐怖はけっしてなくなることはなかった。

家庭内や社会で感じる過酷ともいえる精神的な重圧や不安も、被爆者を苦しめつづけた。永野と母の間にあったよそよそしい心の壁のように、家族ひとりひとりが責任や罪の意識に苛まれ、多くの家庭で動揺と混乱の状態が続いていた。見た目に傷があったり髪の毛のない子供たちは、級友たちに「一つ目小僧」「ガリガリ足」「はげ頭」「怪物」「原爆」などと言われてからかわれた。小頭症の子供のなかには小学校への入学が許可されなかったり、スポーツや課外活動に参加させてもらえない子供たちもいた。

また、被爆者に触ると原爆症に罹るという根も葉もない噂も広まった。

怪我や病気など身体的には問題のない幼い子供たちさえも、心に深い悲しみを抱えていた。ある日二年生の国語のクラスで、教師は、父母の愛情と指導ですくすくと成長していく五人の子供たちを描いた教材を読ませて話しあう授業をしていた。ひとりの女の子が手を上げて言った。「先生。その五人の子たちは、幸福ねえ」。彼女の声はふと漏れた嘆きのような言葉だった。教師はすぐに、この女の子や他の多くの子供たちの両親が原爆で亡くなったことを思い出し、毎日いっしょに過ごしている自分でさえ、彼らが失ったものの大きさをついうっかり見逃していた、と愕然とする思いだった。授業中、何人かの生徒は「お母さん」「お父さん」と書かれた黒板をちらっと見てうつむき、他の子供も唇をかみしめノートに殴り書きをしたり、ぼんやりと窓の外を眺めていた。

外観を損なう傷のある吉田のような青年期の若者の多くは、自分を凝視する人々の視線、嫌悪の表情、自尊心を傷つける言葉をつねに警戒して、家からめったに出ようとしなかった。吉田は自分がなんとか日々生きていけるのは母の愛情のおかげだと思っていた。ある日母が彼のところに来て、自分は彼が感じていることを十分にわかっているから、ほんの少しのあいだ自分の言うことを聞いてほしいと言った。「勝二、お前、死んでしまうまで、この家から外に出ずに過ごしきれるね。母ちゃんは過ごしきらんと思う。だから、お前の気持ちはよーくわかる、悲しかと思うけど、近所だけでも歩く練習をしたらどうか？」

「いやだ！」吉田は母に向かって叫んだ。しかし彼はついに母の提案を聞き入れ、散歩に出かけた。最初は三軒先の神社まで。そこまでならたくさんの人とは会わないだろうと思った。「今日は一〇〇メートル、明日は一五〇メートル。距離をちょこちょこ延ばしながら近所だけ出歩く練習を始めました」と吉田は当時を思い出す。子供たちに会うのは極力避けた。彼らは遠慮なく吉田のことをじろじろ見た。「怖くて見きらんでしたが、変な目で見られとるとはわかってました」。かわいい女の子に「こんにちは」と言ったとたん泣きだされたとき、吉田は心が折れそうになった。ある日、彼が母親たちのグループがいるほうに向かって歩いていると、彼らの顔に嫌悪感や拒絶感が見てとれた。母親たちは顔をそむけて吉田のそばをさっと早足で通り過ぎていった。吉田は泣きながら、辛抱、辛抱、と自分に言い聞かせ、前を向いて歩きつづけた。涙がとめどなく頬を流れ落ちた。振り返ったらいかん、振り返ったらいかん！

体を動かすことに問題のない生存者たちにとっては、仕事に復帰することは、彼らがもとの生活を取り戻すためには重要なことだった。しかし正社員の職を見つけることはとくにむずかしかった。求人自体がほとんどないということもあったが、被爆者が抱える現在の、そして将来的な健康上の不安から、被爆者のもとには繰り返し不採用の通知が届けられた。目につく怪我がない人たちでさえも、自分が被爆者であることを勤めている会社や雇ってくれそうな雇用主から隠そうとしはじめた。すでに仕事がある被爆者は、体調がかなり悪いときでも無理して仕事に行くなど仕事を失わないようにできることはなんでもした。

二十歳の永野は店員としての職を得たことで、家にいるあいだいつも感じていた孤独感から抜けだすことができた。その後は長崎医科大学の施設部で補助員として働いた。大学の再建計画を担当する職員が働いていた小さな小屋で、お茶汲みや書類の整理、その他雑用をこなした。

十八歳になっていた吉田は、家族の助けになるように自分も何かしなくてはいけないと感じ、人々の見下したような視線は覚悟のうえ、思い切って近所の溶鉱炉作業所で短時間の肉体労働をやってみようとした。やがて彼は小さな食品卸会社の倉庫で正社員の職を得た。一年目、吉田は珠算技能を向上させるためにそろばん塾に通い、社ではあまり人目にふれないようにしながら商品知識を学習した。その後は顧客と直接やりとりする仕事を任された。彼らが自分のことをじろじろ見ても、その人たちの気持ちを理解しようと努めた。「見た目がよくないと第一印象で損するけれど、それはもうしょうがないこと」と自分に言い聞かせはしたものの、耐えがたい毎日だった。「戦争と原爆を呪いました。なぜ自分の顔は焼かれんばいけんやったとか？　なぜ自分を守る一瞬の時間ももらえんかったやろか？」

＊

滑石の自宅に引きこもったままの生活を送っていた堂尾のもとに新たな望みの綱があらわれたのは一九四七年、「柿の実が色づきはじめた」ころだった。彼女の怪我は完治したわけではなく、髪の毛ももとのように生えてきてはいなかった。短い産毛がときどき生えては抜け落ちるの繰り返しだった。「諦めと焦燥が入り交じった心境であった。（…）庭先に見なれぬ外車が止まり私をたずねてきた」と堂尾は振り返る。

「「ＡＢＣＣ（原爆傷害調査委員会）から迎えに来た。検査に協力して」という趣旨のようである。傷はなかなか完治せず、戦後のことで薬品もこれといったものはない。治してくれるものと信じ車に乗る」。堂尾は被爆後はじめて目にする長崎の街なかを車の窓からしみじみ眺めた。彼らがその日おこなう医学的検査の根底にある目的や、彼女も多少は関わりをもつことになる国際的な激しい論争について、堂尾はこのとき知るよしもなかった。

1950年ごろ、食品卸会社の制服を着た19歳の吉田勝二

さかのぼること一年前、アメリカは彼らがきわめて重要かつ二度とないと考えた機会に飛びついた。それは被爆者に関する長期にわたる科学的、医学的な調査研究をおこなうというもので、原爆の影響を研究していたアメリカ陸軍医療隊の上級研究員は「もう一度世界大戦がおこなわれなければめぐってこない機会」だと考えた。その絶好の機会を逃すまいとトルーマン大統領は、被爆者を検査し放射線が被爆者におよぼした健康被害を確認する役割を担う原爆傷害調査委員会（ABCC）の設立を目的とした命令書に署名した。アメリカ首脳陣はABCCの研究によってアメリカが多くの軍事的、科学的、規制上の恩恵を得ることができると考えた。その恩恵とは、開発中だった核兵器の影響への理解を深めること、アメリカの都市への将来的な核攻撃に対する民間防衛計画を支えること、医師、科学者、放射線関連作業員、患者のために国際的放射線限度量を再評価する際のデータが得られるというものだった。こうした目的が示されたということは、裏を返せばアメリカの科学者や軍関係者が原爆投下前に、全身への原爆による即座の、そして長期的な影響についてほとんど知らなかったということ、また被爆者が求めていた治療上の必要性を彼らがいかに露骨に無視したかということを意図せず露呈することとなった。彼らがその任務を貫徹しようとしておこなった選択によって、ABCCと被爆者、治療にあたっていた医師、そして日本中の研究者たちのあいだに数十年にわたる激しい論争を巻き起こす結果となった。

緊張状態は早くに始まっていた。建前上、ABCCは全米研究評議会と日本の国立予防衛生研究所との協力で設立されたが、実際は、複数のアメリカ政府機関が資金を供給し、そうした政府機関の管理下にあった。そしてその活動自体が、日本というアメリカの占領下にある国のなかでおこなわれたのだった。おたがいの国を軽蔑しあう痛烈な言葉を浴びせあった戦時を経験し、日米双方の科学者は相手国の科学者が誠実に仕事を果たしているのかという猜疑心を抱くようになっていた。またABCCの調査結果に国家的偏見が悪影響をおよぼすことを恐れていた。アメリカ側は日本が政治目的から放射線の影響を誇張するのではないかと懸念し、逆に日本側はアメリカが政治的利益のため、影響をできるかぎり少なく評価するのではないかと心配した。ABCCで働いていた日本の医師はアメリカのもつ高度な科学的研究方法を高く評価してはいたが、日本人医師たちの医療技術や調査評価能力に対しアメリカ人医師たちが信頼を置いていなかったことから、見下されているように感じていた日本人医師もいた。ABCCのあるアメリカ人医師はこう書いている。「もし日本人がなんの制限もなくわれわれのデータを使えるとしたら、彼らは何をしようとするのか、またABCCの出版許可を受けて何を出版しようとするのか、考えただけでぞっとする」

ABCCでみられた不均衡は、そこで働く日米の医師たちに支払われる不公平な賃金によってさらに拡大した。ABCCは長期的政策として各都市での活動を管理指揮する所長をアメリカ人の医師と科学者に限って任命していた。その結果、職員の大半を占めていた日本人の医師、看護婦、補助員(そのなかには原爆を生きのび、多くを失いながらも耐え忍んだたくさんの人たちも含む)はアメリカ人所長の権限のもとで働くことを余儀なくされた。アメリカ側がABCCの調査データ、研究結果、検体のすべてを自国の手中に収めようとしたとき、日本人職員のあいだにはこのうえない屈辱感が沸きあがった。そうしたアメリカの思惑のひとつは、他国の核兵器計画の推進につながるかもしれない原爆専門情報をアメリカ以外の国が収集できなくすることだった。長崎や広島で毎日被爆者を治療していた医師たちさえも、診断や治療の助けになったかもしれないこうした貴重な研究結果を、見ることも利用することもできなかった。長崎の西森一正医師は振り返る。「ABCCの研究方法は、私たちにとって秘密だらけのように思えました。私たち日本人医師は、彼らのやり方が本来の常識に反していると思いました。研究中に何か新しい発見をした医師は、すべての人間がその恩恵を共有できるよう公表する義務があるのです」

当初ＡＢＣＣの事務所は埠頭にある魚市場の上に置かれ、患者はまず長崎医科大学付属第一病院（旧新興善救護病院）で検査を受けた。一九四〇年代後半から一九五〇年代前半にかけて、堂尾のように何千人もの被爆者が突然ドアをノックする音を聞いた。見るとそこには、彼らを検査施設へ運ぶためＡＢＣＣのジープと職員が待っていた。ＡＢＣＣはあらゆる方法で被爆者を把握し、居場所を突きとめた。そのために、戦後おこなわれた被爆者に関する医学調査や非公式調査の結果を使用し、医師や科学者への聞き取りをおこない、病院の記録を収集し、地元警察の協力を得た。ＡＢＣＣは公式に占領軍の権限下に置かれていたわけではなかったが、戦後に長崎をとりまいていた雰囲気のなかでは、検査への参加を免れることはできないと感じていた被爆者もいた。彼らはＡＢＣＣが占領軍の一部門であり、よってアメリカ軍が設置した機関であると認識していた。被爆者たちは身体検査を受けた後、原爆投下時にいた場所、爆心地からの距離、向いていた方向、体に発生した症状について質問を受けた。ＡＢＣＣ職員は日本社会の互酬性の習慣に従って、粗品を渡したりタクシーでの帰宅を配慮することもあった。

「着いた所は新大工町電停前のビルの中だった」と堂尾は思い返す。「患者用の白いガウンを着るように言われ、問診は少なかったが、傷口、頭など診て写真を撮っているようだった。外国医師もいた」。堂尾は治療をしてもらえるか、少なくとも彼女の痛みをどうにかしてくれるものと思っていた。しかしＡＢＣＣは怪我の治療も精神面での支援をおこなうこともなかった。「失望して帰る。うら若い私が男性の前で上半身を出し、黒い三角巾を取り、見られたのだ。怒りに似た気持ちだった」

そう感じたのは堂尾だけではなかった。ＡＢＣＣに対する人々からの反発の声は占領軍の検閲によって封じこめられていたが、長崎や広島の人々は医療、政治、経済に関わる状況にきわめて敏感になっていたことから、ＡＢＣＣへの怒りはさらに激しさを増した。被爆者たちが原爆による歴史上唯一の犠牲者であるという自分たちの独自性をなんとか受け入れようとしていたとき、その原爆を落としたアメリカが被爆者に対し新たに押しつけようとしていたのはアメリカ政府の研究標本としての不快な独自性だった。多くの被爆者は自分たちに放射線を浴びせた国の医師によって自分たちがいろいろ調べられることに嫌悪感をもった。さらにＡＢＣＣは、被爆者に恐怖を感じさせるような行き過ぎた方法を使うなど倫理面でも逸脱行為があった。堂尾のように若い人たちを裸体にさせ検査したり、血液や精液を採取したり、被爆者の怪我を写真に撮ったりした。その他にも社会的、経済的な面で不注意な点や失策があった。磨かれた待合室の床は下駄を履いた女性には滑りやすく、待合室には英語の雑誌しか置いていなかった。また日中の調査を強いたため、職場を離れなくてはならず、給料がもらえなくなるという不都合が生じた。「調査」という言葉自体に物扱いされているように感じた人たちも多かった。

しかし被爆者がもっとも不満に感じていたことは、治療を施すことなく医学的調査をおこなっていたことだった。ＡＢＣＣの使命だった生存者の放射線障害に関する詳細な調査は、被爆者には医療処置はしてはならないという厳格な命令のもとにおこなわれていたが、堂尾やその他の被爆者はそれを知るよしもなかった。後にこの事実を知った多くの被爆者は自分たちが人間扱いされていないという思いをさらに強め、アメリカ軍の実験材料に利用されたというやりきれない感情を抑えることができなかった。またＡＢＣＣには何百万ドルもの予算が注ぎこまれていた一方で、日本では戦後手に入る医薬品や医療機器が不足していたという事実ともあいまって、この治療なしの方針に憤慨する者もいた。アメリカでは活動家ノーマン・カズンズがＡＢＣＣの活動を卓越した重要な調査だとして評価してはいたものの、彼は自分が知りえたＡＢＣＣの調査について「何千ドルもの大金を注ぎこんだ分析を受けてはいても、ＡＢＣＣからは一セントの治療も受けられない（放射線の）病気で苦しんでいる人をさらす奇妙な見世物」と表現し、公然とＡＢＣＣを非難した。

アメリカ側は治療なしの方針について多くの理由を並べたてた。当初アメリカは自国の医師が言葉の壁から日本の医師免許試験に合格できなかったと言っていたが、一九五一年までにはＡＢＣＣの医師のうち七〇パーセントは患者への治療が可能な日本人医師で占められていた。また占領政策によってアメリカ人医師が日本国民を治療することは禁じられていたと主張し、ＡＢＣＣがあたかも占領軍の権限下に置かれていたかのような誤った印象を与えた。ほかにも、医療行為はＡＢＣＣの学術的かつ科学的な調査の枠組みからみて適切ではない、治療のために費用を充てることは禁止事項とみなされる、被爆者への治療をおこなうと地元医師たちによる地域での治療機会を奪い好ましくない影響をおよぼす（多くの日本人医師たちはこれに異を唱えた）などの理由を並べた。一九六一年になってもＡＢＣＣを監督するアメリカ当局は次のように主張した。被爆者に治療をおこなうということは戦時中に負傷した日本人をすべて治療しなくてはならないという義務をアメリカに負わせることになり、そうなるとその見返りとして、こんどは真珠湾攻撃で負傷した兵士を含め、日本軍と戦って負傷したアメリカ人すべての治療をアメリカが日本に義務づけることにつながってしまう。こうした理由を示す際、アメリカは本来すべき被爆者と他の戦争死傷者との区別をしなかった。被爆者は他の戦争被害者と違い、アメリカの軍事目的を達成するため実施されたＡＢＣＣによる長期にわたる科学的研究の対象だった。

アメリカが示したそれぞれの理由の背後に隠れていたのは、反論を招きかねないアメリカ側の懸念だった。それは被爆者の症状を調査している間とはいえ、もしＡＢＣＣが被爆者の治療をおこなえば原爆使用に対してアメリカが償いの行為をしているとして解釈されてしまうかもしれないという懸念だった。そうした償いの姿勢を見せることはアメリカのいかなる政府レベルにおいても受け入れがたいことだった。戦後ヨーロッパにおいてアメリカ軍は連合軍占領下にあったかつての敵国兵士たちに治療をおこなったが、その際アメリカは怪我を負わせたことに対する自国の責任についてふれることはなかった。にもかかわらず、日本に対しては治療なしの姿勢を固辞した。これが非常に神経をとがらせるような問題だったことから、ABCCの所長たちは被爆者を優遇することが原爆への償いだと認識されないようにするため、被爆者を優先的に雇用するという提案を拒否した。

日本人科学者と初期の被爆者活動家たちもまた、治療はアメリカがすべき償いであると考えていた。そして被爆者は、原爆投下に対する道徳的、財政的、医学的な責任を相手側が認めるよう主張する両政府の相反する立場のあいだで板挟みになった。この激しい二国間の綱引きが長引くなか、被爆者の苦しみは続き、放射線障害で亡くなる人たちも後を絶たなかった。そして財政的にやっともちこたえている日本も、アメリカ政府の指揮下にあるABCCも、被爆者に対する金銭的な支援や治療をおこなうことはなかった。被爆者に同情的だったABCCの日本人医師たちのなかには、ときに方針に従わず化学療法や他の治療プログラムをABCCの診療所や自宅訪問の際におこなう医師もいた。そのような治療をほどこせたのは重症患者ではなかったが、日本人医師たちは事前通知なしに、あるいはアメリカ人上司からの暗黙の了解のもと患者を治療することができた。

調査に協力している間に死亡した被爆者たちの死体をABCCが解剖したことで、被爆者の反感はさらに強まった。それは意識的ではないにしろ、科学的な目的のため、自分たちは実験動物のように利用されているという気持ちに追い打ちをかけた。検死は日本の家族や地域に根づいていた風習からみると、異質で行きすぎた行為に映ることや、生存している被爆者にとって明確な恩恵がないまま、ＡＢＣＣが死亡した家族の遺体をアメリカ軍や民間の防衛調査のために切断したことから、被爆者の感情をよりいっそう逆なでする結果となった。ＡＢＣＣの死亡追跡システムのもとで亡くなった被爆者をできるかぎり早くＡＢＣＣへ報告することを促すため、長崎と広島の医療機関に対しては金銭による謝礼が支払われた。そうすることでＡＢＣＣの職員（反対者たちからは「ハゲタカ」と呼ばれていた）は、亡くなった被爆者のもとに急いで駆けつけ、死体解剖の依頼をすることができた。断った家族もいたが、苦しい気持ちを押し殺して同意する家族もいた。ＡＢＣＣからの直接的な圧力があったか、他に選択肢がないと感じたからか、あるいは愛する家族の病気がなんだったのかをもっとよく知ることができるようにと願ったからかもしれない。

一九五〇年代後半まで、広島と長崎では毎年推定計五百体の遺体に対する検死がおこなわれた。胎児の検体は長崎に保管されたが、子供や大人の組織、スライドガラス標本、体の部位は摘出後に検査され、早急にアメリカへと送られた。核兵器の調査、製造、管理と原子力の利用を監督するため新たに設立された政府機関である原子力委員会（ＡＥＣ）の援助のもと、これらの検体は国家秘密に区分され、アメリカ陸軍病理学研究所（ＡＦＩＰ）のさまざまな部門にまたがって分類された。ＡＦＩＰでは大量放射線が人体におよぼす影響を解明する研究がおこなわれていた。検査やデータの記録が終わると、検体部位と関連記録は継続中の調査に使用するため、ワシントンＤＣの中心から離れた場所にあったＡＦＩＰの蒲鉾型倉庫に保管された後、将来起こりうる原爆攻撃から守るために新設された建物に収められた。

このような非常に緊張した雰囲気のなかで被爆者は、自分たちの代弁者となる在長崎ＡＢＣＣの第三代所長で小児科医でもあった三十三歳のジェイムズ・ヤマザキに出会った。日系二世アメリカ人のヤマザキは、家族がアーカンソー州ジェロームの戦時移住局の強制収容所に抑留されている間、陸軍の軍医として北ヨーロッパに従軍していた。その後ドイツの捕虜収容所で六ヵ月を過ごした。戦後はアメリカで医学訓練を積み、長崎での任務に就いた。

日本に向かう前、ヤマザキは自分の任務について簡単な説明は受けていたものの、一九四九年九月、長崎に到着してはじめて原爆によるとてつもない破壊の規模と人々が背負っている苦しみの大きさを実感した。魚雷を製造していた三菱兵器の工場に依然残る残骸のなかを歩き、破壊されたままの爆心地周辺や崩壊した浦上天主堂を目のあたりにした。「もちろん、私が目にしていない重大な側面がありました」と彼は後に書いている。「被爆直後に亡くなった人たち、死の淵であえいでいた人々、火傷の水膨れに覆われた人たち、そして必死の思いで逃げまどっていた人々の姿はもうない」

ヤマザキは、ＡＢＣＣと長崎の医療従事者や被爆者とのあいだにある不信感がいかに根強いものであるかに気づかされた。在長崎ＡＢＣＣに従事する唯一のアメリカ人医師として、ヤマザキは自分のもっている限られた日本語能力を使い、長崎の被爆者と医療従事者の信頼を得ることを第一の目標にしようと心に決めた。その達成に向け彼は、ＡＢＣＣの診療所、研究室、事務所を構えるための新たな場所を確保すると、長崎医科大学付属病院の院長となっていた調来助医師との間に実践的で強固な協力関係を築いていった。この関係は、ＡＢＣＣと長崎医科大学との間に相互協力や提携にもとづく活動を生みだし、訓練の一環として実施された長崎の医学生によるＡＢＣＣ研究への参加や、ヤマザキが毎週おこなったアメリカの医療現場の最新治療に関する講義なども実現した。ヤマザキは調を大いに尊敬した。

「彼の目はもっとも印象的でした」とヤマザキは思い出す。「笑うと目を細めて楽しそうに、くしゃっと愛嬌のある表情を浮かべていました。彼の陽気で温厚な表情の下には、原爆体験による心の傷や家族に降りかかった悲劇が隠されていました」

ＡＢＣＣと大学との連携役としての立場から、調は四年前とあまり変わらない大学の廃墟をヤマザキに案内した。歩きながら、調は静かにひとつひとつの建物を確認し、原爆でどのような被害があったのかを説明し、自分の息子を含め、どれほどの数の教員、看護婦、職員、学生が一瞬のうちに殺されたかをヤマザキに伝えた。破壊された研究室のなかで、ふたりの医師は積み重なった瓦礫の上に立ち、壊れた窓の向こうの眼下に広がる浦上盆地に目を凝らした。そこには一キロと離れていない先に爆心地があった。

また別の機会に調は、ヤマザキの言葉を借りると「驚くべき報告会」をヤマザキや在広島ＡＢＣＣのアメリカ人医師たちのために計画した。これは長崎の原爆を経験した医療従事者から話を聞くという趣旨の集まりだったが、一部損壊した小さな教室で、長崎医科大学の医師、看護婦、補助職員の十五人が生き残るための壮絶な体験と原爆後に直面した治療困難な状況での葛藤を語った。調は数値や説明が書かれた表や長崎の地図の前に立ち、さまざまな場所を指し示しながら、市全体での異なる被害状況や破壊の広がりなどを説明した。

1944年ごろ、欧州北部の戦場へ向かう前のジェイムズ・N・ヤマザキ数週間後、調はこの新たな同僚に、まだ検閲の対象となっていた八千人の被爆者におよぼした放射線の急性影響についての調査結果を手渡した。この調査は医学部の教員と学生の協力を得て調が四年前におこなったものだった。日本人がおこなっていた原爆による後遺症に関する調査は、占領軍による検閲の対象だったが、ヤマザキにとってそのような検閲の範囲、理由、影響を把握することは困難だった。ヤマザキは調のチームについて言及しながら説明した。「彼らはその調査を一九四六年に完了させていました。そして四年後、調医師は、それを私に手渡そうとしていたのです。私たちのチームがはじめて受けとるきわめて重要な調査集団に関する医学報告だったのです」

しかし他の日本人調査チームが原爆後四年間におこなった多くの調査については、ヤマザキがそれらを閲覧し利用することは禁じられていた。そしてアメリカ原子力委員会から国家機密取扱者として公認され、母国の目的に沿うよう努めていた彼でさえも、原爆の短期的な影響に関しアメリカが初期におこなった調査の報告書を入手するのは認められていなかったということを彼は後に知るのだった。実際、二年後に帰国する直前まで、彼はそのような調査報告があったことさえ知らなかった。「そのような報告を見ることができたなら、放射線の影響についての調査内容を立証しようといろいろ模索していた私たちにとって、どんなに役立ったことでしょう」

長崎での任期が満了するまで、ヤマザキは二百五十人の職員を指揮し、癌、体力気力の減退、視力の変化、異常な色素沈着、脱毛、疫学的性質の変化、生殖不能、寿命の低下など数多く症状や疾患に関する大人や子供を対象とした調査を監督した。小児科医として彼がとくに力を注いだのが、長崎の胎児や子供に関する広範囲にわたるふたつの調査だった。研究者たちは、被爆の影響をもっとも受けやすいのは胎児や子供だと考えていた。最初の調査では、死産や調査の一定期間中に亡くなった子供たちの死亡率を含め、母親の子宮のなかで被爆した子供たちの統計をとった。

ヤマザキはわが子を失った人たちに同情するとともに、ABCCがおこなう検死に対して家族が神経質になる気持ちを理解した。彼の指示のもと新しい方針が実施された。悲しみに打ちひしがれている両親にABCCが直接検死の依頼をするのではなく、家族を知る助産婦があいだに入ってこのむずかしい依頼を説明し、理解を得ようとした。「助産婦たちが控えめに説明をおこなうと、検死が将来的にさまざまな形で役立ち、彼らにとっても重要な意味をもつようになることを理解してくれるようになりました。そしてほぼ全員が承諾してくれました」

調査では、胎内被爆しながらも生きのびた子供たちの健康と成長も記録した。五歳や六歳になる息子や娘を連れた母親たちがひとりひとりABCCの診療所を訪れ、原爆投下、家族の死、早産で大変な思いをした出産の鮮明な記憶などを伝えた。また母親たちは、生まれた子の将来的な心身の発達や、とくに障害や体の差異などが人目にふれるようになる就学年齢に達した後に子供たちが受けた差別やいじめに対するとまどいや不安をABCCスタッフに打ち明けた。

ヤマザキと彼のスタッフは、こうした子供たちを検査し、小頭症、心臓病、失禁、重度の精神障害、発達障害があることを突きとめたが、彼らの調査によって放射線との因果関係がはっきり証明されるまで障害の原因を被爆に帰すことには依然慎重だった。原爆投下からすでに五年の歳月が経っていたにもかかわらず、多くの母親たちは子供に放射線が今後どのような影響をもたらすかについてほとんど何も知らず、かかりつけの医者には、子供たちが直面している問題は「栄養不良、精神的外傷、原爆に関連するストレス」が原因となっている可能性が高いと言われていた、とヤマザキは振り返った。数年後、自分たちの子供の障害が原爆の放射線が原因で起きている可能性があることを知ると、母親たちはなぜもっと早く知らせてくれなかったのかとその理由を求めた。ある母親は息子のことを案じて言った。「放射線が私の子宮にまで入りこみ、息子を傷つけたと思うとつらく、悔しい思いです」

ヤマザキの離日からしばらく経った一九六〇年代になると、長崎と広島で胎内被爆の調査を受けた子供たちの数は、比較対照グループの子供を含め三千六百人にのぼった。子供たちが成長するに従い、ABCCの調査結果からは、発生の多い小頭症や神経損傷を含め障害のほとんどが被爆によるものだということが確認された。また調査によって被爆の影響をとくに受けやすい時期的な特性があることもわかった。胎児が妊娠八週から十五週の間で被爆した場合、胎児の脳細胞は放射線がおよぼす被害をより受けやすいため、障害の発生する危険性はかなり高くなることが明らかになった。一九七二年に発表された長崎の補足調査では、妊娠十八週までに被爆した子供たちの九人中八人（八九パーセント）が小頭症と診断された。これより後の妊娠週に被爆した子供たちは九人中ふたり（二二パーセント）だった。ABCCはこの調査グループの子供たちを十九歳以降も定期的に観察した。胎内被爆し、すでに成人期初期に達していた被爆者は、明らかに身長や体重が低く、頭囲や胸囲も小さく精神障害もあり、比較対照グループと比べ知能テストの点数も低かった。

ヤマザキがおこなった主要調査のふたつめは、原爆投下後に妊娠した子供たちへの遺伝的影響に関する調査で、被爆が世代間におよぼした影響を理解するうえで重要だった。ヤマザキが着任する前、広島ではすでにこの調査への第一歩である被爆者の新生児を識別する取り組みが始まっていた。調査は、妊娠後半二十週目以降の妊婦には、より多くの食料が配られるという戦後の食料配給制度とこの調査とを連携させて実施された。妊婦が配給の登録をするため市役所にやってくると自分の妊娠期間をABCCに登録するよう指示された。この取り組みは成功し、妊娠五ヵ月以降の妊婦九〇パーセント以上がAB

ＣＣの調査に登録した。

この登録制度を進める過程で、ＡＢＣＣは母親、父親、胎児の個人情報と医療データを収集することができた。しかしその際、ＡＢＣＣは被爆による遺伝的リスクの可能性があると考えていたにもかかわらず、親たちにはその情報を提供することはいっさいなかった。登録の際おこなったアンケートやその場での質問で、妊婦はそれぞれ中絶、死産、流産を含めた妊娠歴や子供の予定日、分娩を介助する助産婦の名前などの詳細を求められた。また原爆投下時にいた場所、遮蔽物の存在、耐え忍んだ原爆症の症状など、母親、父親双方の原爆体験についての質問も受けた。このような家族の情報が軍事上の評価を受けるためアメリカに送られることになっていた事実を含め、こうした情報がどのような形で使われるのかが明らかにされることはなかった。その代わりにすべての妊婦がＡＢＣＣから受けとったのは、一冊のパンフレットだった。そこにはＡＢＣＣによる出産後検査についての説明が書かれてあり、さらには調査に参加することで母親たちが自分の子供の「正確な体の状態」について知ることができると同時に、「医学への重要な貢献」をすることもできると強調されていた。

ＡＢＣＣの歴史について研究しているＭ・スーザン・リンディーが「その時点までにおこなわれた同種の疫学的プロジェクトのなかでもっとも大規模なもの」と呼んだこの遺伝子調査では、第一段階である一九四八年から一九五四年までの六年間で、長崎と広島で原爆投下以降に妊娠した七万七千人近くにのぼる幼児が調査対象となった。出産後すぐに新生児を検査することができるように、ＡＢＣＣは長崎の助産婦たち約百二十五人と密接に連絡をとる関係をつくりあげ、謝礼を支払い、立ち会った出産をすべて報告させ、医学的に問題があると思われる新生児をすぐに報告した場合には特別手当を支払った。出産が報告されると、ＡＢＣＣは小児科医と看護婦を新生児の家へ向かわせた。助産婦の補助を受け、彼らは新生児の身体検査をおこない、早産、先天的欠損症、新生児死亡を含め妊娠後期や出産時に母親が経験した特定の問題についていくつかの質問をした。彼らは母親に、新生児用の肌に優しい化粧石鹸をひとつ渡して帰っていった。

ヤマザキの指示のもと、長崎では毎月五百人から八百人、一日にすると平均二十一人の赤ちゃんが検査を受けた。出産後一年以内に調査対象の赤ちゃんの二〇パーセントが経過観察のため無作為に選ばれ、出産後すぐにはわからないこともある心臓の問題や発達の遅れがないか、ＡＢＣＣの診療所で検査された。こうして得られた膨大なデータは注意深く収集、検証され、そして電算処理へと送られた。

母親や父親は自分たちの子供が広範囲にわたる検診を受けられること、少なくとも何か体に異常があった場合の初期診断をしてもらえることに感謝したかもしれないが、ヤマザキはＡＢＣＣの自宅訪問や経過観察も両親にとってとまどいや大きな不安をかきたてたことを認めた。「私たちは、自分たちの調査が生みだした恐怖心を和らげる方法は何ひとつもちあわせていなかった」とヤマザキは振り返る。「各新生児にひととおりの検査をするということは、原爆を生きのびたとしても危険からは逃れられない、という事実をあらためて多くの家族に突きつけることになったのです。私たちは彼らを安心させてあげられるような答えを示すことはできなかった」。一九五一年に日本を離れるに際し、ヤマザキは、瞬時の全身放射線照射が人間の体におよぼす短期的、長期的な影響を十分に理解するため、さらなる調査を急いでおこなう必要があることを痛感した。「被爆者の一生涯を通じた注意深い観察が終了するまで、私たちが一定の結論を目にすることはないかもしれない」と後にヤマザキは書き記している。

放射線が被爆者におよぼす長期的な影響に関し深い知識が求められていたことから、ＡＢＣＣはその必要性に対応するための追加調査を数多く計画し実行した。そしてそのなかの多くは現在も調査が続いている。このような調査の結果は長年公表されなかったが、公表後に明らかになったことは、ほとんどの場合、被爆者が受けた放射線レベルと被爆者の症状の重さや、生涯を通じて癌を発症する危険度とのあいだには直接的な相関関係があるということだった。一九五八年にはＡＢＣＣ寿命調査の開始が決まり、調査参加者の生涯における癌の発症を調査し、被爆していない人たちと比べ過剰な癌のリスクがあったかを評価するため死因が記録された。最終的に調査対象集団は両市で十二万人にまで増え、補足調査では放射線が免疫システムに与える影響、遺伝子分析、病気や死をもたらす被爆の根本的な生物学的影響に関する調査がおこなわれた。原爆投下時に子供だった被爆者は、すでに統計上は身長と体重が平均以下であることはわかっていたが、調査結果からは、彼らは他の大人たちに比べ、調査対象になっていたほぼすべての病気に罹るリスクが高いことが示された。胎内被爆調査の集団に加え、ＡＢＣＣは両親のどちらか一方または両方が被爆者で、原爆投下以後に妊娠し生まれた子供たちへの遺伝的影響の可能性を一生涯にわたり調査しつづけた。今日にいたるまでこの集団への明確な遺伝的影響はみられていないが、科学者たちはこの集団の人たちが老齢に達し、調査を終えるまで結論を出すことはない。

こうした調査は、参加した何万人にものぼる長崎と広島の被爆者からの協力がなければ実施することはできなかった。被爆者はＡＢＣＣの調査方法に対して政治的、文化的、そして深い個人的な懸念をもってはいたが、さまざまな理由から調査に参加する選択をした。そうした理由のなかには、治療はしてもらえなくても無料の検診や診断が受けられること、アメリカの医療施設や科学的研究方法に対する感嘆の気持ち、そして時を経て融和が進んだＡＢＣＣと日本の研究機関や医療機関との関係があった。和田は大切な医学の進歩に貢献するひとつの方法ととらえてＡＢＣＣの寿命調査に参加した。また被爆に関する科学的知識の向上に貢献することで、生きのびたことの意味をいくらかでも見いだした人たちもいた。そうすることが世界の核兵器開発を終わらせることに役立てばと願ってのことだった。

しかし堂尾のように多くの被爆者はかたくなにＡＢＣＣの調査に反対しつづけた。彼女の最初で最後のＡＢＣＣ診療所への訪問の後、堂尾は二度と調査には行かないと心に決め、自分の体をアメリカのデータ収集のために差しだすくらいなら、自分の症状に診断がつく可能性や新しい発見があるかもしれない症状の事後分析を断念することにした。その後二十年間、ＡＢＣＣは電話や手紙で彼女の体調を尋ねてきたが、それに応えることはけっしてなかった。何年か経った後、堂尾が一度その理由を家族に話したことがあった。「私が協力を拒否したのは私がひどい扱われ方をされたから」と堂尾は説明した。「ただ生かされた物体だったのか――。私の自尊心がそれを許さない、という心境だった」。また堂尾には、調査に参加することは、ある意味より強力な核兵器の開発に貢献することになるかもしれないというがまんならない不安や疑念がつきまとった。

＊

一九五一年九月八日、日本はサンフランシスコで開かれた講和会議においてアメリカを含む参加四十八ヵ国と平和条約を締結した。翌年四月二十八日、平和条約が発効され、日本の真珠湾攻撃後に宣言され、十年の長きにわたって続いた戦争は終結し、アメリカによる占領も終わりに近づいた。長崎では三千人以上の人たちが浦上天主堂に集まり、この歴史的移行を記念する特別な荘厳ミサに参加した。

日本による容赦ない軍事侵略はたった七年前に終わったばかりで、日本はどうにか国として認識してもらえる程度の存在にすぎなかった。日本の新憲法は、自衛の目的以外で政府が武装することを禁じた。

真珠湾攻撃を命令した当時の首相、東条英機を含む七人のA級戦犯は、極東国際軍事裁判〔東京裁判〕終了後、一九四八年十二月二十三日に処刑された。BC級戦犯として下級兵士約六千人も起訴され、そのうち九百二十人が処刑され、三千人以上が懲役刑を言い渡された。戦後日本の社会的安定を図る手段として、占領軍当局は天皇には戦争責任がないことを明らかにしていたが、天皇はもはや神聖な元首ではなく、日本国民は天皇に支配される臣民ではなくなった。被爆者を含め国民は、軍事色に染まった自国の過去と、かつて他に勝る民族であると教えこまされた意識を否定した。そしていまや民主国家の国民となり、二十年ぶりに軍による直接的な統制から解放された。

七年ものあいだ世界からほぼ完全に孤立していた日本は、やっと世界の情報を知ることができるようになり、日本人も外国人も、日本と外国との自由な往来が可能となり、日本経済は成長しはじめ、多くの地域で食料や衣類が自由に手に入るようになった。日の丸の旗がふたたび日本の空にはためき、主権国家としての地位を取り戻し、日本は欧米化した資本主義国家として、自国の歴史におけるまったく新しい時代へと足を踏み入れていった。

占領時代は幕を閉じたが、日本を離れたアメリカ兵はほとんどいなかった。新憲法は永久的な武力の不保持を明記しているため、日本とアメリカは二国間協定〔旧日米安保条約、一九五一年〕を結び、アメリカは軍事面で正式に日本を擁護することになった。それと引きかえに、アメリカは一九五〇年から一九五三年の朝鮮戦争の間、日本に米軍基地を保持することができた。それによりアメリカは、必要であればソビエト、中国、朝鮮による共産主義の拡大を監視し抑えこむための強力な軍事的存在感を維持することが可能になった。皮肉なことに、歴史がもたらした思わぬ展開から、日本の自国防衛は米軍の手中のみに委ねられることになった。

検閲によるすべての制約は解除され、ＡＢＣＣ〔原爆傷害調査委員会〕に所属していない日本人科学者、研究機関、政府機関も、やっと原爆後の障害や症状についての研究結果を出版できるようになった。占領終了後に公表された科学的研究のなかでもっとも意義深いものは、日本学術会議の原子爆弾災害調査研究特別委員会の概要報告（一九五一年公表）と一六〇〇ページからなる完全版報告書（一九五三年公表）だった。このときはじめて日本の科学界と医学界は、日本人の物理学者、技術者、医師によって一九四五年に実施された調査、研究、分析の詳細を知ることができた。この待ちに待った報告書は被爆者の救済に役立った可能性はあるが、彼らにとってすでにそれは手遅れだった。

日本の一般市民はようやく、原爆投下時とその後に広島と長崎が受けた計り知れない被害、人々が直面した多くの死、生きのびるための苦しみを以前に増して知るようになった。一九五二年から一九五五年の間には六十以上の原爆に関する本、論文、報告書などが出版された。そのなかには日本人の写真家や映画制作者がアメリカ軍占領期間中に違法と知りながら隠し通した、原爆の破壊を印象づける強烈な写真や映像があった。それらは日本人がもっていたかもしれない原爆に対する曖昧さをすべて取り去り、核兵器攻撃による恐ろしい現実を目の前に突きつけた。山端庸介は、原爆投下の翌日に撮られた写真の記録選集『原爆の長崎』〔北島宗人編、第一出版社、一九五二年〕を出版した。日本赤十字社の東京本部では原爆資料展が開催され、ある報道機関は一九四五年秋に撮影された日本映画社のニュース映画を公開した。アメリカの「ライフ」のような雑誌「アサヒグラフ」の特別版〔一九五二年八月六日号〕が広島原爆の七周年原爆忌に発行され、両市で撮られた崩壊した建物や焼け焦げ放射線を浴びた人々の生々しい写真を含め、ほぼすべてのページが原爆の開発に関する情報で占められていた。この特別版はすぐに売り切れ、四回の増刷が繰り返され、合計七十万部が売れ、日本をはじめ世界各国で何百万人もの人々によって読まれた。これを含めこの時期に発表された原爆関連の書籍やさまざまな出版物によって、日本人全体が被爆者に深い同情の念を抱くようになり、長崎と広島への原爆投下による心の傷を国全体で受けとめる気持ちがめばえた。

アメリカでも原爆に関するますます多くの情報が公開された。一九五一年、原子力委員会は六巻からなる報告書『原爆の健康影響』を発行したが、これは被爆者におよぼす急性放射線影響などを含め、日米双方の医師たちが原爆投下後の数ヵ月間におこなった共同研究をまとめたものだった。それまでは、原子力委員会やその関係機関に属していた人たち以外で、このような情報を入手できた人はほとんどいなかった。ABCCの所長だったヤマザキでさえ、一九五六年までこれを見ることはなかった。原爆投下に関してはほとんど何も知らずに過ごしていたアメリカの一般市民は、「ライフ」誌が一九五二年九月号で被爆者の写真を掲載すると、ようやく原爆の影響について、まだ限定的とはいえこれまで以上に理解を深めることになった。七ページにおよんだ特集には山端の写真が十枚掲載され、そのうちの一枚には衝撃で路面電車から吹き飛ばされ、道路の溝に叩きつけられた何体もの死体が写っていた。長崎を扱ったページには、作家の東潤が夜明け前、薄明のなかで焼け焦げた死体を思わず踏みつけてしまったことや、耳に残る助けを求める叫び声などの回想が書かれていた。

アメリカでこのような写真や記述が公表されたことは歴史的に重要な意味をもつ一方で、東京では塩月正雄医師がアメリカ報道機関の無知とまったくの判断力のなさ、そして一般市民の認識力の低さにあきれていた。核攻撃が起きたときに確保できるアメリカ人たちの安全や、その直後の医療支援について書かれたアメリカの雑誌記事に対し、一九五二年、彼は次のように書いている。「先日あるアメリカの一般雑誌をめくっていると、「原子爆弾による負傷者はこのようにして治療される」という見出しで真っ白なシーツで包まれたベッドにひとりの患者が横たわり、そのまわりにキレイな制服を着た医師と看護婦がいて、何か医療液を注入している写真が載っていた」。この記事には、原爆の被害者を手当てするためにアメリカにはどれだけ「最高の医療施設」が完備されているかが書かれていたことを塩月は覚えていた。「なんというバカバカしい机上の空論か」と塩月は批判した。原爆で破壊された「都会のどこにフワフワしたクッションのついたベッドが転がっているであろうか。どこに健全に働ける医師がいるであろうか。また、どこに優しい美しい看護婦がいるというのであろうか。薬は、包帯は、そして消毒された注射針一本ですら、いったいどこに保存されているだろうか」

その写真とそれに対する塩月の反応からは、ある事実が浮かびあがった。それは、原爆の恐ろしい破壊や死の現実を描写したジョン・ハーシーの『ヒロシマ』や「ライフ」の記事が出版されたとはいえ、アメリカはそうした現実を自国民から隠しつづけることに成功したという事実だった。アメリカの検閲政策は事実の公表を長年禁止しつづけ、政府は原爆がもつ想像を絶するほどの破壊力と大量放射線による全身被曝による恐ろしい結末を否定しつづけた。そしてアメリカとソビエトの冷戦が拡大するなか、アメリカによる核兵器所有の独占は破られた。この間、ソビエトも核兵器開発を始め、アメリカは国内では核兵器の製造能力を高めるため三〇億ドルの予算を割り当てる一方で、他国による原子力の使用を平和目的に限定させるため、原子力の国際的管理を強く主張していた。核兵器の製造と核実験は世界中で拡大していった。一九五五年末までに、アメリカは三千五十七発の核兵器を保有し、六十六回の核実験をおこなった。ソビエトは二百発を保有し、二十四回の核実験をおこない、イギリスは核弾頭十発を開発し、三回の実験をおこなった。平均すると、これらの核兵器は長崎に投下された原爆の四十八倍の威力をもっていた。

アメリカで被爆者の苦しみが伝えられるようになってきても、トルーマン大統領は、全身被爆や大量被爆が人間におよぼす影響をけっして公に認めることはなく、民間人への原爆使用に遺憾の意を表明することもけっしてなかった。しかし、そうなりそうなことはあった。一九五〇年十一月三十日の記者会見で、死傷者が多数出ていた朝鮮半島の国際紛争について、トルーマンはこれを終わらせるために核兵器を使用する可能性はあるかとの質問を受けた。「これまでつねに積極的に検討はされてきている。使われるのを見たくはない。恐ろしい兵器であるし、この侵略となんら関係のない罪もない男女、子供に使われるべきではない。もし使われれば、それもやむなしとなる」とトルーマンは答えた。

＊

「瞬く間に十年が過ぎていきました」。ある長崎の被爆者はそう書いている。長崎とそこで生きのびた人々は長く続いた戦争、原爆、そして家族、友人、地域を瞬時に、また絶え間なく失うという苦しみを乗りこえてきた。また人々は不十分な食べ物や必需品、占領下の孤立と検閲、何年にもおよぶ怪我や被爆による重い体の症状に耐えてきた。一九五五年ごろまでには、長崎から対馬海峡と朝鮮海峡を二七〇キロほどこえたところで勃発した朝鮮戦争に供給する船舶、軍用品、その他製品の製造を三菱や他の企業がアメリカから請け負ったことが大きな推進力となり、市の経済は成長した。原爆で被害に遭わなかった多くの人たちが長崎に移り住み、市の人口は原爆前の人数にまで戻った。

原爆の影響が比較的少なかった旧市街では、商業や日常生活がどうにか正常化していた。当時三館あった映画館では、西部劇や冒険物などハリウッド映画がもっぱら上映されていた。浦上盆地でも、新たに舗装された道路沿いには復興〔応急〕住宅が何列にもわたって並び、地元住民に商品を提供しようと

長崎港。上・1945年、被爆後の長崎港。中央左端に新興善国民学校。手前尖塔のある建物は西中町天主堂（現・カトリック中町教会）、湾を挟んで右手奥に三菱長崎造船所。下・1954年、復興後の長崎港。中央左の大きな建物は長崎県庁（撮影・小川虎彦）

さまざまな店が開店した。再建され、国立長崎大学医学部と改名されたかつての長崎医科大学とその付属病院では、ようやくそれぞれがもとの場所で運営を再開した。最新の医療機器や治療技術を整えた病院が再開されたことで、新興善小学校の臨時病院はやっとその役目を終えることになった。路面電車は市内ほぼすべての路線で運行されていた。空腹や必需品の不足は解消され、生きるため食料を求めて駆けまわる人の姿はほとんどなくなった。

しかし被爆者が目を閉じると、そこには人々のずるりと垂れ下がった皮膚、助けを求め振りしぼるかすかな叫び声、街中を死臭で覆った荼毘に付される死体の光景が鮮明によみがえった。ほとんどの被爆者は自分ひとりでひっそりと悲しみに耐えていたが、一部の人たちは長崎で亡くなった人々に敬意を表し、彼らのことをしっかりと記憶にとどめたいと考え、小さなグループを結成した。市の行政府では、原爆資料館開設への第一歩として、長崎市原爆資料保存委員会が遺された貴重な品々や情報を収集した。また毎年おこなわれていたさまざまな記念式典は統一され、長崎原爆犠牲者慰霊平和祈念式典としておこなわれるようになった。一九五四年以降毎年、長崎市長が市を代表して「平和宣言」を読みあげている。

爆心地では、一九四五年に瓦礫のなかに立てられた目印の小さな円柱の代わりに、高い木製の柱が広く土を盛りあげた場所に立てられ、後方には若木が植えられた。柱の表面に手書きされた大きな漢字が爆心地であることをはっきりと示していた。訪れた人々はこの柱の前に置かれたベンチに座ることもでき、片側には原爆の被害を説明する大きな木製の掲示版が立っていた。

永野は母、兄とともに爆心地の近くに小さな家族の墓を建て、清二、邦子、そして父の遺骨をそこに納めた。和田には原爆で亡くなった勤労動員学生十二人と百人以上の路面電車運転士と車掌を追悼する記念碑を建てようという新たな目的ができた。「彼らの魂を慰めようという思いで」と和田は言う。この目的のため、彼は友人たちとともに死亡した全員の名前と住んでいた場所の名簿をつくった。家族が生存していた場合には最新の住所を突きとめ、仕事が休みの週末を利用し遺族を訪問した。「娘さんや息子さんを亡くした後、どうしていらしたかを聞くために、遠く大阪、関西、沖縄にまで訪ねていきました」。家族のうち三分の一ぐらいはあえて原爆のことや失ったわが子のことを話したがらず、和田の訪問を受け入れてはくれなかった。しかしその他の家族は和田を家に招き入れ、原爆当日の娘や息子のことで和田が知っていることはなんでも教えてほしいと言った。彼がすべての訪問を終え、家族と交わした会話の詳細をまとめるまでには十年の歳月を要した。

長崎の人々は十年目の原爆忌を、追悼のための新たな建物、彫像、追想行事とともに迎えた。爆心地から北に一五〇メートルほどの丘の中腹に建てられた六階建ての長崎国際文化会館が運営を開始し、五階は全面が小規模の資料館として使われ、原爆関連のさまざまな資料や個人からの寄贈品が展示された。この年、二十二万人が訪れ、展示物を見学した。長崎平和祈念像が爆心地の真北にある広々とした高台の一端に建てられた。像の制作費用はすべて募金によって賄われたが、被爆者のなかには、その費用は被爆者の治療のため、もっと有効に活用すべきだとして像の制作に反対した人たちもいた。長崎出身の著名な彫刻家、北村西望によって制作されたこの像は高さ三・九メートルの台座に座る九・七メートルの男像で、右手は原爆が炸裂した空を指し、水平に伸ばした左手は平和を象徴し、閉じた目は犠牲者の冥福を祈っている。

八月九日の朝、大勢の人々が長崎市の公式祈念式典に参加するため、平和祈念像の前に集まった。長崎市長や他の要人たちが記憶の継承と平和の希求を訴え、祈念像の下に花を捧げた。上空では飛行機から亡くなった人たちを偲んで花が撒かれた。十一時二分、十年前この地で原爆が炸裂したその時間、祈念像の最前列に立っていた原爆孤児グループのひとりひとりが鳩を空に向けて放った。その夜、花火が夜空を明るく照らすなか、紙灯籠を手にした子供たちの行列が浦上川に向かって歩みを進めた。川に着くと、子供たちは灯籠の下に薄い木の板を張りつけ、いくつもの小さな舟に乗せた。それを電車の車両のようにひもで引っぱりながら川を下っていくと、揺らめく灯火が水面に長く連なっていった。

長崎を覆っていた破壊の痕跡の多くが人目につく場所からなくなっていくなか、夜間になっても原爆が投下されたことが歴然とわかる痕跡が、ひっそりと消えずに残っていた。爆心地の北にある高台、祈念像の近くには、崩壊した浦上刑務支所の建物ひとつひとつの形がはっきりわかる形で、石の土台が地面に突き出たまま残っていた。浦上天主堂の破損した数本の石柱は、浦上盆地の北東の端にまっすぐ立っていた。爆心地から南東九〇〇メートルの高台〔坂本町〕には、片方の柱だけを残した鳥居が石段の上に不思議とバランスを保っていた。巨大なセメントの支柱の一本が原爆で吹き飛ばされた後、十年を経ても、その一本足の鳥居は木々に囲まれ落ち着いた雰囲気の山王神社への道筋を訪れる人々に指し示していた。

＊

復興と追想の狭間で歩みを続ける自分の街に遅れまいと、堂尾は隠れた生活から這いあがってきた。何年ものあいだ彼女は自分の部屋にひとりぼっちで座ったまま、与えられた生涯をどう生きたらいいのかと自問を繰り返していた。被爆から五年後、堂尾の怪我は癒え、体に埋めこまれたガラスの破片によって続いていた痛みも和らいだが、彼女の髪の毛はまだ生えてこなかった。羞恥心を克服し、自分の人生をもう一度やりなおそうという必死の思いに駆られ、堂尾は母が彼女のためにつくってくれた黒い三角巾を頭に巻き、少しだけ家の外に出てみた。吉田のように最初は近所から離れることなく、家のまわりを少しだけ散歩した。しばらくすると、人々が自分のことを「黒い三角巾をかぶった娘」と呼ぶ声が堂尾の耳に入ってきた。

一九五五年、堂尾の髪の毛はようやく黒い三角巾を外すことができるほどまで伸びた。堂尾の父は、将来、堂尾が自活しきちんとした生活ができるよう洋裁学校へ行くことを勧めた。堂尾が学校に行くには思いきって自宅周辺から離れ、より遠くへと足を踏みだしていかなくてはならなかった。ある日の帰宅途中、背中に幼子を背負った中年の女性が地面に敷いた筵（むしろ）の上に疲れきった表情で座っている姿が堂尾の目に入ってきた。「なんでもいいから恵んでください」と女は道行く人たちに訴えていた。

堂尾は差しだす箱のなかに小銭を入れた。「チャリン」というたまらなくもの悲しい音に、堂尾は胸が締めつけられた。「この人の人生はなんだったのだろう。原爆か戦争で夫を失ったのだろうか」。道すがら、堂尾は自分の人生と重ねあわせ考え、絶対に自立しなくてはいけないという思いにめざめた。すぐに彼女は、たこ焼き店でパートの仕事を見つけた。それから数ヵ月後、堂尾は化粧品会社の長崎駐在員として採用された。

被爆して以来感じることのできなかった生きているという実感をふたたび取り戻し、堂尾は自分の将来を描きはじめていた。彼女は自分のために、そして亡くなった友人たちのためにも誠実に全力で生きたいと思った。自分が抱くファッションへの強い思いにふたたび気づいた堂尾は、化粧品を通じて自分の夢や理想を実現し、それによって顔に傷や火傷を負った若い被爆者の女性たちの力になりたいと考えた。

時が経つにつれ、彼女は無理をしてでも自分の可能性を試したいと思うようになった。地元を離れ、より大きな都市へ移り住みたいという思いも強まった。そして当時の独身女性としてはめずらしい選択だった東京本社への転勤をみずから願い出た。「ファッションは東京が花形でしたから。当時は、なんでもそうでした」と彼女は語った。堂尾の希望は受け入れられたが、両親は彼女が自分たちのもとを離れることに猛反対した。「お前は傷もつ体だ。いつ再発するかもしれない。苦労が目に見える」と両親は言った。堂尾は憤慨したと同時に、社会的挑戦を実践する意味からも、両親の反対を押しきり東京行きを両親に告げた。長崎を離れる前、堂尾はひとりだけの生活に慣れるため部屋を借りた。そして化粧品会社の地元店で働きながら、貯金をしようと片手間に雑多な仕事もこなした。

彼女は自由だった。出発の日、二十六歳になっていた堂尾は着替えを風呂敷二枚に包み、家族に別れを告げ東京行きの列車に乗った。東京までは一日半を要する長旅だった。彼女は生かされた命を精いっぱい使ってみようと心に決めた。「もう死んだのといっしょだからっていう気持ち。それでだめなら、もともとじゃないか」と彼女は振り返った。ゆっくりと走る汽車の窓から外を見つめる堂尾の目には、長崎の街、子供時代の思い出、そして彼女の被爆体験が遠くに消え去っていくようだった。「東京行きは私の人生の本格的スタートラインだった。死にもの狂いで模索すれば答えが出る——。そんな思いだった。自分に勝つか負けるか、私は賭けた」

第七章　新たなる人生

二十一歳の水田久子は懸命な努力の末、長崎の観光バスガイドの訓練を終え、候補者二十人のなかから最終的に採用される七人のひとりに選ばれ、このうえない喜びを感じていた。一九五〇年代に始まった日本の好景気は、荒廃し疲弊しきっていた戦後の日本社会を立ちあがらせるきっかけとなり、長崎でも貿易がふたたび盛り返しを見せ、すでに活況だった造船業は地元経済の成長を押しあげた。市の中心地には洗練されたホテルやレストランが続々と誕生し、そこには日本語と英語の名前が掲げられていた。稲佐山にはテレビ塔がそびえ、真新しい高層アパートやオフィスビルがぽつりぽつりと市の景観に加わりはじめた。当時ＡＢＣＣ（原爆傷害調査委員会）を主導していた遺伝子学者のひとりウィリアム・Ｊ・シュールは「お店が立ち並び、たくさんの買い物客でにぎわう場所ではクリスマスソングが鳴り響き、デパートへ行くとサンタクロースやかわいい妖精たちの人形や絵が飾られていました」と街の様子を振り返る。

長崎が近代的な都市へと生まれ変わりはじめると、観光客も放ってはおかなかった。世界の国々から贈られてきた平和を祈る記念像は、爆心地のすぐ北にある長崎平和公園を取り囲むように配置され、たびたび県営バスの音楽隊が演奏で訪れる人たちを出迎えた。大きな平和祈念像のそばでは麻痺や重い怪我、そして病気などで仕事を見つけることが困難な被爆者たちが人気の「被爆者の店」を運営し、原爆関連の土産、手づくりのマリア人形、麺類、飲み物などを販売した。

バスガイド用の制服も仕上がり、いよいよ久子が新しい仕事を始めようとしていた矢先、久子は上司から、同じ会社の路面電車部門に勤める和田という男性と会ってみないかと言葉をかけられた。上司は和田にも「水田さんというすてきな女性がいるんだ。彼女と結婚を前提に会ってみないか」と話をもちかけていた。久子はバスガイドの仕事がすぐに始まることや、いまのところ結婚する意志がないことを告げたが、上司はせめて紹介だけでもさせてくれないかと熱心に説得しつづけた。

日本では結婚し子供をもうけることが社会的責任を果たしているとみなされていたことから、若者にとって結婚は一人前と認められるための大事なステップだった。当時はお見合い結婚がほとんどだったが、最初の正式な顔あわせには、通常、当人たちの両親が付き添った。お見合いの話は年配の親戚、職場の先輩、知り合いの年長者などからもちかけられることが多かったが、紹介者は候補者が結婚相手としてふさわしいことを保証し、性格のすばらしさを伝えた。家族は社会的地位、外見、経済力、健康、丈夫な子供をもうけることができるかなどをもとに紹介を受け入れるかどうかを決めた。

原爆症や子供への遺伝的影響に対する恐怖が広く一般に根づいてしまっていたことから、たとえ経済力や地位があり、外見ではっきりわかる怪我や病気がない場合でも、結婚相手として紹介された被爆者はいつも決まって断られた。「当時、被爆者は何か悪い病気をもっているとか、被爆者同士が結婚したら障害をもった子が生まれるというような噂が流れていたんですよ」と和田は振り返る。そのため数多くの被爆者が、自分が被爆者であることを結婚するまで相手に黙っていた。また結婚後も配偶者には絶対に知られないようにしていた被爆者もいた。ある女性は夫に被爆者であることを一生涯告げず、政府から被爆者宛に届くすべての郵便物は届くと同時に破棄した。また、自分が被爆者であることを夫とその家族に知られた別の女性は中絶を強制され、結婚を解消させられた。

和田と久子は中華レストランで会う前、顔見知りではあったが、ほとんど話をしたことはなかった。どちらも自分が被爆者であることにはふれなかった。一九四六年以降、自分の被爆体験を誰にもいっさい話してこなかった和田は、いまさら打ち明けようという気持ちにはなれなかった。三十歳になっていた彼は妻となる人を見つけ、早く結婚して祖父母に曾孫の顔を見せてあげたかった。

久子はお見合いすることをためらった。和田に対してとくに悪い印象をもっていたわけではなかった。しかし当時は、若い女性が結婚すれば仕事をやめることがふつうだったことから、久子はまだ始まってもいないバスガイドの仕事をあきらめたくなかった。ところが彼女の叔母は和田との結婚を強く勧めた。「女はね、どうせお嫁に行かんといかんとよ」と叔母は久子に言ったが、そこには相手から望まれたときに結婚することが、女性にとっていちばんしあわせだという意味が込められていた。原爆後、叔母は久子とその家族の面倒をみてきたことから、叔母の言葉には特別な重みがあった。「結局叔母には、楯突ききらんかったんですよ」と久子はそのときの心情を明かした。

うすうす気づいていたのかもしれないが、和田と久子がおたがいを間違いなく被爆者だと知ったのは、結婚式を終えてからのことだった。五人兄弟の三番目だった久子は、一九四五年当時、銭座国民学校の初等科三年生だった。父親は戦争に行っていていなかった。長崎への通常爆弾の攻撃により母と兄は大

怪我を負い、一家は浦上盆地にあった自宅を離れ、郊外の叔母の家に移り住んでいた。それから一週間後に投下された原爆によって久子の自宅は破壊された。原爆投下時、彼女は爆心地から一・六キロしか離れていない学校にいたが、防空壕にいたため助かった。姉は街に向かって歩いていたため、全身に火傷を負ってしまった。包帯にくるまった姉の面倒をみながら家族全員で十日間防空壕にとどまり、その後長崎を離れ、九州北部にいた親戚とともに生活した。九月になり父が戦争から戻ってくると、彼らは家を再建しようと長崎に帰ってきたものの、あまりの貧しさに家には長いあいだ天井がなかった。

1957 年の結婚式当日、30 歳の和田耕一

一九五七年に和田と久子が結婚式を挙げると、すぐに久子は妊娠した。彼女ははじめての子供を「ハネムーンベイビー」と呼び、笑顔で当時を振り返った。このころになると、親の被爆による遺伝的影響や胎児の奇形についての根強い噂や報道に被爆者はたまらなく心配な日々を送っていた。ＡＢＣＣがどんなにはっきりと、放射線を浴びたからといって子供に重大な遺伝的影響がおよぶことはないと言って被爆者を安心させようとしても、若い夫婦やその家族は不安でたまらなかった。久子が病院で最初の出生前検診を受けたとき、ふたりが被爆者であったことから、医師のひとりから子供は産まないほうがよいと言われた。「障害児の生まれてくるということが、医学的に言われてきよっと」と事実とは思えない警告をした。「もうゾッとしました」

ふたりは違う医師の意見を聞こうと、原爆による身体への影響を研究していた長崎大学医学部付属病院の医師を訪ねた。最初の医師の意見を否定はしなかったが、この医師はたとえ体に問題を抱えて生まれてきたとしても、世話をしながらきちんと育てていくことができると言ってふたりを安心させた。感謝しつつも不安な気持ちを抱えたまま、出産の日を待った。彼らのもとに最初に訪れた女の赤ちゃんには噂で広まっているような症状がないことを知ったとき、ふたりはこのうえない安堵感に包まれた。そして、その後数年のあいだに、さらにふたりの健康な女の子が誕生した。

和田と久子は高齢で厳格な祖母と一緒に、浦上盆地北西に位置する丘の麓に立つ新しい家へ引っ越した。和田は路面電車の運転士として数年間働いた後、事務職になり、一日乗車券や路線図広告などのアイデアで社の業績に貢献した。彼は原爆で失った同僚たちの記念碑を制作するため、週末はその実現に向けた活動に没頭した。

原爆体験についてはめったに話すことはなかった。「話すと、どうしてもつらい体験を思い出すでしょ。子供たちにさえ直接話してはいないですね」と彼は言った。

「直接話さなくても、子供たちはうすうすわかっていたと思いますよ」と久子が付け加えた。

「話さなかったというだけではないんです。話したくなかったんです。話したくなかったから話さなかった」と和田は説明した。

＊

和田の結婚が決まったころ、永野の結婚生活はすでに七年目を迎えていた。永野は二十歳を過ぎた一九四九年ごろから結婚を考えるようになった。しかし母に会わせようと好きな人を家に連れてくるたび、母はその人たちをはねつけた。「好きな人ができて家に連れてくると、母は必ず猛反対するんですよ」と永野は振り返った。「結局母は、私の気に入った人を受け入れることはないんだろうと思いました」。やむことのない母に対する罪の意識に苛まれ、永野は自分の気持ちを封印し、母の言うとおりにしようと思った。母は永野がいとこの男性と結婚することを望んでいた。彼もまた被爆者だった。「私の母は養女だったので主人とは血のつながりはなかったんです。主人の両親、弟、妹はみな原爆で死んだんですよ。主人だけ残されてかわいそうだから結婚しなさいって言われて。でも私は母に何も言わずに家を飛び出し、諫早にいた友人の家に行って一夜を明かしたんです。そのころはもちろん携帯電話などなく、電話さえどこにでもあるわけではないので、母は心配して一晩中、友だち全員のところを探しまわったらしいです」。家に戻った永野は、母が自分のことをどれだけ心配していたのかを痛感し、もう二度としないと心に決めた。

一九五〇年、永野はいとこと結婚した。彼女はこのとき二十一歳だった。永野は夫に対しロマンチックな気持ちはなかったが、将来は子供を持つことにもなるだろうと思い、自分から寄り添っていこうと努めた。結婚式が終わると、夫は永野と母が住む城山町の小さな長屋住居に引っ越してきた。それは原爆後に建てられた復興〔応急〕住宅のひとつだったが、市がこうした住居の所有権を被爆者に譲り渡したことから、すでに母の持ち物となっていた。その後、永野と夫は、母の家と同じ通りにある十四平米ほどの一間の家に引っ越した。

結婚後、永野は仕事をやめた。一九五一年、彼女は男の子を出産し、その後十年間にふたりの娘にも恵まれた。「幸運でした。どの子も健康な赤ちゃんでした」。それでも、被爆者の子供は重い病気に罹るという噂が絶えなかったため、永野は子供たちを頻繁に検診に連れていき、風邪や発熱、その他子供たちに起きるどんな症状にも気を配った。子供たちの成長に伴い部屋が手狭になったため、ふたりは平屋を二階建てへと増築した。一家は息子が大学を受験する歳になるまでの十八年間をこの家で過ごした。

永野と夫は結婚生活を通じて、おたがいに被爆体験を語ることはほとんどなかった。「あまりにつらすぎる経験でしたからね。主人は自分以外の家族全員を亡くしているでしょ。だからいっさい原爆の話はしたことなかったんですよ。ふたりとも話したくなかった。おたがいあの話したら、涙が出て」。結婚してから二十二年が過ぎた一九七二年のある日、夫がついに沈黙を破った。その日は永野の兄の一周忌だった。夫は原爆投下の日に何があったのかを永野に話しはじめた。彼の父は三菱兵器大橋工場での夜間交替勤務を終え、爆心地から西に五〇〇メートルほど離れた城山国民学校の向かいにあった自宅に戻り、朝食を食べ、妻と下の息子が眠る部屋で一緒に横になった。その朝、永野の夫であるもうひとりの息子は、父が夜間勤務を終えたばかりの三菱兵器工場で働いていた。ここは堂尾が原爆時にいた場所だった。彼がとっさに机の下に潜りこんだからだろうか、一緒に働いていた作業員二十六人中、助かったのは彼だけだった。

「夫は、家で並んで寝ていた父、母、そして弟の遺骨を見つけた、と私に話しました」と永野はそのときのことを思い出す。彼の妹については、その日街のどこにいたかがわからず、夫は妹の遺体を見つけることができなかった。これ以後、ふたりが原爆体験にふれることはけっしてなかった。数多くの被爆者同様、彼らも被爆体験を完全にふだんの生活から切り離して暮らしていた。表向きは一般の人々と同じように仕事に就き、結婚し子供をもうけた。そして心のなかでは原爆体験に蓋をすることで深い悲しみ、罪の意識、そして原爆の恐ろしい記憶に打ち負かされずに済んでいた。そうすることでなんとか前に向かって歩みを進めることができた。

＊

谷口は被爆者として、このような二面性を受け入れることができなかった。彼は、整った顔立ちの勤勉な若者だったが、どんな服を着ていても、その下にある原爆による身体の傷は絶え間ない痛みをもたらし、表面上は抑えこまれていた日本とアメリカに対する彼の怒りは、いまにも沈黙を破るかのような勢いで膨らみつづけていた。一九五〇年代初頭、谷口が人並みの生活を築こうとしていたころ、彼はいつの間にか初期の被爆者運動に積極的な第一歩を踏みだそうとしているところだった。その運動はその後、彼の被爆体験と日々の生活とを切っても切り離せないものとして結びつけていくことになった。

彼は自分の思いや体験を、気負うことなく徐々に表現しはじめた。原爆の記憶、三年半におよぶ入院生活、最近の体の状態などについて職場の仲間と語りあった。しかし火傷跡を見せることはけっしてなかった。夏になっても長袖のシャツで腕の傷を隠し、海水浴に行ってもシャツを脱ぐことはなかった。肌を陽の光から守るということだけでなく、耐えがたい人々の視線を避けたかった。「自分の傷を人に知られたくないと思ってました。変な目で見られたくないとね」と谷口は当時を振り返る。

そんなおり、会社の行楽行事で行った海水浴場で谷口がくつろいでいると、後輩がやってきて、火傷の跡はもう職場の誰もが知っているから、人がどう思うか気にせずにシャツを脱いではどうかとしきりに勧めた。すでに被爆者運動に関わっていた谷口は決心してシャツを脱ぎ、背中や腕一面を覆う赤い火傷跡と、変形した胸の長く深いくぼみを仲間やその家族に見せた。「少し恥ずかしかったので、ちょっとタオルをかけてね。なんでこういう体になったのかということをみんなに理解してもらいたいという気持ちでね。私の体を見た人たちに戦争や原爆について知ってもらいたいとね」

人々に対する谷口のこうした願いがすぐにかなえられるとは彼も思わなかっただろう。数年も経たないうちにアメリカは世界ではじめて爆撃機に搭載可能な水爆の実験を強行することになる。これにより世界中で抗議の声が巻き起こり、また、これをきっかけに日本でもはじめて全国規模の核兵器廃絶運動が生まれ、大量被爆の恐ろしい現実に人々の関心が集まることにもなるのだった。

この核実験〔ブラボー実験〕は一九五四年三月一日未明、マーシャル諸島の北端にある太平洋核実験場でおこなわれた。南太平洋上約二〇〇万平方キロにおよぶ海域にある島国マーシャル諸島には千二百以上の小さな島々が点在し、陸地の総面積はわずか一八〇平方キロほどである。水爆実験は、大きな礁湖を囲むごく小さな珊瑚の島々からなる細長いビキニ環礁でおこなわれた。この水爆の爆発威力はTNT火薬換算で一五〇〇万トンに匹敵し、長崎に投下された原爆の七百倍もの破壊力だった。

この爆発は瞬時に直径約一・六キロ、深さ六〇メートルのクレーターを形成した。すべての植物は破壊され、数秒で直径約五キロの火球が太平洋の上空約一三キロにまで達した。吸いあげられたとてつもない量の砂や土、粉砕された珊瑚、水で充満したキノコ雲は、十分と経たないうちに直径一〇〇キロ以上にまで広がった。アメリカ軍は、実験場の周囲約一五万平方キロにおよぶ危険地域から住民を退避させたが、ビキニ環礁の住民は、一九四六年にこの地でおこなわれた核実験〔クロスロード作戦〕の際にすでに避難を終えていた。しかし今回実験された水爆は、科学者たちが予想した破壊力の二倍にまで達し、風向きが予想外の方向へと変化したこともあり、放射性降下物は危険地帯の外側一万八〇〇〇平方キロ以上にまで降り注いだ。ビキニ環礁から東に一三〇キロほど離れた四つの環礁で子供、高齢者、妊婦を含む島民二百三十九人が放射線を浴び、その人たちの多くに放射線障害の症状があらわれた。実験場から東に約二五〇キロの場所で実験を観察していた二十八名のアメリカ人気象観測担当員たちも被爆した。

核兵器不拡散を訴える人々が「過去のアメリカ核実験のなかでも最悪の放射性物質による惨事」と呼ぶこの水爆実験の余波が遠く日本にまでおよんでいることが明らかになったのは三月十四日のことだった。この日、日本の漁船第五福竜丸が東京から南に一五〇キロに位置する母港の焼津漁港に帰港した。その二週間前、水爆実験がおこなわれた日の朝、この漁船はビキニ環礁から東に約一六〇キロ離れた立ち入り禁止指定区域の外で、マグロの延縄(はえなわ)漁をしていた。二十三人の乗組員のほぼ全員が甲板にいて、巨大な爆発とそれに続く閃光を目のあたりにした。何が起きたかわからず不安に駆られた乗組員たちは、延縄を急いで引きあげ、その場所をすぐに離れた。三時間も経たないうちに後に死の灰と呼ばれることになる放射性物質を含む白い灰が空から降りはじめた。二時間以内にこの灰は漁船と乗組員たちを覆い尽くした。乗組員たちは「甲板に足跡がくっきり残るほど降り積もった白い灰」のことをしっかり記憶していた。

第五福竜丸が二週間かけ四〇〇〇キロを航行した後、焼津港に到着したとき、乗組員全員にはすでに重い放射線障害の症状があらわれていた。ふたりはかなり深刻な状態だったため、すぐに東京大学医学部付属病院へ運ばれ、他の二十一人は当初焼津の病院に入院し、その後東京の病院へ移された。日本は広島、長崎に続き、またも自国の市民が不当に苦しめられたことに激怒したと同時に、実験対象の原爆の詳細や放出された放射線の性質を教えてほしいという日本の要求をアメリカ原子力委員会（AEC）が拒否したことにも憤慨した。日本の科学者たちは乗組員たちを治療するうえで、こうした情報は必要不可欠だと考えていた。広島と長崎の被爆者には長いあいだ治療を拒否してきたにもかかわらず、ABCCとAECは被爆した乗組員たちへの治療を申し出てきた。しかし日本の科学者たちは、乗組員たちをこれ以上アメリカ軍の被爆影響調査の対象にさせるつもりはないとしてこの申し出を断った。アメリカ政府当局に対しては限定的な検査のみが認められた。その後数ヵ月間に乗組員たちの多くが黄疸や肝臓疾患に罹り、医師たちは被爆と関係しているのではないかと考えたが、明確な因果関係を突きとめることはできなかった。

第五福竜丸が水揚げしたマグロは放射性物質に汚染されているかを判断する検査で陽性となり、破棄されはしたものの、放射線に対する恐れから巻き起こった混乱が日本中に拡大した。このときはじめて、長崎と広島の人たちだけでなく日本人全体が九年間被爆者を苦しめつづけた放射線毒性がおよぼす人間への影響に恐怖感を覚えた。数週間が過ぎるなか、南太平洋で捕獲された魚は汚染されているか否かにかかわらず、すべてが処分された。日本中さまざまな場所で採取された土壌や雨水が通常より高い放射線量を示すと、人々はさらに強い恐怖心を抱くようになった。この高い放射線量は、ビキニ環礁の水爆実験と、さらにその後二ヵ月の間にマーシャル諸島でおこなわれたアメリカによる五回の水爆実験が原因ではないかと推測された。九月になり、無線長だった久保山愛吉が被爆後に受けた輸血による血液感染で肝炎を発症し死亡すると、さらに国中がパニック状態に陥った。

一九五五年、他の乗組員たちは入院していた東京の病院を退院し、パニックは多少収まり、マグロや漁船の検査も終了した。そのころになると反米感情や核兵器と核実験に反対する市民の声が高まり、全国規模での本格的な運動へとつながっていった。世論調査では「いかなる状況下でも」すべての核実験に反対するとの回答が七五パーセントをこえた。国会では、原子力の国際的な管理と核兵器廃絶に関する決議案が採択され、ほぼすべての地方政府や自治体でも核兵器反対決議案が承認された。政府と民間による審議会が発足し、人体や環境におよぼす放射線被曝の影響をさらに詳しく研究し、将来的な原爆症の発症を抑える手段を探る協議がおこなわれた。東京の主婦グループが始めた原水爆反対の署名活動はまたたく間に全国へ広がり、党派をこえて各地で呼びかけをおこなった学校や若者グループ、医療団体、労働組合との連携を通じ、当時の人口の約三分の一に相当する三千二百万筆の署名が集まった。

このような力強い反対運動に触発され、さらには日本の平和国家としての新たな立場を認識し、広島市は第一回原水爆禁止世界大会を、原爆投下から十年目の一九五五年八月六日に開催した。初日の夜には三万人もの人々が広島平和記念公園に集まり開会を祝い、広島市公会堂でおこなわれた大会には、海外から参加した五十四人の市民代表を含め約千九百人が参加した。収容人数に限りがあったため、千百人が建物の外でスピーカーから流れる演説に耳を傾けた。

広島と長崎への原爆投下から十年が経ち、はじめて日本中で被爆者の実態に注目が集まった。一部の被爆者は、そうなるまでにあまりにも長い年月がかかったことや、南太平洋上で被爆した日本人漁師によって被爆者への関心が高まったことをとうてい喜ぶ気分にはなれなかった。しかし、絶え間ない病苦、偏見、病気の家族への世話に明け暮れ、疲れきってはいても、生活を立て直そうと黙々とがんばってきた多くの被爆者は、たとえ短いあいだでも自分たちに関心が向き、被爆者が全国規模の核兵器禁止運動の一員として迎えられたことを喜ばしく受けとめた。わずかではあったが、両市に住む一部の被爆者はこうして全国で高まった被爆者への関心を好機ととらえ、自身の体験を語り、核廃絶を強く訴えた。

運動への勢いはさらに増していき、一九五六年、長崎での第二回原水爆禁止世界大会開催へとつながっていった。「それは力強く、きわめて意識的な運動でした」。大会運営委員会で活動していた高校教師、廣瀬方人（まさひと）は思い返す。「大会のために商店街も開催費用などを援助してくれました」とある被爆者は振り返る。婦人会も白バラ運動を展開し、手づくりの布製バラを低額で販売し、その売り上げを開催費として寄付した。街では襟元に白いバラをつけた人々が行き交い、「原爆禁止」のスローガンがいたるところに掲げられていた。

一九五六年八月九日、長崎大会は、当時長崎でもっとも大きな会場だった県立長崎東高等学校の体育館で幕を開けた。他の国々や国際機関の代表三十七人を含む三千人が参加した。登壇者のひとり、二十七歳の渡辺千恵子が母親に抱えられて登場したとき、人々はもっとも深い感銘を受けた。彼女は原爆当日、落ちてきた鉄骨の梁で脊髄を押し潰され、下半身不随となっていた。母親の腕のなかで渡辺は被爆者に向かって、苦しみや羞恥心を乗りこえ原水爆の廃絶のために闘いましょう、と訴えた。渡辺は回想する。「十一年間私の中に秘めていた原爆への怒りをはじめて訴えたのです。その時の喜びと感動で、私の中に潜んでいたひねくれも、虚無も、絶望もどこかへ逃げてしまって、自分の生きがいというものをはじめて見いだすことができたんです」。参加者たちは力いっぱいの拍手で彼女を称え涙した。

大会期間中、被爆者と日本各地から来ていた市民活動家は、反核と被爆者支援を訴える地元に根ざした団体や全国規模の組織を立ちあげようと話し合いの場を設けた。そうしたなかで設立された団体のひとつが、日本初の被爆者による統一全国組織の日本原水爆被害者団体協議会（日本被団協）だった。その設立に際し、被団協は宣言した。「原爆から十一年あまりたったいま……あの瞬間に死ななかった私たちがいまやっと立ち上がって……今日までだまって、うつむいて、わかれわかれに、生き残ってきた私たちが、もうだまっておれないで手をつないで立ち上がろうとして集まった大会なのでございます」。被団協はその基本理念のなかで、日本に住む被爆者全員のために核兵器廃絶を促進させ、国による医療支援を訴え、被爆者のための職業訓練、教育プログラム、そして経済的支援制度を設けることを掲げた。

大会の様子が日本中に報道されたことで、人々はようやく長崎に住む被爆者の切実な思いにふれることができ、また海外からの参加者によって被爆者の存在と彼らの直面する実状が国外にも広く伝えられた。ある日本の反核活動家は、被爆者が政府からの支援がないままに十年以上も逆境に耐えなくてはならなかったことに啞然とする思いだった。大会参加者のアメリカ人牧師は、広島と長崎では火傷や被爆によって生存者はいなかったと思いこんでいたため原爆を生き延びた人々が存在することを知り驚いた、と大会運営委員の廣瀬方人に話した。

こうして人々が真実にふれ、被爆者への理解を深める姿を目にしたことで、動きだしたばかりの被爆者運動の参加者たちのなかには、公然と意見を述べ、みずからの体験を思いきって語ろうとする人たちも少しずつ出てきた。渡辺のように彼らもまた自分の人生に崇高な目的を見いだしたと感じた。これからは自分の記憶を伝えることによって原爆で苦しめられている人たちの力になり、核兵器の廃絶に向け闘っていこうとした。山口仙二はそうした初期の活動家のひとりだった。原爆が投下されたとき十五歳だった山口は、三菱兵器大橋工場の外での作業中、腕、胸、首そして顔の右側に大火傷を負った。長野市が被爆者の代表者を招き、地元の反核活動家のための講演会を開いたとき、山口は演台に立ってスピーチをおこなった。部屋を埋め尽くした聴衆の前で、彼ははじめて人前で自分の体験を語った。「会場もシーンと静まり返っています。私の話に真剣に耳を傾けてくれ、ときにはすすり泣きも聞こえていました」。自分が長いあいだ苦しめられてきた数々の困難が多くの人たちにわかってもらえたという大きな喜びが心の底から沸きあがり、山口の目にも涙が溢れた。そして彼は自発的にシャツを脱ぎ、上半身全体に広がるケロイドを聴衆にさらけだした。

谷口は仕事の都合で長崎の大会へは参加できなかったが、若い被爆者たちが堂々と語りはじめたことを聞いて勇気づけられ、自分も職場の友人たちだけでなく、もっと広く多くの人たちに自分の体験を話していこうと心に決めた。谷口にとってはじめてとなる講演は、招かれ訪問した全日本電信電話労働組合でおこなわれた。この経験がきっかけとなり、自分の時間が許すかぎり、このような活動を続けようという谷口の思いはふくらんだ。しかしこの時期、彼は激しい痛みと疲労感に悩まされつづけていた。あまりにも深刻な状態になり、一度は自殺を考えたこともあった。このときの経験は彼の考え方に大きな変化をもたらした。谷口は、たとえ大きな苦しみが伴おうとも、自分が生きつづけることが大きな意味をもつと感じた。「そのとき私は、原爆で命を奪われ、生きたくても生きられなかった人々のために生きつづけなくてはいけないと気づきました」

彼は、被爆体験をたがいに語りあおうという趣旨で一九五〇年代初頭から活動しはじめた小規模の若者グループに加わった。山口もこのグループの一員で、後に吉田も加わることになる。原爆が投下されたときには子供か十代の若者だった彼らは、誰もがひどい怪我、火傷、放射線障害、そして家族の死に苦しんできた。このグループは、メンバーが胸の奥底にしまいこんでいた体の症状、長引く痛み、偏見、仕事などの悩みをしっかり受けとめ、誰をも温かい友情で支えた。各自が主治医から聞いた被爆の影響に関する情報をたがいに教えあったりもした。渡辺を含む若い女性被爆者が立ちあげた小さな女性グループも、自分たちが直面する問題を話しあうため会合を重ねていた。体に障害のあるメンバーが内職で収入を得ることができるように、力をあわせ編み物での造花づくりにも取り組んだ。

この男女ふたつの若者グループは一九五六年に合併し、長崎原爆青年乙女の会となった。これまで核兵器を持たなかった国までもが核開発競争に加わるようになる一方で、アメリカ、ソビエト、イギリスは、より破壊力を増した核兵器の実験を地上、海上、地上何百キロという外気圏で繰り返した。こうしたなか、この小さな被爆者グループは友情を深め、耳を傾けようとするすべての人たちに核兵器がもたらす恐ろしい事実を伝えるため、個々が強い気持ちをもち仲間と協力しながらいまこそ立ちあがるしかないと心に決めた。このグループやより広範な反核兵器運動に対する谷口の献身的な取り組みはさらなる広がりを見せていった。「私たち被爆者が原爆被害の実相を伝えなければ、いったい誰がこういう戦争の苦しみ、原爆の恐ろしさを知ることができるでしょうか。勇気をふるって証言し、告発することが私たち生き残ったものの任務であり、それがまた私たちの最大の生きがいでもあるはずだ」。谷口はこのように考えた。

社会的な運動への自覚をより強めていった谷口だが、二十六歳となり、結婚についても考えるようになっていた。病床にあった祖母も、自分がいなくなる前に谷口が結婚して、きちんと世話をしてもらえるようになることを願っていた。しかし彼の積極的な運動の源となっていた被爆者としての独自性、とくに体中に負った火傷とその傷跡が結婚の機会を限りなく狭めていた。

祖父は候補者を何人か選んで書きとめていた。彼の家族や仲介役の人たちは、谷口が被爆者であることや火傷のことを候補者とその家族に隠さず伝えた。しかし何度お見合いの話がもちあがっても、谷口は次々と断られた。やんわりと断ってきた女性もいたが、露骨に残酷な言葉を浴びせられることもあった。「なんであなたのような傷だらけの、長生きもできそうにない人と結婚できますか」。谷口は落胆し、自信を失った。本人に知られないように、彼の家族は次の候補者と話すときには、谷口の体のことは最小限にとどめるよう申しあわせた。

谷口の叔母には、栄子という未婚の娘をもつ友人がいた。叔母は栄子が自分の甥にとって優しく申し分のない妻になると信じていた。二十代半ばの栄子は、長崎の北にある時津の野田という小さな漁村に住んでいた。彼女が二歳のとき父親は家族を連れ、当時日本の統治下にあった朝鮮へ移住した。栄子のふたりの兄は従軍先の戦闘で命を落とし、十代だった栄子は兵士の軍服を修繕して日本の挙国一致体制に貢献した。戦争が終わり、父方の祖父母の家に身を寄せた一家は長崎のあまりに変わり果てた姿に言葉もなかった。学校を終えた栄子は、自分たちの食料と多少の収入を得るため、家族が一〇〇〇平方メートルほどの土地で営んでいた農業を手伝っていた。

ある日、叔母は栄子のところに訪ねていき、栄子に谷口の長所を熱心に話して聞かせた。叔母は彼女と母親に、谷口の腕と足にある火傷跡はほとんど見えないこと、そして傷跡の組織を再生させるため顔の修復手術を受けたことを伝えた。しかし、顔の傷跡が長年の床ずれが原因だったこと、片腕に負った障害は一生治らないこと、背中一面はケロイドに覆われていること、そして胸にはいくつもの深いくぼみがあることにはいっさいふれなかった。後日叔母は、谷口を栄子がパートで調理師として働いていた小さなレストランに連れていった。ふたりは何気なくキッチンにいる栄子を見ていたが、叔母は谷口に会わせるため栄子をテーブルに呼んだ。栄子の目には、きちんと正装した谷口は他の男性と比べ違うところがあるようには見えなかった。結局、栄子はとくに理由を告げずに結婚の申し出を断った。しかし叔母はあきらめず説得を続け、ついに栄子は思いなおした。

谷口と栄子は一九五六年三月十九日、稲佐山中腹の祖父母の家で結婚式を挙げた。両家の家族はそのときはじめて顔を合わせた。谷口の父、兄、姉が、この日のために大阪からやってきた。式の後、ふたりは市役所に行き婚姻届を済ませ、すぐまた友人たちも加わった祝いの席へと戻った。その夜、祖母は枕元に座る栄子に、谷口と結婚してくれたこと、そしてこれから彼の面倒をみてくれることに対する感謝の言葉を伝えた。祖母の言葉に栄子は何か自分の知らないことがあるのではないかとの思いを強めた。というのも、その日彼女は、谷口の家族や友人たちからも、祖母と同じように感謝されると同時に不安を感じるような言葉を言われつづけていたからだった。

谷口は、栄子が自分の背中の火傷のことを知らされていないのではないかと思っていた。彼女が事実を知るときが刻々と近づくにつれ、彼の心配はますます募っていった。ふたりは最初の夜、祖母の家に泊まり、別々の寝床で休んだ。次の日ふたりは、バスに乗って長崎から東に五五キロほど離れた雲仙へ新婚旅行に行き、山間にある旅館に泊まった。夜になり、風呂に入ったふたりは向かいあって椅子に座り体を洗った。谷口は静かに、自分の背中を洗ってくれないかと栄子に言って体の向きを変えた。「妻は私がふつうの人と同じだと思っていたのです」。彼の後ろで栄子は泣きだした。そして一晩中栄子は泣きつづけ、翌日も涙が乾くことはなかった。谷口は栄子が彼のもとを去っていくのではないかと不安だった。

三日目の朝、ふたりは旅館を出て家に向かった。谷口の家族は、ふたりが揃って帰ってくるのかどうか心配しながら待っていた。驚いたことに、栄子は夫と一緒に家に帰ってきた。彼女は真実を話さなかった叔母に対する許せない思いはあったが、そのことはあえて忘れようと努めた。後に栄子は、もし自分が出ていけば、いったい誰がこの人をみてくれるだろうかと思った、と谷口に話した。

谷口の祖母は、それから二週間と経たないうちに亡くなった。谷口と祖父は祖母の小さな遺体を荷車に載せ、市の火葬場へと運び茶毘に付した。後日、家族は遺骨を長崎の北にある山をこえた先、長与村〔現・長与町〕にある寺に運び、家族の墓に納骨した。谷口と栄子は、谷口が育った家で祖父と暮らした。谷口は背中の痛みに苦しみつづけたが、それは背中を覆っていた火傷跡の傷ついた組織が原因だった。

それから三年と経たないうちに、ふたりのもとに娘と息子が生まれた。谷口は被爆体験を語る活動を続けていたが、原爆のこと、そしてどのように生きのびたかを子供たちと話すことはなかった。しかし日本の家庭ではふつうにみられるように、彼もまた子供たちと一緒に風呂に入った。そのため、子供たちは幼いころから彼のまだらで傷跡に覆われた背中や腕、そして胸にあるいくつもの深いくぼみを見慣れていた。

＊

被爆者と結婚しようとする人たちが被爆者の長期にわたる健康状態に不安を感じるのは無理もないことだった。原爆投下から十年が過ぎても、被爆者のあいだにはきわめて高い確率で血液、心臓血管、肝臓、内分泌の疾患、血球数の減少、重い貧血、甲状腺疾患、内臓の損傷、白内障、早老などさまざまな症状があらわれた。同時に複数の病気に罹る人も多かった。また非常に多くの被爆者が不可解な全身の倦怠感に悩まされ、これは後にぶらぶら病と呼ばれた。ぶらぶら病に罹った人たちは、虚弱体質や絶え間ない疲労感に苦しみ、そして被爆者の主治医たちによれば「極度の倦怠感から作業を続けるための気力がもてなかった」。

癌の発症率もふたたび高まった。子供たちの白血病罹患率は一九五〇年から一九五三年にかけて最高値となったが、そのころから大人の白血病が平均値を上まわって増えていき、この傾向は数十年続いた。一九五五年までには、その他の癌に罹る被爆者の割合も被爆者以外の人たちと比べ極端に高かった。甲状腺癌の発症は一九六〇年代に入り増え、一九六五年ごろまでには胃癌と肺癌の発症率が拡大した。肝臓、結腸、膀胱、卵巣、皮膚の癌も増加した。爆心地から一・二キロ以内で被爆した女性の乳癌発症率は、平均と比べ三・三倍だった。子供のとき被爆した人たちはそのリスクがさらに高かった。自分がどれくらいのリスクを抱えているかを正確に測る方法がなかったことから、目に見えず逃れられない放射線の影響に怯えながら、被爆者はどんな体の変化にも注意を払っていた。

反核運動が高まり、関連する国際会議が増えてきた状況を好機ととらえ、被爆者の活動家たちは深刻な問題、つまり原爆が身体におよぼす他に類のない継続的な影響に目を向けた。被爆者が抱える原爆症のほとんどに国民健康保険制度は適用されていなかった。またサンフランシスコ平和条約には、日本がアメリカに対し損害賠償訴訟を起こすことを禁じる条項があった。谷口や山口を含め活動家たちは、被爆者の医療費に対し財政支援を提供するための国内医療制度の法制化を求めて、激しい議論のつきまと

1958 年、広島の活動家たちとの会合に参加した谷口稜曄と吉田勝二

う長期の闘いに挑みはじめた。

彼らの請願を裏づけるデータは十分にあった。一九四五年末の公式死者数が公表されて以降、何万人もの人々が原爆で負った怪我や放射線障害によって亡くなり、依然何千人もの人たちが病床にあった。一九五〇年代後半から一九六〇年代にかけ、再建された長崎大学医学部〔旧・長崎医科大学〕やその他地元や国の医療研究機関の医師や科学者は、多数の被爆者が抱える疾患に関する総合的な研究を続けていた。さらに長崎市は、継続的な調査をおこなうため腫瘍組織登録制度を開始し、被爆者（生存者・死没者双方）から採取した放射線関連の被検標本を保管した。一九五九年から一九六七年の間、調来助医師ひとりだけでも熱傷痕、甲状腺と乳房の腫瘍、甲状腺癌、ケロイド跡の特徴と治療に関する六つの研究の著作または共同著作を公表した。広島と長崎のＡＢＣＣ（原爆傷害調査委員会）は、地域住民を対象と

した調査結果をもとに被爆者に関する大量の医療データを収集した。日本の医療研究機関とＡＢＣＣ双方の研究結果からは、被爆者が浴びた推定放射線量とさまざまな癌の発症リスクのあいだには相関関係があることがはっきりと示された。この結果はその後何十年にもわたる継続的な研究によって確証されることになる。被爆者たちには遅きに失した感があったが、このようなデータによって、被爆者に対しては継続的な形での特別な医療支援体制が何よりも必要だということが明確に示された。

長崎市は日本赤十字社と協力し、内科、外科、小児科、婦人科、眼科の専門診療科と病床数八十一を備えた長崎原爆病院を創設し、一九五八年に診療を開始した。当初の七年間で二千六百四十六人の入院患者と四万一千八百五十八人の外来患者を治療し、一九七七年までに病床数を三百六十にまで増やした。この病院のほかにも被爆者に医療支援、職業訓練、住宅、高齢者介護を提供するさまざまな施設が開設された。

それでも、全身被爆による絶え間ない健康リスクに対応できる医療施設や社会福祉機関が十分に整っているとはいえなかった。たとえ十分な医療やサービスが提供されていたとしても、その費用を賄える被爆者はほとんどいなかっただろう。こうした問題を解決しようと、早くも一九五二年には長崎市民によって被爆者支援グループが設立され、経済的に苦しい状況の被爆者に対し無料または支払いに配慮した検査や治療を提供するための大規模な募金運動が開始された。さらには長崎、広島の両市長は被爆者への医療支援を訴える請願書を国会に送った。これに対し政府は、被爆者調査、医療研究、研究結果の出版の費用に充てるため、一九五四年から一九五六年の間、一定の国家予算をさまざまな医療機関に配分した。

一九五六年、谷口や山口が属する長崎の小さな活動家グループは、被爆者が仲間とともに運営する団体としてはもっとも規模の大きい長崎原爆被災者協議会（被災協）を設立した。核兵器の廃絶を訴えることのほかメンバーは被爆者が抱える健康問題への認知と医療費に対する国の援助や被爆者の自立支援を求めて懸命に闘った。広島でも同じような団体が発足した。両市の被爆者活動家たちは、被爆者の医療費負担を軽減しようと一軒一軒家をまわり募金を集め、さらには東京に出向き国会議員や首相と面会し、みずからの被爆体験を伝え、包括的な医療支援法の必要性を訴えた。「ようやくみんなで要求の声をあげられる組織が生まれたのだと感無量でした」と山口は当時を振り返る。「戦争を始めたのは日本政府なのだから、政府は原爆の被害者に対し責任をとるべきだと伝えました。私たちが求めたのはそれだったのです」

一年しないうちに彼らは最初の勝利をつかんだ。一九五七年、日本政府は原子爆弾被爆者の医療等に関する法律（原爆医療法）を制定し、国の財政支援によって、公式に認定された被爆者に対する年二回の健康診断がおこなわれることになった。原爆投下時に市内にいたか黒い雨が降った場所にいた人たち、胎内で被爆した子供たち、原爆投下後二週間以内に市内に入った救援・救護隊やその他の人たちが被爆者として定義された。この法律により、白血病を含むいくつかの認定原爆症給付もおこなわれることになった。

しかし、政府による正式な被爆者認定を受けるためには厳しい条件を満たさなくてはならず、落胆した被爆者も少なくなかった。認定を受けるには書面による申請書のほか、被爆者であることを公式に認める公的機関の文書、または原爆投下時にいた場所を証明する写真を提出する必要があった。このふたつは、どちらも手に入れることはきわめてむずかしかった。これに代わる認定方法もあったが、それも簡単なことではなかった。「第三親等までの親族以外」のふたりが、原爆投下時に申請者がいた場所を証言する証明書を提出することも可能だった。このほかなんの証明も得られない場合には、宣誓したうえで原爆投下時にいた場所を書いた文書を提出することも認められたが、それでも「市内のどこかで実際にその申請者と会った人、市内か市外の救護所で申請者を見かけた人、一緒に避難した人」のなかで、進んでそうした事実を書面で証言してくれる人を探さなくてはならなかった。こうした煩雑な手続きはあったものの、法律施行後の一年間で、長崎と広島で二十万九百八十四人の被爆者に医療支援などの受給資格を認めるパスポートサイズの被爆者健康手帳が交付された。「一冊の手帳。これを受けるまでにどれほどの苦労があったことか……。私は被爆者健康手帳を、手のなかでしっかりと握りしめました」と山口は振り返る。

それでも政府による初期の原爆医療法は、谷口をはじめ多くの被爆者にとってきわめて不十分で、何千人もの被爆者が支援を受けられずにいた。問題の多い被爆者認定の申請手続きを終えたとしても、疾病や傷害に対する医療給付を受けるには政府の原爆症認定を受けなければならなかった。被爆者個々の疾病に関する説明と、裏づけとなる診断記録や推定放射線量（入手可能な場合）を示した書類が政府の審査会で審査された。この審査会は専門家で構成され、厳格な審査方針にもとづいて「疾病が放射線に起因すると考えられる確率」を判断した。原爆症認定審査で認められるケースはほとんどなかった。活動家たちは、原爆医療法で認定されている疾病だけでなくより多くの病気が被爆に起因している可能性があると強く主張した。そのような病気には精神疾患や血液、骨髄、内臓組織への損傷が原因の全身脱力と、それによって起こる二次疾患や障害が含まれていた。病気や体調不良からの回復が進まない場合には医療費が増えると同時に、仕事へも行けず収入が断たれた。

政府当局側は、給付を拡大させようとする活動家たちの試みを阻止しようとした。政府は被爆者の医療費が将来的に膨れあがることや、被爆者救済が日本の戦争責任という問題にまで発展することを危惧していた。被爆者活動家たちは、経済や軍事面で欠くことのできない同盟国としてアメリカとの密接な関係を維持したいがため、政府は給付拡大を避けようとしていると考えた。政府関係者は、戦争で受けた損害は国民が等しく受忍しなければならず、放射線が直接の原因であることが証明されていない疾患に対する補償は全国の通常爆弾による空襲被害者と同じような規定にもとづいて支給されると主張した。この主張は一九六五年に政府が被爆者手帳を持つ人たちにおこなった調査の結果と矛盾するものだった。通常爆弾の被害者に比べると被爆者の疾患や障害の発生率はより高いということが統計上確認されていた。原爆によって身体に障害を負った家族のいる家庭は、全国平均の三・五倍もの高額な医療費を負担していた。

四つの大きな問題が政府による被爆者の医療給付拡大についての協議をより難航させた。第一に給付資格を満たす規準を明確化し、現在および将来的な症状が被爆に起因しうることを証明するため、正確な被曝量を判定する必要があった。しかし体内放射線量を正確に測る技術はなかった。そこでアメリカと日本の科学者たちは、個々の被爆者の放射線量がどの程度だったのかを推定する一時的な線量測定法を編みだした。一九五七年に導入された最初の方法では、被爆者がいた場所、爆心地からの距離、近くにあった建物との関係性、どの方向を向いていたかを分析するため、アメリカのオークリッジ国立研究所の意見やネバダ核実験場のデータを参考にし、ABCCによる複合的な推定値が使用された。原爆投下時に屋内にいた人たちについては、建物の大きさと場所、爆心地に対する向き、その人が窓からどのくらい離れたところにいたかを科学者たちは推定した。さらに多くの研究結果をもとに新たな測定方法が導入されたのは一九六五年のことだった。

こうした試験的な線量測定法は、各被爆者の放射線量を判定するにはとうてい十分といえるものではなかった。科学者たちは比較対象が設定される対照実験ができない状況にあり、原爆から十二年を経た記憶をもとに得られたデータを使うしかなかった。ABCCの研究対象以外の場所にいた被爆者については、線量判定をおこなうことはできなかった。もっとも正確だと考えられた推定値を使っても、放射線によって各臓器がそれぞれどの程度異なる影響を受けたのか、体内の高レベル放射性物質の放射能が時間とともにどの程度弱まったのか、長期的な放射線の影響がいつ、どのような形で各被爆者にあらわれるのかを判断することはできなかった。「結局、原爆による後遺症については、納得のいく結論は出てないですね。誰が何を言ったとしても、将来私の体に、被爆による症状があらわれるかどうかはわからないのです」と谷口は語った。

政府が原爆症認定で給付資格を判定する際、もうひとつ問題となったのが残留放射線だった。黒い雨が降った西山町にいた住民や、死体を運び、医療救護所を手伝い、家族を捜すために時間が経ってから爆心地付近に入った人たちは残留放射線を浴びた可能性があった。西山町でおこなわれた調査では住民の白血球レベルは平均より高く、一九七〇年までに少なくとも白血病の症例が二件報告されていた。一九七〇年代半ば以降は、とくに残留放射線の影響による症例はなかったが、その影響が将来あらわれる可能性があることから、研究者たちは慎重な構えを変えていない。原爆投下後に長崎へ入った数多くの大人や子供は、投下時に長崎にいた被爆者同様すぐに発熱、下痢、脱毛などの症状を訴えた。そして何ヵ月、何年と経過するうちに腫瘍、肝機能障害、流産、各種癌、その他原因のわからない疾患などさまざまな症状に見舞われた。多くが若くして亡くなったが、家族は被曝が原因だと考えた。

科学的研究によっても、こうした人たちの放射線吸収線量を正確に推定することはまだできていない。

正確な推定を得るには年齢、入市日、爆心地区域にいた時間、活動内容など多くの複合的な要因を評価する必要があるが、そうした要素もまた被爆者の記憶だけを頼りにしていたため、間違いなく把握することはむずかしい。しかし最近の研究では、原爆投下後一週間以内に爆心地に入った人たちは「大量の放射線」を浴びた可能性が示され、これについては引きつづき実験と検証が繰り返されている。残留放射線の影響は科学的に立証されてはいなかったが、活動家たちは政府との交渉開始をとりつけ、原爆投下後二週間以内に広島または長崎の爆心地から二キロ以内の場所に入った被爆者の医療給付を拡大するため、政府からの承認を得ようとした。アメリカは、爆心地付近の放射線量は最低レベルだった、そして人体への悪影響もなかったという戦後間もないころ示した自国の判断を堅持している。

被爆者の医療給付への政府対応を複雑化させていた第三の要因は、海外に住む被爆者に関わることだった。海外被爆者には日本人だけでなく、母国へ帰国したり他国へ移住していった韓国・朝鮮人、中国人、その他日本人以外の被爆者が含まれていた。彼らもまた日本にいる被爆者と同じような確率で癌や病気に罹っていた。原爆医療法が施行された初期のころから海外に住んでいた日本人には給付の資格があったが、それは治療のため日本に帰国する場合に限られていた。より人数の多かった原爆を生きのびた戦後母国へ戻った何万もの外国籍の人たちは、一九七八年まで医療支援を受ける資格がなかった。また資格を得た後も、治療を受けるには日本に来る必要があったため、それができたのはほんの一握りの人たちにすぎなかった。東アジアの国々に戻った被爆者が暮らしていた貧しい農村部には、原爆や放射能の影響について知識をもつ医者がいるはずもなく、多くが治療を受けられずに亡くなっていった。多くの海外被爆者は、母国に戻ってから心ない差別を受けた。原爆による人目につく傷、不自由な母国語、そして戦時中日本に住んでいたことから「日本びいき」と思われたことが原因だった。母国の人々は、原爆が日本の占領支配から彼らを解放してくれたとして原爆を認めていたため、被爆者の苦しみに目を向ける人たちはほとんどいなかった。一部の韓国・朝鮮人被爆者は、医療給付を受けるため、あるいは給付資格を得るために必要なふたりの証言者を探しに違法と知りながらも日本に戻ってきたが、日本当局は彼らの原爆障害をいっさい考慮することなく強制退去を命じた。アメリカはじめ海外の被爆者活動家たちは、長崎や広島の活動家たちとともに海外被爆者が必要な医療を受けられるよう長年努力を重ね、徐々に権利を獲得していった。

ついに日本政府は戦後日本にとどまった何万人もの外国籍被爆者（おもに韓国・朝鮮人）にも給付資格があることを決定せざるをえなくなった。戦中は労働者として酷使され、そのうえ原爆にも遭い傷ついた韓国・朝鮮人被爆者は、その後日本で根深い差別に直面した。戦争で日本のために戦った人たちや、強制的に徴用された両親のもとに生まれた人たちでさえ、日本国籍を取得することが法律上禁止された。日本人被爆者同様、彼らもまた就職や結婚に際し、被爆者であるがゆえの差別を経験した。一九六五年に結ばれた日韓協定により、韓国人被爆者は日本政府に対しいかなる請求権も主張することができなくなった。高額の治療費による負担は増えつづけ、近くに頼る近親者もいないことから、多くの被爆者の生活はますます苦しくなっていった。

一九六七年、韓国人被爆者は自分たちの存在を広く認知してもらい、医療給付と補償が受けられるようになるため、組織的に運動を展開しはじめた。十一年間におよぶ請願や法廷闘争を経て、日本政府は原爆医療法を修正した。その結果、外国で生まれ日本で生活する被爆者も、日本人被爆者と同様の医療給付申請ができるようになった。しかしそのころには、一九四〇年代の診療記録やその他の必要書類は入手不可能だった。さらに、修正された法律は最低ひとりの日本人による証言を義務づけていたが、それも彼らにとっては簡単なことではなかった。一九四五年当時、長崎や広島の韓国・朝鮮人は日本人とは交わらず、同胞たちとまとまって生活や仕事をしていたため、日本人の知り合いはいなかった。長崎原爆を生きのびた推定一万人から一万二千人の韓国・朝鮮人被爆者のひとり朴水龍は述べた。「近所のもんみな死んで、死んだもんはどげんして幽霊になってもろて連れてゆかるるもんね。死人に口なしというでしょが」

被爆者の健康状態や経済的状況について、あますところなく実態調査を実施する必要があると考えていた谷口と山口を含む日本と海外の若い被爆者活動家たち数名は、いらだつ気持ちを抑えて辛抱強く全国的な運動を展開していった。調査の必要性を広く市民に訴えながら、請願書を提出し、訴訟を起こし、座りこみを先導し、さらには国会議員とも会った。自分たちも健康上の不安を抱えてはいたものの、国籍、健康状態、爆心地からの距離に関係なく、すべての被爆者が満足のいく医療支援を得られるよう闘いを続けた。彼らは、被爆者に対し全面的な医療支援と金銭的な補償を提供してはじめて、日本政府が原爆のおよぼす恐ろしく目に見えない長期的な影響の実態を完全に認めることになると考えていた。彼らはまた医療支援への取り組みと、自分たちが生きているあいだに核兵器を廃絶させようという運動とを結びつけて活動することもあった。山口は一九八〇年のある集会で宣言した。「被爆者全員を救済する法律の制定を求める私たちの要求は被爆者の訴えというだけでなく、日本に住む人々、そして全世界の人々が求める「ノーモア被爆者」の訴えでもあるのです」

次第に被爆者の積極的な行動は、何度も医療給付が拡大されるという好結果をもたらし、これまで給付認定が受けられなかった被爆者も支給対象に加えられるようになった。小頭症は公式に原爆症と認められ、後に小頭症の被爆者には、医療費だけでなく生活費の手当も支給されるようになった。健康診断にもとづく特別な症例に対しては、爆心地からの距離を延長して承認されるようになった。給付を受けられる病気が新たに認定原爆症に加わり、とくに深刻な原爆症を抱える被爆者には介護費、埋葬費、健康管理費、生活費として一定の手当が支給された。それでも国内、国外に住む多くの被爆者にとって、政府の支援体制が整うにはあまりに時間がかかりすぎた。発症した癌やその他の疾患が原爆症と認定される前に亡くなったり、原爆投下時にいた場所を裏づけてくれるふたりの証言者を見つけられなかった被爆者は、そうした支援をいっさい受けられなかった。多くの被爆者はたとえ癌に罹っていても、自分を被爆者だと認めてしまった場合に自分や自分の子供が受ける差別をつねに恐れ、医療給付をけっして申請しなかった。

谷口は休みの日も、被爆者が被爆者手帳に関わる法律を理解し、必要書類を準備し、申請手続きを完成させる際に惜しみなく力を貸した。彼自身は国の医療給付を必要としていなかったが、こうした支援に積極的に取り組んだ。いまでは民間会社となったが、彼が勤めていた当時の電電公社（日本電信電話公社）は、勤務中に原爆に遭った職員に対して医療費を給付していた。給付を受けるにあたっては自分の火傷の傷が原爆によるものだということを証明する必要があったため、谷口は国立大村病院へ行き、自分の診療記録を探した。保管場所に入り探していると、自分の診療記録が収められている一冊のファイルを見つけた。医師や看護婦によりドイツ語（当時の日本でカルテに使用されていた言語）で書かれた四〇ページ以上にわたる記録だった。各項目には彼の症状、検査結果、治療の内容が詳細に書かれ、いたるところに身体の図が描かれ、火傷の場所や胸のくぼみが示されていた。

そこに保管されていた被爆者の診療記録は谷口のものだけだった。他の被爆者の診療記録は燃やされたり、日本のどこか他の場所へ運ばれたとの噂もあったが、実際どうなったのか、はっきりとしたことは誰にもわからなかった。谷口は、当時まだ入院中だった自分の記録を除き、他の被爆者全員の記録はアメリカ政府によってABCCあるいはアメリカ本土へ送られたといまでも強く思っている。彼は保管されていた自身の傷の写真を、診療記録のコピーに添付し電電公社へ提出した。谷口への医療給付は承認され、これによって原爆による怪我や病気に関わるすべての検査、手術、治療の費用が退職するまで会社から支給されることになった。

血液検査や繰り返しおこなう手術のため、通院や入院を余儀なくされていた谷口にとって、医療費が給付されることはありがたかった。一九六〇年、谷口は激しい痛みを伴う皮膚癌腫を手術によって背中から摘出してもらった。そのため、しばらくは痛みが治まった。一年後、谷口は東ドイツに招かれ、腕の動きを改善させる左肘への手術を受けるためベルリンに向かった。ベルリン滞在中、彼は自分の被爆体験を現地の人々に語り、被爆後に撮られた何枚もの写真を見せた。三ヵ月後、彼は造血機能障害と診断され、手術は困難との判断が下された。彼はやむなく帰国し、腕の不自由はそのまま解消されることはなかった。

一九六五年、谷口の背中に以前のものより硬く大きな腫瘍ができ、彼の体力は衰えはじめた。「柔らかい布団に寝ていても、そのなかにごつごつした石が入っているような、そんな感じがしていました」と谷口は振り返る。「その腫瘍はあまりに硬く、メスをあてても切除できないほどでした」。何度も手術を繰り返し、ようやく腫瘍は取り除かれた。しかし電報を配達する仕事は体力的にむずかしくなったことから、社内の事務所で働くことになった。毎年夏になると、谷口は絶え間ない背中の鈍痛に悩まされた。「背中はまるで真綿を当てたように重苦しく、ケロイドのところに点々と水ぶくれができます」。彼の身体は体内の熱を維持することができなかったため、冬場はつねに寒さとの闘いだった。また食事の際は、ほんの少量しか食べることができなかったため、いつも極端に痩せていた。食事の量を少しでも増やそうものなら、傷が張り裂けるような耐えがたい痛みを全身に引き起こすことは目に見えていた。

*

一九五六年に長崎を後にしたとき、堂尾は長崎の生活、家族、原爆によって破壊された街から自分を解き放ち、新しい人生を切り開いていこうと決意した。二十六歳になっていた堂尾は、自分の描いた目的をとげるため、あえて被爆者であることを隠し通す道を選んだ。ふたたび人目をはばかる生活にも思えたが、これからはいままでの自分にはなかった力強い個性を築きあげていこうという目的意識に根差した選択だった。そうすることにより思春期のつらい思い出を、たとえ少しでも克服したいと思った。

列車に乗り、三十六時間の長旅を終えた堂尾は東京に到着し、彼女の就職先であるウテナが見つけてくれた三畳一間のアパートに向かった。彼女は炊飯器、茶碗、箸を買い、近所の商店で戸棚代わりにしようとリンゴ箱二個をもらって帰った。アパートは歩いていけるほど会社に近かった。はじめての出勤日、堂尾は会社の大きな正門を通り、姿勢を正し、六百名の一般社員の一員として配属された部署へと向かった。堂尾は自分の障害を乗りこえるため、他の人の何倍も一生懸命働かなくてはと思った。「そうしてはじめて人並みになれると自覚していました」と堂尾は振り返る。「死に物狂いで働きました。みんながやりたくない仕事をさせてくださいと言って」

堂尾は家にいるとき、洗練された流行りの洋服をつくった。家族には手紙を書き、年に一度は帰郷し家族に顔を見せた。父は、堂尾が男の子に生まれていたらよかったのに、と言ってはよくからかった。

たぶん、彼女が強烈な個性をもっていたことや、女性とはふだん話さないようなことを男同士で屈託なく語りあってみたかったという思いがあったのだろう。一九六一年、父が亡くなったとき、堂尾は父の棺のそばでじっと思いにふけった。「人間の命のはかなさを知った。こんなにして人は独りで生まれてきて、独りで死んでいくのだろうか」

東京に戻ると、堂尾はむずかしい仕事に挑みつづけ、内に秘めた力をすべて出し尽くして、自分の能力を認めてもらおうとがんばった。彼女の努力は昇進という形で実を結び、新たに広報部へと転属を命じられた。堂尾が広報業務を担当した地域は東京以北の本州すべてが含まれ、化粧品店があるとは信じがたいような遠くの村々まで、電車やバスを乗り継いで出張しなくてはならなかった。

毎年八月になると、日本中のメディアが被爆者の障害や原爆症に焦点をあてながら原爆祈念式典を放送していたが、それを見るたび堂尾は自分の秘密を守り通そうとする決意をさらに強くした。人前ではつねに長袖の服を着て腕の傷を隠した。また体調について尋ねられたくなかったため、たとえ具合が悪くてもけっして休まないようにした。それは自分で決めたことではあったが、正月の休みになると、ほとんど毎年、ふだんの無理がたたり、高熱を出し倒れてしまった。堂尾はときにあきらめてしまいたいと思うこともあった。「くじけそうなとき、つらいと思うとき、自分に負けていると自分を叱りました。(…)自分を甘やかすゆとりもなかった。気力は自分との闘いであり、悔いのない闘いは、清々しい精神力を培ってゆく」

堂尾が当時のいわゆる結婚適齢期をはるかに過ぎた三十代半ばに差しかかった一九六五年、彼女は上場企業に勤める男性との見合いの誘いを受けた。それまで堂尾は、結婚には背を向け考えないようにしてきた。しかしそのころ心身ともに疲弊し、将来にも不安を感じていた堂尾はその男性と会ってみることにした。

一目見て、堂尾はその男性を気に入った。その男性から強烈な第一印象を受けた。彼は堂尾の出身地を聞いてきた。

「長崎です」と堂尾は答えたが、彼が次に何を聞いてくるかは想像がついていた。

「原爆は受けられましたか？」

彼女は少し黙っていた。堂尾は嘘をついてまで結婚したいとは思わなかった。「ハイ」

ふたりのあいだに張り詰めた空気が生まれた。この人は被爆者とは結婚したくないのだろうと堂尾は直感した。彼がこの事実を受け入れることはないだろうと察し、彼女はそれ以後彼と会うことはやめ、一生結婚はしないとひそかに決意した。年齢を重ねるに従い堂尾は、この重大な決断をしたとき、無意識のうちに自分に影響をおよぼしたものはなんだったのかと考えるようになった。奇形の子供が生まれるのではないかと恐れていたこともそのひとつだった。また、いつまでも消えないつらい記憶や放射線により体内が汚染されているという意識や、原爆当日、工場内で人々の遺体を踏みつけてしまったという重い罪の意識などによって、仕事場以外で人間関係を築きあげる自信をなくしていたことも影響していた。

堂尾は結婚し子供を持つことはあきらめ、彼女がつねづね語っていた「よい人生」に近づく生き方をしようと努めた。堂尾は長時間仕事に打ちこみ、美しい女性がたくさんいる職場で抜きん出て確固たる独自の気品と生き方を示した。母となれない虚しさを埋める自分だけにしか果たせない使命を探し求め、自分の可能性を最大限に発揮させることに新たな目的を見いだした。「咲かすことのできない花であるなら、せめて心に花を咲かせたい。（…）メッキされてない本物の自分へと育てたい」

一九七三年、ウテナで十八年間勤務を続けた堂尾は、六十年という長い会社の歴史のなかではじめての女性管理職となった。現在ですら全労働人口に占める女性管理職の割合が推定でたった八パーセントという男性優位の日本の企業文化にあって、すばらしい偉業といえる。当時、巨大な日本の化粧品業界で女性が管理職に登用されることはきわめてめずらしかった。堂尾の昇進は全国紙や雑誌でとりあげられニュースとなった。三百五十人の部下を指揮し、新入社員の研修を監督する立場となった堂尾は東京の郊外に家を持つことができた。駅のそばに立つその家から、毎日特急電車に乗り通勤した。「小さい城、生きてきた証として、根性の成果として、神からのご褒美と思えて感謝する日々だった」

仕事を離れると、堂尾は俳句や短歌を詠むようになり、自分をとりまく驚きと好奇心に満ちた世界へと、自然に心を寄せるようになっていった。ある日の夕方、北海道でのミーティングを終え、飛行機で帰る途中、堂尾は窓の外を眺めた。空はどんよりと雲で覆われていた。「モクモクとした黒い雲の連峰」。しかし彼女がその上のほうを見上げると、空は青く晴れ渡り、沈む太陽を反射して赤やオレンジに染まった白いちぎれ雲が浮かんでいた。「宇宙の神秘さに打たれ荘厳な世界が、この世にあるのかと身のひきしまる思いがした」と堂尾は回想している。神を信じてはいなかったが、堂尾には「あの奥は神の国があって、聖域なのかもしれない」、そう思えた。その瞬間、自身の能力を外に向かって休みなく示そうとしてきた長いあいだの緊張感から解放され、堂尾は束の間の安らぎを覚えた。

＊

一九六〇年代前半になると、浦上盆地を覆い尽くしていた原爆による破壊の痕跡は、その多くが人々の視界から消え去っていた。二十年近く前、草木や家々が一瞬にして剥ぎとられた浦上盆地の東西に連なる山々は新たな住民を迎え、ふたたび緑がよみがえっていた。再建された城山小学校と山里小学校の教室にはたくさんの生徒たちの姿が戻り、拡張された新しい道路は交通量の増加にも対応できるものだった。爆心地公園は拡張され、杉の木が並んで植えられ、公園の一角には、爆風で崩れ落ちた浦上天主堂の、かろうじてもちこたえたレンガ壁が移設されていた。爆心地から北東五〇〇メートルのところにあったこの教会の残骸を保存しようという声が、永井医師はじめ多くの人たちからあがったが、カトリック教徒のなかには、崩壊した教会を見るのは耐えがたいと感じる人たちも多かった。結局、残骸はとりこわされ、同じ場所にコンクリートの教会が新たに建設された。約三〇メートルのふたつの鐘楼は、旧教会のものより五メートルほど高く、日米双方のカトリック教徒団体からの寄付で再建された。一九六二年、浦上天主堂は神に捧げる建物として献堂され、長崎大司教区の司教座聖堂〔各教区の中心となる教会〕に指定された。しかし資金不足のため、聖堂にはまだステンドグラスは飾られてなく、壁や天井も仕上がっていなかった。

変貌する街の姿とは裏腹に、吉田の顔に残る人目につく火傷跡は、年月を経ても消えることはなかった。口がきちんと開けられ、食事に困らないようにするため、何度も口への手術がおこなわれた。それでも十分に開けられるようにはならず、小さく切った食べ物以外は食べることができなかった。まるまった指をまっすぐにするため、吉田は十三年間、砂の入ったバケツを指に吊り下げ訓練してきたが、彼の手はたびたび痙攣を起こし、指は握りこぶし状態に固まり、思うように動かせなかった。毎年冬になると手の甲の肉が腫れ、皮膚が裂け、激しい痛みを感じた。吉田の損なわれた顔の外観には、たえず人々から好奇の視線が向けられた。

被爆者であるがゆえの苦しみに耐え、被爆者であることをつねに思い知らされながら長い年月を過ご

1962年ごろ、31歳の吉田勝二

してきた吉田は、一九六〇年代前半、自分がしあわせになるための道を選び、そこへと大きく足を踏みだしていった。彼はたとえどんなにくよくよ思い悩んでみたところで、原爆の体験を消し去ることも、もとの顔や体を取り戻すことはできないと悟った。「いま自分に与えられた状況を生かして、精いっぱいやりぬこうと決めました」と吉田は語った。被爆して以来、意気消沈した彼の心にとりついていた暗い考えに背を向け、自分たちの苦難はさておいて吉田のことをずっと支えてくれた人々の存在を含め、自分の人生に励みとなるようなことを見いだしていこうとした。

吉田は毎朝、顔の移植部分に軟膏を塗り、食品卸売会社へと出勤した。しばらくすると、彼は倉庫という人目にあまりふれることのない安全な空間を飛びだし、注文をとりに商店をまわりはじめた。また早朝に活動していた会社の野球チームでも活躍し、俊足の強打者として評判を博した。原爆で肋骨に怪我を負ったため思うようにバットが振れなかったにもかかわらず、チームでいちばんの打率を誇ったこともあった。社内の運動会では、同僚と二人三脚レースを楽しむ彼の姿があった。被爆者による初期の活動のなかで、吉田は長崎原爆青年乙女の会の事務局長を務め、会が出版した三十七人の被爆証言集『もういやだ』〔一九五六年〕にも証言者のひとりとして寄稿した。吉田はまわりの人たちにも明るく朗らかな青年だと思われていた。

彼は次第に気兼ねなく周囲の人たちと話ができるようになっていった。そして親切で楽しい人、また生涯にわたり親交を深められる人としても認められた。その一方、頑固な一面や判断を急ぎすぎる傾向、そして親分気取りのところもあった。また傲慢さ、組合や政治的意見を話したがる被爆者を嫌う向きがあった。吉田の遠慮のない批判はたびたび家族や友人たちから反発を買ったり、彼らを困らせたりもした。とはいっても宴会の席ともなれば、酒やビールを飲みながら、だじゃれを言ったり有名歌手の物まねをしたりして人々を楽しませた。写真にはまっすぐにカメラを見つめる、さっそうとした若者の姿が映っている。少女が吉田を一目見て泣きだしていた十数年前からは想像もつかないような変化が起き、彼は女性のあいだで大人気となった。彼らは吉田の顔の傷跡や黒い耳あてをまったく気にしていないようだった。

人気者になったとはいえ、吉田にとって損なわれた外観は結婚の機会を阻む大きな壁だった。吉田が三十歳のとき、母は長崎市郊外の村に住んでいた義理の姉を訪ねた。彼女の娘、幸子と勝二との将来的な結婚について相談させてもらうためだった。吉田は母が出向いてくれたことを嬉しく思った。幸子がすでに吉田の写真を見ていたことから、実際に会ってもショックを受けないだろうと思っていた。ふたりは一度映画を見に出かけたが、その前に吉田の気持ちはもう固まっていた。「うちに嫁さんにこんか、って言うたんです。そしたら、よかっということでね。私は恵まれていたんですね！」

1962年、吉田勝二・幸子の結婚写真

ふたりは一九六二年に結婚し、最初の数年間、ふたりは吉田の母と一緒に暮らした。母は幸子に対して厳しく当たることがたびたびあったが、吉田が母の肩をもつことが多かったため、結婚生活に重苦しさが漂った。おそらくは母に対する忠誠心や、母を自分の命の恩人だと思っていたからだろう。

数年の月日が流れたある日、ふたりは一度だけ彼の被爆体験について話をしたことがあった。その後さらに何年か経ったとき、幸子は、結婚したころは同じ寝床で寝ていても、傷跡があったため彼の顔を見ることができなかった、と吉田に打ち明けた。「やっぱり泣きました。自分の妻さえ、まともに見きらん顔しとると思うと」と吉田は振り返る。しかし結局、彼はそのことを気にしないようになった。「もう泣いてもわめいても、自分の顔はよくならんと思うてますから。いまは、むかしに比べれば、おう、なかなかいい男になったって自画自賛です！ そのように言わんとしょうがないですもん。自分を先に笑い飛ばしてしまったほうが勝ちですよ。だからいまはいつもにこにこです」

吉田のふたりの子供、尚司と朋司が幼かったころ、彼は休みになると子供たちとキャッチボールをしたり泳ぎに行ったりして、できるだけ多くの時間を一緒に過ごした。被爆した多くの親たちとは違い、吉田は息子たちが十分理解できる年齢に達したと思うと、すぐに自分の被爆体験を話して聞かせた。そして誰かに自分のことを聞かれたら、ほんとうのことを言うようにと何度も息子たちに言い聞かせた。

しかし息子たちはそうしなかった。彼らが家に連れてきた友だちのひとりが吉田の顔を見て、出し抜けに言った。「お前の父ちゃん、真っ黒い顔しとんね」。尚司と朋司は黙りこんでしまった。

「息子たちは何も言いませんでした。そこで私は、自分は原爆に遭っているからと友だちに説明したんです。原爆の前に撮った写真がありましたから、これがおじちゃんだっちゅうて見せてやったんです」

ある日、朋司の学校で起きたことですべてが一変した。運動会のお昼休み、朋司のクラスの生徒たちは、校庭で保護者と一緒にお昼ご飯を食べていた。すると何人かの子供が吉田の顔をじろじろと見はじめた。そしてひとりの男の子が朋司に向かって大きな声で言った。「ともちゃんの父ちゃん、恐ろしか顔しとんね！」

なんてことだ！　来なければよかった！　と吉田は思った。

しかしこのとき、朋司は自分の父親に代わり、はっきりとした口調で「おいの父ちゃんは原爆に遭うたんたい。何も怖いことはなか！」と友だちに向かって言った。

「いやもう子供に、ほんとうにありがたいと思うたですよ」と、その日の出来事の一部始終を、そして自分に代わって息子が発してくれたひとつひとつの言葉をかみしめながら吉田は思い返した。「私は救われました、息子の言葉に救われました」

第八章　忘却に抗して

四十一歳になった谷口が一九七〇年の夏に発行された「アサヒグラフ」〔七月十日号、特集「原爆の記録」〕を何気なくめくっていると、不意に見た二ページのカラー写真に彼の目は釘づけとなった。それは一九四六年に撮られた彼自身の写真だった。原爆忌二十五周年を記念して出版されたその特別版には、国立大村病院のベッドでうつ伏せに横たわる自分の姿があった。焼けただれた彼の背中と腕は感染した真っ赤な肉で覆われ、短く刈った頭を斜めにして、顔をしわくちゃのシーツに押し当てている。彼の顔は下半分が暗い陰となって写っていた。写真に顔を近づけ、小さな文字で書かれた説明文を読むと、原爆投下時にいた場所と、大火傷にもかかわらず生き延び、いまでは結婚しふたりの子供がいると書かれていた。体の奥底から沸きあがるような苦しみの感覚が、体全体を突き抜けていった。何ヵ月ものあいだ彼はその拡大写真を見たときの衝撃と、よみがえった三年以上にわたる闘病の日々と、一瞬一瞬の耐えがたい痛みの記憶を払いのけることができなかった。

驚くべきことに谷口の写真を含め、このとき掲載されていた写真は戦後の広島、長崎を写した最初のカラー写真だった。これは、ある小さな被爆者活動家グループが果敢に取り組んだ運動の結果だった。このグループは戦後アメリカによって没収された日本の映像フィルム、写真、検死標本、診療記録を取り戻そうと運動を続け、それが実を結んだ。谷口の写真が掲載されてから二十年、昭和が終わりを告げ、二十世紀も刻々と幕を閉じようとするなか、ますます多くの被爆者がみずからの体験を書き記し、そして語るようになっていった。同時期アメリカでは、原爆投下をどのような出来事として記憶すべきか、そして被爆者の体験はどのような形でアメリカ史の記録に刻まれるのか、またそうなりうるのかという議論が沸き起こった。和田、吉田、堂尾そして永野が被爆体験を語りはじめたのもこのころだった。

＊

アメリカに没収された数々の記録を取り戻そうと、被爆者活動家たちは、まず原爆投下直後の広島と長崎を記録した三五ミリ白黒フィルムを日本へ返却するようアメリカに申請した。日本の映画制作会社によって撮影・編集がなされたこの十九巻からなる白黒フィルムは、アメリカに運ばれた後、二十年以上も軍の施設に保管されていた。国連、アメリカ科学アカデミー、そして駐日アメリカ大使に対する日本からの度重なる訴えを受け、一九六七年、アメリカはようやくフィルムのコピーを日本へ送り返した。

原爆投下後の惨状を最初に映したフィルムが、やっと本来あるべき場所へと戻ってきた。画像的に不鮮明さは否めなかったものの、無声フィルム十九巻中の十巻（合計で約八十五分間）には、一九四五年後半から一九四六年前半にかけての生々しい長崎の姿が映っていた。崩壊した工場のねじ曲がった鉄柱、折れ曲がった煙突、浦上天主堂の残骸、破壊された橋、学校、家々などが無残な姿をさらしていた。映像に映る残骸に埋もれた頭蓋骨、体や顔の火傷を治療してもらいながら新興善国民学校で横たわる大人や子供、肩や背中に着物の模様が焼きつけられた女性の姿からは、人々にもたらされた死や怪我、そして放射線障害のことが暗にほのめかされているにすぎなかった。

一九六八年になると、返却された映像の多くがテレビで放映されたが、放映を前に、政府は人々の苦しむ姿を赤裸々に映した部分を削除させた。被爆者やその家族の心情に配慮しての措置だと主張したが、激怒した活動家たちは日米の経済や軍事面での関係におよぼしかねない不都合な影響を抑えこむためだと考えた。いずれにしてもそうした映像の削除は戦後の検閲の記憶を思い起こさせ、完全な形での放送を求める声が沸きあがった。自分たちの負った火傷や怪我が映しだされている十二人の被爆者が放送してもかまわないと書面で許可したにもかかわらず、政府は放送の要求を受け入れなかった。

皮肉なことに日本で放映される前に、人々の苦しみを映しだした白黒映像がアメリカの人々の目にふれることになった。日本での論争を耳にしたコロンビア大学の映像研究専門家、エリック・バーナウ教授は国立公文書館からオリジナルフィルムのコピーを入手しようと決意した。教授はこの映像を見て大いに感動し、フィルムの全面公開に圧力をかけようとする動きに大きな懸念を抱き、十六分間の英語版ドキュメンタリー「広島・長崎、一九四五年八月」を制作した。このドキュメンタリーは一九七〇年初頭にニューヨーク近代美術館で封切られ、その後八月に公共テレビで全米に放映され、カナダやヨーロッパでもとりあげられた。その年の後半、日本の公共テレビが放送権を取得し、日本でも放映されると大きな反響が巻き起こったが、渡辺千恵子が「苦痛に悲鳴を上げる人々の声を伝えることなく」と書いているように、原爆の恐怖は相当抑えられた映像だった。

「アサヒグラフ」が被爆二十五年目の特集号で掲載した谷口の写真などのもとになった短いカラー映像

を含め、日本人が知るかぎり、アメリカが戦後に没収したフィルムはすべて日本に返還されたと思われていた。ところがそれから八年後、谷口の写真や偶然の出来事があいまって、戦後の広島と長崎を映す全長二七キロにおよぶアメリカ戦略爆撃調査団（USSBS）が撮影したもうひとつのカラー映像が発見されることになった。

岩倉務が主導した日本の反核活動家グループは、何年ものあいだ戦後の両都市を写した何千枚にものぼる写真を日本全国から収集する活動に取り組んでいた。そして一九七八年、数百枚の写真を選んで被爆写真集『広島・長崎——原子爆弾の記録』〔子どもたちに世界に！ 被爆の記録を贈る会〕を出版した。この本のなかで最初にあらわれるカラー写真が、拡大された二ページにわたる谷口の焼けただれた背中の写真だった。その年の末、岩倉たちは、谷口の写真を含め厳選した写真を携えて国連本部から数ブロックの場所で屋外写真展を開くためニューヨークへと向かった。写真展が始まると、道ゆく多くのアメリカ人から「真珠湾攻撃を忘れるな（リメンバー・パールハーバー）」と警告めいたことを言われた。USSBSの一員として一九四五年に谷口を撮影したハーバート・スザン元少尉も、この写真展を見に来ていた。谷口の写真を目にして驚いたスザンは、写真に写っている谷口をかつて自分が撮影したことを話し、そのカラーフィルムの完全版が存在することを何気なく岩倉に打ち明けた。

オリジナルのフィルムはすでに機密扱いから外され、アメリカ国立公文書記録管理局に保管されていたため、岩倉のチームはそのコピーを購入するための許可を得ることができた。しかしフィルムはかなり長かったため、相当な資金が必要だった。そこで彼らは日本に戻り、全国的な募金運動〔10フィート運動〕を開始した。推定三十万人の人々が少しずつ寄付して集まった金額は一〇万ドルをこえ、チームによるフィルムの購入がかなった。一九八一年、原爆投下から三十六年の歳月を経てUSSBSが日本の戦後を撮影した八十一巻のカラーフィルムは日本へと返送された。そのなかの少なくとも十八巻には白黒フィルムとは比べものにならないほど鮮烈で、心動かされるような戦後の長崎を映したカラー映像が含まれていた。

被爆者活動家たちの感情を逆なでし、論争の的となったもうひとつの問題は、死亡した被爆者の検死標本を戦後アメリカが押収し、自由に管理したことだった。日本の科学者には周知の事実だったが、一九四五年の秋、そしてＡＢＣＣ（原爆傷害調査委員会）が一九四八年に発足してからの二十年間、アメリカの研究者やＡＢＣＣの科学者は、外科的処置により死亡した大人、子供、乳児、流産した胎児のさまざまな体の部位を取り去った。検体は二〇リットルのフォルマリン液が入った瓶に入れて保管されるか、保存のため細かくされパラフィンブロックに蠟詰めされた。これらの検死標本は、検死の記録や写真、患部組織スライドとともにアメリカに送られ、整理分類された後、アメリカ軍が使用するためだけにワシントンＤＣの郊外にある原爆にも耐えられる書庫で保管された。

検体の返還を求める熱心な交渉は二段階に分かれておこなわれた。まず一九六〇年代はじめ、活動家たちは、ＡＢＣＣが一九四八年以降に収集し本国へ送った検体の返還を求め運動を開始した。ＡＢＣＣは世論への悪影響を避け、アメリカでの保管費用を削減するため日本への即座の返還を指示した。一九六九年までにアメリカ陸軍病理学研究所は脳、心臓、腎臓、肝臓、目その他の臓器、計二万二千の検体を五十六個の積荷に分け日本へ返還した。長崎では、戻ってきた検体を長崎大学医学部で保管した。

機密指定が解除されていないという理由で、一九四五年の秋に収集したその他の身体部位や検体の返還をアメリカは拒否した。これらは当時、原爆の影響を調べていた日本とアメリカの医療研究チームが集めたものだが、これらの検体は一九七〇年代初頭におこなわれた日米間の交渉材料に使われた。日本がＡＢＣＣの運営に主導権を握り財政面でもより大きな責任を負う代わりに、アメリカがこれらの検体を返還するという交渉案が提示された。日本側は田中角栄首相、アメリカ側はニクソン大統領が見守るなか両国の主張が受け入れられる合意が形成され、一九七三年に最終合意が締結されると、アメリカに残っていたすべての検体が日本へ送り返された。それまでに返還されたものを含め、四万五千以上の検死標本、組織スライド、医療記録、その他関連写真などが、体の部位を切りとられた男女や子供たちが息を引きとったそれぞれの市へと送られた。家族にとっては、愛する者の体の一部やその記録がやっと本来あるべき場所に戻ってきたという思いだった。そしてＡＢＣＣは日本の法律に従って新たに公益財団法人となり、名前も放射線影響研究所（ＲＥＲＦ）となった〔発足は一九七五年〕。両国から同額の資金が充てられたＲＥＲＦは、ＡＢＣＣによって開始されたすべての研究を受け継ぎ、さらに推し進めていった。日本側は両国のメンバーからなる理事会の初代理事長に日本人医師を選出する権利を得ることができ、日本人科学者は調査の計画から実施までのすべての活動を同等な立場でおこなうことができるようになった。日本にとっては、原爆投下から二十八年の時を経てようやく自国の意向がしっかり反映された管理のもとで被爆者の身体的な医療研究に臨める体制が整い、ＲＥＲＦにとっては、被爆者がこれまで抱いていたＡＢＣＣへの反発を払拭する好機となった。

谷口の写真が「アサヒグラフ」に掲載される数ヵ月前の一九七〇年春、四十一歳の内田伯は、いまは木々に隠れて大通りからは見えなくなっている爆心地公園を歩いていた。子供のころ住んでいた家はそのすぐ近くにあった。内田の父と三人の兄弟は原爆の熱線に焼かれ、その家で亡くなった。内田はそのとき十五歳だった。彼と母は、瓦礫になった家のすぐそばでしばらく暮らしていた。彼はそのときに拾って箱に入れておいた焼け焦げた家の屋根瓦の破片を、二十五年経ったそのときまで持っていた。爆心地記念碑の前に立ち、内田は自分が住んでいた町と、そこでの生活がすっかり跡形もなくなってしまったことにがまんならない思いでいた。粘り強い努力の末に返還された戦後フィルム、カラー写真、そして被爆者検体は、原爆が人間の内と外にもたらした破壊的な影響を証明するものだった。しかし、内田は思った。自分が住んでいた松山町はいったいどうなったのか？　松山町は浦上盆地のほぼ中心にあった。炸裂した原爆の真下にあったのだ。ほぼ九割の住民が死亡したと言われている。推定三百世帯、千八百六十五人の人たちが、家にいたか働いていた。その人たちはいったいどうなってしまったのか？その人たちは誰だったのか？　どんな暮らしをしていたのか？　原爆が空で炸裂したとき、一瞬にして命を奪われた人々や破壊された街を誰が追悼するのか？

頭から離れない悲しみと怒りに駆り立てられる思いで、内田は「復元」プロジェクトを立ちあげた。生存者の記憶を頼りに松山町のもとの街並みを再現し、亡くなった人たちの情報を収集するという取り組みだった。そこに生きていた人々が「歴史の闇」に葬られてしまう前に、彼らのことを人々に知ってもらい、覚えていてもらいたい、と内田は心から願っていた。地区の人々は彼の計画に興味を示してくれ、同年七月、「松山町原爆被爆復元の会」が正式に発足した。内田が会長となり、秋月医師や調医師らが彼を支えた。会のメンバーは、すべての道、建物、世帯、そして原爆が投下される前までこの地区に住んでいたすべての人たちが書きこまれた地図をつくる作業に乗りだした。

メンバーは墓地をくまなくまわり、墓石を調べ、原爆当日やその直後に亡くなった人たちの名前を記録した。ボランティアチームが消息をつかめた生存者と面談したり、手紙を送ったりしながら、破壊される前の道を詳細に描いてもらったり、亡くなった家族の名前や死因を教えてもらい、この地区に住んでいた人たちがどうなったのか、できるかぎり多くの情報を記録した。この取り組みのことがテレビや新聞で地元だけでなく全国に伝えられると、長崎をはじめ全国に住む生存者や死亡した被爆者の家族から反響や情報が寄せられた。内田と会のメンバーは収集したデータを照合確認した。そして確認が済むと家や世帯、商店や配給所などがひとつ、またひとつと松山町全域を網羅する地図に埋めこまれていき、この広大な爆心地区域がよみがえり、そこに暮らし働いていたほぼすべての人々が確かに彼らの存在を刻んでいる歴史の空間へと舞い戻ってきた。

秋月医師の働きかけにより山里町でも「山里町復元の会」が発足、調査が始まっていたが、この地区には仮設住宅に一時的に住む朝鮮人労働者や医学生がいたことから復元が難航した。また学校の学生登録簿、雇用記録が原爆で消失し、建物や世帯の正確な情報が不足していた。しかしこの復元プロジェクトはすぐに対象範囲を拡大することになり、爆心地から二キロ以内にあった四十八ヵ町すべての地区を網羅することが決まった。一九七一年一月、長崎市は浦上盆地全体の調査活動を推進、調整する原爆被災復元調査室を設置した。一九七五年までに各地区の平均復元率は八八パーセントにも達した。合計約一万世帯が復元された地図に書きこまれ、爆心地周辺区域に住んでいた三万七千五百十二人の男女子供がしっかりと確認された。すでに退職していた調医師は、こうした復元の取り組みを最終的に報告書としてとりまとめ、編集、公表する際に進んで力を貸した。秋月医師が院長として勤めていた聖フランシスコ病院の事務職員だった深堀好敏は、公式記録に収めるため被爆前と後の対象地区を写した個人所蔵の写真を収集した。この復元プロジェクトは一九七六年に完了した。自分たちが住んでいた町の記憶を取り戻したことで、内田と彼のチームは、亡くなった住民と生きのびた人たち双方への義務をようやく果たせたと強く実感した。内田は、多くの住民たちが復元に注いだ努力によって「原爆が市民のうえにもたらした悲惨さとその悲しみの実相」がより明確な形で人々に認識されることを心から願った。

復元プロジェクトが進行している間、秋月医師は、できるかぎり多くの被爆者が体験を語ることで原爆によってもたらされる人間の悲劇が世界中の人々にしっかりと理解されるまでは被爆者の救済と心身の回復をめざす運動は終わることがない、と考えるようになった。そのころにはすでに自分の被爆体験についてかなりの部分を書き綴り、公表していたが、そのきっかけとなったのは一九六二年、秋月の原爆体験を聞きにやってきたひとりの小説家だった。「私が原爆体験を詳しく聞かれたのは原爆後十七年、はじめてであった」と秋月は後に書いている。原爆やその後の惨状について自分が書きあらわしたものを見せる代わりに、秋月はその小説家〔井上靖〕に、心身ともに疲弊し抜け殻のようになってしまった被爆医師としての体験を語った。「私の如く傷はないが一度あの地獄を見て、そこから離れられない医師、化石の如き人間を書いてもらいたいと思った」

その日以降、自分には被爆体験や自分の病院や周辺地域で亡くなった人々のことを書き記す責任があると感じていた。体調不良や日々の病院業務に追われ、秋月にとっての最初の回想録であり、原爆投下後の二ヵ月間の体験を詳細に綴った『長崎原爆記——被爆医師の証言』〔弘文堂、一九六六年〕を完成させるには、三年もの歳月を要した。

しかし、この本や他の被爆者の体験記が原爆投下当日とその後続いた筆舌に尽くしがたい現実のほんの一部にすぎないことは、秋月にもわかっていた。彼が病院の窓から浦上盆地を眺めるたび、その目には彼が「二重像」と呼んだ街の姿が映った。再建され近代化した街の上には、黒焦げの死体が散らばる無残な光景が重なりあっていた。数限りない人々が死んでいった。しかし、彼らが体験したことを知る人は誰もいなかった。時が経ち、急速な経済の発展とともに戦争の痕跡が消え去り、被爆者の体験も過去へと追いやられ、まるでどうでもいいことのように忘れ去られた。このころになると、原爆記念日前後のごく限られた時期を除いて原爆のことが人々の会話やメディアで話題になることはほとんどなかった。ある被爆者はこの現象を、夏だけ近所にやってくる金魚売りと同じようだと語った。また、多くの日本人が原子爆弾による被害を通常爆弾のものとなんら変わらないと思いこんでいた。そんななか、秋月は一九六八年に東京で開かれた原爆展の会場で、広島が原爆投下を象徴する唯一の場所として大きな存在感を示しているのに比べ、長崎原爆について知っている人があまりにも少ないことを実感し、がっかりした。広島に関する書籍がずらっと並べられていた一方、長崎関連のものは一冊も見当たらなかった。秋月の妻すが子は、帰宅した夫が「これではいかん、これではいかん」と何度も繰り返し言っていたのを覚えている。

長崎被爆者の体験を記録する証言活動を推し進めるため、一九六九年、秋月や長崎造船大学〔現・長崎総合科学大学〕で教鞭をとっていた鎌田定夫が中心となって「長崎の証言の会」〔当初は「長崎の証言刊行委員会」〕を発足させた。このころになると日本の政党がソビエトあるいはアメリカの利益に同調する動きをみせるなか、イデオロギーの違いが鮮明になった反核グループ間の政治的内紛により多くの被爆者が日本の反核運動に失望し、運動から遠ざかっていった。また一部の反核グループが被爆者体験を政治的思惑のために利用していると感じていた人たちも、運動から身を引いていった。秋月医師は、政党活動や反核運動との関わりの有無を問わず誰でも参加できる統一した組織を発足させたいとの思いから、すべての被爆者に証言活動への参加を呼びかけた。十万人の被爆者が一致団結して声をあげることが核兵器の廃絶につながる道だと考え、人類すべてのために「私たちは被爆の実体を大いに語らなくてはならない」と熱心に訴えかけた。

数百人の被爆者がこの呼びかけに応えてくれた。彼らは愛する者たちを追悼し、将来への不安を思いきって言葉にするため、そして平和への願いを実現させたいとの思いから回想録を書いた。高齢者のなかには歳を重ねたいま、自分たちだけが伝えることのできる真実を次世代に伝えたいとの一心で参加した人たちもいた。一部の被爆者は、証言のなかではじめて被爆者であることを明らかにした。国の被爆者調査が被爆者の実態とあまりにもかけ離れていたことを訴えたいという思いからだった。原爆投下に対する批判に及び腰だった日本政府への個人的な抗議の意をあらわしたかった被爆者もいた。また一部の被爆者は、原爆の恐ろしさを含め戦争がもたらす負の側面を伝える記述や写真などを最小限にとどめようとする教科書検閲の動きにみられるような徐々に息を吹き返す軍国主義的ナショナリズムに対抗したい、という思いに駆られた。会のメンバー山田かんは、永井隆医師のことを長崎の被爆者集団にとっての「招かれざる代表者」と呼び、公然と永井を批判した。山田が証言活動を支援した理由のひとつには、多くの非カトリック教徒の証言を収集することで、長崎被爆者は神のために尽くした殉教者、という広く根づいていた永井のメッセージを覆したいという思いがあった。

東南アジアでベトナム戦争が激化していた一九六九年、長崎の証言の会は年刊『長崎の証言』第一集を出版した。翌年の原爆忌二十五周年を記念した第二集の証言集は、谷口のカラー写真を表紙に載せた。一九七一年、掲載された証言の数は三倍に増えた。秋月の妻すが子は、夜遅くまで編集に取り組む夫や仲間のためにたびたび夕飯を用意した。その後被爆者の証言はラジオやテレビの番組でも紹介され、放送回数は千回をこえた。また長崎原爆青年乙女の会、長崎県原爆被爆教職員の会、長崎市婦人会による証言集を含め多くのグループが証言を収集し、公表した。地元の工場で働く労働者たちも、みずから証言集をつくり回覧し、長崎の詩人たちは詩誌「炮氓(ほうぼう)」（火に焼かれた民衆の意）を出版した。

アメリカに押収されたままになっていた被爆者関連資料の返還をさらに推し進めるため、体力が万全とはいえなかった秋月と妻すが子は、長崎と広島の職員でつくる小さなグループに加わった。そしてアメリカ戦略爆撃調査団（USSBS）や他のアメリカ機関が戦後記録した原爆関連資料を探すため、ワシントンDCの国立公文書館を訪れた。十日後、グループは発見した書類の写真複写を携え帰国した。日本語に翻訳された資料にははじめて目にするUSSBSによる詳細な報告書がいくつか含まれ、アメリカがどのように日本への空爆効果を記録したかがわかるものだった。そこには人間にもたらす苦しみにふれたものはなく、焼夷弾や原爆による攻撃戦略に関する冷酷で専門的な内容のみが書かれていた。それを読み愕然とした秋月は、より完全な形で過去の事実を記録しようと証言活動へのとりくみをさらに活性化させていった。その後十年間にわたり、長崎の証言の会は、韓国・朝鮮人被爆者や元連合軍捕虜の証言を含む十巻の『長崎の証言』を出版した。秋月は二冊目の著書『死の同心円』〔講談社、一九七二年〕を発表した後、一九七五年には三冊目の回顧録〔『「原爆」と三十年』朝日新聞社〕を出版した。数多くの人々や団体に支えられ、長崎の証言の会は、被爆者の体験を幅広く網羅した証言記録をつくりあげるという使命をなしとげた。秋月は、神はこのために自分を生かしてくれたのではないかと思った。

*

被爆者の存在が人々により広く認識され、彼らへの理解がさらに進むことを強く願う秋月の思いは、裏を返せば、いかに被爆者が国内外でいまだに隠れた存在であるかということでもあった。日本の経済復興というベールの裏で、一九七〇年代になっても被爆者の生活は依然苦しく、治癒することのない複数の疾患を抱えていた。全被爆者の一〇パーセント以上が失業していたが、これは一般平均と比べ七〇パーセントも高い失業率だった。収入が低い、あるいはまったくない人たちは極端に不安定な生活に陥っていた。病気を患っている被爆者や、ひとり住まいで食事や入浴にも大変な思いをしていた高齢者はなおさらだった。胎内で被爆した子供たちはすでに三十歳になっていた。原爆症の症状が比較的軽かった人たちはパートや臨時の仕事に就けたが、人の手を借りずに活動することが困難な人たちは家族と離れ、精神病院で暮らしていた。甲状腺癌、乳癌、肺癌の発症は少しずつ下降しはじめてはいたが、白血病と同様に、胃癌と大腸癌を発症する被爆者は依然多く、一家族のなかで何人も死亡者が出るケースが報告されていた。被爆者やその子供たちが依然原因のわからない病気に罹ったり死にいたったりしていたことから、多くの被爆者はつねに放射線の長期的な影響に怯えていた。めだつ障害や傷のある被爆者は、銭湯ではたびたび入浴を断られた。子供のときに被爆し、すでに四十代になっていた人たちが毎年開くクラス会は、元級友たちの数がだんだんと少なくなっていくことを確認する悲しい再会の場となっていた。

精神的な支援がほとんどないなか、被爆者たちは一歩ずつ前に進んでいくしかなかった。そのころはまだ心的外傷後ストレス障害（ＰＴＳＤ）の診断や治療を専門とする経験豊富な精神分析医や社会福祉士は少なく、さらに被爆者医療給付は被爆による心的障害には適用されていなかった。依然多くの被爆者が輝く光や花火を見たり、サイレンや飛行機の音を聞いたりすると恐怖感に襲われた。炸裂する原爆とその後の惨状を呼び覚ます悪夢に毎晩悩まされる人たちもいた。ある女性は、夫が被爆したときはめていた血と油まみれの手袋を仏壇に置き、夫の思い出にすがりながら生きていた。胎内被爆児をもつ高齢の親たちのなかには貧困にあえぐ人たちも多く、彼らは自分の子供たちの将来を案じていた。ある父親は言った。「この子が生きているかぎり、私は死ねない」

日本はすでに西欧化された国に変貌し、他国から羨望の的となるような発展をとげ、過去の暗い歴史を振り払おうとしていた。長崎ではアメリカからの資料返還を求める運動や被爆証言記録の収集・出版にとりくむ運動が成果をあげ、返還された白黒映像を使ってドキュメンタリー映画が制作されていた。そして長崎原爆資料館には一九七五年だけでも百二十万人が訪れていた。しかしながら被爆者が抱える現状は、国民の視界の片隅でやっと認識されたにすぎなかった。他の国々でも、原爆がもたらす長期的で計り知れない影響を理解している人はほとんどいなかった。原爆三十周年記念式典に参加していた各国の市長たちは、原爆写真展を訪れたとき、自分たちがいかに認識不足かを露呈させた。写真を見て驚いた市長の何人かは、写真の画像は本物なのかとまじめな顔で聞いた。

アメリカでも同様に原爆の恐ろしさを認識している人は少なく、原爆投下を称賛する意見が大半を占めていた。そして多くの人たちが、広島と長崎に落とされた爆弾より数段破壊力を増した核兵器の存在をいまや避けられない現実だと認識していた。アメリカ政府は民間防衛推進運動を展開するなかで、地域で準備態勢を整え、国民が誠実に行動規範を守れば核兵器攻撃を生き残ることができると説明していた。核攻撃への対抗手段などありえないことは被爆者の証言で明らかだったが、そのような証言がアメリカ国民の耳に届くことはめったになかった。一九七六年、アメリカで本物の大戦機を使用して航空ショーをおこなっている「コンフェデレート・エアフォース（ＣＡＦ）」は、テキサス州で四万人以上の観衆が見守るなか、航空ショーを開催した。フィナーレでは太平洋戦争を終結に導いた者たちに敬意を表し、広島に原爆を投下したＢ29爆撃機の機長ポール・ティベッツが、同機に乗りこみ上空を飛行した。

スピーカーからは、この爆撃機が投下した爆弾は高く舞いあがるキノコ雲を発生させ、「アメリカの歴史のなかでもっとも暗い日々」を終わらせた、と原爆投下を高らかに称賛するアナウンスが流れた。このことが日本で報道されると、被爆者団体のリーダーたちと日本政府はアメリカに強く抗議した。その結果、アメリカは正式に謝罪し、CAFによる同種の航空ショーはその後中止となった。この論争を伝えたアメリカの新聞も、そしてティベッツ自身も認めなかったことがひとつあった。それは原子雲の下で一瞬のうちに消滅した街や無残にも命を奪われた無数の男女、子供がいた事実がすべて抜け落ちていたということだった。

故意ではないにしても、アメリカ国民が陥っている原爆への認識不足やアメリカ政府による意図的な事実の矮小化が続くなか、被爆者活動家たちは核兵器が現実にもたらす影響を一刻も早く世界中の人々に気づかせようと新たな方法を懸命に模索した。長崎原爆資料館は教育普及プログラムをより充実させ、長崎市は広範な内容を網羅する『長崎原爆戦災誌』五巻〔長崎国際文化会館、一九七七―八三年〕を編纂した。この戦災誌は原爆直後に市が被った損害と死傷者数、そして生存者におよぼした長期にわたる影響を詳細に報告した。また、日本学術会議の支援を受け、さらには秋月医師と調医師らに教えを仰ぎ、三十四人の日本人科学者と学者は、綿密な共同調査にもとづく五〇四ページの『広島・長崎の原爆災害』〔岩波書店、一九七九年〕を完成させた。そこには何百にものぼる数値、写真、表が収められていた。この本の英語版は一九八一年に東京、ニューヨーク、ロンドンで出版され、核兵器を保有するすべての国の国家元首、国連の事務総長と幹部、各加盟国の代表、そして保健や非核に携わる主要な世界機関に送られた。谷口や山口はじめ地方および全国規模の被爆者団体の代表者たちは日本中で核兵器廃絶を求め訴えた。彼らはまたエッセイなどの著書を出版し、外国人記者のインタビューに答え、ドキュメンタリー映画に出演するなど活動の場を広げていった。谷口は臆せずシャツを脱ぎ、たびたび自分の火傷跡を人々に見せた。そうすることで映像制作者は被爆数ヵ月後に撮られた火傷跡といまの状態とを比較させながら映像に収めることができた。

活動家たちは、国際的にも自分たちの影響力を高めていこうと邁進していった。一九七七年、翌年の第一回国連軍縮特別総会に先立ち、四百人以上の日本人代表と約二十ヵ国からの代表七十人が、一致団結した取り組みをおこなおうと広島、長崎、東京に集結した。重要な戦略のひとつとして、彼らは核開発の「非合理性」を効果的に浮き彫りにさせようと考えた。その方法として被爆者の体験を伝え、原爆がどのように人間の命を破壊していくかの科学的証拠を示し、さらには政治、軍事分野の世界的指導者たちに支持声明を発表してもらおうとした。「ヒバクシャ」を国際的に認知された言葉にするための議案を起草した。谷口と被爆者活動家の渡辺千恵子は一九七八年、ジュネーブでおこなわれた国際軍縮NGO会議に参加し、演説をおこなった。「被爆者が個人として、国際的な政治の舞台で直接発言をしたのはこれが最初でした」と渡辺は振り返った。その年の後半、核兵器廃絶に向け国連が先頭に立ち役割を果たすよう正式に請願するため、総勢五百人の代表団がニューヨークへ向かった。世界中の人々が核兵器の恐ろしさを認識することを願い、全面的な核廃絶を訴える国連の正式宣言が読みあげられると、彼らの団結した思いはさらに強まった。

谷口は慢性的な体の不安があったにもかかわらず、いや、もしかするとそれゆえにかもしれないが、必要とされればいつでも核兵器廃絶への闘いや被爆者医療給付の資格や金額の拡大を求める運動に姿をあらわした。彼はすでに何度も背中にメスを入れ、前癌性のものも含め次々にあらわれる腫瘍を取り除いてきた。脊柱中央のまだらな傷跡の組織を切りとり、新たな皮膚を移植するための手術がおこなわれることもあった。医師は背中の皮膚の全面的な移植を谷口に勧めたが、谷口はそのような思いきった手術に自分の体が耐えられるか自信がなかったため、それには踏みきれなかった。「きわめて高性能のミサイルを開発できるほど科学の進歩はめざましかったのに、私の病気を治せる治療法はなかったのです」と谷口はつらい胸のうちを明かした。

治療の合間を縫って、谷口は世界中の反核会議に出席した。西ヨーロッパ、ポーランド、ルーマニア、ソビエト連邦、中国、韓国などで開催された集会での講演をこなすために大学や教会などの集会場所を次から次へと駆けまわった。北米ではカナダやサンフランシスコ、ニューヨーク、シカゴ、シアトル、アトランタ、ワシントンDCを含むアメリカ九都市を訪問した。ひとつの都市で複数のイベントに参加することもめずらしくなかった。「核兵器は人間を守るものではなく、ましてや人類と共存することはできません」。谷口はほとんど聴衆とは目をあわせることなく話した。侵略行為や戦争開始の責任に対し、日本が謝罪していないことを承知していた谷口は、多少抑えた口調ではあっても、憤りの表情をにじませたまま原爆投下はなんの罪もない何万もの住民に対する科学実験だった、そしてアメリカはその行為に対し同情や自責の念を示してこなかったと言って非難した。谷口は、自分のもっとも有名な写真

1984年ごろ、反核集会に参加した55歳の谷口稜曄（撮影・黒崎晴夫）

には原爆の恐ろしさを伝える力があることを長いあいだ実感してきた。写真が思い出させるつらく苦しい過去の記憶に嫌悪感を覚えずにはいられなかったが、自分の名刺にはその写真を印刷し、講演のときはプロジェクターで大写しにし、さらには拡大した写真を掲げながらスピーチすることも多かった。「私はモルモットではありません。でも私の姿を見てしまったあなたたちは、どうか目をそらさないで、もう一度見てほしい」

谷口は、自分の取り組みが実際に大きな影響をもたらしているか否かについて、自分に都合のいい解釈をすることはなかった。世界各国をまわり、いかに人々が原爆投下や被爆者の現状について知らないか、そして知っていたとしても、それがいかに間違った知識であるかを目のあたりにしてきた。特定の核実験や核兵器開発を制限し、核兵器の保有量を削減し、核保有国をアメリカ、ソビエト、中国、フランス、イギリスに限定するなどの国際条約が締結されてはいても、冷戦時代からの緊張は依然続いていた。一九七〇年代だけでも、世界中で五百五十回の核実験がおこなわれ、核保有量は四〇パーセント近く増えた。その驚くべき数字だけをみても核戦争の脅威は高まっていた。一九八一年までに、世界の核保有量は五万六千三十五基にのぼり、その九八パーセントをアメリカとソ連が保有していた。世界のどこかで核実験がおこなわれるたび、被爆者には怒りと絶望が入り混じった恐ろしい記憶がいやおうなしによみがえった。「賢く愚かな人間は、あの八月九日からぜんぜん変わっていない。悲しいことに、同じあやまちを繰り返そうとしている。あれから、とうに四半世紀が過ぎたというのに」。そう言って秋月は、核実験をおこなった国々を非難した。やむことのない体の痛みと核兵器開発が続く気の滅入るような現実に直面しながらも、谷口を突き動かしつづけていたのは、自分のように声をあげられずに亡くなっていった人たちに対する責任感だった。「私がいま訴えていることは、声に出したくても出せずに死んでいった何十万人という人たちの思いです」

一九八一年、ローマ教皇ヨハネ・パウロ二世が広島と長崎を訪れたとき、世界の関心がこの両都市に集まり、日本の反核運動も活気づいた。「戦争は人間の仕業です」とヨハネ・パウロ二世は広島で宣言し、原爆は神の摂理という永井医師の考え方とは逆の見解を示した。「戦争を仕掛ける人間は和解をなしとげることもできるのです」。教皇は長崎の浦上天主堂で、ふたりのアメリカ人を含め十五人に司祭の聖職位を授け、爆心地近く松山町の市営陸上競技場では、雪の降るなか集まった四万五千人の信者を前に野外ミサをおこなった。教皇は一五九七年にキリスト教徒二十六人が処刑された殉教地西坂の丘でもメッセージを述べた。教皇が高齢被爆者のための養護施設である恵の丘長崎原爆ホームを訪れたとき、これまで自分の被爆体験を語ってこなかった高齢被爆者の多くがはじめて口を開いた。パウロ二世は、核によって人類が全滅の脅威にさらされていることに対し核保有国が責任をとるよう訴え、核保有国の変わらない姿勢に疑問を投げかけた。また日本のカトリック教会の司教や司祭をはじめとする教会関係者に対し、より活発な平和推進活動へのとりくみを促した。依然多くの被爆したカトリック教徒が声をあげることをためらっていたが、教皇のこうしたメッセージによって考え方を大きく変化させた信者もいた。そのような人たちは、神の御心に黙って従う生贄の子羊ではなく、世界平和という大きな目標を推進することができる貢献者になろうとした。彼らにとってはもう沈黙ではなく、公然と意見を述べることが神の願いを実現する手段となった。

パウロ二世の言葉に奮い立ち勇気づけられもした秋月と妻すが子は、一九八二年、国連への二番目となる請願書を携え、反核日本代表団とともにアメリカへ向かった。二千八百八十六万二千九百三十五人

1978年、核兵器反対集会で長崎被爆者のための行動を呼びかける山口仙二（撮影・黒崎晴夫）

が署名したこの請願書は、国連が核兵器削減に向けた優先的なとりくみを世界規模で強化させ、世界中の人々に、核兵器がもたらす破壊と人間への苦しみの事実をはっきりと示すことを求めた。二回目となる国連軍縮会議特別総会に先立ちおこなわれた国連事務総長との会談に臨んだ秋月は、緊張しながらも彼の反核メッセージを英語で伝えた。その後、秋月と代表団は、平和的に反核を訴えるため四十ヵ国から集まった推定七十五万人の人々を先導し、マンハッタンの中心街を行進し、セントラルパークでおこなわれたクライマックスのイベントへと向かった。イベントでは、アメリカはじめ世界中から駆けつけた軍縮運動のリーダーたちがスピーチで訴え、ブルース・スプリングスティーン、ジョーン・バエズ、ジェイムズ・テイラー、リンダ・ロンシュタットらがパフォーマンスを通じてメッセージを発信した。

山口は体調を崩したため、このイベントに参加することができなかった。しかし翌日おこなわれた国連軍縮特別総会で、彼は六十人以上の国家元首、外務大臣、代表団のリーダーたちを前に、自分自身も一生に一度しかないと思えるほどの演説をおこなった。「八月九日を再現したい。あの地獄をわかってほしい。考えていたのはそれだけです」。山口は、ケロイドに覆われた自分の顔が写っている写真を聴衆の前に掲げ、目をそらすことなく直視するよう促した。そして国連が先頭に立って反核にとりくみ、人類を滅亡から救ってほしいと訴えた。「命のあるかぎり私は訴えつづけます！」山口は大きな声で繰り返した。「ノーモア・ヒロシマ！　ノーモア・ナガサキ！　ノーモア・ウォー！　ノーモア・ヒバクシャ！」

＊

「話せばつらい記憶がよみがえってくるし、体験を語ることが意味あることだと思えなかったんです」と和田はよく言っていた。堂尾、永野、そして吉田も同じような思いをもっていた。子供を育てあげ、職場を退き、そして両親、祖父母、兄弟を看取った後、四人はそれぞれが心の奥底に秘めていた異なる思いに駆られ、沈黙を破り、被爆体験を語りはじめていった。彼らは一九八〇年代から一九九〇年代にかけ、語り部の道へと足を踏みだし、そこに大切な意味と目的を見いだしていったが、それはある意味、第三の人生の始まりでもあった。

和田は一九八三年に沈黙を破った。それははじめての孫を自分の腕に抱いたときだった。「孫のしっかり結んだ握りこぶしを見たとき、原爆の二日後に見た赤ん坊のことがぽっと頭に浮かんだんです。同じようなかっこうをして黒焦げになった赤ん坊が線路脇にころがっていたんです。同じようにしっかり握りこぶしを結んで。いまもし原爆が落とされたら、自分の孫もあの子のようになるんだなあと。やっぱりこんな爆弾は人類のために絶対に使ってはいけないということを話さなくてはいけない、と思ったんです」

和田は秋月のもとを訪ね、指導を仰いだ。六十七歳になっていた秋月はすでに聖フランシスコ病院の院長職を退き、長崎市長と協力し未来を見据えた新団体、長崎平和推進協会を創設し、初代理事長になっていた。官民共同の団体として一九八三年二月に発足したこの協会は、被爆者による被爆体験講話をはじめさまざまな平和活動を展開した。秋月は、被爆者の証言記録だけでなく、口頭で体験を語ることで原爆の恐ろしさを日本人だけでなく世界中の人々に力強く伝えることができると信じていた。そしてそうしたとりくみが核兵器の廃絶と未来の人々の命を守るという被爆者全員の願いをかなえる道だと考えた。

この協会が発足した当時の講話者グループには谷口や、浦上盆地の地図復元プロジェクトでリーダーを務めた内田伯も含まれていた。和田は秋月と会った後、この講話者グループに加わった。和田は子供たちに原爆の話を始めるとき、まずリラックスしてもらおうと必ず冗談を言って笑わせた。そして少しずつ戦争や原爆の話を進めていった。「私よりも苦しんだ人はたくさんいます。だから個人的な話だけでなく、子供たちが資料館で見てきた写真と自分の体験を関連づけて話します。子供たちの表情が深刻になってきたら、ちょっと休んで冗談とか言ったりしながらね。そしてあんな状態を二度とつくらないために、いまの君たちはどう考えたらいいのか、何をしたらいいのか、と問いかけているんです」と和田は説明してくれた。

一九八七年、和田は路面電車を運行する長崎電気軌道会社での四十三年にわたる勤めを終えた。そして彼と妻久子は浦上盆地の北西にある丘に家を建てた。和田は原爆で亡くなった同僚の運転士と車掌を追悼する記念碑を建てようと会社や多くの人々に支援を呼びかけ、同年三月、ついに長年の夢を実現させた。爆心地公園の一角が、この記念碑〔電鉄原爆殉難者追悼碑〕のために用意された。原爆で破壊された駅のプラットホームの石と戦時中走っていた路面電車の車輪を使うというデザイン構想や実際の制作を和田は終始支え見守りつづけた。「ここに立つと、当時のことがよみがえり、笑うこともほほえむこともできません」と記念碑の前で和田は語った。

一九八五年、吉田は膵炎に罹り、食品卸売会社を早期退職せざるをえない状況となった。しかし上司はそれを望んでいなかったため、吉田が九十日間の入院を終え退院すると、非常勤で彼を職場に迎え入れた。ところが吉田がふたたび働きはじめた矢先、思わぬ出来事が起きた。妻の幸子が乳癌に罹り、癌は骨にまで転移していた。乳癌治療を終えた後、幸子は病院で肺炎を発症し、長期の生存が望めない状態になってしまった。幸子の望みどおり、吉田は彼女を家に連れて帰り、食事や入浴など毎日、幸子の世話をした。「乳癌をとって一時はよくなったんですよ。妻を北海道に連れていきたかったんです。よくなったら連れていくからねって言ってました。私たちは油断しとったんです。容体はよくならず、半年生きとったですが……。若かった。五十一歳ですもん」。悲しみに憔悴しきった吉田は葬儀の際に気を失いかけた。それまでは家族の墓に足を運ぶことの少なかった吉田だったが、以後、たびたび墓参りをする彼の姿が見かけられるようになった。

吉田は長崎原爆青年乙女の会に参加するようになった一九五〇年代から、谷口と山口のことを知っていた。人々に体験を語り、被爆者運動を推し進めていった先駆者として、ふたりのことを尊敬していた。しかし和田と同じように、吉田もみずから進んで自分の体験を語ることはなかった。「私は人前に出るのが恥ずかしくてね、とくに女性の前では。みな私のこと、こうして見るでしょう」と彼は顔をしかめて見せた。「あれが嫌でね」。しかしある日、山口が吉田のところにやってきて、長崎を訪れる中学校グループに被爆体験を話すことになっているのだが、自分の代役を務めてくれないかと頼まれた。吉田は承諾したものの、実際に話をする場所に行き、自分のことをじろじろ見ている生徒を目の前にしたとき、引き受けたことを後悔した。吉田と目をあわせることに不安げな生徒や、彼らが自分に嫌悪感をもっているだろうという勝手な思いこみで困惑していた吉田だったが、彼らの前に立ち、自分の体験を語った。何人かの生徒が泣きだした。吉田が顔をあげ、彼らに視線を向けたとき、彼自身も涙が溢れそうになった。話し終わると、多くの生徒が吉田に感謝の言葉を伝えた。しかし、このとき経験した大きな不安や動揺が尾を引き、しばらくのあいだ吉田はまた沈黙の日々へと戻っていった。

しかし、沈黙はそう長くは続かなかった。顔の火傷跡や変形をなんとか受け入れようとする日々のなかで、吉田はもうどうやっても自分に起きたことや自分の外見を変えることはできないと悟った。そして羞恥心を理由に、平和のために人々に語り、伝え、そして呼びかける活動から逃げるようなことはもうけっしてしないと心に決めた。一九八九年、吉田は長崎平和推進協会に参加した。

「私は、子供たちにこう言っているんです。「平和という言葉を辞書で引いたことかありますか?」って。みんな引いたことないんですよ！　なぜなら、いまは平和でしょ。だから平和って何かということを知る必要がないんです」と彼は説明した。「一緒に辞書を引きましょう、と言います。平和が忘れ去られても、みんながあたりまえと思うとるでしょ。これがいちばん恐ろしいんですよ。平和を考えなければいけない、と私は子供たちに言うんです」

定年間近のある日、「これからどうするの?」と友人は堂尾のことを気にかけて聞いた。子供のいる多くの日本女性とは違い、堂尾には年をとっても頼る子供はいなかった。いつものように堂尾は別の見方をしていた。「あなた！　子供のいる人は、出産、育児、入学、嫁入り支度等々子供に費やしているのよ。私どもが子供のいる平均パターンを想定するから悲観的になるのよ」と友人に言った。「悔いを残さず、迷惑をかけず、凄絶な思いも甘受し、くぐり抜けてきた誇りが、勲章のように心の中で光っている」

懸命に働き、多くの功績を残した堂尾は一九八二年、五十五歳のとき、三十年近く勤めたウテナを退職し、しばらくのあいだゆっくりと身体を休めようと思った。しかし楽しい気分になれるどころか、堂尾は寂しさを感じた。「社会の片隅に押しやられたようなさみしさがあった」。堂尾は心配だった。いまは鳴りをひそめているだけの原爆症が、年齢を重ね体力が衰えてきた自分の体のなかで、いつまたあらわれようかと息を潜めているかもしれない。妹は長崎に戻ってきてはどうかと言ってくれたが、堂尾は気が進まなかった。「生かされた長崎！　生きた東京！」と堂尾は振り返る。

刺激的な新宿の通りを無表情に黙々と、流れるように過ぎゆく人波のなかに、いままでどおり堂尾の姿もあった。ある日堂尾は、電車のなかで寂しげな面持ちで立っている女性に自分の将来をみたような気がして不安な気持ちに襲われた。そのとき彼女は、まだ体力のあるうちに長崎に帰ろうと決心した。

堂尾は東京の家を売るための準備を整え、長崎で住む家の間取りを考えた。高齢になっていた母のために、庭を眺めることのできる日本間を用意するつもりだった。しかし、その計画は母が病気になり入院したために中断せざるをえなくなった。長崎に急いで帰った堂尾は、母の世話をしながら、もうすぐ実現する新しい家での生活のことを話して母を勇気づけた。十二月のある寒い日、堂尾がふと窓の外を見ると、冬にはめずらしく空に虹がかかっていた。母にも虹が見えるように手を添えて体を支えると

「ほんと！　きれいネ！」――それが母の最後の言葉だった。翌日、母は息を引きとった。

東京に戻った堂尾は、心にぽっかり穴が開いてしまったような気がした。母がいつも自分に送ってくれた感謝と励ましの手紙のことを思い出し、仕送りやおりにふれての贈り物以外、母のために、ほとんど何もしてあげられなかったという後悔の念に苛まれた。気力をなくした堂尾は「しっかりしなくては」と、自分を叱りながらも苦しさを抑えきれなくて、行動は、ただフラフラと出歩く毎日だった」。

一九八九年、堂尾は長崎に戻った。もう一年早ければ母と一緒に暮らすという夢をかなえることができるはずだった。堂尾は家を建て、母のために用意していた部屋に仏壇を置いた。外出するとき、彼女は必ず仏壇に飾った母の写真に向かって大きな声で、出かけるのでお留守番していてね、と話しかけた。母のことが恋しくて仕方がなかったが、写真のなかでいつも笑顔を返してくれる母が、堂尾の悲しみを癒してくれる気がした。

三十年前、堂尾は原爆の傷跡を残したままの長崎に見送られ、東京へと旅立っていったが、いまや近代的な街に生まれ変わった長崎は繁栄を謳歌していた。被爆体験を進んで語る被爆者はまだそれほど多くはなかったが、一九五六年当時には想像もつかないほど被爆者活動団体の数は増え、被爆者が必要とする医療給付制度や経済的支援体制が拡充されてきた。堂尾は、これまでかたくなに守ってきたみずからの被爆体験への封印を解こうかと模索しはじめた。長崎原子爆弾被爆者対策協議会〔設立は一九五八年〕の長崎原爆被爆者検査センター〔現・被爆者健康管理センター〕では、毎年六万人以上の被爆者に医療検診やカウンセリングをおこなっていた。長崎市は反核、平和、原爆関連医療などをテーマに会議やシンポジウムを定期的に主催した。一九八八年、率直な物言いの長崎市長、本島等がこれまでの社会的タブーを破り、天皇には戦争責任があると公に述べたことから全国的な論争が巻き起こった。これに猛反発した日本の再軍備を主張する右派軍国主義者のひとりが一九九〇年、本島を背後から銃撃した。本島は重傷を負いながらも助かったが、多くの人々が市長への暴挙に抗議し立ちあがった。

もうひとつ大きな話題となった出来事は、一九八九年、アメリカの艦艇ロドニー・M・デイヴィスが長崎港へ入港したときに起きた。核兵器搭載が疑われていたこの艦艇の入港に対して、長崎の被爆者は激しい憤りを感じた。日本では数十年にわたり、核兵器をもたず、つくらず、もちこませずの非核三原則に違反することになる核兵器搭載が疑われた（実証されてはいなかったが）アメリカの艦艇の入港に対し、多くの人々が激しく反対してきた。そうした懸念が間違いではなかったことが、新たに発見された報告書によってその年のはじめ、すでに明らかになっていた。その報告書には一九六五年に日本の港へ入港途中だった空母タイコンデロガに搭載されていた攻撃機一機が海中に転落し、その機体には水素爆弾が搭載されていたと書かれていた。そのため、核兵器を搭載していたであろうロドニー・M・デイヴィスが長崎湾に入ってきたとき、山口をはじめとする活動家たちは、原爆で死亡した家族や原爆後の街を写す写真を掲げて平和公園に集まった。艦長と乗組員数名が献花のため平和公園を訪れると、山口は怒りに体が震え、原爆の鮮烈な記憶がよみがえった。艦長が平和祈念像の前に花輪を置き公園を立ち去ると、取材に来ていた記者のひとりが誤って花輪にぶつかり地面に倒してしまった。すると山口を含め抗議に来ていた被爆者は急いで駆け寄り、これを踏みつぶした。この出来事は大きく報じられ、献花の同行を断っていた本島市長は、駐日アメリカ大使に対して公式に謝罪した。大使はアメリカの政策に従って、核兵器の搭載については肯定も否定もしなかった。

堂々と人前で自分の体験を語る被爆者の姿に驚き、感じ入った堂尾は、大人になってはじめて、これまで封印していた被爆者であるという立場を明らかにしていこうと思った。体に埋めこまれたままのガラス破片による神経の痛みが以前にもましてひどくなってきたことも、堂尾を行動へと駆り立てる一因となった。まず、長崎大学でおこなわれた五週間にわたる「長崎原爆とその影響」と題された公開講座に参加した。六十名ほどの成人学生とともに、堂尾はとてつもない原爆の威力と人間におよぼす影響をあらためて学んだ。

堂尾に被爆体験を思いきって語るよう促したのは長崎平和推進協会を長年支えてきた松添博だった。堂尾は気づいていなかったが、原爆当日の夜、怪我を負った堂尾が滑石の宮島医師宅へ運ばれてきたとき、県立瓊浦中学校〔現・長崎西高等学校〕三年生だった松添は偶然にもその場に居合わせていた。一九七四年、消防職員だった松添は二枚の絵を描きあげた。火葬される「ふりそでの少女」、そしてもう一枚が「滑石臨時救護所」、宮島家の庭での光景である。絵の前面には水膨れや流れ出る血にまみれながら地べたに座ったり横たわったりしている数十人の人々。さらには赤ん坊を介抱する母親、すでにぐったりしている幼児を抱きかかえるもうひとりの母親、そして介抱する男性のそばに立ちつくす怪我をした若き日の松添自身。中央奥には、六人の大人に囲まれ台の上にうつ伏せに横たわる堂尾の姿もある。彼女の後頭部の怪我を治療する白衣の宮島医師と、その反対側で見守る堂尾の両親。まっすぐに伸ばしたふたりの腕は、痛みにもがく娘の足をしっかりと押さえている。松添はこの絵を地獄絵と呼んだ。

松添は堂尾がまさか生きのびたとは思っていなかった。一九八五年のある日、彼が読んでいた本〔松野秀雄『40年目の証言　あの日のナガサキ』市民出版社、一九八五年〕のなかに堂尾の手記が掲載されていた。驚きつつも感動した松添はあの夜のことも含め思い出を手紙にしたため、絵の写真を同封して堂尾に送った。

松添の手紙と絵によって、堂尾のなかに眠る原爆の記憶と体の苦痛に耐え隠れ過ごした長い年月が呼び覚まされ、たちまち手紙のやりとりが始まった。堂尾が長崎に住まいを移すと松添は、堂尾が仕事上、大勢の人たちを前に話をするという経験を数多く積んできたことを知り、平和推進協会に参加し被爆体験を語ってみたらどうかと勧めた。一九九二年、堂尾は同会継承部会のメンバーとなった。

長崎に戻り五年が過ぎた一九九四年、堂尾は医師から乳癌があるとの診断を受けた。その年、死亡した八万人の被爆者をもとに新たにおこなわれた累計調査によって被爆者の白血病死亡率は平均の三十倍も高いことが判明し、乳房、肺、結腸、甲状腺、胃、その他四種類の癌についても高い死亡率が示された。他の調査でも、ひとりの被爆者による複数の原発性癌〔原因となる病気がないか原因不明の癌〕の罹患率や、遅発性の心臓血管、循環器系、消化器系、呼吸器系の罹患率も平均を上まわっていることが立証された。また放射線影響研究所の報告によると、すべての被爆女性と幼いときに被爆した人たちのあいだで、生涯を通じて著しく高い確率で癌が発症していることがわかった。

1994 年ごろ、64 歳当時の堂尾みね子

医師から乳癌の診断を受けたとき、堂尾は激しい心臓の高鳴りを感じたが、「アラッ！　先生。ファッションができなくなりますね」と冗談めかして医師に言った。しかしひとりになると不安で頭がいっぱいになった。やっぱり、来るものが来た。いままでどれだけ苦しい思いをしてきただろう。原爆に遭い、怪我を負い、青春を失い、結婚に踏みきれず、故郷を捨て東京で三十年間を過ごした。そして今度

は私の乳房をも消されてしまう。核の亡霊は執拗に襲いかかる、と堂尾は思った。長崎に戻ってやっとつかんだふつうの生活を奪われるような気がした。また、これまで誇りをもっていた自分の容姿がもうすぐ損なわれてしまうという恐怖を感じた。自分の乳房に「巣くっている」癌によって強い意志で築きあげてきた人生がもう終わってしまうのか、と思うと絶望的な気持ちになった。

しかし堂尾はあきらめず、自分の力をもう一度信じようと思った。長年の習慣だった煙草をやめた。検査でふたつの腫瘍があることがわかると、それらを食いしん坊と呼んで叱った。乳房切除手術が終わると、堂尾は些細なことでもよく涙を流すようになった。世話してくれる看護婦たちへのありがたさを思うだけでも目を潤ませた。日誌をつけ、核兵器の廃絶を祈り、いままでより心が広く、優しく、自分のことを省みることができる女性になることを繰り返し誓った。治療が終わると、医師は彼女に癌がなくなったことをはっきり伝えた。「私は生かされた」。よくそう言っていた堂尾は、七十五歳までは絶対に生きると断言していた。彼女にとっては、それが原爆に打ち勝ったという証でもあった。

永野は原爆投下から五十年目となる一九九五年まで、人前で被爆体験を語ることはなかった。さかのぼること六年前の一九八九年、夫が交通事故に遭い怪我を負った。その後十一年間、夫は入院生活を余儀なくされたが、回復することはなかった。複数の疾患で別の病院に入院していた母を夫の病院に転院させ、彼女は同時にふたりの世話をした。永野は病院近辺の借家に引っ越した。毎日病院へ通うことができるようにと

母は生涯を通じて清二と邦子の五十回忌の法要、弔い上げを心待ちにしていた。弔い上げは、家族がお墓に集まり、故人が先祖とともに極楽往生することを願い供養をする仏教の慣習だった。「私たちは

五十回忌と呼んでいました。ふつうは没後四十九年目に法要を営むんです。ですから、私たちの場合は一九九四年でした。母は邦子と清二のために、この法要を終わらせるまでは死なれんって言ってたんです」と永野は説明する。

法要の日を迎えたが、すでに肝臓癌との診断を受けていた母は一緒に行くことができなかった。永野と息子が法要を見守った。「墓石の下の納骨館はいつも閉じられたままなんですけど、この法要では特別な経をあげてもらって、亡くなった仏さんが喜ぶよう扉を開けて風を入れてやるんです」

ふたりは納骨館の扉を開け、永野の兄の骨壺の蓋を外した。遺骨は彼女が思っていたとおり白やピンク色をしていた。原爆から三年後に亡くなった父親の遺骨は白いものと黒いものが入り混じっていた。ふたりが清二と邦子の骨壺を開けたとき、永野の体は震えた。「真っ黒でした！　火葬したときには白かったのに。蓋を開けたときに見えた遺骨は消し炭みたいになってました」。永野の夫の家族は原爆に遭い亡くなっていたが、彼らの遺骨も黒かった。それを見た息子は気分が悪くなってしまった。僧侶の話では、寺に安置されている身元不明の被爆者二万人の遺骨も同じように黒く変色しているということだった。「またしても、核兵器は人間の体を痛めつける、それも骨の髄まで徹底的に痛めつけるということを思い知ることになったのです」

僧侶の法話を聞きながら、永野は自分の人生に思いを馳せた。五十年という月日が経った。私はこの間何をしてきたのだろうか、五十年間ずっと悲しみつづけてきたのだろうか？　もう自分自身を悲しみと自責の念から解放させてあげるときが来ていた。悲しみの記憶を忘れるためではなく、自分自身が変わるために、人のためになる何かをするために。その後すぐに、永野は学童たちのために被爆体験の語り部をしている被爆者の記事を読み、これなら自分にもできるのではないかと考えた。

永野は自分の体験を簡単にまとめて長崎平和推進協会へ送り、協会の活動メンバーのひとりとなった。一九九五年、夫と母は入院したままだったが、永野は慣れない語り部としての挑戦を始めていた。原稿を読みながら、永野は詳しく自分の体験を語っていったが、弟と妹が亡くなるまでのいきさつについてはいっさいふれることはなかった。「ほんとうに自分はひどいことをしたから、とても話そうという気持ちになれなかったですね。あまりにもつらすぎて、気持ちが重いし」

自分が被爆体験を語る決心をしたことを母がどう受けとめるか、永野にはわからなかった。ある日永野がいない病室で母と話をしていた看護婦が、語り部の活動をしはじめた永野のことをほめた。永野がその日病院を訪れると、母は突然、ふたりのあいだに固く閉ざされていた厚く冷たい心の扉を開けた。

「あんた語り部になったとげなね。学校の生徒さんに、原爆の悲惨さをよーく伝えなさいね。いつまでも元気でがんばらんば」

永野は突然のことに言葉もなかった。母が永野のしたことを喜んでくれたのはこれがはじめてだった。永野は生涯ではじめて母に親孝行ができたと思い嬉しかった。

数日後、母はふたたび永野に向かって「えっちゃん」と永野を愛称で呼び、「えっちゃん、ごめんね」と言った。

永野の頬を涙が流れ落ちた。「私こそごめんなさい、お母さん」と永野は応えた。「お母さんに謝らなくてはいけないのは私のほうよ」

母は永野のほうに手を伸ばした。ふたりは一緒に泣いた。永野は約束を守らずに清二と邦子を連れ戻したことを何度も何度も謝りながら、むくんで黄色くなった母の腕を何度もさすった。永野は言い尽くせないほどの安堵感を覚えた。「五十年を経て、母はようやく私を許してくれました」

母は数日後、苦しまず、まるで眠るかのように息を引きとった。

＊

谷口、和田、吉田、堂尾、そして永野が自分たちの被爆体験を人々に語り、原爆のもたらす現実を浮き彫りにすることに大きな意味を見いだしていたころ、アメリカでは第二次世界大戦終結五十周年を記念する特別企画展をめぐり激しい論争が起きた。一九九五年、ワシントンDCにあるスミソニアン国立航空宇宙博物館（NASM）の学芸員たちは、広島に世界初の原爆を投下した「エノラ・ゲイ」を歴史的展示資料と認め、この原爆投下機に焦点をあてた展示会を企画していた。しかし彼らは、被爆者の体験や遺品など広島と長崎の被爆に関する情報を含めるべきか否かのむずかしい問題に直面することになった。「最終章　原子爆弾と第二次世界大戦の終結」と題されたこの展示会は、太平洋戦争に関わった退役軍人たちの貢献、犠牲、記憶に敬意をあらわすと同時に、広島と長崎へ与えた原爆の影響と原爆が冷戦をどう誘発したかをアメリカ市民に知ってもらうために企画された。このような点にふれなければ「エノラ・ゲイ」を語ることはできないと学芸員たちは考えた。

スミソニアン博物館のこうした展示内容の一部は、アメリカの新世代の学者たちによる研究・調査をもとにして企画された。彼らは機密指定を解除された第二次世界大戦に関する国家文書をもとに、日本への原爆投下に絡む複雑な問題を一九六〇年代から分析してきた。多くの研究対象のなかから学者たちが再検証対象として選んだテーマは、原爆を使用したアメリカの真の目的と原爆が戦争終結にどれほどの影響力をおよぼしたかという点だった。検証を進めるなかで学者たちは、アメリカ国民に広く受け入れられていた原爆の正当性、すなわち原爆が軍事上必要不可欠であったこと、百万人にものぼるアメリカ人の命を救ったこと、そして戦争を終わらせる唯一の合理的手段だったことを主張したスティムソンやトルーマンらの論理に対し、たびたび疑問を投げかけた。「政府当局者たちが戦争終結を急ぎ、アメリカ人の命を救いたかったことは誰も否定しないだろう。しかし、アメリカがそのことだけを考慮して、日本への原爆投下に踏みきったと真剣に考えている歴史家はいない」という判断を歴史家ジョン・ダワーは示している。

このような検証が進むなかで、学者のあいだでは日本の民間人に対し原爆を投下したことの倫理性を問う声がふたたび沸きあがった。しかし、そうした疑問がアメリカ一般市民の考え方に変化をもたらすことはほとんどなかった。アメリカ政府の原爆に対する公式見解と日本軍による真珠湾攻撃、連合軍捕虜への虐待、アジア諸国での残虐行為に対しアメリカ人が根強く抱いていた怒りとがあいまって、説得力のある強力な原爆神話が何十年も前につくりあげられ、それはアメリカ人の意識のなかに染み渡っていた。原爆が投下されなければ膨大な数のアメリカ人の命が失われていた、そして原爆が戦争終結に決定的な役割を果たしたという誇張された主張は、国民の思考や文化にあまりに深く根を下ろしていたため、多くの人たちが原爆は平和をもたらした正当な行為だったという認識を共有していた。

一九九〇年代に入っても、被爆者が原爆で味わった苦しみを知るアメリカ人はほとんどいなかった。三十年前の一九六〇年代、雑誌「タイム」や「USニューズ&ワールドレポート」に掲載された記事によって、アメリカ人読者は長崎や広島で癌の発症率が高まることはなかったと信じこまされた。アメリカ政府は、核兵器から放出される放射性降下物が核実験場の風下にあたる地域の住民におよぼす被害の情報を隠そうとした。政府は大量の放射線がおよぼす人体への悪影響に対する国民の認識が高まることを避けたかった。冷戦への不安が極端に高まっていたころ、物議をかもしたテレビ映画「ザ・デイ・アフター」（一九八三年）が核攻撃の恐ろしさを描きだし、核戦争防止国際医師会議（IPPNW）がアメリカの民間防衛政策では放射線の影響を十分に防ぐことはできないと表明したにもかかわらず、大半のアメリカ人は、自分たちの国が実際に遂行した原爆投下のもつ歴史的、科学的な重要性に目を向けることなく、核戦争とは今後いつか起こるかもしれない恐ろしい出来事のひとつにすぎないと考えていた。

原爆投下に対する理解を深め、さまざまな考え方にふれる意味からも、スミソニアン博物館の学芸員たちは、来館者が展示品を通して太平洋戦争の歴史を簡潔に学べるよう真珠湾攻撃、太平洋戦域での日本の侵略行為、原爆の製造、投下場所の決定をめぐる議論、降伏を前にした一九四五年の夏における日本の状況などさまざまな展示スペースを設ける計画を立てた。そして実際の原爆投下、広島と長崎の人々に与えた影響、そして核時代の到来に原爆が与えた影響についての情報で展示を締めくくる予定だった。この特別展は悲惨な戦争の終結を祝うと同時に、原爆使用の倫理性にはあえて結論を出さずに、被爆した人々へ思いやりの気持ちをもちつづけることを意図していた。

博物館の館長マーティン・ハーウィットはアメリカに貸し出される展示物の相談をするため広島と長崎を訪れ、両市の市長、原爆資料館の学芸員、放射線影響研究所の職員と面会した。日本側担当者は原爆の熱線、爆風、放射線がもたらしたとてつもない影響と被爆者が負った怪我、病気、心的障害が正しく展示されずに軽々しく扱われることを何より心配した。提案された貸出展示物には、十一時二分で止まったままの柱時計、物干し竿の影が焼きついた板壁、浦上天主堂の爆風で飛ばされた天使像の頭部、溶けた屋根瓦、硬貨、ガラス瓶、焼け焦げた幼児の衣服などが含まれていた。子供にお乳を飲ませる怪我をした母親や黒焦げとなった死体など山端庸介が原爆の翌日から撮った写真数枚も展示が検討されていた。谷口、永井隆医師、秋月医師をはじめとする長崎被爆者十三人の短い言葉も展示されることになった。

しかし、異なる戦争の記憶と認識をもつ両国のあいだにある大きな隔たりを埋めようとしたこの特別展は、結局実施が困難な状況に追いこまれた。執拗で残忍だった日本軍という敵と戦った多くのアメリカ退役軍人たちにとって、戦勝五十周年を記念する国の展示会は自国の勝利を祝い、彼らの勇気を称えるものでなくてはならなかった。退役軍人たちは、原爆の必要性についての歴史的な検証や被爆者の苦しみを展示物によって明らかにすることは戦争末期に彼らが示した勇敢な行為と犠牲を誤って伝え、さらには汚すことにもなると主張した。それは、原爆を投下せずにアメリカが日本へ侵攻していたならば死亡していたかもしれない兵士たちの命を侮辱することになると訴えた。かつてABCC（原爆傷害調査委員会）が被爆者への治療を原爆に対するアメリカの償いの象徴と受けとめられかねないと懸念したように、退役軍人にとっても被爆者の体験を展示に盛りこむことは奇襲という非情な手段で日本が始めた戦争を終わらせるために投下された原爆に対するあってはならない不当な謝罪に等しかった。

当初の展示構想と説明文の草稿は、一九九四年初頭に発表された。その後十人の歴史家・学者からなる委員会が数ヵ所に内容の偏りと誤りがあることを確認したため、博物館スタッフに修正するよう伝えた。しかし修正がおこなわれる前、それまで博物館と協力関係にあった十八万人の会員を有するアメリカ空軍協会は、全国的な抗議運動を開始した。その後三百十万人の会員数を誇るアメリカ在郷軍人会がこの運動に加わった。彼らの意見を支持するメディアの報道に勢いづけられ、こうした団体は、この展示会が「アメリカの総意を無視し、少数意見に配慮しすぎた企画になっている」と言って博物館を非難し、展示会を反米的と形容した。彼らは、原爆が戦争を終わらせ多くの命を救ったということだけが唯一の正しい考え方であると宣言した。また被爆者の写真や証言を展示から外すよう要求し、日本がおこなった残虐行為の展示を増やし、原爆投下への罪悪感を植えつけるのではなく、勝利に対するアメリカ人の誇りを呼び覚ますような展示にすべきだと訴えた。さらに退役軍人たちは、倫理的な問題を提起するような展示物はいっさい排除すべきだと主張した。「タイム」誌のインタビューに答え、展示企画スタッフのひとりトム・クラウチは「展示に批判的な人たちは原爆の全体像を伝えることを嫌いました。展示は原爆が爆弾収納槽を離れた瞬間で終わってほしかったのです」と語った。

学芸員たちは退役軍人たちの懸念に応えるため、四回にわたり展示解説文を書きなおした。一九四五年七月、アイゼンハワー将軍が原爆使用への反対意見をトルーマン大統領に伝えたことを戦後明らかにするなどアメリカの高官が原爆の使用に反対した、あるいは疑問を呈したことを示す歴史的な文書類も展示物から外された。また戦闘行為、連合軍の死傷者、日本軍による残虐行為についての情報や写真が追加され、日本人への同情心が感じられるような言葉を減らすため、解説文には微妙な変更が加えられた。長崎で撮られたもっとも衝撃的な写真十二枚を含め、原爆の恐ろしさを伝える被爆者の焼け焦げた死体の写真は取り除かれた。秋月、永井両医師のものを含め被爆証言はほぼすべてが削除され、展示スペースの最後を締めくくる予定だった冷戦と核拡散に関する情報も、そのほとんどが含まれないことになった。多くの歴史家たちは、退役軍人たちの要求を受け入れようとした博物館の対応はあまりに行き過ぎていると考えた。とくに原爆がアメリカ人百万人の命を救ったという陸軍長官スティムソンの主張を称賛するよう退役軍人たちが博物館に要求したとき、この主張を覆す証拠文書があるにもかかわらず、博物館がこの主張を黙認するかのような態度を示したことに歴史家たちはもっとも深刻な懸念を抱いた。

皮肉なことに、日本でも終戦五十周年を記念するにあたり同じような論争が起きていた。そのころになると、それまで覆い隠されていた中国ほかアジア諸国を侵略する際に日本兵がおこなった民間人への虐殺や強姦と、戦中を通じての極端な残虐行為の詳細が新たな調査や研究によって明らかになっていた。こうした新事実は日本の釈明義務、天皇の責任、戦争をどのような形で次世代に伝えていくかという問題をめぐる激しい論争にまで発展した。一九九六年、長崎国際文化会館の跡地で長崎原爆資料館が新たに運営を開始したとき、長崎もこうした国内論争のまっただなかに置かれることになった。資料館では長いあいだ寄せられてきた不満の声に応えようと新たな試みが計画されていた。展示のなかに原爆に絡む重要な戦中の背景情報が含まれず、被爆者の被害や苦しみに偏りすぎているという声を受けてのことだった。新たに展示に加えられようとしていたのは南京虐殺、日本軍による生物兵器の人体実験、アジア諸国から「従軍慰安婦」として強制連行された女性への性的搾取などに関する資料だった。このような展示企画に激怒した保守的な国粋主義者たちは資料館へ抗議したり、学芸員や職員に匿名の脅迫文を送りつけたりした。その後、資料館は展示内容を変更し、なかでも日本人兵士に情け容赦なく殺された中国民間人や、一〇〇キロ以上の歩行を強制した「バターン死の行進」の途中で殴られ飢餓寸前となった連合軍捕虜たちの写真を展示予定から除外した。

スミソニアン博物館が展示内容の変更をおこなっても、反対する声を和らげることはできなかった。退役軍人たちの抗議に注目した一部の連邦議会議員たちは、予定されていた展示会に公然と反対の意を表明した。一九九四年九月、上院は展示内容が「修正主義的で第二次世界大戦で戦った多くの退役軍人たちにとって屈辱的である」とする非拘束決議案を可決した。この決議文は原爆投下機エノラ・ゲイが「大戦の慈悲深い終結」に果たした役割を擁護し、「自由のために命を捧げた者たちの記憶を逆なでするような内容は展示から排除すべき」と明記していた。四ヵ月後の一九九五年初頭、スミソニアン博物館は予定していた特別展の中止を発表し、代わりに「エノラ・ゲイ」の巨大な機体と、世界初の原爆投下に果たしたこの爆撃機の役割と、投下から九日後の日本の降伏に関する簡単な解説文が展示されることになった。

日米双方の反応は予想されたとおり複雑なものだった。抗議活動に徹した退役軍人たちは中止の決定を大歓迎した。テッド・スティーヴンス上院議員（アラスカ州選出・共和党）は中止に賛成の意を表し、国の公式見解を改めようとすることは「真実を絶え間なく歪める」ことであり、展示会は「戦争を乗りこえた人々のなかに刻まれた戦争への思いとは相容れない考え方を示すものである」と非難した。しかし一部の退役軍人は、中止の決定について全面的に賛成とはいえない姿勢を示した。「原爆が多くのアメリカ人の命を救ったことは事実であったにしても、原爆がもたらした結果を認めることも愛国者としての義務だ」と退役軍人デル・ハーンドンはカリフォルニア州ロスアンゼルスの地元新聞「ウィッティア・デイリーニューズ」への投稿で述べている。

スミソニアン博物館のハーウィット館長は、中止の決定に抗議して辞職した。歴史学者五十人はスミソニアン協会のI・マイケル・ヘイマン事務局長へ共同署名の抗議文書を送り、最終的に簡素化された展示の内容にも誤りや抜け落ちがあったことを指摘した。日本の村山富市首相は、展示会中止の決定は「遺憾である」との短い声明を発表した。長崎の本島市長は怒りをあらわにした。中止の報告を受け、市長はまず日本の真珠湾攻撃による死傷者やアジア諸国での日本の侵略行為に対して謝罪した後、続けて語った。「そうした日本による侵略行為や残虐行為があったからといって、これまでに類のない大量破壊兵器が民間人の住む場所に落とされたという事実に目を向ける必要がないとでも言うのですか？」

またしても、被爆者が歩んできた苦難の道のりはアメリカの公式説明に入りこむ余地はなかった。あいかわらずアメリカ人は、原爆投下やそれがもたらした人間への影響について何も知らないままだった。

一九九五年のギャラップ調査によれば、アメリカ人の四人にひとりはアメリカが日本に原爆を投下したことを知らず、その破壊規模について知っている人はさらに少なかった。人々の認識を高めたいとの思いから、一九九五年、作家ジョン・クラカワーは思いきって長崎を訪れ、その被爆の歴史に関する記事を書いた。「忘れ去られたグラウンド・ゼロ」と題された記事は、通信社のユニバーサル・プレス・シンジケートを通じてアメリカ中の新聞社に配信された。そのなかで彼は、原爆が炸裂した瞬間から続いた吉田の苦難に満ちた歳月を短くまとめて伝えた。「左側から彼の顔を見ると、そこには爆風の痕跡はどこにもない。しかしもう半分からは、破壊のすさまじさがありありとうかがい知ることができる。彼の顔の右側はすべて紫色に変色し、変形した皮膚に覆われていた」。クラカワーは最後にアメリカ人に対する吉田の思いを綴り、記事を締めくくった。「最初はアメリカ人が私にしたことを憎みました。人間にあんな残酷な兵器を使える国があるなんて私には理解できませんでした。でもこの歳になってみてわかったのは、恨みをもっていては誰にも何もいいことはないということです。もうアメリカ人を憎んではいません。憎いのは戦争だけです」

この記事に対して、第二次世界大戦の退役軍人（沿岸警備隊女性予備役軍）オリーブ・V・マクダニエル・ニールセンからの手紙が「シアトル・タイムズ」に届いた。その内容は展覧会に激しく抗議した退役軍人たちの言葉を踏襲するかのようだった。「哀れな長崎！　哀れな広島！　パールハーバーがなければ広島も長崎も爆弾を落とされずにすんだのに……。原爆で自分が傷ついたのに、アメリカをもう憎んでないという吉田の言葉、なんてすばらしいことでしょう。彼は自国の爆撃機がパールハーバーでしたことを、まだどれだけ多くのアメリカ人が覚えているのかを考えたことがあるのかしら？」

この手紙は、退役軍人たちがかつての敵に対してもちつづけている憎悪と、歴史学者たちが多面的な戦時の出来事を精査しようとする姿勢とのあいだにあるどうすることもできない張りつめた緊張関係を如実にあらわしている。とくにより大きな大義名分のもとに軍が敵国の民間人に多大な被害を与えたときは、その傾向が強まってしまう。

一九九五年六月、規模を縮小したかたちでのスミソニアン博物館特別展の開催に際して記者会見がおこなわれた。原爆がもたらした比類なき破壊と人間が負わされた苦しみの事実をなぜ排除したのか、と質問されたスミソニアン協会のヘイマン事務局長は、「そういうことは想像に任せたほうがよいだろうと決断したからです」と答えた。

＊

長崎平和推進協会のメンバーたちは、人間の想像に任せているだけでは原爆が真にもたらす破壊的影響を理解することなどできないという思いを共有していた。日本全体をみれば、核兵器に反対する気運は広がりを見せてはいた。しかし被爆者活動家たちは、具体的な被爆経験を詳細に伝えることでしか原爆の実態を想像できない人たちに核兵器の恐ろしさを理解してもらうことはできないと考えていた。そうすることで一発の爆弾が瞬時にして街やそこに住む人々を破壊し、死を招く目に見えない放射線が生きのびた人々の体に入りこんでしまうという現実を、世界中の人々にわかってもらうことができると信じていた。みずから語らなくてはならないという責任感をまっとうしようと声をあげる道を選んだ人たちは、五十年も前の十代で背負わされた被爆者という立場を公然と貫き、被爆体験を伝えつづけた。みずからに耐えがたい記憶を突きつけ、家族からの疎外、自分の苦悩を人前でさらすことへの心ない批判、右派の人々から浴びせられる嘘つきや共産主義者という決めつけの言葉を甘んじて受け入れた。率直に自分の体験を語ることは、彼らの目に映る核兵器にとりつかれ現実に起こりうる結末にまったく気づいていない世界に対して、各自が影響を与えることができる特別な機会でもあった。日本では、何世紀にもわたり歴史の一端を代々伝承する「語り部」という伝統があるが、彼らは「語り部」そのものだった。「われわれはいま、全面偶発核戦争におののいている。核兵器によってもたらされる地獄は、他に類をみないほど世界全体への危機感となっている」と秋月医師ははっきり述べている。語り部活動に情熱を傾ける献身的リーダーとして、秋月は原爆に関する優れたドキュメンタリーのひとつ〔『ヒロシマ・ナガサキ──核戦争のもたらすもの』岩波映画製作所、一九八二年〕で語り手を務め、新しい被爆者証言集を出版し、さらにはヨーロッパやソビエトを訪問して多くの聴衆に核兵器廃絶を訴えた。またローマ法王と個別に面談し、原爆のドキュメンタリー映画と長崎、広島両市長からのメッセージを手渡した。秋月はそのすばらしいスピーチの素質を活かし、長崎の被害と人々の苦悩を真に迫る形で表現すると同時に、日本の侵略行為に対しては日本が他国に与えた計り知れない被害への深い同情の念をあらわし謝罪した。

しかし、秋月がどれだけ懸命に被爆者の声を届けようと奔走し、どれだけ強く核保有国に核兵器製造をやめるよう訴えても、原爆が投下された瞬間から彼の心を覆いつくしてきた悲しみや絶望感を拭い去ることはできなかった。秋月は原爆の新聞記事をみつけてはなんでも切り抜きスクラップブックに貼りつけていた。「これを読むことが、ただ私の務めと思う。寝室の枕辺に置く、疲れてそのまま眠る。それとわかっていながら、必ずスクラップを枕辺に積む。被爆医師の自分が悲しい」と秋月は日記に書き記している。

一九九二年のある秋の夜、長崎で開催されていた核戦争防止国際医師会議での講演を終え、家路に向かっていたとき、冷たい夜風に当たった秋月は激しい喘息の発作に襲われた。「発作に備え、ふだん肌身離さず持ち歩く吸入携帯器を、この日は忘れていました。よほど会議のことで頭がいっぱいだったのでしょう」と妻のすが子は振り返った。救急車で病院へ運ばれたものの、脳に十分な酸素がいかなくなってから相当な時間が経っていた。秋月は意識不明となり、聖フランシスコ病院の四〇一号室に横たわっていた。そこは何十年ものあいだ彼が被爆者を治療してきた部屋だった。家族や友人、そして日本中の仲間たちから届いたお見舞いの品や花に囲まれながら、すが子は何年ものあいだ休みなく夫の世話をした。彼女はたびたび自分の顔を夫の頬に寄せ、これまで何十年としてきたように優しく語りかけた。お見舞いに来てくれる人たちには、秋月が好きだった季節の食べ物を用意し、夫の代わりに食べてもらった。「神様からいいと言われるまで夫はがんばっているのですよ」とすが子は語った。

長崎平和推進協会は、秋月が不在の間も彼が不屈の精神で掲げた理想と指針を糧に、一九九五年の原爆五十周年を迎える前も、そして迎えた後も力強く活動に邁進していた。協会職員の松尾蘭子は語り部の派遣業務を管理し、実際の語りを聞き、その改善に向けた助言を与えていた。松尾の仕事には被爆者ひとりひとりがもつ個性と対峙しなければならないむずかしさがあった。堂尾と吉田はそれぞれ自分の思うように被爆体験を語りたいと思っていたため、松尾の助言に耳を傾けようとしなかった。「自分は被爆者で、あなたは被爆されていませんから、私の苦しみはわからないでしょう」と吉田は松尾に言った。生徒たちに核戦争の恐ろしさを感じてもらうだけでなく、戦争や原爆投下の原因についても考えてもらえるような話の組み立てをするようにと堂尾に助言すると、彼女からも同じような反発があった。「おふたりは自分自身に誇りをもっていらっしゃいました。私のように年下で、実際に戦争も原爆も経験していない者からいろいろ言われるのはいい気持ちではなかったでしょう。でも時間はかかりましたが結局理解していただけました。生徒たちが熱心におふたりの語りに耳を傾け、感謝の手紙を書いて手渡すと、大変喜び感激されていました。多くの子供たちが、もう戦争が起こらないようにがんばりますと言ってくれました」と松尾は話す。

けっして人前では体験を語らない大多数の長崎被爆者とは対照的に、平和推進協会の活動を担う吉田、堂尾、和田、永野を含めた語り部グループのメンバー四十人は、全力でこの活動に取り組んでいた。谷口はさまざまな団体で被爆者運動を精力的に続けていたが、ときにはこの活動にも参加していた。世界中に配備されている何千、何万基にものぼる核弾頭、核兵器を製造しつづける核保有国、そして競って核開発を進める国々に絶望感を禁じえない状況のなかで、この小さな被爆者グループは、勇気をもって公然と声をあげつづけた。文化に染みついた価値観や規範にあえて抗い、長崎原爆資料館、日本中の小中高校や大学、そして国内外の会議やイベントで自己の被爆体験を大人たち子供たちに積極的に語りつづけてきた。彼らに託されていたのは、中立性を保ちながら政治的、宗教的な考え方を押しつけることなく語ることだった。人生の後半に差しかかっていた被爆者たちは、一刻も早く伝えていかなければという切迫感をもちながら、誰にもない自分たちだけの個性や経験を生かしながら、聞く人たちが国の公式見解にまどわされず、心に抱いている曖昧な原爆への印象を払拭し、核兵器には多大な人間の犠牲が伴うことを認識してもらいたいとの一心で日々奮闘していた。彼らのめざすはっきりとした目標に向かって。それは長崎が人類の歴史上、最後の被爆地でありつづけることだった。

第九章　がまん

毎朝五時、和田は六時間の眠りから覚めると、少しのあいだじっと窓の外に目を向け、長崎湾へと続く広い浦上盆地全体を見渡す。顔を洗い終わるとキッチンへ向かい、新聞の配達を待ち、久子が用意するご飯や味噌汁の朝食をとる。語り部の予定が入っている日はズボンとワイシャツに着替え、ネクタイを締め、ウールやツイードの上着に腕を通す。もう車の運転をやめていた和田は、八十歳になってもまだ足が丈夫でありがたいと言って笑いながら、どこへでも歩いて出かける。

「一九四五年当時、車もガソリンや軽油もなく、みなどこへでも歩いて行きましたよ。そして、どこからでもまわりの山々が見渡せましたね」と和田は話す。いまでは高いビルに隠れて山が見えないこともあるが、以前と変わらない景色も見ることができる。浦上川と中島川の流れは長崎湾へと注ぎこみ、旧市街には何世紀もの歴史を刻む寺院や神社がいまも変わらず立っている。春のころ、朝になると海から立ちのぼる霧が街をすっぽりと覆う。長崎はいまでも三菱の街である。二ヵ所の旧工場跡地には工場が新設され、巨大な造船所では世界屈指の商船や、平和都市宣言をしている街には似つかわしくない駆逐艦がつくられている。

その他の場所で一九四五年当時の面影を残しているところはほとんど見当たらない。彼は日本家屋、アパート、マンションが立ち並ぶ近所の細い道に歩みを進めていく。油木通りに出て公園を通り過ぎる。下大橋を渡って浦上川を左手に、市営球場を右手に見ながらJR九州長崎本線のガードをくぐると、近くに路面電車の停留所がある。そこから電車に乗って北上すれば堂尾が被爆した三菱兵器大橋工場跡地の大学キャンパス前に、南に下ればあの日の朝、もし他の路面電車の脱線が起きず、和田の運転する車両が路線を変更していなければ和田が命を落としていたはずの浦上駅前にたどりつく。いまでは商店、カフェ、会社が立ち並ぶ浦上盆地の大通り〔国道二〇六号線〕を車やトラックが駆け抜けていく。客が出てきたパチンコ店のそばを通ると、大音響の音楽とパチンコ玉のジャラジャラという音が店内から漏れてくる。色分けされた路面電車が、被爆前に和田が運転していたころとほぼ同じ路線を走っていく。そのパンタグラフは道路上空に張られたケーブルにつながれている。いまでは自動で駅名を告げるアナウンスが流れ、料金は運賃箱へと投入される。電車が走り去ると、和田は心のなかでそのスピードを当ててみる。

さらに南へと足を進めると、そこにも和田が子供のころとはまったく違う街の姿があった。稲佐山にある円形の展望台からは、どこまでも続く広大な東シナ海と九州沿岸の島々が見渡せる。眼下には、近くに店やレストランが立ち並ぶ長崎港に大型・小型船舶や観光周遊船が接岸するのが見える。近代的な長崎駅のまわりを高層ビル、デパート、ホテルが取り囲む。駅の真北にある西坂の丘は日本二十六聖人殉教地として県の史跡に指定され、等身大ブロンズ像が嵌めこまれた日本二十六聖人殉教記念碑、その

2011 年、稲佐山から見た浦上盆地（撮影・調仁美）

裏手に日本二十六聖人記念館が建てられ、館内には多くの歴史的展示物が並び、隠れキリシタンの時代から信仰の自由を獲得するまで、長崎カトリック教徒が歩んだ波乱の歴史を伝えている。長崎県には約六万七千人のカトリック教徒が住み、彼らは浦上天主堂や市内、県内、そして周辺の島々に点在する教会でおこなわれる礼拝に通う。旧市街の中華街は飲食店が立ち並び、活況を呈している。夜には思案橋にあるたくさんのクラブは客で大にぎわいとなる。街を南北に縦断する国道沿い、茂里町にあるデパート〔みらい長崎ココウォーク〕の屋上には観覧車があり、夜空を照らす。

街のもっとも南にあるエリアには旅行者に人気のグラバー園がある。長崎湾を見晴らす丘にあるこの園には美しい庭に囲まれて、長崎とイギリスの交易関係を確立したスコットランド商人トーマス・グラバーが居住した十九世紀の邸宅が立っている。出島は一六三六年に外国人の居留地および交易地として築かれた小さな人工島で、オランダ東インド会社のオランダ商人たちは出島に押しこめられ、厳しい監視下にあった。出島は十七世紀当時の商館や住居が復元され、長崎が西欧に開かれた唯一の港だった二百年の鎖国時代を彷彿とさせる。いまでは長崎の人々にとって外国人を見かけることはめずらしいことではなくなったが、子供たちには別のようだ。バス停や路面電車のなかで、彼らは好奇に満ちたまなざしで外国人を見つめる。

浦上盆地を貫く大通りからは見てとることはできないが、原爆投下とその影響は、爆心地公園、平和公園、原爆資料館、国立長崎原爆死没者追悼平和祈念館に詳しく、そして心に訴えかける形で保存され、人々の記憶にとどめられている。道路の騒音をさえぎる緑の木々に囲まれた爆心地公園には、高くそびえる黒御影石の原爆落下中心地碑が立ち、その上空五〇〇メートル地点で原爆が炸裂したことを指し示している。中心地碑の前に置かれた大きな石の奉安箱には、原爆死没者名簿をマイクロフィルム化したものが納められている。中心地碑のまわりを、同心円状に何重にも石敷きが取り囲んでいる。このほか公園には原爆の犠牲となった何千人もの朝鮮人強制労働者を追悼する碑を含め、いくつものモニュメントが立っている。さらには公園のすぐ横を流れる下(しも)の川沿いに残された被爆当時の地層がガラスケースに収められている。溶けたガラスや瓦の破片、壊れた陶磁器の食器や瓶などが不気味な様相で土壌に埋もれている。

あまり知られてはいないが、原爆を思い起こさせるさまざまな、そして見るべき場所が原爆落下中心地のまわりには散在している。爆心地の西、小高い丘の上にある再建された城山小学校には、原爆で亡くなった勤労動員学徒を追悼して桜の木が何本も植えられ、いまでは毎年美しい花を咲かせている。学校周辺の斜面に掘られていた防空壕は、いまでは埋められたり板や金網で封鎖されたりしている。爆心地にもっとも近かったこの小学校〔西五〇〇メートル〕の一角には、破壊を免れた一部の旧校舎を被爆遺構として残し、被爆時の遺物や林重男が壊滅状態の街を撮った写真などを展示している。

爆心地の北［七〇〇メートル］にある大きなU字型をした山里小学校の裏手には、一九四〇年代に丘の斜面に掘られた防空壕が保存されている。数多くの教師、子供、近隣住民がそこに逃げこみ、そして命を落とした。丘を下ると、永井隆医師が亡くなる前の数年を過ごした小さな小屋「如己堂」がある。その隣には長崎市永井隆記念館があり、永井の著書、写真、遺品などが展示されている。浦上天主堂の表の庭には原爆で黒く焼け焦げ、首などが飛ばされ破損した聖人の石像が並んでいる。旧天主堂の鐘楼ドームのひとつは、爆風で落下した場所に埋めこまれ横たわっている。

爆心地の南東、金比羅山の麓にある国立長崎大学医学部と長崎大学病院は、被爆者が必要とする医療支援をおこなうさまざまな団体をサポートし、過去および現在の原爆症研究の経過を記録し、世界の核兵器備蓄数に関するデータを一般に提供している。爆風で片側半分を吹き飛ばされた有名な一本柱の鳥居は、上部が黒く焼け焦げてはいるものの、山王神社の参道に直立不動で立っている。境内入口に立つ二本の被爆クスノキは、原爆の爆風と熱線で主幹が折れ、枝葉も落ち丸裸となり、一時は枯れてしまったと思われた。しかし、いまでは周囲六メートル、高さ一五メートル以上の巨木となり、縦横に大きく枝葉を広げ、神社に続く参道を青々と生い茂った緑で覆っている。

吉田のように体のめだつところに傷を負った人たちを除き、高齢となった約五万人の長崎被爆者は、被爆者とはとくに気づかれずに生活している。しかしその多くが恐ろしい記憶が呼び覚まされるのを嫌い、爆心地近くへはまったく近づこうとしない。人々が忙しく行き交う道路、ビル、公園の下に家族の遺骨が眠っていることに悲しみの癒えない被爆者もいる。車や電車で爆心地を過ぎるとき、静かに頭を垂れる被爆者の姿もある。

心的外傷後ストレス障害（PTSD）という言葉は、一九九〇年代から日本で使われはじめ、一九九五年の阪神・淡路大震災の後、精神的な疾患のひとつとして広く認知されるようになった。しかしカウンセリングによる治療はなじみが薄く、利用されることも少ない。見るも無残に熱線に焼かれた人々が手を伸ばし助けを求める光景は、多くの被爆者の記憶に消えることなく刻まれている。ある女性は、崩れた家の下敷きになった幼い子供たちとその母親が燃え盛る火に焼かれながら助けを求めていた声がいまでも耳から離れず、あの親子のことを考えたらいまでもどうかなりそうだと言う。ザクロの木を薪にして家族を火葬したもうひとりの女性は、そのときの光景と臭いが忘れられず、それ以来ザクロを食べていない。多くの人たちにとって、黙っていることが生きていくための唯一の方法だった。

堂尾、永野、谷口、和田、そして吉田は、原爆の記憶が人々のなかからけっして消えることがないようにと活動にとりくみつづける人々の一員である。毎年、長崎平和推進協会に所属する四十人の語り部は、長崎にある百三十七の学校で千三百回もの被爆体験講話をおこなっている。さらに修学旅行で長崎を訪れる学生にも体験を語っている。谷口のアメリカ訪問に加え、和田、永野、吉田もアメリカの大学で被爆体験を伝えた。和田はカリフォルニア州のウェストモント大学、永野はオハイオ州のオバーリン大学、吉田はイリノイ州シカゴのデポール大学とノースウェスタン大学をそれぞれ訪問した。同時多発テロが起きた二〇〇一年九月十一日の朝、オバーリンを発ちニューヨークで観光する予定だった永野は、ほぼ一週間帰国することができなかった。テレビに映しだされた恐ろしい映像に圧倒されたと同時に、通訳の「戦争が始まった」という言葉を日本とアメリカのことと勘違いした永野はいたたまれない恐怖を感じた。

この恐ろしい出来事に遭遇したアメリカ訪問だったが、永野、吉田、和田の三人は、アメリカの学生たちとのあいだに対話を生みだせたことを誇りに思っている。学生たちからは真珠湾攻撃のことや、被爆者としてアメリカを憎んでいないかという質問をたびたび受けた。それに答え、三人はそれぞれが真珠湾攻撃のことを謝罪し、戦争は人ではなく国同士のことだったと語った。同時に三人は、学生たちに原爆投下の倫理性について考えてほしいと語りかけた。「いまはアメリカを憎いと思ってないですよ。でも原爆が何をもたらすかを人々に知ってほしい、そして二度とあんな状態にならないようにするにはどうしたらいいんだろうか、ということを考えてもらいたい」と和田は学生たちに言った。

一九九五年以降、アメリカでは原爆に関する多くの書籍が出版され、展覧会が開かれ、ドキュメンタリーが公開された。その多くが長崎原爆に関するものだった。そのなかには山口仙二の回顧録『灼かれてもなお』〔日本語版、英語版ともに日本原水爆被害者団体協議会、二〇〇二年〕、原爆傷害調査委員会（ABCC）の第三代所長ジェイムズ・ヤマザキ医師の『原爆の子どもたち』〔原著一九九五年〕、英語による解説書と映像を伴って開催された山端庸介の写真展、海兵隊カメラマン、ジョー・オダネルの *Japan 1945*（谷口の背中を写した衝撃的な白黒写真のほか数枚の被爆長崎の写真を含む戦後日本の写真コレクション〔『トランクの中の日本』英語版、二〇〇五年〕）などがある。アメリカでの語り部活動をおこなったとき、和田は広島原爆のことだけしか知らない学生がいかに多いかを知り、ショックを受けた。学生たちは、学ばなか

被爆体験を語る和田耕一

ったのか覚えていなかったのかはわからないが、長崎にも原爆が落とされたことを知らなかった。「まだまだ長崎の声は世界に届いていないですよね」

彼は修学旅行の学生が多く訪れる春と秋を中心に、年に四十回から五十回の被爆講話をおこなう。若い人たちとの会話から活力をもらい、和田は若い世代にも共感してもらえるような語りにしようと、つねに自分の講話に工夫をこらし変更を加えている。「若いころは自分が正しいと思っても勇気を出して声をあげることができなかった。だから、いまは何かひとつでも子供たちを守ってあげられることがあるなら、大変であっても自分ができることはやってあげたい」

ふだんはすぐに眠りに落ちるが、和田は年に数回、蛍茶屋営業所の建物が自分の上に崩れ落ちてきたときの悪夢に眠れない夜を過ごすことがある。朝になると彼は窓を開け、長崎の街を見渡し、原爆による壊滅状態から街が立ちなおったことにあらためて驚きを感じる。

「ひとりだけの力では何もできないけれど、同じ気持ちをもつ人たちが集まると、考えられないようなこともできるんです」と彼は言う。「原爆で何もかもなくなってしまった長崎を再建できたのならば、私たちは戦争や核兵器をなくし、平和をつくりだすことだってできないはずがないんです。そうしないではいられません」

＊

二〇一一年、よく晴れた四月のある日、永野は県外からの中学生に講話をおこなうため、タクシーで稲佐山の中腹にある大きなホテルへ向かう。小さな会議室に集まった生徒たちは、正面に向かって並べられた椅子に男女分かれて座っている。彼らのほうに顔を向け、テーブルに腰を下ろす永野は、淡いピ

2009年、母校の長崎女子高等学校にて被爆体験講話をおこなう81歳の永野悦子

ンク色のブレザーを着て深紅の口紅をさしている。赤褐色の髪の毛は薄くなってきている。

永野はマイクを調整しながら、「こんにちは」と生徒たちに呼びかけ、そしてゆっくり、はっきりとした口調で話しはじめる。「今日は私の体験を聞きに来てくださり、ありがとうございます」

十六年間語り部の経験を積んできた永野は、ようやく清二と邦子の死や母との五十年間にわたる心の隔たりについて語ることができるようになっていた。最初はこれまで抱えてきた悲しみや罪の意識を口にするたび涙がこぼれたが、いまでは少し声が上擦る程度にまで落ち着いて話せるようになった。修学旅行シーズンまっさかりの時期には日に二回、三回と語ることもある。また日本中さまざまな場所へ出向き講話をおこなう。「自分がこういうことをするとはまったく想像していませんでした。でもいまは、真実を伝えないといけないんだ、それが自分の務めだという使命みたいに感じています。どれだけ原爆が恐ろしいものなのかということを知っていただければ、私が生きのびたことや実際の体験を証言することに意味があったということになるでしょう」

稲佐山のホテルでは集まった生徒たちを前に、永野はまず被爆前の生活について話しはじめた。三菱電機の航空機部品工場に勤労動員させられていたときのこと、弟と妹が疎開した後の耐えがたい寂しさ、そしてどれほど強くふたりを連れ戻そうと心に決めていたかを話す。そして「ぴかーっ！」と光が走った瞬間のこと、家族を探しに真っ暗ななか街に向かって走ったとき、どれほど不安で恐ろしかったかを伝える。原爆で焼かれ、腕からズルリと剝けた皮膚を地面まで垂れ下げ、さまよい歩く人々や、どこを見ても死体だらけの光景を思い起こして描写する。そして父との再会に話がおよぶ。生徒たちは熱心に聞きつづける。「まったく偶然に、あの橋〔稲佐橋〕の上で父と会ったのです！　ほんとうに運がよかった！」と声を高ぶらせながら話す。

焼け野原で弟の清ちゃんを火葬したときのことを話しだすと、涙が込みあげ声が震える。たとえ興味のもてない話でも日本の生徒はきちんと座って聞くとは思うが、被爆したときの永野とほぼ同年齢の彼らは、永野の話を食い入るように聞いている。「私たちは焼け野原から板切れを拾ってきて、清ちゃんの遺体をその上に乗せて焼きました。私はそれをじっと見ていました」。そして小浜町での邦子の死と火葬にもふれていく。「私が鹿児島から連れ戻したばかりに、ふたりは死にました。私の責任です。代わりに私が死ぬべきだったといまでも思っています。そして、なぜ私だけこんなに長いこと生きなくてはならないのかと思うのです」

また、母が永野に対しよそよそしくなり、口も利かなくなったことや、最後にはわかりあえたこと、弟と妹の真っ黒になった遺骨を見たときの驚き、同時多発テロのときアメリカに滞在していたことなどを話しつづける。そして生徒たちに聞いてもらおうと、少し体を前に乗りだしながら語りかける。「家族やお友だちをどうか大切にしてください。みなさんは平和な時代に生まれました。それをどうぞ大切に守ってください」

＊

「心身ともに健康そのものだった少女期、友と夢を語り、希望に燃えていたが、原爆は一瞬にして人生を狂わせてしまった」と堂尾は彼女の自伝的エッセイ〔『生かされて、生きて——堂尾みね子遺稿集』長崎平和推進協会継承部会、二〇〇九年所収〕の冒頭に書いている。彼女はその怒りを「昭和からの叫びとして（…）戦争の愚かさを訴える」。

被爆体験を語る堂尾みね子

二〇〇〇年代のはじめ、三十代のころ自分でつくった美しく上品なジャケットとスカートに身を包み、彼女は大勢の生徒たちの前に堂々と立っている。胸元には手染めの黄色いブラウスがのぞいている。小さなダイヤのイヤリングをつけ、黒髪は後ろに流し、きれいにねじってまとめられている。堂尾はなんのためらいもなく、日本が中国でおこなった残虐行為と日本政府がそれに沈黙していることに対し自分が恥ずかしい思いでいることを率直に述べる。原爆当日のこと、自分の怪我、そしてあと数日の命と医師から告げられた両親が小さなサツマイモを料理し、最後の食事として食べさせてくれたことを語る。また社会から完全に孤立して過ごした十年間について、その苦しかった思いのたけを話す。堂尾は生徒たちに向かって、経済やお金以外のことにも目を向け、それらを超越したもっと価値あることを大切にするよう強調する。「私たちは心のあり方をしっかり考えながら生きていく必要があると思っています。二十一世紀は感性の世紀にしなければなりません」

被爆体験の語りに引きこまれ、数人の女子生徒が涙を流す。堂尾は生徒たちに、自分の能力を無駄にしないようにと促し、独立して生きる道や人生の目的を見いだすことを強く求める。「私も堂尾さんのような強い人になりたいと思った」。後日、ある女生徒はこう感想を述べている。

堂尾の語り部活動は、体調を崩したため、しばらく中断を余儀なくされた。一九九〇年代に乳癌を克服した後、彼女は二度の脳卒中に見舞われ、顔面の一部が麻痺し体の温冷感覚が低下した。しかし入院中も堂尾は絵を描き、短歌集をつくりあげ、そのなかでこう詠んでいる。「鳥も吾も　生きる力の高まりて　嵐のなかをも山は笑いぬ」。歩けるようになると彼女は病院の室内着を拒否して、浴衣生地でつくられた紺のしゃれた部屋着で廊下を歩いた。「自分が自分にならないで、誰が自分になる」と好きな詩人の言葉を引用して、堂尾は強調する。「この精神、すばらしいでしょう？　人生の指針です」

徹底的なリハビリをおこなった堂尾は、ふたたび語り部を続けることができるまでに回復したが、背中に埋めこまれたままの小さなガラス破片は、何かにふれると痛み、動きによっては突然の痛みに襲われることもある。医師は手術で取り除くよう勧めるが、ガラス片があまりに脊柱の近くにあることを心配し、堂尾は医師の勧めに同意しない。堂尾はテレビ、ラジオ、新聞雑誌のインタビューに何十回と応じ、倒壊し明かりの消えた三菱兵器大橋工場から逃げだすときに踏みつけてしまった死没者や、亡くなったふたりの学友に代わって証言する。堂尾が学校関連のグループに講話をおこなうとき、生徒や教師は、彼女が身に着けている美しい生地でつくられた大胆な色合いの服、それにあわせたメガネなどに一瞬びっくりすることがよくある。また、その個性的なファッションセンスはたびたび語り部仲間の批判を招いてしまう。「被爆者の話を聞きに原爆資料館にやってくる子供たちは、被爆者ってどういう人たちなのだろうと興味津々なんです。そこへ堂尾さんが真っ赤なドレスを着て、マニキュアを塗った長い爪をキラキラさせ、大きなイヤリングをしてあらわれるのです。ヒョウ柄のときもあります。みんな呆気にとられてしまうんです。他の語り部の方たちが私のところにやってきて、堂尾さんにもう少し控えめな服装をするように話してほしいと言ってきました」と平和推進協会で語り部のコーディネーターをしていた松尾蘭子は話す。

堂尾は憤慨した。「なぜですか?」松尾がこの話を切りだすと、堂尾はこう切り返した。「なぜこのファッションがだめなの? 被爆者は同じ服装をしなくてはいけないなんて決まりはないでしょ! 私は被爆者! 私は私!」

松尾はそれを受け入れた。そして苦情を言っていた人たちに堂尾の言い分を伝えた。「みなさん納得されたかどうか、わかりませんけれど」と笑いながら松尾は話す。「でも私には、ほんとうにすばらしいことに思えましたね」

*

二〇〇九年、プラハの地でアメリカのバラク・オバマ大統領は、世界における核兵器の現状とアメリカが率先して軍縮に取り組む道義的責任について重要な演説をおこなった。「今日、私ははっきりと確信をもってアメリカが核兵器のない平和で安全な世界を追求すると約束します」と大統領は述べた。谷口はじめ日本中の被爆者が、これまでの数十年のなかでこのときほど将来に明るい兆しを感じた日はなかった。「今回大統領になられたオバマさんに期待しています」と谷口はこれまでのアメリカ大統領が核廃絶に対し無力だったことへの怒りをにじませながら言った。「オバマさんは核兵器削減にとりくむ姿勢を示されました。私たちが生きていてよかったと言える日が来ることを願っております」

しかし二年も経たないうちに、大幅な核兵器削減を希求する谷口の望みは潰えてしまった。反核への姿勢が評価され、二〇〇九年にノーベル平和賞を受賞した後、オバマ大統領は戦争に備えるため、自国の核兵器の近代化を進めると発表した。これに対し谷口は怒りに満ちた不満を口にした。「核兵器のない世界をめざすと宣言した、あの演説はなんだったのか」。強い口調で問いかける。「被爆者の思いを踏みにじる核実験をいつまで続けるの」

二〇一四年十二月時点で、一万六千三百基の核弾頭が十四ヵ国の九十八ヵ所に備蓄されている。このうち九四パーセントがアメリカとロシアの管理下にある。それでも、谷口は完全な核廃絶をめざして闘いを続ける。彼は一九九八年にインドがおこなった地下核実験や最近のアメリカによる未臨界核実験に対して抗議をおこなった。七十代後半から八十代となりつつあった谷口は、二度にわたり国連の核兵器不拡散条約（NPT）運用検討会議に参加した。これは世界中の核兵器削減と最終的な撤廃をめざす彼の闘いのなかでも、とくに重要なとりくみのひとつだった。

国連加盟国百九十三ヵ国のうち、インド、イスラエル、パキスタンを除いた百九十ヵ国がすでに署名しているNPTは、核兵器開発が始まって以降もっとも合意形成が進んだ国際軍縮条約となっている。締約国すべてが遵守義務を負うNPTは一九七〇年に発効し、核兵器の保有をアメリカ、ロシア、イギリス、フランス、中国の五ヵ国に限定し、この五ヵ国に軍縮への継続的なとりくみを義務づけている。

他の締約国には核兵器の製造と取得が禁じられている。一九九五年以降、締約国の過半数が望む場合には五年ごとに実際の運用面の検討、遵守状況の報告、条約の目的達成を促進させる全参加国同意の新しい計画策定を義務づけている。

谷口は、二〇〇五年と二〇一〇年におこなわれた国連NPT運用検討会議へ派遣された長崎代表団の一員として参加した。約百五十ヵ国から参加した四百人以上の代表者の前で、彼は自分の怪我や核兵器による長期にわたる影響について証言し、世界の軍縮に向けた一刻も早い国際的な行動の必要性を訴えた。いまでは原爆によって長崎被爆者が受けた肉体的、精神的苦しみを象徴する写真の一枚となった、一九四六年にアメリカ戦略爆撃調査団が撮影した自分の真っ赤に焼けただれた背中の写真を掲げ、谷口は具体的な行動を起こすよう聴衆に向かって静かに、そして強く求めた。二〇〇五年の運用検討会議では、手続き上の意見の相違によって会議は行き詰まり、具体的措置に関する合意文書を成立させることができなかった。しかし二〇一〇年の会議では、早急な核軍縮への対応、核不拡散の前進、中東地域の非核兵器地帯の設置に関する最終文書が採択された。国連本部のメインロビーでは、二ヵ月間にわたる原爆展が開催され、谷口、山口ら被爆者の写真、遺品・遺物その他資料が展示された。

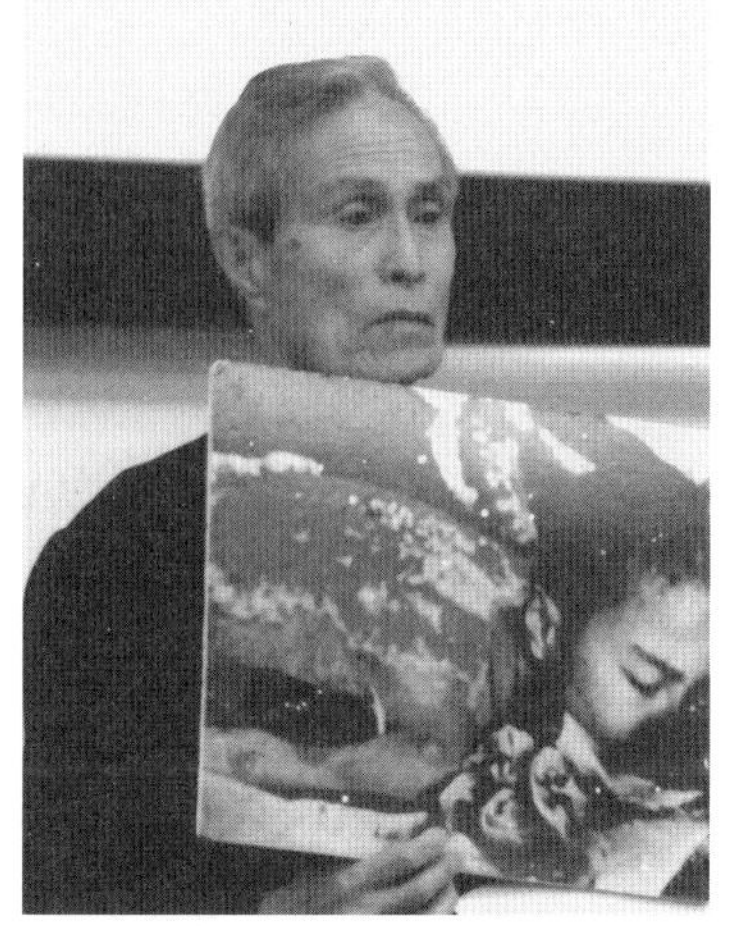

2010年、核兵器不拡散条約（NPT）運用検討会議でスピーチする81歳の谷口稜曄

谷口は、日本軍の真珠湾攻撃と、それに対し日本政府が十分な謝罪の姿勢をまったく示していないこ

とに収まることのない憤りを感じている。またアメリカに対しては、原爆が人間におよぼす被害の大きさを推測することなしに広島と長崎に原爆を投下したこと、そして反省の意を公式に表明していないことに怒りを禁じえない。また、特定の言葉を聞くと谷口の怒りはよりいっそう強まる。たとえば戦争終結に果たした原爆の役割やその後の核抑止力を語るときに使われる「核兵器の平和利用」という言葉は、核兵器の真実を間違って伝えていると思っている。「「平和」という言葉を使えばなんでもいいぐらいに思っている」。日々耐え忍んできた体の痛みに精も根も尽き果てていた谷口にとって、「平和」が意味することはただひとつしかない。そこに核兵器の入りこむ余地はない。「原爆は平和を壊すものでしかない」

＊

「六十年前の自分といまの自分とでは雲泥の差がありますよ！」二〇〇九年、七十八歳になった吉田は、はっきりとそう語る。長崎原爆資料館の通路を飛ぶように走り抜ける吉田は、よくエレベーター代わりに階段を駆けのぼる。「階段は体にいいですよ！」笑いながらそう言って、急いで三階にある長崎平和推進協会のスタッフ会議へと向かう。手には昼食をとり損ねた仲間のためにと軽食の入った袋をぶら下げている。

つねに平和の推進という使命感をもちながら、吉田は被爆者の人生や現在の生活を取材する内外の報道人や映像制作者と会って話をすることがある。その際には、年間六十万人が訪れる資料館を案内しながら自身の被爆体験を伝える。

吉田が来客を連れて資料館に入ると、そこには被爆前の長崎の風景や市民の生活を知ることができる遺物や写真が展示されている。さらに進むと、原爆投下直後の惨状を実際の被爆遺構とともに再現した暗い洞窟を思わせるような空間になっている。次の展示室にはマンハッタン計画、原爆の開発、実際の原爆投下までの出来事が年表になって示され、左側には長崎に投下された原爆、ファットマンの実物大模型とその爆風、熱線、放射線についての科学的説明を見ることができる。吉田は大勢の修学旅行生のあいだを通り抜け、とくに案内したかった場所へと来客を先導する。長く続く壁には、原爆によって被爆者が負った損傷と人間への影響を実証する写真が展示されている。

谷口の有名なカラー写真もここに掛けられている。一九四六年当時十四歳、熱線で焼け焦げ硬くなり、盛りあがった吉田自身の顔を撮った写真二枚（皮膚移植前と後）も展示されている。右耳のあったところをカバーする黒いパッチを触りながら吉田は話す。「しばらくすると、ふつうの耳やったところがですね、腫れて軟骨まで腐れてとれてしまったんです。だからもう、ここには耳がないんです。なんにもない。穴がぽつんとひとつあいているだけです」。吉田は一呼吸置くと、気分を変えてにこりと白い歯を見せた。「いまはもう大丈夫です。でも当時はもう全然だめでしたよ。真っ黒な顔して、あまりによか男で！」吉田は自分の顔を写した写真の前に立っていても、誰も彼のことを写真の少年だと気がつかない、と言って嬉しそうに話す。「むかしに比べれば、ずっといい男になったということですよ」と満面の笑みを浮かべて語る吉田はもう、顔や首の傷、口や歯が曲がっていること、しわの寄った左耳、右耳があったところに紐で結びつけられた黒いパッチを恥ずかしいと思っていない。「毎日クリームを塗ってます。六十年経って、ほらこんなによか男に！」

吉田は、右手がひどく引きつり指が開けられなくなることや、冬になるといまでもときどき皮膚が裂けて肉が突き出ることにはふれない。原爆が落ちた日、宮島医師がその上で堂尾を治療した戸板の前を通り過ぎ、吉田たちはメイン展示ホールで最後の展示物へと進む。展示ケースのなかには溶けた硬貨やガラス、熱線で溶け泡状になった瓦、焼けて炭化した米飯が付着している女子学生の弁当箱などたくさんの遺物・遺品が収められている。次の展示室に入った吉田らは永井医師に関する資料、被爆者による絵画や詩、吉田、和田、谷口の証言も含まれる被爆者証言の映像が流れる三台の小型スクリーンを通り過ぎる。「私の証言は二十一番です」と言いながら吉田はそのまま進む。最後の展示ホールには日中戦争と太平洋戦争終結までの年表や核の時代がたどってきた歴史を展示している。吉田はさらに急ぎ足で資料館のロビーへと続くスロープをのぼる。その間、来客との会話をひっきりなしに中断して、すれ違う人たち誰にでも軽く会釈しながら、おはようございますと声をかける。

ロビーの壁には、国内外の子供たちから送られてきた平和をあらわす色とりどりの折鶴でつくられたアート作品が飾られている。また資料館ホールには大きな褐色の地図が掛かっている。この金属板の地図は、一九七〇年代に長崎復元プロジェクトのボランティアによって集められた資料をもとに原爆が投下される前の爆心地周辺地区を復元したもので、原爆によって一瞬のうちに消滅してしまった家々と住民の暮らしがまぎれもなく存在していた事実を人々に訴えかけている。

ロビーから離れた場所にある会議室には、原爆関連写真を収集・調査する深堀好敏と彼のボランティアチームが三千枚以上の原爆投下前後の写真を保管している。一九七〇年代におこなわれた浦上地区の町並み復元運動に協力し写真を収集する過程のなかで、深堀は写真のもつ力をあらためて認識するようになった。写真には原爆に対する人間の深い感受性を呼び起こす力があると思えた。原爆資料館を支援するため、そして歴史を記録するうえで写真が大事な役割を果たし、またずっとそうありつづけるためにも、深堀と五人の仲間は「長崎の被爆写真調査会」を発足させ、原爆投下やその後の惨状を写した写真を街中の被爆者の協力を得て収集し、一覧表にまとめ、タイトルや解説文をつけた。活動を続けるなかで、原爆投下直後の長崎を写した日本人カメラマンたちが貴重な写真を提供してくれた。また戦後駐留していたアメリカ陸軍関係者が撮った五百枚にのぼる写真を取得した。このような写真の多くは原爆資料館に展示されている。二〇一四年、八十五歳の深堀はワシントンDCの国立公文書館を訪れ、アメリカ軍によって写された被爆長崎の写真数十枚を持ち帰った。それらは深堀を含め日本人誰ひとりも見たことのない写真だった。

2005年、池島小学校にて子供たちに被爆体験を話す74歳の吉田勝二

吉田は来客に別れの挨拶をすると、今度はたくさんの生徒たちのいるほうに歩み寄る。生徒たちは見学ツアーと被爆体験講話に参加するため、ロビーや外でおしゃべりをしながら並んで待っている。彼は自分の話を聞く予定となっている生徒たちを探しあてると校長に挨拶をし、急いで列の先頭まで行き、資料館のドアを開け、最後の生徒が入りきるまで誘導する。「いまはね、小さい子供でも、私の顔見ても十人のうち九・五人までは泣きませんよ」と彼はにこやかに話す。

二〇〇〇年代中ごろになると、見た目ですぐ被爆者だとわかる語り部はほんの数人しかいなかったが、吉田もそのひとりだった。自分がそうしたハンディを背負って生きてきたことから、彼はいじめや偏見に対する独自の考えや思いを口にする。「子供たちには、顔も瞳も髪の毛も……どれもみんな宝物やから、大事にせんといかんよ、と言います」

二十年間、吉田は生徒たちの気持ちを和らげようと「むかしはおいちゃんも、キムタクのごと、よか男やったよ」と一九九〇年代のアイドルを引きあいに出し、冗談交じりに語ってきた。しかし、四十代となったキムタクはいまでもすてきな俳優ではあるが、吉田が引きあいに出しても、もう期待するほどの笑いは誘わなくなっている。平和推進協会の松尾蘭子は比べる人を最近のアイドルに変えてみてはどうかと提案してみたが、効果はなかった。しかしたった一度、シカゴに行ったとき、彼はその男前をディカプリオになぞらえた。それでも依然長崎では、たとえ子供たちが彼の冗談をよくわからなくても、自分の外見さえひとひねりしてしまう吉田の陽気な語りかけで、子供たちの顔に笑みがこぼれる。講話が終わり子供たちにサインを求められると、彼は「吉田のおじちゃん」と書いてから、括弧して「キムタクのおじちゃん」と付け加えている。

＊

谷口、永野、堂尾、吉田、そして和田の五人は何も語らないでいることもできた。忘れられない苦しみの記憶を自分の胸にしまいこみ、残りの人生を過ごすこともできた。まわりの人々が過去を振り返らず、未来へと舵を切り前進したとしても、彼らは自分たちの体験をしっかり人々の耳に届ける道を選んだ。そしてたとえわずかな貢献にすぎなくても、核がもたらす想像を絶する危機を伝えることに意味を見いだした。

科学者は被爆者個人が浴びた放射線量を正確に推定する能力をかなり向上させてはきたが、大量被爆や全身被爆がおよぼす長期的な影響を十分に理解するにはいたっていない。一九六五年に導入された被曝線量推定方式〔一九六五年暫定線量推定方式〕については、被爆者が浴びたガンマ線と中性子の線量をより正確に測定するためにコンピュータシミュレーションなどの新技術を使って高度化を繰り返してきた。その結果、各被爆者の全放射線量と十五の異なる内部器官の被曝線量の推定値を求めることが可能となった。いまでは被爆者の血液と歯のエナメル質をもとに、分子レベルで放射線の影響が推定されている。被爆時の位置や遮蔽状況がはっきりしないことから課題は残るものの、放射線影響研究所（RERF）は、調査対象グループの被爆者十万人のうち九〇パーセント以上にのぼる被爆者の被曝線量を推定した。アメリカから日本に返還された被爆者の検体標本を使い、長崎大学原爆後障害医療研究所が二〇〇九年におこなった研究では、一九四五年に死亡した被爆者から採取した細胞がいまでも放射能を帯びた状態だということが示されている。これは被爆者が外部被爆したというだけでなく、塵や水など体内に取り込まれた放射性物質から出た放射線が被爆者の細胞を被曝させたことを意味する。

生細胞でDNAが変異し、検知できる病気を発症させるまでには長い年月がかかることから、研究者たちは被爆者の高血圧症、糖尿病、その他被爆との関連が考えられる疾患の発症率に関する調査・研究を続けている。一方、長期にわたる調査結果からは、慢性肝炎や非癌性の心臓、甲状腺、呼吸器系、消化器系の病気を含む特定の疾患に罹ったり、それらが原因で亡くなる被爆者の数が平均を上まわっていることがわかる。白血病や肺、乳房、胃、結腸、卵巣、甲状腺、肝臓などさまざまな器官の癌はいまでも平均を上まわる率で発症しつづけている。はじめに罹患した癌の転移ではなく、別な器官にふたつめの癌を発症する重複癌も、被爆者のあいだでは高い罹患率となっている。RERF臨床研究部長で心臓専門医の赤星正純医師によると、被爆の影響をもっとも受けやすい最年少で放射線を浴びた人たちの癌発症リスクは、彼らの年齢が七十歳に達する二〇一五年ごろにピークを迎えるということだった。

被爆者の子供への遺伝的影響や平均を上まわる癌の発症率はこれまで報告されていないが、多くの研究機関がＤＮＡや最新のテクノロジーを駆使して研究を続けている。その理由を長崎原爆病院の朝長万左男院長は次のように説明した。日本やアメリカでおこなわれてきた実験結果から、放射線を浴びたマウスを親にもつ二世代目のマウスには、対照グループと比べ高い率で細胞の異常や癌の発症がみられる、という具体的な証拠が示された。「この点について私たちは注意深く見守っていかなくてはなりません。というのも、被爆者の子供たちの大半は五十代に差しかかり、これから癌に罹りやすい年代に入っていくからです」。二〇一一年には、被爆者の子供二万人と同数の非被爆者の子供を対象とした癌、糖尿病、高血圧、循環器疾患の罹患率を比較する全国調査が開始された。ＲＥＲＦや他の研究機関の科学者たちも、長く放射線の遺伝的影響が蓄積し、何世代も後に障害が発現する劣性突然変異の可能性を懸念している。

被爆が免疫システム、罹患率、死亡率におよぼす影響を継続的に研究するため、ＲＥＲＦ、長崎大学原爆後障害医療研究所その他の研究所では、生存する被爆者で構成される多くの対象グループの追跡調査が継続的におこなわれ、亡くなった被爆者の医療記録が使いつづけられている。こうした研究から得られた結果は、とくに多くの被爆者にとって衝撃的だった一九八六年のチェルノブイリ原発事故や二〇一一年の福島の原発事故への科学的対応の裏づけとなった。また、福島第一原子力発電所のメルトダウンは反核運動が原発の段階的廃止を同時に呼びかける運動へと変わるきっかけとなった。皮肉なことに、被爆者を対象にした医療研究の結果は、線量限度〔線量の上限値基準〕を各国に勧告する際にも使われている。

一九四五年以降、おびただしい数の研究が大規模でおこなわれ、そしていまでもそうした研究を継続しなければならない現状がある。そこから私たちが気づかされるのは、原爆を開発したアメリカの科学者たちが人間の体におよぼす大量放射線の影響についていかに何も知らなかったかということなのである。

＊

妻すが子に見守られて十三年間昏睡状態だった秋月医師は二〇〇五年十月二十日、八十九歳で亡くなった。秋月の伝記〔『夏雲の丘——被爆医師・秋月辰一郎』改訂版、長崎新聞社、二〇〇六年〕を著した山下昭子は、棺に横たわる「白菊と淡いピンクのバラに包まれた秋月さんは、まるで昼寝でもしているかのように、穏やかに微笑みさえ浮かべていた」と綴っている。秋月は長年勤めた病院から道を隔てたところにある小さな墓地に埋葬された。

その翌年、堂尾は結腸癌の診断を受けた。以前に罹った乳癌とは関連性がなく、治療の施しようもないほど進行していた。癌の診断後しばらくして、妹の岡田郁代は堂尾を最後の同窓会へ車で送っていった。車椅子に座った堂尾は幼なじみの友人たちとの記念写真にポーズしてみせたが、顔面は青白く、目の縁は赤く、いかに彼女の体が衰弱しきっていたかがうかがえた。髪の毛は真っ白だったが、できることなら染めたかったにちがいない。二〇〇七年のはじめ、癌が肺と脳に転移していることがわかった。岡田は休みなく姉を看病した。堂尾は岡田や病院スタッフに深く感謝していた一方、気分にむらがあり、不機嫌な態度もみせていたことから、岡田はスタッフとの関係がこじれないよう苦心していた。乳癌になったときタバコはやめていたが、ビールはあいかわらず大好物で、友人や家族がこっそり差し入れると喜んだ。

彼女の大好きだった家の裏手のしだれ桜がいまにも花開こうとしていた二〇〇七年三月十四日、堂尾は息を引きとった。それは最後の時を過ごしたいと願っていた自宅に戻ってから間もなくのことだった。「私が目標としていた七十五歳より二歳長く生きた堂尾は、自分の基準に照らせば原爆に打ち勝った。「私が言いたいのは、原爆を落とせばみな死ぬやろうって思って落としたんでしょ？　でも誰もが殺されたわけじゃなかった。原爆を打ち負かすには精神力の強さ、意志の力が必要で、それが原爆に勝つことだと私は思っている」

後日、岡田は家の仏壇の抽斗に、堂尾が最後の日々に残したアート作品を見つけた。そのなかに一枚の色紙があった。そこには長い葉っぱを色紙の中央にまで伸ばした、小さな紫色のアヤメの水彩画が描かれていた。そして右上から下へ、堂尾は優雅なくっきりとした筆遣いで言葉を残した。「よい人生をありがとう」

七十八歳になっていた吉田は、突然の病に倒れてから四ヵ月後、二〇一〇年四月一日に亡くなった。家族は末期の肺癌だったことを本人には告げなかった。癌はまもなく背骨、神経系、骨へと転移した。吉田は癌で亡くなった妻を看病した経験があったことから、自分の病を察していたのではないかと家族は思った。

人生を閉じようとする吉田のそばにはいつも兄弟、息子、嫁、孫の誰かが付き添っていた。ベッド脇の小さなテーブルには花が飾られ、足元には点滴装置が置かれ、ベッドの手摺には帽子がひとつ掛けてあった。朦朧とする意識のなかで、ときどき目をかすかに開けたまま、ぼんやりと遠くを見つめているかのようだった。呼吸は苦しく、もう話すことはできなかった。しかし誰かが話しかけると、体の力を振りしぼり声にしようとしているのが家族の目にはわかった。口を開き、何か言いたげな声をあげた。

何かを伝えたいという気持ちがはっきり見てとれたが、言葉にはならなかった。

「いなくなったら寂しくなってしまう」と吉田の弟〔健二〕が言ったが、誰もが同じ思いだった。吉田は原爆で外見を大きく損なうというハンディを克服し、吉田の顔を見て驚いたり、冷たくはねつけたりする人たちさえもその明るさで魅了し、心を通わせてきた。吉田は出会った人たち、彼の話を聞いた人たちに、喜びや幸福感をもちつづけることの大切さを伝えつづけた。

亡くなった被爆者はごく一般的な形式や独特の方法で記憶され、偲ばれる。日本の仏教慣習では故人を家族の仏壇で祀り、その人生は先祖代々語り継がれていく。仏壇には菩薩像などの仏像のほかロウソク、線香、鈴が置かれ、故人の思い出の品や好物だったものが供えられている。仏壇の前ではいつでも故人と直接心を通じあわせることができると考えられ、家族は故人に生きているときと同じように話しかける。亡くなった家族への挨拶で一日が始まり、そして終わるという人たちもいる。また日々の出来事を故人に伝え、悩みごとを打ち明け、救いを求めて祈ることもある。黒と赤の漆が塗られた岡田の大きな仏壇には後方に格調ある青銅の仏像が、そのまわりには金色の装飾品が置かれている。前方には堂尾の写真と、姉が大好きだった入れたてのコーヒーが供えてある。岡田は冗談を言ったり、からかったり、文句を言ったりしながら、いつも堂尾に話しかける。そして姉の人生を敬い、友人らが持参してくれる品々を仏壇の前で姉に披露する。

仏教にはもうひとつ、亡くなった人につける名前、戒名にまつわる慣習がある。戒名は、現世から来世への旅立ちをあらわし、死後、菩提寺の僧侶から故人へ授けられる。戒名が書かれた小さな木の位牌は家族の仏壇に置かれる。吉田には、「世界中が永久に平和であることを希求した勝二」という意味の「安穏院釋勝二」という戒名が与えられた。

亡くなった被爆者は、建物としても目を見張るすばらしさのある国立長崎原爆死没者追悼平和祈念館の死没者名簿に登録され、追悼されている。この施設は二〇〇三年に開館し、被爆者の家族、長崎市民、そしてこの地を訪れる人たちが原爆で命を落とした人々に敬意を払い追悼するための美しい空間を提供している。ほとんどが地下空間にあるこの施設の地下二階へと降り、高い天井の通路を行くと、追悼空間前室がある。そこには、ライトで照らしだされる原爆死没者数十名の遺影が入れ替わりながら次々と映しだされる。その向かいには、静かで広々とした吹き抜けの追悼空間がある。この空間は狭い杉板を写しとった重厚な壁に囲まれ、三方の壁際にはベンチが備えられている。そして中央には、高くそびえる長方形のガラス柱が六本ずつ二列に並んでいる。内側からの柔らかい光に照らされた、この爆心地方向へ向かって立ち並ぶガラス柱のあいだを進むと、正面に高さ九メートルの名簿棚がある。二〇一四年八月九日現在、この棚には十六万五千四百九名の原爆死没者の氏名の載る百六十五冊の名簿が納められている。そのなかには、原爆投下当日に亡くなった中国人一名とイギリス人捕虜一名も含まれる。この光の柱は建物の屋根を突き抜け、地上階にある広々とした円形の水盤の上へと伸びる。この水盤は、被爆した人々が求めてやまなかった水で全面満たされている。夜になると、水盤は底にちりばめられた七万個の小さな明かりに照らされる。ひとつひとつの光が、原爆後数ヵ月間で亡くなった七万人の命を追悼する。

堂尾と吉田は、彼らが語り、そして書き綴った人生のなかに生きつづける。松添博と数人の友人グループは堂尾のエッセイや詩を一冊の本にまとめ、出版した。タイトルは、彼女のもっともよく知られたエッセイにちなんで『生かされて、生きて』とした。さらに、松添は堂尾の著作物をもとに十八枚の絵を描いた。堂尾の生きた人生の節目を多彩な色遣いで表現した絵は紙芝居となり、彼女の体験を語る際に一緒に披露される。こうして、もう本人からは直接聞くことのできない貴重な体験と人生観が人々に語り継がれている。

吉田が亡くなる前、彼の被爆体験は中学生の手によって紙芝居としてよみがえった。学校で吉田が語った原爆体験に心動かされた長崎市立桜馬場中学校の生徒たちは、まず吉田の体験を五十枚の絵に表現した。その純朴な絵には、彼らの率直な気持ちが投影されていた。吉田は紙芝居にする十六枚の絵を選び、生徒たちは近隣の小学校で口演するため、自分たちの絵に吉田の言葉を組みあわせて紙芝居に仕上げた。長崎市教育委員会はこの紙芝居五百組を市の学校へ配布した。吉田の賛同を得て、原爆資料館では、希望者に彼の紙芝居を披露している。

二〇一〇年、国連でおこなわれた核兵器不拡散条約の運用検討会議にはじめて出席する予定だった吉田は、病気のため断念せざるをえなかった。吉田の代わりを担ったのは、十八歳の高校生、林田光弘だった。被爆三世で反核活動にもとりくんでいた林田は、吉田が講話を依頼されていたニューヨーク市のいくつかの学校で吉田の紙芝居を口演した。日本を発つ前、林田は吉田の講話を映したビデオを見ながら口調、テンポ、表現を工夫し、英語の台本を繰り返し練習した。吉田は彼の若き代役がニューヨークへと旅立つ直前に息を引きとった。この紙芝居はアメリカの生徒たちの心を揺さぶり、彼らのあいだに共感を呼び起こした。林田はどの学校でも口演の最後を、吉田がいつも口にしていた言葉で締めくくり、生徒たちにこの言葉を忘れないでほしいと訴えかけた。「平和の原点は人の痛みがわかる心をもつことです」

＊

谷口、永野、堂尾、吉田、そして和田の五人は、原爆による即死を免れ、原爆症による致命的な障害という逆境に打ち勝ち、自分の体験を語り継ごうと人生を歩んだ。何年にもわたる拒絶、差別、孤立、そして内部汚染への不安に苦しみながらも、自分をさらけだそうとする彼らのうちから湧き出る気力と意志によって、私たちはあることに気づかされた。それは、原爆を生きのびた後、生存者としてこの社会で生きのびることがどれほど大変であったかということだった。彼らは自分たちの体験が確実に人々に伝えられることを強く望み、そして忘れさせてはならない体験をしっかりと記憶し継承する語り部になることにこだわった。原爆が生涯を通じてもたらした計り知れない苦しみを語ることで、核兵器のことを平和の守り手だと勘違いすることの愚かさを世界の人々にきちんとわかってもらいたかった。

長崎市の平和教育プログラムも同じような目標を掲げ、とりくみが続けられている。五十以上ある長崎の小学校では、すべての五年生が原爆資料館を訪れる。長崎平和推進協会では、市の中学校約三十校に平和学習用の映像や写真パネルを貸し出している。城山小学校は、さらに積極的な平和教育をおこなっている。この小学校では一九五一年以降、毎月九日になると生徒、教師、事務職員が体育館に集まり、被爆体験講話を聞き、原爆や日本が戦時に犯した残虐行為を考えながら、戦争や平和についての調査をもとに話し合いをしている。集会の終わりには生徒全員が立ちあがり、爆心地のある東の方向に頭を下げながら亡くなった人たちを追悼し、戦争も核兵器もない世界という理想を願う。退出した生徒たちは校内のさまざまな場所に置かれた原爆死没者の祈念碑や記念物に花を手向ける。長い学校生活の最初の六年間、城山小学校の生徒は毎年十回のペースで平和について考え、学び、話しあっている。

被爆者が高齢化し、人数も減少するなかで、平和推進協会は次世代の人たちが被爆者の体験にふれ理解を深めることができる方法を早急に考えださなくてはならないと感じている。語り部による講話と同

2007年、電鉄原爆殉難者慰霊碑のそばに立つ80歳の和田耕一。右側の説明版には10代から20代前半の若者110人が犠牲となり、ある女性車掌にいたってはまだ12歳だったと記されている

じように、なるべくたくさんの紙芝居や映像を残そうと継承運動を開始した。また原爆資料館、平和祈念館、被爆建造物などをめぐり案内する「平和ガイド」の養成講座も開かれ、ガイドを希望する人たちが原爆の歴史などについて学んでいる。

和田の平和への思いは、十九歳になる孫の由香里が祖父の被爆体験をもとにした劇に出演したとき、確実に次世代へと引き継がれた。「私が原爆に遭ったのは十八歳のときでしょ。演じたとき、孫は十九歳でした。彼女はあのときの私を演じました」と和田は語った。額から大きく後退した白髪をきちんとカットし、お洒落な服装に身を包んだ和田は観客席に座った。心の底にあった思いが溢れ出て胸がいっぱいになった。抑えきれずに何度も涙した。そして彼は演者たち、とくに孫に深く感謝したい気持ちだった。「六十五年前の時代のこと、戦争、原爆、実際には何も知らない彼らが、そのときのことを理解しようと懸命に取り組んでくれた」。劇が終わると和田は舞台に上がり、当時の和田と同じ服装をした由香里の隣に並んだ。孫を見つめるその表情には、ふだんはめったに見せることのない原爆への深い悲しみと、孫への感謝の気持ちがあらわれていた。

二〇一四年、八十七歳になっても、和田は原爆で死没した路面電車職員を追悼する慰霊碑へ訪問客を案内する。そしてそのデザインのことや、碑の制作のために運転士や車掌として命を落とした学生たちの身元捜索に奮闘したときのことを堂々と説明する。少し耳の遠くなった和田に聞こえるようにと客は大きな声で和田に話しかける。毎年八月になると路面電車を運行する会社の職員が集まり、慰霊式がおこなわれるが、当時働いていて生きのびた人たちはかなり少なくなった。原爆忌が来るたび、和田は朝早くこの場所に来て祈りを捧げる。

彼は、健康でしあわせに暮らしていられるのは妻のおかげだと言う。彼にお茶を注ぎながら、久子は嬉しそうに微笑む。

「わたしは主人より先に死にたいと思っていたんですよ。もうお葬式は出したくなかったから。家族が死ぬのをこれ以上見たくなかった。夫は十一年半の入院生活の末、二〇〇〇年に亡くなりました」と永野は語った。

二〇一四年、八十六歳になった永野は、長女と大学生の孫と一緒に爆心地から約一・五キロの扇町に住んでいる。出血性腸潰瘍で入院した永野のことを心配する子供たちの姿を目にし、彼女は健康を維持しようと努めている。「いまは穏やかに暮らしています。好きな時間に起きて、頼まれれば語り部として講話に出かけたり、ないときは友だちと食事に出かけたりして。収入は限られていますが、ぜいたくをしなければ、なんとかうまくやっていけます」。

2009年、パーティでカラオケを楽しむ吉田勝二と永野悦子

カラオケが大好きな永野は、集まりがあると一緒によく歌った吉田のことを懐かしく思い出す。

前ほど頻繁ではないが、永野はときどき爆心地のすぐ東の丘にある家族の墓へタクシーを走らせ参拝する。丘の頂上でタクシーを降りると、眼下に広がる浦上盆地の風景が永野を迎え入れる。オフィスビル、住宅、公園、学校が立ち並ぶ大都市のまわりを緑の山々が取り囲み、浦上川が南へ向かって長崎湾へと注ぎこむ。よろけないように手摺につかまりながら、ゆっくりと舗装された通路を下っていくと、丘を横切って墓がずらっと並んだ場所に出る。列の二番目に立つ大理石でできた家族の墓には両方の側面に、夫と自分の亡くなった家族の名前と没年月日が亡くなった順に刻まれている。幼少期に亡くなった永野の姉の名前が最初に刻まれ、清二、邦子、父、兄、そして一九九五年六月五日に亡くなった母シナの名前が続く。墓標の前にはあざやかな黄色、紫、ピンク、白の造花が飾られている。「もう頻繁にはお参りに来れないですもん。生花だとすぐに枯れてしまうからね。これならいつまでもきれいでしょ」。お墓の下には家族の遺骨の入った骨壺が納められているが、彼女がふたたびそこを開けることはけっしてない。

線香に火をつけ、線香鉢に立てながら永野は話す。「亡くなった仏さんたちが、この香りを好きなんでしょうね。いわれはよくわかりませんが」。永野は少し後ずさりして両手をあわせ、おじぎをしてから少しの間、黙ってじっとしている。参拝が終わると、永野は線香を吹き消し支度を整え、小道を抜け、外の道路へつながる急な石段を降りていく。「前は平気で、この階段をトン、トン、トン、トンと降りてたんですけどねえ」と言いながら、鉄の手摺をしっかりとつかみながら下っていく。下まで来ると息を整え、タクシーを呼び止め家に戻る。

永野の友人や、彼女の体験を聞き手紙を寄せてくれる多くの学生たちは、永野が清二と邦子を鹿児島から連れ戻したとき、長崎への原爆投下が差し迫っていたことなど誰にもわかるはずがなかったと言ってくれる。そして罪の意識や後悔の念から自分を解き放つようにと促してもくれる。「それでも夜ひとりで浴槽につかっていると、毎日のようにふと思い出すんですよ。そんなときは寂しくて、わびしくて、なんで私だけ生きのびたんだろう、なぜこうして平和な時代に暮らしているんだろうって思ってしまうんです。子供たちも成長して、いまはもう何も心配することはないのに、弟と妹に申し訳ないっていう

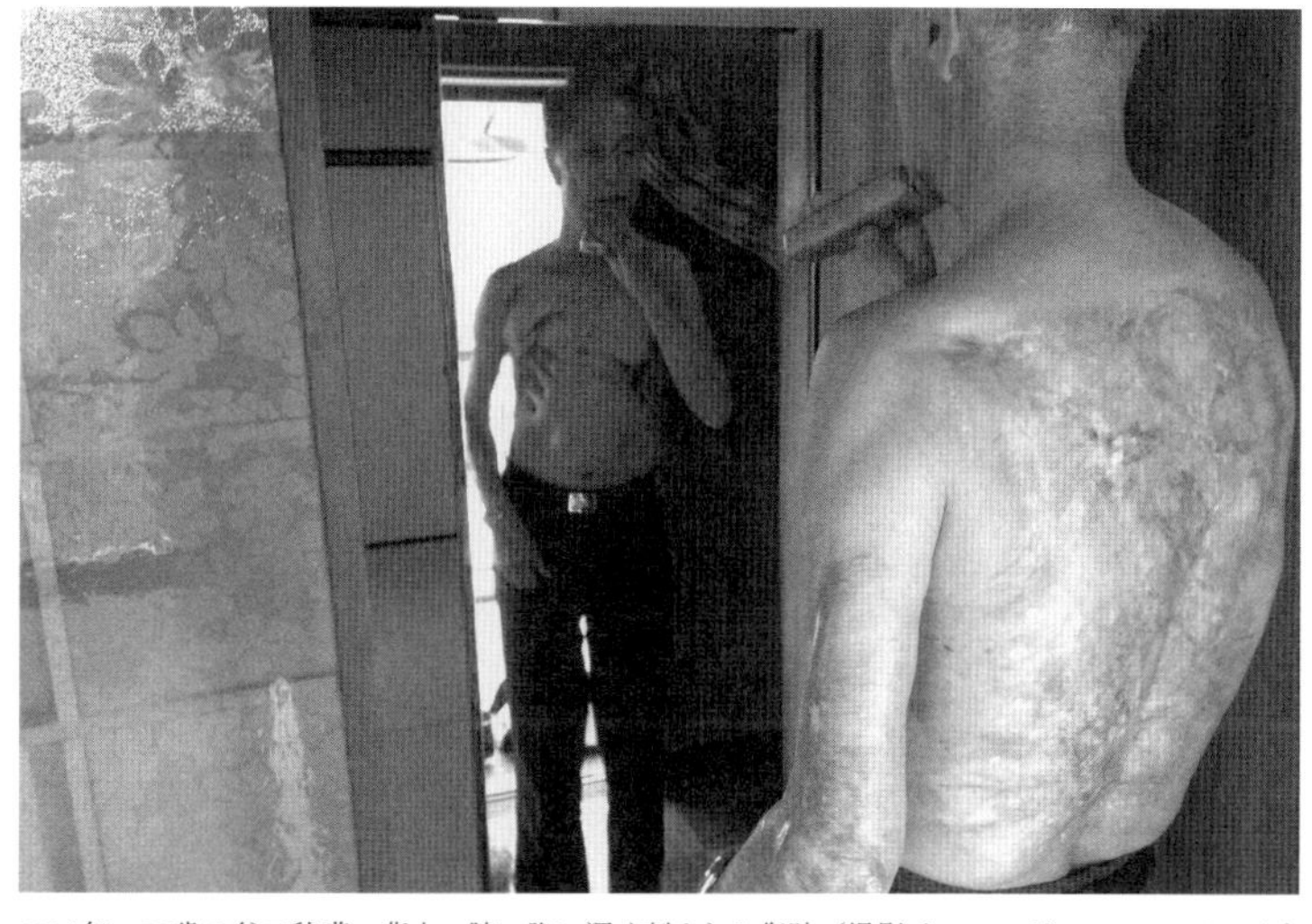

2004年、75歳の谷口稜曄。背中、腕、胸に深く刻まれた傷跡（撮影ジョン・ヴァン・ハッセルト）

気持ちは拭い去ることができないですね」

「十時間もかかる息子の家に車を運転していくのはもうやめたほうがいいと、いつも子供たちに言われるんです」と谷口は話す。髪の毛には白髪が増え、頬から顎にかけて深い縦じわが何本も刻まれている。「ほんと言うと、七十歳をこえたころから、もう歳だからあれもするなこれもするなと年中言われています！」谷口は八十五歳になったいま〔二〇一四年〕でも痛みに苦しみ、さまざまな体の問題を抱えていることはめったに口にしない。胸全体にはいまでも床ずれでできた複数のくぼみがあり、あまりにも深く落ちこんでいるため、心臓が動いているのが見える。片目はほとんど見えず、記憶力も衰えてきている。背中と左腕への少なくとも十回の皮膚移植を含め、二十五回以上の手術を受けてきた谷口は、脊柱中央あたりにもっとも激しい痛みを、表面ではなく体の奥深くに感じる。立っているときも歩いているときも、左腕はまっすぐ伸ばすことができず曲がったままで、手は胴のあたりから垂れ下がっている。体の半分以上は傷に覆われている。「皮膚呼吸ができず、夏は疲労が激しいんですよ」。背中、足、腕を覆う突っ張った皮膚が張り裂けるのを防ぐため、彼はいまでもほんの少ししか食事をとらず極端に痩せている。移植した背中の皮膚は裂けることがよくあり、妻の栄子は毎日彼の背中にクリームを塗る。

揺るぎない決意を活力に変え、谷口は退職してからの二十六年間、毎朝スーツとネクタイで身を包み、髪の毛を後ろになでつけ、稲佐山中腹にある自宅から平和公園の小さな土産物店の二階にある長崎原爆被災者協議会（被災協）へ車で通いつづけている。多くの旅行者が訪れる野球場四つほどの大きさがある平和公園には、平和祈念像、原爆で全壊した長崎刑務所浦上刑務支所跡、身元不明の原爆死没者の遺骨八千九百六十二柱を安置する無縁死没者追悼祈念堂がある。また公園の散歩道のまわりには、亡くなった人たちを追悼するために世界中から送られてきた祈念碑や祈念像が置かれている。公園のいちばん南にある大きな噴水のそばに立つと、眼下には浦上盆地が見渡せる。

被災協での活動の一環として、谷口は被爆者が国の医療給付を受けられるよう申請手続きの手伝いをする。一九九五年、以前の法律をより包括的にした被爆者援護法〔原子爆弾被爆者に対する援護に関する法律〕が施行され、被爆者への医療給付制度や支援体制が拡充された。「でも、この法律は難解で、給付や支援を受けるための申請手続きはとても複雑なんです」と谷口は説明する。彼は被爆者やその家族がこうした複雑な手続きを踏む際、彼らの力になりつづけている。また法に訴えることで、ときには国が定める認定基準、限度額、病気、障害の適用範囲の拡充や改善につながった経験をふまえ、まだ原爆症と認められていない疾患への給付適用を求めて訴訟を起こそうとする被爆者への支援もおこなう。支援が充実してきたとはいえ、谷口や支援活動を続ける人たちは、審査手続きや認定基準にはあまりに制限が多く、支援を必要としている被爆者への認定が却下される現状が続いていると主張している。「私がまだこんなして生きているのは不思議なことです」と谷口は信じられないかのように話す。実際、一九五五年に被災協を立ち上げようと一緒にがんばった仲間はもう誰もいない。「残っているのは私ひとりだけです」。歳を重ねるにつれ、谷口には挨拶のたびに友人たちが言ってくれる「どうぞ身体を大切にしてください」という言葉が慰めにはならず、長寿を祈る言葉を聞いても、あまり返す言葉が見当たらない。「それは、これからもっと長い時間、痛みに苦しまなくてはならないということですから。とにかく、死ぬまで苦しまなくてはなりません」

谷口が事務所の向かいにある会議室の窓から北の方向に目を向けると、そこには谷口が自転車もろとも爆風で吹き飛ばされ、熱線で彼の背中と腕が焼き尽くされたかつての農村地帯、住吉町が見える。「もし三〇センチの物差しが私の命だとしたなら、二九センチ九ミリまであの日に破壊されてしまいました。最後の一ミリ……その残された一ミリのなかに私は生きる力を見いだしました。私が生きのびたこと、それはたくさんの人たちが私を支えてくれたからだと気づいたからです。ですから、私の人生は私だけのものではありません。私は人のために生きなくてはならない。たとえどんなに苦しくても、私は最後の瞬間まで自分の人生をまっとうする責任があるのです」

谷口は席を立ち、煙草を吸いにバルコニーのほうへ向かって歩いていく。彼のインタビューを映像に収めていた若いアメリカ人女性とすれ違うと、谷口は立ち止まり、いまにも笑みがこぼれそうな表情で言葉をかける。

「いやなところは消してね」

日本語と英語で書かれた爆心地を示す最初の標柱（1945 年 10 月、撮影・林重男）

謝辞

本書の執筆にあたり、私のインタビューに惜しみなく時間を割き、みずからの被爆体験と戦後七十年間にわたる人生の大切な出来事を率直に、そして誠心誠意お話ししてくださった堂尾みね子さん、永野悦子さん、谷口稜曄さん、和田耕一さん、そして吉田勝二さんに心より深く感謝いたします。また追加の情報や個人的な所有物である文書類や写真等を快く提供してくださいましたご家族の岡田郁代さん（堂尾さんの妹）、和田久子さん（和田さんの妻）、吉田尚司さん、吉田朋司さん、吉田健二さん、金山久美子さん（吉田勝二さんの長男、次男、弟、姪）にも厚くお礼申し上げます。

長崎で被爆された秋月すが子さん（秋月医師の妻）、深堀好敏さん、濱崎均さん、廣瀬方人さん、松添博さん、宮崎美登利さん、下平作江さん、内田伯さんほか女性一名（匿名希望）はそれぞれの個人体験やお考えを私が十分に理解できるまでじっくりとお話しくださいましたこと、感謝の念に堪えません。また、それまではみずからの被爆体験をごく親しい友人や家族以外には語らなかったふたりの被爆者を私に紹介してくださいました三谷和美さんと、秋月すが子さんとの感動的な出会いをアレンジしてくださいました聖フランシスコ病院の中道恵子さんにも厚くお礼申し上げます。城山小学校の構内や校庭を案内してくださった坂田敏広さんと、恵の丘長崎原爆ホームの堤房代さんにも深く感謝の意を表します。

私は何百人という被爆者の方々の証言記録を読むことで、被爆者の方々が被爆後をどう生き抜いたかをより深く理解することができました。それは証言記録をまとめあげ、編集し、その多くを英語へと翻訳された方々のおかげと感謝してやみません。長崎原爆資料館、長崎平和推進協会、長崎の証言の会、長崎国際文化会館、長崎・ヒバクシャ医療国際協力会、NBC長崎放送、朝日新聞社、日本原水爆被害者団体協議会（日本被団協）をはじめとする団体は何十年にもわたり被爆証言を収集し、その多くを翻訳することにご尽力されました。ブライアン・バークガフニさんとジェフ・ニールさんは、証言記録をすばらしい英文へと翻訳してくださいました。バークガフニさんからは、長崎の街をめぐりながら、この地に精通している人しか知りえない興味深いお話を聞かせていただきました。

長崎平和推進協会の総務課長補佐、松尾蘭子〔二〇一一年退職〕さんからは、長年にわたりこのうえないご支援を賜り感謝の言葉もございません。堂尾さん、和田さん、永野さん、吉田さんを私に紹介し、インタビューの手配を整え、さらには多くの原爆専門家の方々にお会いする機会を整えてくださいましたこと、心より感謝するとともに、光栄にも友人と呼ばせていただけることを心より嬉しく思います。多以良光善事務局長〔二〇一七年退任〕と水下鮎美さんはじめ、当協会の役員とスタッフのみなさまからは、私の執筆活動のためさまざまな分野の調査や準備に惜しみない協力をしていただき、ほんとうにありがとうございました。

長崎平和推進協会・写真資料調査部会の部会長、深堀好敏〔二〇一八年退任〕さんは、長年にわたり収集された数多くの写真を私に見せてくださり、高齢となった被爆者の方々からの写真使用許可や私の手の届かない貴重な資料を取得する際、惜しみなくご協力いただき、心より深く感謝いたします。また調仁美さんをはじめとする調査部会のボランティアスタッフの方々からは貴重なご協力を賜りました。長崎原爆資料館では、本執筆プロジェクトを始めたころ、高木留美子さんが根気強く私の調査をサポートしてくださり、その後は白石ひとみさんがその役割を引き継いでくださいました。写真の保管を担当されている奥野正太郎さんからは、資料館に収蔵されている多くの写真を確認し、使用許可を取得するにあたりたくさんのご助力をいただき、ほんとうにありがとうございました。また、朝日新聞の伊東聖さんは、一九四五年当時の新聞記事および近年掲載された被爆者関連の新聞記事を探しあてる際、私をサポートしてくださいました。厚くお礼申し上げます。

日本赤十字社長崎原爆病院の朝長万左男院長〔現・名誉院長〕、森秀樹副院長〔現・もりハートクリニック院長〕、ソーシャルワーカーの中島誠司さんはじめ多くの被爆者治療にあたる医師や原爆専門家の方々が、お忙しいなか貴重な専門的情報を与えてくださり、感謝の念に堪えません。長崎大学医歯学部付属病院・精神神経科の木下裕久医師と、長崎大学大学院医歯薬学総合研究科に所属する臨床心理士の越本莉香さんは、被爆体験について実施されている最新の心理学上の調査・研究についてお話ししてくださいました。また、放射線影響研究所臨床研究部の赤星正純部長〔現・研究部顧問〕は、当研究所が過去に取り組んだ研究と現在進行中の研究についての深い見識を与えてくださいました。また疫学部・原簿管理課の福島雅子〔現・事務局庶務課〕さんにもさまざまにサポートしていただき、心からお礼申し上げます。

アメリカにおきましては、卓越した手腕と広い視野で本書を献身的に出版へと導いてくださった私の代理人リチャード・バルキンとバイキング社の編集者メラニー・トートロリに心より深く感謝いたします。また、本書の執筆プロジェクトをスタート時から応援してくださったバイキング社の副社長兼出版事業責任者ウェンディ・ウルフと最初の編集者ケビン・ドウテンにもお礼申し上げます。また膨大な原稿の整理編集においてすばらしい仕事をしてくださいましたプロダクションエディターのブルース・ギフォーズとコピーエディターのラビーナ・リー、そして本書にかかわったバイキング社すべての方々に感謝いたします。

また助成金や補助金という形で本書の出版を財政面で支えてくださった Arizona Commission on the Arts, the Bill Desmond Writing Award, the Fund for Investigative Journalism, the Money for Women/Barbara Deming Memorial Fund, Inc., the National Philanthropic Trust に対しまして深い感謝の意を表します。ノーマン・メイラー・センターに対しましては、私がマサチューセッツ州プロビンスタウンですばらしいノンフィクション作家、小説家、詩人の方々と交流しながら一ヵ月間執筆活動に専念する機会を与えてくださいましたこと、ほんとうにありがとうございました。ジョーン・カーンはじめ、次に列記する方々には、本書の完成に向け資金面で援助していただき、深く感謝してやみません。アリソン・アーノルド、デボラ・バウア、アンドレア・ベッカム、ケン・ブラックバーン、メアリー・ブラウン、アン・キャンライト、ウェイン・デイリー、キャロル・デイリー、ボニー・エカード、デビー・エルマン、アンバー・E・エスパー、エロイーズ・クライン・ヒーリー、ホメオパシーケアLLC、サスキア・ジョーダ、アン・ケラー、ジェームス・ラティン、ミシェル・ローソン、ジャネット・リンダー、クリストファー・モーギル、ジュディ・ピーツメイヤーローリングス、ダン・ピーツメイヤーローリングス、ラルフ・フィリップス、ダーシー・フィリップス、マリリン・パースレイ、カディジャー・クイーン、ドナ・ルビー、ディック・サザード、シャーリー・サザード、ライ・サザード、デビット・スピールボーゲル、ジュディ・スター、ウェンディ・ホワイト、キム・スコット・チーグラーほか二名の寄付提供者（匿名希望）。

歴史的な見識と励ましの言葉を示してくださいました歴史家ジョン・W・ダワー、被爆者の人生を執筆する際の主眼や方向性について意見交換させていただいたレイチェル・リナー、執筆プロジェクト初期に励ましてくださいましたポール・モリスとクリストファー・ブラワ、そしてジェイムズ・ヤマザキ医師の思いやりと、一九四〇年代後半における興味の尽きない体験談に対しまして心より感謝いたします。

幸運にも私は、執筆に際し欠くことのできない翻訳作業と調査活動を支えるすばらしいチームに恵まれました。膨大な時間を費やし被爆者とのインタビュー、エッセイ、記事、報道記録、学術研究文書、通信記録などの翻訳をお手伝いしてくださったマリコ・スガワラ・ブラッグをリーダーとする翻訳チームのメンバー七名、ヤスコ・クラーク、エイコ・フォスター、エリコ・フジヨシ、サヤコ・フジイ・ヘッド、トシエ・ジョーンズ、アキコ・ワカオに対し深くお礼申し上げます。プロジェクト運営面ではエバ・ブラック、シャーリーン・ブラウン、ジーン・キャラハン、ロレイン・チボラ、シーラ・ヒダルゴ、ダーシー・エッシュ・フィリップスのすばらしいサポートがありました。法的文書の翻訳ではユリコ・コンドウにお世話になり、ありがとうございました。本書を執筆したいとの私の思いを受けとめ、初期の原稿に助言を与えてくださった大学時代の恩師ヴァレリー・ボイド、レベッカ・ゴドフリー、そして文筆家仲間のアン・キャンライト、アン・リュウ・ケラー、カディジャー・クイーン、クリスティン・テイラーに感謝いたします。また最終原稿を注意深く読み進め、アドバイスを与えてくださったエヴァ・ブラックとケン・ブラックバーンにも感謝いたします。

十一年間、私とともにこの執筆プロジェクトに取り組み、歴史的な調査や考察を担当してくれたロビン・ラボイエには、言葉では言い尽くせないほど感謝の気持ちでいっぱいです。関連資料の探索、分析、相互参照づけ、整理のほか被爆者の体験談に不可欠な場所の特定に必要となる詳細な長崎地図の作成にとりくみ、写真使用権の取得と各章の注釈や引用文献ページの作成においてはこのうえない助力を注ぎ、編集面でもすばらしい考えを示してくれました。彼女はつねに、考えうるかぎり最高の仕事仲間でありました。彼女の計り知れない献身とサポートがなければ本書は存在しなかったと言っても過言ではありません。

私の優しい友人、シャーリーン・ブラウンとジュディ・スターには、その賢明さ、誠実さ、精神力、そして深い愛情で支えていただき、ありがとうございました。また、観客のみなさんの体験に命を吹きこみながら、傾聴と観客との協力によってつくりあげる芸術の追求にとりくむエッセンシャルシアターの旧および現劇団員のみなさんに心から感謝いたします。

最後に、このうえない忍耐、応援、援助、そして愛情で私を支えてくれた家族に心から感謝いたします。両親のゲイリー・サザードとスー・サザード、兄弟のライ・サザードとジョナサン・サザード、そして十歳のとき、長崎への最初の調査旅行にお供してくれ、本書とともに成長した私の娘、エヴァ・ブラック。この本をあなた方に捧げます。

注

本書に登場する五名の被爆者の発言については、私が日本語でおこなった複数回にわたるインタビューを本プロジェクト翻訳チームが英訳し、それを使用した。その際、長さを調整し意味を明確化し、話し言葉でありがちな繰り返しや話題から外れた部分を削除し、編集しなおした。また再度おこなわれたインタビュー、手紙、未公刊の個人エッセイからの引用もある。彼らの体験を正確に再現するため、公刊および未公刊の証言記録、伝記、新聞雑誌記事、スピーチ原稿、ラジオ、テレビ、映画のインタビュー、写真、家族とのインタビュー、手紙など数多くの資料を参照した。私がおこなったインタビュー以外の引用は左記に出典を掲載した。

私は調査の一環として国立長崎原爆死没者追悼平和祈念館、長崎平和推進協会、その他被爆者団体が英訳した三百名以上の長崎被爆者による証言記録を読んだ。それにより原爆による破壊と彼らが耐え忍んだ心身の苦しみという他に類を見ない体験や目にした光景を知ることができ、上述五名からお聞きした体験に加え、被爆を生き抜くことへのさらなる理解につながった。他の被爆者の直接の引用文を含め、このような体験談の出典も列記した。

被爆直後とその後の長期にわたる身体的、社会的、精神的な影響については、広島市・長崎市原爆災害誌編集委員会編『広島・長崎の原爆災害』岩波書店、一九七九年（*Hiroshima and Nagasaki: The Physical, Medical, and Social Effects of the Atomic Bombings*, translated by Eisei Ishikawa, David L. Swain, Basic Books, 1981）を参照した。私は同書の情報を放射線影響研究所（R

ERF）による最新の研究結果に加え、医療機関、研究者、原爆専門家へのインタビュー、そして長崎大学大学院医歯薬学総合研究科、同大学原爆後障害医療研究所による調査や研究で補完した。

原爆前後および被弾中の長崎の詳しい状況については、一九七三年から一九八四年に長崎市が編纂した『長崎原爆戦災誌』（全五巻、長崎国際文化会館、一九七七―八五年）がもっとも貴重な情報源となった。二〇一一年、国立長崎原爆死没者追悼平和祈念館は、そのホームページ上に戦前、戦中の長崎を扱った第一巻の仮訳を掲載した。五巻の要約版は長崎市編、長崎国際文化会館監修の『ナガサキは語りつぐ――長崎原爆戦災誌』岩波書店、一九九一年（英語版、ブライアン・バークガフニ訳、長崎国際文化会館、一九九三年）として刊行されている。その他出典には、何百人にものぼる被爆者の被爆証言や長崎原爆資料館、長崎市、長崎平和推進協会による展示文献や出版物を含む。

数多くの学者や歴史家による卓越した調査研究によって日本の歴史、太平洋戦争、史上初の原爆の開発、アメリカ軍による日本占領、アメリカが否定した放射線の影響、原爆傷害調査委員会（ABCC）そして一九九五年スミソニアン博物館で計画された原爆展示会についての情報を得ることができた。とくに次の出典とその著者に謝意を表したい。John Toland, *The Rising Sun: The Decline and Fall of the Japanese Empire, 1936–1945*, Modern Library, 2003〔ジョン・トーランド『大日本帝国の興亡』毎日新聞社訳、全五巻、ハヤカワ文庫NF、一九八四年〕; John W. Dower, *War Without Mercy: Race and Power in the Pacific War and Embracing Defeat Japan in the Wake of World War II*, W. W. Norton & Co., 2000〔ジョン・ダワー『容赦なき戦争――太平洋戦争における人種差別』斎藤元一訳、平凡社ライブラリー、二〇〇一年〕; Richard Rhodes, *The Making of the Atomic Bomb*, Simon & Schuster, 1986〔リチャード・ローズ『原子爆弾の誕生』神沼二真、渋谷泰一訳、全二巻、紀伊國屋書店、一九九五年〕; Monica Braw, *The Atomic Bomb Suppressed: American Censorship in Occupied Japan*, M. E. Sharpe, 1991〔モニカ・ブラウ『検閲――原爆報道はどう禁じられたのか』繁沢敦子訳、時事通信社、二〇一一年〕; M. Susan Lindee, *Suffering Made Real: American Science and the Survivors at Hiroshima*, University of Chicago Press, 1994; *Hiroshima's Shadow: Writings on the Denial of History and the Smithsonian Controversy*, edited by Kai Bird, Lawrence Lifschultz, Pamphleteer's Press, 1998.

まえがきから始まり各章ごとの引用句・引用文と出典をテーマ別にまとめ、左記に示す。

本書に関する関連情報については http://www.susansouthard.com を参照ください。

まえがき

谷口より提供の一九八六年のスピーチ未公刊原稿。著者使用のため英訳。

二〇一四年三月現在の世界中に存命する被爆者数は六十九周年原爆忌での報告から。以下を参照。Norihiko Kato, “Atomic Bomb Victims Stand Alone,” *New York Times*, August 14, 2014.

小山誉美の短歌——『日・仏・英語版　原爆詩選V　小山誉美「原爆悲唱」』見目誠、パトリック・ブランシュ編訳、私家版、二〇〇六年。

プロローグ

長崎の歴史についての出典——『長崎原爆戦災誌』第一巻総説篇（改訂版、二〇〇六年）の英訳 *The Nagasaki Atomic Bomb Damage Records: General Analysis Version*, Vol.1（長崎原爆資料館編、長崎市、二〇一六年）と『ナガサキは語りつぐ』にくわえ、Brian Burke-Gaffney, *Nagasaki: The British Experience, 1854–1945*, Global Oriental, 2009; Sadao Kamata, Stephen Salaff, “The Atomic Bomb and the Citizens of Nagasaki” in *Bulletin of Concerned Asian Scholars* 14:2, 1982; John Nelson, Historical Momentums at Nagasaki’s Suwa Shrine” in *Crossroads: A Journal of Nagasaki History and Culture* 2, Summer 1994（http://www.uwosh.edu/home_pages/faculty_staff/earns/ suwa.html）; 水浦久之『浦上天主堂改装記念誌——長崎大司教区司教座』浦上カトリック教会、一九八一年（同教会による英語版 *The Restoration of Urakami Cathedral A Commemorative Album*, edited by Hisayuki Mizuura, translated by Edward Hattrick, 1981）、奥山倫明「Religious Responses to the Atomic Bombing in Nagasaki（長崎原爆に対する宗教的レスポンス）」、「南山宗教文化研究所・研究所報」三十七号（二〇一三年）、その他多くの被爆者証言。

戦時スローガンと戦時日本の個人的回想—— Haruko Taya Cook, Theodore F. Cook, *Japan at War: An Oral History*, New Press, 1992.

戦前および戦中日本の歴史—— Ian Buruma, *Inventing Japan 1853–1964*, Modern Library, 2003〔イアン・ブルマ『近代日本の誕生』小林朋則訳、ランダムハウス講談社、二〇〇六年〕; Edwin O. Reischauer, *Japan : The Story of a Nation*, Charles E. Tuttle Company, 1981〔『ライシャワーの日本史』國弘正雄訳、講談社学術文庫、二〇〇一年〕; *Japan: A Documentary History*, Vol.II:

The Dawn of History to Late Tokugawa Period to the Present, edited by David J. Lu, M. E. Sharp, 1997; John W. Dower, *Embracing Defeat: Japan in the Wake of World War II*, W. W. Norton & Co., 2000〔ジョン・ダワー『敗北を抱きしめて――第二次大戦後の日本人』増補版、三浦陽一、高杉忠明、田代泰子訳、全二巻、岩波書店、二〇〇四年〕; Marius Jansen, *The Making of Modern Japan*, Harvard University Press Books, 2000; Herbert R. Bix, *Hirohito and the Making of Modern Japan*, Harper Collins, 2000〔ハーバート・ビックス『昭和天皇』岡部牧夫、川島高峰訳、全二巻、講談社学術文庫、二〇〇五年〕; Jeffrey Record, *Japan's Decision for War in 1941: Some Enduring Lessons*, U.S. Army War College, Strategic Studies Institute, 2009. https://ssi.armywarcollege.edu/pdffiles/pub905.pdf〔ジェフリー・レコード『アメリカはいかにして日本を追い詰めたか――「アメリカ陸軍戦略研究所レポート」から読み解く日米開戦』渡辺惣樹訳、草思社文庫、二〇一七年〕

日本政府によって書かれた戦中の多くの文書が降伏と一ヵ月後のアメリカ軍による占領との間に破棄され、さらには現存する戦後文書に示されているように戦争犯罪の罪で天皇が訴追されるのを阻止したいという政府高官たちによる偏った天皇支持があったことから、戦争のゆくえを決定するうえで天皇がどこまで積極的に関わったかについては歴史家のあいだで依然議論されている。Barton J. Bernstein "Introducing the Interpretive Problems of Japan's 1945 Surrender" in *The End of the Pacific War: Reappraisals*, edited by Tsuyoshi Hasegawa, Stanford University Press, 2007; Noriko Kawamura, "Emperor Hirohito and Japan's Decision to Go to War with the United States Reexamined" in *Diplomatic History* 31:1, 2007.

第一章　集束

戦時の日本

日本における国家による宣言、臣民の道と教育勅語――*Japan: A Documentary History*, Vol.II, edited David J. Lu. 真珠湾攻撃後の東条英機によるラジオ声明、国家主義的スローガン、戦中生活に関する国民の回想―― Haruko Taya Cook, Theodore F. Cook, *Japan at War*.

戦時に人種的優越感や国家主義的プロパガンダが果たした役割―― John W. Dower, *War Without Mercy*〔ジョン・ダワー『容赦なき戦争』〕。「タイム」誌の記事「たぶん人間だろうが……」（"The Enemy: Perhaps He is Human," July 5, 1943.）は以下より引用。Howard Zinn, "Hiroshima: Breaking the Silence" in *The Bomb*, City Light Books, 2010.

プロローグに列記した出典にくわえ戦時日本について――John W. Dower, *Japan in War and Peace: Selected Essays*, New Press, 1993〔ジョン・ダワー『昭和――戦争と平和の日本』明田川融監訳、みすず書房、二〇一〇年〕; Chairman's Office, *Japan's Struggle to End the War*, USSBS report no.2, U.S. Government Printing Office, 1946. 戦争に対する日本人の抵抗に関する例――Alvin D. Coox, "Evidences of Antimilitarism in Prewar and Wartime Japan" in *Pacific Affairs* 46:4, Winter 1973–74; *Leaves from an Autumn of Emergencies: Selections from the Wartime Diaries of Ordinary Japanese*, edited by Samuel Hideo Yamashita, University of Hawaii Press, 2005.

戦時の長崎

和田が語る戦時中の空腹感――『証言　ヒロシマ・ナガサキの声』第2集（長崎の証言の会、一九八八年）に収められた彼の証言「長崎に終戦はなかった」（長崎の証言ゼミ第三班による日付不明のインタビュー）より抜粋。長崎原爆死没者追悼平和祈念館による同書抄訳英語版 *Testimonies of Hiroshima and Nagasaki*, 1988 にも "There Was 'No War-End' in Nagasaki" として収録されている。

多くの長崎被爆者が強制的な国家への貢献、隣組活動、空襲への備え、配給、軍事主義的洗脳、家族の軍隊への徴集について回想した。それによって『長崎原爆戦災誌』第一巻の英訳版に収められている戦中に関する内容が裏づけられ、さらなる情報が得られた。久保ミツエは証言集『被爆・いのちの悲録――いまだ戦後終らざる人々の記録』島津書房、一九八七年（英語版 Kubo Mitsue, *Hibaku:Recollections of A-Bomb Survivors*, translated by Ryoji Inoue, Nippon Printing, 1990）のなかで自分が「線香」と呼ばれる原因となった戦中の空腹感について回想。その他に Brian Burke-Gaffney, *Nagasaki*.

堂尾の引用文（父親の厳しさ、学校で聞いた真珠湾攻撃の発表、家族による兄を戦地に送る準備）――本書のため英訳された堂尾みね子『生かされて、生きて』（「堂尾みね子遺稿集」編集委員会編、長崎平和推進協会継承部会、二〇〇九年）より。

長崎の民間防衛対策に関する追加情報はアメリカ戦略爆撃調査団（ＵＳＳＢＳ）民間防衛局の調査員により報告された。以下を参照。*Field Report Covering Air-Raid Protection and Allied Subjects in Nagasaki, Japan*, USSBS report no.5, 1947.

三菱兵器製作所大橋工場と真珠湾攻撃に使用された空中発射式魚雷との関係――『長崎原爆戦災誌』第一巻。あわせて Gordon W. Prange, Donald M. Goldstein, Katherine V. Dillon, *At Dawn We Slept: The Untold Story of Pearl Harbor*, McGraw-Hill, 1981;

源田實『真珠湾作戦回顧録』読売新聞社、一九七二年。

アメリカ陸軍航空隊の夜間焼夷弾攻撃行動の初期試験空爆の一環として一九四四年八月に長崎が受けた最初の空爆―― *The Army Air Forces in WWII, Vol.5: The Pacific: Matterhorn to Nagasaki, June 1944 to August 1945*, edited by Wesley Frank Craven, James Lea Cate, Office of Air Force History, 1983, originally published by University of Chicago Press, 1953; Michael S. Sherry, *The Rise of American Air Power: The Creation of Armageddon*, Yale University Press, 1987. さらに一九四四年にアメリカ合同攻撃目標グループによって作成された長崎地域（Objective no.90.36）の「空爆目標分析」には、「家が密集」して川、運河、道路等の防火帯が少なく焼夷弾攻撃を受けやすい中島盆地と浦上盆地のふたつの主要地域を含む長崎エリアの工業その他の攻撃目標が記されている。合同攻撃目標グループの資料は以下のＵＳＳＢＳ文書に収録されている。Records of the U.S. Strategic Bombing Survey, Record Group 243, National Archives at College Park, MD, Online Public Access catalog identifier 561744. 以下はデジタル版コピー。http://www.fold3.com/page/2848_japanese_air_target_analyses/

一九四五年　春夏

対日本空爆は日本の軍事インフラのみならず日本人の士気に影響を与えることを目的とすべきというアメリカ統合参謀本部の指示―― *The Army Air Forces in WWII*, vol.5, chap.23, p.748. こうした空爆による混乱や空爆前後に実施された疎開、そして市の記録文書を焼き尽くした火災があったため死亡者数は不明。資料のなかには連合軍の空爆による死者は推定二十万人、負傷者、行方不明者は数十万人としているものもある。空爆死傷者の異なる推定値の分析―― John W. Dower, *War Without Mercy*〔ジョン・ダワー『容赦なき戦争』〕; Michael S. Sherry, *The Rise of American Air Power*, especially p.413, fn. 4. 日本に対するアメリカ戦略爆撃行動の影響に関連した追加文献と証言―― http://www.Japan airraids.org.

長崎医科大学における空爆への備え――永井隆「その日の大学」、長崎文化連盟編『長崎――二十二人の原爆体験記録』時事通信社、一九四九年（『長崎原爆戦災誌』第二巻、一九七九年に再録。英訳 *Testimonies of the Atomic Bomb Survivors: A Record of the Devastation of Nagasaki*, City of Nagasaki, edited by Teruaki Ohbo, Terumasa Matsunaga, translated by Brian Burke-Gaffney, 1985所収）。森スミは動員学生が持ち歩いていた救急袋のことを「杉の下駄」、旧長崎県立長崎高等女学校四十二回生『あの日あの時――被爆体験記』私家版、一九九〇年（英語版、北村百合子訳、私家版、同年）で証言。橋本寛は燃料補給のため松脂を集めていたことを『母と銀めし――小学生カンちゃんの思い出つゞり…』長崎文献社、一九九二年（"Mom and Silver Rice: Boyhood Reminiscences of the End of the War and Occupied Nagasaki," translated by Brendon Hanna, in *Crossroads* 4, Summer 1996. http://www.uwosh.edu/home_pages/faculty_staff/earns/silver.html）で回想している。

秋月辰一郎医師が脚気を含め市民の健康状態についてＵＳＳＢＳの医療チーム調査員に提供した情報—— *Effects of the Atomic Bombs on Health and Medical Services in Hiroshima and Nagasaki*, USSBS report no.13, 1947; "Interrogation no.417" November 8, 1945, Interrogations of Japanese Leaders and Responses to Questionnaires, 1945–1946（Microfilm Publication M1654, roll 1, folder 42, 2.c.1–20）, Records of the U.S. Strategic Bombing Survey, Record Group 243, National Archives at College Park, MD.

恒成正敏によるノミやシラミの蔓延についての証言——『平和な明日へ・語り継ぐ父母の被爆体験Ｉ　原爆被爆体験を伝えるために』長崎県原爆被爆二世教職員の会、一九八七年（同会による英語版 *Our Parents Were in Nagasaki on August 9, 1945*, 1988）。

一九四五年夏にみられた戦争に対する日本人の疲弊感—— *The Effects of Strategic Bombing on Japanese Morale*, USSBS report no.14, 1947. 子供ながらに日本は戦争に負けるだろうという深堀悟による認識——ドキュメンタリー映画 *White Light/ Black Rain: The Destruction of Hiroshima and Nagasaki*〔邦題「ヒロシマナガサキ」〕, Directed by Steven Okazaki, HBO, 2007.

一九四五年夏における軍事資源や財源の状況と連合軍による侵略への備え—— Japan's Struggle to End the War, USSBS report no.2; John W. Dower, *Embracing Defeat*〔ジョン・ダワー『敗北を抱きしめて』〕; "Combined Chiefs of Staff: Estimate of the Enemy Situation"（document 28）, in *The Atomic Bomb and the End of World War II*, edited by William Burr; Richard B. Frank, *Downfall: The End of the Imperial Japanese Empire*, Random House, 1999.

玉砕して天皇に身を捧げることへの日本人の覚悟については John W. Dower, *Embracing Defeat*〔ジョン・ダワー『敗北を抱きしめて』〕を、銃後と兵役をめぐる個々人の物語については Haruko Taya Cook, Theodore F. Cook, *Japan at War* を参照。救急訓練、有志活動隊、地上砲撃場、特攻艇を含めた長崎市の民間防衛活動と侵攻に対する備えをめぐる多くの被爆者証言は『長崎原爆戦災誌』第一巻を参照。

攻撃目標

マンハッタン計画について報告を受けたトルーマン大統領—— General Groves, "Memorandum for the Secretary of War: Atomic Fission Bombs", April 23, 1945（document 3a）, and Henry L. Stimson, "Memorandum Discussed with the President" April 25,

1945 (document 3b), in *The Atomic Bomb and the End of World War II*.

原爆の投下目標規準——"Defining the Targets" (documents 4–15) in *The Atomic Bomb and the End of World War II*, especially "Summary of Target Committee Meetings on 10 and 11 May 1945" (document 6). 長崎捕虜収容所に関しスパーツ大将が問題視したことについては Martin J. Sherwin, *A World Destroyed: Hiroshima and Its Legacies*. 3rd ed. Stanford University Press, 2003 を参照。脅威を見せつけるだけのデモンストレーションや警告を発するなど原爆投下以外の選択肢をアメリカの指導者たちがほとんど考慮しなかったという事実については Barton J. Bernstein による "Truman and the A-Bomb: Targeting Noncombatants, Using the Bomb, and His Defending the 'Decision,'" *The Journal of Military History* 62, July 1998 に記載。

トリニティ核実験を「損傷を伴わない事故」として報告したこと——Barton C. Hacker, *The Dragon's Tail: Radiation Safety in the Manhattan Project, 1942–1946*, University of California Press, 1987.

日本の指導部による原爆前の降伏をめぐる議論、ポツダム宣言に対する戦時内閣の「黙殺」という対応、広島原爆への政府の反応——*Japan's Struggle to End the War*, USSBS report no.2; John Toland, *The Rising Sun*〔ジョン・トーランド『大日本帝国の興亡』〕; Richard B. Frank, *Downfall*; Robert J. C. Butow, *Japan's Decision to Surrender*, Stanford University Press, 1954;『広島・長崎の原爆災害』; William Lanouette, "Why We Dropped the Bomb," *Civilization* 2:1, January-February 1995; "Mokusatsu: One Word, Two Lessons," *National Security Agency Technical Journal* 13:4, 1968; the various essays in *The End of the Pacific War*.

ポツダム宣言——"Proclamation Defining Terms for Japanese Surrender, July 26, 1945" in *Japan: A Documentary History*, vol.2. 原爆の使用を承認する指令書——"Memo, Handy to Spaatz, 7-25-45" (document 41e), in *The Atomic Bomb and the End of World War II*.

広島への原爆投下に対するトルーマン大統領の反応——アメリカ政府担当記者 A. Merriman Smith によって *Thank You, Mr. President: A White House Notebook*, Harper & Brothers, 1946 に記載。トルーマンの広島原爆投下後の声明——"Statement by the President Announcing the Use of the A-Bomb at Hiroshima, 8-6-45," *Public Papers of the Presidents of the United States: Harry S. Truman, 1945–1953*, U.S. Government Printing Office, 1966. http://www. trumanlibrary.org/publicpapers/.

原爆前夜と当日の朝

広島原爆を「相当の被害」という見出しで長崎市民へ知らせる記事——一九四五年八月八日の朝日新聞。広島原爆のニュースに対する長崎市民の反応——長崎医科大学スタッフへ伝えられた角尾晋の報告は秋月辰一郎の回顧録『長崎原爆記

——被爆医師の証言』弘文堂、一九六六年（*Nagasaki 1945: The First Full-length Eyewitness Account of the Atomic Bomb Attack on Nagasaki*, translated by Keiichi Nagata〔永田瓊一〕, edited by Gordon Honeycombe, Quartet Books, 1981）から。他に中川和夫「熱い瓦礫を越えて」、『長崎の証言』第9集、長崎の証言刊行委員会、一九七七年（英訳大保輝昭、松永照正編 *Testimonies of the Atomic Bomb Survivors* 所収）、永野若松県知事による証言——長崎放送ウェブサイト「平和と長崎」http://www2.nbc-nagasaki.co.jp/peace.〔二〇一九年現在、公開停止。以下同〕

長崎への原爆投下に向けた準備と実際の投下—— *The 509th Remembered: A History of the 509th Composite Group as Told by the Veterans That Dropped the Atomic Bombs on Japan*, edited by Robert Krauss, Amelia Krauss, 509th Press, 2007 には「ファットマン」に描かれた署名の写真や「ボックスカー」乗組員の証言が含まれる。他に Charles W.Sweeney, James A. Antonucci, Marion K. Antonucci, *War's End: An Eyewitness Account of America's Last Atomic Mission*, Avon Books, 1997; "Memo, Commander F. L. Ashworth to Major General L.R. Groves, 2-24-45"（document 2）in *The Atomic Bomb and the End of World War II*; Richard Rhodes, *The Making of the Atomic Bomb*〔リチャード・ローズ『原子爆弾の誕生』〕. 以下も参照。Merle Miller, Abe Spitzer, *We Dropped the A-Bomb*, T. Y. Crowell Company, 1946; Fred J. Olivi, William R. Watson Jr, *Decision at Nagasaki: The Mission That Almost Failed*, Self-published, 1999.

投下照準点——"Mission Planning Summary, Report No.9, 509th Composite Group," GRO Entry（A1）7530, Lt. General Leslie R. Groves Collection, General Correspondence, 1941–1970, National Archives at College Park, MD.

八月九日のソビエトの参戦が日本の指導部におよぼした影響——既述の降伏をめぐる指導部の議論に関する出典と同じ。以下も参照。David M. Glantz, *The Soviet Strategic Offensive in Manchuria, 1945: "August Storm,"* Frank Cass, 2003; Hasegawa Tsuyoshi, "The Atomic Bombs and the Soviet Invasion: Which Was More Important in Japan's Decision to Surrender?" in *The End of the Pacific War*.

日本人誰しもが疑いもせず天皇に従っていたという言葉——スティーブン・オカザキのドキュメンタリー映画 *White Light/ Black Rain*〔「ヒロシマナガサキ」〕。

八月九日の朝、長崎中の市民が何をしていたかについて多くの被爆者がさまざまに語っている。菊池司がその日の午後遅く三菱陸上競技場のそばを通ると、竹槍訓練をしていた人たちがそのままたくさん死んでいた（『手よ語れ——ろうあ被爆者の証言』長崎県ろうあ福祉協会、全国手話通訳問題研究会長崎支部、一九八六年。同協会、同支部による英語版 *Silent Thunder* はブライアン・バークガフニ訳で一九八七年刊）。妻の遺骨を持って広島から長崎へ戻っていた平田研之ほか九名の二重被爆した人たちの体験談は Robert Trumbull, *Nine Who Survived Hiroshima and Nagasaki: Personal Experiences of Nine*

Men Who Lived Through the Atomic Bombings, Charles E. Tuttle Company, 1957〔ロバート・トランブル『キノコ雲に追われて――二重被爆者9人の証言』吉井知代子訳、あすなろ書房、二〇一〇年〕より。秋月医師は「西部戦線異状なし」と口ずさんでいたことを『長崎原爆記』に記述。浦上天主堂に集まっていた人々についての浦田タツエの証言は永井隆編『私たちは長崎にいた――原爆生存者の叫び』講談社、一九五二年（*We of Nagasaki: The story of survivors in an atomic wasteland*, translated by Ichiro Shirato, Herbert B. L. Silverman, Duell, Sloan and Pearce, 1951）にある。金比羅山高射砲連隊の兵士たちについては陣地で測定器の操作員だった中村好光「金比羅山の高射砲陣地被爆の証言」、『長崎の証言』第7集、一九七五年（英訳 *Testimonies of the Atomic Bomb Survivors* 所収）。

和田による原爆当日朝に起きた路面電車の脱線についての回想――「十一時二分の碑」、長崎市の「平和・原爆――被爆体験講話」サイトより。https://nagasakipeace.jp/japanese/atomic/talk/hibakusha_03.html

第二章　爆発点

爆発後六十秒

長崎原爆に関する専門情報――『広島・長崎の原爆災害』に加え、Richard Rhodes, *The Making of the Atomic Bomb*〔リチャード・ローズ『原子爆弾の誕生』〕; *The Effects of Nuclear Weapons*, 3rd ed., edited by Samuel Glasstone, Philip J. Dolan, U.S. Government Printing Office, 1977; John Malik, *The Yields of the Hiroshima and Nagasaki Nuclear Explosions,* Los Alamos National Laboratory, 1985; *U.S.-Japan Joint Reassessment of Atomic Bomb Dosimetry in Hiroshima and Nagasaki: Dosimetry System 1986*, edited by William C. Roesch; *Reassessment of the Atomic Bomb Radiation Dosimetry for Hiroshima and Nagasaki: Dosimetry System 2002*, edited by Robert W. Young, George D. Kerr, 2008 を含む放射線影響研究所による報告は下記にある。https://www.rerf.or.jp/en/library/list-e/scids/

爆風と熱線による物理的・身体的被害――『広島・長崎の原爆災害』（とくに第二―四章）『ナガサキは語りつぐ』に加え、Shirabe Raisuke, "Medical Survey of Atomic Bomb Casualties," *The Military Surgeon* 113:4, October 1953; *The Effects of Atomic Bombs on Hiroshima and Nagasaki*, USSBS report no.3, 1946; *Effects of the Atomic Bomb on Nagasaki, Japan*, USSBS report no.93, 1947; United States Army Corps of Engineers, Manhattan District, *The Atomic Bombings of Hiroshima and Nagasaki*, U.S. Government Printing Office,

1946. Reprint, Booksurge Classics, Title No.083, 2003. 以下も参照。Robert DeVore, "What the Atomic Bomb Really Did," *Collier's*, March 2, 1946.

谷口は一九八六年のスピーチのなかで爆発とともに激しく震動する地面にしがみついていたと証言。また挨のように飛ばされた子供についての谷口の回想――「思い起して二十五年」、『原爆体験記　もういやだ』第２集、長崎原爆青年乙女の会、一九七〇年（英訳は国立長崎原爆死没者追悼平和祈念館刊行の *The Light of Morning: Memoirs of the Nagasaki Atomic Bomb Survivors*, translated by Brian Burke-Gaffney, 2005 所収）。

キノコ雲の下

「ボックスカー」からの光景――オリヴァイ中尉とビーハン大尉の言葉は Peter J. Kuznick, "Defending the Indefensible: A Meditation on the Life of Hiroshima Pilot Paul Tibbets, Jr" in *Asia-Pacific Journal: Japan Focus*, January 22, 2008. http://www.japanfocus.org/-Peter_J_-Kuz nick/2642 および William L. Laurence, "Atomic Bombing of Nagasaki Told by Flight Member," *New York Times*, September 9, 1945 より。

市外からのキノコ雲の描写――塩月正雄『初仕事は〝安楽殺〟だった』光文社、一九七八年（*Doctor at Nagasaki: "My First Assignment Was Mercy Killing,"* translated by Simul International, Kosei Publishing Co., 1987）にある弥永泰正の証言。『ナガサキは語りつぐ』に収録された松本松五郎によるキノコ雲の詳述。近隣の町にいた人々の証言は朝日新聞のウェブサイト「広島・長崎の記憶〜被爆者からのメッセージ」にある。http://www.asahi.com/hibakusha/

被爆者の証言――横山ヨシエは妹が城山国民学校（現在の城山小学校）の三階から飛び降りたと語る（「被爆五十年」、国立広島・長崎死没者追悼平和祈念館「平和情報ネットワーク」。https://www.global-peace.go.jp/sound/sound_syousai. php?gbID=7.4. 英訳あり）のなかで、平田みち子は路面電車のレールがくるくると巻きあがっていたと語る（「わが子よ孫よこの悲しみを語りつげ」、『長崎の証言』第５集、長崎の証言刊行委員会、一九七三年。英訳は長崎原爆死没者追悼平和祈念館提供）。その他爆発直後の光景――日本被団協「原爆被害者調査」資料集１『「あの日」の証言（その１）』日本原水爆被害者団体協議会、一九八八年、日本被団協「原爆被害者調査」資料集２『「あの日」の証言（その２）』同、一九八九年（日本被団協による英語版は *The Witness of Those Two Days: HIROSHIMA & NAGASAKI August 6 & 9*, Vol.1–2, 1991）の匿名希望者、旧長崎県立長崎高等女学校四十二回生『あの日あの時』所収の岩永セツ子の証言「被爆のあかし」。

即死に関する記録——『ナガサキは語りつぐ』『広島・長崎の原爆災害』および小菅信子「The prompt and utter destruction: The Nagasaki disaster and the initial medical relief（迅速且完全ナル壊滅——長崎の惨禍と初期医療救護）」、「国際赤十字紀要」第八十九巻第二号、二〇〇七年。死亡した連合軍捕虜——POW研究会がまとめた情報より（http://www.powresearch.jp）。八名の捕虜の死亡が確認されているが、目撃証言や爆心地からの距離が収容所と同じ場所での死亡率から推定すると、幸町の福岡俘虜収容所第十四分所ではより多くの捕虜が死亡したのではないかと考える専門家もいる。以下を参照。『広島・長崎の原爆災害』三六〇—三六二ページ（英語版四七八—四八〇ページ）。

第二の同心円内で吉田の近くにいた被爆者の証言——山村進「人生を変えてしまった誕生日」、『つたえてくださいあしたへ…——聞き書きによる被爆体験証言集1』、エフコープ生活協同組合、一九九五年（同組合による英語版 *Hand them down to the next generation: Here are live voices of atomic bomb victims*, Vol.1, 1995）と藤田サノ「閃光の下にて」、季刊「長崎の証言」第8号、一九八〇年（『証言　長崎が消えた』長崎の証言の会、二〇〇六年、同会による英語版 *Voices of the A-Bomb Survivors: Nagasaki*, 2009 に再録）。その他補助警官隊や有志救護員として活動し怪我人に水を与えないように指示されていた多くの生存者による証言（長崎放送サイト「平和と長崎」に掲載された飯倉茂常の証言など）。

川のそばで炭化してしまった死体について語る吉田の言葉——二〇〇五年、シカゴ公共ラジオのジェローム・マクドネルによるインタビュー（ジェフ・ニール訳）。

堂尾が語る原爆炸裂直後の工場内の静寂——堂尾みね子『生かされて、生きて』。

三菱兵器大橋工場の光景——工場内を横切って飛ばされた恒成正敏の体験——『平和な明日へ・語り継ぐ父母の被爆体験Ⅰ　原爆被爆体験を伝えるために』（*Our Parents Were in Nagasaki on August 9, 1945*）。井上和枝『小さき十字架を負いて』（近代文芸社、一九九五年）のなかで、安部和枝は気がつくと灰色になった人たちに囲まれていたと語る。その他大橋工場付近の混乱——藤崎真二『灼かれてもなお——山口仙二聞書』（日本原水爆被害者団体協議会、二〇〇二年）とオオワタリ・イチコの未発表証言（長崎原爆死没者追悼平和祈念館訳）。

原爆投下から間もない時間にアメリカ軍艦載機が上空を飛び恐怖を覚えたという堂尾の回想は他の多くの生存者の体験談からも裏づけられる。その日の午後と夜に地上への機銃掃射があったことを何人かは鮮明に記憶している。しかし上空には放射能の存在が予想されていたため、原爆投下後六時間は航空機による長崎から八キロメートル以内の空域侵入は公式に禁止されていた。以下を参照。“Mission Planning Summary, Report no.9, 509th Composite Group,” GRO Entry (A1) 7530,

Lt. General Leslie R. Groves Collection, General Correspondence, 1941–1970, National Archives at College Park, MD. 四時間後、写真撮影用航空機に飛行許可が下り、三時間半後に（厚い煙に阻まれながらも）長崎市の撮影を試みたとスパーツ大将は報告している（"Blast Seen 250 Miles Away," *New York Times*, August 11, 1945）。その後空爆がおこなわれたことは公式に確認されていないが、大戦中の漫然かつ無軌道な作戦や市民に向けた機銃掃射の報告は下記に記録されている。*The Army Air Forces in World War II*, vol.5, edited by Wesley Frank Craven, James Lea Cate, University of Chicago Press, 1958, p.696. そして八月十五日まで空爆と偵察機による飛行が続いた。

傷からは一滴の血も出ていなかったという谷口の回想——一九八六年におこなったスピーチの未公開原稿より。

原爆に対し市が整えた医療体制——『長崎原爆戦災誌』第一巻および *Field Report Covering Air-Raid Protection and Allied Subjects in Nagasaki, Japan*, USSBS report no.5. さらに原爆当日の臨時救護所での緊急医療支援に関する長崎の医師や生存者による証言がある。

長崎県知事永野若松の証言——『ナガサキは語りつぐ』および長崎放送サイト「平和と長崎」。原爆後数日から数週間にかけて永野や他の市政府関係者が長野県防空本部へ伝えた被害状況報告——*Effects of the Atomic Bomb on Nagasaki, Japan*, USSBS report no.93:3.

八月九日の午後と夜

和田が幼い少女を救護所まで連れていったときの回想——今石元久編『原爆60年の声』（私家版、二〇〇五年、クリストファー・クルーズによる英訳併載）および二〇〇八年のインタビュー（今石より提供されたコピー原稿を著者側で英訳）。吉田眞幸は「永遠に去らぬ地獄絵——原爆の日、ある被爆者の最後」、季刊「長崎の証言」第7号、一九八〇年五月（『証言　長崎が消えた』、英語版 *Voices of the A-Bomb Survivors* に再録）のなかで市民による防火・消火活動を回想。

永野は怪我を負い裸で水を求める人々に出会ったことを体験講話「私の被爆体験」（未刊、著者使用のため英訳）のなかで証言、着ていた彼らの洋服がぼろぼろに破れ、傷口に張りついていたことを「戦後五十年、私の被爆体験記」、『ピーストーク——きみたちにつたえたい5』長崎平和推進協会、一九九五年（英訳 *The Light of Morning* 収録）のなかで回想している。

八月九日の午後と夜についての被爆者証言——日本被団協「原爆被害者調査」資料集1『「あの日」の証言（その1）』

(*The Witness of Those Two Days*, Vol.1)、日本被団協「原爆被害者調査」資料集2『「あの日」の証言(その2)』(*The Witness of Those Two Days*, Vol.2)にある匿名希望被爆者。ジャガイモのように川に浮かんでいた死体――田中キミ子「親兄弟、最愛の一人息子までも皆殺しに」、創価学会青年部長崎県反戦出版委員会編『ピース・フロム・ナガサキ――戦争を知らない世代へ3 長崎編』第三文明社、一九七四年(同証言の英訳は *The Pain in Our Hearts: Recollections of Hiroshima, Nagasaki, and Okinawa*, Soka Gakkai Youth Division, 1975 に収録)。

自分の帰宅を泣いて喜んだ母親を叱責する憲兵について――樋口三枝子「茂里町の工場から走って」(旧長崎県立長崎高等女学校四十二回生『あの日あの時』)。

吉田が語る太陽に照らされたときに襲われた激しい火傷の痛み――本人よりコピー提供のヒストリーチャンネル・インタビュー(二〇〇九年ごろ)。

堂尾が経験した耐えがたい喉の渇きと滑石の宮崎医師宅臨時救護所での治療――堂尾みね子『生かされて、生きて』。

広島原爆後、長崎への原爆を警告するビラが印刷され、八月九日から十万人以上の都市へ散布予定だったこと――"Mission No: 'Special'; Flown 20 July-14 August '45, 20th Air Force, 509th Composite Group Tactical Mission Report, "Records of the Army Air Forces, Record Group 18, National Archives at College Park, MD. 原爆当日のビラ散布に関する永野県知事の報告は以下を参照。"Air-Raid Damage Report no.6, 8-10-45," in USSBS report no.93:3, pp.213–214. ビラに関する生存者の話は異なり、八月九日の夜にまかれるのを見た者がいる一方、翌日朝早くに見た者もいる。リチャード・ローズは *The Making of the Atomic Bomb*〔『原子爆弾の誕生』〕のなかで、長崎では印刷と配布の遅れから八月十日までビラはまかれなかったという一九四六年五月二十三日付のグローブス将軍の覚え書を引用している。

白夜のように夜空を照らしていた火事――谷口稜曄「思い起して二十五年」、『原爆体験記 もういやだ』第2集(英訳 *The Light of Morning* 所収)。

第三章 残り火

降伏にいたる交渉 八月九―十日

長崎原爆が降伏をめぐる議論に影響を与えなかったという根拠は、大本営、軍部をめぐる公的な歴史的見解による。すなわち防衛庁防衛研修所戦史室「戦史叢書」82『大本営陸軍部10——昭和二十年八月まで』（朝雲出版社、一九七五年）には、八月九日午前十一時三十分ごろに最高戦争指導会議も報告を受けたが、長崎原爆の「影響を大きく取り扱ったものはない」と記されている。以下を参照。Tsuyoshi Hasegawa, "The Atomic Bombs and the Soviet Invasion: Which Was More Important in Japan's Decision to Surrender?" in *The End of the Pacific War*. さらに解読された八月九日の日本側通信文には広島原爆とソビエトの満州侵攻についての報告は記されているものの、長崎原爆への言及はない。以下を参照。Bruce Lee, *Marching Orders: The Untold Story of World War II* , Crown Publishers, 1995, p.542; Edward J. Drea, *MacArthur's ULTRA: Codebreaking and the War Against Japan, 1942–1945*, University of Kansas Press, 1992, p.224. 八月九日の会議ではさらなる原爆に対する日本の防衛能力についての議論が交わされた（"'Hoshina Memorandum' on the Emperor's 'Sacred Decision［Go-seidan］,' 9–10 August, 1945"（document 62）, in *The Atomic Bomb and the End of World War II*）。専門家の一部は二度目の原爆が和平派と天皇による降伏への決断のさらなる後押しになったと主張するが（たとえば Robert P. Newman, *Truman and the Hiroshima Cult*, Michigan State University, 1995, chap.5）、長崎原爆がその決断に直接的な影響を与えたとの具体的な証拠はない。

日本首脳部の降伏をめぐる議論——John Toland, *The Rising Sun*〔ジョン・トーランド『大日本帝国の興亡』〕; Tsuyoshi Hasegawa, *Racing the Enemy: Stalin, Truman, and the Surrender of Japan*, Harvard University Press, 2005; Richard B. Frank, *Downfall; Japan's Struggle to End the War*, USSBS report no.2; 麻田貞雄「原爆投下の衝撃と降伏の決定——原爆論争の新たな視座」、細谷千博ほか編『太平洋戦争の終結——アジア・太平洋の戦後形成』柏書房、一九九七年（英語版 "The Shock of the Atomic Bomb and Japan's Decision to Surrender: A Reconsideration," *Pacific Historical Review* 67:4, November 1998）および *The End of the Pacific War* に収められた種々のエッセー。

トルーマンによる八月九日のラジオ声明——"Radio Report to the American People on the Potsdam Conference, 8-9-45," *Public Papers of the Presidents of the United States Harry S. Truman, 1945–1953*.

日本からの降伏通達文書に対する米首脳部の反応——John Toland, *The Rising Sun*〔ジョン・トーランド『大日本帝国の興亡』〕; "Diary Entries for August 10–11, Henry L. Stimson Diary"（document 66）, "Diary Entry, Friday, August 10, 1945, Henry Wallace Diary"（document 65）in *The Atomic Bomb and the End of World War II*.

長崎　八月十日

岡田長崎市長の体験——永野県知事の証言（長崎放送サイト「平和と長崎」）。

写真家山端庸介に関しては *Nagasaki Journey: The Photographs of Yosuke Yamahata, August 10, 1945*, edited by Rupert Jenkin, Pomegranate, 1995 に転載されたエッセーとインタビュー。東潤の回想は『ナガサキは語りつぐ』より。馬の死骸を踏んだこと——*Nagasaki Journey*.

被爆者による八月十日の回想——灰になってしまった家族を悲しんで涙した西尾修三の証言——永井隆編『原子雲の下に生きて——長崎の子供らの手記』講談社、一九四九年（*Living Beneath the Atomic Cloud: Testimonies of the Children of Nagasaki*, compiled by Frank Zenisek, translated by the Nagasaki Appeal Committee Volunteer Group, Nagasaki Appeal Committee, 1985）。その他の光景——深堀好敏（『長崎の証言１９７０』長崎の証言の会）、森内マツ（永井隆編『私たちは長崎にいた』）、朝日新聞デジタル「広島・長崎の記憶～被爆者からのメッセージ」収録の各種証言、日本被団協「原爆被害者調査」資料集３『被爆者の死（その１）——「あの日」から昭和20年末まで』日本原水爆被害者団体協議会、一九八九年（同協議会による英語版 *The Deaths of Hibakusha Vol.1: The Days of the Bombings To the End of 1945*, 1991）の匿名希望被爆者、および青木久枝「死の底からよみがえって」、『原爆体験記　もういやだ』第２集（英訳 *Testimonies of the Atomic Bomb Survivors* 所収）。母の金歯から遺体を確認することができたと語る下平作江の証言はドキュメンタリー映画 *The Last Atomic Bomb*, directed by Robert Richter, New Day Films, 2006)。

吉田の言葉「真夏の太陽に照らされ、火傷は焼鉄板に乗せられたような熱さ」——長崎原爆青年乙女の会編『原爆体験記　もういやだ——原爆の生きている証人たち』第１集（あゆみ出版社、一九七〇年）収録の吉田の証言「死んではならない」から（長崎原爆死没者追悼平和祈念館訳、同館提供）。

浦上盆地の破壊状況に関する永野長崎県知事の回想——長崎放送サイト「平和と長崎」。

医療や食料の支援に関する記述——『広島・長崎の原爆災害』および *Effects of the Atomic Bombs on Health and Medical Services in Hiroshima and Nagasaki*, USSBS report no.13; 小菅信子「迅速且完全ナル壊滅——長崎の惨禍と初期医療救護」、「国際赤十字紀要」第八十九巻第二号、および『ナガサキは語りつぐ』。

浦上第一病院での秋月医師の体験——秋月辰一郎「人間愛に彩られた一週間」、長崎の証言の会編『地球ガ裸ニナッタ』汐文社、一九九一年（英訳 *The Light of Morning* 収録）。八月十日の夕刻に秋月が感じた「重い心」——秋月辰一郎『長崎原爆記』。

救援活動に関するその他被爆者による記述——北村次好「短剣は救えず——被爆警察官の証言」、季刊「長崎の証言」第6号、一九八〇年二月（『証言　長崎が消えた』、英語版 *Voices of the A-Bomb Survivors* に再録）、糸永ヨシ「あと始末」、『純女学徒隊殉難の記録』純心女子学園、一九六一年（同書抄訳英語版 *A Resurrection: Nagasaki August 9, 1945*, 長崎純心大学、二〇〇六年所収）、筆者による深堀好敏への二〇一一年のインタビュー。

長崎　八月十一—十四日

瓦礫のなか、行方不明家族を捜索したときの回想——田吉チエ「この悲しみ、怒りをどこに……——亡き子らと生きてきた四十一年」、季刊「ヒロシマ・ナガサキの証言」第20号、一九八六年十一月（『証言　長崎が消えた』、英語版 *Voices of the A-Bomb Survivors* に再録）、森口基子（『原爆、忘れまじ——ヒロシマ・ナガサキ被爆体験手記集』2号、愛知県原水爆被災者の会婦人部、一九八六年。英訳は同婦人部による *The Unforgettable Day: Cries of "Hibakusha" from Hiroshima and Nagasaki,* 3rd editon, edited by Miyuki Kamezawa, 1995 に収録）、浜崎均「兄は骨のかけら」（長崎新聞ピースサイト「私の被爆ノート」https://www.nagasaki-np.co.jp/hibaku_note/2974/. 英語版 https://www.nagasaki-np.co.jp/hibaku_note/3981/）、中澤忠雄「妻を葬る」、『長崎の証言１９７０』（英訳 *Testimonies of the Atomic Bomb Survivors* 所収）、坂本寿美子「女ひとり生き残って」、『長崎の証言』第8集、一九七六年（英訳、同上所収）の各証言。

家族との再会について——死亡したとみなされて死体の山に放置されたある生存者（匿名希望）の証言——Shigeyuki Kobayashi, Conan O'Harrow, War and Atomic Holocaust on Trial: Seeking an Enactment of a Law to Give Support to the Victims of the Atomic Bombings, Conference for the People of Setagaya（長崎原爆資料館よりコピー提供）。救護所で父親と再会したときの久間ヒサ子による回想——「全身に光と火の塊りを」、『長崎の証言』第8集、一九七六年（『証言　長崎が消えた』、英語版 *Voices of the A-Bomb Survivors* に再録）。

友人田中を茶毘に付したときの和田の回想——今石元久編『原爆60年の声』。

長崎の連合軍捕虜——チャールル・バーループキィ「ナガサキの地獄——『鉄条網の中で』より」、季刊「長崎の証言」第4号、一九七九年四月、J・H・C・デグルート「元オランダ兵士三十六年目の被爆証言」、季刊「長崎の証言」第12号、一九八一年八月（以上いずれも『証言　長崎が消えた』、英語版 *Voices of the A-Bomb Survivors* に再録）。他に『ナガサキは語りつぐ』および Jack Fitzgerald, *The Jack Ford Story: Newfoundland's POW in Nagasaki*, Breakwater Books, 2007.

瓦礫のなかでの生活――藤田サノ「閃光の下にて――二十人の身内を失う」、季刊「長崎の証言」第8号、一九八〇年八月、荻野サチ「原爆に追われて」、「証言　ヒロシマ・ナガサキの声」創刊号、一九八七年九月（以上『証言　長崎が消えた』、英語版 *Voices of the A-Bomb Survivors* に再録）、安部和枝（井上和枝『小さき十字架を負いて』近代文芸社、一九九五年）、森内マツ（永井隆編『私たちは長崎にいた』）、および著者による和田久子へのインタビュー。土井良郁子は一家八人が一枚の畳に交代で寝たことを永井隆編『原子雲の下に生きて』のなかで綴る。

松本フジエによる妹との寂しい母親の葬儀――永井隆編『私たちは長崎にいた』。

見明健治医師が語る異様な悪臭など新興善救護所の暗澹たる状況――『ナガサキは語りつぐ』。

八月十四日時点で救援に従事していた職員について―― Governor Nagano's "Report No.8. Matters Concerning Air-Raid Damage and Emergency Counter Measures, 8-14-45" in *Effects of the Atomic Bomb on Nagasaki, Japan*, USSBS no.933, p.215.

祈りでおたがいを慰めあう怪我を負ったキリスト教徒被爆者たちについての秋月医師の証言――「人間愛に彩られた一週間」、長崎の証言の会編『地球ガ裸ニナッタ』所収（英訳 *The Light of Morning* 収録）。政府への怒りと新型爆弾から身を守ることができると書かれた新聞記事への疑念――秋月辰一郎『長崎原爆記』。

降伏　八月十五日

ＡＰ通信により報道された日本の降伏に対するアメリカの返答―― "Text of U.S. Reply on Issue of Emperor," *Christian Science Monitor*, August 11, 1945. この返答の文言に関する政府高官の協議―― John Tolanda, *The Rising Sun*〔ジョン・トーランド『大日本帝国の興亡』〕および "Diary Entries for August 10–11, Henry L. Stimson Diary"（document 66）in *The Atomic Bomb and the End of World War II*.

天皇による降伏の決断―― John Tolanda, *The Rising Sun*〔ジョン・トーランド『大日本帝国の興亡』〕。日本の内閣による最後の議論―― "'The Second Sacred Judgment' August 14, 1945"（document 74）, in *The Atomic Bomb and the End of World War II*. その他既述の協議で参照された出典。

日本に対するアメリカによる最後の空爆―― *U.S. Army Air Forces in World War II: Combat Chronology 1941–1945*, compiled by Kit C. Carter, Robert Mueller; Richard Rhodes, *The Making of the Atomic Bomb*〔リチャード・ローズ『原子爆弾の誕生』〕; The Army

Air Forces in WWII, vol.5.

天皇による終戦の詔書の英訳――*Japan: A Documentary History*, vol.2.

降伏に対する軍人と民間人の反応――John Tolanda, *The Rising Sun*〔ジョン・トーランド『大日本帝国の興亡』〕; および John W. Dower, *Embracing Defeat*〔ジョン・ダワー『敗北を抱きしめて』〕。福岡での連合軍捕虜の処刑は以下を参照。Timothy Lang Francis, "'To Dispose of the Prisoners': The Japanese Executions of American Air-Crew at Fukuoka, Japan, During 1945," *Pacific Historical Review* 66:4, November 1997.

長崎における降伏への反応――林津恵はラジオから流れる天皇の詔勅を聞くため、娘の捜索を少し中断したことを久保ミツエ『被爆・いのちの悲録』で語る。松尾敦之は妻を火葬しているとき、降伏を伝えるラジオ放送を聞いたと「日記・原爆前後」、『長崎の証言』第5集、一九七三年（英訳 *Testimonies of the Atomic Bomb Survivors* 所収）で記述。他に安部和枝（井上和枝『小さき十字架を負いて』）、調来助「私の原爆体験記」、長崎大学原爆後障害医療研究所資料収集保存・解析部のウェブサイトにて一九八六年に公開（https://www-sdc.med.nagasaki-u.ac.jp/abcenter/shirabe/index.html. 英訳 *The Light of Morning* 収録）、秋月辰一郎『長崎原爆記』など多くの被爆者証言。

第四章　被爆

放射線被爆と初期の治療

広島・長崎における初期の放射線障害の発症とその後訪れる死――『広島・長崎の原爆災害』とくに第八章。

本章にある医師たちの引用文――塩月正雄は自著『初仕事は〝安楽殺〟だった』（*Doctor at Nagasaki*）において患者の皮膚にあらわれた針の穴ぐらいの紫斑のことや死没者の検死に取り組んだときの詳細を記している。秋月辰一郎の言葉は自著『長崎原爆記』から。調来助の言葉は「私の原爆体験記」、長崎大学原爆後障害医療研究所資料収集保存・解析部のウェブサイト（英訳 *The Light of Morning* 収録）、"Medical Survey of Atomic Bomb Casualties," *The Military Surgeon* 113:4 および調来助「長崎医科大学原爆被災復興日誌」、『原爆復興50周年記念長崎医科大学原爆記録集』一九九六年（英語版 *A Physician's Diary of Atomic Bombing and Its Aftermath*, edited by Filelius R. Kuo は長崎・ヒバクシャ医療国際協力会より二〇〇二年刊）から。

調が実施した最初の調査アンケートとその他資料は、長崎大学原爆後障害医療研究所の資料収集保存・解析部に保管されている。長崎から農村部へ逃れた被災者を救護した永井医師率いる長崎医科大学医療チームについては永井隆『長崎の鐘』日比谷出版社、一九四九年（*The Bells of Nagasaki: A Message of Hope from a Witness, a Doctor*, translated by William Johnston. Kodansha International, 1984）を参照。

原爆の永続的かつ衝撃的な影響を警告する県の通達――『ナガサキは語りつぐ』。Robert Jay Lifton, *Death in Life: The Survivors of Hiroshima*, Random House, 1968〔ロバート・J・リフトン『ヒロシマを生き抜く』桝井迪夫、湯浅信之、越智道雄、松田誠思訳、全二巻、岩波現代文庫、二〇〇九年〕は、原爆投下地では植物が七十年間育たないという噂の出所が広島について述べた化学者ハロルド・F・ジェイコブソンのコメントだったことを突きとめた。同コメントは一九四五年八月八日の米新聞上で報道されたが、すぐに撤回された。

被爆者の証言――青木久枝は姉妹と一緒に遺骨や遺灰が散在する校庭を歩いていたことを青木久枝「死の底からよみがえって」、『原爆体験記　もういやだ』第2集（英訳 *Testimonies of the Atomic Bomb Survivors* 所収）のなかで回想。ある匿名希望男性は日本被団協「原爆被害者調査」資料集2『「あの日」の証言（その2）』（英訳 *The Witness of Those Two Days*, vol.2）のなかで、墓にあった花立ての水を飲んで喉の渇きを癒したと語る。川に浮かんでいた死体に関する深堀美幸の回想――中野道子編『女子学生の長崎原爆の記録――時のかたみに』皓星社、一九九九年（英語版 *Nagasaki Under the Atomic Bomb: Experiences of Young College Girls*, Soeisha/Sanseido, 2000）。

アメリカが知りえた放射線の影響とその否定

原爆投下前にアメリカが放射能の影響を知っていたことの根拠となる、原爆がもたらす致命的な放射線の影響に関するJ・ロバート・オッペンハイマーの発言は下記より引用。"Memorandum from J.R. Oppenheimer to Brigadier General Farrell, May 11, 1945" (document 5) in *The Atomic Bomb and the End of World War II*. スタッフォード・L・ワーレンは下記において原爆放射線が原因の後遺症に対する科学的研究が十分おこなわれなかったと記している。"The Role of Radiology in the Development of the Atomic Bomb" in *Radiology in World War II* (*Medical Department, United States Army*), edited by Leonard D. Heaton, et al., Office of the Surgeon General (Army), 1966. さらに以下も参照。Richard Rhodes, *The Making of the Atomic Bomb*〔リチャード・ローズ『原子爆弾の誕生』〕; *The Atomic Bomb and the End of World War II*（とくに documents 6, 12）; J. Samuel Walker, *Permissible*

Dose: A History of Radiation Protection in the Twentieth Century, University of California Press, 2000; Kenneth D. Nichols, *The Road to Trinity*, William Morrow, 1987.

戦後、アメリカ政府幹部が放射線の影響を否定し軽視してきたことや陸軍省が原爆関連情報の統制維持に躍起になったことは一部学者によって検証されてきた。以下を参照。Laura Hein, Mark Selden, "Commemoration and Silence: Fifty Years of Remembering the Bomb in America and Japan" in their essay collection *Living with the Bomb: American and Japanese Cultural Conflicts in the Nuclear Age*, M. E. Sharpe, 1997; Glenn Hook, "Censorship and Reportage of Atomic Damage and Casualties in Hiroshima and Nagasaki," *Bulletin of Concerned Asian Scholars* 23:1, January-March 1991; Robert Karl Manoff, "Covering the Bomb: Press and State in the Shadow of Nuclear War," in *War, Peace and the News Media, Proceedings, March 18 and 19, 1983*, edited by David M. Rubin, Marie Cunningham, Center for War, Peace and the News Media, 1987; Robert Jay Lifton, Greg Mitchell, *Hiroshima in America: Fifty Years of Denial*, G. P. Putnam and Sons, 1995〔R・J・リフトン、G・ミッチェル『アメリカの中のヒロシマ』大塚隆訳、全二巻、岩波書店、一九九五年〕.

原爆の被害を世界中の人々が知るうえで駐留軍による検閲がおよぼした影響――Monica Braw, *The Atomic Bomb Suppressed*〔モニカ・ブラウ『検閲』〕による豊富な情報提供。米占領下のプレスコード、検閲指示、日本のメディアに対する規制――William J. Coughlin, *Conquered Press: The MacArthur Era in Japanese Journalism*, Pacific Books, 1952; *User's Guide to the Gordon W. Prange Collection Part I: Microform Edition of Censored Periodicals, 1945–1949*〔奥泉栄三郎編『占領軍検閲雑誌目録・解題――メリーランド大学蔵　昭和20年～24年』雄松堂書店、一九八二年〕; "Revised Basic Plan for Civil Censorship in Japan, September 30, 1945," Records of Allied Operational and Occupation Headquarters, World War II, Record Group 331, SCAP GHQ, box 8552 folder 8, National Archives at College Park, MD.

放射線の影響をグローブス将軍が否定したことについては以下を参照。"Japanese Reports Doubted," *New York Times*, August 31, 1945 および William L. Laurence, "U.S. Atom Bomb Site Belies Tokyo Tales," *New York Times*, September 12, 1945. *The Atomic Bomb and the End of World War II* には、グローブスがオークリッジにてリー中佐と交わした会話の写し（document 76）とファーレル准将の広島・長崎から送られた一九四五年九月の報告（documents 77a and 77b）が含まれる。グローブスがアメリカ軍兵士は原爆投下から三十分後に入市できると考えていたことについては Barton J. Bernstein, "An Analysis of 'Two Cultures': Writing About the Making and the Using of the Atomic Bombs," *Public Historian* 12:2（Spring 1990）. グローブスが放射線による死

を「心地よい死」と表現したことについては以下に記された上院での証言を参照。"Atomic Energy, Part 1, Hearings Before the United States Senate Special Committee on Atomic Energy, 79th Congress, 1st Session, November 27–30, December 3, 1945," U.S. Government Printing Office, 1945. グローブスと他の高官はニューメキシコ州アラモゴードでの最初の核実験では明確な放射線の影響はなかったと発言したが、試験場の東数マイルで放射線降下物による高レベルの放射線量が記録され、その付近にいた家畜の毛が抜け落ち、皮膚が損傷した。近年になり保健担当官は、付近での汚染された食品や水の摂取に対する研究がこれまで十分に実施されず、地域住民の全体的な被爆レベルに影響をおよぼした可能性があることを認めた。二〇一四年、アメリカ国立癌研究所は報告された付近の異常に高い癌発症率とトリニティテスト後の住民の被爆とが関係しているか否かの追跡調査を開始した。以下を参照。Dan Frosch, "Decades After Nuclear Test, U.S. Studies Cancer Fallout," *Wall Street Journal*, September 15, 2014.

アメリカ人記者ジョージ・ウェラーによって書かれた戦後間もない長崎の記事が二〇〇二年、息子のアンソニー・ウェラーによって発見され出版された—— *First into Nagasaki: The Censored Eyewitness Dispatches on Post-Atomic Japan and Its Prisoners of War*, Crown Publishers, 2006.〔『ナガサキ昭和20年夏——GHQが封印した幻の潜入ルポ』小西紀嗣訳、毎日新聞社、二〇〇七年〕

オーストラリア人記者ウィルフレッド・バーチェットによる広島からの最初の記事とファーレルとの対峙については彼の著書 *Shadows of Hiroshima*, Verso, 1983 から。

アメリカ側の判断とは異なり、日本の高官が爆心地付近に住んでいた人たちへの残留放射線の影響を懸念していたこと—— "Report on Damage in the City of Nagasaki Resulting from the Atomic Air Raid, 10-3-45, Commander in Chief, Sasebo Naval District" in *Effects of the Atomic Bomb on Nagasaki, Japan*, USSBS report no.93:3.

さまざまなアメリカ軍およびアメリカ科学調査チームが一九四五年秋に長崎で実施した調査の結果—— United States Army Corps of Engineers, Manhattan District, *The Atomic Bombings of Hiroshima and Nagasaki*; *Medical Effects of the Atomic Bomb in Japan*, edited by Ashley W. Oughterson, Shields Warren, a condensed version of the six-volume report of the Joint Commission for the Investigation of the Effects of the Atomic Bomb in Japan, McGraw-Hill, 1956; the reports of the United States Strategic Bombing Survey（Pacific Survey）.

USSBS撮影班ディレクター、ダニエル・A・マクガバンは日本映画社が撮影したフィルムが価値あるものだと主張

——"Memo, Lt. Daniel A. McGovern to Lt. Commander William P. Woodward, December 29, 1945," Production Materials from *The Effects of the Atomic Bomb on Hiroshima and Nagasaki*, edited by Abé Mark Nornes, University of Michigan Center for Japanese Studies Publications, accessed 2013, https://www.cjspubs.lsa. umich.edu/electronic/facultyseries/list/series/production.php. アメリカ側によるこのフィルムの不当な押収に関するその他詳細は Abé Mark Nornes, "Suddenly There Was Emptiness" in *Japanese Documentary Film: The Meiji Era Through Hiroshima*, University of Minnesota Press, 2003; Erik Barnouw, "Iwasaki and the Occupied Screen," *Film History* 2:4, November-December 1988; Greg Mitchell, *Atomic Cover-up: Two U.S. Soldiers, Hiroshima & Nagasaki, and The Greatest Movie Never Made*, Sinclair Books, 2011.

占領下の長崎　一九四五年秋冬

連合軍捕虜シド・バーバーが長崎の破壊の光景を見たときの回想——Hugh V. Clarke, *Twilight Liberation: Australian Prisoners of War Between Hiroshima and Home*, Allen & Unwin, 1985. その他解放された捕虜に関する記述は『証言　長崎が消えた』および Jack Fitzgerald, *The Jack Ford Story*; Brian MacArthur, *Surviving the Sword: Prisoners of the Japanese in the Far East, 1942–45*, Random House, 2005; Gavan Daws, *Prisoners of the Japanese: POWs of World War II in the Pacific*, William Morrow, 1994; Benedict R. Harris, Marvin A. Stevens, "Experiences at Nagasaki, Japan," *The Connecticut State Medical Journal* 9:12, December 1945.

占領軍兵士の引用文——Rudi Bohlmann, interview with Curt Nickisch on *All Things Considered*, NPR, August 9, 2007; Keith B. Lynch in *World War II Letters*, edited by Bill Adler, St. Martin's Press,2002. ジョージ・L・クーパー中尉による「誰もかれもが見たくてたまらず」爆心地へと一目散で入ったことに関する回想——Charles R. Smith, "Securing the Surrender: Marines in the Occupation of Japan," World War II Commemorative Series, Marine Corps Historical Center, 1997. 長崎港に到着する占領軍兵士を映した映像——*Nagasaki Journey*, produced by Judy Irving, Chris Beaver, Independent Documentary Group, 1995.

占領下における総体的な日本人の経験に関する豊富な情報——John W. Dower, *Embracing Defeat*〔ジョン・ダワー『敗北を抱きしめて』〕。長崎の占領に関する追加参考資料——Charles R. Smith, "Securing the Surrender; *Reports of General MacArthur: MacArthur in Japan: The Occupation: The Military Phase*, Vol.1 Supp., U.S. Department of the Army, 1966, reprinted by the U.S. Army Center for Military History, 1994, last updated December 11, 2006. http://www.history.army.mil/books/wwii/MacArthur%20Reports/MacArthurR.htm.; Brian Burke-Gaffney, *Nagasaki*.

長崎における占領軍の動向や活動に関する重要な内容—— U.S. Nuclear Test Personnel Review（NTPR）program of the Defense Threat Reduction Agency（formerly the Defense Nuclear Agency）によって作成された報告書。電離放射線による健康のリスクに対するアメリカ退役軍人の懸念に応えて、占領時に広島や長崎で任務に就いていた軍関係者、両市で抑留されていた捕虜、一九六〇年代初頭を通じて大気核実験に参加していた職員を含む被爆リスクが伴う活動に従事した軍関係者に推定被爆値を報告するために一九七七年、NTPRが発足した。占領時代に従事していた退役軍人に関しては、報告書によって両市の任務に就いていた兵士の活動や場所と、被爆の可能性について最悪のケースを想定しておくため、一九四五年秋にアメリカ人科学者によって測定された値とを相関させたデータの概要が示された。NTPRの分析では残留放射線レベルは健康を害すほど高レベルではないと結論づけたが、退役軍人に対する追跡調査はその後おこなわれることがなく、多くの退役軍人は復員軍人省を通じて傷害賠償請求を引きつづき求めている。以下を参照。United States Defense Threat Reduction Agency,"Fact Sheet: Hiroshima and Nagasaki Occupation Forces," Nuclear Test Personnel Review Program, Sept. 2007, updated 2015. http://www.dtra.mil/Portals/61/Documents/NTPR/1-Fact_Sheets/NTPR_Hiroshima_Nagasaki.pdf.; W. McRaney, J. McGahan, *Radiation Dose Reconstruction: U.S. Occupation Forces in Hiroshima and Nagasaki, Japan 1945–1946*, U. S. Defense Nuclear Agency, August 6, 1980, http://www.dtra.mil/Home/NuclearTestPersonnelReview/NTPRRadiationExposureReports.aspx. 退役軍人側の意見は以下を参照。Harvey Wasserman et al., *Killing Our Own The Disaster of America's Experience with Atomic Radiation*, Dell Publishing Co., 1982; John D. Bankston, *Invisible Enemies of Atomic Veterans*, Trafford Publishing, 2003.

アトムボウル（原爆フットボール大会）——"Atom Bowl Game Listed," *New York Times*, December 29, 1945; "Omanski Tops Bertelli in 1st Atom Bowl," *Washington Post*, January 3, 1946; John D. Lukas, "Nagasaki, 1946 Football Amid the Ruins," *New York Times*, December 25, 2005.

写真家林重男による長崎での撮影時の経験——長崎放送サイト「平和と長崎」。

アメリカによる占領時の医療支援—— Richard B. Berlin, "Impressions of Japanese Medicine at the End of World War II," *Scientific Monthly* 64:1, 1947; J. S. P. Beck, W. A. Meissner, "Radiation Effects of the Atomic Bomb Among the Natives of Nagasaki, Kyushu," *American Journal of Clinical Pathology* 6; *Effects of the Atomic Bombs on Health and Medical Services in Hiroshima and Nagasaki*, USSBS report no.13; Benedict R. Harris and Marvin A. Stevens, "Experiences at Nagasaki, Japan," *The Connecticut State Medical Journal* 9:12, December 1945.

ジョー・オダネルの写真と個人体験は自身の著書に掲載——*Japan 1945: A U.S. Marine's Photographs from Ground Zero*, Vanderbilt University Press, 2005.“A Straight Path Through Hell,” *American Heritage Magazine* 56:3, June-July 2005.

被爆者による占領時初期の回想（占領軍兵士の優しさ）——橋本寛（『母と銀めし』）、菊池司（『手よ語れ』）の証言。ミチエ・ハットリ・バーンスタインの証言——“Eyewitness to the Nagasaki Atomic Bomb Blast,” *WWII Magazine*, July-August 2005, published on historynet.com, June 12, 2006, http://www.historynet.com/michie-hattori-eyewitness-to-the-nagasaki-atomic-bomb-blast.htm. 内田伯による占領軍のブルドーザーについての証言——Monica Braw, *The Atomic Bomb Suppressed*〔モニカ・ブラウ『検閲』〕。江頭千代子は「暗黒と受難の記憶から——城山小学校閉校の日まで」（『長崎の証言１９７０』、英訳 *Testimonies of the Atomic Bomb Survivors* 所収）のなかでおたがいに励ましあっていた生徒たちのことを回想。その他——Chad R. Diehl, “Resurrecting Nagasaki: Reconstruction, the Urakami Catholics, and Atomic Memory, 1945–1970,” Ph.D. dissertation, Columbia University, 2011.

被爆者にとっての記念行事や記念品について——永井茅乃（永井隆編『私たちは長崎にいた』）、永井隆『長崎の鐘』、下平作江（ロバート・リクターのドキュメンタリー映画 *The Last Atomic Bomb*）、糸永ヨシ「あと始末」、『純女学徒隊殉難の記録』純心女子学園、一九六一年（同書抄訳英語版 *A Resurrection*, 長崎純心大学、二〇〇六年所収）。オオクボ・イツコは息子の思い出にと残骸のなかから制服の切れ端を集めたことをジュディ・アービング、クリス・ビーヴァー制作のドキュメンタリー映画 *Nagasaki Journey* のインタビューで語る。永井隆ほかによれば、浦上天主堂でおこなわれた一九四五年十一月の追悼ミサでは死亡したカトリック教徒八千人を追悼した。ただし一万人近かったと書かれた他の参考資料もある。以下を参照。奥山倫明「長崎原爆に対する宗教的レスポンス」、「南山宗教文化研究所・研究所報」三十七号および『広島・長崎の原爆災害』二八五ページ（英語版三八二ページ）。

第五章　動かぬ時

一九四六年初頭の長崎

アメリカ戦略爆撃調査団（ＵＳＳＢＳ）は民間防衛や、医療・経済・軍事調査を含め連合軍による日本への空爆の影響調査に関する百以上の報告書を作成した。アメリカ軍の将来的な発展推進という目的の記述―― *Summary Report: Pacific War*, USSBS report no.1 および長崎に特定した調査団の同報告 no.2, 3, 5, 13, 14, 59, 93.

ＵＳＳＢＳが長崎で撮影したフィルムに関する背景情報（米陸軍航空隊ハーバート・スザン少尉と同ダニエル・マクガバン中尉とのインタビューを含む）―― Greg Mitchell, *Atomic Cover-up*.「なんの情報も心構えもなしに荒れ果てた破壊の跡に遭遇」と「照明のスイッチを入れたとたん体が震えた」を含め、スザンの巨大な墓場のようだったという感想―― Dave Yuzo Spector, "38 Years After Nagasaki, A Chronicler of the Horror Returns to an Unfaded Past," *Chicago Tribune*, January 5, 1984.

国立大村病院に入院中の谷口を映したＵＳＳＢＳのフィルム―― Video No.342-USAF-11002, "Medical Aspect, 11/19/1945–02/04/1946," Records of U.S. Air Force Commands, Activities, and Organizations, Record Group 342, Moving Images Relating to Military Aviation Activities, National Archives at College Park, MD. デジタルコピーは Online Public Access catalog（identifier 64449）www.archives.gov/research/search で閲覧可能。谷口の映像は 18:30 が表示されるあたりから映し出される。

医師たちには「確かな治療法がなかった」という谷口の回想――スティーブン・オカザキのドキュメンタリー映画 *White Light/ Black Rain* のインタビュー。

停滞が続いた戦後の日本経済や食料不足、長崎の人口推移や占領軍の動き――とくに John W. Dower, *Embracing Defeat*〔ジョン・ダワー『敗北を抱きしめて』〕を含め第四章の関連出典。

薪を探しに行った女性が人骨を持ち帰ったときの内田伯による回想――自身の証言「被爆三十五周年・わが町の原点」、季刊「長崎の証言」第８号、一九八〇年八月。

胎児期に放射線被曝した子供たちの出産――廣瀬方人「原爆の放射線による小頭症の子供を持つ親たち」と長崎新聞の一九八五年の連載記事「今を生きる被爆者たち・原爆小頭症」（英訳 *Testimonies of the Atomic Bomb Survivors* 所収）、James N. Yamazaki with Louis B. Fleming, *Children of the Atomic Bomb: An American Physician's Memoir of Nagasaki, Hiroshima, and the Marshall Islands*, Duke University Press, 1995〔ジェームス・N・ヤマザキ、ルイス・B・フレミング『原爆の子どもたち――長崎、広島、マーシャル諸島でのあるアメリカ人医師の回顧録』青木克憲、青木久男訳、ブレーン出版、一九九七年〕.

戦後の苦難についての証言――二〇一一年の著者によるインタビューで、深堀好敏は結核になってもビタミン剤と安静にしているだけの治療法しかなかったことを語る。宮崎美登利は二〇〇九年のインタビューで一足の靴を兄弟で交代に履いたことを回想。以下も参照。日本被団協「原爆被害者調査」資料集３『被爆者の死（その１）』（*The Deaths of Hibakusha*

Vol.1)、向井美穂子「よみがえる幼い日の地獄——二十五年ぶりの長崎に立って」、「季刊ヒロシマ・ナガサキの証言」第四号、一九八二年十一月（『証言　長崎が消えた』、英語版 *Voices of the A-Bomb Survivors* に再録）。

学校の再開について語る教師の証言——江頭千代子は「暗黒と受難の記憶から——城山小学校閉校の日まで」（『長崎の証言1970』）、荒川秀男は『長崎原爆　学校被災誌』（「原爆殉難教え子と教師の像」維持委員会、一九八四年）第II章第一節1「城山国民学校」のなかでそれぞれ回想（ともに英訳 *Testimonies of the Atomic Bomb Survivors* 所収）。新木照子「子供たちと私」（永井隆編『原子雲の下に生きて』）、林英之「山里国民学校廃墟の中から」（『原爆体験記　もういやだ』第2集、英訳 *The Light of Morning* 所収）。

アメリカによる検閲

占領下の日本の変化——John W. Dower, *Embracing Defeat*〔ジョン・ダワー『敗北を抱きしめて』〕; Ian Buruma, *Inventing Japan*〔イアン・ブルマ『近代日本の誕生』〕; Andrew Gordon, *A Modern History of Japan: From Tokugawa to the Present*〔アンドルー・ゴードン『日本の200年——徳川時代から現代まで』森谷文昭訳、全二巻、みすず書房、二〇〇六年〕; Marius Jansen, *The Making of Modern Japan*; Herbert P. Bix, *Hirohito and the Making of Modern Japan*〔ハーバート・ビックス『昭和天皇』〕; Edwin O. Reischauer, *Japan*〔『ライシャワーの日本史』〕

日本の新憲法——国会図書館電子展示会「日本国憲法の誕生」。http://www.ndl.go.jp/constitution/

民間検閲局（CCD）の規則や活動——Monica Braw, *The Atomic Bomb Suppressed*〔モニカ・ブラウ『検閲』〕; *Reports of General MacArthur*, vol.1 supp., chap.8. 映画への制約については以下を参照。Hiroshi Kitamura, *Screening Enlightenment: Hollywood and the Cultural Reconstruction of Defeated Japan*, Cornell University Press, 2010〔北村洋『敗戦とハリウッド——占領下日本の文化再建』名古屋大学出版会、二〇一四年〕

長崎の周年原爆忌について——同盟通信社の記者松野秀雄は、国立広島・長崎原爆死没者追悼平和祈念館「平和情報ネットワーク」（https://www.global-peace.go.jp/）のビデオ証言（一九九三年収録）のなかで、長崎市が周年死没者追悼祈念日を平和復興記念日と名づけた経緯と占領下の検閲について説明している。式典が償いを要求する手段として利用され、戦争に対する罪悪感を日本人の心に植えつけようとするアメリカ側の宣伝計画に悪影響を与えてしまうという理由から占領軍当局が原爆祈念式典に反対したという記述——"Memo: 'Nagasaki Ceremony,' H.G.S. to SCAP-GHQ, August 2, 1948," Record

Group 5, MacArthur Memorial Library and Archives, Norfolk, VA.

石田雅子の回顧録が戦争の傷口を広げるとしたCCDによる懸念—— Monica Braw, *The Atomic Bomb Suppressed*〔モニカ・ブラウ『検閲』〕.

長崎は戦争の罪を償うために選ばれたという永井の考え——永井隆『長崎の鐘』。マニラでおこなわれた拷問について書かれた『長崎の鐘』巻末付録の詳細—— Monica Braw, *The Atomic Bomb Suppressed*〔モニカ・ブラウ『検閲』〕; Sadao Kamata, "Nagasaki Writers: The Mission" in *Literature Under the Nuclear Cloud*, edited by Narihiko Ito et al., Sanyusha Shuppan, 1984.

医学研究・調査に対する検閲—— Sey Nishimura, "Medical Censorship in Occupied Japan, 1945–1948," *Pacific Historical Review* 58:1, February 1989; Sey Nishimura, "Promoting Health in American-Occupied Japan," *American Journal of Public Health* 99:8, August 2009; M. Susan Lindee, "The Repatriation of Atomic Bomb Victim Body Parts to Japan: Natural Objects and Diplomacy," *Osiris*（The History of Science Society）13, 1998. 塩月正雄医師は『初仕事は〝安楽殺〟だった』（*Doctor at Nagasaki*）において長崎の経験についての発表をおこなう際に警告を受けたことを記述。

アメリカ国民の原爆投下に対する反応—— Michael J. Yavenditti, "The American People and the Use of Atomic Bombs on Japan: The 1940s," *Historian* 36:2, February 1974; Robert Jay Lifton, Greg Mitchell, *Hiroshima in America*〔R・J・リフトン、G・ミッチェル『アメリカの中のヒロシマ』〕; Laura Hein, Mark Selden, "Commemoration and Silence" in *Living with the Bomb*.

アメリカのメディアが原爆について報道する際に自国の科学的成果を強調したことは、ニューヨーク・タイムズ紙に籍を置きながらもマンハッタン計画に雇われ、原爆開発に関するプレスリリースを独占的に書いていたウィリアム・L・ローレンス記者の文書に象徴されている。彼は大げさに美化されて書かれた長崎原爆投下についての記事（随伴機グレートアーティストの機上で絶好のポイントから原爆投下を取材できた）と十回にわたる原爆シリーズでピューリッツァー賞を受賞。彼が担った米陸軍省の代弁者としての役割—— Robert Jay Lifton, Greg Mitchell, *Hiroshima in America*〔R・J・リフトン、G・ミッチェル『アメリカの中のヒロシマ』〕; Robert Karl Manoff, "Covering the Bomb" in *War, Peace and the News Media, Proceedings, March 18 and 19, 1983*; Amy Goodman, David Goodman, "Hiroshima Cover-up: How the War Department's Timesman Won a Pulitzer Prize" at commondreams.org, August 10, 2004.

アメリカ側の原爆に対する反対意見—— A. J. Muste, "Has It Come to This" and Norman Cousins, "The Literacy of Survival," reprinted in *Hiroshima's Shadow*, edited by Kai Bird, Lawrence Lifschultz. 原爆投下の必要性に対するハルゼー海軍大将の疑問はAP

通信社の特電で報道された。たとえばワシントン・ポスト紙一九四六年九月十一日の社説。その他新聞に掲載された原爆使用を懸念する意見は以下。Lewis Mumford, "Gentlemen: Are You Mad!" in the *Saturday Review of Literature*, March 2, 1946; the Federal Council of Churches, "Atomic Warfare and the Christian Faith". これら記事の抜粋やその他資料は *Hiroshima's Shadow* に収録されている。以下も参照。Father John A. Siemes, "From Hiroshima A Report and a Question," *Time*, February 11, 1946; Robert DeVore, "What the Bomb Really Did," *Collier's*, March 2, 1946; 物理学者フィリップ・モリソンを含むロスアラモスにいた科学者たちの見解は以下。*New Republic*, February 1946, R. E. Marshak et al., "Atomic Bomb Damage — Japan and USA," *Bulletin of the Atomic Scientists*, May 1, 1946.

一九四六年六月に発表されたＵＳＳＢＳの概要報告によって、原爆使用への国民の支持が危ぶまれているとアメリカ指導部が懸念を抱くようになった可能性がある。ＵＳＳＢＳは日本の軍事力や経済力が一九四五年には弱体化していたため、原爆が投下されなかったとしても同年末を待たずに日本は降伏していたかもしれないと主張した。しかしＵＳＳＢＳの調査データによって結果的にこのことが実証されることはなかった。この判断に関する分析── Barton J. Bernstein, "Compelling Japan's Surrender Without the A-Bomb, Soviet Entry, or Invasion: Reconsidering the US Bombing Survey's Early-Surrender Conclusions," *Journal of Strategic Studies* 18:2, 1995.

ジョン・ハーシーの『ヒロシマ』は一九四六年八月三十一日の「ニューヨーカー」誌に掲載された〔『ヒロシマ〔増補版〕』石川欣一、明田川融、谷本清訳、法政大学出版局、二〇〇三年〕。ブック・オブ・ザ・マンス・クラブのハリー・シャーマン会長による称賛の引用は Charles Poore, "'The Most Spectacular Explosion in the Time of Man'," *New York Times*, November 10, 1946 より。『ヒロシマ』に対する占領軍検閲側の反応── Monica Braw, *The Atomic Bomb Suppressed*〔モニカ・ブラウ『検閲』〕。その他『ヒロシマ』の影響について── Michael J. Yavenditti, "John Hersey and the American Conscience: The Reception of 'Hiroshima'," *Pacific Historical Review* 43:1, February 1974.

アメリカ政権側の正式見解── Karl T. Compton, "If the Atomic Bomb Had Not Been Used," *Atlantic Monthly* 178:6 , December 1946 および Henry L. Stimson, "The Decision to Use the Atomic Bomb," *Harper's Magazine* 194:1161, February 1947. コンプトンの状況分析に同意したトルーマン大統領の手紙は *Atlantic Monthly* 179:1, February 1947 に掲載。

原爆使用に関わるアメリカ側の正式評価の確立── Barton J. Bernstein, "Seizing the Contested Terrain of Early Nuclear History" in *Hiroshima's Shadow*, edited by Kai Bird, Lawrence Lifschultz のなかで十分に検証。原爆使用の決定に関わる論理を再構築し

ようとする学者たちの試みの概要—— J. Samuel Walker, "Historiographical Essay: Recent Literature on Truman's Atomic Bomb Decision: A Search for Middle Ground," *Diplomatic History* 29:2, April 2005. バーンスタインは専門家として、リーダーたちが主張したまぎらわしい多くの推定死傷者数（原爆投下でなく日本へ上陸した場合の）に対する分析を以下でおこなっている。"Reconsidering Truman's Claim of 'Half a Million American Lives' Saved by the Atomic Bomb: The Construction and Deconstruction of a Myth," *Journal of Strategic Studies* 22:1, 1999.

原爆投下を擁護するアメリカ指導部の引用——ハーバード大学学長で暫定委員会メンバーのジェイムズ・コナントは、原爆投下に異を唱える人々は歴史を歪めるとの懸念をハーヴィー・バンディ宛一九四六年九月二十三日付書簡で伝えている（ハーバード大学古文書記録）。スティムソンの一九四七年の記事に関連する引用は、イェール大学図書館古文書記録にあるヘンリー・スティムソン関連マイクロフィルムに収められている—— Felix Frankfurter to Stimson, 12-16-46（reel 116）; James Byrnes to Stimson, 1-28-47（reel 116）; McGeorge Bundy to Stimson, 2-18-47（reel 117）. バートン・ジェイ・バーンスタインらが述べているように、マクジョージ・バンディは後年 *Danger and Survival*, Random House, 1988 のなかで、原爆投下決定に関わる論文にある真実とはいえない意図的な論拠や事実の省略によって、トルーマンやその顧問たちが原爆投下について深慮したとアメリカ国民が思いこまされたという遺憾の思いを述べている。

長崎　一九四六年後半—一九四八年

うつ伏せになり、死の淵で激しい痛みに耐えていたという谷口の言葉——未公刊スピーチ原稿（一九八六年および二〇〇年）。本人よりスピーチ原稿コピーと国立大村病院診療記録を提供された。

塩月医師は『初仕事は〝安楽殺〟だった』（*Doctor at Nagasaki*）のなかで、治癒が困難な被爆者のケロイドの傷跡を溶岩のようだと記述。

原爆による精神的な影響——『広島・長崎の原爆災害』十二章と Robert Jay Lifton, *Death in Life*〔ロバート・J・リフトン『ヒロシマを生き抜く』〕。多くの被爆者証言のなかで精神的トラウマに対する思いが語られている。日本被団協による一九八五年調査に答えた男性は、娘の遺骨を前になぜ自分だけが生き残ったのかと自問していたと語る（『日本被団協「原爆被害者調査」資料集3『被爆者の死（その1）』（英語版 *The Deaths of Hibakusha*, Vol.1）。

ビクター・デルノア中佐—— Lane R. Earns, "Victor's Justice: Colonel Victor Delnore and the U.S. Occupation of Nagasaki," *Cross-*

roads 3, Summer 1995. http://www.uwosh. edufaculty_staffearnsdelnore.html. デルノアは自身の目的を「人々を目覚めさせること」だと語る—— Mary Frain, "Gentle Warrior Saw Beyond Bombs/Brought Compassion to Nagasaki Job," *Telegram and Gazette*（Worcester, MA）, August 13, 1995. 彼は身元不明者の遺骨を奉納する仏教僧による追悼式のことを家族宛手紙に記述—— *Victor's War: The World War II Letters of Lt. Col. Victor Delnore*, edited by Patricia Delnore Magee, Turner, 2001. 石田雅子の本の出版を支持する検閲局へ宛てたデルノアの覚え書—— Monica Braw, *The Atomic Bomb Suppressed*〔モニカ・ブラウ『検閲』〕.

ウィンフィールド・ニブロとフォークダンス—— Lane R. Earns, "'Dancing People Are Happy People': Square Dancing and Democracy in Occupied Japan," *Crossroads* 2, Summer 1994. 以下も参照。"Yank Teaches Square Dance to 20,000 Japs in Nagasaki," *Reading Eagle*（Reading, PA）, September 7, 1947; "Japs Adopting Our Democratic Square Dances," *Milwaukee Journal*, April 14, 1949.

自殺についての被爆者証言——カトリック教徒の被爆者、深堀悟は不平を言わずに受け入れる覚悟をしたことをスティーブン・オカザキのドキュメンタリー映画 *White Light/ Black Rain* のなかで語る。夫が自殺を試みたときの橋本トヨミの証言——「残酷に引き裂かれた平和な家庭」、『ピース・フロム・ナガサキ——戦争を知らない世代へ3　長崎編』（英訳は *Cries for Peace: Experiences of Japanese Victims of World War II*, Japan Times, 1978 に収録）。その他は以下を参照。山口仙二（藤崎真二『灼かれてもなお』）、久間ヒサ子「全身に光と火の塊りを」『長崎の証言』第8集、一九七六年、永瀬カズ子「生きてきた二十九年」、『長崎の証言』第6集、一九七四年（ともに『証言　長崎が消えた』、英語版 *Voices of the A-Bomb Survivors: Nagasaki* に再録）、小峰秀孝（二〇一〇年五月、国連本部での原爆展（A Message to the World from Hiroshima and Nagasaki）展示パネル）、朝日新聞デジタル「広島・長崎の記憶〜被爆者からのメッセージ」収録の各種証言、および下平作江 "In the Words of an Atomic Bomb Survivor," translater by Brian Burke-Gaffney, *Crossroads* 3, Summer 1995.

堂尾が語る長い隠遁生活中の絶望感——堂尾みね子『生かされて、生きて』。

被爆者による死者を追悼する方法——学校での式典については江頭千代子「暗黒と受難の記憶から——城山小学校閉校の日まで」、『長崎の証言１９７０』（英訳 *The Light of Morning* 所収）、糸永ヨシ「あと始末」、『純女学徒隊殉難の記録』純心女子学園、一九六一年（同書抄訳英語版 *A Resurrection*, 長崎純心大学、二〇〇六年所収）。林津恵は娘を追悼するため、桜の木を城山小学校に植えた——久保ミツエ『被爆・いのちの悲録』の「嘉代子桜」および Robert Del Tradici, "Tsue Hayashi" in *At Work in the Fields of the Bomb*, Harper & Row, 1987.

辻本一二夫を含む山里小学校生徒たちの証言——永井隆編『原子雲の下に生きて』。辻本の証言の英訳は *Living Beneath the Atomic Bomb* にくわえ *The Atomic Bomb Voices from Hiroshima and Nagasaki*, edited by Kyoko Selden, Mark Selden, East Gate Book, 1989 でも別訳で収録されている。

第六章　浮揚

長崎の復興　一九四八―四九年

谷口の言葉。ふたたび歩行可能となった喜び――『水ヲ下サイ――広島と長崎の証言』原爆体験を伝える会、一九七二年（同会による英語版、袖井林二郎訳 *GIVE ME WATER: Testimonies of Hiroshima and Nagasaki*, 1972）。生き返ったという谷口の思い――Imada Lee, "Bomb Victims' Stories Reach into the Heart," *Maui News*, September 20, 1987（『米・中記者の見たヒロシマ・ナガサキ』第9集（*Hiroshima and Nagasaki through the eyes of the Foreign Journalists*, 広島国際文化財団、一九八八年。邦訳併記）。退院を前にした谷口の不安や恐れについては谷口稜曄「思い起して二十五年」、『原爆体験記　もういやだ』第2集（英訳 *The Light of Morning* 所収）。

戦後長崎に訪れた復興の兆し――『広島・長崎の原爆災害』第十一章。John W. Dower, *Embracing Defeat*〔ジョン・ダワー『敗北を抱きしめて』〕; Andrew Gordon, *A Modern History of Japan*〔アンドルー・ゴードン『日本の２００年』〕; Katarzyna Cwiertka, "Beyond the Black Market: Neighborhood Associations and Food Rationing in Postwar Japan" in *Japan Since 1945: From Postwar to Post-Bubble*, edited by Christopher Gerteis, Timothy S. George, Bloomsbury Academic, 2013.

占領統制の緩和――*The Reports of General MacArthur*, vol.1 supp.; Lindesay Parrott, "Japanese to Get Added Authority," *New York Times*, August 16, 1949; Monica Braw, *The Atomic Bomb Suppressed*〔モニカ・ブラウ『検閲』〕.

聖フランシスコ・ザビエルの日本到着後四百年を記念する祭典その他――香田富臣による証言（永井隆編『原子雲の下に生きて』）、"Nagasaki Plans Fete," *New York Times*, March 6, 1949; "Over 100,000 Japanese in Atom-Bombed City Honour Francis Xavier," *Catholic Herald*, June 3, 1949; "The Arm of St. Francis Xavier," *Life*, June 27, 1949.

長崎の教師新木照子は「子供たちと私」（永井隆編『原子雲の下に生きて』所収）のなかで修復された教室から漂う新しい木材の香りを回想し、親を亡くした子供たちについて綴る。同書はもうひとりの教師大井龍夫の証言「その頃、この頃」も含む。

永井隆の引用文――「飢え渇きつつこの道をゆくとき……」は『長崎の鐘』より。永井は自分たちが戦争へ加担したことを自書『花咲く丘』日比谷出版社、一九四九年（永井隆記念館より英語抄訳提供）のなかで糾弾。永井は原爆のことを編著『私たちは長崎にいた』のなかで戦争予防の種痘とたとえた。その他、永井が「長崎の聖人」として与えた影響――John W. Dower, *Embracing Defeat*〔ジョン・ダワー『敗北を抱きしめて』〕; Rachelle Linner, *City of Silence: Listening to Hiroshima*, Orbis Books, 1995; Chad R. Diehl, "Resurrecting Nagasaki," Ph.D. dissertation; Sadao Kamata, Stephane Salaff, "The Atomic Bomb and the Citizens of Nagasaki," in *Bulletin of Concerned Asian Scholars* 14:2. 映画『長崎の鐘』の編集と検閲――Hiroshi Kitamura, *Screening Enlightenment*〔北村洋『敗戦とハリウッド』〕

永井の発言に対する被爆者の反応――今村政子は『原子雲の下に生きて』のなかで原爆は神の愛の摂理だと記述。ある生存者（匿名希望）は、信仰を持たない人たちは「苦しみに耐えることはできなかった」と語る――Nicholas D. Kristof, "Through Survivors' Tales, Nagasaki Joins Japan's Timeless Folklore," *New York Times*, August 9, 1995. ポール・グリン神父は永井のメッセージに影響を受け改宗した被爆者について語る（*A Song for Nagasaki: The Story of Takashi Nagai — Scientist, Convert, and Survivor of the Atomic Bomb*, Ignatius Press, 2009）。

秋月医師が感じた修道女たちの信仰に対する歯がゆさと故意にばかげた戦争を続けた政府への苛立ち――秋月辰一郎『長崎原爆記』。「戦災者根性」を拭い去ろうという決断と湯江での体験――山下昭子『夏雲の丘――被爆医師・秋月辰一郎』改訂版、長崎新聞社、二〇〇六年（本書著者のため英訳）。

数年経ってから発症しはじめた症状――『広島・長崎の原爆災害』（とくに第九章）、*Radiation Effects Research Foundation: A Brief Description*, Radiation Effects Research Foundation, 2008; James N. Yamazaki, *Children of the Atomic Bomb*〔ジェームス・N・ヤマザキほか『原爆の子どもたち』〕; Evan B. Douple et al., "Long-Term Radiation-Related Health Effects in a Unique Human Population: Lessons Learned from the Atomic Bomb Survivors of Hiroshima and Nagasaki," *Disaster Medicine and Public Health Preparedness* 5:S1, 2011.

ある被爆者（匿名希望）は兄の検死結果が白血病だったことを証言――日本被団協「原爆被害者調査」資料集4『被爆者の死（その2）――昭和21年からの40年』日本原水爆被害者団体協議会、一九八九年（英語版 *The Deaths of Hibakusha*, Vol.2, 1991）。

あざけりや差別の言葉を受けたという多くの被爆者の体験――小峰秀孝による二〇一〇年、国連本部での原爆展展示パネル、橋本トヨミとオオカワ・マサコによる証言――*Cries for Peace*, compiled by the Youth Division of Soka Gakkai. その他――『広島・長崎の原爆災害』。

仕事上での差別や就職のむずかしさ――『広島・長崎の原爆災害』十一章、Shinji Takahashi, "The Hibakusha: The Atomic Bomb Survivors and Their Appeals" in *Appeals from Nagasaki: On the Occasion of SSD-II and Related Events*, edited by Shinji Takahashi（長崎「原爆問題」研究普及協議会、一九九一年）; Monica Braw, "Hiroshima and Nagasaki: The Voluntary Silence" in *Living with the Bomb*, edited by Laura Hein, Mark Selden, M. E. Sharpe, 1997.

原爆傷害調査委員会（ＡＢＣＣ）

堂尾のＡＢＣＣでの体験――堂尾みね子『生かされて、生きて』。家族の許可を得て、堂尾の診断記録がアメリカ保健医療博物館、オーティス歴史文書記録の原爆資料コレクション内にあることを突きとめた。コレクションには谷口と吉田の医療記録も存在する。

被爆者とＡＢＣＣとの関係やＡＢＣＣの治療をおこなわない方針についての優れた調査研究文献はＭ・スーザン・リンディの以下の著書・論考を参照。M. Susan Lindee, *Suffering Made Real*; "Atonement: Understanding the No-Treatment Policy of the Atomic Bomb Casualty Commission," *Bulletin of the History of Medicine* 68:3 , Fall 1994, "The Repatriation of Atomic Bomb Victim Body Parts to Japan," *Osiris* 13, 1998. スーザン・リンディは *Suffering Made Real* のなかで、自分がインタビューしたＡＢＣＣ遺伝学プログラムの幹部ジェイムズ・Ｖ・ニールやウィリアム・Ｊ・シュールその他のＡＢＣＣ職員が、彼女の指摘したＡＢＣＣに対する意見には賛成しなかったと認めている（彼らはＡＢＣＣの研究方法におよぼす政治的、社会的懸念の影響をリンディが強調しすぎていると指摘した）。これに対しリンディは「ニールや彼の同僚が思いきって中立的な立場（言語、文化、歴史が介在しない、いわゆる学校教育の過程にあるような理想的な科学研究の領域）で研究をおこなおうと奮闘したとは思わない。私の主張はそのような中立的な領域は誰にとっても、いかなるときにも存在しないという前提にもとづき成り立っている」と述べている。本書では、被爆者によるＡＢＣＣ研究への参加に関して被爆者が抱いたもっとも深刻な不安や懸念の一部をとらえようとした。

ＡＢＣＣの設立について――Colonel Ashley W. Oughterson's August 1945 memo in *Medical Effects of Atomic Bombs*, vol.I, app. 1

(1). 以下も参照。Frank W. Putnam, "The Atomic Bomb Casualty Commission in Retrospect," *Proceedings of the National Academy of Sciences, USA* 95:10, May 1998 は一九四六年のＡＢＣＣ設立を命じるトルーマンの大統領令のほか放射線影響研究所のサイト（http://www.rerf.jp）で取得できる歴史的・科学的資料を含む。

ＡＢＣＣの資料が日本人科学者たちに自由に制限なく使用されることへの恐れ―― Memo from James K. Scott to Charles L. Dunham, October14, 1954, Series 2, AEC Correspondence: 1951–1961, ABCC collection, National Academy of Sciences Archives.

長崎の医師、西森一正について―― Monica Braw, "Hiroshima and Nagasaki: The Voluntary Silence" in *Living with the Bomb*, edited by Laura Hein, Mark Selden.

ノーマン・カズンズの評論―― "Hiroshima Four Years Later," *Saturday Review of Literature* 32:38, September 17, 1949.

長崎におけるＡＢＣＣの活動および研究―― James N. Yamazaki, *Children of the Atomic Bomb*〔ジェームス・Ｎ・ヤマザキほか『原爆の子どもたち』〕; William J. Schull, *Song Among the Ruins: A Lyrical Account of an American Scientist's Sojourn in Japan After the Atomic Bomb,* Cambridge Harvard University Press, 1990. ＡＢＣＣのパンフレット、出産した母親たちにおこなった検査時の質問は遺伝学プログラムに関する最初の報告（一九五六年）とともに *The Children of Atomic Bomb Survivors: A Genetic Study*, edited by James V. Neel, William J. Schull, National Academy Press, 1991 に再録されている。

長崎でのヤマザキ医師の体験と子供たちの健康に尽くした生涯にわたる貢献、その他写真、被爆者の絵画、証言、教課プラン――『原爆の子供たち』のサイト（http://www.aasc.ucla.edu/cab）で閲覧可能（ＵＣＬＡアジア系アメリカ人研究センターと協同でヤマザキ医師が開設)。

長崎　一九五一―五五年　占領の終わりと被爆を生き抜いた十年

占領の終わりを祝う長崎の様子―― "Two Atom-Bomb Cities Hail Peace Treaty,"*New York Times*, September 10, 1951.

東京裁判と占領の終了―― John W. Dower, *Embracing Defeat*〔ジョン・ダワー『敗北を抱きしめて』〕; Ian Buruma, *Inventing Japan*〔イアン・ブルマ『近代日本の誕生』〕; Andrew Gordon, *A Modern History of Japan: From Tokugawa to the Present*〔アンドルー・ゴードン『日本の２００年』〕.

日本における科学的研究の発表とその他原爆関連出版物――『広島・長崎の原爆災害』第十三章、*Nagasaki Journey*, edited by Rupert Jenkin; Abé Mark Nornes, "Suddenly There Was Emptiness" in *Japanese Documentary Film.*「アサヒグラフ」一九五二年

特別版の発刊から三十年を記念して一九八二年に発行された完全復刻版。その他文献——内海博文「Nuclear Images and National Self-Portraits : Japanese Illustrated Magazine Asahi Graph, 1945–1965（原子力イメージと戦後日本——一九四五年から一九六五年までの写真雑誌『アサヒグラフ』をてがかりにして）」、「関西学院大学先端社会研究所紀要」第五号、二〇一一年。

アメリカの出版物に掲載された被爆者の写真—— "When Atom Bomb Struck-Uncensored," *Life*, September 29, 1952. 広く読まれたこの雑誌記事を回想する塩月正雄『初仕事は〝安楽殺〟だった』（英語版 *Doctor at Nagasaki*）も参照。

一九五五年当時の核兵器備蓄量—— Alice L. Buck, "A History of the Atomic Energy Commission,"U.S. Department of Energy, 1983. http://energy.gov/management/downloads/history-atomic-energy-commission.; National Resources Defense Council〔国家資源防衛審議会〕, "Global Nuclear Weapons Stockpiles, 1945–2002," NDRC Archive of Nuclear Data, last revised November 25, 2002; Arms Control Association〔軍備管理協会〕, "Fact Sheet: The Nuclear Testing Tally." February 2007. Updated February 2013. http://www.armscontrol.org/factsheets/nucleartesttally

朝鮮戦争中のトルーマン大統領による核兵器使用に関するコメント—— "The President's News Conference," November 30, 1950, in *Public Papers of the Presidents of the United States Harry S. Truman, 1945–1953*. 朝鮮戦争時のアメリカの核戦略—— David Alan Rosenberg, "American Atomic Strategy and the Hydrogen Bomb Decision," *Journal of American History* 66:1, 1979; Bruce Cumings, "American Airpower and Nuclear Strategy in Northeast Asia Since 1945," in *War and State Terrorism: The United States, Japan, and the Asia-Pacific in the Long Twentieth Century*, edited by Mark Selden, Alvin Y. So, Rowman & Littlefield, 2004.

原爆後十年にわたる時の経過と十周年原爆忌式典——瀬戸口千枝は「追憶」、『長崎の証言』第7集、一九七五年（英訳 *Testimonies of the Atomic Bomb Survivors* 所収）のなかで証言。以下も参照。Robert Trumbull, "Nagasaki Marks 1945 Atom Blast," *New York Times*, August 10, 1955.

一九五五年の長崎——『広島・長崎の原爆災害』『ナガサキは語りつぐ』、藤崎真二『灼かれてもなお——山口仙二聞書』および Hiroshi Kitamura, *Screening Enlightenment*〔北村洋『敗戦とハリウッド』〕。戦艦ウィスコンシンに乗っていた Dave Patrykus ほかアメリカ兵によって写された原爆中心碑の写真—— http://www.usswisconsin.org.

堂尾が三角巾の少女と噂されていたこと、および両親の反対を押し切っての上京——堂尾みね子『生かされて、生きて』。

第七章　新たなる人生

一九六〇年代の長崎

長崎の街の様子や状況——William J. Schull, *Song Among the Ruins*; 藤崎真二『灼かれてもなお』; Frank Chinnock, *Nagasaki: The Forgotten Bomb*, World Publishing Company, 1969; E. J. Kahn Jr., "Letter from Nagasaki," *New Yorker*, July 29, 1961 その他さまざまな被爆者証言。

浦上天主堂の瓦礫撤去とその再建——Sadao Kamata, Stephen Salaff, "The Atomic Bomb and the Citizens of Nagasaki" in *Bulletin of Concerned Asian Scholars* 14:2; 水浦久之『浦上天主堂改装記念誌——長崎大司教区司教座』浦上カトリック教会、一九八一年（同教会による英語版 *The Restoration of Urakami Cathedral: A Commemorative Album*, translated by Edward Hattrick, 1981）

結婚と子供

結婚に関する日本の伝統慣習および被爆者が直面した差別——Kalman D. Applbaum, "Marriage with the Proper Stranger: Arranged Marriage in Metropolitan Japan," *Ethnology* 34:1, Winter 1995; Robert Jay Lifton, *Death in Life*〔ロバート・J・リフトン『ヒロシマを生き抜く』〕; "Hiroshima and Nagasaki: The Voluntary Silence" in *Living with the Bomb*, edited by Laura Hein, Mark Selden.

多くの被爆者が結婚や子供を持つことに伴う不安を語っている——高井ツタヱ「津波と原爆事故・心の封印解く」、毎日新聞二〇一二年八月十一日、および朝日新聞デジタル「広島・長崎の記憶〜被爆者からのメッセージ」の証言。

障害児の可能性を警告する医師——和田耕一「長崎に終戦はなかった」、『証言　ヒロシマ・ナガサキの声』第2集、一九八八年（英訳 *Testimonies of Hiroshima and Nagasaki* 所収）。

谷口は結婚相手の候補者たちから「長生きすることも見込めない」と言われ、断られたと語る——*Hibakusha: Survivors of Hiroshima and Nagasaki*, translated by Gaynor Sekimori. Tokyo Kōsei Publishing Co., 1986. 谷口の結婚と栄子との新婚旅行——Peter Townsend, *The Postman of Nagasaki: The Story of a Survivor*, Collins, 1984〔ピーター・タウンゼント『ナガサキの郵便配達』中里重恭訳、海渡千佳監修、スーパーエディション、二〇一八年〕

堂尾の決断と仕事に打ちこんだ人生について——堂尾みね子『生かされて、生きて』。

反核行動

一九五四年三月一日のキャッスル・ブラボー水爆実験—— Edwin J. Martin, Richard H. Rowland, *Castle Series 1954*, Technical Report DNA6035F, United States Defense Nuclear Agency, April 1982. http:/www.dtra.mil/Portals/61/ Documents/NTPR/2-Hist_Rpt_Atm/1954_DNA_6035F.pdf.; Radiation: What It Is and How It Affects You by Jack Schubert, Ralph E. Lapp, *Radiation: What It Is and How It Affects You*, Viking Press, 1957; Lawrence S. Wittner, *The Struggle Against the Bomb*, vol.2: *Resisting the Bomb: A History of the World Nuclear Disarmament Movement, 1954–1970*, Stanford University Press, 1997.

包括的核実験禁止条約機関（CTBTO）の準備委員会はビキニ環礁で一九五四年におこなわれた核実験をアメリカ核実験のなかで最悪の放射線災害とみなした。http://www.ctbto.org/nuclear-testing.

マーシャル諸島の島民が発症した吐気、皮膚の損傷、抜け毛、皮下出血等の原爆症はブルックヘブン国立研究所の研究者たちによって記録された。たとえば以下を参照。Robert A. Conard et al., A Twenty-Year Review of Medical Findings in a Marshallese Population Accidentally Exposed to Radioactive Fallout, Brookhaven National Laboratory, 1975. 米エネルギー省は放射線による被害の有無を確認するため、引きつづき元実験場の環礁をモニタリングし、被爆した住民の身体検査を実施している—— "Marshall Islands Dose Assessment and Radioecology Program," Lawrence Livermore National Laboratory, updated August 2014, https://marshallislands.llnl.gov.

第五福竜丸の乗組員に降り注いだ放射性降下物の影響とアメリカの反応は、既述の出典および次の文献から。M. Susan Lindee, *Suffering Made Real*; Ralph E. Lapp, *The Voyage of the Lucky Dragon*, Harper & Brothers, 1958; Barton C. Hacker, *Elements of Controversy: The AEC and Radiation Safety in Nuclear Weapons Testing, 1947–1974*, University of California Press, 1994; 一九五四年三月二十七日付、奥村勝蔵外務事務次官がジョン・ムーア・アリソン駐日大使に宛てた覚書が Edwin J. Martin, Richard H. Rowland, *Castle Series 1954*, p.465 に収録されている。

田島英三による第五福竜丸を覆った白い灰の回想とその後日本中をパニックに陥れた放射線汚染—— "The Dawn of Radiation Effects Research," *RERF Update* 5:3, utumn 1993. その後の展開および第五福竜丸乗組員やマーシャル諸島住民など世界中で放射能の影響を受けた人々の体験については以下を参照。中国新聞「ヒバクシャ」取材班『世界のヒバクシャ』講談社、一九九一年（英語版 *Exposure: Victims of Radiation Speak Out*, 講談社インターナショナル、一九九二年）。中国新聞「ヒロシマ平和メディアセンター」(http://www.hiroshimapeacemedia.jp/) に同書日本語・英語ウェブ版が掲載されている。

核実験に対する一般日本人の反発—— Lawrence S. Wittner, "Resisting Nuclear Terror: Japanese and American Anti-Nuclear Movements Since 1945" in *War and State Terrorism*, edited by Mark Selden, Alvin Y. So. 三巻からなる世界の核軍縮運動の歴史を書いた Lawrence S. Wittner, *The Struggle Against the Bomb*, 3 vols, Stanford University Press, 1993–2003(戦後日本でビキニ環礁核実験以前に始まり、占領政策で水を差された初期の反核運動についての記述も含む)、『広島・長崎の原爆災害』第十四章、および朝日新聞大阪本社「核」取材班『核兵器廃絶の道』(朝日新聞社、一九九五年)。朝日新聞デジタル「広島・長崎の記憶〜被爆者からのメッセージ」にて同書英語版 *The Road to the Abolition of Nuclear Weapons* が掲載されている。http://www.asahi.com/hibakusha/english/shimen/book/

廣瀬方人は著者による二〇〇九年のインタビューで、反核運動が長崎で力強く始まったときのことを回想。白バラ募金運動、広島(第一回、一九五五年)と長崎(第二回、一九五六年)で開催された原水爆禁止世界大会、みずからのうちに湧き起こった運動への意欲について山口仙二は藤崎真二『灼かれてもなお』で回想している。山口とその他被爆者は新日米安全保障条約(一九六〇年)への反対運動にも参加した。この運動は現在続く全国レベルの平和憲法を守る運動の先駆けとなった。

渡辺千恵子の証言——「被爆者として障害者として——私の第四の人生と自立」、季刊「長崎の証言」第12号、一九八一年八月(『証言　長崎が消えた』、英語版 *Voices of the A-Bomb Survivors* に再録)。

日本被団協の設立宣言——http://www.ne.jp/asahi/hidankyo/nihon/about/about2-01.html. 英訳は著者による。

谷口の「生きたくても生きられなかった人たちのために生きる」決意——一九九九年六月十五日放送のPBS番組 *People's Century: Fallout (1945)*.「経験したことを証言する責任」について——「生きていてよかったと言える日のために」、鎌田定夫編『ナガサキの証言』青木書店、一九七九年(英訳 *Hibakusha: Survivors of Hiroshima and Nagasaki*, translated by Gaynor Sekimor 所収).

医療給付を求める運動

気力がもてない「倦怠感」を含む継続的な健康への影響——原爆症治療に関して一九五四年、日本予防衛生研究所によってはじめて発表された指針が『広島・長崎の原爆災害』第十三章に掲載された。以下も参照。*Radiation Effects Research*

Foundation A Brief Description; "Cancer Takes Many Forms Among the Hibakusha," *Anniston Star*（Alabama）, September 13, 1981（『米人記者の見たヒロシマ・ナガサキ』第３集、広島国際文化財団、一九八二年に再録）.

山口仙二の「ようやくみんなで要求の声を」と「被爆者健康手帳」に関する引用は藤崎真二『灼かれてもなお』、日本政府が被爆者医療に責任をとるべきとする発言はスティーブン・オカザキのドキュメンタリー映画 *White Light/ Black Rain* のインタビュー、一九八〇年、「ノーモア被爆者」を訴える山口のスピーチは Sadao Kamata, Stephane Salaff, "The Atomic Bomb and the Citizens of Nagasaki" in *Bulletin of Concerned Asian Scholars* 14:2 より。

原爆医療法の申請要件——『広島・長崎の原爆災害』第十一章。病気と放射線との因果関係——原子力資料情報室 "Certification of Sufferers of Atomic Bomb-Related Diseases," *Nuke Info Tokyo* 131, July-August 2009 を参照（ＰＤＦ版 http://www.cnic.jp/english/newsletter/pdffiles/nit131.pdf. 以下も参照。「被爆者問題調査報告書」、日本弁護士連合会、一九七七年、Sadao Kamata, Stephane Salaff, "The Atomic Bomb and the Citizens of Nagasaki" in *Bulletin of Concerned Asian Scholars* 14:2; Shinji Takahashi, "The Hibakusha: The Atomic Bomb Survivors and Their Appeals" in *Appeals from Nagasaki: On the Occasion of SSD-II and Related Events*.

広島・長崎被爆者に対する線量測定法の構築—— George D. Kerr, Tadashi Hashizume, Charles W. Edington, "Historical Review" in *U.S.-Japan Joint Reassessment of Atomic Bomb Dosimetry in Hiroshima and Nagasaki: Dosimetry System 1986*, edited by William C. Roesch; J. A. Auxier, *Ichiban: The Dosimetry Program for Nuclear Bomb Survivors of Hiroshima and Nagasaki-A Status Report as of April 1, 1964*. http://digital.library.unt.edu/ark:/67531/ metadc13058/. 以下も参照。J. Samuel Walker, *Permissible Dose: A History of Radiation Protection in the Twentieth Century*, University of California Press, 2000.

初期に入市した人たちの「かなりの被爆量」を指摘する近年の研究—— Tetsuji Imanaka, Satoru Endo, Kenichi Tanaka, Kiyoshi Shizuma, "Gamma-Ray Exposure from Neutron-Induced Radionuclides in Soil in Hiroshima and Nagasaki Based on DS02 Calculations,"*Radiation and Environmental Biophysics* 47:3, July 2008〔今中哲二ほか「DS02 推定評価にもとづく広島・長崎の土壌における中性子誘導放射性核種からのガンマ線被曝線量」〕。残留放射線の影響に関し現在おこなわれている調査の検証—— George D. Kerr et al., "Workshop Report on Atomic Bomb Dosimetry-Residual Radiation Exposure: Recent Research and Suggestions for Future Studies," *Health Physics* 105:2, doi:10.1097/ HP.0b013 e31828ca73a.

残留放射線被曝が死や長引く障害の原因だとする数々の証言——朝日新聞デジタル「広島・長崎の記憶〜被爆者からのメッセージ」、および一九八五年の調査により収集された日本被団協「原爆被害者調査」資料集『被爆者の死（その１）』

(*The Deaths of Hibakusha* Vol.1)『被爆者の死（その２）』(*The Deaths of Hibakusha* Vol.2) の匿名証言。

海外被爆者に対し提供されてきた長崎市による支援——長崎市が一九八五年に刊行した *Devotion of Nagasaki to the Cause of Peace*. 治療のため帰国する在外被爆者の旅費等を支援する目的で一九九二年に設立された長崎・ヒバクシャ医療国際協力会（ＮＡＳＨＩＭ）のサイトも参照。http://www.nashim.org/en/index.html.

認知と医療支援を求める在米被爆者の運動—— Stephen Salaff, "Medical Care for the Atomic Bomb Victims in the United States," *Bulletin of Concerned Asian Scholars* 12:1, January-March 1980; 袖井林二郎『私たちは敵だったのか——在米被爆者の黙示録』岩波同時代ライブラリー、一九九五年（*Were We the Enemy?: American Survivors of Hiroshima*, edited by John Junkerman, Westview Press, 1998）、Rachelle Linner, *City of Silence*; スティーブン・オカザキのドキュメンタリー映画 *Survivors*, WGBH Boston, 1982.

韓国人被爆者について—— Kurt W. Tong, "Korea's Forgotten Atomic Bomb Victims," *Bulletin of Concerned Asian Scholars* 23:1, 1991; 韓国原爆被害者協会会長、崔日出（チェ・イルチュル）"Three-Fold Hardships of the Korean Hibakusha,"1999, American Friends Services Committee, https://www.afsc.org/sites/default/files/documents/Choi%20Il%20Chul%2C%20Korea.pdf. 韓国・朝鮮人被爆者の証言は朴永龍「被爆朝鮮人の遺骨は黙したまま（聞書き・石牟礼道子）」、『ホワドサイ——広島と長崎の証言』（英語版 *GIVE ME WATER*）から。

谷口が語る背中のひどい痛み——谷口稜曄「ナガサキ原爆被害者の証言と訴え」、『長崎の証言』第10集、一九七八年七月（『証言　長崎が消えた』、英語版 *Voices of the A-Bomb Survivors* に再録）。

第八章　忘却に抗して

原爆資料の返還

「アサヒグラフ」一九七〇年七月十日号、特集「原爆の記録」。概要を伝える予告記事が同年の朝日新聞六月二十一日に掲載。谷口および長崎原爆資料館よりコピー提供。

日本映画社のフィルム映像—— Erik Barnouw, "Iwasaki and the Occupied Screen," *Film History* 2:4, November-December 1988; Abé Mark Nornes, "Suddenly There Was Emptiness" in *Japanese Documentary Film*. 音をつけて編集されたものとしては "Effect of

Atomic Bomb on Hiroshima and Nagasaki, 9/21/45–10/45,” 全十九巻のシーンの要約版—— Video No.342-USAF-17679, Records of U.S. Air Force Commands, Activities, and Organizations, 1900–2003, Record Group 342, Moving Images Relating to Military Aviation Activities, 1947–1984, National Archives at College Park, MD; デジタルコピーはアメリカ公文書館のオンライン検索システム（http://www.archives.gov/research/search）で閲覧できる（identifier 65518）。

原爆後の長崎を撮ったフィルム映像に対する渡辺千恵子の反応——長崎放送サイト「平和と長崎」。

写真展に対する道ゆく人々の反応について——二〇〇八年、広島大学で開催されたINU（国際大学ネットワーク）学生セミナーでの落合俊郎の講義「第1回国連軍縮総会に参加して——1学生代表としての記憶（Participation in the First Special Session of the United Nations General Assembly on Disarmament : Recollections of a Student Representative）」広島大学学術情報リポジトリに英語原稿がある。http://ir.lib.hiroshima-u.ac.jp/en/00025548

USSBSフィルムの返還—— Greg Mitchell, *Atomic Cover-up*; Dave Yuzo Spector, “38 Years After Nagasaki,” *Chicago Tribune*, January 5, 1984. 参照した映像の大半は日本映画社とUSSBSが初期に映した広島と長崎の映像。

科学的資料や検体の返還—— M. Susan Lindee,”The Repatriation of Atcmic Bomb Victim Body Parts to Japan,” *Osiris* 13, 1998 および彼女の著書 *Suffering Made Real*. 以下も参照。長崎大学原爆後障害医療研究所資料収集保存・解析部のウェブサイト（http://www-sdc.med.nagasaki-u.ac.jp/abcenter/index_e.html）およびアメリカ国立保健医学博物館の Atomic Bomb Material collection of the Otis Historical Archives.

歴史の闇に葬り去られてしまうかもしれない死没者に対する懸念——内田伯「爆心の丘の暗点」、長崎国際文化会館編纂『長崎市職員による原爆体験記』長崎市職員互助会、一九八七年（英訳は長崎原爆死没者追悼平和記念館提供）。およびいかに広大な地域に影響をおよぼしたか、その事実を記録しようという思い——内田伯「被爆35周年・わが町の原点」、季刊「長崎の証言」第８号（英訳 *Testimonies of the Atomic Bomb Survivors* 所収）。以下も参照。“Survivor Keeps Reminder of Destruction,” *Tri-City Herald*, August 6, 1995.

被爆前の爆心地区域を示す地図の復元運動への取り組み——映画「ヒロシマ・ナガサキ——核戦争のもたらすもの」（岩波映画製作所、一九八二年）、長崎原爆資料館提供の資料。深堀好敏提供の写真コレクションと複数回のインタビューで語られたこの運動への支援。

声を上げる被爆者

秋月による初回顧録執筆の動機、長崎の証言の会設立、真実の証言を促す被爆者への訴え――山下昭子『夏雲の丘』。近代化された病院の外に見えるダブルイメージ――長崎放送「平和と長崎」サイト。

その他被爆者証言―― Sadao Kamata, "Nagasaki Writers" in *Literature Under the Nuclear Cloud*, edited by Narihiko Ito et al.; Sadao Kamata, Stephane Salaff, "The Atomic Bomb and the Citizens of Nagasaki" in *Bulletin of Concerned Asian Scholars* 14:2;『広島・長崎の原爆災害』第十四章。永井医師に関する山田かんのコメント―― Chad R. Diehl, "Resurrecting Nagasaki," Ph.D. dissertation.

被爆者につきまとう心身の問題――複数の被爆者証言、放射線影響研究所発表の研究結果および『広島・長崎の原爆災害』。胎児期に被爆した子供の両親の体験――長崎新聞の連載記事「今を生きる被爆者たち・原爆小頭症」（英訳 *Testimonies of the Atomic Bomb Survivors* 所収）。

長崎写真展を見た外国人市長たちの驚き――著者による深堀好敏のインタビュー。

原爆を生きのびた唯一の人々の体験を無視したアメリカ民間防衛プログラム―― Robert A. Jacobs, "'There Are No Civilians; We Are All at War' Nuclear War': Shelter and Survival Narratives During the Early Cold War," *Journal of American Culture* 30:4, December 2007.

コンフェデレート・エアフォースによる広島原爆投下の再現―― Edward Linenthal, *Sacred Ground: Americans and Their Battlefields*, 2nd ed., University of Illinois Press, 1993. 日本の反発――麻田貞雄「きのこ雲と国民心理――原爆投下をめぐる日米意識のギャップ、1945―92年」、上智大学アメリカ・カナダ研究所編『アメリカと日本』彩流社、一九九三年（英文 Sadao Asada, *Culture Shock and Japanese-American Relations: Historical Essays*, University of Missouri Press, 2007 所収）。二〇一三年CBSニュースは同様の航空ショーを中止に追いこんだ最近の抗議を報道―― http://www.cbsnews.com/news/world-war-ii-atomic-bomb-re-enactment-dropped-from-ohio-air-show-after-outcry

一九七七年の声明、作業文書など被爆者による国際的な取り組み――日本準備委員会編『被爆の実相と被爆者の実情――1977 NGO被爆問題シンポジウム報告書』朝日イブニングニュース社、一九七八年（同社による英語版 *A Call from Hibakusha of Hiroshima and Nagasaki: Proceedings of the International Symposium on the Damage and After effects of the Atomic Bombings of Hiroshima and Nagasaki, July 21–August 9, 1977: Tokyo, Hiroshima and Nagasaki*, 1978）渡辺千恵子の証言は長崎放送サイト「平和と長崎」より。以下も参照。Lawrence S. Wittner, *The Struggle Against the Bomb*, Vol.3: *Towards Nuclear Abolition–A History of the*

World Nuclear Disarmament Movement, 1971 to the Present, Stanford University Press, 2003.

被爆者旅行補助金プログラムによる活動を通じて、被爆者の体験は一定の国際的注目を集めた。タフト大学で教鞭を執っていた後の広島市長で非被爆者の秋葉忠利によって一九七九年に発足したこのプログラム（アキバ・プロジェクト）は毎年海外から三人のジャーナリストを広島・長崎に招待し、被爆の実相を伝えてもらうもので、アメリカその他の国々の新聞に被爆者の記事が掲載されることにつながった。記事は「米人記者の見たヒロシマ・ナガサキ」として毎年シリーズ化して編集・再発行された（原爆資料館図書館提供）。

谷口の種々の言葉の出典。高性能ミサイルは開発できても彼の病気を治癒できないことへの不満—— "Eternal Scars" in *Testimonies of the Atomic Bomb Survivors*（日本語原典不明）、「核兵器と人は共存できない」および自分の傷を見るように聴衆を促す言葉は提供されたスピーチ原稿、原爆で亡くなった人々のために声を上げたいという意志表明は映画「ヒロシマ・ナガサキ——核戦争のもたらすもの」より。

世界的な核兵器の拡散—— National Resources Defense Council, "Global Nuclear Weapons Stockpiles, 1945–2002"; Arms Control Association, "Fact Sheet: The Nuclear Testing Tally," February 2007.

秋月による「賢く、そして愚かな人間」についての戒めの言葉——山下昭子『夏雲の丘』。

一九八一年二月二十五日、ローマ教皇ヨハネ・パウロ二世の平和への訴え—— http://atomicbombmuseum.org/6_5.shtml. 長崎における教皇の活動—— Lewis B. Fleming, "Pope Winds Up Japan Visit in Nagasaki," *Los Angeles Times*, February 26, 1981; Donald Kirk, "Pope Commemorates Nagasaki Martyrs," *Globe and Mail*（Canada）, February 27, 1981.

山口仙二は一九八二年、第二回国連軍縮特別総会の演説では「八月九日を再現したい」と藤崎真二『灼かれてもなお』で回想。演説の引用は長崎放送「平和と長崎」サイトから。国連軍縮特別総会の際のデモ行進—— Paul L. Montgomery, "Throngs Fill Manhattan to Protest Nuclear Weapons," *New York Times*, June 13, 1982.

長崎平和推進協会（ＮＦＰＰ）について—— *Devotion of Nagasaki to the Cause of Peace*; 山下昭子『夏雲の丘』、ＮＦＰＰより提供された回報等資料、およびＮＦＰＰ総務課長補佐、松尾蘭子へのインタビュー。

堂尾は遺稿集『生かされて、生きて』のなかで退職、母没後の帰郷、癌の診断と治療について詳述している。松添博は著者によるインタビューで堂尾との再会について語り、彼女の体験を描いた絵のカラーコピーを提供してくれた。

物議を醸した天皇に関する本島市長の発言と市長暗殺未遂事件—— Rachelle Linner, *City of Silence*; Chad R. Diehl, "Resurrecting Nagasaki," Ph.D. dissertation; David E. Sanger, "Mayor Who Faulted Hirohito Is Shot," *New York Times*, January 19, 1990; 岩松繁俊「Japanese Responsibility for War Crimes（戦争犯罪への日本の責任）」、長崎大学経済学会紀要「経営と経済」第七十一巻第三号、一九九一年三月。

核搭載が疑われる艦艇への抗議—— Hans M. Kristensen, "Japan Under the U.S. Nuclear Umbrella," The Nautilus Institute, July 21, 1999. http://oldsite.nautilus.org/archives/library/security/papers/Nuclear-Umbrella-1.html; 艦艇ロドニー・M・デイヴィスへの被爆者の抗議——藤崎真二『灼かれてもなお』）。以下も参照。"Nuclear Foes Protest U.S. Ship in Nagasaki," *Times Daily*（Alabama）, September 17, 1989.

白血病や癌の発症—— James N. Yamazaki, *Children of the Atomic Bomb*〔ジェームス・N・ヤマザキほか『原爆の子どもたち』〕; "Cancer Incidence in Atomic Bomb Survivors," Special Issue, *Radiation Research* 137:2s, February 1994. http://www.rrjournal.org/toc/rare/ 137/2s. 以下も参照。Evan B. Douple et al., "Long-Term Radiation Related Health Effects in a Unique Human Populationi," *Disaster Medicine and Public Health Preparedness* 5:S1.

記念行事と論争

歴史分野における学問と原爆使用の議論—— Barton J. Bernstein, "The Struggle Over History: Defining the Hiroshima Narrative" in *Judgment at the Smithsonian*, edited by Philip Nobile, Marlowe and Company, 1995; J. Samuel Walker, "Historiographical Essay: Recent Literature on Truman's Atomic Bomb Decision: A Search for Middle Ground," *Diplomatic History* 29:2. 原爆に関わる過去を語ることに伴う複雑性についてのジョン・ダワーのコメント—— "Triumphal and Tragic Narratives for the War in Asia" in *Living with the Bomb*, edited by Laura Hein, Mark Selden.

被爆者体験に関するアメリカ国民の限られた認識—— M. Susan Lindee, *Suffering Made Real*; "A Tale of Two Cities," *Time*, May 18, 1962. とくに冷戦中、核兵器計画に対する国民の支持を得るためと、放射線の影響や被爆者体験を軽視するためのアメリカの試み—— Lawrence S. Wittner, *The Struggle Against the Bomb*; Martin J. Sherwin, "Memory, Myth and History" in *Hiroshima's Shadow*, edited by Kai Bird, Lawrence Lifschultz. 一九八三年秋に放映されたテレビ映画「ザ・デイ・アフター」（監督ニコラス・メイヤー、主演ジェイソン・ロバーズ）は核兵器による破壊を生々しく描き、視聴者に衝撃を与えた。一九八〇年に発足した核戦争防止国際医師会議の情報—— http://www.ippnw.org.

スミソニアン国立航空宇宙博物館での「エノラ・ゲイ」の展示—— Martin Harwit, *An Exhibit Denied: Lobbying the History of Enola Gay*, Copernicus, 1996; Judgment at the Smithsonian; Mike Wallace, "The Battle of the Enola Gay" in *Hiroshima's Shadow*, edited by Kai Bird, Lawrence Lifschultz. 同書にはその他展示に関するコメントが収録されている。当初の、および最終的な展示説明文書の草案は核時代平和財団のサイト「ニュークリア・ファイルズ」(http://www.nuclearfiles.org/) で確認できる。

スミソニアン博物館の展示に関する論争は終戦五十周年を機に起きた他の議論に端を発した。たとえばアメリカ郵政省は原子雲をデザインした記念切手を発行しようと計画したが日本の抗議を受け、取りやめとなり、それに反発して退役軍人グループは独自の切手を発行した。以下を参照。Lane R. Earns, "The Legacy of Commemorative Disputes: What Our Children Won't Learn," *Crossroads* 3, Summer 1995; Michael S. Sherry, "Patriotic Orthodoxy and U.S. Decline," *Bulletin of Concerned Asian Scholars* 27:2, April-June 1995; Kyoko Kishimoto, "Apologizing for Atrocities: Commemorating the 50th Anniversary of World War II's End in the United States and Japan," *American Studies International* 42:2/3, June-October 2004.

展示物に関する博物館学芸員と日本側との交渉—— Martin Harwit, *An Exhibit Denied*. 以下も参照。"Artifacts Requested from the Hiroshima and Nagasaki Museums, September 30, 1993" and the letter from Motoshima to Harwit, December 7, 1993, in Correspondence with Japan, box 8, folder 7; the letter from Ito to Crouch, April 26, 1994, in Unit 400–432, box 8, folder 5, all in accession number 96–140, NASM Enola Gay Exhibition Records, Smithsonian Institution Archives. 山端庸介の写真展示をめぐる検討—— George H. Roeder Jr., "Making Things Visible Learning from the Censors in *Living with the Bomb*, edited by Laura Hein, Mark Selden; Chris Beaver, "Notes on *Nagasaki Journey*," *Positions: Asia Critique* 5:3, Winter 1997. 以下も参照。"Pictures eliminated, June Script, Unit 400," box 3, folder 7, in accession number 96–140, NASM *Enola Gay* Exhibition Records, Smithsonian Institution Archives.

アメリカ空軍協会による展示会への批判—— John T. Correll, "War Stories at Air & Space, "*Air Force Magazine*, April 1994; "'The Last Act' at Air and Space," *Air Force Magazine*, September 1994; *The Activists and the Enola Gay*, AFA Special Report, August 21, 1995, accessed 2012, http://airforcemag.com. 初期の展示計画における内容のアンバランスに対する歴史学者の分析—— Richard H. Kohn, "History and the Culture Wars: The Case of the Smithsonian Institution's Enola Gay Exhibition," *Journal of American History* 82:3, December 1995.

トム・クラウチのコメントは Hugh Sidey, Jerry Hannifin, "War and Remembrance," *Time*, May 23, 1994 から。

日本と長崎における戦争の記憶をめぐる論争—— Laura Hein, Akiko Takenaka, "Exhibiting World War II in Japan and the United States Since 1995," *Pacific Historical Review* 76:1, February 2007; Ellen H. Hammond "Commemoration Controversies: The War, the Peace, and Democracy in Japan" in *Living with the Bomb*, edited by Laura Hein, Mark Selden. 以下も参照。"Nagasaki Museum Exhibits Anger Japanese Extremists," *Vancouver Sun*, March 26, 1996; Nicholas D. Kristof, "Today's History Lesson: What Rape of Nanjing?," *New York Times*, July 4, 1996.

上院による展示内容を非難する決議（一九九四年九月十九日）とテッド・スティーヴンス上院議員の発言を含む上院議事規則議院運営委員会の公聴会（一九九五年五月）の抜粋——"History and the Public: What Can We Handle? A Round Table About History After the *Enola Gay* Controversy," *Journal of American History* 82:3, December 1995.

スミソニアン博物館での展覧会中止に対する反応。退役軍人デル・ハーンドンが編集者に宛てた手紙についての引用——Martin Harwit, *An Exhibit Denied*, chap.29. 広島に関する公開討論のため歴史家委員会から博物館I・マイケル・ヘイマン事務局長へ送られた抗議文書のコピー——http://www.doug-long.com/letter.htm. 村山富市首相のコメント——"Smithsonian Action Saddens Japanese: They Saw Enola Gay Display on A-Bomb as a Reminder," *Seattle Times*, January 31, 1995. 展覧会中止に対する本島等長崎市長のコメント——"Introduction," *Crossroads* 3, Summer 1995.

原爆に対するアメリカ人全体の知識不足をめぐる一九九五年のギャラップ調査結果——Bob Herbert, "Nation of Nitwits," *New York Times*, March 1, 1995. 調査結果から、実際の投下場所や投下の有無を含め回答者の二〇パーセント以上が原爆攻撃のことを何も知らないことが判明。

ジョン・クラカワーによる吉田へのインタビュー——"The Forgotten Ground Zero-Nagasaki, Reduced to Ashes by an Atomic Bomb, Rises Again in Beauty, Grace and Good Will," *Seattle Times*, March 5, 1995. 同記事への反応——"Japan-Forget the Sympathy for Hiroshima, Nagasaki," letter to the editor, *Seattle Times*, March 26, 1995.

博物館のI・マイケル・ヘイマン事務局長の発言「原爆の人間への影響は想像に任せたほうがよいだろう」——Mike Wallace, "The Battle of the Enola Gay" in *Hiroshima's Shadow*, edited by Kai Bird, Lawrence Lifschultz.

核兵器は「他に類を見ないほど世界全体への危機感となっている」という秋月医師のコメント——Tony Wardle, "Nagasaki: A Phoenix from the Holocaust," *Catholic Herald*, December 17, 1982（『米人記者の見たヒロシマ・ナガサキ』第４集、広島国際文化財団、一九八三年に再録）。秋月は日本の残虐行為の犠牲者に対する同情の念をスピーチ「長崎の体験と証言運動」、アジア文学者ヒロシマ会議実行委員会編『核　貧困　抑圧』ほるぷ出版、一九八四年（英文 *Literature Under the Nu-*

clear Cloud, edited by Narihiko Ito et al. 所収）のなかで語った。みずからを「被爆医師」と認識していること、および妻すが子による一九九二年の喘息発作と入院中の回想――山下昭子『夏雲の丘』（著者用に英訳）。

第九章　がまん

今日の長崎と被爆者たち

記念碑と被爆地の写真や情報――長崎市立長崎原爆資料館のサイト（https://nagasakipeace.jp/japanese.html）を参照。英語表記は以下。https://nagasakipeace.jp/english.html.

朝鮮・韓国人死没者の推定値は、原爆当日時点で長崎に在住していた徴用工の明確な記録がないため、かなりばらつきがある。広島市・長崎市原爆災害誌編集委員会は約千五百人から二千人が死亡したと結論づけた（『広島・長崎の原爆災害』三五五―三五七ページ（英語版四七四ページ）。一方、長崎の在日朝鮮人の人権を守る会は犠牲者の数を一万人と推定 ―― Satoko Norimatsu, "Hiroshima and Nagasaki at 65-A Reflection," *The Asia-Pacific Journal*, Vol 8, Issue 52 No 3, December 27, 2010〔乗松聡子「広島・長崎六十五年をふりかえる」〕. https://apjjf.org/-Satoko-Norimatsu/3463/article.html.

多くの生存者は被爆経験が原因の不安、ストレス、罪の意識、恐れに繰り返し苛まれながら生きてきたことを証言。宮崎美登利は瓦礫の下敷きになった子供たちの叫び声を忘れることができないと語った。「ナガサキノート　宮崎美登利」（伊東聖記者取材、朝日新聞二〇一〇年二月二十三日）。

原爆による消えない心的影響と被爆者に対する現行支援の情報は長崎大学医歯学部附属病院・精神神経科の木下裕久医師による。原爆がもたらした精神的影響をめぐる近年の研究は以下を参照。Yasuyuki Ohta et al., "Psychological Effect of the Nagasaki Atomic Bombing on Survivors After Half a Century," *Psychiatry and Clinical Neurosciences*〔日本精神神経学会機関誌〕54, February 2000; Sumihisa Honda et al., "Mental Health Conditions Among Atomic Bomb Survivors in Nagasaki," *Psychiatry and Clinical Neurosciences* 56:5, October 2002; A. Knowles, "Resilience Among Japanese Atomic Bomb Survivors," *International Nursing Review* 58, 2011; Yoshiharu Kim et al., "Persistent Distress After Psychological Exposure to the Nagasaki Atomic Bomb Explosion," *The British Journal of Psychiatry* 199:5, November 2011.

長崎平和推進協会（ＮＦＰＰ）の活動に関する情報——ＮＦＰＰ関連資料と著者による松尾蘭子へのインタビュー。

原爆により一瞬にして人生を狂わされてしまったという堂尾の言葉——堂尾みね子『生かされて、生きて』。女生徒の感想は同遺稿集所収の「生徒と教師の感想文」より。堂尾の短歌は妹の岡田郁代より提供。

二〇〇九年四月五日、プラハでのオバマ大統領の核なき世界を目標に掲げた演説—— https://obamawhitehouse.archives.gov/the-press-office/remarks-president-barack-obama-prague-delivered.

谷口は著者への手紙のなかでオバマ大統領が示した核兵器に対する姿勢に大きな希望を抱いていることを明かす。オバマ政権が引きつづき核実験をおこなったことへの批判は、「この現実から目をそらすな」、毎日新聞二〇一二年十月三十日の記事より。

二〇一四年十二月一日付世界の核兵器備蓄数は米科学者連盟「世界の核戦力状況」を参照。https://fas.org/issues/nuclear-weapons/status-world-nuclear-forces/; より詳細な報告は Hans M. Kristensen, Robert S. Norris, “Worldwide Deployments of Nuclear Weapons, 2014,” *Bulletin of the Atomic Scientists* 70:5, September-October 2014.

核実験に対する長崎被爆者の抗議—— “Nagasaki Asks Communities to Protest India N-tests,” 中国新聞一九九八年五月十九日のオンライン英文記事、および長崎大学核兵器廃絶研究センター（ＲＥＣＮＡ）によるレポート「アメリカ新型核実験へ多数の非核宣言自治体が抗議」（Nuclear Free Local Authorities in Japan Protest a New Type of Nuclear Weapons Testing by the U.S.）, *Dispatches from Nagasaki* no.4, December 25, 2012. http://www.recna.nagasaki-u.ac.jp/recna/dispatches/no4.

核兵器不拡散条約（ＮＰＴ）に関する情報は国連軍縮部のサイトを参照。https://www.un.org/disarmament/wmd/ nuclear/npt/. 二〇一〇年、ＮＰＴ運用検討会議の最終文書合意についての国連プレスリリース（二〇一〇年五月二十八日）は以下。http://www.un.org/press/en/2010/dc3243.doc.htm.

深堀好敏がワシントンＤＣ国立公文書館を訪れ、米軍によって写された被爆長崎の写真を持ち帰ったことを伝える記事——「原子野生き抜く写真・長崎市—米公文書館で発見」、朝日新聞二〇一四年八月七日（岡田将平記者）。

つきまとう影響

更新された被曝線量推定方式の概要は *Radiation Effects Research Foundation: A Brief Description*, 報告書全文は *Reassessment of the Atomic Bomb Radiation Dosimetry for Hiroshima and Nagasaki: Dosimetry System 2002*, edited by Robert W. Young, George D. Kerr. 放射線

影響研究所のサイトで閲覧できる。https://www.rerf.or.jp/en/library/list-e/scids/ds02-en/.

現在、そして今後も高齢被爆者につきまとう発病への懸念に関する資料や情報は、ＲＥＲＦ臨床研究部長赤星正純医師と長崎原爆病院の朝長万左男院長より提供。

原爆の長期にわたる身体への影響に関する近年の研究——N. Nakamura, M. Iwasaki, C. Miyazawa, M. Akiyama, A. A. Awa, "Assessing Radiation Dose Recorded in Tooth Enamel," *RERF Update* 6:2, 1994〔中村典、岩崎みどり、宮沢忠蔵、秋山實利、阿波章夫「歯エナメル質による放射線量の推定」〕. https://www.rerf.or.jp/uploads/2018/01/Up06_03_1994.pdf.; "Radioactive Rays Photographed from Nagasaki Nuclear 'Death Ash,'" *Japan Times*, August 8, 2009; Evan B.Douple, Kiyohiko Mabuchi, Harry M. Cullings, Dale L. Preston, Kazunori Kodama, Yukiko Shimizu, Saeko Fujiwara, Roy E. Shore. "Long-Term Radiation-Related Health Effects in a Unique Human Population: Lessons Learned from the Atomic Bomb Survivors of Hiroshima and Nagasaki," *Disaster Medicine and Public Health Preparedness* 5:S1, 2011; Masako Iwanaga, Wan-Ling Hsu, Midori Soda, Yumi Takasaki, Masayuki Tawara, Tatsuro Joh, Tatsuhiko Amenomori, et al, "Risk of Myelodysplastic Syndromes in People Exposed to Ionizing Radiation: A Retrospective Cohort Study of Nagasaki Atomic Bomb Survivors." *Journal of Clinical Oncology* 29:4, 2011〔岩永正子ほか「電離放射線被爆者の脊髄形成異常症候群のリスク——長崎被爆者の遡及的コホート研究」〕; John B. Cologne, Dale L. Preston, "Longevity of Atomic-Bomb Survivors," *Lancet* 356, July 2000; Nori Nakamura, "Genetic Effects of Radiation in Atomic-Bomb Survivors and Their Children: Past, Present and Future," *Journal of Radiation Research* 47, 2006. https://academic.oup.com/jrr/article/47/Suppl_B/B67/941876. 一九四五年トリニティ核実験での放射線降下物を調査した二〇一四年の研究については第四章注を参照。

放射線影響研究所、長崎大学原爆後障害医療研究所における進行中の研究活動については http://www.rerf.jp および http://www-sdc.med.nagasaki-u.ac.jp/abdi/index.html の両サイトに掲載の資料、概要、出版物を参照。

記念物と引き継がれる遺産

秋月医師の葬儀——山下昭子『夏雲の丘』。

堂尾による色紙のコピー——妹の岡田郁代より提供。

吉田の戒名とその意味——吉田尚司（長男）より提供。

長崎原爆死没者追悼平和祈念館の情報——https://www.peace-nagasaki.go.jp/. 前年度に亡くなった方々の氏名は、毎年八月九日平和公園でおこなわれる市の原爆犠牲者慰霊平和祈念式典の後、死没者名簿に書き加えられる。

吉田勝二を描いた紙芝居「私たちが伝える被爆体験」——長崎市立長崎原爆資料館のサイト内「キッズ平和ながさき」https://nagasakipeace.jp/japanese/kids/digital/index.html にて閲覧可能。原爆資料館で紙芝居が披露されていることについてはナガサキノート「吉田勝二」、朝日新聞二〇一〇年八月五—二十四日（大隅崇記者）。吉田に代わって林田光弘が核兵器不拡散条約の運用検討会議に出席したことについては「被爆紙芝居ぼくが継ぐ——亡き語り部の体験、米へ」朝日新聞二〇一〇年五月一日（大隅崇記者）、「NPT再検討会議・被爆地の声世界に届けた」朝日新聞二〇一〇年五月十二日を参照。

吉田は自身がいつも口にしていた言葉「平和の原点は人の痛みがわかる心をもつことです」は、元広島平和記念資料館長の言葉を借りたと語った。吉田は自分の体験を通じて伝えたいもっとも大事なメッセージがこの言葉に込められていると感じていた。

平和推進協会による被爆者の記憶を継承する活動と市の平和教育プログラムに関する情報は以下を参照。長崎大学核兵器廃絶研究センター（RECNA）によるレポート「長崎では、すべての小中学生が、九年間、原爆と平和を学ぶ」（All elementary and junior high school students in Nagasaki learn about peace and the atomic bombing for nine years), *Dispatches from Nagasaki* no.2 August 30, 2012. http://www.recna.nagasaki-u.ac.jp/recna/dispatches/no2;「いま子どもたちは——戦争を学んで・核なくそう　署名一〇〇万筆」朝日新聞二〇一三年十一月二十五日（渡辺洋介記者）、長崎市刊行の *Devotion of Nagasaki to the Cause of Peace* および城山小学校教頭、坂田敏弘提供の資料。

皮膚呼吸できないため谷口が暑い時期につらい思いをすることを伝える記事——「私の背中「あの日」忘れない」、毎日新聞二〇〇九年八月八日。

訳者あとがき

三年ほど前のある日、ふとテレビを見ると、アメリカ人女性が長崎被爆者に焦点を当て十二年の歳月を費やしノンフィクション小説を完成させたことが伝えられていた。私はその一部始終を食い入るように見つめた。原爆を投下した国の人間が原爆によって耐えがたい幾多の苦難を強いられた被爆者の人生を書き綴ったということに深い驚きと感銘を覚えた。その著書こそ、本書 *NAGASAKI: Life After Nuclear War* である。

それ以来、自分の手で翻訳したいという思いが頭を離れなかった。そして向こう見ずにもその思いを直接サザード氏に宛てて伝えた。彼女はなんの面識もない私からの唐突な申し出に共感と喜びの念を示し、本書出版へ向け惜しまず協力してくださった。

訳出にあたって、サザード氏が私に強く望んだことがあった。それは、彼女のインタビューに答える被爆者の言葉をできるかぎり忠実に引用してほしいということだった。ときに長崎弁を交えながら語られる底知れぬ苦悩、悲しみ、怒り、後悔に満ちた彼らの実体験がリアリティをもって読者に伝わることを願ってのことだった。そのため、彼女から送られてきた膨大な録音記録と格闘する日々が続いた。

登場する五名の被爆者とのインタビューは計二十二回を数えた。堂尾みね子、二〇〇三年に一回、永野悦子、二〇〇七―一一年に計六回、谷口稜曄、一九八六―二〇一一年に計六回、和田耕一、二〇〇三―一一年に計六回、吉田勝二、二〇〇七―〇九年に計三回。さらに著者は親族とも面談を重ねた。岡田郁代（堂尾妹）、二〇〇七―一一年に計四回、和田久子（和田夫人）、二〇〇七―〇九年に計二回、吉田健二・尚司・朋司（吉田弟・長男・次男）、二〇一〇―一一年に各二回。

彼らが語った耐えがたい身体的・精神的苦しみ、放射線がもたらす病や死への恐怖、社会の偏見や差別に果敢に立ち向かった姿勢、そしてなによりも無念の思いで亡くなった犠牲者の代弁者たろうとした強い意志と核兵器のない平和な世界を願う人類愛はきっと読者の心を揺さぶるにちがいない。私自身、五名の被爆者をはじめ、業火を生き抜いた後、不屈の精神で戦後の人生を歩んだ数多くの被爆者から測り知れない人間の強さと勇気を見いだすことができた。また医療従事者を含め彼らを惜しみなく支えつづけた人々の慈愛に満ちた心と弛まぬ努力は私の大事な心の糧となった。また、核の脅威が続く現状にいま一度目を向け、ひとりの人間として何ができるかを自分に問いなおすきっかけにもなった。本書を手にした人たちにとっても、そうなることを願ってやまない。

本書で引用された種々の証言を日本語原典と照合する際、さまざまな組織・団体とそのスタッフのみなさまから惜しみないご助力を賜った。長崎原爆資料館、長崎平和推進協会、国立長崎原爆死没者追悼平和祈念館はじめ、長崎市立図書館、長崎の証言の会、永井隆記念館、平和活動支援センター、長崎市役所被爆継承課、朝日新聞長崎総局のみなさまに心より深く感謝申し上げる。また資料提供にご協力してくださった広島国際文化財団、毎日新聞社、八王子平和原爆資料館にも厚くお礼申し上げる。

最後に、訳了まで私を支えてくださったスーザン・サザード氏に心より感謝したい。また、みすず書房のみなさまは、ノンフィクション分野にはじめて挑む私の思いと本書がもつ重要な意味を理解してくださった。この場を借りて感謝をお伝えしたい。

二〇一九年六月一日

宇治川康江

スーザン・サザード
ナガサキ
核戦争後の人生
宇治川康江訳

2019年 7 月 1 日　第 1 刷発行

発行所 株式会社 みすず書房
〒113-0033 東京都文京区本郷 2 丁目 20-7
電話 03-3814-0131（営業） 03-3815-9181（編集）
www.msz.co.jp

本文組版 キャップス
本文印刷所 精文堂印刷
扉・表紙・カバー印刷所 リヒトプランニング
製本所 松岳社

ISBN 978-4-622-08818-9
［ナガサキ］

著者略歴

(Susan Southard)

アメリカのノンフィクション作家．アンティオーク大学LA校で修士号取得．「ニューヨーク・タイムズ」「ロサンゼルス・タイムズ」「ポリティコ」などに寄稿し，アリゾナ州立大学，ジョージア大学でノンフィクション講座を受け持つ．2015年に刊行されたデビュー作 *Nagasaki: Life After Nuclear War*（本書）によりデイトン文学平和賞，J・アンソニー・ルーカス書籍賞受賞．また「エコノミスト」「ワシントン・ポスト」「カーカス・レビュー」の年間ベストブックに選出され，21人目となる「長崎平和特派員」に認定される．

訳者略歴

宇治川康江〈うじがわ・やすえ〉1957年生まれ．葛飾野高等学校卒業後，NHK国際研究室（通訳コース）で学ぶ．あおぞら銀行，花王，みずほ銀行ほかで日英翻訳業務に携わり，現在はフリーランスの翻訳家．「ノーモア・ヒバクシャ記憶遺産を継承する会」会員．

図版出典

Topical Press Agency/Hulton Archive/Getty Images : P.20.
和田耕一 : P.26, P.272, P.359, P.381.
長崎原爆資料館 : P.29, P.62, P.80, P.125, P.144, P.147, P.172, P.177, P.263, P.388.
永野悦子 : P.37, P.161, P.361, P.383.
長崎平和推進協会・写真資料調査部会 : P.39, P.114, P.185.
岡田郁代 : P.45, P.337, P.363.
谷口稜曄 : P58, P.367.
吉田尚司 : P61, P.211, P.241, P.288, P.304, P.306, P.371.
U.S. National Archives（アメリカ国立公文書館）: P.71.
山端祥吾 : P.108, P.116, P.175.
朝日新聞 via Getty Images: P.142, P.168, P.194.
Joe O'Donnell, *Japan 1945*, Vanderbilt University Press, 2005: P.164-165, P.169, P.173.
Bettmann/Corbis Images: P.229.
聖フランシスコ病院 : P.234.
Children of the Atomic Bomb, UCLA Asian American Studies Center: P.250.
Corbis Images: P.385.

索引

ア行

カ行

サ行

タ行

ナ行

ハ行

マ行

ヤ行

ラ行

ワ行

A-Z